KB076098

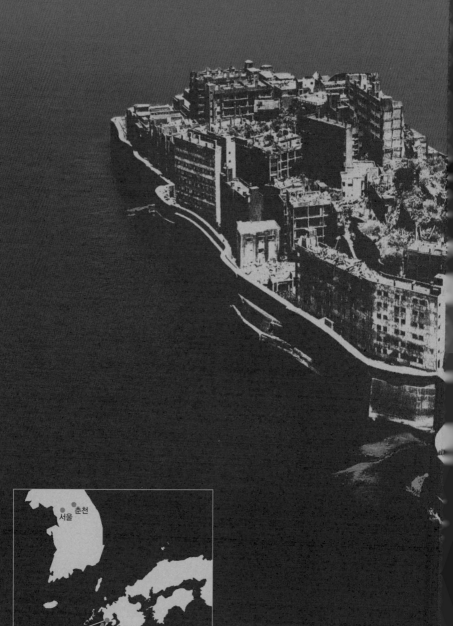

춘천
서울

나가사끼
군함도

군함도

1

군함도 1

초판 1쇄 발행 • 2016년 5월 20일
초판 17쇄 발행 • 2017년 8월 8일

지은이/한수산
펴낸이/강일우
책임편집/김선영·정편집실
조판/신혜원
펴낸곳/(주)창비
등록/1986년 8월 5일 제85호
주소/10881 경기도 파주시 회동길 184
전화/031-955-3333
팩시밀리/영업 031-955-3399 · 편집 031-955-3400
홈페이지/www.changbi.com
전자우편/lit@changbi.com

ISBN 978-89-364-3421-2 03810
978-89-364-3587-5 (전2권)

한수산 장편소설

군함도

1

창비

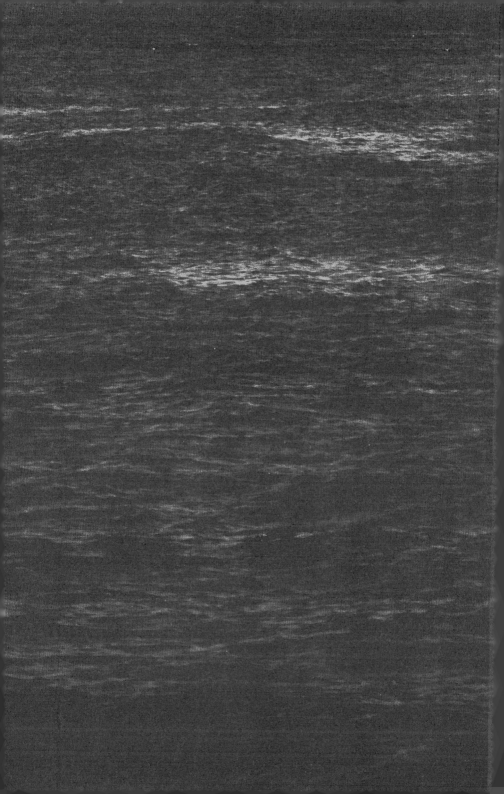

차례

1

"저쪽이 조선이다."

해가 떨어지고 있었다. 진홍빛으로 물들었던 바다가 잿빛으로 어두워진다. 섬을 둘러싸며 휘돌아간 방파제 위에 작은 점처럼 서서 두 사람은 오래오래 바다를 바라보았다. 저기 먼 어디쯤 조선이 있겠지. 조선, 명국은 입 속으로 가만히 불러보며 고개를 저었다. 저 바다 건너 어디에도 조선은 없다. 그건 우리가 잃어버린 나라다.

불어오는 바람에 어둠이 뒤섞인다. 남루한 옷자락에 그 어둠이 묻는다.

"그래서, 끝내 가겠다는 거야?"

"우덜은 진작에 맴을 먹어부렀다."

우리라면, 혼자가 아니라는 얘기다. 태복의 말은 투박했다.

"경학이도 간다 하고 삼식이도 간다 하고, 너까지 가믄 넷이여."

수평선을 따라 서쪽 바다에 남아 있던 희뿌연 빛마저 이제는 보이지 않는다. 꿈틀거리듯 다가와서 방파제를 때리고 가는 파도소리만이 어둠에 칼질을 하듯 이어진다. 일본인 광부 몇사람이 어깨를 웅크리고 축대 밑을 지나갔다. 별이 하나둘 모습을 드러내기 시작하는 하늘보다 바다는 더 어둡다.

"가면, 간다면 어디로 갈 건데? 갈 데는 있냐구?"

"뭍으로만 나가믄… 어디라도 자리를 못 잡겄냐. 여그까지 왔는디… 죽기 아니면 살기제."

"목소리 좀 낮춰."

"자넨, 맴이 그라고 안 내키믄 안 가도 좋아. 그랑께 말리지나 말어."

가서, 이 섬을 빠져나가서 산다는 보장만 있다면 왜 난들 안 가겠냐. 살아서 여기를 빠져나갔다는 사람, 누가 있었냐. 바닷물에 팅팅 불어가지고 죽어 돌아온 조선사람, 선착장에 내팽개쳐놓고 이거 봐라 도망치는 놈들 다 이 꼴 된다 보여주다가, 저 건너 화장터 섬으로 끌어가 태워버리면 그뿐, 그뿐이다.

목이 아프게 치밀어오르는 그 말을 명국은 참는다. 그래서, 왜놈 땅 물귀신이 돼 끼룩끼룩 갈매기 울듯 울면서 이 바다를 날겠다는 거냐? 갈매기 한마리 울며 날아올라도 저게 다 조선사람 넋이지 싶었다. 나라 없는 놈들 헐벗은 넋이 제 땅에도 못 가고, 무슨 끈에 매인 듯 여길 못 떠나고 저렇게 날아오르는구나 싶었다. 그런데 이제 너마저 또 죽어 돌아오면, 그땐 나도 못 산다. 태복아, 친구야, 장태복아. 갈매기 한마리 또 늘었구나 하면서는 나도 못 산다 그 말이다.

"명국아, 내 맴을 그라고 모르겄냐. 내 야그가 그거랑께. 죽드라도 내 땅에나 돌아가서 뒤지겠다는 거여. 뒤져서 내 나라 흙에라도 파묻히겠다는 거제."

울컥하며, 태복의 목소리가 갈라져 나왔다.

그들만이 아니었다. 모두들 그랬다. 여기서 이렇게 지내다가는 언제 죽을지 모른다는 두려움에 짓눌리며 하루하루를 살았다. 늘 같은 생각을 했었다. 여기 남느냐 목숨을 걸고 도망을 치느냐, 길은 둘뿐이다. 다른 길이 하나 더 있기는 있었다. 팔을 자르든 다리를 부러뜨리든 자해를 해서 목숨만 부지한 채 섬을 떠나는 길이었다.

명국이 어둠을 향해 눈을 부릅뜬다. 이미 엎질러진 물이고, 말 탄 서방이다. 무슨 수로 도망치겠다는 이 사람들을 막겠는가. 태복의 등 뒤로 캄캄하게 어두운 바다가 넘실거린다. 저 바다 위를 가고 또 가면 고향이다. 그러나 이놈아, 물 위에는 길이 없다. 길이 있다면 갈까. 길이 있어도 못 가는 우리들이다.

둘은 천천히 몸을 돌렸다. 섬의 한쪽 끝에 있는 조선인 숙사로 돌아가다가 명국은 걸음을 멈추고 등 뒤의 바다를 바라보았다. 방파제를 따라 늘어선 경비등이 차갑게 빛나고, 우람하게 치솟은 망루 모양의 야구라(櫓) 맨 꼭대기에서 작은 불빛이 반짝이고 있었다. 무쇳덩어리 망루 안에 쇠줄을 내려뜨린 무쇳덩어리 승강통이 있어 석탄과 광부들을 바다 밑으로 실어나르는 것이 야구라였다. 그렇구나. 이제 얼마 후면, 죽어서 떠나든 살아서 떠나든 태복이 눈에는 저 바다가 없겠구나. 나 혼자 남겠구나.

해저탄광. 지하 700미터 바다 밑을 뚫고 나가는 지하갱도. 낮조가 되어 새벽어둠을 밟으며 막장으로 내려갔다가 하루 일을 마치고 올라올 때면 방파제 너머로 해가 지곤 했다. 거대한 불덩이처럼 진홍빛으로 바다를 물들이며 해는 그렇게 바닷속으로 잠겨갔다. 걸레처럼 늘어져서 갱을 나와 숙사로 돌아가면서 명국은 버릇처럼 바다를 바라보며 혼자 중얼거리곤 했다. 저쪽이 조선인데. 저쪽에 조선이 있을 것인데.

숙사로 돌아온 명국은 늦도록 잠을 이루지 못했다. 가는 자는 남는 자를, 남기로 한 자는 가는 자를 걱정해야 하는 밤이 지나고 있었다.

명국이 들어 있는 숙사에서 창문을 열면 방파제가 담을 둘러치듯 앞을 가렸다. 숙사와 방파제 사이에는 잡초가 우거져 비바람이 치는 날이면 고단한 마음을 더욱 처연하게 했다. 지친 몸을 이끌고 돌아와 파도소리만 가득한 다다미방에 누울 때면, 외롭게 미쳐가다가 몸 상하면 죽는 거로구나 하는 절망감에 뼈가 시렸다.

명국이 몸을 뒤척였다. 파도소리가 베갯머리에 와 부서진다. 미치겠구나. 저놈의 물소리라도 안 들렸으면… 마음바닥을 그냥 긁어대는구나.

꿈을 꾸는지, 옆에서 자고 있던 성식이 잠꼬대를 했다.

"하야꾸, 하야꾸야레(빨리, 빨리 해)."

얼씨구. 꿈속에서도 왜놈 말 하냐. 이 녀석이 온 지 이제 한 서너 달 되는가. 귀는 뚫려서 어느새 일본말로 잠꼬대를 다 하는구나. 열다섯살, 징용공들 가운데 제일 나이가 어린 축이었다.

풀냄새가 나는 다다미 바닥에 코를 박고 엎드리며 명국은 눈을 감았다. 건너편 육지까지 헤엄쳐 나가, 거기서 나가사끼 쪽으로 달아날 길을 찾아보겠다는 게 태복의 계획이었다. 달이 읎는 것이 좋은께 그믐날 해야 쓰겄지만, 하루 이틀이야 사정 봐감서 달라질 수 있겄지. 그렇게 말하며 태복은 덧붙였다. 삼식이 얘기로는 비 오는 날이 차라리 좋을 것 같다는디. 그랄라믄 그믐 전에 날이 잡힐랑가도 몰라.

삼식이한테는 이미 나는 남겠다고 말했다. 그렇지만 정말로 여기 혼자 떨어져서 언제까지 살아낼 수 있을지, 그걸 나도 모른다. 어차피 죽기는 마찬가지라면, 더 늦기 전에 나도 저 녀석들이랑 바다로 뛰어들어보는 게 낫지 않을까.

일본의 항구도시 나가사끼는 거대 군수기업 미쯔비시(三菱)의 자본 아래 놓여 있는 항구도시였다. 이 나가사끼로부터 18.5킬로미터 떨어진 섬 타까시마(高島)에서는 일본 최대의 해저탄광으로 그 이름이 널리 알려진 미쯔비시 타까시마탄광이 성업 중이었다. 다시 이 섬에서 5킬로미터 떨어져 있는 작은 섬이 하시마(端島)였다. 이 무인도에서 석탄이 채굴되면서, 물도 풀도 나무도 없이 오직 채탄시설과 광부 숙소만으로 뒤덮인 곳이 미쯔비시광업 하시마탄광이었다. 맨 위에 서 있는 신사를 중심으로 섬 전체를 둘러싼 드높은 방파제 때문에 하시마는 그 모습이 바다에 떠 있는 군함 같아서 사람들은 하시마라는 이름 대신 군함도라고 불렀다.

일찍이 일본인들은 모자라는 광부들을 싼 임금에 고용할 수 있는 인력시장으로 조선을 눈여겨보았고, 처음에는 광업회사에서 파견된 사람들이 조선을 돌며 '모집'이라는 이름으로 광부들을 모아갔다. 일제에 농토를 빼앗긴 조선의 농민들로서는 좋은 돈벌이였다. 총독부가 개입한 건 그후였다. 각 지방관청에서 주민 가운데 노동력이 있는 사람을 선별, 지목하여 강제로 끌어가는 행위를 합법화한 '관 알선(官斡旋)'이 그것이었다. 태평양전쟁의 도발과 함께 궁핍과 자원 부족에 시달리기 시작한 일본은 조선의 나이 어린 소년까지 닥치는 대로 훑어가 탄광에 처넣는 단말마의 횡포로 치닫는다. 무차별 강제징용이었다.

해저탄광 하시마로 끌려온 조선인 징용공들은 섬에 들어오는 순간부터 강제수용과 다름없는 절대고립에 갇히게 되었다. 섬을 감싸고 흐르는 동중국해의 급류가 배를 전복시킬만큼 거세서 이 섬으로의 접근뿐만 아니라 섬으로부터의 탈출 또한 어렵게 만들기 때문이다.

섬을 드나드는 오직 하나의 배편인 증기철선이 파도에 요동치는 부교에 배를 대며 모든 생필품을 공급했고, 섬에서 나오는 인분까지 비료로 쓰기 위해 실어날랐다. 채소를 기를 땅조차 없는 무인도를 채운 것은 채탄시설과 시커멓게 치솟은 광부들의 철근콘크리트 아파트와 몇몇 목조건물뿐이었다. 하시마섬 전체를 뒤덮고 있는 건물들은 크게 네가지로 나눠진다. 승강시설 야구라와 컨베이어벨트를 비롯한 탄광으로서의 채탄시설들이 있고, 공동목욕탕 같은 공공 부속시설이 있다. 그리고 광부와 그 가족의 주거시설인 아파트와 상점들이 자리 잡았다. 그 나머지가 사람이 있는 곳이면 있어야 하는 학교, 사찰, 술집을 비롯한 위락시설, 그리고 빼놓을 수 없는 것이 유곽과 일본의 신사였다.

5층, 10층 아파트가 골목길을 사이하고 숲처럼 우거진 하시마는 파도가 거칠어지면 방파제의 암벽을 때리며 부서진 물보라가 뒤덮여 앞을 가렸다. 태풍이 오면 아파트 4층 높이까지 바닷물이 솟아올랐다.

중앙에 서 있는 아파트의 높은 층은 전망이 좋고 햇빛이 잘 든다지만, 닥지닥지 지어올린 아파트의 아래층은 햇빛도 들지 않고 습기가 차서 주거환경으로서 문제가 하나둘이 아니었다. 자연히 높은 층은 회사 직원들의 숙소로, 중간층은 회사 직영의 광부 숙소로 쓰였고, 밑으로 내려가면서 하청업자가 고용한 광부들이 살았다. 일찍이 일자리를 찾아 일본으로 건너와 하청업자에게 소속된 조선인 광부들은 가족을 끌고 좁고 습기 찬 아래층에서 살 수밖에 없었다. 광업소 소장과 간부들은 높고 한적한 자리에 목조주택을 짓고 살았다.

이들 아파트와는 떨어져서 북쪽 방파제와 학교를 잇는 삼각지대의 후미진 곳에 건물 두 동이 있었다. 일본인 광부들과는 철저하게 격리되어 섬의 가장 후미지고 막다른 곳에 자리한 이것이 조선인 강제징용공들의 숙소와 식당이었다. 건물 한 동은 4층으로 숙소와 식당으로 사용되었고, 다른 한 동은 2층으로 숙소로만 사용되었다. 감금이나 다름없는 수용소였다. 그리고 또 한곳, 길 건너편 아파트 지하에 점차 늘어나는 징용공들을 수용한 드넓은 방이 있었다.

중일전쟁의 중국인 포로 200여명도 하시마탄광으로 끌려와 강제노역을 당하고 있었다. 이들은 조선인들과의 충돌을 피하기 위해 섬의 대각선 방향, 남서쪽 아파트 맨 끝 동의 습기 찬 지하층에 수용되어 있었다.

일자리를 찾아 일본으로 건너온 후, 이곳저곳을 흐르고 흘러서 명국과 태복이 하시마탄광을 찾아들어온 것이 지난해였다. 하청업자의 속임에 빠져 선금을 받은 것이 잘못이었다. 그나마 오랜 노동에 익숙한 몸이라 명국과 태복은 회사의 노무관리 방침에 따라 조선에서 갓 들어온 징용공들에게 일을 가르치도록 뽑힌 숙련공 사끼야마(先山)가 되어 징용공들과 함께 생활했다. 말이 좋아서 뽑혔다지만 모든 처우가 다를 게 없었다. 임금이 조금 더 주어졌을 뿐 징용공들과 똑같이 채탄작업을 하며 숙식도 그들과 함께해야 했다.

진폐증으로 쿨럭쿨럭 기침을 해대는 징용공들이 누에처럼 꿈틀거리며 잠들어 있는 지옥섬 하시마의 밤은 그날도 사나운 파도 속에 묻혀가고 있었다.

파도는 섬을 둘러싸고 으르렁거렸다. 어느새 여름도 끝나는가. 종일 흐린 날씨는 오늘따라 싸늘하기까지 했다. 비라도 뿌릴 듯 습기 머금은 바람이 불어와 저탄장의 탄가루를 날렸고, 일본인 광부들이 살고 있는 아파트 골목의 좁은 계단을 몸뻬 차림의 여자들은 종종걸음으로 오르내렸다.

저녁식사가 끝나고 3교대의 야간조가 지하갱으로 내려가고 나자 섬은 죽음 같은 고요 속으로 빠져들었다. 방파제 위에서 비추는 경비등 불빛을 등지고 서서 삼식이 낮은 소리로 말했다.

"결국 형님은 여기 남으시겠다 그거지요?"

명국이 고개를 끄덕였다.

"말씀이야 있었지만, 설마했지요. 형님은 당연히 함께 가는 걸로 알았는데."

"단출할수록 좋다."

"셋이면 뭐 합니까. 형님이 빠지는 건 일당백이 빠지는 건데. 나가사끼 쪽이 캄캄하잖아요. 길을 아나, 아는 사람이 있나."

14

명국이 말했다.

"태복이가 있지 않니. 함께 다녔으니까 내가 아는 만큼은 태복이가 안다."

"이거야 원. 난 형님만 믿고 따라간다 결심한 건데."

네 허전한 마음을 모르지 않는다. 명국이 삼식의 어깨를 쓰다듬었다.

"누굴 믿겠니. 네가 네 몸을 믿어야지."

"허어 빌어먹을. 이럴 줄 모르고 정은 들어가지고. 벌써 눈물 나네요."

"녀석, 맘 크게 먹어."

삼식이 근심 어린 목소리로 중얼거렸다.

"그나저나, 나중에 우리 때문에 형님한테 무슨 일이나 없어야 할 텐데요."

늘 가깝게 지낸 사이들이다. 자기들이 도망쳤을 때 제일 먼저 끌려갈 사람이 명국이 되리라는 걸 삼식은 안다. 파도소리가 한결 거세진다. 명국의 손이 나와 어둠 속에서 삼식의 손을 움켜잡았다. 입을 열면 무언가 뜨거운 것이 칵 튀어나올 것만 같아서 명국은 입술을 힘주어 물었다. 그래 이놈아, 살아야 한다. 다시는 돌아오지 말아야 한다.

자정이 넘으며 후득후득 빗방울이 떨어지기 시작했다. 조선인 숙사의 문이 열리면서 세 사람의 그림자가 밖으로 기어나왔다. 어둠에 가려진 그들의 웅크린 몸은 마치 보따리 같았다.

잠시 후 문이 조금 더 열리며 명국이 걸어나왔다. 그는 발소리를 저벅거리며 건물 왼편의 변소로 향했다. 경비등에 비쳐 길게 내려 뜨려진 그의 그림자가 걸음걸이를 따라 벽을 휘돌아가는 사이, 세 사람은 방파제로 다가가 몸을 붙였다.

명국이 변소에서 밖으로 나왔을 때 세 사람은 이미 몸을 엎드린 채 방파제 위를 기어나가고 있었다. 섬의 동쪽, 육지와 가장 가까운 바다를 향해서였다. 천천히 숙사로 돌아오다 말고 명국이 방파제 쪽으로 돌아섰다. 빗발이 어둠을 긁으며 내릴 뿐 보이는 것은 아무 것도 없었다. 그는 천천히 계단을 올라가 경비초소 쪽을 지켜보았다. 초소 앞 삼각뿔 모양의 빛 속으로 허옇게 쏟아지는 빗발이 바라보였다. 방파제를 따라 줄지어 선 경비등이 멀리 휘돌아가고 있을 뿐, 섬은 고요했다.

빗물이 흐르는 얼굴을 손바닥으로 쓸어내리며 숙사로 돌아온 명국은 눈을 감고 자리에 누웠다. 가거라 그래. 못난 놈은 여기 남는다만 너희들이라도 나가거라. 어디서 또 만날지 기약은 없다만 살아만 있어라. 주르륵 눈가를 적시며 뜨거운 것이 흘러내려 때 묻은 베개 위에 스며들었다.

다음 날, 부슬거리는 빗발을 맞으며 명국은 지하막장으로 내려 갔다.

태복아. 삼식아. 경학아. 탄가루와 땀으로 얼룩진 얼굴을 들고 몇 번씩 그렇게 가슴속으로 불러가면서 하루 일을 끝내고 밖으로 올라왔을 때, 명국은 그들이 살았는지 죽었는지 그것조차 걱정할 수 없이 걸음이 헛놓이고 있었다. 세 사람이 도망친 것 같다는 수군거림이 구들장 틈으로 기어나온 연기처럼 몰래 퍼져가는 속에서 명국은 저녁을 뜨는 둥 마는 둥 목침을 베고 자리에 누웠다.

밤이 깊으며 빗소리가 더 거세졌다. 떠내려가거라, 차라리. 명국은 몸을 엎드리며 되뇌었다. 바람이 차라리 섬을 떠내려보내서 삼식이나 경학이 돌아올 수도 없이 되었으면 싶었다.

그때 옆사람이 불쑥 말했다.

"아 씨펄, 그건 내 꺼여."

놀라서 명국이 벌떡 일어났다. 그가 엉겁결에 물었다.

"뭐, 뭐가요?"

옆사람은 대답이 없었다. 잠꼬대를 그렇게 했던 것이다. 다시 자리에 눕는데, 이번에는 잠꼬대를 하던 옆사람이 벌떡 일어나며 말했다.

"아 당신은 잠도 안 잘 꺼여? 앓느니 죽지… 밤새 옆에서 부스럭대니 잠을 잘 수가 있어야지."

명국이 몸을 엎드리며 중얼거렸다.

"잘만 잔다, 잠꼬대까지 해가며."

"이 사람이, 자긴 누가 자요?"

2

　자루에 둘둘 말린 삼식의 시신 위로 뱃전을 타고 넘은 물보라가 후득후득 떨어졌다. 하나는 살아서, 하나는 죽어서 하시마로 돌아오는 배에는 세 사람의 조선인이 타고 있었다. 그들과 친했다는 이유만으로 수색대에 끌려나갔던 명국이 함께였다.

　운신이 어려운 태복의 몸을 두 팔로 껴안은 채 명국은 가까워오는 섬 하시마를 멍하니 바라본다. 탈출 사흘 만에 바다 건너 육지에서 붙잡힌 태복은 배에 오르기까지 무수히 맞았다. 얼굴은 가짓빛 피멍으로 일그러졌고, 한쪽 다리를 거의 쓰지 못했다.

　부교 뒤편으로 동굴처럼 입을 벌리고 있는 지옥문이 바라보였다. 결국 이렇게, 지옥문 아가리로 돌아오는구나. 갈매기 열댓마리가 그 위를 날고 있었다.

　수색대로 나간 명국이 제일 먼저 만난 것은 건너편 바닷가에 끌어올려져 있는 삼식의 시체였다. 몸은 물에 불어터지고, 얼굴은 거의 형체를 알아볼 수 없이 일그러져 있었다. 그러고 만난 게 겨우 목숨이 붙어 걸레처럼 널브러져 있는 태복이었다.

경학이만은 어디에서도 그 흔적을 찾아낼 수 없었다. 낮에야 어림없는 일이고 밤에나 겨우 움직일 수 있겠지만 그래도 벌써 며칠인가. 오늘쯤이면 가도 웬만큼은 멀리 가 있을 것이다. 그러나 경학이 살았으리라는 믿음도 명국의 저린 마음에는 아무 도움이 되지 않았다.

자꾸만 앞으로 수그러드는 태복의 머리를 어깨에 기대게 하면서 명국은 그의 이마를 감싸안았다. 못난 놈아, 바다를 건너가 땅을 밟았으면 다 된 거지, 거기서 몸 하나 숨길 곳을 못 찾았단 말이냐.

배는 부교에 가닿았고, 제일 먼저 삼식의 시신이 섬으로 올려졌다. 시체는 그렇게 널브러져서, 도망자는 이렇게 돌아온다 하는 표본으로 며칠간 썩어갈 것이다.

명국과 태복은 노무계 건물 뒤편의 반지하 조사실로 끌려갔다.

"케이가꾸! 그놈에 대해서 대란 말이다. 키가 이렇게 큰, 조선놈 바보새끼! 그놈이 어디로 갔는지는 너희 둘이 다 알고 있어!"

케이가꾸. 경학을 그들은 그렇게 불렀다.

반지하 조사실에는 천장에 붙다시피 좁고 긴 창이 하나 있었지만 방은 어두웠다. 네 벽과 바닥뿐 아무것도 없는 방 안에는 밧줄, 물통, 가죽채찍, 긴 대나무 막대와 함께 다듬잇돌처럼 생긴 길쭉한 돌이 벽에 세워져 있었다. 구석에 커다란 나무통 하나가 놓여 있었는데, 거기 여러 고문도구들이 들어 있다는 것을 명국도 태복도 알지 못했다.

키무라는 태복을 의자에 앉히고 그의 팔을 의자 등받이 뒤로 묶었다. 몸통은 가슴을 옥죄어 의자 등받이에 얽어맸고 정강이도 의자다리에 묶었다.

통역을 사이에 놓고 어제와 다를 것 없는 조사가 시작되었다. 바다를 건너가 경학이와 만나기로 한 곳은 어디냐. 심문을 하는 건 키무라였고, 조사계장 사이또오는 태복의 얼굴에서 눈길을 떼지 않으며 주위를 천천히 맴돌았다.

"알믄 야그를 하제, 뭣한다고 안 허겄소. 진짜로 몰라라. 모른당께요. 알믄 뭐시 답답해서 말을 안 허겄소."

"그으래?"

사이또오가 천천히 옆으로 다가왔다. 그가 피우고 있던 담배를 태복의 손등에 비벼댔다. 느닷없이 담뱃불로 지져진 태복이 비명을 질러댔다. 눈빛 하나 변하지 않은 얼굴로 키무라를 향해 고갯짓을 했다. 덜컹거리며 지하실 쇠문이 열리는 소리를 태복은 등 뒤로 들었다. 키무라가 물통과 수건을 들고 와 태복의 옆에 섰다. 주전자 하나가 책상 위에 놓였다.

물고문은 그렇게 시작되었다. 키무라가 물에 젖은 수건으로 태복의 얼굴을 쥐어짜듯 완전히 감싸더니 조여대기 시작했다. 숨이 막힌 태복의 몸이 뒤틀렸다. 묶여 있던 태복이 꿈틀거리며 의자와 함께 튀어오를 듯 덜컹거리는 순간, 키무라는 태복의 얼굴에서 젖은 수건을 확 벗겨냈다. 흐어헉, 태복이 숨을 들이마셨다.

그때였다. 태복이 숨을 들이쉬는가 하자, 사이또오가 태복의 뒷머리를 잡아 젖히며 주전자의 물을 코에 들이부었다.

콧구멍에 물을 들이붓는 고문이 다섯번 이어졌을 때 태복은 의자에 묶인 채 지하실 바닥에 나뒹굴고 있었다. 사이또오가 그의 옆구리를 걷어차며 말했다.

"이 새끼, 이건 아직 시작도 아니다."

의자에 묶인 채 바닥에 널브러진 태복을 잡아 일으킨 키무라가 태복의 양쪽 볼을 주먹으로 후려갈겼다. 목뼈가 부러지기라도 한 듯 태복의 고개가 앞으로 꺾였다.

"너희들은 집단탈주야. 이건 노름하다 빚진 놈이 도망친 거하고는 달라. 셋이 함께 한 짓인데, 모른다는 게 말이 돼?"

코에 물을 들이붓는 고문은 두 다리 사이에 각목을 집어넣고 키무라가 허벅지를 작신작신 밟아대는 것으로 이어졌다. 태복의 짓이겨진 넓적다리에서 살이 터지고 피가 흘렀다. 그다음에 이어진 고문이 뒤집어놓은 기왓장 위에 태복을 무릎 꿇려 앉히는 것이었다.

오전이 그렇게 갔다. 점심시간이 되었을 때 사이또오는 방을 나가며 말했다.

"네가 어디까지 견디나 보자. 오후엔 더 재미있을 거다."

노무계의 이시까와는 깡마른 체구에 키가 큰 사내였다. 사이또오의 뒤를 이어 조사를 계속하던 그는 지친 듯이 책상 너머로 태복을 건너다보며 나직나직 말했다.

"모른다? 그래… 케이가꾸가 간 곳은 네가 모른다고 하자. 그런데 셋이서 함께 도망을 치면서 어디로 갈 계획이었는지 목적지를 얘기하라는데 모르겠다면, 그건 네가 뭔가를 속이고 있는 거지."

이시까와의 옆에 서서 천씨가 그의 말을 통역했다.

"거짓말하지 말고, 빨리 확 불래!"

멍한 눈으로 태복이 천씨를 올려다보았다.

"아따 천서방, 시방 이 회사 사람은 겁나게 길게 야그를 하는디, 천서방은 어째 그라고 짧게 통역을 하요? 도대체 이 사람이 먼 말을 한 것이요?"

"그 말이 그 말이지. 거짓말하지 말고 빨리 불라는 소리지, 젠장. 업어치나 메치나."

"천서방, 겁나게 잘나부렀소잉."

"뭐 어째, 이 자식아!"

천씨가 버럭 소리를 지르며 달려들자 이시까와가 손사래를 치며 천씨를 막았다. 천씨가 씨근덕거리며 내뱉었다.

"모른다고만 해서 될 일이 아니잖어. 거짓말이라도 좋으니 말이 되는 소리를 좀 해봐라. 이거야 원, 내가 다 복장이 터져서."

천씨가 좌우로 고개를 흔들면서 목뼈를 움직여 우두둑 소리를 냈다. 그는 조선에서 데려온 아내와 6층짜리 아파트 아래층에 사는 광부였다. 눈을 부라리며 천씨가 말했다.

"너 이래가지고는 저승길밖에 남는 게 없어, 미련한 놈. 일본사람 광부라고 뭐 봐주는 게 있는 줄 알어? 노름빚 지고 도망치던 일본사람도 그냥 배 타고 쫓아가 바다에서 때려죽였어."

"우리 삼식이도 그라고 가부렀소. 뒈져부렀소."

잠긴 목소리로 중얼거리며 태복이 천씨를 올려다보았다. 천씨가 벌레 씹은 얼굴이 되며 입맛을 다셨다.

"오늘은 운 좋게 이시까와상이 맡았으니 이 정돈 줄이나 알어."

책상 앞으로 다가앉은 이시까와가 종이를 손끝으로 톡톡 두드리면서 말했다.

"너 조선에 부인도 있고 아들도 있지?"

천씨가 통역을 했다.

"예펜네랑 새끼랑 조선에 있냐구?"

태복은 아무 대답도 하지 않았다. 이시까와가 천천히 물었다.

"남자로서 가족에 대해 책임도 안 느끼나?"

천씨가 통역을 했다.

"자식새끼는 먹여 살려야 하지 않느냐고 그러신다."

태복이 희미하게 웃었다.

"새양치가 웃것소."

"뭐, 뭐야? 새양치? 그게 뭔데?"

이제 막 코뚜레를 한 어린 송아지를 두고 부르는 전라도말을 천
씨는 알지 못했다.

"내 애비 노실 걱정까지 해주고, 새양치가 웃지 않것소."

"애비 노실? 그건 또 뭔 소리냐?"

"내 애비 노릇까지 걱정해주니, 새양치가 웃지 않았나 그 말이
오."

천씨가 벌컥 화를 냈다.

"너 차암 안 되겠다. 성질도 부릴 걸 부려야지. 나라도 너 같은 놈
은 패 죽여버리고 싶겠다."

"보씨요 천씨, 나 많이 겪어부렀소. 조선사람 껍딱 벗기는 데는
조선사람이 꼭 한 팔 더 걷어붙이고 나섭디다."

"이게 그러고 보니 순 악질이네. 너 조선서 뭐 하던 놈이냐."

천씨가 눈알을 부라리며 말했다.

"장태복이 너, 도망치다 붙잡혀온 주제에, 상판은 오종종한 놈이. 너 같은 놈 때문에 조선사람이 욕을 먹어, 이 자식아. 너 이렇게 고집부리면 나도 도와줄 방법이 없어. 이러니까 북어하고 조선놈은 두들겨패야 한다는 말이 나오는 거야."

게거품을 뿜으며 내뱉는 천씨의 말에 태복이 중얼거렸다.

"아따, 내가 뭔 고집을 부렸다고 그라요. 내가 언정 도망갔다고 안 합디까?"

"갈 곳도 없이, 작정 없이 튀었다니, 그게 씨나 먹히는 소리냐?"

비가 그치기까지 사흘 동안 지옥문 옆 빈터에 누워 있던 삼식의 시신은 해가 나면서 화장터가 있는 나까노시마(中之島)로 실려갔다. 비가 내린 뒤끝이어서 아침 햇살은 해맑았다. 불현듯 찾아온 기쁜 소식처럼 섬에 내리꽂히는 아침 햇살이 노무계 건물 유리창에 부딪혀 반짝이고 있었다.

빗속에 내팽개쳐두었던 삼식의 시신이 상하기 시작한 것일까. 낡은 다다미 겉장으로 싸인 그의 시신을 치우며 인부들은 코를 막았고, 배에 실을 때는 다들 고개를 돌리고 있었다.

"선착장 조선사람 시체를 오늘 태우나 보구먼."

밤일을 하고 돌아와 잠을 자려던 명국은 우렁우렁한 목소리를 들었다. 목덜미를 벌겋게 물들이면서 명국은 휑하니 방을 빠져나갔다. 삼식이 간다. 곡소리 한번 못 듣고⋯ 죽어서 아주 나간다. 헛놓이는 발길로 숙사를 나선 명국은 아파트 사이의 비탈길을 달려 올라갔다.

저건가. 작은 배 하나가 나까노시마 쪽으로 향하고 있었다. 다리를 후들거리며 서서 명국은 물결을 헤치고 가는 배를 바라보았다. 그의 눈에서 흘러내린 눈물이 수염이 듬성듬성한 턱을 타고 떨어져내렸다. 섬 뒤로 돌아간 배가 보이지 않게 되었을 때 명국은 흐르는 눈물을 주먹으로 닦아내며 왔던 길을 걸어내려왔다. 조센진. 이제 알겠구나. 나라가 없으면 사람도 아니구나.

방파제까지 천천히 걸었다. 아침 햇살이 그의 몸을 감싸고 있었다. 성질이 사나워 뭘 보면 참고 넘기질 못하던 사내 삼식이었다. 발끈해가지고 제풀에 파르르 이마에 핏줄을 세울 때면 모두들 눈길을 마주치지 않으려고 했었다.

"그 성질 가지고 뭐가 되겠어. 네 맘에 안 든다고 몸에서 찬바람이 부니. 이럴 수도 있고 저럴 수도 있지. 모난 돌이 정 맞는다고 하지 않니."

"형님, 내가 언제 틀린 말 해요? 가에 기역 하면 각이고 나에 니은 하면 난인데, 이치는 똑같지 않냐 말입니다. 곡괭이 쓰는 법을 귓구녕에 딱지가 앉게 말을 해도 하고 나면 그뿐이니."

"그렇다고 사람이 저마다 성질부릴까."

"아니, 그러면? 형님도 생각을 좀 해봐요. 열씩 다섯씩 조 짜서 들어가는 판에 어느 놈 하나가 제 몫을 못 하면 몰아서 일이 메짜꾸짜가 되는데도 가만히 있으란 말이에요?"

삼식은 이럴 때면 꼭 메짜꾸짜(엉망진창)라는 일본말을 썼다. 무얼 접어도 각지게 접고, 무얼 놓아도 줄지어 놓는 성격 때문에 그가 툭하면 쓰던 말이 메짜꾸짜였다. 가지런하면 보기도 좋구먼 꼭 그렇게 메짜꾸짜로 일을 해야 해!

막장에 들어갈 때마다 같은 조가 된 사람들과 늘 손발이 안 맞아

붉으락푸르락하던 삼식이었지. 방파제에 올라 털퍼덕 주저앉은 명국은 두 손으로 감싼 얼굴을 무릎 사이에 묻었다. 모르겠다, 삼식아. 살아 있다는 게 뭔지 정말 모르겠다. 너는 죽어 화장터로 가는데 이놈아, 나는 왜 이다지도 할 말이 없는 거냐.

삼식이 살아서 부르던 노래들이 명국의 가슴바닥을 스멀스멀 기어다니고 있었다. 타관객리 외로운 사람 괄시를 마라. 아리랑 아리랑 아라리요 아리랑 고개로 나를 넘겨주오. 저녁 무렵 바닷속 지하갱에서 돌아올 때도, 안개 자욱한 바다 저편으로 화장터가 있는 섬 나까노시마를 바라볼 때도 삼식이를 떠올리겠지. 그 좋은 목청으로 노래를 하던 녀석. 일에는 그토록 깐깐했으면서도 남의 딱한 걸 보면 참질 못하던 그 착했던 심성만큼이나 목소리 한번 구성져서 사람 마음을 어지럽히더니. 너를 생각하면 저 바다를 어찌 볼 건가. 갈매기 하나 희미하게 울며 지나갈 때 가슴 쥐어뜯은들 무엇이란 말이냐.

이시까와의 허락을 받고 명국이 태복을 위해 죽을 쑤어 가지고 노무계 지하실로 찾아갔던 날, 그동안의 고문을 겪어낸 태복은 턱을 움직여 음식을 제대로 씹지도 못했다. 이러다 멀쩡한 사람 하나 죽겠구나 싶은데도, 씹을 것도 없는 죽을 우물거리며 지루할 정도로 천천히 입을 놀리고 있는 태복을 바라보면서 명국은 속으로 혀를 찼다. 태복이가 보기보다는 참 독한 데가 있구나 싶었다.

"마음 단단히 먹어라. 호랑이한테 잡혀가도 정신만 잃지 말라잖니. 며칠 그러다 말겠지."

그렇게밖에 위로의 말이 나오지 않았다. 명국이 길게 한숨을 쉬었다.

"힘들면 계집 옷 벗기는 생각도 하고 그래라."

태복이 말이 없다.

"아 뭐 어때. 어디서 오입질하던 생각도 하고, 그러면서 힘든 때를 넘겨야 한다드라."

태복이 느릿느릿 입을 열었다.

"서울 가면 말이시, 거그 마포라고 있는디."

서울이든 경성이든 가본 적이 없는 명국이다.

"거그 그 마포라는 델 가믄 대복상회라고 있는디, 거글 가서 주인한테 물어보믄 우리 식구 기별 정도는 알고 있을 것이네."

"뜬금없이 무슨 소리여? 지금 자네 서울 얘기를 하는 건가?"

태복이 고개를 끄덕였다. 이 사람이 지금 정신이 오락가락하나. 무슨 소리를 하는지 영문을 몰라 하며 명국이 태복을 바라보았다.

"한번 찾아가보소. 아들이 하나 있응께, 내가 느그 아부지 살았을 때 친구였다, 그 한마디만 해주소."

태복이 말끝을 흐렸다. 그의 얼굴을 차마 더 내려다보지 못하고 명국이 등 뒤 창 쪽으로 얼굴을 돌렸다. 반지하 창밖으로는 잡초들이 시들며 어우러져 있으리라.

"이 사람아, 우리같이 못난 것들이 목숨은 또 얼마나 질긴 줄 아나. 약한 소리 그만해."

"아니여. 이라다가 풀려난다 해도 그라제. 지픈 병이라도 들어 나앉아보소. 거둬줄 사람이 있겄는가, 의지할 디가 있겄는가."

"거 정말 못 허는 소리가 없네."

"그랑께 자네헌티 허는 부탁인디… 내 아들새끼 꼭 한번 찾아봐

주소. 이름이 길남인디. 명심허소. 아들놈 이름이 길남이고, 마포
대복상회."

자식이 뭔데 저는 죽을 지경이면서 아들한테는 그 말을 전하라
는 건가. 죽으면 끝. 어느 산에 뻐꾸기가 운다고 우리가 알랴, 두릅
에 살이 오르며 봄이 무르익어간들 우리가 알랴. 명국이 코를 킁킁
거리며 말을 바꿨다.

"그런데… 아들내미가 그렇게 장성했으면, 거 무슨 놈의 자식 농
사를 그렇게 일찍 지었냐."

"열다섯에 장가를 들었는디 삭시가 나보다 두살 우더라."

"남의 말 하듯 하고 있네."

명국이 피식 웃으며 물었다.

"그래… 곱던?"

"일손 아순 집에 사람이 왔응게, 그것만도 감지덕지했제."

"말도 비단같이 한다. 그렇게 덤덤해가지고도 자식은 잘도 만들
었구나."

"그 일하고 그 일이 같당가. 다르제."

"하긴, 좋은 날 좋은 볕 봤으면 자네야 이렇게 살 사람은 아니
지."

태복이 두런두런 말을 이었다.

"철들어서 본께, 없는 집에 들어와갖고 살림은 그래도 야물딱지
게 허는가 싶더라고. 그 집안에 먼 동학군 했던 사람이 있었나 본
디… 태 묻은 곳 떠나서 타지서 떠돌아댕기다가 딸자식 맡긴 게 우
리 집 아니더랑가."

그런 이야기를 두런거리다가 태복은 기진해 가물가물 잠이 들었

다. 내일은 또 무슨 고초를 겪으려나. 그런 생각으로 가슴을 옥죄다가 명국은 노무계 지하실을 나왔다. 아들 이름이 길남이라고 했다. 명국은 태복의 아들 이름을 입 속으로 되뇌어본다. 하지만 내가 어느 세월에 거길 가서 태복이 아들을 보겠는가.

빈 그릇을 챙겨 밖으로 나오며 명국은 태복이 젓가락 하나를 품속에 숨긴 것을 알지 못했다. 노무계 사무실을 지키고 있던 사이또오도 그릇을 챙겨볼 생각은 하지 않았다. 담뱃불을 끄면서 그는 버럭 소리를 지르듯이 물었다.

"잘 먹더냐? 그럼 됐다. 잘 먹었으면 됐다."

점심을 먹고 돌아온 사이또오는 지하실로 들어서자마자 천씨와 키무라를 보며 말했다.

"이놈을 풀어라. 묶어놓고는 안 되겠다."

키무라가 태복을 묶고 있던 밧줄을 풀자 사이또오가 다가와 태복의 머리카락을 움켜잡아 뒤로 젖히며 물었다.

"아직도 할 말이 없어?"

천씨가 뜸을 들이며 통역을 했다.

"빨리 실토를 하라고 하신다."

태복이 고개를 저었다. 사이또오가 홱 고개를 돌리며 뒤에 서 있던 키무라에게 말했다.

"안 되겠다. 매달아라. 이놈이 아주 보통 놈이 아닌 줄 이제야 알겠다."

"달아매란 말입니까?"

너무 심하게 다루는 게 아닌가 싶어 키무라가 물었다. 도망친 놈 하나 잡아다 그쯤 했으면 됐지 싶은데, 사이또오가 눈을 부라리며 물고 있던 담배를 뱉어 발로 밟아 껐다. 점차 조선에서 데려오는 징용공들의 숫자가 늘고 있는 요즈음이다. 그렇지 않아도 노무관리에 비상이 내려진 판에 도망자가 생겼다는 건 시기적으로도 좋지 않다.

몸을 구부리고 있는 태복을 벽 쪽으로 끌고 가며 사이또오는 손짓을 해 키무라를 불렀다. 태복의 두 팔을 벌려 나무에 묶고서 그 나무를 고리에 걸어서 천장에 달아올릴 작정이었다. 키무라가 태복의 몸을 묶을 밧줄과 나무를 찾으러 돌아섰을 때, 등 뒤에서 사이또오의 외마디 비명이 들렸다. 키무라가 돌아보았다. 일어선 태복이 사이또오의 목을 등 뒤에서 끌어안고 있었다.

"죽여어어어…"

그것은 비명이 아니었다. 마치 짐승의 울부짖음 같은 소리가 태복의 입에서 터져나와 지하실을 울렸다. 키무라는 사이또오의 앞가슴이 피로 물드는 것을 바라보며 넋을 잃었다. 태복이 젓가락을 사이또오의 목에 찔러넣었던 것이다.

사이또오가 바닥에 나가떨어지며 그의 몸에서 뿜어나온 피가 지하실 바닥으로 쏟아졌다.

하루 일을 끝낸 명국은 승강기를 내려 어두컴컴한 터널을 걸었다. 머릿속을 떠도는 생각들을 지우기라도 하듯 말없이 탄을 캔 하루였다.

터널을 빠져나왔을 때, 명국은 캡라이트를 반환하지 않고 여전히 이마에 두르고 있는 자신을 보았다. 머리에 차고 눈앞을 밝히는 안전등을 여기서는 캡라이트라고 불렀다. 내가 정신이 없구나. 캡라이트를 반환하지 않으면 작업 중 도망친 것이나 같았다. 노무계 직원이 달려오고, 숙사가 발칵 뒤집히며 인원점검이 이어지고, 반환하지 않은 인부는 사무실로 끌려가 곤욕을 치러야 했다. 서둘러 안으로 뛰어가 등을 돌려주고 밖으로 나서던 명국은 입구에서 웅성거리는 조선인 광부들의 목소리를 들었다.

"사이또오가 배에 실려갔다 카대? 피를 많이 흘려서 살까 모리겠다는 말도 있고."

"큰일은 큰일이다잉. 으쩌자고 고런 일을 저질렀당가. 도망치다 잽혀온 장태복이라면서잉?"

"태복이 그 사람도 데려갔다잖어. 포승줄로 묶어서."

그날 저녁, 숙사에는 어둠이 납처럼 무겁게 내려앉았다. 다른 날과는 달리 일찍 자리에 눕는 사람들이 많았다. 잠이 오지 않는 사람들이 두런두런 목소리를 낮추어 태복의 일을 이야기했다.

"그 사람, 배짱 한번 엄청나네예. 도망치다가 잡히오는가 했더마는 이번에는 사람을 찔러. 징역을 살아도 엄청 살아야 할 거 아인교?"

"징역은 무슨 징역! 그냥 사형이지. 조선사람이 일본사람을 죽인 건데."

벽을 향해 누웠던 명국이 천천히 몸을 일으켰다. 밖으로 나온 그는 아파트 앞 골목을 서성거렸다. 일본인 숙소에서 흘러나오는 불빛이 오늘따라 왜 이렇게 따스한가. 바닷바람에 으스스 몸을 떨며 명국은 경비초소의 불빛을 피해 방파제 위로 올라갔다.

삼식이는 죽어 나가고, 태복이는 포승줄에 묶여 나가고, 이 못난

명국이만 남았다. 태복아, 죽을 생각이면 왜 그 정신으로 살 생각을
못 해, 이놈아. 네 아들놈 있다는 마포가 어디라고 내가 찾아갈 거
같으냐. 명국아, 네놈 목숨도 모질구나. 혼자 살아남아서 겨우 눈물
이나 훌쩍대는 명국아, 너도 가련하구나.

　어머니.

　명국의 떨리는 입술에서 어머니라는 말이 새어나왔다. 그냥 바
닷물에 풍덩 빠져 죽었으면 싶네요. 참자, 참노라면 끝이 있겠지 하
며 여기까지 왔는데 어머니, 나도 이제 더는 못 견딜 거 같네요. 그
래도 형제처럼 지내던 녀석들인데 나 혼자 남아 어찌 살아가나요.
경학이도 그렇지요. 그게 뭐 어디 가서 살아 있기나 하겠어요. 죽기
가 십중팔구지요.

　"어머니."

　명국이 어둠 속에다 대고 소리쳤다. 목소리는 통곡이 되고 파도
는 그 목소리를 집어삼키며 방파제 밑에서 부서지고 있었다.

　"이건 또 무슨 청승이래."

　누군가가 어둠 속에서 말했다. 여자의 목소리였다.

　"나이 헛먹었어. 엄마 엄마 불러놓고 도리도리 짝짜꿍할래? 썩
을 놈."

　명국이 놀라 소리 나는 쪽을 향해 몸을 돌렸다. 어둠 속에서 어
른거리는 검은 그림자, 여자의 목소리가 또 들려왔다.

　"어머니, 어머니 하며 지랄하는 거 보니까 조선사람인가보네."

　"누구야, 너?"

　"누구라면 아시겠소?"

　"너 뭐 하는 여잔데 여기 나와서…"

술에 취했는지 여자의 말꼬리가 안으로 굽어들고 있었다.

"팔지요. 술도 팔고 노래도 팔고. 그것만 팔까. 안 파는 것 없이 다 팔지. 썩을 년."

이건 또 뭐야. 못 살겠네 정말. 웬 조선여자가 무슨 열이 뻗쳤다고 여기까지 기어나와서 반말짓거리야. 말투부터가 살림하는 아낙네가 아니다. 섬 안에 있는 유곽 세채 중에 조선여자가 있다는 이야기는 들었으나 만나보기는 처음이었다.

별년 다 보겠군. 명국이 파도를 향해 침을 뱉었다. 띠거덕띠거덕 게따짝 끄는 소리를 내며 여자가 다가왔다.

"조선사람이 노무계 하나를 죽였다면서요? 소문이 짜합디다."

귓구멍은 뚫려서 들을 건 다 듣고 사네. 명국이 돌아갈 생각으로 그녀의 옆을 지나치려 할 때였다. 여자가 그를 가로막듯 앞으로 나서며 말했다.

"이봐요, 기왕 죽이려면 하나씩 죽여서야 되겠수? 말로 말 먹고 졸로 졸 먹는대서야 그건 뭐 장기도 아니지. 안 그래요? 대가리 숫자로 봐도 일본사람이 더 많은데."

어둠 때문에 여자의 얼굴 모습은 희미했다. 다만 일본 덧옷 차림에 머리를 길게 기른 것만은 숙사의 불빛을 뒤로하고 드러나 보였다. 명국이 중얼거렸다.

"갈 데가 없어 나왔더니만 별…"

"갈 데가 없다? 그러는 아저씨는 뭐야? 남들은 모가지라도 찌르는데 아저씬 뭐 하는 사람이야."

"이거야 원, 거지 피하다가 문뎅이 만난 꼴이네."

"그래, 나 문뎅이요. 그런 아저씨는 뭐냐니까. 아저씨도 찔러. 가서 찌르라구."

화가 치민 명국의 목소리가 덜덜거렸다.

"그 사람, 네 입질에 오르는 것만으로도 아까우니까, 그 입 좀 닥쳐주면 쓰겠다."

"하이고 그러셔요, 조선양반. 그래, 오늘 탄 많이 캐셨어?"

"비켜라."

여자의 어깨를 옆으로 밀어내며 명국이 성큼성큼 방파제 위를 걸어나갔다. 등 뒤에서 여자의 울음기 섞인 목소리가 들려왔다.

"아저씨만 어머니, 어머니 부르고 싶은 줄 알아요? 사람 다 똑같단 말예요. 나도요, 엄마아, 우리 엄마아, 원없이 불러나 보려고 나왔다구요."

휘청휘청 걸어가는 명국의 가슴 밑에서 무엇인가가 어흐흐흐 하며 터져나올 것만 같았다. 이놈의 세상. 하늘하고 땅하고 그냥 맷돌질을 해버려야지.

"엄마아."

뒤쪽에서 여자가 흐느끼고 있었다. 여자의 흐느낌이 파도소리에 섞이며 이어졌다. 명국이 돌아서서 몇걸음 여자에게 다가갔다.

"이보시오, 뭔 사정인지는 모르겠지만 여기서 이러지 말고⋯ 바람이 심하니 그만 들어가슈. 그런다고 무어 속 시원할 것도 없는 건 그쪽이 더 잘 알지 않소."

"내가 여기 빠져 고기밥이 되든 갈매기 창자엘 들어가든, 그거야 아저씨가 상관할 거 없잖아요."

"허허. 여기서 빠져 죽을 생각이시오?"

"남이사."

34

"남이라면 할 말 없군. 같은 동포다 생각해서 나도 한마디 했을 뿐이오."

여자는 말이 없다. 마음에서는 내가 또 공연히 왜 이러나 싶은데, 명국의 입에서 말이 먼저 나왔다.

"어디서 뭘 하는 누군지는 모르겠지만, 남의 나라 땅에 와서 누군들 서럽지 않은 사람 있겠소. 술 먹었으면 곱게 들어가 자시오."

명국이 돌아섰다. 그때 여자가 명국을 불렀다.

"이봐요, 아저씨."

어두컴컴한 방파제 위에 여자는 여전히 앉아 있었다.

"그런데 아저씨는, 그 입 가지고 변호사 하지 왜 여기까지 와서 엎어졌수."

"거참, 끝까지 지지를 않네."

멀리 경비초소의 불빛을 역광으로 받고 있는 여자의 모습은 한 덩어리의 어둠이었다. 여자가 방파제 위에 주저앉으며 몸을 숙였다. 울음을 참으며 여자의 입술이 비틀어진다. 내가 누구냐구? 하나꼬다 왜. 금화란 년, 썩고 썩어서 여기까지 흘러왔다, 왜! 어제 오야까따(감독)한테 얻어맞은 등짝이 쑤신다. 개자식. 때린다고 고쳐질 성질이면 예전에 이미 죽었다.

금화가 소리 죽여 흐느낀다.

"엄마, 엄마아."

경비원이 다가오며 소리쳤다.

"거기, 누구야?"

3

배를 내린 서형은 집으로 돌아가는 어머니의 뒷모습이 보이지 않을 때까지 강가에 서 있었다. 어머니의 모습이 사라진 뒤편, 멀리 오봉산 기슭을 적시듯 안개가 내리고 있다. 저녁 안개가 소양강변에 깔리기 시작하면 가을의 시작이다. 이제 물안개에 둘러싸이면서 춘천의 가을도 깊어가리라는 생각을 서형은 한다.

아래샘밭 쪽으로 난 큰길을 버리고 마을 앞에서 배를 건넌 서형은 봉의산 자락이 흘러내린 한적한 길을 걸었다. 지게를 지거나 소를 끄는 농부들이 지나갈 뿐 늘 한적하기만 한 그 길을 천천히 걷고 싶은 딸의 마음을 어머니는 알았다. 집을 나선 홍씨는 우두벌을 바라보며 다독거리듯 말했었다.

"그저 몸조심해라. 이거야 원, 물가에 내놓은 애도 아니겠고⋯"

"스적스적 갈 거예요. 가서 저녁 지을 것도 아닌데."

"시어른들 계신데 늦지 않게 들어가. 손윗사람뿐인 집안이니 어디 마음이 놓여야 말이지. 이제부터는 무거운 건 아예 들거나 일 생각일랑 말어."

그랬기에 손에 들고 갈 보퉁이 하나뿐, 친정을 다녀가는 딸에게 어머니는 아무것도 들리지 않았다.

"가을걷이 끝나면 한동이 녀석 시켜서 한 짐 지워 보낼 테니 그렇게 알고."

없는 게 없는 집, 정미소에 금광에 내로라하고 사는 집이다. 샘밭 친정에서 뭐 보내왔다고 반가워할 사람들도 아니다. 서형은 웃으며 말했다.

"신랑이 좋아하겠네."

어머니가 보낸 걸 받을 때마다, 그저 우리 장모님밖에 없다니까 하며 입이 귀밑으로 찢어지는 건 남편뿐이다. 서형이 마음속으로 말했다. 당신 모르지요. 나 아주 기쁜 소식을 안고 가요.

"한동이 요즘은 오빠 만나러 만주에 간다는 소리 안 해요?"

"그 얘기 쑥 들어간 게 언젠데."

말 그대로 정처 없었다. 만주로 간다는 소문만 풀어놓은 채 몸을 숨긴 오빠였다. 그렇게 떠난 오빠를 피붙이면 저럴까 싶게 따르던 머슴이 한동이었다. 그랬기에 죽지 떨어진 새처럼 풀이 죽어 지내다가도 불쑥불쑥 내뱉곤 했다. 지두 형님 따라 만주엘 갔어야 하는 거였는데. 지가 꼭 쇠불알 떨어질 때 기다리며 장작 지고 있는 꼴이지유.

"그눔이 뭔 생각인지, 요샌 장가들라는 말만 하면 뭐라는지 아니? 앓느니 죽지유, 그런단다."

어머니와는 그런 말을 하면서 동구 밖까지 나왔다.

며칠 친정엘 다녀오겠다는 말을 꺼내기가 왜 그렇게 힘들었던가. 매달 보이던 이슬이 없다는 이야기를 어머니께 하려고, 그 생각은 옷섶에 숨긴 채 며칠 다녀오겠다는 허락을 받았었다. 친정에 온 다음 날, 그런 일이라면 서둘러야 한다는 어머니와 함께 찾아간 아래샘밭의 침쟁이 영감은 내 이럴 줄 이미 다 알았다는 얼굴이었다. 맥을 짚는 둥 마는 둥, 서형의 진맥이 끝나자마자 영감이 말했다.

"경사시네유, 경사."

딸을 출가시킨 게 김장철을 앞두고 소양진에 소금배가 들어오던 가을이었는데, 그 가을이 두번 지나가도록 태기가 없던 딸이었다. 내심 염려가 앞섰던 홍씨가 울렁이는 가슴을 손으로 누르며 침을 삼켰다.

"그럼…"

"인왕산 모르는 호랭이가 있겠어유. 더 두고 볼 것두 읎이 태기가 분명헙니다. 지가 누군데, 익은 밥 먹고 선소리 허겠어유. 옥이야 금이야 몸조리나 자알허면 되겠네유. 훈장어른께 경사 났다구나 말씀드리세유."

귓가를 스쳐가는 침쟁이 영감의 목소리를 먼 바람소리처럼 들으며 서형은 벽을 메우며 천장까지 매달린 약재봉지들을 올려다보고 있었다. 참, 주렁주렁 올망졸망 많이도 매달았네.

발자국을 세기라도 하듯 서형은 천천히 걸었다. 모래벌판을 벗어난 강가 둔덕에 노랗게 흐드러졌던 달맞이꽃도 키만 여전히 멀쑥할 뿐 초라하다. 그래, 누가 있어 세월의 힘을 이기랴. 저마다 제 한철이 있는 것을.

달맞이꽃은 어둠 속에서 피었다가 아침이 오면 시든다. 어쩐 일인지 그 옆에는 늘 하얀 개망초꽃이 어우러져 피어나곤 했다. 달빛 아래 개망초와 어우러진 달맞이꽃은 함께 사는 게 이런 거로구나, 보여주기라도 하듯이 그윽했다. 우리말로야 달맞이꽃이지, 야래향(夜來香)이라고도 하고 월견초(月見草)라고도 부른단다. 밤낚시를 가는 오빠를 폴짝거리며 따라나섰을 때 달빛이 어린 꽃들을 보며 오빠는 그런 말을 해주었다.

어떤 낯선 운명이 나를 둘러싸는 듯한 느낌, 그러나 아무것도 잡히는 것이 없이 손바닥에 움켜쥔 모래알처럼 스르르 빠져나가는 이 알 수 없는 느낌은 뭘까. 아이를 낳는다. 어머니가 된다. 그 어느 것 하나 실감이 나지 않는다. 다만 뭔가 알 수 없는 그 무엇이 시작되었다는 느낌만이 돌처럼 가슴에 가라앉아 흔들림이 없다.

친정에 왜 다녀온 줄 알아요? 나 애기 가졌나 봐요. 겨우 그렇게밖에 말이 나오지 않을 자신을 향해 서형은 소리 없이 웃는다. 부끄러워할 일이 아닐 텐데 부끄럽다. 숨겨야 할 일이 아닐 텐데 숨겨야 할 것만 같다. 그냥 어떻게든 남편이 눈치를 챘으면 싶다. 그것만이 아니다. 눈 딱 감고 자고 일어난 어느날 아침, 내 아이라는 그 아이가 옆에 누워 있기라도 했으면 얼마나 좋으랴. 그러다가… 서형은 스스로에게 말했다. 어쩜 나라는 사람은 이렇게 생각이 짧나 모르겠다.

가을이 깊어가면 풀들은 마르리라. 눈이 내리며 겨울이 오리라. 내년 봄이면 아이를 낳겠구나. 이런 게 산다는 것인지도 모르겠다고 서형은 생각했다. 남편이 보고 싶었다. 어떻게 말을 꺼낼까. 여보, 나 아이 가졌어요. 공깃돌을 조물조물 만지작거리듯 서형은 또 그 말을 되씹었다.

길가의 강아지풀도 시들고 있었다. 친정을 오가던 길, 소양강을 건너 이 길을 걸어 시집으로 돌아갈 때면 길가의 풀에게 속삭이곤 했었다. 강아지풀아, 밟히고 꺾이면서도 너는 제 한몫의 평생을 사는구나. 강바람을 맞고 서서 의연하게 피었다가 스러지는 것, 그걸 아버지는 생명의 존엄이라고 하셨어. 나라를 잃었다고 존엄함마저 잃겠느냐. 아버지가 가르쳐주신 존엄, 그 생명의 귀중함을 알기에 나도 이제 그걸 가르치며 내 아이를 길러야겠지.

그런 생각을 하면서 서형은 스스로도 놀란다. 훌쩍 자신의 키가 자란 것만 같다. 자신의 몸 어딘가에서 스멀스멀 뿌리가 자라서 땅을 파고드는 것도 같다. 그래, 이게 아이를 가진다는 건가보다. 이제 엄마가 되는 거로구나. 언뜻 봄비가 뿌리고 간 아침 마당가에 솟아오른 새싹을 보는 그런 마음이었다. 자신의 속 깊은 어딘가에서 새싹이 돋는 것만 같은.

그래, 사람이다. 나라 잃은 백성이야 저마다 헐벗고 남루하다 해도, 대룡산 뻗어내린 기슭을 따라 아담하게 치솟은 봉의산 아래 햇살 가득한 이 가을이 남루하고 헐벗을 리 없다. 일본사람이 들어와 놓은 소양교 위로 멀리멀리 삼악산 준령의 봉우리들이 넘실거리며 아스라하다. 잔물결을 이루며 흘러가는 강물을 물들이고 있는 저녁빛을 바라보며 서형은 걸음을 멈추었다. 아 세상은 이렇게 아름다운 것을.

춘천은 산이 에워싸고 강이 껴안고 보듬으며 키워낸 도시라고 서형은 늘 생각했다. 화천강과 뒤섞인 소양강이 신연강 배터에서 멈칫거리다가 잘 있거라 춘천아… 아쉽게 손짓하며 흘러가는, 소양강의 뒷모습이 남기고 가는 말을 춘천은 안다. 견뎌내. 힘들수록 견뎌야 해. 역사의 켜를 이루며 그렇게 다독인 세월이 강 하구의 퇴적물처럼 춘천에는 쌓여 있지 않던가. 이제는 자취도 없이 사라져간 나라, 저 옛날 맥국(貊國)의 도읍이었다는 춘천이 아닌가. 그렇기에 덕두원 자락에서 멈칫거리던 소양강물이 삼악산 기슭을 깎으며 감돌다가 의암을 지나 사라져가는 뒷모습이 더 아련하다.

춘천사람의 하루하루와 그들의 삶이 밴 고단한 거리를 품어 안은 봉의산의 자태는 늘 넉넉히 다소곳했다. 앞서거나 뒤서거나 진달래와 철쭉이 삼악산을 붉게 물들이고 나면 꿈틀거리며 여름이 다가와 대룡산의 허리에서부터 칡넝쿨이 음흉하게 뒤엉키고, 머루다래가 익어가는 향기 속에 툭툭 제물에 지쳐 떨어지는 도토리 사이를 다람쥐가 들뛰면 이미 가을은 깊어 있었다. 오소리는 바위 밑을 찾아들며 겨울을 준비할 테고, 산꿩은 까드드득거리며 겨우내 춘천을 둘러싼 산자락을 오르내릴 것이다.

강물을 등지며 소양통으로 들어서자 거리에는 여기저기 가게 문을 닫는 집들이 보였다. 일이삼(一二三) 혹은 갑을병(甲乙丙)이라고 차례를 매긴 문짝들을 순서대로 끼워서 밀어넣는 모습을 바라보며 서형은 걸었다.

집으로 향하는 골목으로 접어들자니 강둑과 거리 사이에 자리한 벌판처럼 드넓은 천변에는 어느새 저녁 어둠이 고이고 있었다. 소양강을 건너는 나루터가 자리한 이 동네가 몇해 전부터 에이라꾸쪼오(永樂町)라고 일본 이름으로 바뀌었지만, 낯설기만 한 그 이름을 입에 올리는 사람은 없었다.

여기 터 잡아 뿌리를 내리고 사는 사람들에게는 여전히 앞두루

〔前坪〕, 읍내 앞에 있는 들판이기에 붙여진 이름 그대로 앞두루였다. 앞두루가 있기에 봉의산 뒤편 동네는 뒷두루〔後坪〕였다. 그랬기에 전평리 후평리라고 부르며 오순도순 살아온 세월이 거기 쌓이고 곰삭아 있지 않은가.

서형은 걸음을 빨리했다. 아직 가게에서 돌아오지 않았을 남편을 생각하며 집 안으로 들어서던 그녀는 의아해하며 걸음을 멈추었다. 저녁 준비로 어수선해야 할 집 안이 가라앉은 듯 조용했다. 시어른들이 다 집을 비운 채였고, 올케 명숙은 자취도 없었다. 조카아이들조차 올케가 몰고 나갔는지 보이지 않았다. 부엌일을 하는 화천댁도 모른다고 고개를 설레설레 저을 뿐.

"뭔 일인지 지가 아나유. 나가긴 나가셨는데… 묻지도 않았지만 어딜 가신다는 말도 읎었어유."

입이 무겁다 못해 닫고 사는 화천댁이었다. 말 많아봐야 씨밖에 더 되나유. 그게 그녀가 입에 달고 사는 말이었다.

겨우 닷새, 친정엘 다녀온 집 안에 내려앉아 있는 이 냉기는 뭐람. 어수선한 마음으로 둘러보는 빈집에 어둠이 내리기 시작했다.

친정을 나서며 강을 건널 때의 설레던 마음, 아이를 가졌다는 이야기를 어떻게 남편에게 전할까를 생각하던 기쁨 같은 것들이 푸슬푸슬 허물어져내리며 서형의 가슴에 돌이 하나씩 내려앉는 것 같았다. 교교하게 어둠에 파묻힌 집, 무거운 발걸음으로 대청마루에 불을 켜며 내다본 마당에는 시퍼렇게 번득이는 눈을 하고 누렁수캐가 배를 깔고 앉아 있었다.

수런거리며 밖에서 인기척이 들린 건 저녁이 늦어서였다.

"어머니세요?"

서형이 몸을 일으켰다. 마루를 건너오는 발소리와 함께 방문이 열리며 지상이 안으로 들어섰다.

"어, 당신 왔군."

혼잣말처럼 중얼거리며 지상이 자리에 앉았다. 마치 남을 보는 것 같은 얼굴이다. 친정을 다녀오며 떨어져 지낸 며칠, 아내를 바라보는 반가움이 없다. 기어들어가는 목소리로 서형이 물었다.

"잘 지내셨지요?"

고개를 끄덕일 뿐, 지상은 아무 대답이 없다.

"별일 없으셨고요?"

방바닥을 내려다보는 지상의 눈길이 장판을 뚫을 듯 흔들림이 없다. 무겁게 가라앉은 시간의 무게를 밀어내듯 서형이 물었다.

"제가 뭐 잘못했어요? 말이 없으니."

"별소릴 다 하네."

한숨을 쉬듯 내뱉고 나서 지상이 말했다.

"아무래도 내가 좀 나가봐야겠어."

서형이 놀라며 물었다.

"이 밤중에… 어딜요?"

"어머니가 지금 나까노상 집에 가 있어."

지상이 벌떡 일어섰다. 나까노라면 이곳 치안을 맡고 있는 경무 책임자였다. 그 집 여자와 시어머니는 각별한 사이였다. 자초지종을 물을 것도 없이 무슨 일이 있구나 생각하며 서형이 따라 일어섰다.

"저도 가요."

"당신도?"

천천히 서형을 돌아본 지상이 무슨 결심이라도 하듯, 고개를 끄덕이며 말했다.

"그래. 나와라."

집을 나온 두 사람은 문 닫은 가게들만이 묵묵한 거리를 걸었다. 일본사람들이 사는 기와집골로 향하며 지상은 두어 걸음 앞서서 빠르게 걸었다. 상점에서 새어나오는 불빛에 드러나는 남편을 바라보기만 할 뿐 서형도 말없이 따라갔다. 무슨 말을 걸어야 할지도 몰랐지만 그의 입에서 무슨 말이 나올지가 더 두려웠다.

가게에 무슨 일이 있는 걸까. 그렇지 않다면 시어머니가 나까노상 집에 밤늦게까지 가 있어야 할 일이 없지 않은가. 정미소를 하고 있어서만이 아니었다. 시집에서는 물론 시아주버니 하상의 처가 쪽도 여러 친일단체에 몸담고 있었기에 일본인들과 두루 가깝게 지내온 집안이었다. 시아버지 두영은 옷차림부터 양복을 입었고 앞가르마를 탄 머리에는 언제나 기름을 발랐다. 시집온 이후 시아버지가 두루마기 차림의 조선옷을 걸친 걸 본 적이 없었다.

어디선가 악을 쓰며 개 짖는 소리가 이어지고 있었다. 고개를 숙인 채 걸음을 멈춘 지상이 서형에게 몸을 돌렸다.

지상의 얼굴은 돌처럼 굳어 있었지만, 그가 등지고 있는 불빛 때문에 서형은 아무것도 보지 못했다. 서형이 참고 참았던 말을 했다.

"무슨 일인데요? 무슨 일이 있는지나 알아야지요. 저도 이 집 사람이에요."

"우리 집에 징용이 나오나 보다."

이게 무슨 말인가. 징용이라니. 그런 건 남의 일로 알고 살아오지 않았나. 서형은 멍한 현기증 속에서, 먼저 분노를 느낀다. 감히, 징용이라니. 학병도 징병도 피해간 집에 노무자로 끌려가는 징용, 빨간 딱지가 나오다니.

어느 읍내에서나 양조장과 정미소는 나 누구요 하지 않아도 좋은 부자의 상징이었다. 그렇기에 가진 것을 일구고 지키며 살기 위해서라면 일본사람의 입 속에 든 혀가 되기를 마다하지 않아야 했다. 그렇게 일본사람 속에 섞여 살아온 집안이 아닌가.

춘천으로 들어와 자리를 잡는 일본인들이 늘어나면서 역으로 향한 금강로가 넓고 시원하게 뚫리고 거리의 모습이 변해갔다. 점차 물류의 흥청거림이 소양강을 건너 춘천 읍내로 옮겨오기 시작하자 발 빠르게 앞두루에 정미소를 차리며 자리를 잡은 시아버지 김두영이었다. 소양통 쪽으로 장터가 들어서는 기미가 보이자, 세상이 두 쪽이 나도 사람은 먹고살아야 하는 법이라는 믿음으로 서둘러 싸전에 건어물까지 다루는 가게를 어깨를 맞대어 열면서 기반을 다진 집안이었다. 거기에 요즈음은 금광에까지 손을 대고 있지 않은가.

김씨네 집에 뼈를 묻는다 결심하며 시집을 온 후 그래서 한결 몸을 낮추고 살아온 서형이었다. 이게 다 친일파라고 손가락질당하는 집 며느리가 되어 겪어야 하는 당연함이다, 어려움이 아니라 당연함이다, 그렇게 마음에 접어두고 살았다. 그런데 징용이라니. 그건 우리 집 몫이 아니지 않은가.

친일파라는 말을 듣는다는 게 무엇인가. 손가락질과 곁눈질과 눈흘김 속에 살아간다는 걸 모르지 않았다. 그러나 그건 사촌이 땅을 사면 배 아프다는 시샘쯤으로 눈감고 살았다. 아니, 그러기로 다짐하며 살았다. 어떻게 살았는데, 이제 징용이란 말인가.

서형의 목소리가 가라앉았다.

"아버님이 얼마나 협력을 하셨는데. 그리고 아주버니가 징용이나 끌려가실 분이 아니잖아요."

졸업을 하지 않고 그만두기는 했지만 그는 반도인으로서 일본 유학도 한 사람이었다. 와세다대학이라면 일본에서도 명문이라고 했다.

그래서 시어머니가 나까노상 집에까지 가셨구나. 쓰면 뱉고 달면 삼키는 세상 누굴 탓하랴만, 지금이야 지푸라기라도 잡고 싶은 건 우리 쪽이다. 서형은 시아버지가 군수 영감을 만나러 갈 때면 자신이 댓돌 밑에서 들고 서 있던 모자와 지팡이를 생각했다. 그건 부와 힘을 말해주는 마패 같은 것이었다.

천천히 발걸음을 옮기던 지상이 어둠뿐인 골목을 둘러보며 목소리를 낮추었다.

"생각 같아서는… 차라리 형이 만주로 튀든가 해서 이 고비만 넘기면 좋겠다 싶은데, 그건 아버지가 허락을 안 하실 테니."

시아주버니가 징용을 나간다니. 마른하늘에 날벼락이 이런 거로구나. 서형이 마음속으로 중얼거리는데 지상이 말했다.

"형님 처가 쪽에서나 무슨 소식이 있으면 좋을 텐데. 사위가 징용을 나간다는데 발 넓은 그 댁에서 아무러면 그냥 손 놓고야 있겠어. 힘깨나 쓴다는 형의 처삼촌이 회령인가 하는 두만강 국경 도시에 가 있다고도 하던데…"

아하, 그래서 동서가 집에 없었구나. 서형은 고개를 끄덕이며 동서 명숙을 떠올렸다. 그 사돈댁 또한 누구라도 이름을 들으면 알 만한, 내로라하는 친일 집안이었다.

회령, 만주 공략의 병참기지라고 들었다. 우울한 생각을 누르며 지상은 묵묵히 걸었다. 그건 그렇다 해도, 내지로 만주로 오가며 힘깨나 있네 해봐야 그게 뭔가. 조선사람 때려잡는 밀정, 그도 아니면 일본인들 밑에서 제 민족 팔아가며 떡고물이나 얻어먹는 호의호식이 고작이지. 그게 전부지. 형의 처가 쪽 사람들을 별로 탐탁해하지 않는 지상으로서는 그 처삼촌이라는 사람이 그런 정도이겠지 싶다.

말없이 걷던 지상이 돌아서더니 갑자기 다른 사람이나 된 듯이 물었다.

"내 정신 좀 봐. 장인어른 안부도 못 물었네. 다들 무고하시던?"

바람이 불어와 금화의 옷자락을 휘감았다. 시장에라도 다녀오는가. 두 손에 물건을 든 일본여자가 바람을 등지고 몸을 구부린 채 잰걸음으로 지나갔다. 저것들도 다 불쌍하지. 무슨 죄가 많아 전쟁을 하며, 누군들 죽고 싶어서 죽을까. 금화는 얼굴을 내리덮는 머리칼을 손으로 쓸어올렸다. 아니지. 아닐지도 모르지. 초록은 동색이 아니던가. 다 함께 손발이 맞아서 일본 전체가 들썩거리며 저지르는 짓인데. 너희들도 언젠가는 죗값을 치를 거다. 뿌린 씨는 거두는 법. 그럼, 똥은 싼 놈이 치우기란다.

아파트 골목을 금화는 걸었다. 불빛 환한 일본인들의 숙소에서 생선 굽는 냄새가 풍겨나오고, 자지러지는 아이들의 웃음소리가 들려왔다. 저런 거겠지. 사는 건 저런 거겠지.

"이년이 손님 왔는데 어딜 싸돌아다녀? 정신이 없는 년일세."

유곽 혼다야로 들어서는 금화를 보고 카또오는 욕부터 퍼부었다.

"이년아, 넌 툭하면 어딜 쏘다니는 거냐."

"바람 좀 쏘이고 왔어요."

"히야 이년 봐라. 가만있어도 지붕 날아가게 바람이 부는데, 무슨 바람을 쐬니?"

그 말에는 대꾸도 없이 금화가 물었다.

"누가 왔어요?"

불이 환한 손님방에서 앗앗 하면서 손뼉을 맞추는 소리가 질펀했다.

"노무계장이 데려온 손님이다. 조선에 갔다 온 사람이라더라. 잘 모셔."

자기 방으로 들어가는 금화의 뒷모습을 바라보던 카또오가 담배를 꺼내면서 씨부렸다.

"저년은 알다가도 모르겠다니까. 얌전하다가도 한번 지랄이 났다 하면 눈깔에 뵈는 게 없으니."

옷을 갈아입고 머리를 매만지고 나서 금화는 손님방으로 들어섰다.

수건을 매듭지어 이마에 묶고 앗앗 소리를 지르며 춤을 추던 사내가 금화와 눈이 마주쳤다. 두 팔과 다리를 벌리고 선 채 그가 금화를 향해 혀를 날름 내밀었다.

"어, 하나꼬. 어서 와라."

계장이 알은체를 하면서 금화를 앞자리 손님 옆에 앉혔다.

"잘 모셔라. 오늘 주빈이시다. 사까모또상, 그애가 바로 조선아이요."

금화가 인사를 했다. 조선에 갔다 온 사람이 있다더니 이 사람인가보구나. 눈매가 만만치 않아 보이는 사내에게 금화가 술잔을 권

했다. 둘러보니, 노무계 회식자리에 별로 끼지 않던 이시까와도 와 있었다.

일어서서 춤을 추던 사내가 자리에 앉았다. 칸바이(건배), 칸바이 소리가 이어지고 새로 한차례 술이 돌았다.

"조선에 다녀오셨다면서요?"

금화는 사까모또에게 물었는데, 계장이 먼저 말을 받으며 웃어 댔다.

"야아, 사까모또상. 벌써 소문이 하나꼬한테까지 가고, 대단하십 니다."

금화가 다시 말했다.

"재미있으셨어요?"

사까모또가 눈을 내리깔면서 금화를 보았다.

"조선이 어디가 재미있니? 일이니까 가는 거지. 나 그렇게 다녀 도 조선 재미있는 걸 모르겠더라."

싫으면 말고. 금화가 말을 돌렸다.

"좋은 여자를 못 만나서 그러신가보네요."

"너 하나만 물어보자. 조선사람들은 겐찬스무니다, 겐찬스무니 다 해대던데, 그게 뭐 어떻다는 말이냐?"

겐찬스무니다. 그렇구나, 괜찮습니다를 두고 하는 말이로구나. 금화가 웃었다.

"괜찮습니다요? 그건 일본말의 '다이조오부'나 비슷한 말이에요."

"이거냐 아니냐. 예스가 노가. 뭐 분명해야 알아듣지. 좋아도 싫 어도 도대체가 겐찬스무니다란 말이야. 조선인은 안 된다, 안 돼."

"다른 조선말은 또 뭘 아시는데요?"

"많이 알지. 게세끼. 씨바르노므. 여스머거라. 조가트다. 더 가르쳐줘?"

금화가 눈살을 찌푸렸다. 이게 뭐 이런 자가 다 있어. 정말 개새끼 씨발놈이네. 뭐 엿 먹어라? 어떻게 또 엿 먹어라는 알아들었을까.

소리 내어 웃고 난 사까모또가 계장에게 술을 권하면서 말했다.

"새로 옮긴 오오하시조선소가 사람이 많이 필요하다고 해서, 이번에는 조금밖에 할애를 못 했습니다."

"필요하기로야 우리도 애가 탑니다. 석탄 증산이라고 난리들을 치는데 사람은 모자라니. 어쨌든 고맙습니다. 조선도 예전 같지가 않지요?"

이야기를 들어보자니 징용공들 모으러 갔다 온 사람인가보았다. 징용공을 하나라도 더 받기 위해서는 광업소에서 이 사람을 잘 대접할 수밖에 없겠구나. 술자리의 손님 이야기에는 끼어들지 않는 게 이 바닥의 법이다. 그게 업무에 관한 이야기일 때는 더욱 그렇다. 알아서 자리까지 피해주어야 한다. 금화는 말없이 자신의 앞에 놓인 술잔을 들어 한모금 마셨다.

"조선에 가도 이제 사람 구하기가 쉽지가 않아요. 총독부에서 주재소 순사까지, 모집하러 왔다고 하면 얼굴부터 찡그리니. 면 직원이나 순사랑 징용 갈 사람을 찾으러 돌아다니면, 어느새 마을에서 남자들이 전부 사라지고 없어요. 전에는 면장이 우리한테 한명이라도 더 데려가달라고 할 때도 있었는데, 이젠 어림도 없어요."

일본에서 가지고 간 선물을 내놓으며 순사한테도 면장한테도 허리를 굽실거리며 부탁을 해야 했고, 여인숙도 없는 시골에 면 관계자들과 함께 가서 일을 보기도 했는데, 저녁이면 그들에게 한턱내느라 뚱뚱한 조선 작부들을 눈이 시게 보았다고 그는 껄껄거렸다.

조선인들이 낮에는 산으로 숨었다가 밤이 되면 집으로 돌아오기 때문에 밤중에 쳐들어간 적도 있다고 했다. 한밤에 순사와 면서기랑 짜고 신발도 벗지 않은 채 들이닥친다. 남자라는 남자는 자고 있으면 깨워서라도 끌어오고 도망치거나 반항하면 목도로 두들겨 패야 한다. 아녀자들의 통곡소리, 트럭을 따라오며 울부짖는 아이들과 늙은 어머니… 그렇게 면으로 끌고 와 순사에게 지키게 하고 나서, 면장실에서는 일본에서 가져간 술을 따르며 술자리가 벌어진다. 예전처럼 탄광에서 사람 구하러 왔다면서 명단 내밀면 되던 때가 아니라는 이야기였다.

"당신 징용 나왔어, 갑시다, 했다가는 안 가겠다고 나가자빠지기 때문에, 순사를 안 데리고 다닐 수가 없어요."

좀 전에 춤을 추던 남자가 끼어들었다.

"그걸 토끼사냥이라고 한다면서요?"

"토끼치고는 큰 토끼지요. 그런데 이 조선놈들이 이마빡으로 들이받는 걸 잘해요. 요렇게, 앞에서 콧잔등을 들이받으니 꼼짝없이 당하는 거지요. 면 직원 하나를 들이받고 도망을 친 놈이 있었는데 결국 못 잡았어요. 겨우겨우 숫자를 채워가지고 부산에서 하룻밤을 자고 배에 태우려니까 열두명이나 없어졌습디다. 이놈들을 시모노세키에서 풀어가지고 기차로 옮겨 실었는데, 나가사끼에 와보니까 어디서 어떻게 도망을 쳤는지 또 일곱명이 없어졌지 뭡니까. 이번 같아서는 정말 이 일 못 해먹겠습디다."

부산까지 오는 길에는 사람들을 여관에 가두고 감시를 했다고 했다. 최종심사는 부산에 와서 배를 타기 전에 있었다. 호적초본에 있는 자가 맞는지 신원을 확인하는 것인데, 직접 끌어오지 않은 사람들 가운데는 다른 사람이 대신 나온 경우도 부지기수였다. 여기서부터 특히 도망자가 늘어났다. 여관 2층에서 뛰어내리는 자도 속출했다.

홋까이도오 탄광에서 온 사람의 말로는, 조선으로 건너가 총독부의 도움으로 100명 정도를 데려가게 되었는데 그 가운데 20명 정도를 잃어버린 적도 있다고 했다. 기차를 타고 가는 거리가 멀고 험한 홋까이도오의 경우, 기차가 느릿느릿 헐떡거리는 오르막 구간이 많아서 그때 창밖의 나뭇가지를 잡고 뛰어내린다는 것이었다.

"하이고, 고생하셨습니다. 자, 술 한잔 받으시고."

계장 옆에 앉아 있던 남자가 사까모또의 잔에 술을 따르고 나서 건배를 소리쳤다.

"오오사까 같은 데 오면 구경 좀 하고 가자고 떠들어댄다면서요?"

"그런 일이 있었지요. 어떤 얼빠진 사람이 일본 자랑한답시고 관광을 시켰는데 웬걸, 여기저기서 도망을 치는 바람에 그 사람 혼이 나갔지요. 요새는 그런 곳은 특별히 야간통과로 처리합니다. 그런데도 달리는 밤기차에서 뛰어내리는 조선인들이 없는 게 아닙니다."

모집사업이 끝나면 마음에 들게 협조를 잘했던 조선인 순사를 요정으로 초대해 질펀하게 대접을 하며 탄광의 노무계 직원으로 특별 채용하는 경우도 있다고 했다. 노무계 직원이 된 순사들은 '반도인청년 특별 연성소(鍊性所)'의 교사로 위촉되었고, 이들에게 주어지는 위촉장은 친일단체 협화회(協和會) 명의로 발급되었다. '노무보도원증'이라는 것도 주어졌다.

"이번에는 머릿수를 채우느라 애들까지 긁어모아 데려왔습니다."

"아주 쓸어왔군요."

"사람이 없습니다. 면소 담당자한테 술 사주고 순사한테 계집질 시켜주고, 그러느라 나는 밑이 다 빠졌습니다."

말은 그렇게 했지만 사까모또는 그래도 자신은 성적이 좋은 편이었다면서 자랑을 그치지 않았다. 앞자리의 야스꼬는 간간이 웃고 있었지만 묵묵히 이야기를 들으며 금화는 가슴 한쪽이 찌르르 아프다. 아들을 떠나보내며 울며불며 매달렸을 조선의 엄마들, 그 모습이 눈앞에 어른거린다.

"어이, 하나꼬. 뭐 하냐. 노래 하나 해라."

계장이 소리치면서 사까모또에게 말했다.

"일본 노래, 조선 노래 다 잘하는 앱니다. 춤도 잘 추고."

사까모또가 손을 내저었다.

"계장, 노래가 아니지. 그거 있잖아, 스페샤루. 재주 좋은 애가 있다면서?"

사까모또의 목소리에 썰렁해진 방 안을 둘러보던 계장이 손뼉을 쳤다.

"어이어이, 기분도 그렇지 않은데 분위기를 좀 바꾸자. 미야꼬 어디 갔냐? 미야꼬 들어오라고 해라."

계장 옆에 앉아 있던 야스꼬가 재빨리 일어서서 밖으로 나갔다. 벌써 미야꼬 순서인가. 사까모또에게 몸을 기대면서 금화는 방 안의 손님들을 둘러보았다. 그러고 보니 다들 꽤 취했다. 야스꼬는 밖에서 미야꼬가 할 특별 순서를 준비할 것이다. 그랬다. 그것은 이곳 혼다야가 자랑하는 특별한 것이었다.

이 집에는 미야꼬라는 여자가 있었다. 몸이 바싹 마른 여자였다.

그녀는 술자리에도 별로 앉지 않았다. 손님들과 하룻밤을 자는 일도 드물었다. 그런 그녀가 특별한 재주를 가졌다고 했을 때 금화는 처음에 무슨 소린가 했다. 재주? 몸 팔고 웃음 팔고 술 팔고, 거기에 또 무슨 재주야? 그런데 알고 보니 그녀는 별 재주를 다 부리는 여자였다. 자신의 몸, 그 부분을 가지고 못 하는 것이 없었다. 붓을 꽂고 글씨도 썼다.

잠시 후 샤미센을 든 야스꼬의 뒤를 따라 일본옷을 차려입은 미야꼬가 들어섰다. 꽃무늬가 화려했다. 인사를 하고 난 미야꼬가 야스꼬의 샤미센에 맞춰 천천히 팔을 흔들며 춤을 추기 시작했다. 또 다른 여자가 무릎을 꿇고 앉아 미야꼬를 위한 특별한 준비를 시작했다.

춤을 추고 난 미야꼬가 몸을 흔들며 속옷을 하나하나 벗어나갔다. 계장이 탁자 위로 몸을 기울이더니 사까모또에게 귓속말을 했다. 사까모또가 웃음을 터뜨렸다.

"그거 재미있겠군."

"오이, 미야꼬짱. 여기 사까모또 선생의 이름이나 하나 써드려라."

방 안에 웃음이 퍼져나갔다.

"이름이라. 그거 잘 표구해서 가보로 남겨야겠는걸."

준비를 하던 여자가 붓과 종이를 펴놓고 먹을 갈기 시작했다. 계장이 옆에 앉은 여자를 안으면서 말했다.

"자, 어디 글씨 솜씨 한번 보자."

금화가 몸을 일으켰다.

"난 쟤가 저거만 시작했다 하면 오줌이 마려워서요."

밖으로 나온 금화는 가슴을 감싸며 바다를 내려다보았다. 바람이 좀 잦아들어 있었다. 방파제 위에 띄엄띄엄 늘어선 불빛뿐 바다는 달빛도 없이 캄캄했다. 흘러간 그 옛날에 내 님을 싣고, 떠나간 그 배는 어데로 갔소. 그리운 내 님이여. 그리운 내 님이여. 마음속으로 「눈물 젖은 두만강」 노랫말을 따라가다가 금화는 소리 없이 중얼거렸다. 안 되겠다. 오늘은 술이라도 퍼마셔야지.

등 뒤에서 발소리가 나며 이시까와가 옆에 와 섰다. 담배에 불을 붙이고 나서 그가 말했다.

"사까모또가 워낙 자기 자랑이 심한 사람이라. 맘 상했냐?"

"아니에요."

"하나꼬도 아직 멀었더라. 조선서 사람 잡으러 다니는 얘길 하니까 얼굴이 다 일그러지던걸. 내가 다 봤다."

금화는 아무 말도 하지 않았다.

"요즘 다들 제정신이 아니다. 사고는 자꾸 터지고, 군에서 본격적으로 나서서 증산 독려라며 난리고… 광부들은 모자라니 어쩔 수가 없어."

금화가 말머리를 돌렸다.

"들어가서 술이나 더 하며 재미있게 놀아요. 미야꼬 재주 부리는 거 좋아하지 않으세요?"

이시까와가 피식 웃었다.

"싸아카스도 아니겠고."

안에서 왁자하게 웃음소리가 터져나왔다. 이어지는 박수소리. 바닷바람이 휩쓸며 지나갔다. 그 바람에 묻어온 듯 어둠 속에서 갈매기 우는 소리가 들렸다. 몸살 기운을 느끼며 금화는 두 손으로 얼굴을 감쌌다.

4

날씨라고 참, 꾸물거리기는. 꼭 첩 본 마누라처럼 암상을 해가지고 있구먼. 오늘이 어떤 날인데 해라도 활짝 뜨면 누가 뭐라나. 길남이 밖을 내다보면서 혼잣말을 했다.

"뭔 날씨가 허구한 날 우중충하냐. 비라도 좍좍 쏟아지든가."

"저런. 질 떠나는디 비가 오믄 으쩍헌다냐."

비가 오는 줄로 안 어머니가 부숭부숭한 얼굴을 들면서 길남의 등을 바라보았다.

길남은 문을 열고 밖으로 나왔다. 어둠이 가시지 않은 길, 전봇대가 우뚝우뚝 선 길 저편을 인력거가 빠르게 지나갔다. 그는 무겁게 내려앉은 하늘을 쳐다보았다. 잿빛 하늘 저편에 새날이 와 있다고 그는 생각했다. 노량진에서 기차를 타고 부산으로 가면 거기서 시모노세끼까지는 배가 간다. 이제 시작이다.

아침을 짓느라 부엌에서 그릇을 달그락거리며 길남은 몇번이나 다짐하고 있었다. 이렇게는 안 산다. 나도 돈 모을 날이 있을 테니. 돈만 있으면 염라대왕 문서도 바꾼다더라. 돈이면 처녀 불알인들 못 살까.

길남이 아침상을 들고 들어왔을 때 어머니가 말했다.

"밥이 넘어가겠냐. 소도 아닌디…"

그 목소리가 젖어 있어서 길남은 고개를 돌리며 큰 소리로 말했다.

"자반도 한손 구웠어요."

"생선이 으디서 났냐?"

"무라다상 부인이 주던데요. 그 옥상이 생긴 것도 그렇고 마음이 수더분해요."

"그 댁네가 그래도 일본사람치고는 심성이 곱구나잉. 그래라. 어서 밥 묵고 빼논 사람 읎이 다 인사 갔다 오고 그래라. 마포 대복상회도 잊지 말고. 느그 아부지도 그라고 우리가 그 집 신세를 잊어부러서는 안 된다. 은덕은 은덕으로 갚아야 쓰지 않겠냐."

길남이 상 앞에 다가앉으며 수저를 들어 어머니에게 건넸다.

"엄마."

"왜?"

"무라다상이 내가 없어도 뒤를 돌봐준다고 했어요. 그 집에 돈 받을 것도 있고요. 그리고요…"

말을 이으려다 길남은 참았다. 어젯밤 마지막 정리를 하고 났을 때 가게의 무라다상은 눈물을 글썽이며 말했다.

"막상 후꾸다군이 떠난다고 하니까 눈앞이 캄캄해. 나 혼자 이걸 어떻게 꾸려갈지."

말이라도 그렇게 해주는 게 고마웠다. 부인은 한결 더 길남이 떠나는 것을 아쉬워했다.

"좋은 세상 오면 또 만나요."

그러나 길남의 생각은 달랐다. 나 후꾸다 요시오가 언제까지 남의 밑에서 일이나 봐주다 끝날 줄 아느냐. 범을 잡으러 범의 아가리엘 들어가겠다는 거다.

"한 소릴 또 한다고 하겠지만… 길남아, 안 가믄 안 되겠냐?"

"가야 해요. 그 얘기는 이제 접으세요. 하루 이틀에 결심한 것도 아닌데 이제 와서 또 그 얘기를 꺼내시면 어떡해요."

이젠 나이도 차서, 더 어물거렸다가는 언제 징용 나가라고 들이닥칠지 모른다. 그럴 바에는 내 발로 튀어야 한다. 내 발로 일본으로 건너가, 내 발로 일자리를 찾는 거다.

"에미 걱정은 마라. 기운 차려서 일어나마."

"그런데 엄마, 아버지가 일본에 있기는 있는 걸까요? 무슨 카라후똔지 사할린인지, 내 생각에는 거기로 간 거 아닌가 싶기도 하고."

"군수공장에 있다고 했잖여. 거기서 대포알 깎는다고 기별하지 않았던가."

그게 벌써 언제 이야기인가. 문밖을 내다보며 길남이 머리칼을 쓸어올렸다. 요 머리에도 기름 자르르 발라서 빗어넘길 날이 머지 않았으리라.

"무라다상 집에 받을 돈 있는 거 잊지 마세요."

"몇번씩 그 야그를 하네잉."

길남이 일을 시작했던 일본인 상점의 점원 일을 아버지는 내내 탐탁해하지 않았었다. 놈의집살이 백날 해봐야 무신 희망이 있겄냐. 그래도 널븐 디 가야 일을 배워도 배우는 거제. 사람이 말이다, 몸으로 한번 배운 일은 평생을 가도 잊어버리질 않는 것이여. 사람은 굴러도 큰 땅에 가서 굴러야 한다는 생각을 가지고 소작농을 때려치우고 경성으로 올라왔던 아버지는 쌀집에서 배달을 하면서 겨우겨우 살았다. 그러면서도 늘 말했었다.

"사람은 젊을수록 그저 큰물에 가서 살아야 허는 것이여."

그랬던 아버지가 일본으로 떠났을 때 길남은 열여섯살이었다. 자신이 먼저 자리를 잡으면 아들을 데려가겠다는 약속을 하고 떠난 아버지였다.

해가 바뀌고, 조선에 처박혀 있을 게 아니라 어떻게든 일본으로 건너만 오라는 연락이 아버지에게서 처음 왔던 게 지난해다. 친일 단체 협화회에 아는 사람도 있어서 일자리를 얻기 위한 협회증은 얼마든지 만들 수 있다는 편지를 보내왔는데, 그러고 나서 갑자기 소식이 끊겼다. 어머니가 시름시름 앓지만 않았어도 더 일찍 일본으로 건너갔을 거라고 길남이 조금씩 후회를 하는 사이 그렇게 아버지에게서 소식이 끊겼던 것이다.

어머니와 함께 밥상을 물리고 나서 숭늉을 마시면서 길남이 다짐을 하듯 말했다.

"아버질 만나면 바로 연락할 거니까 약한 마음 먹지 말고 잘 계셔야 해요."

"기별이 끊겼는디 쉽게 찾아질랑가 모르겄네. 먼 일이 있긴 있는 모양인디. 기별이 읎응께 내 가심이 까맣게 타분다. 어디 몸이라도 안 상하고 있어야 허는디."

"못 찾기야 하겠어요. 전에 있던 주소로 가서 수소문하면 되지 싶네요."

저녁이면 노량진에서 기차를 탄다. 땅이 구들장이고 하늘이 이불이지. 내가 어디 가서 자리 하나 못 잡겠어. 그는 느긋한 마음이었다. 잘된 일이다. 이럴 때 큰 데로 나가서 돈도 벌고 터도 닦아야지. 아버지도 늘 사람은 대처 물을 먹어야 한다고 했다.

아침을 끝내고 밖으로 나온 길남은 전차를 타고 종로로 나왔다. 외상값이 남아 있는 두 집을 들러 채근을 하고, 마음이 안 내키기는 했지만 어머니의 말도 있었는지라 마포의 대복상회에도 들렀다. 아버지한테서 소식이 와 오늘 일본으로 간다고 듣기 좋은 말로 둘러대며 앉아 있자니, 유리문 밖으로 보이는 인력거를 타고 가는 여자가 벨벳 모자를 쓰고 있었다. 나도 모자 한번 삐딱하게 쓰는 날이 와야 할 텐데. 마포에서 돌아오는 그의 발걸음은 가벼웠다.

저녁이 되면서 오는지 마는지 부슬거리며 빗발이 뿌렸다. 손에 든 것은 짐이랄 것도 없는 작은 가방 하나, 집을 나서려고 인사를 하던 길남의 눈길이 안씨의 얼굴에서 잠시 흔들리듯 멈췄다. 엄마가 이렇게까지 늙었던가. 오늘따라 볼이 홀쭉 들어간 어머니의 얼굴에 주름이 가득했다. 아랫입술을 깨물면서 길남이 말했다.

"들어가세요. 비 맞지 말고."

"타관 땅이 어쩌니 저쩌니 해도 일본이 멀기가 오살나게 멀어야제. 에미 걱정은 아예 붙들어매고, 그저 몸이나 성해라."

"걱정 마세요. 나도 돈 벌어서 한번 짜하게 잘살아볼 거예요. 한다면 해요."

너 잘못 없다. 없는 집에 태어난 거, 그거 네 잘못 아니다. 소리
죽여 중얼거리는 안씨의 손을 잡으며 길남이 말했다.

"저 갈게요."

"그래라, 그래잉. 섬나라에 간단디… 물 조심하라는 에미 말 잊
지 말고잉."

등을 돌리고 걸어나가며 길남은 중얼거렸다. 아무리 섬나라엘
간다지만 눈만 뜨면 물조심 타령일까. 엄마도 참.

골목길을 걸어나가는 아들을 바라보던 안씨가 몸이 꺾이듯 문
앞에 쭈그리고 앉았다. 새끼를 길렀으면 무슨 뒤끝을 봐야 하는데,
이게 무슨 꼴인가. 기막혔다. 흐르는 눈물을 닦을 생각도 없이 안씨
는 넋이 나가 앉아 있었다.

쭈그리고 있는 어머니를 향해 어서 들어가라며 손을 내젓는 아들
의 모습이 안씨의 눈에 뿌옇게 바라보였다. 명 보전해서 내 생전에
저 아들을 봐야지. 그런 생각에서 손등으로 눈물을 훔치고 났을 때,
안개 속처럼 어른거리던 아들의 모습은 어느새 사라지고 없었다.

그날 밤, 시간에 맞춰 길남은 노량진에서 밤기차에 올랐다. 한때
그치는가 싶던 빗발이 조금씩 굵어지고 있었다. 자리에 앉아 무심
하게 떨어지는 빗발을, 번들거리는 선로 저편을 바라보며 길남은
곧 무라다상회 안쪽에 재어놓기 시작할 뭉칫솜을 떠올렸다. 비 그
치면 가을 깊어질 테고 눈 내리면 바로 겨울이다. 겨울이 오면 추
울 테니 솜바지들을 찾는 건 당연지사다. 장사란 그렇게 미리 때를
보아야 하는 법, 거기에 운이 맞으면 그걸 대박이라고 하는 거야.
하늘에서 떨어지는 게 대박이 아니다. 남보다 먼저 때를 보고 미리
준비하는 거 그게 대박인데, 세상 잡것들이 요 이치를 모른다 그 말

이지.

한 덩어리의 어둠처럼 건너편 선로로 기차가 들어오고 있었다.

"어떻게 된 얘기예요, 당신?"

앞으로 다가서는 서형의 입술이 떨린다.

"뭐가? 무슨 얘기야?"

서형의 눈에 눈물이 가득했다.

"덕길이 엄마한테 다 들었어요."

"뭘 들어?"

"아주버니 대신 당신이 간다면서요. 징용을 당신이 간다면서요."

눈물이 넘칠 듯 가득한 서형의 눈을 마주 보지 못하며 지상의 얼굴이 일그러졌다.

"들어가자. 밖에서 이럴 일이 아니다. 들어가서 얘기하자."

"그렇군요. 맞군요. 당신이 가는 거군요."

지상이 아내의 팔을 잡았다. 주르륵 그녀의 눈에서 눈물이 볼을 타고 굴러떨어졌다.

"나 죽는 꼴 보려고 이러세요? 난 뭐예요. 내가 왜 이런 말을 남한테서 들어야 해요."

"누가 본다. 철없이 이러지 말어."

풀썩 마당가에 주저앉으며 서형이 중얼거렸다.

"못 가요, 당신."

"이러는 게 아니라니까."

서형이 또 중얼거렸다.

"못 가요. 당신이 가면 나도 가요."

"가긴 어딜 가?"

땅바닥을 내려다보며 그녀가 아주 낮게 말했다.

"나도 가요. 당신 가는 델 나도 따라가요. 당신 있는 데 가서 움막을 치고라도 있을 거예요. 홋까이도오든 남방이든 내가 못 갈까. 당신 혼자는 못 보내요."

형 대신 징용을 나가겠다는 말을 한 것은 지상 자신이었다.

"제가 나가겠습니다. 형님은 안 됩니다. 아버지도 그런 생각을 하셨을 줄로 압니다. 형님은 집안의 장손입니다. 장손을 그렇게 내보낼 수는 없는 일입니다."

집안을 위해서라도 형 대신 내가 나가야 한다. 길은 그것밖에 없다. 결심은 쉽고 간단했다. 아버지에게 그 말을 했을 때, 김두영은 고개를 숙이고 앉은 아들의 정수리를 묵묵히 내려다볼 뿐 말이 없었다. 무겁게 가라앉은 두 사람 사이를 헤치고 문밖에서 발정 난 고양이 우는 소리가 들려왔다. 무슨 불길한 조짐인가. 고양이소리가 목에 걸린 가시처럼 마음을 어지럽힌다.

두영이 아들에게서 눈길을 피하며 물었다.

"네 처하고도 이 얘길 했느냐?"

"저 혼자 결심한 일입니다. 제 처에게는 당분간 이 말은 안 할 생각입니다."

아직 말을 꺼내지 못하고 있지만 부모님도 그러길 바랄 것이다. 형 대신 나가겠다는 말을 차라리 내가 먼저 꺼내는 게 옳은 일이 아니겠는가. 그런 생각을 하며 정미소 안에 앉아 있던 오늘은 얼마나 긴 하루였던가. 그런 생각을 하는 지상에게 두영은 딱 끊어 말했다.

"자루 베는 칼이 없다더니, 그 말이 날 두고 한 소리로구나. 알았으니, 나가봐라."

"그럼 그렇게 알고, 가게일도 인수인계를 해야 할 테니 저도 준비를 하겠습니다."

마루를 건너가는 아들의 발소리가 멀어지며 그뒤를 잇듯이 또 고양이소리가 들려왔다. 저놈 입에서 이제야 그 말이 나오다니. 족보의 나라 조선이다. 장자에게 징용이 나오면 당연히 둘째가 대신 나가는 거지. 징병도 그랬고 학도병도 그랬다. 천천히 담배를 찾아 물면서, 두영은 아들의 징용 문제를 놓고 군수 사사끼를 찾아갔던 며칠 전의 일을 떠올렸다. 비행장 닦는 공사판이나 탄광만은 피할 수 있게, 그것만은 꼭 좀 손을 써주셔야겠습니다. 그는 이미 징용은 맏아들이 아닌 둘째를 보내기로 하고서 노역장이 아닌 사무직으로 일할 수 있도록 부탁해놓은 참이었다.

그날 두영은 사사끼 앞에 앉으며 들고 간 보따리부터 풀었다. 오동나무 함에 담긴 번쩍거리는 금송아지였다.

"제 광산에서 나온 금으로,"

두영은 거기서 잠시 말을 끊었다.

"군수님을 위해 아주 특별히 만들었습니다."

"이런 귀한 걸 다 주시고, 잘 받겠습니다. 집안의 가보가 되겠습니다."

두영이 내놓은 누런 금송아지, 그 금덩어리를 쓰다듬으면서 사사끼는 웃고 있었다. 그렇지 않아도 요즈음 은행 사정이 전 같지 않은데 군수님께서 뒤를 돌봐주시니 자금 사정도 풀리고, 금광 일도 한숨 놓고 지냅니다. 평생 은혜 갚을 일만 남았습니다. 두영이 너스레를 떨고 나서, 몸을 숙이며 아들의 징용 문제를 꺼냈다.

"제 아들이 징용을 나가게 되었습니다."

"아, 예. 알고 있습니다."

알고 있었다니, 이놈 봐라. 일을 그 지경으로 만들면서도 나한테 귀띔도 안 했다는 거냐. 두영은 아차 싶었다. 이것들이 날 정통으로 겨냥을 했군그래.

"카네다상도 아시다시피 군청마다 몇명이라고 할당을 해놓았으니… 우리가 알아서 할 텐데 도에서는 또 거기대로 여간 긴장을 하고 있어야지요. 카네다상이니까 하는 말인데, 꼭 이번에 나가야 하는 건 아닙니다. 사정이 있다면야 예비자 명단에 넣어놓고 미루는 거야 어려울 게 없지요. 제가 그것도 못 해드리겠습니까."

사사끼가 소리 내어 웃었다. 내가 무슨 마음으로 온 줄을 손바닥 보듯 읽으면서 이노옴, 네가 웃어. 네가 김두영이를 이렇게 홀대를 해. 사사끼의 얼굴을 바라보는 두영의 얼굴빛이 변했다.

사사끼는 치켜올라간 콧수염 끝을 매만지면서 말했다.

"하지만, 이번에는 특별히 가시적인 협조를 해주셔야겠습니다. 내선융화의 표본이 되게 말입니다. 시국이 점점 어렵습니다."

두영이 꺼낸 아들의 이야기에 미리 예상하고나 있었다는 듯 사사끼는 눈썹 하나 까닥하지 않고 말했다.

"그런 일이야 있겠습니까만, 아드님을 어디로 피하게 한다거나 하는 일은 없어야 합니다. 일이 중차대하다는 걸 잊지 마십시오."

"그, 그야 여부가 있겠습니까. 다만 부탁이 하나 있습니다."

"부탁이라면 무슨? 카네다상 말씀이라면야 그건 아닙니다, 소리는 제가 못 하지요."

콧수염을 쓰다듬으며 웃는 사사끼에게 고개를 숙이며, 그때 김두영은 징용 갈 아들을 지상으로 바꿔달라는 말을 꺼냈다.

"맏이가 몸도 허약한데다 공부나 하던 아이라… 둘째아이를 대신 내보냈으면 합니다."

"둘째라고요?."

잠시 눈을 깜박이며 말이 없던 사사끼가 덥석 두영의 손을 잡으며 목소리를 낮췄다.

"생각 잘하셨습니다. 과연 카네다상다운 결단이십니다."

생각지 못했던 군수의 말에 두영은 입을 벌린 채 그를 바라보았다.

"훌륭한 결단이십니다. 그 차남이 예전 상록회 사건 때의 그 아들 아닙니까. 이참에 멀리 보내서 단련을 시키겠다는 생각이신가 본데, 훌륭하십니다. 쇠는 담금질을 할수록 강해진다지 않습니까. 청년은 쇠와 같습니다."

상록회, 벌써 5년 전의 일이다. 춘천고등보통학교에서 있었던 학생들의 비밀결사 사상운동, 그 독서회 사건에 지상이 연루되었던 걸 여전히 기억하고 있다니. 이자가 언제든 그걸 빌미로 내 목줄을 조일 생각이라도 하고 있었단 말인가. 두영의 얼굴이 달아올랐다. 하긴, 쉽게 잊을 리가 없겠지. 재학생만이 아니라 졸업생까지 싸잡아 137명을 검거했던 사건이다. 결국 치안유지법 위반으로 14명이나 실형을 받았으니, 춘천 바닥이 들썩거릴 만큼 파장도 엄청났다.

하지만 도대체 그 일이 뭐 그렇게 대단한가. 애들이 책 돌려 읽은 거고 거기엔 이광수 책도 무더기로 들어 있었다던데. 그때 독서회 사건 수사가 본격화되면서 검거대상에 들어 있던 지상을 빼내느라 경찰서를 드나들던 내 꼴이라니. 두영이 벌레 씹은 얼굴이 되어 두 손을 마주 잡으며 고개를 숙이는데, 사사끼가 큰 소리로 웃었다.

"훌륭하십니다, 카네다상. 자식 둔 마음을 제가 모르겠습니까. 쉬운 일이 아니지요."

두영이 고개를 주억거렸다.

"걱정하실 게 없습니다. 우리 국장에게 이야기해서 차남으로 돌려놓겠습니다. 그뿐이겠습니까. 카네다상 아들인데 당연히, 편한 자리로 갈 수 있게 제가 힘을 써놓겠습니다. 징용을 간다지만 반도인이 할 수 있는 사무직도 얼마든지 있습니다. 카네다상이 일부러 찾아오신 건데, 그 마음을 제가 모르겠습니까."

나를 훤히 꿰뚫고 있다니. 나보다 두어 수 앞을 내다보고 있는 이자는 뭐란 말인가. 징용을 가더라도 힘들지 않게 편한 자리로 돌려줄 것을 부탁하고 허리를 굽실거리며 군수실을 나오던 두영을 그러나 가족은 그 누구도 알지 못했다. 맏아들을 대신해서 지상을 보내기로 군수에게 약속을 받고, 게다가 흰소리는 쳤지만 밑 빠진 독처럼 여전히 돈줄이 달리는 금광의 대출금까지 부탁했다는 것을.

지상이 형 대신 징용을 나가겠다고 말한 건 두영이 사사끼를 만나고도 얼마가 지나서였다.

보국신민(報國臣民)이라는 말이 있지 않던가. 나라를 위해 백성된 도리를 다해야 한다. 이미 일본과 우리는 하나의 나라다. 한 나라에 두 백성이 있을 수 없다. 그게 아버지의 믿음이었다.

아시아 여러 나라를 대동아공영권이라는 하나의 울타리로 묶어서 귀축미영과 맞서 서구 열강의 발톱 아래서 지켜야 할 명제를 앞에 놓고 있는 일본이다. 그렇기에 지금의 전쟁은 대일본제국 천황의 군대가 치르고 있는 성전(聖戰)이다. 이 막중한 과업을 위해 천황폐하의 부르심에 따라 기쁨으로 감격해하며 그곳이 어디든 나서야 한다. 출정병사를 떠나보내는 송영회에서 아버지는 연단에 올라 그렇게 소리쳤다.

친일이란 뭔가. 뼛속까지 일본인이 되는 것, 그게 아버지의 길이었다. 그것만이 아니다. 같은 조선 백성이라도 나는 저 무지렁이 농투성이들과는 다르다는 믿음, 그것 또한 아버지의 믿음이었다. 친일이 부러움은 될지언정 손가락질 받는 세상도 아니다. 아버지에게 있어 그것은 살아가기 위해서는 너무나도 당연한 방법이었으며, 가진 것을 지키기 위해서라면 피할 수 없는 길이었다.

남보다 먼저 대일본제국 신민으로서의 의무를 다하기 위해 앞장섰던 아버지, 그러면서도 자식을 전쟁터로 내보내는 것만은 잘도 피해온 아버지였다. 그러나 이제 저들은 말한다. 당신이 그토록 충성을 바치고 싶어하는 일본을 위해서, 텐노오헤이까(天皇陛下)를 위해서 당신에게 기회를 주겠다. 이제는 당신 아들을 내보내시오. 당신이 앞장서서 다른 사람들을 따르게 합시다. 이런 판에 어디다 대고 내 자식만은 빼달라고 말을 꺼내겠는가.

잠을 이루지 못하며 몸을 뒤척이던 지상은 아내가 깰세라 까치발을 하고 밖으로 나왔다. 새벽하늘에 별이 가득했다.

지상은 주머니에 손을 찌르고 담 옆을 천천히 걸었다. 인기척에 잠을 깼는지, 마루 밑에서 기어나온 개가 옆에 와 허리를 길게 늘이며 기지개를 켰다. 지상이 낮은 소리로 중얼거렸다.

"들어가 인마."

그 말을 알아들었는지 개는 어슬렁거리며 다시 마루 밑으로 들어갔다. 별이 가득한 하늘을 쳐다보며 지상은 길게 한숨을 내쉬었다. 옆에서 잠든 아내의 고른 숨소리를 듣는 게 가슴을 쥐어뜯는 것 같았다. 부모님이 계신다만 이 어린 여자를 두고, 내가 어떻게 발이 떨어지나. 장독대 언저리에 모여 있는 어둠을 바라보며 지상은 눈에 힘을 준다.

그러겠지. 저 장독대 옆에는 채송화가 피고 맨드라미가 피고, 추석이 오면 그걸 박아 송편을 빚겠지. 거기 서서 아내는 훌쩍거리며 옷고름을 들어 눈 밑을 훔치겠지.

기왕 떠날 거라면 하루라도 빨리 떠났으면 좋겠다는 생각을 지상은 한다. 생이별이라는 말이 있더니 그 이별이 바로 이런 건가 싶다. 이제부터 헤어져야 할 일이 피를 말리게 힘들 거라는 생각을 하며, 지상은 마음속으로 자신을 비웃고 비웃는다. 그렇구나. 친일파 자식도 징용을 가는구나. 친일파 아버지가 던진 돌에 그 아들이 이마를 맞는구나.

어둠 저편에서 소양강 물소리가 지나간다. 흘러가는 것이 아니라 지나가고 있다고 서형은 생각한다.

어떻게 여기까지 나왔을까. 서형은 걷던 걸음을 멈춘다. 사위는 어둠뿐, 고요했다. 강물소리가 들려오는 건너편을 어둠의 덩어리가 아득하게 가로막고 상수리나무 숲으로 둘러싸인 봉의산 자락이 그녀의 옆으로 이어지고 있었다.

그럴 수밖에 없을지 모른다. 형을 대신해서 나갈 수만 있다면 동생이 나가는 게 옳은 일일지도 모른다. 다들 그렇게 믿고 또 그렇게 하고 있다고 했다. 맏아들은 집안을 이어가야 할 사람이 아닌가. 그러나 이게 어떤 길인가. 가서, 다시는 돌아오지 못할지도 모르는 길이 아닌가. 전선으로 끌려간 사람만이 아니다. 징용 나간 아들이 죽었다는 연락을 받고 뼛가루라도 찾겠다면서 허둥지둥 일본으로 건너가는 부모들을 보지 않았던가.

물소리가 점점 가까워지고, 강바람이 불어와 옷깃을 날리며 지나갔다. 어둠 속에서 소양강은 달빛도 없는 밤의 한가운데를 소리치며 흘러가고 있었다. 풀숲을 헤치고 나아간 서형은 강가 자갈밭 위에 쪼그리고 앉았다. 새벽 강바람이 몸을 떨리게 한다. 어디에도 불빛은 보이지 않았다. 손톱자국처럼 달이 떠 있을 뿐.

가겠지.

가야겠지.

갈 수밖에 없겠지.

서형은 스스로에게 묻고 대답했다. 지난여름, 밤이면 남편과 함께 이 강에 나와 목욕을 했었다. 그의 벗은 등에 물을 부으며 웃었고 겨드랑을 간질이고 물속으로 도망치기도 했다. 그 기억들이 어제 같은데, 이제 남편과 헤어져야 할 운명이 저벅거리며 다가와 자신을 짓밟으려 하고 있었다.

그가 가고 나면 어찌 살 건가. 세월이 소금처럼 입에 씹히리라.

그럴 것이다. 남편이 징용을 나가고 나도 강물은 오늘과 다름없이 소리치며 흐르고, 보름이 가까우오면 어김없이 달은 둥글어지리라. 서형은 자신에게 중얼거렸다. 바로 그거야. 내 남편이 갈 뿐,

세상 그 무엇도 눈썹 하나 까딱할 리가 없다. 내게는 하늘이 무너지는 일이지만 저 강물에 돌멩이 하나 던져진 것과 무엇이 다르랴. 강바람이 서형의 얼굴을 때리고, 머리카락이 흩날려 이마 위로 쏟아졌다.

남편의 삶이 자신의 뜻과 달리 일그러지기 시작한 것도 다 친일파라는 부모를 둔 집안의 멍에 때문은 아니었을까. 그것이 늘 안타까웠던 서형이다.

그가 형과 달리 일본 유학을 포기한 것도, 젊은 날에 꿈꾸던 내일을 버리고 주판과 장부책을 앞에 놓고 어둠침침한 가게 뒤에 쭈그려 앉은 것도 그 사건, 춘천고등보통학교에서 있었던 독서회 때문이라고 서형은 알고 있었다. 오빠가 들려준 이야기였다.

"애는 똑똑하고 착하지. 심성이 고운 아인데, 집안이 그렇다보니 당연히 의심을 살 수밖에. 상록회 모임에서도 쟤는 아니지 않으냐고 회원 자격에 문제를 삼는 학생들이 많았거든. 오죽하면 친일파 아들을 끌어들인 게 누구냐는 말까지 나왔으니까. 그때 홍기 형님이 그랬어. 친일파 아들이라고 다 친일파면 엿장수 아들은 다 엿장수냐. 그런 말이 있다는 걸 모를 리 없는 지상이니까 눈치가 보일 수밖에. 겉도는 게 참 보기 딱했다. 그런데 검거가 시작되자 잡혀가기는커녕 불려가도 당연히 불려갔을 애가 쏙 빠진 거야. 그애 아버지가 손을 쓴 거지. 그때가 어떤 때였는데. 사법경찰관에 도경부 (道警部)까지 눈알을 시퍼렇게 까뒤집고 만주까지 뒤지고 다니며 졸업생까지 잡아오던 때야. 홍기 형님도 길림에서 선생 하다가 그렇게 잡혀왔잖아."

친일파 아들 그놈이 바로 밀고자라고 몰리면서, 지상은 학교를 다니기는커녕 학생들 있는 곳을 얼쩡거렸다가는 누구한테 짱돌을 맞을지 모르게 되었다. 골목길에 숨어 기다리던 학생들에게 느닷없이 집단구타를 당해 짓밟힌 지상이 한동안 누워 지내며 고생했다는 말도 들었다.

그렇게 외톨이가 되어 구석으로 맴돌던 지상을 다독이며 어깨를 두드려준 사람이 오빠 태형이었다. 오빠를 따르는 후배로 샘밭 집에도 드나들면서 차츰 스스럼없어진 지상이었다. 무슨 남자가 저렇게 부끄러움을 탈담. 처음에는 그랬다. 참 반듯한 사람이네. 나중에는 그렇게 마음이 기울어갔다. 그렇게 이어진 만남이 결국 그 집안의 며느리로까지 되는 길목일 줄을 그때 어찌 알았겠는가.

중간에 사람을 놓아 정식으로 혼담이 들어왔을 때 어머니는 물었다.

"널 믿기에 묻는 말이다만… 설마하니 그 사람이랑 무슨 일 있는 건 아니겠지?"

"엄마, 그 사람이 오빠 만나러 왔지 날 보려고 드나든 게 아니잖아요."

어머니가 혼잣말처럼 말했다.

"손가락질이야 많이 받더라만, 그래도 예를 아는 집안이로구나."

그러나 서형의 생각은 달랐다. 그게 다 오빠가 시킨 거 아닌가 싶었다. 지상아, 네가 내 동생 좋아하는 거 다 안다. 서형이 마음도 내가 다 알아. 네가 오면 그애도 얼굴색이 변해. 그러니 더 미루지 말자. 일을 되게 하려면 정식으로, 갖출 거 제대로 갖춰서 혼담을 넣도록 해. 그러고도 남았을 오빠 아닌가.

마치 발을 헛디디기나 하듯 마음이 지상에게로 넘어지던 날을 서형은 잊지 않고 있었다. 어둠이 내리던 저녁 무렵이었다. 지상은 샘밭 앞 소양강변의 하얀 모래밭을 바라보면서 말했었다.

"아름답게 살고 싶어. 난 그렇게 살 거야."

"그게 어떤 건데요?"

"새처럼 나무처럼 풀처럼 사는 거. 저 강물처럼 사는 거. 나 때문에 남들이 고통스러워하지 않는 삶. 새나 나무는 저 자신을 위해 남을 괴롭히지 않잖아."

새처럼 나무처럼 풀처럼… 저 강물처럼. 지상의 말을 되뇌던 서형이 말했다.

"나무나 풀은 모르지만 새는 좀 아니네요. 허수아비가 왜 서 있는데요. 다 지은 농사 망치는 새 쫓느라 서 있잖아요."

"그, 그거야."

"강물도 그렇지 않아요? 홍수 지면 얼마나 무서운데요. 집도 돼지도 막 떠내려가요."

그때, 한 여자의 마음이 자신에게 넘어져 있다는 걸 아는지 모르는지 지상이 허공을 향해 말했다.

"야아, 태형이 선배 여동생이 이렇게 자갈밭 같은 여자라니. 그걸 몰랐네."

남편과 헤어진다는 것이 무섭고 두려운 것이 아니다. 그가 살아서 돌아오리라는 확신이 없기에 피눈물이 고이는 게 아닌가. 얼마든, 언제까지든 못 기다릴 게 없다. 살아서 돌아온다면 무엇이 무서우랴. 그러나 이제 남편이 가는 길에는 그런 약속이 없다.

서형은 천천히 일어섰다. 캄캄하게 막아선 앞산과 소리치며 흘러가는 강물을 그녀는 잠잠히 바라보았다. 가야 할 사람이 있고, 보내야 할 사람이 있구나. 시어머니에 손윗동서까지 층층인 집안에서 한시도 마음 편할 수 없는 나날이었으나 먼 마당을 오가면서도 부엌을 들락거리는 그녀에게서 눈길을 떼지 않던 남편이 있었다. 마음 깊고 정 많은 사람이었다. 시집살이 고되다는 말들을 하지만 남편이 있기에 그런 고뇜을 모르고 지냈다. 불면 날아갈까 옆을 맴도는 그를 두고 마을 사람들이 놀리는 소리도 들었다.

"지상이 너 이래서 되겠나. 사내 녀석이 치마폭에 푸욱 싸여서, 네 꼴이 꼭 마누라한테 바람난 놈 아닌가."

강물을 뒤로하고 돌아오는 밤길은 더 어두웠다. 허청허청 집을 나섰을 때 그 발길에는 분노가 서려 있었다. 그러나 가슴속에서 치밀던 것이 가라앉은 발길에는 분노보다 먼저 서러움이 밟혔다. 불 꺼진 마을에서 개가 짖기 시작했다. 옆집 개가 짖자 다른 개들도 따라 짖어댄다. 서형의 볼을 타고 천천히 눈물이 흘러내렸다.

차마 집으로 들어갈 생각을 하지 못한 채 서형은 풀에 둘러싸인 갯대로 다가갔다. 강 옆으로 우뚝 서 있는 두개의 돌기둥, 당간지주였다. 돌기둥 옆에 또 하나의 돌기둥처럼 서서 서형은 눈물을 닦아내며 어둠 속을 흐르고 있을 소양강을 바라보고 서 있었다.

그때였다. 무엇이 보였는가. 어둠 저편에서 지상의 목소리가 들렸다.

"당신이야?"

서형이 몸을 돌렸다. 자다 일어나서 내가 없는 걸 보고 놀랐겠구나. 서형은 목이 멘다.

"여긴 어떻게 알고 나왔어요?"

지상이 그 자리에 선 채 말했다.

"사람이 나가면 간다고나 해야지. 자던 사람이 갑자기 없어지니."

서형은 허청허청 지상의 앞으로 다가섰다.

"나, 당신 가면, 나 어떻게 사나…"

"사람을 앞에 두고 못 하는 말이 없구나."

"앞이 안 보여서, 그래서…"

어둠뿐, 개 짖는 소리만 들려온다.

"여기 있을 줄 어떻게 알고 나왔냐구? 내 여자가 갈 데가 여기밖에 더 있나, 그걸 아는 사람이 나 말고 또 있을까."

순간 나무가 쓰러지듯 서형이 지상의 가슴에 쓰러졌다. 어깨를 쓸어안던 지상은 그녀의 입에서 외마디소리처럼 흘러나오는 말을 들었다.

"나 아이… 가졌는데."

"뭐라구?"

지상의 목소리가 떨린다.

"너 지금 뭐라고 했니?"

"아이."

지상의 큰 손이 올라와 서형의 얼굴을 감쌌다.

"우리 아이가 생겼다구?"

서형이 고개를 꺾었다. 지상이 와락 그녀의 어깨를 부둥켜안았다.

"고맙다. 고맙구나. 고마워."

지상에게 어깨를 안긴 채 서형은 걸었다. 문 닫은 점포들 앞을 지나, 개 짖는 거리를 뒤로하며 집으로 돌아와 방으로 들어선 서형은 그의 무릎에 얼굴을 묻으며 쓰러졌다.

"징용… 가면 어디로 가요?"

"나도 모르지."

지상이 아내의 머리칼을 쓸어내렸다.

"고생이 많겠지요."

"사람이 하는 일, 남들도 다 하는 일일 텐데 뭐."

지상의 손길이 머리칼 속에서 멈췄다.

"네가 걱정이다. 내가 가면 얼마나 힘들겠니. 그래도 잘 견뎌야
한다."

"잘하고 있을게요. 제가 누구 여자예요."

서형의 목소리가 잦아들었다.

"당신이 누구였다는 거, 제가 알잖아요. 그게 힘이 되겠지요."

서형을 내려다보며 지상이 말했다.

"믿을 건 너밖에 없구나."

지상의 손이 천천히 내려와 그녀의 어깨를 쓰다듬었다. 쥐가 천
장을 갉아대는 소리를 둘은 무심히 들었다. 지상이 혼잣말처럼 말
했다.

"나 없어도 쥐란 놈은 저기서 잘도 돌아다니겠구나."

"누구 울리려고 그런 말을 해요."

서형이 귀밑머리를 만지작거리는 지상의 손을 잡았다.

"나 이런 말 당신한테 해도 돼요?"

"무얼?"

"당신, 사랑해요."

아내를 내려다보며 지상이 웃는다.

"못 하는 말이 없어."

"마음에 있는 말도 하면 안 돼?"

"할 말 다 하고 살까."

새벽하늘이 밝아오고 있었지만 시간은 마치 똬리를 튼 뱀처럼 움직이지 않는 것 같다. 어디선가 닭 우는 소리가 들렸다.

"아침이다. 그나저나 너 한잠도 자지 않아서 어쩌니."

"잘난 남자하고 살아서 그렇지."

이 여자가 왜 이러나 싶어서 지상은 눈을 크게 뜬다. 이제까지 이래본 적이 없던 아내였다. 치마를 고쳐 입으며 밖으로 나가려던 서형이 풀썩 쓰러지듯 방문 앞에 쪼그리고 앉았다. 그녀의 어깨가 흐느끼기 시작하는 걸 지상은 보았다.

"왜 이러니. 어른들 들으신다."

"길이 없다, 길이 없다고 생각했어요."

"그래, 안다. 네가 참아주고 있는 걸 내가 왜 모르겠니. 내가 다 알고 있단 말이다. 내 마음은 그냥 모래밭인 줄 아니. 네가 이러면 난 어떡하란 말이니."

눈물이 덜렁덜렁 그녀의 옷섶에 떨어졌다. 비틀어지는 입술 옆으로 흘러내린 눈물이 얼굴을 감싸는 지상의 손등을 적셨다.

"그렇지만, 발이 떨어지지 않는 걸 어째요."

지게를 지고 가던 길평이 걸음을 멈추었다. 그는 옆에 있던 덕수를 보며 말했다.

"저어기 가는 저 사람, 저거 훈장님댁 사위 아녀? 전평리 정미소집 아들. 옆에 하이카라 한 사람은 형인 거 같지?"

"그렇구먼유. 근데 저 사람들이 웬일이래유?"

"오라, 알겠구먼. 떠날 날을 앞두고 선영엘 다녀가는가보네. 재작년이었지, 오봉산 밑에 있는 묘를 크게 손을 봤잖아."

고개를 끄덕이는 길평을 보며 덕수가 물었다.

"그나저나 떠날 날을 앞뒀다니 뭔 소리세유?"

"자네 못 들었어? 이런 맹문이를 봤나. 그 집 식구덜이 초주검이 돼서 돌아다닌 게 벌써 언제부턴데. 아들한테 징용 나왔대."

"잔나비가 나무에서 떨어졌네유, 허허. 왜놈허고 짝이 맞어서 잘두 놀아나더니만, 제놈도 자식 보내구 어디 피눈물 좀 짜보라지. 듣던 중 시원한 소리네."

입을 굳게 다문 길평은 말이 없다. 콧구멍으로 담배 연기를 물씬물씬 뿜어내면서 덕수가 말했다.

"남 안된 일에 손뼉 칠 건 아니지만서두, 김두영이두 배겨낼 재주가 읎던 모양이지유?"

"배겨내긴. 남의 자식 끌어가는 데 앞잽이를 섰으면 제 눈에두 피눈물이 좀 나야지."

"그건 맞는 말이지유. 족집게로 뭐 집어내듯이 이 집 저 집 사정 훤히 알어서 왜놈한테 고해바친 게 다 그 사람 짓이잖어유."

담배를 뻐끔거리던 덕수가 실없이 웃으며 말했다.

"그런데 말여유, 거 일본사람은 왜 밥그릇을 들고 먹는대유?"

길평이 화를 내듯이 말을 받았다.

"별걸 다 묻고 있다. 왜놈한테 가서 물어보려무나."

"아, 즘잖게 놓구 먹으문 누가 뭐라나. 왜 그렇게 채신머리 읎이 그릇을 들구 입에 긁어넣는지. 밥 처먹는 걸 보문 그눔들이 순 거지라니깐유."

"거지는 무슨, 쌍눔도 순 쌍눔이지. 훈도시 하나 차고 나댕기는 거 보믄 내 원 드러워서. 가달만 조금 벌리면 그냥 사타구니가 훤히 보이니."

뒷산에서 까드득거리며 꿩이 우는 소리가 들렸다. 까각거리기는 요눔아, 많이 처먹구설랑 포동포동 살이나 올라라. 허옇게 눈 쌓이문 내 네눔 잡아서 우리 어머이 좋아허는 꿩만두나 만들 것이니깐. 가을볕이 덕수의 목덜미를 간질인다. 넘실거리는 준령이 둘러싼 한가운데 꼭지처럼 솟아오른 봉의산, 그 산과 산 사이를 헤적이듯 소양강이 흐르고 있다.

봄 꿩이 제 울음에 죽는다더라 이눔아. 봄 꿩이야 짝짓기 하느라 부산하게 울다가 저 있는 곳을 제가 알려서 잡힌다지만 너는 철두 없이 가을에 나댕기구 있냐. 덕수는 담뱃대를 쌈지에 넣으며 저무는 가을 벌판을 바라본다. 천둥 번개는 치고 비는 쏟아지고, 풀지게는 기우뚱 넘어가려 하는데 앞서 걷던 소는 냅다 뛰고 뒤에 따라오던 소는 끌어도 오지를 않는다. 때맞춰 젖은 바지춤은 흘러내리는데 억수로 내리는 빗속에서 똥은 왜 마렵던가. 그렇게 보낸 여름이었다.

삭정이 여남은개 짊어지고 연기에 그슬릴 누렁수캐 하나 옭아가지고 강으로 나갈 때면 더위도 허리가 꺾였다. 두엄더미에 재어놓은 갈잎과 칡넝쿨이 뒤섞여 썩어가며 뜨끈뜨끈한 김이 오를 무렵이면 강으로 나가 개추렴하는 옆에서 삼을 쪘다. 희디흰 대궁만을 남기며 벗겨진 삼은 겨우내 아낙들의 허벅지에서 실이 되어 화사하게 광주리에 쌓여갈 것이다.

길평이 지게 작대기를 등 뒤에 꽂으며 말했다.

"그나저나, 그래두 동생애가 기특허구먼. 장가든 지 얼마 됐다구 젊은 새댁 두구 형 대신해설랑 징용을 나간다니."

덕수가 시큰둥하게 대답했다.

"당연하지유 뭘. 어느 집이나 그렇게 허잖어유. 말하문 입 아프지유."

"그래도 그게 어디 쉬운 일인가."

"뭔 소릴 그렇게 하세유? 아 둘째눔이 있는데 장손이 미쳤다구 징용을 나가유!"

"넌 왜 앞두 뒤두 없이 역정을 내구 그러냐."

"세상이 뭐 그냥 얼룩덜룩허네유."

"그건 또 무신 심통이야."

"가을이 오문 왔는가, 가문 가는가, 그냥 그러네유."

길평이 피식 웃었다.

"자네 가을바람 났나? 뭐가 오문 오구 가문 가."

가을바람이라. 그렇지유, 내 꼬락서니 좀 보세유. 봄 조개요 가을 좆이라는 말두 있지 않어유. 그게 그렇지유. 봄 오문 여자 조개가 꼼지락거리구 얼씨구 가을바람 설렁설렁하문 남자들이 추정이 들어설라무네 바람이 난다는 말이겠는데, 바람은커녕 덕수 내 신세는 쉰내만 풍기며 장가도 못 들고 이 천고마비를 보낸다 그 말이유. 덕수가 입맛을 다셨다. 그러니 세상이 한 색깔루 보이겠어유. 얼룩덜룩하지유.

그가 한숨처럼 내뱉었다.

"어쨌든 그 애비보다는 자식이 낫구먼유. 사람 도리두 알구유."

길평은 지게를 지고 일어설 생각도 없이 먼 하늘을 바라본다. 어느새 때가 왔는가. 제비들이 돌아갈 채비를 하려면 아직 먼데, 빨간 잠자리가 떼를 지어 날고 있다.

방 안으로 새소리가 청아하게 스며든다. 풀잎 위를 구르는 이슬이 소리가 있다면 저럴까. 눈을 감으며 서형은 그 소리를 들었다. 밤에 잠들지 못하고 우는 새도 있다니.

지상의 손이 그녀의 속옷 매듭을 풀어내리고 있었다. 젖가슴이 허옇게 달빛 속에서 드러난다. 옷이 하나하나 벗겨져나가고, 밤 뻐꾸기소리가 잦아들며 아랫도리에 남아 있던 마지막 속옷마저 그녀의 몸을 떠나 미끄러지듯 발목 아래로 흘러내렸다. 윗몸을 일으키며 지상은 그녀를 내려다보았다. 달빛이 비쳐들어 그녀의 몸을 희디흰 기둥처럼 떠오르게 한다.

잠시 후 그의 두 손이 나아가 샘물을 퍼올리듯 그녀의 검고 탐스러운 머리칼을 감쌌다. 그의 손이 서형의 머리에서 비녀를 뽑아냈다. 굽이치는 어둠처럼 짙은 머리칼이 베개 위로 쏟아졌다.

방 안으로 새어든 달빛이 그 위에 어려서, 벗은 그녀의 몸은 시냇가의 은모래처럼 정갈했고 그녀의 풀어진 검은 머리는 그 모래밭 건너편 숲처럼 어두웠다. 지상의 입술이 내려가 그녀의 봉긋한 젖가슴 위에 닿았다.

"당신, 입술, 참 뜨거워."

그것이 그녀가 한 마지막 말이었다. 서형은 그의 입술이 가슴을 지나 아랫도리로 더듬어 내려가는 것을 느끼며 눈을 감았다. 그녀의 손이 뻗어나가 그의 목덜미를 쓸어안았다. 그녀는 힘주어 그의 벗은 등을 쓰다듬어내렸다. 자신의 몸이 아주 따뜻하게 풀어지며 바다풀처럼 그에게 감겨들기를 그녀는 바라고 있었다.

소리 없이 그러나 숨 가쁘게 그녀는 말하고 있었다. 줄 수 있다면 내가 가진 모든 것을 그에게 바치리라. 줄 수 있다면 무엇 하나 남김없이 그에게 바치리라. 다시는 돌아오지 못할 길을 떠나듯, 그들은 서로의 몸을 풀어 하나가 되어갔다.

그리고 긴 시간이 지나갔다. 서형은 자신의 가슴 위에 얼굴을 묻은 지상의 숨소리가 물살이 잦아들듯 가라앉는 것을 느끼며 누워 있었다. 문창살을 넘어온 달빛이 그들의 발가벗은 몸을 지켜보고 있었다. 이대로 남편이 잠이 들었으면 좋겠다는 생각을 그녀는 한다. 그렇게 해서 내일도 모레도 오지 않는 시간 속으로 흘러갈 수 있다면 얼마나 좋을 것인가.

이제 떠나야 할 사람. 그리고… 보내야 할 나. 벗은 몸으로 누워 자신의 가슴에 엎드린 남편의 머리칼을 매만지면서 서형은 생각한다. 좋은 사람. 이 좋은 내 남자. 마음 무겁지 않게 떠나보내리라. 묻어둬야 한다. 이 좋은 사람에게 나도 좋은 여자가 되어, 빼앗기는 것만 서러운 이런 여자의 마음자락은 묻어두어야 한다.

뜻없이, 그녀의 눈에서 눈물이 차올랐다. 눈물은 소리 없이 눈가를 흘러 베개 위로 젖어들었다. 시집올 때 해가지고 왔던 베갯모. 그녀의 머리칼이 흘러내린 베갯모에는 오래 살라고 수놓은 목숨 수(壽) 자를 두마리의 학이 에워싸고 있다.

서형의 젖가슴에서 얼굴을 들며 지상이 그녀와 나란히 누웠다. 그의 손이 나와 서형의 눈가를 흘러내리는 눈물을 말없이 닦아냈다.

"그래, 울기라도 하거라."

달빛이 어린 어둠 저편에서 잊고 있었던 듯 밤새 우는 소리가 들려왔다.

그날 저녁이었다. 서형이 손바닥만 한 푸른색 비단 한 조각을 내밀었다. 손수건이었다. 서형의 손에서 손수건을 받아들며 지상은 거기 수놓인 학을 보았다. 그녀의 손에도 똑같이 학이 수놓아진 푸른 천 한 조각이 들려 있었다.

"늘 가지고 있어요. 나도 하나 가지고 있을 거니까요."

"헤어졌다가 서로 몰라보면 짝이라도 맞추어보게?"

"아무렴 몰라볼까."

지상이 푸른색 비단 손수건을 주머니에 넣었다.

"네 생각 날 때면 꺼내 보마."

서형이 지상의 앞에 앉으며 말했다.

"내 생각 하나도 안 날 때도 봐야 해요."

밤이 깊어서 서형은 혼자 뒤뜰로 나왔다. 장독대 위에는 올해도 소담하게 눈이 쌓이리라. 잘 익어가는 간장 고추장 단지 위로 쌓인 눈이 녹고 또 쌓이며 세월이 가리라. 서형은 아주 편안한 마음으로 뒤뜰을 둘러본다. 옻칠한 소반 하나 꺼내서 새벽이면 맑은 물 한 그릇 떠놓고 빌면 되겠지. 서형은 고개를 들어 하늘을 쳐다본다. 별이 가득한 하늘이 어깨를 내리누르듯 펼쳐져 있었다. 일본땅이 아무리 험악해도 그렇겠지요. 별은 뜨지 않겠어요. 그래요. 우리 저 별을 봐요. 당신 있는 곳에 뜨는 별이나 여기 이 뒤뜰에서 바라보는 별이나, 별은 하나일 거예요.

그런 생각을 하며 서형은 장독대 가까이로 걸어나갔다. 봄이면 개구리 우는 소리가 조개껍데기를 비비듯 아우성치던 뒤뜰에 이제는 풀벌레소리가 가득하다. 조선의 딸. 서형은 문득 그 말을 떠올렸다. 아버지. 그래요, 아버지가 가르치셨지요. 조선의 딸, 조선여자로 살라고 말입니다. 기다리라고요. 참으라고요. 반도는 대륙의 끝이고 섬의 시작이라고 하셨어요. 그래서 반도에 사는 여자는 섬 여자와도 대륙의 여자와도 달라야 한다고 하셨어요. 기다릴 줄 알고 참을 줄 아는, 그러나 분연히 일어설 때를 아는 조선여자의 기개. 그게 조선의 여자이니라. 그렇게 가르치셨어요.

서형은 손바닥으로 눈 밑을 훔쳐냈다. 기다리면 되겠지. 세월이 약이라고들 하지 않던가. 기다려서 때가 차면 오겠지. 그 남자가 어디 가겠는가, 돌아오겠지. 그래서 그때 옛말하며 살지.

5

"그나저나 이게 어떻게 된 거야. 갑자생 스무살은 다 끌려나왔으니. 이러다가 춘천에서 갑자생 쥐띠는 씨가 마르는 거 아녀?"

우중충한 얼굴로 봉의산 신사 밑으로 모여드는 사람들을 둘러보다가 누군가가 한마디 했다. 듣고 보니 그랬다. 알음알음으로 눈에 익은 얼굴들도 보였다. 어느새 농사일에 찌들어서 눈 밑이 처진 사람이 없지는 않았지만 다들 새파란 젊은이들이었다.

"다들 우산은 접어서 연단 앞에 쌓아놓는다! 비옷도 벗어라!"

그렇게 신사참배가 시작되었다.

오는지 마는지 시름시름 내리는 비를 맞으며 그들은 줄을 맞춰 늘어섰고, 토리이(鳥居) 앞 계단을 올라갔다.

두개의 나무기둥이 서 있고 그 두개의 기둥을 가로지르는 가로대가 붉은색으로 칠해진, 조선의 홍살문처럼 생긴 문이었다. 그 문이 세파에 물든 이곳과 신성한 저곳을 구분하는 경계라고 했다.

붉은 토리이를 지나 그들이 구령에 따라 제단 앞에 줄지어 섰을 때였다. 인솔자들은 징용자들 사이를 돌면서 작고 빠르게 외쳐댔다.

"다들 몸을 꼿꼿이 세운다. 차렷 자세다."

그리고 90도로 몸을 굽혀 두번 절을 올리고, 두번 박수를 치고, 다시 한번 절을 올렸다. 신사참배의 2배 2박수 1배였다. 절을 한다는 건 무릎을 꿇고 큰절을 올리는 것으로 알고 있던 그들은 서서 허리만 깊이 숙이는 절이 낯설다. 옆사람을 흘깃거리며 따라 하느라 제각이었고 박수는 저마다 투덕투덕, 소리가 맞을 리 없었다.

이어서 황군 병사들의 무운장구를 빌었다. 천황의 아들들은 여러 전선에서 충용을 떨치고 있다는 설명이 뒤따랐다. 신사의 신주가 흰옷을 입고, 크기만 좀 클 뿐 마치 먼지떨이같이 생긴 종이쪼가리 묶음을 들고 흔들어댔다.

이 모든 것이 끝나고 나서 그들은 신사 앞에서 큰 목소리로 '황국신민서사'를 소리쳐야 했다.

"하나, 우리는 황국신민이다. 충성으로써 군국에 보답한다."

"하나, 우리 황국신민은 친애협력하며 단결을 굳건히 한다."

"하나, 우리 황국신민은 인고단련, 힘을 길러 황도를 선양한다."

신사를 나와 봉의산 내리막길을 내려온 그들은 비에 젖은 읍내를 걸어 역으로 향했다. 가을비에 젖은 거리는 한산했다. 아이들 몇이 일없이 비를 맞으며 그들의 행렬을 따르다가 칼 찬 순사가 눈을 부라리자 킬킬거리며 골목으로 뛰어들어갔다.

역으로 뻗어 있는 금강로 큰길을 걸어 춘천고보 앞을 지날 때였다. 지상은 학교 건물을 바라보며 어금니를 깨물었다. 마루가 깔린

복도, 소실점을 이루는 복도 저 끝까지 울리던 바퀴 달린 교실 문 소리. 학교를 드나들던 때는, 그랬다, 그때는 얼마나 많은 것들이 용솟음치던 때였나. 꿈도 많고 희망도 컸건만 오늘 나는 이 앞을 걸어서 징용을 나간다. 끌려간다,

비 내리는 춘천역 앞은 한산하다 못해 을씨년스러웠다.

다른 때면 역사 건물 앞에 깃발이 나부끼고 있었을 것이다. 전에는 다 그렇게 했다. 진충보국 무운장구만이 아니다. 주변에는 완장을 두르고 각반을 찬 군인들의 모습도 보였을 역 앞이었다. 끌려가는 사람들도 달랐다. 내선일체 멸아보국, 그런 어깨띠도 두르고 이마에 일장기를 새긴 머리띠도 질끈 동여매고 떠났다. 역 앞 빈터의 여기저기에 근심 가득한 얼굴로 늘어선 가족들이 바람에 목을 움츠리고, 군청 직원이 가져다주면서 들고 있으라고 한 깃발, 천황폐하 만세를 들고 연단 맨 앞 땅바닥에 앉아 있는 사람들도 있었을 것이다.

군인으로 나가는 징병과 우리 같은 징용은 이렇게 다르구나. 환송행사도 없구나. 떠나는 사람들의 숫자는 전선으로 나가는 장병들의 송영회와 비교할 수 없이 많았지만 징용자들을 보내는 모습은 썰렁하기까지 했다.

역사 옆에 세워진 트럭에는 이미 다른 곳에서 실려온 청년들이 타고 있었다. 그들은 초점 없는 눈으로 울에 갇힌 짐승들처럼 밖을 내다보았다. 이미 자신들이 치르고 온 일을 이제 겪어내고 있는 사람들을 마치 거기 아무도 없는 것처럼 바라보고 있었다.

역사 지붕에서 비 맞은 까마귀가 울어댔다. 뒤에서 누군가가 침을 뱉었다.

"뭔 청승이래. 그러지 않아도 세상일이 궂은데, 까마귀새끼까지 울고 지랄이네."

징용자들을 줄지어 세운 후 일본 죄수복을 개조한 작업복을 한 벌씩 나누어주었다. 그리고 얄팍한 수건 한장에 얹은 주먹밥을 받아들던 청년들의 행렬이 느릿느릿 역사 안으로 들어서는 가운데 빨리빨리 움직이라는 순사들의 재촉이 뒤따랐다.

줄을 서서 기다리고 있던 관내 유지라는 사람들이 징용자들과 악수를 나누기 시작했다. 그 사이사이, 춘천을 떠나 성동역에서 내리면 다시 경성역으로 가 부산까지 기차를 탄다는 말을 종이나팔을 한 군청 직원이 외쳐댔다. 어수선한 역사를 빠져나와 선로를 건넌 이들은 먼저 와서 기다리고 있던 홍천과 화천, 멀리 인제에서 끌려온 사람들과 뒤섞여서 기차에 올랐다. 기차 안은 이내 청년들로 콩나물시루가 되었다.

저물어가는 소양강을 끼고 기차는 비에 젖은 춘천을 뒤로하며 떠났다. 고향이 뒤로 뒤로 흘러가기 시작했다. 마을과 거리가 가슴 저리게 사라지고 있었다. 지상이 차창 밖으로 몸을 내밀어 뒤를 바라보았을 때는 이미 자신의 집이 있는 앞두루 쪽은 보이지도 않았다.

"그래도 그렇지요. 역에라도 나가면 안 될까요. 당신이 가는데…"

서형은 그렇게 말끝을 잇지 못하며 고개를 숙였지만, 징용을 나가는 자신의 모습을 보이기 싫어서 지상은 아내를 역에도 나오지 못하게 했다.

하늘을 보자. 여기서 네가 보는 하늘이나 내가 그 땅에 가서 보는 하늘이나 하늘은 하나가 아니겠니. 하늘을 볼 때마다, 같은 별 같은 구름을 보고 있다고 생각하자. 그것이 아내에게 한 마지막 말이었다.

흘러드는 공지천아. 저 멀리 대룡산아. 잘 있거라. 지상은 고향 춘천의 아름다움만을 생각하자며, 무엇 하나라도 더 눈에 담아 가려고 내내 창밖을 내다보고 있었다.

강물로 둘러싸인 춘천, 봄가을이면 물안개 피어오르며 아침을 맞고, 나무도 풀도 밤안개에 젖으며 골목 저 끝의 불빛마저 은밀했던 춘천아. 두고 가는 고향아. 이제 가을이구나. 지나가는 이의 발길에 밟히는 것뿐 그렇게 한철을 보낸 질경이도 시들고, 강아지풀도 그 꼿꼿했던 고개가 꺾이며 새벽이면 흰 서릿발에 젖으리라.

신연강 나루터야. 덕두원을 품어 안은 삼악산아. 너도 안녕이다. 낯익은 강변이, 소나무가 엎드린 나지막한 야산들이 뒤로 멀어져 가고 있었다.

내내 창밖을 바라보며 지상은 생각했다. 소학교 때였다. 나까무라 에쯔꼬라는 여선생이 있었지. 풀 먹인 하얀 블라우스에 검정 스커트를 입고 풍금을 치던 나까무라 선생. 내가 주판을 잘 놓는다고 계산할 일이 있으면 나를 교실에 남아 일을 거들게 했었다. 그런 날이면 돌아가는 나에게 알사탕 두알을 쥐여주곤 했지.

지상은 창밖으로 흘러가는 강변을 내려다보며 서형아 하고 소리 없이 불러보았다. 처음 아내를 보았을 때 왜 그랬는지 그 여선생과 많이 닮아 있다고 생각했었다. 얼굴 바탕이 전연 다른데도 그런 생각을 했다. 아내는 얼굴이 동그란 편이었고 나까무라 선생은 긴 얼굴이었다.

유리창을 타고 햇살이 비껴드는 교실에 앉아 나까무라 선생이 일본말로 부르는 숫자를 주판알을 튕겨가며 놓던 시간은 마음속으로까지 햇살이 비껴드는 것 같았다고 지상은 기억했다. 하오의 교정은 텅 비어 있었고 아직 돌아가지 않고 운동장에서 놀고 있는 아이들의 목소리가 이따금 들려올 뿐이었다. 그럴 때면 운동 잘하는 조선사람 엄선생이 나와 아이들에게 소리쳤지. 얘들아, 너희들 집에 가서 일손 거들지 않고 뭐 하느냐. 소 끌고 나가 풀이라도 뜯겨야지.

그 고향이 이제 멀어져가고 있었다. 잔뼈가 굵는다고들 했다. 잔뼈만일까. 내 살에 바람처럼 들어와 있는 저 산허리, 저 골짜기가 아니던가.

자신이 다녔던 학교 앞을 지나며 떠올리던 인간공출이라는 말이 지상의 가슴을 오가고 있었다. 일본. 몸을 구부리며 지상은 스스로에게 물었다. 나에게 있어 일본은 무엇이었던가.

중일전쟁을 일으킨 일본이 전시식량 확보를 위해 취했던 농산물 수탈정책이 공출(供出)이었다. 농민들은 쌀과 잡곡만이 아니라 고사리 같은 산나물까지 강제수매를 당했고, 심지어 솜, 베를 비롯한 옷감까지 가리지 않았다. 농민들은 처참한 궁핍 속으로 떨어져갔다. 공출은 이에 그치지 않았다. 제사에 쓰는 놋그릇에서부터 숟가락 젓가락은 물론 절간의 종까지, 쇠붙이란 쇠붙이는 모조리 훑어갔다.

그러나 그것은 지상의 어린 시절과는 먼 거리에 있었다. 대지주는 아니었다 해도 일제에 협력하면서 하루가 다르게 재산을 일궈가던 집안에서, 어린아이가 느낄 궁핍의 그림자는 없었다.

황민화교육을 추진해온 총독부는 조선사람을 '반도에 거주하는 일본 국민'이라고 규정하면서 조선인을 반도인이라고 불러왔다.

일본이 해외 식민지를 외지라 부르면서 일본 본토를 가리키는 말이 내지(內地)였다. 일본은 내지, 나는 그 바깥에 사는 반도인이다.

반도의 물자를 닥치는 대로 걷어가던 공출이 이제는 사람에게까지 와 있는 것 아닌가. 쌀 보리 콩처럼, 절간의 종처럼, 제사에 쓰던 유기그릇처럼, 나는 물자가 되어 끌려가는 반도인인 것이다. 그들이 거둬가던 쌀이나 놋쇠와 다름없이 내 팔다리는 일할 수 있는 자원이 되어, 인간이 아닌 노동력으로 끌려가는 것이다.

처음으로, 징용이라는 말이 처연하게 지상의 가슴을 어지럽혔다.

나까무라 에쯔꼬. 아무것도 모른 채 그 여선생님을 일본이라고 이해했던 자신을 그는 떠올렸다. 검정 치마와 흰 블라우스, 뒤로 묶어 내려뜨린 긴 머리. 지상에게는 자신의 어린 시절에 묻혀 있는 나까무라 선생의 모든 것이 바로 일본일 수밖에 없었다. 나까무라 선생의 나라 일본. 풍금을 잘 치던 나까무라 선생처럼, 지상이 생각하는 일본은 총독부가 아니었다. 부드럽고 따뜻하고 조용한 나라였다, 나까무라 선생의 일본은. 그 일본이 집안의 놋그릇 제기까지 걷어가는 총독부의 일본으로 변해갔다. 나까무라의 일본과 총독부의 일본이 자신의 의식 안에서 괴롭게 뒤엉키던 파열음, 그 혼란스러움을 지상은 기억했다. 그리고 이제 나는 징용이라는 이름으로 그 일본의 몸통으로 들어가는 것이다. 반도인이 만나게 될 저 내지라는 이름의 일본은 또 어떤 모습일까.

그때였다. 어수선하던 기차 안이 가라앉는가 하자 누군가가 불쑥 노래를 불렀다.

춘천아 봉의산아 너 잘 있거라

신연강 뱃머리가 하직일세

　구한말의 일이었다. 의연히 들고 일어나 서울로 향하던 춘천 의병군이 참패했을 때, 대장 성익현을 원망하는 서글픈 이야기가 훗날 노래로 이어진 것이 춘천아 봉의산아 너 잘 있거라, 저 노래였다.
　몸을 일으킨 지상은 노래하는 청년을 바라보았다. 눈에 익은 사람이었다. 누구더라. 그래 맞다, 너였구나.
　징병으로 끌려가는 출정장병 송영회에 동원되었을 때 역 앞에서 있었던 일이다. 흙바람이 역 앞을 쓸며 지나가고 종이쪼가리가 날아올랐다. 따라 하는 사람도 없는 일본 국가 키미가요가 연단 쪽에서 흘러나오고, 누군가가 연단 앞으로 나가 '황국신민서사'를 읊어대고 났을 때였다.
　연단 위로 올라선 사람은 코밑에 수염을 기르고 양복 차림에 조끼까지 입고 있었다. 기름을 발라 자르르 흐르는 머리를 손바닥으로 문질러 넘기고 나서 그는 허리를 굽혀 인사를 했다.
　"보국신민회에서 나오신 야마무라 선생께서 격려의 말씀이 있겠습니다. 자, 다들 앞으로 모이세요."
　군청 직원이 저 혼자 박수를 쳐댔다. 뒤에서 어떤 학생이 겁도 없이 떠들어댔다.
　"야마무라? 야마는 산(山)이고 무라는 촌(村)인데, 어디 글자가 없어서 산골 촌놈이라고 성을 갈았냐."
　학생들이 키득거리며 웃었다. 돌아보니 어딘가 눈에 익은 얼굴이었다. 누구더라. 누구였지. 그가 한마디 덧붙였다.
　"저 양반 양조장집 주인인데 아예 술창고라고 짓지 그랬을까. 사까꾸라(酒藏)."

맞다. 그였다. 가슴을 펴고 앉아 차창 밖을 내다보며 노래하는 청년은 상록회의 독서모임에서 본 적이 있는 그 학생이었다. 첫눈에 깊은 인상을 받은 지상이었기에 언제든 또 만날 수 있으려니 했으나 그것으로 끝이었다. 상록회 강령이 횡적으로 회원들끼리 연결되는 것을 엄격하게 금하고 있었기에, 다시 그를 볼 수 없었던 건 그 때문이거니 했었다.

너도 징용인가. 갑자생은 다 끌려나왔으니 춘천에서 갑자생 쥐띠는 씨가 마르는 거 아녀. 신사 앞에서 듣던 그 말이 생각났다. 결국은, 이렇게 다들 끌려나가는가.

강바람에 흩날린 빗발이 서형의 치마폭을 적시며 지나갔다. 검게 번들거리며 당간지주 돌기둥도 비에 젖고 있다. 아직 기적소리는 울리지 않았다. 우산을 든 손에 힘을 주며 그녀는 춘천역 쪽을 바라보았다.

잘 가요. 조심해서 다녀와요. 기다릴 거예요. 당신이 오실 때는 제가 기다리는 때입니다. 잘 가요. 조심해서 다녀와요.

쇠로 된 말, 그 철마가 달린다고 했다. 연기를 뿜어대며 귀가 찢어지는 소리를 질러대며 철마가 달린다고 했다. 그러나 그건 한마리의 말이 아니었다. 헤아릴 수 없이 수많은 말이 떼 지어 소리치며 달려나가고 달려들어오는 것만 같았다. 서울과 춘천에 기차가 오가기 시작할 때의 일이었다. 그게 어느새 5년 전이다. 두려움 속에 바라보던 쇳덩어리가 기차였다. 비에 젖으며 남편은 기차에 오를 테고, 비에 젖으며 기차는 남편을 싣고 떠날 것이다. 내가 할 수 있는 말은 이뿐이다. 잘 가요. 조심해서 다녀와요.

남편을 보내던 아침, 결코 울지는 않으리라 다짐했던 마음과 달리 어쩔 수 없이 눈물을 흘리기는 했다. 집을 나선 남편의 뒷모습이 골목 끝을 돌아 보이지 않게 되었을 때였다. 눈앞이 흐려지면서 입을 벌리면 무언가가 울컥울컥 치솟을 것만 같았다.

집으로 들어가 남편의 떠난 흔적이 어지러운 방 안을 치우고 났을 때, 빗소리가 지나가는 들창 앞에서 무심히 자신의 손을 내려다보며 서 있을 때, 이제 나는 이 방에서 얼마나 오래 혼자가 되어야 하나 생각했을 때… 흘러내리던 눈물을 닦을 생각도 없이 서형은 오래오래 빈방에 앉아 있었다. 차라리 울 수라도 있어서 다행이다 싶었다.

기차시간이 다가오자 서형은 우산을 찾아 들고 허둥지둥 집을 나섰다. 눈물이 지나간 가슴은 썰렁하도록 텅 비어 바람이 지나가는 것 같았다. 당간지주 옆에 와 서니 멀리 역사 지붕이 흐릿하게 바라보였다.

바람이 그녀의 치마폭에 빗발을 뿌리며 지나갔다. 우산이 흔들렸다. 그때였다. 역 쪽에서 기적소리가 울려왔다. 길게 한번, 짧게 두번. 서형의 손에서 떨어진 우산이 뒤집히며 나뒹굴었다. 그녀가 쓰러질 듯 비틀거리며 당간지주를 손으로 잡았다.

가을비와 안개에 가로막혀 강둑 너머 소양강은 보이지도 않았다.

다들 말이 없었다. 객지 타관이라는 말만 들어도 서러움이 서리는 사람들이다. 잃어버린 조국, 나라 잃은 백성의 서러움이 성에가 되어 청년들의 가슴에 긴다.

기차는 덜커덕거리며 달리고, 청년들은 터널을 지날 때마다 쏟아져들어오는 매캐한 연기로 기침을 해댔다. 빗발은 여전히 흩뿌렸다. 차창 밖으로는 어둠이 짙어지며 가을걷이가 끝나갈 들판도 산도 보이지 않게 되었다.

무겁게 가라앉은 침묵을 깨듯 누군가가 뒤에서 말하고 있었다.

"부산까지 가설랑 배를 탄다구 허던데… 재수 옴 붙어서 북해도로 간 사람들은 고생이 막심한 모양이여."

"그렇다대. 석탄을 캐는데, 험하기가 개고생이라던데."

"험하면 얼마나 험하겠어. 국수 잘하는 년이 수제비 못 끓일까. 닥치면 다 허게 돼 있지 뭘 그래."

나이 든 사내가 웅얼웅얼 말했다.

"그나저나, 왜놈덜은 우쩌자구 허구한 날 우리네 땅에 기어올라와설랑 분탕질이래. 제놈들 땅에는 초가삼간 지을 터가 없나, 부쳐 먹을 땅이 없나. 바다에 나가 물고기나 잡아 처먹든가."

가슴에 짓이기며 참았던 말을 하는데, 젊은 청년이 벌떡 일어서며 그를 향해 손을 내저었다.

"목소리 낮춰요. 저기 순사 안 보여요? 간이 부어도 크게 부은 사람일세."

서울로 올라온 그들은 곧바로 경성역으로 향했고, 자정이 넘어서야 부산으로 가는 기차에 올랐다. 기차 안에 짐짝처럼 널브러졌다가 기차를 갈아타던 대전에서 역사 바닥에 쭈그리고 앉아 주먹밥으로 끼니를 때운 그들은 다음 날 저녁 무렵 부산에 닿았다. 그리고 무엇에 썼던 곳인지 모를 허름한 목조건물에 끊임없이 반복

되던 인원점검을 마치고 수용되었다.

감시가 삼엄해지기 시작한 건 그때부터였다. 갑자기 인솔자들이 늘어나는가 싶더니 완장을 두른 감시원들이 들이닥쳐 출입구를 막았다. 건물 앞뒤로 순사가 나와 총을 멘 채 보초를 섰다. 다음 날 아침, 감시원들은 방문을 열어젖히며 소리쳤다.

"이놈 새끼들 또 도망을 쳤어!"

"모두 밖으로 나가라. 빨리 해라, 빨리."

아직 잠이 덜 깬 사람들을 걷어차거나 나무칼로 후려치는 소리가 여기저기서 터져나왔다. 살벌하게 시작된 하루는 주먹밥 한 덩이로 아침을 때우고 난 후 마당이라기엔 좀 넓은 공터를 스무 바퀴씩 또 스무 바퀴씩 뛰는 것으로 이어졌다.

"이 바보들아, 발도 못 맞추나!"

"거기 너 멍청한 놈, 이리 나와."

그렇게 대열에서 불려나간 사람들은 여기저기서 걷어차이고 어깨며 허리를 사정없이 두들겨맞는가 하면, 마당가에서 엎드려뻗쳐를 해야 했다. 그러곤 긴 훈시가 이어졌다. 통역이 붙은 일본인 인솔자의 훈시는 대뜸 욕으로 시작되었다.

"바까야로오! 각오해라. 도망치는 놈들은 그대로 감옥이다. 너희들은 지금 어디로 가는지 모르겠지만, 네놈들이 가는 곳이 바로 전쟁터다. 네놈들은 총후(銃後)라는 말도 못 들어봤나. 우리는 총 뒤에서 싸운다. 전쟁의 원료를 만들기 위해 가는 것이다."

그날 밤은 일찍 방의 불을 끄게 했다. 변소 출입도 금지된 채, 경비원들은 이따금 방문을 두드리면서 잠들지 못하고 두런두런 이야기를 나누는 사람들에게 욕지거리를 해댔다.

"자빠져 자라면 자란 말이다!"

어두운 방에서 팔베개를 하고 누워 지상은 서형을 떠올렸다. 아무 생각 없이 그녀의 가슴에 얼굴을 묻고 잠들고 싶었다. 아이를 가졌는데… 생각하다가 그는 머리를 흔들며 돌아누웠다. 이제부터 나는 얼마나 많이 아내의 얼굴을 떠올려야 할까. 손때가 묻고 닳아 반들거리도록 그렇게 아내의 얼굴을 생각하겠지. 그렇게밖에 이 느린 세월의 굽이굽이를 무슨 힘으로 넘어갈 것인가.

다음 날은 아예 아침도 먹이지 않고 공터를 뛰게 했다. 그리고 나서 줄지어 선 그들에게 손바닥만 한 천에 이름을 쓴 명찰이 나누어졌다. 오후에는 너풀거리는 그 이름표를 앞가슴에 붙이고 트럭에 콩나물시루처럼 끼여 앉아 어디인지도 모르는 산 밑으로 실려갔다. 트럭을 내리며 지상은 두가지를 보았다. 멀리 바라보이는 바다와 붉은 칠을 한 토리이였다. 바다를 본 사람들이 술렁거릴 사이도 없이 서둘러 신사참배가 이어졌다.

그날 밤, 경비원들의 발소리가 좀 뜸해지면서 밤이 깊어가고 있을 때였다. 몇사람 건너편에 누워 있던 사내가 조심조심 몸을 일으키더니 지상에게 다가와 몸을 기울였다. 지상이 자는지 안 자는지 확인하는 모양새였다.

지상이 놀라 머리를 들었다. 눈앞에 와 있던 얼굴이 뒤로 물러나며 헛기침소리를 냈다. 그가 지상에게 몸을 숙이며 물었다.

"혹시 소양강 건너 전평리의 정미소집 아들 아니시오?"

지상이 놀라면서 그렇다고 짧게 대답했다.

"설마했는데, 내 눈은 못 속이는군."

"왜 그러시는데요?"

"왜라니. 자네가 지금 나한테 왜라구 물었겠다."

목소리는 낮았지만 마치 돌덩이가 굴러다니는 것 같았다.

"허어, 오래 살구 볼 일이여. 네놈두 징용 나왔냐?"

"누구신데 이러십니까?"

"누군지 알 거 없다. 자네 애비라는 자를 생각하면 천불이 나. 아들놈이구 뭐구, 생각 같아서는 그냥 배때기를 깔고 앉아 모가지를 눌러버리고 싶구먼."

그가 부스럭거리며 제자리로 돌아갔다.

"웬수를 자식한테 갚을 것두 아니구, 다 같이 타관이니 내가 참는 줄이나 알거라. 어허, 꼴좋구먼. 아들놈도 이런 델 끌려오구! 그 잘난 친일파질도 이제 운이 다했다더냐."

왜 밤에만 움직이는가 묻고 싶었다. 부산에서 배에 오른 것도 밤이었다. 소리소리 지르는 순사와 경비원 그리고 인솔자들에게 둘러싸이고 뒤엉키면서 그들은 짐이 쌓여 있는 화물칸 한쪽에 자리를 잡았다. 이렇게 반을 나누며 흩어지고 저렇게 조를 짜며 또 흩어져서 이제 고향 사람들은 몇 눈에 보이지도 않게 되었다.

어두컴컴한 데 눈이 익으며 바라보니, 화물칸 안에는 일본으로 실어가는 쌀이 산더미처럼 쌓여 있었다. 부산까지 오는 기차 속에서 얼굴이 익은 정씨가 지상에게 다가와 물었다.

"대관절 우릴 싣고 어디로 간대유? 이거야 원 답답하기가…"

일찌감치 보따리를 베고 바닥에 드러누웠던 옆의 사내가 일어나 앉으며 말했다.

"이건 과부네 집에 가서 바깥양반 찾기라. 물어도 누가 대답을 해줘야 말이지요."

"철선 타고 바다도 건너고. 이럴 줄 알았으면 진즉 일본에 돈벌이라도 가는 건데."

웩웩거리며 토하는 사람들이 나오고, 뱃멀미를 하는 사람들이 하나둘 쓰러져 누웠다. 그나마 앉아 있는 사람들의 이야기도 조선을 떠날 때와는 달리 어느새 힘이 없다. 기차에서만 해도 기세들이 있었는데, 얼굴에는 어느새 거뭇거뭇 수염이 자라고 조금씩 조여오는 불안 때문에 눈빛은 힘을 잃었다.

배가 가는 것인지 서 있는 것인지도 모른 채 아침이 왔다. 선실 안을 둘러보니 짐보따리를 베개 삼아 누워 있는 사람도 있고 종이에 담배를 마는 사람도 보였다. 부산을 거쳐 여기까지 온 며칠이 까마득한 옛날처럼 느껴졌다.

끊임없이 쿵쿵거리며 들려오는 기관소리를 들으며 지상은 몸을 일으켰다. 어질어질 현기증을 느끼며 그는 갑판이든 어디든 좀 나가보기 위해 밖으로 나섰다. 불쑥 경비 순사가 다가서며 물었다.

"넌 뭐야. 어딜 가?"

그는 검도장에서나 보던 죽도를 짚고 서 있었다.

"밖엘 좀. 멀미가 나는 것 같아서요."

"바까야로오!"

말하는 것과 함께 그의 죽도가 날아와 어깻죽지를 내려쳤다. 지상의 입에서 자신도 모르게 억 하는 소리가 나왔다. 아픔을 못 이겨 지상이 고개를 들었을 때, 그가 이번에는 배를 찌르면서 말했다.

"들어가!"

지상이 그의 죽도 끝을 움켜쥐었다.

"이 새끼 봐라. 이거 안 뵈?"

지상이 죽도 끝을 놓았다. 순사의 손이 허공을 한번 긋는가 하자 이번에는 죽도가 정확하게 지상의 옆구리를 자르듯 후려쳤다.

"들어가라! 안으로 들어가란 말이다."

그의 죽도가 다시 허공으로 치솟는 것을 보면서 지상이 등 뒤의 철문을 잡아당겼다. 우선 저 죽도를 피해야 한다는 생각에서 지상은 걷어차인 강아지처럼 몸을 웅크리며 철문 안으로 몸을 굴렸다. 바닥을 짚고 겨우 몸을 일으켰을 때였다. 퀭한 눈으로 말없이 자신을 바라보는 있는 징용자들의 얼굴에는 아무 표정이 없었다. 유령들이 자신을 둘러싸고 있는 것 같았다. 무언가 잘못 만났다. 잘못 만나도 크게 잘못 만났다. 나락에 떨어지는 것 같은 절망과 무력감이 몸을 덮쳐왔다.

"비행장 닦는 데나 탄광이나 그런 데는 가지 않을 거다. 아무렴, 내가 다 부탁을 해놓았다. 걱정 안 해도 될 거다. 맘 편하게 다녀와."

떠나는 그에게 아버지가 했던 말이 웅웅거리며 귓가를 스쳐갔다. 울음이 터져나올 것만 같아 지상이 아랫입술을 깨물었다.

"시모노세끼다. 빨리빨리 움직여라."

이리 뛰고 저리 뛰면서 순사들이 저마다 소리쳤다.

"짐은 그 자리에 둔다. 지금 내리는 게 아니다. 기차시간까지 배 안에서 기다린다."

징용자들이 술렁거렸다.

"또 기차야? 미친년이 속 차리면 행주로 요강 닦는다더니 하는 짓이 꼭 그 꼬라지네."

"소문으로는 시모노세낀지에 내리면 일단 몇덩어리로 갈린다던데. 이 많은 사람이 다 한군데로 갈 리야 없잖아."

배를 내리기는커녕 화물칸에서 하루를 보낸 그들은 다음 날 새벽, 벽을 두드리며 깨워대는 소리에 졸린 눈을 떴다. 갑판 쪽에서 호루라기소리가 요란했다. 돼지몰이가 이럴까 싶게 호루라기소리와 여기저기서 걷어차이는 소리를 들으며 그들은 줄지어 선실 밖으로 나왔다.

어둠 속으로 굵은 빗발이 쏟아져내렸다. 순식간에 쥐어짜면 물이 흐를 정도로 젖어버린 그들은 푸우푸우 빗물을 뿜어대며 서 있었다. 터져나오는 순사와 인솔자들의 외침이 호루라기소리와 뒤섞이면서 징용자들은 천천히 움직였다. 배를 내리기 위해 그들은 계단을 오르내렸고, 갑판과 선실 사이를 오가며 느리게 아주 느리게 걸었다. 어디로 가는 것인지도 모른 채 지상은 앞사람을 따라 걸었다. 뱀이 꿈틀거리듯 행렬은 이어지고 있었다. 비는 쏟아지고, 어디선가 끊임없이 쿵쾅거리며 땅을 파는 것 같은 소리만 들려왔다.

어떻게도 피할 수 없는, 그랬다, 거역할 수 없는 거대한 운명의 손아귀가 자신을 움켜쥐는 것 같았다. 어둠 속에서 꿈틀거리는 행렬에 끼여 앞으로 나아가며 옆사람의 몸에 부대끼면서, 지상은 한 발 한 발 아득한 나락으로 떨어지는 것 같은 공포를 느꼈다. 마음을 다잡으려고 그는 고향을 떠올렸다. 아버지 어머니 아내… 그리고 형, 형이 있었지. 이 항구를 제 발로 드나들었을 형이다. 그래, 두려워 말자. 형이 밟았던 항구를 이제 나도 밟는다고, 그렇게 생각하자.

현해탄과 관부연락선 그리고 시모노세끼. 일자리를 찾아가든 유학을 가든 이 길은 희망을 향해 열려 있는 바닷길이라고 가슴속에 새기던 때가 있었다. 그래서 아버지에게 말하지 않았던가. 형님처럼 저도 내지에 가서 공부를 하고 와야 하지 않겠느냐고. 그때 아버지는 말했었다.

"남들은 다 짐 싸서 떠나는 장마당에 이제 가서 물건을 풀겠단 말이냐."

보고 싶었던 그 도시를 어둠과 빗발 속에서 겨우 이렇게 만나는가 싶었다. 시모노세끼, 언제든 일본엘 가게 되면 눈여겨보리라 생각했던 도시였다. 일본으로 떠나는 청춘들이 가 처음으로 밟는 도시가 시모노세끼라고 하지 않던가.

형, 형이 그랬지요. 현해탄을 건너면 시모노세끼, 유학생활은 거기서부터 시작이라고. 지상은 마음의 평정을 찾으려고 애썼다. 편지를 쓸 수 있다면 아내에게 이렇게 적으리라. 얼굴을 때리는 빗발을 손바닥으로 씻으며 지상은 마음속으로 적었다. 서형아, 이게 일본인가보다. 형이 망또 자락을 날리며 오가던 일본은 어디에 있단 말인가. 내가 끌려와 만나는 일본은 쏟아지는 빗발과 아우성치는 소리, 토할 것 같은 냄새뿐이다. 또 기차를 탄단다. 어디인지도 모르면서 이렇게 일본땅을 밟나 보다.

겨우 며칠, 고향을 떠나던 자신은 어디론가 가고 없었다. 자신은 없고 아주 다른 누군가가 여기 서 있는 것 같았다.

배를 내린 그들은 줄을 지어 부두를 벗어났다.

비는 그쳐 있었다. 항구 옆 공터에서 인원점검이 끝나고 황량하게 텅 빈 창고 건물에 징용자들을 모아놓고 나자 이제까지 그들을 인솔해온 사람들이 뒤로 물러나면서 우르르 둘러싸듯 다가서는 사람들이 있었다. 할당된 징용공들을 인계하러 나온 회사의 노무계 직원들과 그 지역 관리들이었다.

이때부터 노무계 직원들이 막대기를 휘두르며 징용자들에게 고래고래 목소리를 높였다.

"줄을 선다. 4열 종대다."

노무계원이 뛰어나와 덩치 큰 사람 하나를 끌고 앞으로 나갔다. 그는 사내의 등판에 붉은 분필로 커다랗게 동그라미를 그렸다.

"여기 이 사람 뒤로 50명씩 선다. 네 줄로 선다. 알겠나!"

소리치고 난 노무계가 다시 이번에는 키 큰 사람 하나를 데려다가 등에 동그라미를 그렸다. 그는 똑같은 소리를 외쳐댔다.

"여기 이 사람 뒤에도 50명씩 선다. 빨리빨리 해라!"

지상은 두번째 사람 뒤에 늘어서는 줄로 가서 쭈그리고 앉았다. 서류뭉치를 든 일본인들이 한 사람 한 사람의 신원을 확인하면서 긴 시간이 흘러갔다. 주먹밥으로 요기를 한 게 언제였던가 싶은데 왜 이럴까. 지상은 배고픈 생각이 나지 않았다.

거기서 또 얼마의 시간을 보내고 나서야 창고를 나온 사람들은 다시 쏟아지는 비를 맞으며 역으로 향했다.

역 안으로 들어서자 깃발을 들고 늘어서 있는 여자들이 보였다. 징용자들의 도착을 환영하기 위해 일장기를 들고 나온 애국부인회 여자들이었다. 일본에 와 처음 보는 여자들이었다. 모두들 그쪽으로 눈길이 쏠리는데, 몸뻬 차림의 여자들은 얼굴을 손으로 가리며 무언가를 종알거리고 있었다.

플랫폼으로 들어설 때는 바람에 실린 빗발이 더욱 거세게 그들의 몸을 때렸다. 기차에 오른 건 저녁이 되어서였다.

기차에 오르자마자 그들은 옷의 물기를 짜 입었다. 젖어서 몸에 들러붙은 옷, 시퍼렇게 언 입술, 수염이 듬성듬성 자란 얼굴. 다들 몰골이 흉악해져 있었다. 배에서 내려 기차를 탈 때까지 어둠과 빗속에서 보낸 시간들을 악몽처럼 떠올리면서 그들은 하나둘 말이 없어져갔다. 앞쪽에서 중얼거리는 소리가 들려왔다.

"옷을 좀 짜 입지 그래요."

"내비둬유. 옷이 아니라 걸레유."

"걸레라도 그렇지. 찝찝하지도 않으쇼?"

"내 맘이유. 이러나저러나 젖은 옷 입기는 마찬가진데 왜 그런대유? 꼭 우리 마누라 보채듯이."

"보고 있자니 내가 다 껄쩍지근해서 그러는 건데 여편네 타령은 왜 나와? 고집도 부릴 걸 부려야지, 원 사람도 참."

"아, 내 맘이라니께유."

발가벗은 채 가운데를 덜렁거리며 빗물에 젖은 옷을 갈아입는 사람들 사이에 섞여서 지상은 두 손으로 얼굴을 감싼 채 앉아 있었다. 손바닥이 물기에 불 정도로 비를 맞으며 추위에 떨었던 시간들이 뒤죽박죽이 되면서, 어떻게 기차에 올랐는지 생각조차 나지 않았다. 얼이 빠진다는 게 이런 건가보다 싶었다.

어느샌가 길게 자란 손톱 밑에는 때가 꼬질꼬질 끼어 있었다.

6

잠이 깨었을 때는 아침이었다. 덜거덕거리며 기차는 여전히 달리고 있었고 차창 밖으로는 아침 햇살이 가득했다. 지상의 등 뒤에서 밖을 내다보며 누군가가 말했다.

"해가 저쪽에서 비치니까, 그렇다면 우린 남쪽으로 가고 있는 게 맞습니다."

홋까이도오 탄광 이야기를 하면서 북쪽으로만 안 가면 된다고 했던 게 누구던가. 다행이라는 생각을 하며 창밖으로 이어지는 벌판을 바라보던 지상이 뒤를 돌아보았다. 입술을 단정하게 다문 사내가 지상의 어깨 너머로 밖을 내다보고 있었다. 지상의 얼굴이 환해졌다. 그가 서 있었다. 야마무라면 산골 촌놈이다. 그 학생이었다. 춘천아 봉의산아 너 잘 있거라. 역을 떠난 기차가 소양강을 끼고 미끄러지듯 강촌역을 빠져나갈 때 노래를 부르던 그 사내였다.

부산으로 가는 기차에서부터 사람들이 뒤섞이면서 보이지 않던 그였기에 어딘가 다른 곳으로 갔나 보다 생각했었다. 눈이 마주친 그에게 지상이 물었다.

"그러면 여기가 어디쯤일까요?"

남자가 자신의 손바닥을 내밀더니 여기저기 가리키며 말했다.

"일본이 이렇게 생긴 나라인데, 우리가 내린 데가 여기거든요. 일본도 해는 동쪽에서 뜰 테니까 여기쯤 가고 있겠지요."

그가 자신의 엄지손가락 옆을 찌르며 말했다.

"남쪽이라면 이쪽 큐우슈우인데, 거기도 군수공장이 많다고 들었습니다."

그때였다. 객차 앞쪽에 서 있던 경비원이 지상 쪽을 향해 소리를 질렀다.

"거기 서서 왔다 갔다 하는 놈. 넌 뭐야!"

뒤에 서 있던 남자가 재빨리 지상의 옆자리를 비집고 앉았다. 객차마다 붉은 완장을 두른 일본인 경비가 앞문과 뒷문에 서서 징용공들을 감시하고 있었다. 셋이 앉아 있기가 비좁았는지, 코를 골고 자던 옆자리의 사내가 얼굴을 비비며 일어섰다. 그는 통로로 나가 경비원에게 더듬거리듯 말했다.

"저, 뒷간에 좀 가려구 그러는데요."

"이 새끼, 일본말도 모르나?"

그가 사타구니를 가리키며 오줌이 마렵다고 손짓 발짓을 했다. 경비원이 들고 있던 막대기로 그의 배를 쿡 쑤셨다.

"이 새끼, 오줌통은 크게 생겼구나. 들어가서 참아!"

고개를 푹 숙이고 돌아선 남자가 앞의 빈자리에 앉는 것을 지켜보면서 경비원이 소리쳤다.

"변소에 가겠다는 놈은 도망치는 걸로 알겠다. 알아들었나?"

경비원의 서슬에 모두들 못 볼 것을 보았다는 얼굴이 되는데, 지상의 옆자리에 끼어 앉았던 남자가 지상에게 말했다.

"어디 공장으로나 떨어져야 할 텐데. 제일 못 갈 데가 탄광이고 그다음이 땅굴을 파는 지하 공사판이랍니다."

말하고 나서 그가 손을 내밀었다.

"통성명이나 하십시다. 나 최우석이라고 합니다."

단정해 보이는 입매와는 달리 그가 내민 손은 크고 두꺼웠다.

"김지상이라고 합니다."

둘은 악수를 나누었다. 우석이 웃으며 말했다.

"김씨면 카네다(金田)라고 창씨개명을 했겠군요."

지상이 웃는 얼굴로 고개를 끄덕였다. 우석이 물었다.

"고향이 서울이십니까?"

"춘천입니다."

우석이 놀라며 미간을 찌푸렸다. 지상이 말했다.

"난 그쪽을 본 적이 있습니다. 춘천고보 다니셨지요?"

"이게 어떻게 된 일이야. 나를 안단 말입니까? 난 기억이 없는데. 아 반갑습니다."

"서로 인사는 없었지만 얼굴은 알고 있지요. 독서모임 때, 상록회."

우석의 얼굴이 한순간 굳어졌다. 우석이 미간을 더 좁히며 말했다.

"그 얘기는 하지 맙시다. 생각하기도 싫은 일이죠. 그럼… 당신도 춘고보?"

지상이 고개를 끄덕였다.

"학교 졸업하고 지금은 뭘 하십니까?"

"졸업을 못 했습니다."

"그래요?"

그뿐 우석은 말이 없었다. 춘천. 춘고보. 그 말에 환하게 웃던 두 사람의 얼굴이 상록회라는 말이 나오면서 한순간 얼어붙었다.

"그나저나 인연치고는 좀 기구하네요. 함께 징용을 나가다니."

둘 다 말없이 창밖을 내다보고 있었다. 지상은 자신을 바라보는 우석의 눈빛이 이상스레 차갑다고 생각했다. 우석이 말했다.

"고생을 안 해본 거 같은데, 이제부터 큰일이십니다. 고향 떠나는 게 처음이시죠?"

"그래도 겪을 건 다 겪었습니다."

"우리 말 놓읍시다. 나이도 비슷한 것 같은데 불편하게 경어 쓸 것 없잖소."

"네, 좋습니다."

"이 친구 봐. 말 놓자고 하면서 그래가지고 어디 붕우유신 하겠어?"

붕우유신이라는 말이 우스워서 지상이 우석의 팔을 쳤다.

"되지도 않게 무슨 문자를 쓰시오?"

우석이 지상에게 몸을 숙이며 말했다.

"김형한테 하고 싶은 말이 있는데, 기차 타고 오며 보니까 일본 말 잘한다는 거 때문에 이것저것 경비원들 통역도 해주고 하던데, 그거 좋은 거 아냐."

"그럼 좋은 건 뭔데? 나한테 하고 싶은 얘기가 뭐야."

"안 해도 좋을 고생은 하지 말라는 거지. 앉으라면 앉고 서라면 서고, 먹으라면 먹고 굶으라면 굶고. 남들처럼 하는 거야."

"죽으라면? 그러면 그땐 죽고?"

"죽는 척만 하는 거지."

그때였다. 갑자기 들판이 사라지고 차창에 물결이 넘실거렸다. 바다였다. 바다는 야산에 가렸다가 다시 드러나고, 한동안 들판이 이어지다가 다시 출렁거리곤 했다. 하늘에 붓 한자루 들어서 금을 그어놓은 것 같은 수평선이 이어졌다.

춘천에서 자란 지상에게, 산이 산을 가로막는 곳에서 자란 그에게 바다는 낯설었다. 망망하다는 게 이런 것인가. 바다를 내다보며 지상은 생각했다. 바다도 하늘이네. 아무것도 없는, 물로 가득 찬 하늘.

사람들이 웅성거리고 있었다.

"저게 바다는 바다여? 난 머리에 털 나고 바다가 처음이네."

"내가 할 말 사돈이 하네. 난 그 소금덩어리 고등어밖에 본 게 없어서, 바다가 짜긴 짜구나 했던 사람이오."

우석이 지상에게 뒤쪽으로 나오라는 손짓을 하며 일어섰다. 경비원은 자리를 비우고 없었다. 승강구가 있는 통로로 나왔을 때 우석이 말했다.

"들었어? 시모노세끼에서 있었다던 일."

"뭔데?"

사람이 있나 없나를 살피듯 주변을 둘러보고 나서 우석이 말했다.

"다섯명이 도망을 쳤대. 더 된다는 얘기도 있고."

밖을 내다보며 지상은 자기도 모르게 고개를 끄덕였다. 내가 모르는 세상이 이렇게 많았던가. 도망을 친다는 건 꿈도 꾸어보지 못한 나다. 언제든 한번 가보리라 생각했던 항구 시모노세끼를 그렇게 지나치는 걸 오히려 아쉬워했던 내가 아닌가.

우석의 말이 귓가에 웅웅거리며 들려왔다.

"아마 그 사람들은 일본에 무언가 연고가 있는 사람들일 거다. 빠져나가기만 하면 일단 거처할 데가 있다든가, 누굴 찾아간다든가."

뒤쪽에서 호루라기소리와 함께 칼을 찬 순사 하나가 다가왔다. 또 얻어맞는가 싶어 지상이 뒷걸음질을 쳤다.

"안으로 들어가! 누구 마음대로 나와 서 있는 거야?"

순사의 뒤를 따라 검은 붓글씨로 경비라고 쓴 흰 완장을 차고 다리에는 각반을 두른 사내들이 차 안으로 들어서며 소리쳤다.

"모두 제자리에 앉아라. 들어가 앉으라니까."

어느새 이렇게 길이 들었던가. 징용자들은 겁먹은 표정으로 웅크리고 앉아 그들의 말을 들었다.

"모두 기차 안에서 조용히 대기한다. 이건 어디까지나 단체행동이다. 대열에서 이탈하는 행위는 절대 금지한다."

기차가 플랫폼으로 들어서고 있었다. 창밖으로 다가서는 쇠기둥에 쓰여 있는 역 이름을 지상은 읽었다. 장기(長崎). 나가사끼였다.

멎었는가 하다간 또 움직이고 꿈틀거리듯 섰다가 가기를 반복하고 나서, 열차가 멈췄다. 귀를 후벼파듯 시끄러운 호루라기소리를 들으며 지상은 어수선하게 플랫폼을 걸어나가는 승객들을 내다보았다. 이 먼 곳까지 끌려왔다는 절망감, 울에 갇힌 짐승 꼴이 되어 밖을 내다보고 있다는 자괴감이 뒤섞이면서 가슴을 내리눌렀다.

기차를 내린 승객들의 모습도 하나둘 보이지 않게 되었을 때, 열차 안에는 징용을 온 청년들만 남았다. 텅 빈 플랫폼을 내다보며 우석이 말했다.

"짐승도 털이 빠질 때가 있으면 날 때도 있는 거다. 끌려올 때가 있었으니 돌아갈 때도 있겠지. 안 그러냐?"

지금 그런 말이 나오다니. 가슴을 눌러오는 암담함을 밀어내듯 지상이 낮게 말했다.

"너 어디 절간에서 도 닦다가 왔니?"

"도는 모르겠고, 절간에서 새우젓만 먹다가 왔다."

얼마의 시간이 지나갔다. 총을 든 경비원들이 지켜선 가운데 열차를 내린 그들은 두 줄로 서서 선로를 건너갔다. 핏기 없이 시든 표정으로 불안하게 눈알을 굴리면서 모두들 이 황당한 운명을 어떻게 받아들여야 할지 막막한 얼굴들이었다.

그들을 역사가 옆으로 바라보이는 공터에 쭈그려 앉게 한 후 앞으로 나선 사람은 그들을 인솔했던 경비 완장을 찬 조선인 가운데 한 사람이었다.

"다들 들으셔. 여기서 일단 기다립니다. 각자 행선지가 결정돼야 떠나니까 그때까지 기다리는데, 어이 거기! 뭔 말이 그렇게 많아! 그때까지 흩어지거나 하는 일은 절대 없어야지. 난 뒷일 책임 안 져. 에 또 그리고, 조금 기다리면 식사가 나올 겁니다."

사람들은 저마다 한마디씩 중얼거리며 자리에 퍼질러 앉았다. 우석이 낮게 말했다.

"조선 팔도가 다 모였네."

"그러네. 저쪽엔 평안도 사투리 같은데. 북쪽에서 온 사람들이 꽤 많아."

역사 옆 공터에 쭈그리고 앉아 그들은 주먹밥으로 아침도 점심
도 아닌 한 끼를 때웠다. 손가락에 들러붙은 한알까지 남김없이 먹
고 있는 사람들을 흘긋거리며 지상은 잠시 목이 메었다. 밥이 목에
넘어가는가. 이제 며칠 되었다고 벌써 사람들의 눈빛이 다르다. 이
들이 누군가. 고향에서도 이렇게 살았단 말인가.

그때 누군가가 자신을 보고 있는 것 같아서 지상이 얼굴을 들었
다. 어느새 주먹밥을 다 먹어치운 옆사람이 손가락을 빨듯 붙어 있
는 밥알을 뜯으며 자신을 보고 있었다. 지상이 말했다.

"더 드시겠소? 괜찮으면 제 것도 드시지요."

그가 지상의 얼굴과 주먹밥을 번갈아 보았다. 고맙다는 말도 없이
다만 고개를 꾸벅거리며 사내는 지상의 손에서 밥을 빼앗듯 가져
갔다. 손에 붙은 밥알을 털어버리는 지상의 뒤에서 누군가 말했다.

"주먹밥도 못 먹는 도련님이 징용을 다 오셨어, 씨벌눔."

뒤를 돌아보았다. 입술이 두껍고 얼굴이 거무스름한 사내가 지
상을 지그시 노려보고 있었다. 지상이 말했다.

"그쪽에서 간섭하고 나설 일이 아니잖소."

"네 꼴이 하도 싸가지가 없어서 그런다. 주먹밥이라도 달게 처먹
어."

사내의 느닷없는 반말에 지상의 눈썹이 꿈틀했다. 사내가 다리
를 건들거리며 말했다.

"내 눈이 시다 이거야. 콩짜가리에 좁쌀덩어리 주먹밥이라도 게
걸스레 먹는 우리가 뭘로 보인다 그거 아냐? 친일파 새끼가 꼴값하

고 자빠졌어."

지상의 얼굴이 하얗게 질려갔다. 이자는 내가 누군 줄 알고 있는 놈이었나.

그때였다.

"벼룩이 눈깔에는 사람 손가락이 몇개로 보일까."

그렇게 말하며 일어선 것은 우석이었다. 사내의 멱살을 틀어쥐고 코앞까지 끌어당긴 우석이 이를 악물며 말했다.

"하나밖에 안 보이지? 니 눈에는 하나겠지! 너, 다시 한번 이런 짓 했다간 끝인 줄 알어!"

주변 사람들이 주춤주춤 물러섰다. 멱살을 틀어쥔 우석이 어느새 왼손으로 사내의 사타구니를 쥐어짜듯 움켜잡고 있었다.

"이 자식, 우리 삼촌을 가지고 뭐 친일파? 너 또 한번만 찝쩍거렸다간 불알이 청계천에 가 떠 있을 거다."

불알을 잡힌 사내가 병아리처럼 입을 벌름거렸다. 움켜잡은 그의 사타구니를 한번 세게 흔들었다 놓고 우석이 그를 걷어찼다. 지상에게 몸을 숙이며 우석이 말했다.

"삼촌, 더러운 꼴 보지 마시고 저쪽으로 가시지요."

우석은 지상의 허리를 안듯이 하고 웅기중기 모여 앉은 사람들 뒤로 빠져나왔다. 우석이 속삭였다.

"뒤돌아보지 마."

자리를 옮겨 사람들 틈에 끼여 앉으며, 우석이 빠르게 말했다.

"쓸데없는 짓 하지 말라고 했잖아. 남들 먹을 때 너도 먹어."

시비를 걸었던 사내가 사람들 옆으로 어슬렁거리며 사라졌다. 우석이 땅바닥에 침을 뱉었다.

"이제부턴 대가리 터져라 살아야 하는 거야. 지금이 도련님 행세할 때냐. 너 먹기 싫거든 남 줄 생각도 하지 마."

지상이 고개를 들었다.

"아냐. 나 그렇게는 못 산다."

우석이 손으로 옆을 가리켰다.

"이제부터는, 한 발짝 옆이 바로 죽음이야. 옆에 죽음을 끼고 살아야 해. 그게 이제부터의 우리 삶이야."

삶이라니. 여기 와서 삶이라는 말을 내게 해주는 사람이 있다니. 지상은 우석의 눈을, 차갑게 번득이고 있는 눈을 바라보았다.

"너 뭐 하던 사람이니?"

"부모도 못 모시고 자식도 못 길렀다, 왜?"

"만나서… 고맙다."

"도련님, 그런 말씀은 거두시고 남의 눈에 안 띄게 좀 조용히나 있으시죠. 내 입에서 또 삼촌 소리 나오게 했다간 봐라."

오후가 되면서 다시 비가 내리기 시작했다. 그들은 인솔자가 시키는 대로 역사 옆의 가건물로 들어가 비를 피했다. 벽이 없이 지붕만 덮은 건물이었다. 나가사끼 역사 너머로 흐릿하게 드러나는 가파른 산자락에 닥지닥지 지어올린 집들이 바라보였다. 검게 내려앉은 하늘이 마치 포장을 두르듯 시가지를 감싸고 있었다.

갑자기 경찰들이 쏟아져나온 건 또 얼마의 시간이 지나서였다. 그들의 앞과 뒤를 막듯이 둘러서면서 경찰이 소리쳤다.

"일동 정렬! 빨리빨리."

"어이, 그쪽 놈들은 뭐야! 좌우로 대오를 맞춰라!"

그들을 인솔했던 조선인 관리가 들어서더니 줄을 세우고 번호를 대게 하면서 사람들을 열명씩 묶어 세웠다. 정렬이 끝나자 양복 차림의 사내가 서류뭉치 같은 것을 든 두명을 데리고 앞으로 나섰다. 옆으로 퍼진 체격이 건장했다.

"여러분, 조선에서 여기까지 오느라 고생이 많았다. 우리는 천황 폐하의 신민으로서 여러분의 우국충정을 높이 평가하며, 무엇보다도 환영하는 바이다."

그가 조금 목소리를 높였다.

"행선지별로 나누어 될 수 있는 한 빨리 현장으로 떠나도록 하겠다. 구체적인 행동에 관해서는 조가 나누어진 후 별도로 지시하겠다. 우선 이름을 부른 사람은 우측으로 나선다. 우측으로 나선 후에 인솔자의 안내에 따라 현장으로 가게 된다. 행렬에서 이탈하는 자는 그 자리에서 처단하겠다."

처단하다니 이게 무슨 소리야. 통역이 이어지는 동안 지상은 고개를 돌려 줄 끝을 바라보았다. 얼마쯤 될까. 열 줄로 늘어선 줄이 뒤로 가며 구불구불했다. 이들을 몇으로 나눈다는 소리였다.

양복 차림의 사내가 뒤로 물러서자, 서류뭉치를 든 두 사람이 이름을 부르기 시작했다. 자신의 이름이 불렸을 때 지상은 옆줄로 나서며 우석을 돌아보았다. 이렇게 해서 저 친구와의 짧은 만남도 끝나나 보구나. 둘의 눈길이 얽힌다. 잘 가라. 그래도 반갑고 고마웠다. 지상이 아쉬운 눈인사를 보냈다. 우석이 애써 웃고 있었다.

이름이 불리는 대로 줄을 서러 가랴, 짐을 찾아 옮기랴, 어수선하게 얼마가 지났을 때였다.

"함께 가는 거 같은데. 이건 무슨 인연이야."

언제 왔는지, 바로 옆에 작은 가방 하나를 오른쪽 어깨에 멘 우석이 입술을 꾸욱 다물고 서 있었다. 지상이 그의 팔을 움켜쥐었다.

"어떻게 된 거야?"

"모르겠다. 굴러가다 앉는 뒤웅박 신세다. 뭐가 잘못됐는지 불러놓고 나서 저쪽 명단에 없대. 이리로 붙으란다."

"잘됐다."

"지금이 웃을 때냐? 아껴라. 흉년에는 찬물도 양식이라더라."

그러는 우석의 입가에도 언뜻 웃음이 스치고 지나갔다.

"같은 데로 떨어질 줄 알았으면 너랑 친구 하지 말고 내가 형님 하는 건데, 잘못했다."

"이판에 넌 농담이 나오니."

오는 동안 낯이 익은 남자가 천으로 싼 보따리를 든 채 다가왔다.

"두 분은 함께 가는군요. 난 저쪽입니다. 몸조심들 하시오. 어디선가 또 만날 날이 있지 않겠소."

몸을 돌린 그가 뛰어서 자기 자리로 돌아갔다. 다섯 개 무더기로 나누어진 그들의 이름을 부른다, 지시사항을 전달한다, 인솔자를 소개한다, 건물 안이 시끄러웠다. 이제 순사들은 뒤쪽으로 물러서고 팔에 붉은 띠를 두른 민간인들이 오가면서 그들을 안내했다.

하나둘 준비를 끝낸 징용자들을 태운 트럭이 떠나고 있었다. 남아 있는 사람들을 둘러보며 누군가가 목에 가래가 끓듯이 말했다.

"조상 묘 잘 쓴 덕이라도 봐야 헐 텐데. 먼저 일찍 떠나는 거 부러워할 거 없어요. 그 사람들 다 죽은 목숨이여. 전부가 탄광이래요. 그나저나, 우린 어디로 가는 거여?"

함께 실려왔던 사람들이 떠나며 가건물 안이 차츰 썰렁해졌다.

우석과 함께 지상이 트럭에 오른 건 네번째였다. 후줄근하게 비에 젖으며 그들은 포장을 친 트럭에 올라 물이 질척거리는 맨바닥에 쭈그리고 앉았다.

부슬거리는 빗발 속에 트럭은 천천히 나가사끼역 앞을 돌았다. 너풀거리는 포장 사이로 지상은 밖을 내다보았다. 길가의 건물은 대부분 목조 2층이었다. 구부정한 허리로 우산을 쓰고 지나가는 노인이 보였다. 왼편으로는 산비탈을 따라 닥지닥지 집들이 이어지고 있었다. 눈길을 돌리니 멀리 집들이 들어선 산비탈 위쪽으로 뾰족탑 위의 십자가가 바라보였다. 일본에는 예수 믿는 사람이 많은 가보다. 예배당이 아주 크다는 생각을 하는데, 역 앞을 빠져나온 트럭이 길가에 멈춰섰다. 잠시 후 포장이 들리더니 통역을 하는 조선 사람이 얼굴을 들이밀며 말했다.

"출발할 때까지 떠들지 말구 조용히들 있어. 떠들어봤자 돌아가는 건 매밖에 없어!"

그러곤 포장이 닫혔다. 내내 겁먹은 표정으로 앉아 있던 작달막한 사내가 목소리를 낮추며 중얼거렸다.

"이번엔 또 도라꾸를 타다니. 호랭이한테 잡혀가도 정신만 차리래던데, 이건 뭐가 뭔지 도대체 알 수가 있나."

포장 사이로 빗속을 지나가는 전차가 바라보였다. 지상은 전차를 보는 게 처음이었다.

"저게 뭐냐?"

"딸랑딸랑, 전차다. 서울 안 가봤니?"

지상이 고개를 저었다.

"한 칸짜리 기차라고 생각해."

말해놓고 나서 우석이 눈을 감았다.

차는 떠날 줄을 모르고, 빗발 속에 어둠이 내리며 다시 저녁이 오고 있었다. 다시 이곳에 오는 일은 없을지 모른다. 어둠에 잠겨가는 거리를 내다보며 지상은 여길 다시 온다면 저 예배당 건물에도 올라가보고, 끌려와서 짐승처럼 실려가던 역이며 거리가 아니라 사람 사는 곳으로서 여길 한번 보고 싶다는 생각이 들었다.

우석이 허공을 바라보듯 고개를 들더니 들릴 듯 말 듯 혼잣말을 했다. 서럽구나, 조선의 아들들아. 그러나 꺾이진 말아. 휘고 늘어지더라도 꺾여선 안 된다. 살아남아라.

"무슨 소리야."

우석이 대답은 없이 고개를 저었다.

그때였다. 옆자리에 앉았던 사람이 무릎 사이로 얼굴을 파묻으며 훌쩍훌쩍 울기 시작했다. 지상이 놀라 그에게로 몸을 숙였다. 자기보다 나이도 훨씬 위로 보이는 그 남자의 등에 손을 얹으며 우석이 말했다.

"이러시면 안 됩니다. 다 마찬가지 심정 아닙니까."

남자의 목소리가 젖어서 들려왔다.

"늙은 부모 어린 자식, 게다가 안식구는 병까지 깊은데, 나는 어쩌자고 여기까지 끌려와야 하느냐 말이오. 내가 통곡이 안 나오고 어쩌겠소."

갑자기 저쪽에서, 이쪽에서, 사람들이 운다. 눈 밑을 훔치고, 으흐흐흐 소리를 내며 울음을 참는다. 지상도 무릎 속에 얼굴을 묻었다.

이것이었구나. 나라가 없다는 것이 이런 거였구나. 지상은 처음으로 나라라는 말을 생각했다. 내놓으라면 그게 어디 곡식만이었

나. 조상님 제사 모시던 유기그릇까지 다 꺼내주어야 했다. 가자고 하니까 여기까지 끌려왔다. 그러고도 이제 또 서라면 서고, 때리면 맞아야 한다. 왜 우리가 이래야 하는가. 우리는 그 무엇에서도 주인이 아니다. 이제야 알겠다, 나라가 없다는 게 무엇인가를.

트럭이 다시 움직였을 땐 이미 밖은 캄캄하게 어두워 있었다. 그러나 달리던 트럭은 달리고 말고도 없이 이내 멈춰섰다. 짐짝처럼 실려서 또 먼 길을 가야 하는 것으로 알고 있던 그들은 왜 차가 서는지 알 수가 없었다. 비는 그쳐 있었다. 포장 밖에서 갑자기 불빛들이 어른거렸다.

포장 틈새로 밖을 내다보던 우석이 빠르게 말했다.

"뭐가 잘못되는 거 같다."

"왜? 뭐가 보여?"

"밖에 아무것도 안 보여. 공장도 어디도 아닌 허허벌판이야."

그러나 그곳은 허허벌판이 아니었다. 뒤쪽 포장이 젖혀지면서 불빛이 쏟아져들어왔다. 한 사내가 불빛을 등지고 서서 손전등으로 어지럽게 징용공들의 얼굴을 훑어나가면서 말했다.

"내려라. 전원 내려라."

어찌해야 할지 몰라 엉거주춤 서로의 눈치를 살피는 사이, 이 쌔끼야 내리라잖아, 하는 조선말과 함께 트럭 끝에 있던 사람의 몸이 낚아채이면서 밑으로 나가떨어졌다.

"내려! 전부 내리라구."

뒤쪽에서부터 사람들이 뛰어내리기 시작했다. 지상은 우석을 따라 트럭을 내려섰다. 주위를 불빛이 둘러싸고 있었다. 손전등이 번쩍거리고, 기름방망이 횃불을 치켜든 사람도 보였다.

"전원 5열로 집합해라. 빨리빨리 해라."

희번덕거리는 불빛 속에서 줄을 서면서 그때 지상은 어디선가 철썩거리며 물결이 부서지는 소리를 들었다.

"이게 물소리 아니니?"

"파도소리다. 항구야. 저쪽에 배 안 보여?"

바닷가에 왔단 말인가. 공장도 아니고 탄광도 아닌 바다라니. 불빛이 어른거리는 어둠 속을 비척거리며 걸어 지상은 우석의 뒤에 가 섰다. 징용 조선인들이 줄을 맞춰 서자 바로 인원점검이 있었다. 62명. 역에서 트럭에 오를 때와 다르지 않았다.

손전등을 들고 앞에 서 있던 사내가 어둠을 비추면서 말했다.

"전방에 너희들이 탈 배가 기다리고 있다. 20명씩 배에 오른다. 나머지는 순번이 될 때까지 조용히 대기한다."

또 배라니. 징용공들이 웅성거리기 시작했다. 군대로 끌려나왔다면야 배를 타고 남방으로나 간다지만, 이게 뭔가. 통역이 끝나자 앞쪽에 서 있던 사람이 물었다.

"배를 타고 어디로 가는 겁니까? 말을 해줘야지 이거야 원, 답답해서 살 수가 있나."

말이 채 끝나기도 전에, 퍽 하는 소리와 함께 그가 땅바닥에 고꾸라졌다. 등불을 든 사내가 다시 한번 쓰러진 사람을 발길로 내지르면서 소리쳤다.

"이 새끼, 말을 하지 말라고 했다."

쉬어터진 목소리의 일본말이 살벌하게 어둠 속으로 퍼져나갔다. 지상은 등줄기를 타고 좌악 소름이 끼치는 것 같았다. 뒤쪽에서 고함치는 소리와 퍽퍽 몽둥이 휘두르는 소리가 뒤섞이면서 이쪽저쪽에서 나자빠지는 사람들이 있었다. 등불을 들고 앞에 서 있던 사내가 어둠 속을 비추면서 말했다.

"이것들이 매를 벌고 있어. 똑바로 못 서나!"

한순간에 모든 것이 변했다. 공포가 캄캄한 어둠과 함께 그들을 둘러쌌다. 부산까지 오던 일들이, 뱃멀미로 시달리던 길고 길었던 밤과 비 내리던 부두, 기차에서 바라본 햇살 가득하던 일본의 들판조차도 꿈이었던가. 며칠 동안 겪었던 낯선 시간들이 한순간 사라지고, 지금 그들이 처박힌 깊고 깊은 구덩이가 유리조각처럼 부서지면서 몸으로 파고드는 것 같았다. 무엇인가 아주 크고 엄청난 날개가 온몸을 덮어씌우고 있다고 지상은 생각했다.

앞에서부터 20명이 어둠 속으로 걸어나갔다. 그들의 뒷모습을 바라보는 가슴속을 불안이 납덩이처럼 내리누르고 있었다. 앞선 20명을 에워싸고 가는 불빛이 어른거리면서 거대한 배의 모습이 윤곽을 드러냈다. 어른거리는 불빛 속으로 지상은 유우가오마루(夕顏丸)라고 쓴 글자를 보았다.

순서를 기다리며 지상은 묵묵히 서 있었다. 파도소리가 점점 더 커지는 것 같았다. 그사이에도 옆에서 뒤에서 이따금 퍽퍽 때리는 소리가 들리면서 쓰러지는 사람들이 있었다.

"똑바로 서라, 똑바로! 이것도 전쟁이다!"

우석은 어느새 배에 올랐는지 보이지 않았다. 지상이 뒤처져서 배에 올랐다. 그들을 호송하기 위해 서 있던 자들이 배에 오르는 징용공들을 하나하나 배 바닥에 주저앉혔다.

요란한 기관소리와 함께 배는 아무것도 보이지 않는 어둠 속을 나아갔다. 누구도 말이 없었다. 이런 판에 저런 소리가 나오나 싶게 억수로 쏟아지는 빗속에서도 한마디씩 너스레를 떨곤 하던 그들이 아니었던가. 갑자기 입이 없어진 사람들처럼 모두들 다다미가 깔린 배 밑창을 내려다보고 앉아 있었다.

지상은 문득 나가사끼를 떠나면서 우석이 중얼거리던 말을 떠올렸다. 서럽구나, 조선의 아들들아. 그러나 꺾이진 말아. 휘고 늘어지더라도 꺾여선 안 된다. 살아남아라. 그 친구는 이미 무언가를 예감하고 있었던 걸까. 어느 구석에 쭈그려 앉았는지 우석은 보이지 않았다.

항구를 떠나고 얼마의 시간이 지났을까. 기관소리도 요란하게 어둠 속을 헤쳐 나아가던 배가 흔들리기 시작했다. 시간이 지날수록 배는 점점 더 요동치듯 흔들렸다. 그들은 하나씩 둘씩 어지러움 때문에 다다미가 깔린 바닥에 드러눕거나, 조금이라도 울렁거림을 견디기 위해 손잡이를 찾아 배 바닥을 기어다녔다. 이내 토하는 사람들이 나왔다. 선실 밖으로 나갈 사이도 없었다. 우왝우왝 토하는 소리가 여기저기서 터져나왔다. 선실 바닥에 뿜어대듯 토하는 사람들이 늘어나자 나무로 짠 바가지 같은 것이 나누어졌다. 몸을 가누기 힘들게 일렁거리는 배 바닥에서 이리 기울고 저리 기울며 그들은 토하고 또 토했다. 귀를 후벼파는 듯한 기관소리만이 배 안을 채우고 있었다. 종일 내리는 빗속에서 젖었다 말랐다를 거듭하며, 쭈그리고 앉아 하염없이 기다리며, 이리 차이고 저리 얻어맞고 시달리며, 어디로 가는지도 모른 채 불안에 떨며 슬픔과 절망에 지치고 지친 몸들이었다. 허기진 몸들이기에 고통은 더욱 극심했다.

배가 작거나 부실해서가 아니었다. 어둠 속이라 미처 가늠할 길

없이 공포에 시달리며 온 배지만 그들이 탄 철선 유우가오마루는 나가사끼조선소가 건조한 최초의 철제 기선이었다. 규모도 당시로서는 일본 최대 탑승인원을 자랑하는 배였다.

배를 가라앉힐 듯 요동치게 한 것은 험악한 해류였다. 나가사끼 외항의 타까시마를 둘러싸고 흐르는 해류가 일찍이 일본과 해상무역을 하던 수없이 많은 중국 상선들을 좌초시켜 가라앉히면서, 이 길은 중국 선원들이 무서워하기로 이름난 물길, 험로였다.

마치 아득한 물속으로 가라앉기라도 한 듯 길고 긴 시간이 지나갔다. 귀를 찢을 듯 불어대는 호루라기소리와 고함소리에 뒤섞이며 그들은 비척비척 어기적어기적 배를 내렸다. 바닷물에 처박기라도 할 듯 어지럽게 흔들리는 부교를 건너가면서 지상은 처음으로 그 불빛을 보았다. 줄을 서듯 늘어서서 섬을 둘러싸고 있는 방파제의 경비등 행렬. 비가 그친 바다에 안개까지 끼어서 섬을 둘러싼 불빛들은 뿌옇게 방파제를 따라 휘돌며 이어져 있었다.

그들은 누구도 자신들이 해저탄광 하시마에 와 있는 것을 알지 못했다.

7

"이곳은 미쯔비시광업소 타까시마탄광 하시마분원이다. 본인은
후나꼬시 야스오다. 여러분의 입소를 진심으로 환영하는 바이다.
아울러 머나먼 조선으로부터 징용공들을 모집, 인솔하느라 고생하
신 관계자 여러분들에게도 심심한 감사의 말씀을 드립니다."

탄광사무소 옆건물에서 징용공들의 환영식이 시작되었다. 일장
기 배례와 키미가요 합창이 끝나자 노무계 직원이 목소리도 드높
게 외쳐대는 '황국신민서사'를 징용공들은 웅얼웅얼 따라 외웠다.
전체 징용자들의 이름을 하나하나 부르는 점호가 끝나자 탄광 사
무소장의 환영사가 시작되었다.

"미쯔비시광업으로 말할 것 같으면, 일찍이 타까시마탄광을 개
발하여 그 시설을 현대화하면서 눈부신 발전을 거듭해왔다."

콧수염을 기른 연단 위의 소장은 키가 작달막했다. 그는 마치 표

창장이라도 받으려고 나온 아이처럼 몸을 꼿꼿하게 세우고 두 발을 붙인 자세로 말을 이어나갔다.

"여러분은 지금부터, 천황폐하의 충성스런 신민으로서 귀축미영을 타도하기 위한 전쟁을 수행하게 된다. 여기도 전선이다. 이곳 하시마탄광은 바로 이 성스러운 전쟁을 총부리 뒤에서 떠받들고 있는 영광스러운 일터인 것이다. 하시마탄광은 쇼오와16년 41만 톤이라는 경이적인 채탄실적을 올리며 후꾸오까 감독국의 출탄경쟁에서 1위를 기록했으며, 광원들의 출근율이 92퍼센트에 달하는 최고의 탄광이다. 여러분에게 이 탄광에서 일하게 된 영광을 부여하는 바이다."

일본말을 알아듣지 못하는 청년이 옆에 있는 나이 지긋한 사람에게 속삭이듯 물었다.

"저 양반이 지금 뭐라는 소립니까?"

"밥 잘 먹구, 똥 잘 싸라구 하시네."

"아저씨도 참 황당하시네요."

"황당한 건 너여. 내가 언제 왜놈말 안다고 하던? 왜 나한테 물어."

"아저씨가 왜 그 나이에 징용을 끌려나왔는지 이제 알겠네요."

"뭐 어째. 이런 대가리 피도 안 마른 녀석이!"

그 순간, 떠들고 있던 두 사람이 머리를 싸잡으며 목 부러진 병아리처럼 고개를 꺾었다. 어느새 뒤에 와 있었는지 노무계의 몽둥이가 목덜미를 내리쳤던 것이다.

"여러분이 생산하는 석탄은 다만 석탄이 아니다. 검은 다이아몬드다. 한 덩어리의 석탄은 한발의 포탄이며 어뢰다. 다시 한번 말하거니와, 여러분은 천황폐하의 세끼시(赤子)로서 황국의 명예를 위해, 산업전사로서의 이름에 부끄러움이 없도록 일하지 않으면 안 된다는 것을 명심하도록 하라."

세끼시. 천황폐하의 아들이란다. 우리는 모두 천황의 아들인가. 지상은 고개를 숙이고 눈을 감은 채 소장의 말에 이어지는 조선말 통역을 되씹고 있었다. 무슨 통역을 저렇게 하는가. 소장은 여러분 이라는 미나사마(皆さま)가 아니라 너희들이라고 오마에따찌(お前 たち)라는 말을 쓰고 있다. 여러분과 너희들의 차이는 크다. 이건 네놈들이라고 말하는 것과 다를 게 뭔가. 소장은 지금, 네놈들은 천 황폐하의 아들로서 황국의 명예를 위해 일을 하는 거다, 그렇게 말 하고 있지 않은가. 아랫입술을 물면서 지상은 점점 더 깊은 구렁텅 이로 떨어져가는 자신을 느낀다.

"하시마탄광이 가지는 채탄의 역사는 길다. 우리 하시마탄광은 옆에 있는 섬 타까시마탄광의 자회사라고 생각해도 좋다. 그러나 우리는 어머니인 타까시마탄광을 제치고 더 많은 석탄을 생산하고 있는 자랑스런 탄광이다."

소장의 환영사에 이어 연단으로 올라간 노무계의 이시까와가 천 천히 말을 시작했다.

"우선 알아둘 것이 있다. 첫째, 여러분이 캐는 석탄은 난로에 불 을 때는 그런 석탄이 아니다. 최고 품질의 제철용 원료탄이다. 둘 째, 여러분이 와 있는 이 섬, 흔히 군함도라고 말하는 하시마에는 생활에 필요한 것이 다 있다. 화장터와 묘지 이외에는 모든 것이 다 있다고 알면 된다."

이어서 그는 하시마탄광의 역사와 광부들이 사용할 시설에 관한 설명을 이어나갔다.

126

"하시마에서 석탄이 발견된 것은 분까7년, 서력 1810년이었다. 무인도의 흙을 걷어내자 석탄이 드러나는 노출탄이 발견되었던 것이다. 그후 60년이 지나서야 해저갱도를 열고 채탄이 시작되었다. 그후 우리의 미쯔비시가 이 섬을 사들인다. 그 가격이 얼마인지 아는가. 당시로서는 어마어마한 돈 10만엔이었다."

10만엔… 징용공들은 그런 돈도 이 세상에 있기는 하나 싶다. 연단을 바라보는 얼굴들에 아무 표정이 없다. 본 적도 들은 적도 없는 액수는 돈이 아니다. 어마어마한 돈이라는데 놀라기는커녕 고개를 끄덕이지도 않는 징용공들을 보며 이시까와는 실망하는 눈치다. 그렇겠지. 이들에게 10만엔이 무슨 실감이 나겠는가.

그러나 이시까와는 모르고 있었다. 그는 내내 우리의 미쯔비시라고 말했다. 그러나, 무엇이 우리의 미쯔비시인가. 정치와 경제가 결탁하고 군부와 기업이 뒤엉킨 그런 재벌이 있다는 것조차 식민지 조선에서 끌려온 징용공들은 알 리가 없었다.

"우리 미쯔비시는 해저광구 25만 1천평을 취득함으로써 타까시마, 나까노시마, 후따고지마와 하시마를 연결하는 심층부, 바다 밑의 땅을, 미쯔비시의 손에 의해 탄광으로 개발하게 된다. 미쯔비시의 역사에는 그렇게 일본 최대의 해저탄광 하시마가 있다. 당시로서는 경이적인 199미터 깊이의 제2갱도를 여는 데 성공한 하시마 탄광은 354미터 깊이의 제4갱도까지를 하나씩 완성하면서 오늘에 이르고 있다."

이시까와가 손을 높이 들어올리며 주먹을 움켜쥐었다.

"우리 하시마탄광에서 생산되는 석탄은 아무리 손으로 뭉쳐도 뭉쳐지는 것이 아니라 푸슬푸슬 부서진다. 바로 이 양질의 석탄이 일본 철강 생산량의 과반을 차지하는 야와따(八幡)제철소로 보내져 제철용으로 사용되는 것이다.”

길고 지루하고 알 수도 없는 이야기가 이어지는 사이, 징용공들은 흐물흐물 몸에 힘이 빠져갔다. 그들 주변을 돌고 있던 노무계 직원들이 여기저기서 나무막대기로 탁탁 징용공들의 어깨를 내려치는 소리가 들려왔다.

“그러면 이제부터 이 무인도가 어떻게 낙원이 되었는가, 여러분의 생활시설에 대해 간단하게 설명해나가겠다.”

커다란 종이로 만든 괘도를 넘겨가며 이야기를 하는 사이사이 노무 담당 이시까와는 목이 마른 듯 물을 마셔댔다.

“하시마는 무인도였다. 무인도에는 물이 나오지 않는다. 한 방울의 물도 나지 않던 이 섬에 증류수 설비가 들어서고, 바닷물의 염분을 없애는 제염시설과 함께 모든 숙사에 수도관을 놓은 것도 우리의 미쯔비시다.”

이시까와의 목소리가 빨라졌다.

“전기시설에 대해 이야기하겠다. 전기는 탄광이라는 특성상 필수적이다. 놀라지 말기 바란다. 여러분이 상상할 수도 없는 시기에 일찍이, 그것도 미쯔비시 계열의 탄광 가운데서도 가장 빠르게 하시마에 전력이 확보된 것이 메이지35년(1902)이었다.”

호롱불 등잔불, 그것밖에 알지 못했던 시골 출신 징용공들이다. 섬 안을 휘황하게 밝히고 있는 불빛, 처음 보는 전깃불에 그들은 경악했다. 그런데 그것이 벌써 40년 전부터 이 섬을 밝히고 있었다고 어떻게 믿는단 말인가. 입을 벌리거나 고개를 끄덕이는 징용공들을 내려다보며 이시까와가 얼굴에 웃음을 머금었다.

"그뿐만이 아니다. 이곳은 탄광이다. 작업이 끝나면 씻어야 한다. 탄가루는 작기 때문에 여러분의 사타구니 털 속까지 들어가서 낀다. 그렇다고 짠 바닷물로 몸을 씻을 수는 없다. 그러나 걱정하지 않아도 된다. 회사는 여러분을 위해 소금기 없는 대형 해수목욕탕을 제공하고 있다. 다만 이것은 알아두기 바란다. 이 목욕탕 이름이 오징어먹물 목욕탕이다. 여러분이 탄가루가 묻은 몸으로 들어가기 때문에 하루 종일 물이 맑을 때가 없다. 더러는 된장국 목욕탕이라고도 부른다. 탄가루로 물이 걸쭉해지기 때문이다."

징용공들 몇이 흐흐거리며 웃었다. 그러나 대부분은 목욕탕이 무엇인지조차 모르는 시골 청년들이었다. 조선의 집 안에 무슨 목욕탕이 있던가. 여름이면 개울에 나가 몸을 씻었고 겨울이면 어쩌다 가마솥에 물을 덥혀 커다란 함지에 들어가 겨우 때를 벗겼다.

"마지막으로!"

이시까와가 긴 이야기를 끝내기 위해 조금 목소리를 높였다.

"작업장인 갱도 안은 화기 엄금이다. 담배는 물론 성냥은 절대 소지할 수 없다. 만약 가지고 있다가 걸리면 응분의 처벌이 있을 것이다. 명심하기 바란다. 갱도에서는 화기 엄금이다!"

그러나 이시까와는 징용공들이 가장 두려워해야 할 어두운 역사를 말하지 않았다.

일찍이 나가사끼를 근거지로 활동하던 영국인 사업가 토머스 글로버가 있었다. 뿌치니의 오페라 「나비부인」의 모델이 된 남자다. 1868년 그는 타까시마탄광의 공동경영에 참여, 일본 최초의 채탄 터널, 배수펌프, 석탄을 실어올리는 권상기(捲上機)를 설치하는 등 근대적인 설비를 도입한다. 그러나 1873년 외국과의 합병기업이 금지되면서 타까시마탄광은 관영으로 돌아선다.

하시마 해저탄광의 비극적인 역사는 여기에서 싹이 튼다. 관영이 된 타까시마탄광은 나가사끼형무소의 죄수들을 노동력으로 이용했다. 감옥노동이라고 말해지는, 쇠사슬을 발목에 찬 죄수들에 의해 번성해간 타까시마탄광은 잔혹한 폭력이 일반화, 횡행하게 된다.

미쯔비시가 타까시마탄광에 이어 1890년 11월 하시마탄광을 매수하면서 타까시마의 잔혹함은 하시마에도 이어졌다. 그 어두운 역사는 세월과 함께 하시마탄광의 전통이 되면서 이곳을 더할 수 없는 인권의 사각지대로 만들었던 것이다. 가장 큰 갱도 출입구를 광부들이 지옥문이라고 부르게 된 까닭이다.

이름하여 입소 환영식이 끝난 그날 밤, 신입 징용공들의 숙사 배치가 있었다. 다다미가 깔린 방에 스무명씩 들어가 자게 되어 있었다. 누우면 몸을 뒤챌 여유도 없이 꽉 차는 너비였다. 손을 뻗어야 닿는 창에는 나무창살이 세로로 막혀 있었다. 각자에게 나누어준 모포 한장이 침구의 전부였다. 목침이 한쪽 구석에 쌓여 있었다. 지상과 우석은 서로 다른 방에 배정되었다.

방 배치가 끝나자 중국에서 쌀을 담아 들여오던 당미(唐米)부대로 만든 누런색 작업복이 하나씩 주어졌다. 고향을 떠날 때 배급받은 작업복에 여분이 하나 생긴 셈이었다. 각자의 방으로 들어간 그들은 인사도 없이 서로 자리를 비집고 잠자리에 들었다.

어떻게 잠이 들었는지 모른다. 기절해 쓰러지듯 자리에 누웠던 지상이 깨어보니 밖이 환하게 개어오고 있었다. 아침이었다. 밖을 내다보았다. 겨우 건물 입구에서나 서성거릴 수 있게 앞쪽 길목은 경비원들이 지키고 있었다.

그들이 하룻밤을 잔 징용공 숙사는 콘크리트로 된 철골조 건물이었다. 밖에서 보는 모습과는 달리 안은 낡을 대로 낡아 있었다.

숙사 부근에는 10여 미터 높이의 감시탑이 있고, 멀리 방파제를 따라 작은 목조건물이 바라보였다. 경비초소였다. 어젯밤, 허가된 구역 외에는 절대 나가서 안 된다는 훈시를 하면서 이곳에는 24시간 감시원이 경비를 선다고 했던 말이 떠올랐다. 이 경비원은 노동보국대로 파견된 형무소 직원들이라고 했다.

건물 밖으로 나왔을 때 지상은 기절을 하듯 놀랐다. 언덕을 바라보며 그는 몸이 굳어진 채 멍하니 서 있었다. 산처럼 막아선 언덕에는 어디서도 본 일이 없는, 생각조차 할 수 없었던 집들이 서 있었다. 어젯밤 불빛을 보기는 했지만 그것이 이런 모습일 줄이야. 까마득한 높이로 우람하게 치솟아서 마치 아우성치듯 섬을 뒤덮고 있는 건물의 층수를 그는 손가락으로 짚어가며 세어보았다. 6층에서 9층까지였다. 그 위로 펼쳐진 하늘은 아직 채 어둠이 가시지 않은데다 뿌옇게 안개가 끼어 건물은 더욱 높아 보였다.

저기 어디겠구나. 이곳 산신을 모신 신사가 맨 위에 있어서 멀리서 바라보면 마치 군함에 꽂힌 깃발처럼 보인다고 소장은 자랑스레 설명을 하지 않았던가. 고개를 끄덕이며 몸을 돌리던 지상은 얼어붙은 듯 그 자리에 섰다. 저건 뭔가. 거대한 망루였다. 사다리를 겹겹으로 엮어 세워놓은 듯한 그 망루는 높이도 아득하게, 위로 올라갈수록 점점 좁아지면서 섬의 가장 높은 곳보다 더 높이 치솟아 있었다. 저 괴이한 망루는 무엇인가. 도대체 내가 지금 어디에 와 있는가. 지상은 이 기이한 섬이 무섭게까지 느껴졌다.

바다 밑을 오르내리며 석탄을 캐야 하는 광부들과 그들이 캔 석탄을 땅 위로 운반하기 위해서 해저탄광에는 수직으로 파내려간 굴, 통로가 필요했다. 이 굴은 갱 안의 환기를 위해서도 필수적이었다. 광부와 석탄을 철골로 된 거대한 통 속에 넣어 오르내리게 하는 설비가 망루처럼 드높은 야구라였다. 사다리를 얽은 것같이 드높은 야구라 속에는 캇샤(滑車)가 설치된다. 도르래와 와이어로프를 이용해서 힘을 분산, 견인력을 증대시키는 장치였다. 무게, 즉 부하를 끌어당기는 힘은 로프의 숫자와 정비례한다는 공학적 원리에 따라 제조된 거대한 장치였다.

지상이 기절하듯 바라본 망루는 타떼꼬오 야구라(豎坑櫓)라는 승강장치, 바다 밑 700미터까지 오르내리는 바로 그 설비였다. 사람이 만든 것이라고는 생각할 수도 없이 그렇게 크고 드높은 것을 지상은 태어나서 처음 보았던 것이다.

지상이 그 기괴함에 놀라고 있을 때였다. 각반을 차고 허리에는 곤봉을 찬 노무계 직원들이 발을 맞추면서 뛰어왔다. 그들은 지상이 서 있는 옆을 지나 징용공들의 숙사로 달려올라갔다. 방마다 돌아다니며 곤봉으로 벽을 치는 노무계의 고함소리가 터져나왔다.

"전원 기상."

"전원 집합."

징용공들이 줄을 맞춰 서는 동안 노무계 직원들이 날라온 죽창이 그들 뒤에 쌓여갔다. 새로 온 징용공만을 불러내 숙사 앞에 줄을 세우고 나자, 제복을 입은 헌병이 나서서 소리쳤다.

"각자는 뒤에 있는 죽창을 지참하고 2열로 선다. 거기 엉거주춤

서 있는 놈은 뭐냐? 이것들이 기가 빠졌구나. 지금부터 하시마중학
교 운동장까지 줄을 맞춰 뛰어간다."

죽창을 어깨에 멘 징용공들은 조교를 따라 숙사 뒤편으로 뛰기
시작했다.

담에 가려 보이지 않았을 뿐이다. 중학교 운동장은 그들의 숙사
바로 뒤에 있었다.

"비상시국을 맞아, 병사가 따로 없고 전선이 따로 없다. 오늘부
터 사흘 동안 군사훈련에 들어간다. 모두 차렷!"

불에 그슬린 듯 검은 2층 목조건물이 서 있는 운동장을 두 바퀴
돌고 나서 죽창을 들고 훈련이 이어졌다. 앞으로! 뒤로! 엎드려! 찔
러! 조교로 나선 군인들의 구령에 맞춘 훈련으로 순식간에 모두들
흙투성이가 되었다.

"우향우."

"좌향좌."

일본말을 모르는 징용공들은 우왕좌왕 이리저리 서로 몸이 부딪
치고 어지러웠다.

"뭐 이런 새끼들을 데려왔어! 조선놈은 오른쪽 왼쪽도 모르나."

그 사이사이 교관들은 달려와서 곤봉으로 징용공들의 어깨며 허
리를 내리쳤다.

"앞으로 찔러!"

"옆으로 찔러!"

"이 자식아 그것도 찌르는 거냐! 이렇게 찔러라, 이렇게!"

조교가 들고 있는 죽창이 징용공의 배를 찔러댔다. 여기저기서

고꾸라지는 사람들이 있었다.

"구보다! 발을 맞춰서 뛴다. 죽창은 어깨에 멘다. 일동, 시작!"

발이 제대로 맞을 리가 없었다. 어기적어기적 투덕투덕, 옆사람의 발에 걸려 넘어지기도 하는 징용공들 사이로 뛰어든 교관들의 죽창이 징용공들의 종아리뼈를 후려갈기며 지나갔다.

"발을 맞춰라. 하나, 둘, 하나, 둘, 거기 틀리는 새끼, 너 이리 나와!"

걷어차여서 나자빠지는 징용공이 있는가 하면 어디를 어떻게 맞았는지 무릎을 싸안고 강중강중 뛰는 징용공도 보였다.

그렇게 하루가 갔다. 훈련은 다음 날도 계속되었다. 아침 5시, 벽을 두들겨대는 곤봉소리에 잠을 깬 징용공들은 각자의 죽창을 들고 학교 운동장으로 내달려야 했다. 그 모습을 갱으로 내려갈 준비를 하는 광부들이 멀거니 바라보고 있었다. 맞는 사람들은 끊임없이 나왔다. 주먹이 얼굴을 때리고, 몸을 날린 노무계에게 앞가슴을 걷어차였다. 마치 그들은 징용공들을 두들겨패기 위해 이 훈련을 하는 것 같았다.

그러나 때리는 것은 군사훈련 때만이 아니었다. 종일 그들은 맞았다. 너는 밥 먹는 게 맘에 안 든다. 개처럼 먹지 마라! 이놈은 지금이 어느 시국인데 살이 쪘어! 너는 어기적거리며 걸어가는 꼬락서니가 아무리 봐도 돼지다! 이 새끼, 여기가 어딘 줄 알아? 전선이다, 최전선! 하루 종일, 여기저기서 그들은 그렇게 두들겨맞았다.

오후 훈련이 끝날 무렵이었다. 땅바닥을 뒹굴어서 어느새 무릎에 구멍이 난 바지를 매만지면서 징용공 하나가 중얼거렸다.

"젠장, 이거야 두부 먹다가 이빨 빠지는 꼴 아녀. 탄광에 왔으면

탄을 캐야지, 훈련은 무슨 훈련.”

“급하기도 하슈. 때 되면 어련히 안 부려먹을까.”

“형씨는 어찌 그렇게 남의 사정을 잘 아신대. 내가 원래 성질은 급한데 순서가 약해서, 밑 씻고 똥 누는 사람 아니겠수.”

껄껄거리는 사람들 뒤에서 노무계가 소리를 질러댔다.

“이것들이 지금 어디서 조선말을 지껄여. 집합이다! 빨리빨리 해라.”

훈련을 끝내고 돌아오는 징용공들 사이에는 팔자걸음을 걷지 말라는 속삭임이 쫘악 퍼져나갔다.

“통역을 델꼬 다녔응게 경비 가운디서도 높은 놈이 분명하당께.”

누군가가 팔자걸음으로 느릿느릿 걷다가 바로 그 높은 경비놈한테 얻어터졌다는 이야기였다.

“야 거기 가는 놈, 이리 와봐라. 너는 걸어가는 게 왜 그래?”

경비는 유서방을 그렇게 불러세웠다고 했다.

“펼 거 쫙 펴고 세울 거 발딱 세우고, 그렇게 못 걷나? 너는 사타구니에 뭘 끼고 걷는 놈 같다.”

다짜고짜 나무칼이 넓적다리를 후려쳤다.

“내 걷는 게 뭐 어떻다구 이래유. 양반 팔자걸음이란 말도 못 들어봤어유?”

“양반? 조선에서는 돈 많으면 양반이라지. 너 돈 많나? 돈 많은데 왜 여기까지 돈 벌러 왔나?”

“내가 돈 벌러 왔슈? 끌려왔지. 난 끌려왔단 말이오!”

그 말이 실수였다. 끌려왔다는 말에 경비의 눈이 뒤집혔다고 했다.

"양반 이 새끼, 너 좀 맞아봐라."

안내를 맡은 카와무라가 목소리를 높였다.

"지금부터 여러분은 채탄현장을 견학하게 됩니다. 하시마탄광이 자랑하는 석탄, 검은 다이아몬드를 캐는 바로 그 현장입니다. 오늘은 그냥 보기만 하십시오. 여러분들이 머나먼 반도에서부터 여기까지 온 목적이 바로 이것이라는 것만을 명심하십시오."

어딘가 심각하고 격식을 차리는 분위기, 카와무라는 어제까지 겪었던 군사훈련 때와는 말투부터가 달랐다.

"지금 여러분이 서 있는 이 멋진 벽돌건물을 마끼자(捲座)라고 합니다. 이 마끼자는 타이쇼오14년(1925)에 지어진 건물입니다. 다 같이 따라 해보시겠습니까. 마끼자!"

징용공들은 입을 모아 소리쳤다.

"마끼자."

말을 마치고 났을 때 뒤쪽에서 누군가 킬킬거렸다.

"맡기긴 뭘 맡겨."

카와무라의 손끝이 그를 가리켰다.

"지금 말씀하신 분, 앞으로 나오십시오."

키 크고 싱겁지 않은 사람 없다던가. 나 서울사람, 경중미인이야. 그런 소리를 해대며 실실거리던 조동진이 큰 키를 휘청거리며 걸어나갔다. 순간 카와무라의 목소리가 변했다.

"너 거기 꿇어앉아라."

동진이 무릎을 꿇고 앉았다. 어제 같았으면 이미 걷어차여 나뒹굴었을 텐데, 카와무라는 차갑게 동진을 내려다볼 뿐 잠시 말이 없었다. 징용공들의 분위기가 얼어붙었다. 고개를 든 카와무라가 말을 이어나갔다.

"이제부터 여러분은 지상과 지하의 갱도를 연결하는 핵심시설, 타떼꼬오를 견학하게 됩니다. 다들 따라 하십시오. 타떼꼬오!"

징용공들의 목소리가 한결 높아졌다.

"타떼꼬오!"

이어서, 무릎을 꿇은 동진을 그 자리에 남겨둔 채 그들은 좀 더 안쪽으로 이동했다. 벽돌건물을 휘둘러보며 지상은 무언가 질리는 느낌이었다. 타이쇼오14년이면 타이쇼오천황이 죽기 한해 전이다. 일본에서 타이쇼오 시대가 시작된 1912년은 중국에서 신해혁명이 끝나며 중화민국이 선 해였다. 그래서 학교에서 타이쇼오원년은 민국원년이라고 배웠다. 그렇다면 이 건물은 20년이나 된 건물이라는 소리다. 그때 이미 이런 건물을 짓다니. 카와무라가 설명하던 멋진 건물이라는 표현 그대로가 아닌가.

안쪽으로 들어서면서 그들은 놀랄 수밖에 없었다. 자신들을 둘러싸고 있는 어마어마한 철판, 앞을 가로막는 쇠기둥이 얼기설기한 통 같은 것을 바라보며 그들은 말을 잃었다. 해저탄광이라고 했으니 걸어들어가서 사다리 같은 걸 타고 내려가 탄을 캐겠지 생각했었다. 굴을 뚫는 것 같을 테니 컴컴하기야 하겠지. 뭐 까짓것, 굴이야 어디선 안 파봤나.

카와무라가 말했다.

"17명씩 세 조로 나누어 줄을 서주십시오. 나머지는 모여 있으면 됩니다."

그들을 뒤따르던 노무계 지도원들이 빠르게 징용공들을 넷으로 나눠 세웠다. 지상의 팔을 당겨 자신의 옆에 세우며, 우석은 굵은 쇠기둥에 붙어 있는 안내판을 바라보았다. 정원 20명. 비상베―루. 그런 글자가 눈에 띄었다.

카와무라가 용(用) 자 창살처럼 쇠기둥이 얽힌 어마어마하게 큰 쇠로 된 통을 가리키며 말했다.

"이것이 여러분이 타고 오르내릴 승강기입니다. 앞으로 많이 친해지시기 바랍니다. 이름은 게지라고 부릅니다."

그냥 쇠통이라고 하든가, 게지라니 이건 뭔 소린가. 그들은 어리둥절한 얼굴로 서로를 바라보았다. 카와무라가 말한 게지는 케이지(cage)라는 영어였다.

카와무라가 웃으면서 징용공들을 가리켰다.

"여기서부터 1조, 2조, 3조, 나머지가 4조입니다. 1조부터 세번으로 나누어서 게지에 타게 됩니다. 마지막 4조에는 남은 사람 모두가 탑니다. 사고의 위험이 있으므로 지금부터 전원 지도원들의 지시에 따르도록 하십시오!"

지상은 앞사람에게 바싹 붙어서 쇠기둥이 얽힌 통 안으로 들어섰다. 이마에 캡라이트를 찬 두명의 지도원이 따라 들어와 쇠기둥을 붙잡도록 했다. 잠시 후였다. 쇠기둥을 붙잡고 서 있던 지상은 기계가 움직이는 요란한 소리에 풀썩 주저앉을 듯 놀랐다. 게지라고 부른 쇠통이 크게 한번 흔들리는가 하자, 징용공을 실은 케이지가 쑤셔박히듯 떨어지기 시작했다. 순간 몸이 오그라드는 듯했다. 캄캄한 어둠 속을 떨어져내려가는 쇠통 속에서 지상은 심한 어지러움에 휩싸였다. 쇠기둥을 부여잡으며 그예 바닥에 주저앉았다. 울컥 목구멍으로 치솟는 것이 있었다. 어둠 속에 주저앉아 우웩우

웩 지상이 토하기 시작했다. 나중에야 알았다, 케이지는 초속 8미터의 속도로 바다 밑 땅속을 뚫고 내려간다는 것을.

하시마탄광에 설치된 캇샤는 직경 3미터, 무게 20톤이 넘었다. 굵은 와이어로프로 광부와 석탄이 들어 있는 통을 오르내리게 하는 캇샤, 불빛 하나 없는 캄캄한 굴속을 엘리베이터 같은 통이 쏟아져내려가 700미터 아래 바닥에 닿는 데 걸리는 시간, 그 시간이 약 90초였다. 머리카락이 치솟게 빠른 속도. 캄캄하기 그지없는 어둠. 지도원들이 이마에 찬 라이트의 불빛은 그 칠흑 속에 유령처럼 떠 있었다. 토해내고 또 토해내면서 쭈그리고 앉아 지상은 자신이 오줌을 싼 것으로 알았다.

덜컹거리며 케이지가 멎었다.

"한명씩 밖으로 나와라."

먼저 내린 지도원의 목소리가 아주 먼 곳에서처럼 들려왔다. 바닥에 주저앉아 있던 지상이 질끈 감았던 눈을 떴다. 희미한 불빛 속으로 넓은 터가 펼쳐져 있었다. 토하면서 흘린 눈물이 그의 얼굴에서 번들거렸다.

겨우겨우 정신을 차린 징용공들이 더듬거리며 밖으로 나왔다.

"저기 안 내리고 널브러진 놈, 저놈은 뭐냐?"

"기절했나 봅니다요."

어두컴컴한 통 속에 쓰러져 있는 사람이 보였다.

뭐야, 기절? 너희 반도놈들은 왜 전부 이 모양이냐! 그렇게 악을 쓸 줄 알았다. 그리고 달려간 지도원의 발길이 그를 걷어찰 줄 알았다. 그러나 소리 높여 웃고 난 지도원이 말했다.

"놀랐을 거다. 충분히 이해한다. 처음 탄 사람들에게서 종종 있는 일이다."

　지도원이 허리에 차고 있던 물통을 뽑아 들었다. 그는 물을 입에 물고 쓰러진 징용공의 얼굴에 뿜어댔다. 다른 지도원이 그의 몸을 일으키며 징용공들에게 말했다.

　"거기 몇명, 이 사람을 부축해서 저쪽 벽에 기대 앉혀라. 허리띠도 풀고 편하게 해줘라."

　끈끈할 정도로 무더운 습기가 몸을 감쌌다. 가슴이 답답하게 조여왔다. 빗자루와 삽 같은 것을 던져주며 지도원이 말했다.

　"토한 놈들은 들어가서 자기 것을 치워라."

　토한 사람은 전부 다섯이었다. 기절한 사람이 끌려나오고, 어지러움으로 비틀거리며 지상은 빗자루를 집어들고 쇠통 속으로 들어갔다. 빗자루를 잡은 손이 힘을 쓸 수가 없었다. 두려움으로 몸이 굳어지는 것 같았다. 평생 처음 겪는 공포였다. 우웩, 헛구역질에 허리를 꺾었지만 토해지는 것은 없었다.

　차례차례 케이지가 내려오며 징용공들이 다 모였을 때, 기절한 사람이 여섯이었다. 토한 사람은 거의 반에 가까웠다. 미처 몸을 숙이지도 못하고 옆사람의 등짝이며 무릎에 토한 사람도 있었다. 우석도 토한 모양이었다. 그는 마지막 통에서 내렸다. 비척거리며 밖으로 나온 우석이 기절한 사람들이 모여 있는 쪽으로 걸어갔다. 그가 무릎 사이에 고개를 묻으며 풀썩 주저앉는 것을 지상은 멍한 눈으로 바라보았다.

　몸을 추스르고 현장이 정리될 때까지 징용공들은 케이지 앞 황량한 빈터에 널브러져 있었다. 다들 말이 없었다. 지도원들도 일어나라거나 줄을 서라는 재촉이 없었다.

말이 좋아 객지다. 그것도 얼마나 먼 땅인가. 부모 형제 남겨놓고 고향을 떠나온 몸들, 그때는 가슴에 꿈틀거리던 울분도 있었으련만 그런 생각들이 썰물처럼 빠져나간 가슴속은 바람이 횡횡 지나가듯이 텅 비어 있었다. 이 젊은 나이에 컴컴한 갱도 밑바닥에 널브러져서 생각할 일이 결코 아니라고 고개를 저으면서도, 그들은 하나같이 난 이제 끝났구나 하는 생각이 연기처럼 피어올라 몸이 비틀리는 것 같았다.

꿈틀거리는 누에처럼 징용공들이 하나둘 일어나 앉았다. 몸을 일으키는 사람도 있었다. 여기저기서 떠들어대기 시작했다.

"아따, 염라대왕 보고 왔잖어. 잘 계시더구먼. 식겁했네, 식겁."

"살다가 참 별거슬 다 타보네잉. 우리 엄니가 날 맹그실 적에도 요런 거 탈 줄은 몰랐을 것이여잉."

"빠르긴 오살나게 빠르네. 요기가 대관절 어디여?"

"할 지랄도 참 없다. 이런 걸 만든 놈은 누구야. 이런 날벼락을 맞아도 시원치 않을 놈이 있나."

그중에서도 으뜸은 짧은 한마디였다. 누군가가 버럭 소리를 질렀다.

"나 석탄 안 캘란다. 집에 갈란다."

엉금엉금 기다시피 지상은 우석이 있는 곳으로 갔다. 그의 어깨를 짚으며 지상이 물었다.

"괜찮아?"

"괜찮기는, 똥물까지 다 올라왔어. 어디 물 없나. 이거야 입이 써서 살겠나."

"정신이 하나도 없네. 이제부터가 큰일이구나."

징용공들이 몸을 추스르는 것을 보며 지도원들이 킬킬거렸다.

"너희들만 그런 게 아니다. 겁먹지 마라. 토하고 기절하고, 남들도 처음에는 다 그런다."

토한 사람들에게는 입을 가시도록 물병이 돌았다. 잠시 후 그들을 일어서서 모이게 하고서 카와무라가 말했다.

"자, 이제 몸들은 좀 회복했습니까. 아주 힘든 경험을 했을 것입니다. 차차 익숙해질 테니까 너무 염려하지 마시기 바랍니다."

그들은 줄을 맞춰 옆으로 이동했다. 카와무라가 지도원을 불러 그들을 한 줄로 늘어서게 한 후 손을 들어올리며 말했다.

"여러분, 이쪽을 주목해주십시오. 여기 보이는 것이 진샤(人車)입니다."

희미한 어둠 속으로 통을 연결해놓은 것 같은 탈것이 보였다. 진샤? 이번에는 또 저 통을 타고 간다는 건가. 아무 생각도 없이 지상은 줄줄이 엮여 있는 통들을 아득하게 바라보았다.

"여러분은 이제부터 이 진샤를 타고 작업현장의 마지막 장소이자 직접 석탄을 캐는 곳으로 이동하게 됩니다. 발밑을 충분히 조심하면서 한 사람씩 올라타십시오. 지도원들이 여러분을 도와드릴 것입니다."

징용공들은 겁에 질린 채 광부들을 나르는 운반차에 올랐다. 케이지를 타고 내려오며 너무 놀랐던 탓일까. 다들 몸놀림이 조심스러웠다.

굴속 평탄한 길을 진샤가 천천히 움직이는가 했을 때 지상은 어지러움을 느끼며 옆을 가로지른 쇠막대를 부여잡았다. 그리고 토

142

했다. 진샤에 올라타고서도 지상은 또 토했다. 그러나 웩웩거리며 소리만 요란했지 올라오는 것은 쓰디쓴 위액뿐이었다. 몸을 부르르 떨며 지상은 그것을 뱉어냈다.

훅훅 찌는 듯한 더위, 숨 막히는 습도에 어느새 징용공들의 등줄기를 타고 땀이 흘렀다. 토하느라 기진한 지상은 이마에 맺힌 진땀을 닦아냈다. 갑자기 온몸에서 소리를 내며 땀이 솟아나는 것 같았다. 당미부대로 만든 누런 작업복이 땀으로 젖고 있었다.

하시마의 출입구, 섬으로 들어오거나 떠날 때 건너야 하는 다리, 선착장에 떠 있는 부교를 산바시(棧橋)라고 불렀다. 하시마의 산바시 앞에는 지하터널로 통하는 커다란 문이 있었다. 섬으로 들어오던 그날 밤 자신들을 떨어뜨릴 듯 흔들어대며 요동치던 접안시설인 산바시, 그 바로 앞에 캄캄하게 입을 벌리고 있는 문이었다. 아침이면 줄을 맞춰 숙사를 나온 징용공들은 이 문으로 들어서면서 하루를 시작해야 한다. 광부들이 지옥문이라고 부르는 문이다.

여기서 시작되는 지하터널을 걸어서 타떼꼬오에 도착하면 계단을 올라가 케이지가 있는 마끼자 안으로 들어가게 된다. 이곳 계단을 하시마의 광부들은 '목숨계단'이라고 불렀다. 목숨을 걸고 올라가야 하고 목숨을 부지해서 내려와야 하는 계단이라고 해서 붙은 이름이다.

목숨계단을 올라 시설계에서 채탄장비들을 지급받고 나면 공포의 쇠통 케이지가 기다린다. 거기서부터 쏟아지듯 떨어져서 가닿는 지하 700미터의 거리, 그 바닥이 갱도의 시작이다. 바다 밑 사방 2킬로미터가 넘는 주변에 좌우 앞뒤로 수많은 지하갱도가 뚫려 있다.

갱도 안의 작업은 땅을 파며 갱도를 만들어나가는 굴진(掘進), 땅속의 석탄을 캐내는 채탄, 캐낸 석탄을 땅 위까지 옮겨 나르는 운반으로 나눠진다. 굴진, 채탄, 운반. 자신이 어느 작업에 배정되었느냐에 따라 행선지가 갈린다. 징용공 전원은 채탄작업에 투입되었다.

비교적 평탄하게 갱 바닥을 이동해 운반차 진샤를 내리면 이때부터는 다시 경사지게 파내려간 갱도를 걸어야 한다. 자신이 속한 조를 따라 곡괭이질을 할 채탄현장까지 가면 그곳이 갱도의 마지막, 키리하(切羽)라고 부르는 곳이다. 최선단 채굴현장, 그들의 피와 땀을 부르는 일터였다.

현장견학이라는 이름으로 치러진 첫날의 그 길, 목소리를 모아 마끼자! 타떼꼬오! 하고 소리치며 시작된 길은 이제부터 매일 그들이 오르내려야 할 길이었다. 기나긴, 막막하도록 먼 거리. 그 길을 가고 오며 그들은 말을 잃었다. 갱도의 규모와 낯설다 못해 기이하기까지 한 시설물에 탄성이 터지고 압도당하던 순간순간… 그랬다. 그것은 한순간이었다. 곧이어 그들은 깊이를 알 수 없는 절망 속으로 빠져들어갔다. 아무리 발버둥 치고 손톱이 빠지게 기어나가며 허우적거려도 결코 여기서 벗어날 수 없으리라는 절망. 그것은 늪이었다. 끝없이 넓고 아득해서 건너편이 보이지조차 않는 절망의 늪이었다.

어둠과 공포에 휩싸인 그들을 짓누른 것은 단 한마디의 신음소리, 여긴 사람 있을 곳이 못 되는구나! 그 한마디였다.

그날 케이지에 타지 못한 채 무릎을 꿇고 앉아 있던 동진은 노무계 사무실까지 끌려간 첫 사내가 되었다. 숙사로 돌아온 징용공들은 동진이 다리를 절름거리며 걸어다니는 것을 보았다. 정신 차려라. 제대로 말을 듣지 않으면 이렇게 된다. 그는 맛보기로 구타를 당했던 것이다. 그의 다리를 집중적으로 때린 것도 그를 절룩거리며 돌아다니게 만들어 징용공들에게 겁을 주려는 계산에서였다.

효과는 정확했다. 절름거리는 동진의 뒷모습은 어떤 위협보다 징용공들을 공포에 떨게 했다. 잘못 걸렸다가 병신 되는 건 식은 죽 먹기구나. 징용공들은 그런 생각으로 몸을 떨었다.

8

"누구요?"

뚱뚱하고 건장한 사내가 그 몸집처럼 걸걸한 목소리로 물었다. 사람 좋게 생겼네, 하는 말은 결코 들어본 적이 없었을 얼굴이다. 저걸 눈물주머니라고 하던가. 눈가에 굵게 주름이 잡히면서 불거져나온 눈두덩을 바라보며 길남은 지레 겁먹은 목소리로 일본말을 했다.

"저는 조선에서 왔습니다. 장길남이라고 합니다."

꾸벅 고개를 숙이고 나서 길남이 그를 올려다보았다.

"아버지를 찾아왔는데… 카미시로에 갔다가, 여길 오면 아버지가 계시는 곳을 알 거라고 해서 찾아왔습니다."

"아버지 이름이 뭔데?"

불쑥 조선말을 하면서 후꾸다라는 그 뚱뚱한 남자는 미간을 찡

그렸다. 나도 후꾸다인데 이 사람도 후꾸다야. 나야 복 많이 받으라고 가겟방의 무라다상이 지어줬지만, 이 논바닥 같은 얼굴도 후꾸다렷다. 길남이 또박또박 말했다.

"아버님 함자는 장, 태 자 복 자 씁니다."

"흐흐흐."

후꾸다가 몸을 흔들며 웃었다.

"인마, 너보고 누가 양반 아니랄까봐 문잣속을 늘어놓냐."

길남이 무안해서 얼굴을 붉혔다.

"태복이, 장태복이라면야 내가 잘 알지. 그러니까 네가 태복이 아들이라 그 말이냐?"

"네, 그렇습니다."

"누가 그러더냐? 나한테 가보라고."

"카미시로의 정성욱 씨라고…"

"거 싱거운 놈일세. 사세보의 요시무라나 나가사끼에 있는 육손이는 저도 알면서, 거길 가면 될 걸 뭐하러 여기까지 보내."

후꾸다가 카악 하고 가래를 끌어올렸다. 일본에 와서 아버지가 무슨 일을 했을지, 이런 사람들 사이에 섞여 아버지가 했을 일이 어떤 것인지, 불안과 실망이 몸을 휩싸며 길남의 가슴을 짓눌러왔다.

가래를 멀리 뱉어낸 후꾸다가 길남의 행색을 훑어보며 말했다.

"나가사끼 주소를 내가 적어주마. 육손이는 손가락에 요렇게 새끼손가락이 하나 더 있어서 육손이라고 부르는 사람인데, 그 사람이 중간에서 소개를 해줘서 태복이가 갔으니까, 아니, 장 태 자 복 자 쓰는 양반이 가셨으니까, 육손이를 만나면 쉽게 알 수 있을 거다. 그런데 너, 일본이 처음인가본데 용하구나. 여기까지 찾아오고."

나가사끼라니. 거긴 또 어딘가. 어두운 마음을 밀어내며 길남이
물었다.

"거기 가면 아버질 만날 수 있을까요?"

"야 이 녀석아, 발 달린 사람이 가만있으라는 법 있다더냐. 그렇
다구 산 사람 못 찾을까. 그래, 너 조선에서는 뭘 했냐?"

"상점에서 가게일 봤습니다."

"태복이가 자식 농사는 일찍 지었구면. 이런 아들이 있으니. 나
도 젊어서는 말이다, 소장수 따라다니며 돈 좀 만졌는데 젠장맞을,
투전에 손댔다가 있는 거 없는 거 다 날린 사람이다."

툭 불거진 눈알을 굴려가면서 후꾸다는 할 말 안 할 말 주절주절
떠들어댔다. 그러다가 갑자기 길남의 어깨를 두드렸다.

"너 기차 타고 왔으면 점심도 굶었을 거 아니냐. 들어가자. 조선
사람이 찾아왔는데, 끼니를 걸려서야 쓰겠냐."

뚝배기보다 장맛이라던가. 사람이 생긴 건 영 울퉁불퉁 험하게
생겨먹었는데 말하는 건 또 그게 아니네. 마음속으로 중얼거려가
면서 길남은 후꾸다에게 등을 떠밀리듯 안으로 들어갔다.

집 안에 있던 일본여자가 몸뻬 위에 걸친 앞치마에 물 묻은 손을
닦으며 길남을 맞았다. 부인이었다. 그의 집에서 늦은 점심을 먹고
났을 때는 한낮의 햇살이 기울고 있었다. 지금 나가봐야 기차도 없
고, 길바닥에 노자 뿌리면서 헤맬 거 없다. 내일 내가 차편 다 알아
봐주마. 오늘은 여기서 자고 가. 그런 말을 남겨놓고 후꾸다는 어디
론가 사라져버렸다.

다음 날 길남은 후꾸다가 적어준 육손이의 주소를 주머니에 넣
고 역으로 나왔다. 기차를 기다리며 그는 주소가 적힌 종이를 만지

작거렸다. 후꾸다의 삐뚤거리는 글씨가 나는 순 무식이오 하고 말하는 것 같았다.

신언서판이라지 않던가. 몸 신(身) 말씀 언(言)에 글 서(書)와 판단할 판(判)이라. 길남은 서당에서 배웠던 옛말을 떠올린다. 사람이란 첫눈에 풍채가 좋아야 하고, 말에는 조리가 있는데다 세상 이치를 깨달아서 매사에 판단력을 가져야 한다. 글씨도 빼놓을 수 없다. 글씨는 그 사람의 됨됨이를 말해주는 것이라 하지 않던가. 나도 번듯하게 글씨 공부 좀 더 해야지. 사람이 뭐든 준비를 하면 다 용도에 닿는 법이니까. 기적소리를 울리며 멀리 기차가 들어오고 있었다.

비가 내린다. 추적거리는 빗소리가 다다미냄새에 섞여 스멀스멀 방 안을 기어다닌다. 비가 와서 다다미냄새가 더 역하게 느껴진다. 일본에 와서 다다미 위에 누울 때마다 길남은 다다미냄새를 피해 베개에 코를 박곤 했다.

"너랑 재봉이랑, 그렇게 몰려서들 유곽에 갔었다면서?"

"알면 됐지 묻기는 뭘 물어."

"유곽이라. 이거야 제기랄 말만 들어도 아랫도리가 얼얼하네."

"얼얼할 일도 많다."

"그럼 너 고것도 했겠네? 맛이 어떻더냐?"

길남은 귓등으로 그들의 이야기를 듣고 있었다.

후꾸다가 적어준 주소를 들고 나가사끼를 헤맨 끝에 육손이가 하는 함바(飯場)에 묵은 지 사흘째다. 깡마른 몸집에 도수 높은 안경을 쓴 육손이라는 남자는 성이 최씨였다. 그는 장태복이라는 이름을 기억하지 못했다. 길남이 여기까지 오게 된 이런저런 사정을 설명해서야 겨우겨우 생각난 듯이 최씨는 더듬더듬 말했다.

"글쎄다. 아마 네 아버지라는 사람이 하시마로 탄 캐러 간, 그 사람들 속에 있었던 거 같긴 하다만… 장담은 못 하겠다."

올 수 있는 마지막까지 왔구나 하는 생각을 하면서 더 갈 곳이 없어하는 길남에게 육손이 최씨는 인부들 속에 섞여 하루를 묵게 해주었다.

"말인심도 못 쓰냐. 일본 조개맛은 어떻데?"

"조개맛 같은 소리 하고 자빠졌다. 그래, 유곽인지 뭔지 가기는 갔었다만 조개맛은커녕 냄새도 못 맡았다. 술 몇잔 먹고… 노는지 마는지, 그러다가 온 거뿐이다."

"아랫녘 공사도 못 하고 왔다는 거여, 그럼?"

"3등 요릿집에 무슨 얼어죽을 일본삐가 있어. 모두가 조선삐들인데, 어린애들도 한둘이 아니더라."

"조선삐? 삐가 뭔데?"

"이런, 삐도 모르면서 무슨. 거기서 몸 파는 애들이 삐야. 삐라고 불러. 그 처녀들 얼굴 보니까 고향 산천이 오락가락하는 게, 누구 생각이 나서… 그냥 왔다."

"참말로?"

"그렇다니까."

"누구 생각이 났다는 건 무슨 소린데?"

"갑자기 왜 이모 생각이 나는지. 이쁘고 맘 착하고 손재주 좋아서 수 잘 놓고, 걸음걸이가 요래요래 걷던 이몬데."

길남이 돌아보니, 사내는 두 손가락을 들어올려 걷는 모습을 흉내 내고 있었다. 조신한 걸음걸이를.

"그런데 정신대로 끌려갔다. 오오사까 어디 공장에 있다 하더라."

"정신대는 공장으로 가나?"

"그래. 공장이다. 무슨 어뢰를 깎는다고 편지를 했는데, 얼마나 고생이겠나. 조선삐 고 처녀들 나이가 딱 이모 나이라 어째 생각이 안 나겠어. 내가 무슨 짓을 하나 입맛이 싹 가시는 게 덜컥 제정신이 들더라."

"참말로? 고걸 다 믿으라고?"

"다지 그럼. 더 보탤 것도 뺄 것도 없다. 재봉이는 일본삐 있는 1등 요릿집엘 갔고…"

뒤쪽에서 흐흐거리며 듣고 있던 사람이 버럭 소리를 질렀다.

"재봉이 이눔 시끼, 노름해서 돈 다 긁어가지고 조선사람 돈으로 일본년 샅에 도배를 해!"

"입 참 더럽네. 그러면? 노름해서 딴 돈, 독립군 군자금으로 보내면 속이 시원하겠니? 별 씨알머리 없는 소릴 까질러대고 있다."

어디 가나 이런 사람 저런 사람이 있다. 그들의 이야기를 빼놓지 않고 듣고 있었지만 길남의 눈길은 내내 옆사람을 지켜보고 있었다. 바늘을 들고 그는 빨아 말린 옷을 정성껏 꿰매고 앉아 있었다.

"아저씨."

길남이 목소리를 낮추며 그를 불렀다.

"혹시 하시마라는 데 아세요? 탄광이 있다고 하던데요."

"하시마탄광이면… 군함도 말인가."

혼잣말처럼 중얼거리고 나서 그는 이로 실을 끊어내며 다른 사람에게 물었다.

"김서방, 하시마탄광이면 그 군함도 아냐?"

"그렇지. 나가사끼역에서도 한참 가야지. 타까시마로 해서 가는 증기철선이 있다지 아마."

옷을 꿰매던 남자가 길남을 보며 건성으로 물었다.

"거긴 왜?"

"거길 좀 가볼까 하구요."

"군함도라. 하시마보다 군함도라면 사람들이 더 잘 알아듣지. 그런데… 거기 잘못 들어갔다가는 큰일 난다. 소문이 더러운 데다, 지옥섬이라고."

육손이도 말했었다. 군함도엘 가보려구? 네가 갈 데가 아니라구 어제도 말했잖냐. 그리고 호락호락 들어갈 수 있는 데도 아니다. 네 아버지가 꼭 거기 있다는 보장도 없는 판인데.

밖으로 나왔다. 빗소리만이 자욱한 마당을 내다보며 길남은 서 있었다. 하시마는 무엇이고 또 군함도는 뭔가. 게다가 이름도 더럽다, 지옥섬이라니. 군함도라면 다들 체머리를 흔든다. 아무나 들어갈 수도 없는 섬이고, 한번 들어가면 나올 수도 없다는 섬이라니. 아버지는 왜 거기까지 가야만 했을까.

다음 날 아침 길남은 일찍 자리에서 일어났다. 비는 밤새 개었다. 산자락에 안개가 걸려 흐르고 있었다. 세면장으로 가 얼굴을 닦고 나서 길남은 자욱하게 산을 덮고 내려오는 안개를 바라본다. 어쩌다가 이런 곳에 밥집을 지었을까. 큰길에서 먼 것은 아니었지만 건물 앞은 나무가 우거졌고 뒤편 산은 경사가 급해서 인부들의 숙사와 육손이의 살림집은 마치 인적을 찾기 힘든 깊은 산속처럼 마을과 격리되어 있었다.

까마귀 한마리가 꺼억꺼억 날아갔다. 숲 속에 무슨 놈의 까마귀
람. 이곳을 찾아오던 날도 참 많은 까마귀를 보았던 일을 떠올리며
길남은 침을 뱉었다. 그는 육손이네 살림집을 향해 비탈길을 올라
갔다.

육손이는 상아 빨부리에 끼운 담배를 피우며 길남의 말을 듣기
만 했다. 이야기가 끝나자 그는 눈을 홉뜨듯 해가지고 길남의 얼굴
을 말없이 건너다보았다.

"일할 데야 많지만. 저어기 지하공장 뚫는 데야 내가 넣어줄 수
있지. 거긴 미쯔비시에서 하는 공사인데 너만 한 몸이면 어렵지 않
게 일할 수 있을 게다."

"어디라도 좋습니다, 우선은."

"우선이라니! 앞뒤 꼭 막혀 빡빡한 놈이 주둥이에만 기름이 올
랐네."

육손이가 눈알을 뒤룩거렸다. 담배 연기가 그의 콧구멍에서 물
씬물씬 피어나왔다.

"이놈아, 나가사끼가 어디 원족 온 덴 줄 아냐. 뼈 빠지게 일해도
모자라. 우선이라니!"

얼굴을 벌겋게 물들이며 길남이 고개를 숙였다. 그의 목덜미를
내려다보며 육손이가 쩝쩝 입맛을 다셨다.

"마빡에 피도 안 마른 녀석이 말만 반드르르해서. 너 조선 있을
때 뭐 했어?"

"상회에 나갔습니다. 포목점."

"일본말은 잘하겠구나."

"그런 소리를 듣기는 했습니다, 손님들한테."

"소학교는 다녔어?"

"다니다 말다 해서 그렇지 다니긴 다녔습니다. 코꾸고(國語)도 쓰고 읽을 줄 압니다. 서당에 다녀서 한문도, 붓글씨를 좀 쓰고요."

"코꾸고라니 일본말 말이냐? 고놈 참 쥐둥이질 하나는 못 당허겠네. 이눔아, 그러면 그렇다, 아니면 아니다, 쉽게 한마디로 말해. 소학교는 다녔어?"

"네."

"다니다 말다 했다며?"

육손이가 안경을 밀어올리며 길남의 얼굴을 찬찬히 뜯어본다. 요놈 봐라. 조선말 일본말 글도 알겠다, 한문도 배웠겠다, 제법 어딘가 써먹을 데가 있겠어. 이 바닥에 조선사람치고 글 아는 사람이 어디 흔해야 말이지. 육손이는 그런 마음을 숨기면서 더욱 얼굴을 굳혔다

"내려가서 아침 먹고 저녁에 다시 와봐라. 네가 여기 어디서 일할 데가 없을까 찾는다니 말인데, 사람이 없지 일할 데야 찾아보면 많아. 험한 일 아니라도… 아암."

"고, 고맙습니다. 이 은혜는 잊지 않겠습니다."

인사를 하고 돌아서는 길남을 육손이가 불렀다.

"너 여기 와서 까마귀 많이 봤지?"

무슨 영문인지 몰라 길남이 두 손을 앞에 모으며 그를 바라보았다.

"사람이나 까마귀나 똑같아. 대가리에 검은 털 난 짐승은 자고로 남의 은공을 모른다. 은혜를 잊지 않겠다니, 녀석이 말은 냉큼냉큼 잘도 주워섬기네."

154

9

콩가루를 섞고 불어터진 밀알이 월겅덜겅 씹히는 아침밥이 나왔다. 단무지가 몇쪽, 그리고 정어리를 무와 함께 간장에 조려낸 것이 반찬이었다. 고기는 젓가락을 대면 흐물흐물 부서지고 무는 어찌나 삶아댔는지 씹을 것도 없었다.

이미 와 있던 사람들과 새로 온 사람들을 섞어서 조가 짜이고 방배치를 다시 하고 난 며칠 후였다. 뜨는 둥 마는 둥 젓가락을 내려놓은 지상은 단무지를 우물우물 씹고 나서 물을 마시고 앉아 있었다. 누군가가 그의 목덜미를 두꺼운 손으로 덥석 움켜잡았다.

"왜 안 먹나?"

고개를 돌리니 노무계의 키무라였다.

"이미 다 먹었습니다."

"이 자식 봐라. 너 왜 거짓말을 하나? 밥을 남겼잖아. 다 먹어라."

"생각이 없습니다. 식욕도 없고 밥 먹을 기분이 아닙니다. 그냥 이대로 좋습니다."

앞에 앉은 사람이 말대답을 하지 말라고 얼굴을 찡그리며 손을 내저었다. 키무라의 안색이 변했다.

"일본말은 제법 하는구나. 밥 먹을 기분이 아니다. 너는 기분으로 밥 처먹나?"

다짜고짜 그의 주먹이 날아와 지상의 콧등을 후려갈겼다.

"야 이 자식아, 사치는 적이다. 너는 이 말도 모르나. 전시국민이 다들 어떻게 사는데, 밥 먹을 기분이 아냐?"

고개를 숙이며 지상이 코밑에 손을 댔다. 손바닥에 피가 뚝뚝 떨어졌다. 키무라가 소리쳤다.

"바보새끼야! 먹으라면 먹어라!"

지상이 벌떡 일어섰다.

"못 먹겠습니다."

다시 주먹이 날아와 이번에는 지상의 목덜미를 내리쳤다. 억 소리를 내면서 지상이 탁자 위로 몸을 꺾었다. 몸을 일으키는 지상의 눈에 불이 일었다.

"다시 한번 말하겠다. 먹어라!"

"안 먹겠다고 하지 않습니까."

"먹어!"

피범벅이 된 얼굴을 드는 지상의 입에서 조선말이 튀어나왔다.

"내가 안 먹겠다는데. 그럼 너나 처먹어라."

"뭐야? 이놈 봐라!"

"내가 소냐 돼지냐. 이 자식아, 네 눈깔에는 내가 뭐로 보이니?"

"치꾸쇼오(짐승), 이놈 봐라."

키무라의 넓고 두꺼운 손바닥이 지상의 뺨을 후려쳤다. 키무라가 떨리는 손으로 옆구리에 차고 있던 곤봉을 들어올렸다.

"아따 거, 인자 그만 좀 허드라고, 키무라상."

뒤쪽에서 불쑥 나타나면서 키무라 앞으로 몸을 들이미는 사내가 있었다. 만중이었다.

"첨에는 다 그라지라. 시방 밥이 목구녕에 넘어가겄소. 아직 잠 설고 물설 것인디."

"강만중이 말이 맞다."

또다른 사내가 만중의 어깨에 손을 걸치면서 키무라를 막아섰다. 천신철이었다. 그가 지상의 몸을 감싸며 키무라 앞을 가로막았다. 사람들이 하나둘 만중의 옆을 둘러싸자 키무라는 조선사람들 사이에 갇히는 꼴이 되었다. 너스레를 떨면서 신철이 지상을 자리에 앉혔다.

"이번에 온 친군가본데, 성질 죽이시오. 갈 길이 구만리요. 참외 버리고 호박 먹을라 그러슈? 이만하면 그래도 당신들 처음 왔다고 특식이 나온 거요."

만중이 지상이 앉았던 자리에 걸터앉으며 키무라를 돌아보았다.

"키무라상, 안 먹겄다는디 자꾸 그랄 필요 없제. 요거슨 내가 먹읍시다."

분을 못 삭여 씨근거리면서도 둘러싼 조선사람들의 기세에 눌린 키무라가 홱 몸을 돌렸다.

"이 자식, 두고 보자."

신철이 키들거리면서 지상을 바라보았다.

"저 사람 날이면 날마다 두고 보재. 나한테 열번도 더 한 소리야. 신경 쓸 거 없어."

그의 말에, 코피를 닦아내던 손을 내리며 지상이 어이없이 웃었다. 신철이 손을 내밀어 악수를 청했다.

"걱정할 거 없어요. 한량이 기생 무릎은 못 베고 죽어도 기생집 울타리 밑에서는 죽는다지 않소. 그 성질 죽이지 말고, 잘해봅시다."

저녁이었다.

지상이 있는 8호실로 들어선 우석이 방 안을 두리번거렸다. 구석에 앉아 있는 지상에게 다가와 책상다리를 하고 앉으며 우석이 빙글빙글 웃었다.

"넌 또 밥 가지고 난리 쳤다면서. 밥 때문에 맞았어?"

지상이 퍼렇게 멍이 든 얼굴을 매만졌다.

"어디서 또 그 얘기는 주워들었냐. 입에 담기도 싫다."

눈을 감은 채 벽에 기대 앉아 있던 명국이 두 사람을 가만히 바라보았다. 새로 온 징용공들을 뒤섞어 방 배치를 다시 하면서 지상은 명국과 같은 방을 쓰게 되었다. 다른 방에서는 신고식이다 뭐다 해서 신입 징용공들에게 노래도 시키고 우스갯소리도 하게 하는 것 같았지만, 지상의 방에서는 그게 없었다. 뭐 하는 짓들이야! 쓸 데없이. 명국이 잔뜩 찌푸린 얼굴로 한마디 하고 방을 나가버렸기 때문이었다.

명국이 지상을 가까이 불렀다.

"아침에 보긴 했지만, 나는 아무 말도 안 했네."

"죄송합니다."

"그럴 건 아니고. 처음이니까 있을 수 있는 일이지 뭘."

우석이 명국에게 인사를 건넸다. 지상의 고향 친구라는 말에 명국이 놀라며 물었다.

"저런. 같은 동네에서 여기까지 왔어? 어딘데?"

"강원도 춘천입니다. 무슨 인연인지 그렇게 됐습니다."

"그렇게 반가울 일이 어딨겠나. 서로 기댈 수 있으면 좋지."

명국이 주변 사람들을 둘러보며 목소리를 낮췄다.

"같은 고향에서 왔다니 말인데… 이것만은 알아두게. 여긴 팔도 사람이 다 모였어. 그래서 끼리끼리 놀아. 고향 사람이라고 서로 친하게 지내는 거야 좋지. 그런데 거기서 끝나지 않으니 문제야. 다른데 사람을 따돌리고 우린 함경도다, 넌 평안도다 하면서 패를 지어 싸워."

고개를 끄덕이고 나서 우석이 가만히 웃었다.

"저희 강원도는요, 사람들이 영악하질 못해서 끼리끼리 뭉칠 줄도 모르고 그렇다고 남 따돌릴 줄도 모른답니다. 텃세라는 게 없는데가 강원도예요. 내 밥도 다 네 밥이다 하고 사니까요."

"그래서 암하노불(巖下老佛)이군그래."

셋이 소리를 내어 웃었다.

"하여튼 잘된 일이네. 서로 동무해가면 좋지. 다만 그저 패거리 짓는 거만 조심하게."

"네, 좋은 말씀 고맙습니다."

지상과 우석이 고개를 숙였다.

"지상이 자네는 이제부터 조심하게. 처음 왔으니 기를 꺾겠다고 한 짓이지만 키무라라는 놈한테 찍혔으니 사사건건 시비를 걸 걸

세. 그것들을 사람이라 생각하지 말고 그냥 참게나. 뭐라고 하든 참아."

목침을 당겨 팔을 베면서 명국이 말했다.

"아리쯔께(有付け)라고 부르는 사람들이 있는데, 그 사람들한테는 잘 보이는 게 좋아. 작업장 배치가 전부 아리쯔께 손에 달렸거든."

누구누구를 어떻게 조로 짜서 어느 갱도로 들여보내느냐, 작업장에 투입할 광부들의 숫자를 몇명으로 하느냐, 그 모든 것이 아리쯔께 담당이었다. 새로 오는 광부의 동정을 살펴서 일에 적응하도록 하는 것도 이들이었다.

"아리쯔께라. 하나같이 처음 듣는 소리라 말부터 익혀야겠더군요."

우석이 중얼거렸고, 뒤에서 듣고 있던 성식이 웃으며 말했다.

"금방이에유. 나같이 돌대가리도 다 아는데유. 모르는 거 있음 나한테 제까닥 물어보세유."

나이 어린 성식이 보기 안쓰러워서 명국은 성식을 자신의 조에 끼워 데리고 다니며 갱을 오르내렸다. 고구마밭에서 잔챙이 줍다가 모집책을 만나 따라나섰다는 성식이었다. 어딘가 북어 말리는 덕장이 있는 동네에서 살았다고 했다.

"너 할머니가 있다고 했지?"

"그게 젤루 걱정이지유. 다 다리 밑으로 나앉았을 거만 같어유."

아버지가 용정으루 떠나문서 달포 안에 돌아와서 식솔들을 데리구 가겠다고 했는데 무슨 변고를 당했는지 소식이 두절되구, 그 시름 속에 약병아리 졸듯 하던 어머니는 역병에 돌아가시구. 그래도 지가 맏이라서 할머니 모시구 어린 동생들과 살았걸랑유. 어느날 동네 고구마 캐는 데 품앗이를 나갔다가, 요 엄지손만 한 거 있잖어유, 애들 자지만 한 거, 그걸 걷어서 집에 가져갈려구 기우는 가을볕에 앉아 있다가 주재소 순사랑 같이 온 일본사람을 만났걸랑유. 한달에 돈을 50엔이나 준다는 말에, 제가 눈깔이 안 뒤집히겠어유. 그길루 먼지를 한 바가지 뒤집어쓰구 신작로에 서 있던 도라꾸에 올라탔지유… 부산을 거쳐서 일본으로 오면서 자신은 어쩐 일인지 시모노세끼가 아닌 하까다 항구로 내렸다는 성식이었다.

지라고 무신 맘이 편했겠어유. 군청에들 모여서 숙직실에서 자구 있는데, 그때 문밖까지 온 할머니가 순사를 붙들구서는 굶어두 같이 굶구 죽어두 같이 죽어야지 니가 어디루 가냐구, 손주눔 내놓으라구 울어대잖어유. 그러던 할머니 생각하문 피눈물이 나지유. 그런 말을 성식이 청산유수로 흘려넘길 때면 천신철은 어느새 커다란 손바닥으로 얼굴을 훔치고 있었다. 벽에 기대 앉았던 강만중은 코를 풀었고, 눈물 많은 남재덕은 밖에다 대고 냅다 욕을 해댔다.

"에라, 이 간을 내어 씹어도 시원치 않을 놈들!"

"광업소 얘기는유, 집에다가 쌀 한 가마니씩 돈을 부쳐주구 있으니깐 걱정 말라는데, 할머니가 잘 받구 있는지 알 도리가 읎네유."

건강보험금이다, 퇴직적립금이다, 게다가 국민저축에 국채다, 너나 우리나 무슨 돈 구경하니. 그런데 쌀은 무슨 얼어죽을 쌀이냐. 봐라. 저것들이 고향집에 쌀을 한 가마니씩이나 부쳐줄 상판들인가. 그러나 그들은 차마 어린 성식에게 그 말을 하지 못했다.

"야 이놈아, 쪼맨한 놈이 일본 순사놈 가랑이 사이로라도 빠져서 도망을 쳤어야지. 저놈이 생긴 건 저래도 여간 미련한 놈이 아니네."

밖에서 바라보면 하늘 높이 치솟은 시커먼 야구라와 안으로 들어가면 캄캄한 어둠 속을 승강케이지가 떨어져내려가는 지옥 같은 굴, 그 두가지는 지상에게 절망의 덩어리였다. 네가 지금 어디에 와서 무슨 짓을 당하고 있는지 아느냐. 그것들은 순간순간 그렇게 묻고 있었다.

그러나 그 절망의 틈바구니에서 한편 지상은 스스로에게 놀라고 있었다. 그는 자신에게 수없이 물었다. 어떻게 이다지도 쉽게 적응이 되는 것일까. 차마 보고 넘길 수 없었던 것들, 시간이 지나고 날짜가 흘러도 결코 길들여지지 않을 것만 같던 일들이 하루하루 지나면서 아무렇지도 않아지는 자신을 바라보며 물을 수밖에 없었다. 내 안에 감춰진 이건 내가 모르던 가능성인가, 아니면 무심함인가.

저녁을 끝낸 지상은 식당 옆 방파제로 나가는 길목을 어정어정 걸었다. 요즈음은 아침에 갱으로 내려갔다 저녁에 올라오는 낮조였다.

불벌레가 날고 있는 외등 아래 서서 그는 주머니에서 학이 수놓인 손수건을 꺼냈다. 그리고 그 안에 접어서 싼 서형의 편지를 꺼냈다. 몇번째인가. 벌써 귀퉁이가 닳기 시작한 편지였다.

짐 속에 아내가 편지를 써 넣은 걸 그는 일본으로 오는 배 안에서 알았다. 옷가지 속에서 무언가 하얀 것이 집혀서 꺼내든 것이 아내의 편지였다. 바람이 몹시 부는 뱃전에 서서 편지를 읽으며 그는 잠시나마 행복했었다. 뭔가 아주 귀한, 보석 같은 걸 남몰래 품에 넣고 있는 것 같은 마음이었다. 언제가 되든 다시 만나는 그날까지 이 편지를 간직하리라. 서글퍼질 때면 너와 만나듯 그렇게 이 편지를 꺼내 읽겠지. 어떻게든 이겨내고 겪어내리라. 나는 살아서 돌아간다. 그때 그런 생각도 했었다.

외등에 비춰가면서 그는 읽은 편지를 다시 읽었다.

지금쯤 어디에 가 계실까요. 이 글을 읽으실 때면 이미 당신은 조선땅에는 계시지 않겠지요. 몇자 적어서라도 이런 편지를 당신 짐 속에 넣어 보내는 것은 당신이 가 계시는 곳, 그 어딘가에 저의 작은 흔적이라도 함께 있기를 바라는 마음에서입니다.

이제부터 제가 할 수 있는 일이 당신의 무사함을 비는 것밖에 무엇이 있겠습니까. 그래서 어리석은 마음을 달래며 몇가지 약속을 드릴까 합니다.

저 결코 울지 않겠습니다. 이렇게 말씀드리는 제가 또 얼마나 철없어 보일까 모르지 않습니다. 그러나 당신 앞에서 늘 어리기만 했던 제가 아니라, 이제 정말로 어른이 되어서 당신을 기다리고 있겠다는 약속을 하는 겁니다. 돌아오시는 그날까지 결코 눈물 같은 건 흘리지 않을 겁니다.

그리고 좋은 어머니가 되어 있겠습니다. 당신의 아이가 아닌 저와 당신, 우리 둘의 아이를 기르며 살겠습니다. 어디에 계시든 당신이 두고 가는 이 여자는 혼자가 아니라고 생각해주시기 바랍니다. 당신이 말씀하셨듯이 기다리면 되는 것이라 믿습니다. 긴 세월이라 해도, 기다림이 있기에 견뎌낼 수 있으리라고 믿기 때문입니다.

이렇게나마 제 마음을 적는 것도, 모든 것이 너무 갑작스러웠고 그래서 당신과 무엇 하나 깊게 이야기를 나누지 못해서인지도 모릅니다.

그동안 혼자 많은 결심을 했습니다. 한 집안의 아녀자로서 부끄럽지 않게 처신하리라 입술을 물며 다짐하고 있습니다. 집 떠나 멀리 있는 지아비의 이름에 티끌 하나라도 어지럽힘이 없이 살아내겠습니다. 이런 말, 가슴에서는 첩첩이 쌓이면서도 드릴 수 없었던 말을, 종이에라도 적어 당신에게 전합니다. 언제나 따스하게 품어주신 일 다 고마웠고, 제게는 과분하게 믿음을 주셨습니다. 함께했던 시간의 그 어느 갈피에서도 저는 외롭다거나 혼자 있다거나 하는 걸 알지 못했습니다. 이승에서 이런 분과 함께할 수 있었음에 저는 저세상에 가서라도 감사하며 마음 깊이 고개를 숙일 것입니다.

어제였습니다. 이 편지를 쓰다가 뜰에 나가보았습니다. 새벽이 오는데, 부모님이 깨어 계셨습니다. 그동안 철없이, 저희만 헤어짐을 겪어야 하고 저희만 아픈 거라고 생각했었지요. 그런데 어머님께서는 잠을 못 이루며 제 걱정을 하고 계셨습니다. 저 애를 어쩌나. 저를 두고 하시는 그런 말씀을 문밖으로 들으며 비로소 부끄러웠습니다. 그래서 이 말씀을 드립니다. 어른들 품에서 잘 있겠습니다.

방파제 너머에서 파도소리가 들려왔다. 편지를 다시 손수건에 싸 주머니에 넣으며 지상은 묵묵히 서 있었다. 서형아, 너나 나나 산에서 컸으니 바다를 알 리가 없다. 수평선은 그냥 붓으로 굵게 금을 하나 그어놓은 것 같더라고, 바다를 처음 본 이야기를 너랑 할 수 있을 때는 언제일까. 네 부탁이 아니더라도 네 생각을 할 거다. 꽃 같았다고, 버들 같았다고, 그렇게 생각할까. 어느 비단이 있어 너처럼 부드럽고, 어느 하늘이 있어 너처럼 푸를까. 그리워하며 애태우며 그렇게 네 얼굴을 떠올려야 할 내가 나는 벌써부터 두렵단다.

"거기! 거기 서 있는 거 누구냐?"

지상이 소리 나는 쪽으로 고개를 돌렸다. 방파제 위에서 경비원이 내려다보고 있었다. 지상이 말없이 몸을 돌려 천천히 걸었다.

"너 이 자식, 거기 서! 어디로 가는 거야? 거기 서라고!"

숙사로 들어서며 돌아보니 경비원은 소리만 지를 뿐 따라오지는 않고 초소 옆 불빛 아래서 그를 내려다보고 있었다.

밤새 탄을 캐고 아침에 올라온 날이었다. 다리에 돌을 매단 듯 몸은 무거웠지만 잠이 올 것 같지 않았다. 밖이라도 좀 어슬렁거리다 들어가 누워야겠다 생각하며 숙사를 나서는데, 아이들의 노랫소리가 들려왔다. 징용공들이 처음 섬에 들어와서 군사훈련이라는 걸 받으며 얻어맞던 그 학교 쪽에서 들리는 소리였다. 낭랑한 목소리가 입을 모아 부르는 노래는 교가인가보았다.

타까시마 거친 바다 높이 치솟아
움직이지 않는 배, 이름을 얻은
영묘한 하시마에, 우리 배움터 우뚝 서 있네.

한곳에 오래 눌러 있지 못하는 광부들의 떠돌이 기질 때문에 광부수급 문제로 고심하던 미쓰비시광업은 가정을 가진 광부들을 안정되게 한곳에 정착시킬 묘안을 찾게 된다. 그 방편의 하나로 일찍이 광부 자녀의 교육 문제에 눈을 돌린 하시마탄광은 섬의 북동쪽 매립지에 학교를 세운다. 목조 2층의 사립 하시마 심상소학교가 문을 연 것은 1893년이었다.

아이들은 아파트 밑을 걸어서 학교를 오갔고, 바다 건너 노모반도 사이를 흐르는 난류의 파도에 섞여 아이들이 부르는 동요가 퍼져나갔다. 하시마 심상소학교는 그렇게 문을 열어 주거 문제와 함께 아이들의 교육 때문에 고심하던 광부들을 섬으로 끌어모으는 데 큰 역할을 한다.

애들 목소리가 참 듣기 좋구나. 가슴을 펴고 서서 지상은 그 노래를 들었다. 저 학교 아이들의 노래를 듣는 게 처음은 아니었다. 나까무라 선생이 가르쳐준 일본 동요 「고추잠자리」를 부르는 소리도 들었다.

저녁 무렵 날아가는 고추잠자리
등에 업혀 바라본 건 언제였던가.

아이들의 목소리에 실려오는 노래를 들으며 지상은 잠시 따뜻했던 소년 시절을 떠올렸다. 뗏목이 오르내리던 소양강, 그 강변 모래밭에서 뛰놀던 어린 시절이 성큼 다가서고 있었다. 그런 여름이면 귓병으로 며칠씩 머리를 못 들게 아파 누워 있던 부끄러운 추억도 떠올랐다. 눈을 뜨고 물속 강바닥을 뒤지고 다니는 걸 좋아했던 지상은 귀에 물이 들어가 해마다 귀앓이를 했다. 그때마다 어머니는 지렁이를 잡아다 사기 대접에 하루쯤 넣어두었다가 거기서 나오는 물을 귀에 흘려넣어주곤 했다. 강물 속을 헤집고 다니다가 해마다 하던 귀앓이, 그때마다 귀에 흘려넣곤 하던 지렁이물. 나도 제법 개 구쟁이였던가.

그때를 떠올리며 씁쓸하게 몸을 돌리던 지상은 다른 노랫소리에 걸음을 멈추었다.

바다에 가면 물에 젖은 시체가 되고
산에 가면 풀에 덮인 시체가 되리
천황의 곁에서 죽으니
무슨 아쉬움이 있으랴

저런 노래를 아이들에게 가르치다니. 「바다에 가면」이라는 노래였다. 일본의 승전 소식을 알리는 시간이면 라디오에서 흘러나오곤 하던 어둡고 무거운 노래였다.

가사와는 달리 밝기만 한 목소리로 아이들이 부르는 노래를 들으며 지상은 우울하게 고개를 돌렸다. 저 어린아이들에게 저런 노래를 가르쳐야 하나. 저녁이면 엄마가 가슴을 토닥여주는 손길과 흥얼거리는 자장가를 들으며 잠이 들고, 더 자라서는 뛰고 놀면서 하나 더하기 둘은 셋이라는 수리를 깨우쳐가면 되는 것, 그것이 아이들이 아닌가. 부모를 공경하고 이웃을 사랑하는 것을 가르치지는 못할망정 바다에 가서 죽고 산에 가서 죽고 그래도 천황폐하를 위해 죽으니 아쉬움이 없다니. 이상한 나라. 벚꽃이 피는 노래보다는 지는 노래가 더 많은 게 일본이라고 알고는 있었지만, 아이들에게 죽는 노래를 가르치는 이 나라는 도대체 뭐란 말인가.

"재수가 없어도 더럽게 없는 거지! 아니 어쩌자구 열두시간 교
대에 하필이면 우리가 걸리니."

우석이 그답지 않게 씨근덕거리며 말했다. 영문을 모르는 지상
이 물을 수밖에 없었다.

"무슨 소리야?"

"너 모르냐? 작년까지만 해도 삼교대였대요. 여덟시간 작업이었
다 그거야."

"그런데?"

"그런데는 무슨 빌어먹을 그런데야. 우리가 오면서부터 작업시
간이 열두시간으로 늘어났다는 거 아니냐. 복 없는 년은 누워도 고
자 옆에 가서 눕는다더니."

이 친구가 화가 나긴 단단히 났나 보다. 지상이 허튼 웃음을 웃
었다.

"너나 나나 복이 그것밖에 안 되나 보지."

이제까지 일본 정부는 탄광의 갱내 작업시간을 8시간이 넘지 못
하도록 제한하고 있었다. 과도한 노동과 열악한 작업환경으로부터
광부들을 보호한다는 조치였다. 그러나 중일전쟁에 이어 진주만을
기습함으로써 미국과의 전쟁에 돌입한 일본은 점차 군수물자의 부
족 현상을 겪고 있었다. 전투기, 전함에서부터 어뢰까지 부족한 군
수물자 생산을 위해 무엇보다 필요한 것은 공장을 가동할 수 있는
양질의 석탄이었다. 나날이 불리해지는 전황을 뒤집어보려는 전략
은 도미노처럼 육해군 본부에서 군수공장으로, 거기서 다시 탄광

으로, 그리고 광부들에게 그 짐이 넘어왔다.

채탄은 아침 6시에 갱으로 내려가는 것으로 시작되었다. 늦어도 7시에는 작업현장의 맨 앞 키리하에 도착해 밤샘을 한 조들과 교대를 해야 했다. 그렇게 시작된 작업은 저녁 6시에 교대 근무자가 오기까지 작업이 끝났다 해도 현장을 떠날 수 없었다. 게다가 광부 한 사람마다 책임 채탄량이 있었기 때문에 그것을 채우지 못하면 나올 수도 없었다. 12시간 노동이란 허울 좋은 개살구 그것이었다. 광부들은 실제로 15시간에 가까운 노동에 처해 있었다.

아침 6시, 콩비지에 삶은 콩이 섞이고 정어리조림이 딸린 식사를 서둘러 끝내고 숙사 앞에 모인 지상은 행렬을 지은 광부들에 뒤섞여 장비실로 향했다. 먼저 인원점검과 함께 자신의 전표를 받고, 이어서 안전등실로 가 무거운 캡라이트와 함께 허리에 차는 전지를 받아야 한다. 머리에 차는 캡라이트의 불을 밝히는 이 전지의 무게가 또 보통이 아니었다. 그리고 받아 챙겨야 하는 것이 채탄도구 쓰루(鶴)와 호사끼(穗先)였다.

석탄을 캐는 곡괭이가 쓰루, 조선말로 학이었다. 현장계 카와무라의 설명으로는 곡괭이 모양이 학의 모가지 같다고 해서 생긴 이름이라고 했다.

"어느 놈이 이름을 이렇게 붙였어. 학 모가지를 잡고 학 대가리로 탄을 캔다니."

"아 그래도 뱀 대가리 잡는 거보다야 낫지 뭘 그래."

"네 말대로 하자면 학 대가리를 냅다 들어올려서 학 주둥이로 탄을 캔다, 그거로구나."

"곡괭이를 학처럼 귀하게 알라, 그 소리는 아닌가 모르지."

"꿈보다 해몽이로구나."

학의 목처럼 구부러진 곡괭이를 두고 우석은 다른 말을 했다.

"천년을 산다는 영물 학의 목을 껴안고 학의 부리로 탄을 캐다니. 우린 지금 신선놀음을 하는 거야."

이 쯔루도 점차 개량되어 곡괭이 끝이 무뎌지면 그 끝만 갈아 끼우게 조립식으로 변했다. 바로 그 조립식 곡괭이 끝을 호사끼라고 불렀다. 창끝이라는 뜻이었다. 초기에는 광부마다 쯔루를 여러개 가지고 갱에 들어갔다고 했다. 그러나 요즈음은 곡괭이 자루 하나에 호사끼 여러개를 꿰어서 차고 갱 안으로 들어가게 되어 있었다.

호사끼 덩어리를 받아 옆구리에 차면 준비 완료였다. 멍에를 짊어지고 밭으로 나서는 소처럼 지상은 말없이 그 과정을 밟아나갔다. 장비 수령을 마치고 나면 그를 기다리는 곳이 바로 그 지옥, 치솟은 망루 야구라 아래 지상이 그토록 싫어하는 케이지를 타고 지하로 내려가야 하는 마끼자였다. 700미터 아래 바다 밑으로 떨어져내려가는 케이지, 그것은 절망의 쇠통이었고 다시는 헤어나오지 못할 진흙의 늪으로 자신을 떨어뜨려가는 절망의 두레박이었다. 새카만 벽에 띄엄띄엄 붙어 있는 알전등은 그 절망의 굴에 서식하는 절망의 박쥐 같았다.

쇄암기라고 바위를 깨는 드릴이 소리를 내며 돌아가고 탄가루가 날아오르고, 숨 막힐 것 같은 더위와 습기 속에 웃통을 벗고 곡괭이를 휘두르며 느끼는 것은 여기까지 끌려오며 느꼈던 절망이 아니었다. 내일을 기다려보자는, 해낼 수 있으리라는, 어떻게든 살아남으리라는, 언젠가는 끝날 날이 있으리라는 유예가 이제까지의 절망에는 틈을 비집고 남아 있었다. 그러나 이것은 달랐다. 여기가 끝이로구나, 더 어디로 빠져나갈 길이 없구나 하는 절망의 암벽이 그를 가로막고 서 있었다. 일의 공포가 아니었다. 살아서 고향에 돌아갈 수나 있을지… 그것부터 무서움이 되어 전신을 휩쌌다.

거기에 또 하나, 그들 모두를 짓누르는 '노루마'(ノルマ)가 있었다. 각자가 캐내야 하는 석탄의 하루 할당량이었다. 광부들은 캐낸 석탄을 담아놓는 커다란 통을 러시아말로 노루마(нóрма)라고 불렀다. 노루마 세 통이 탄차 한 칸이었다. 오늘은 노루마가 몇이다 하는 지시가 그날그날 해야 하는 작업량이 되는 것이다.

노루마에서 탄차로 옮겨진 석탄은 갱도 바닥에 깔린 선로를 따라 케이지까지 옮겨졌다. 처음에는 사람이 나르던 석탄을 점차 말이 끄는 수레로 나르기 시작한 것이 타이쇼오6년(1917), 그때는 여자들도 윗옷을 벗어던지고 남자들과 뒤섞여 탄을 캐던 시절이라고 했다. 그것이 '엔도레스(endless) 운반'이라고 부르는 기계설비로 근대화된 것이 1932년 무렵, 탄차에 연결한 로프가 캐터필러처럼 끊임없이 회전하면서 석탄을 운반했다.

그러나 하루 할당량인 노루마를 채우고 자신들이 캔 석탄을 탄차에 실어보내고 나서도 그들은 다음 조가 올 때까지 현장에서 기다려야 했다. 작업의 연속성을 위해서라고 했다. 12시간에 노루마라는 할당량이 맞물린 가혹한 노동이 허기진 몸에 절망의 켜를 이루며 쌓여가는 것이다.

게다가 한달이면 몇차례씩 24시간 특별작업을 해야 하는 날이 있었다. 광부들은 하나둘 초주검이 되어갈 수밖에 없었다.

곡괭이를 두고 학 모가지니 뱀 대가리니 하던 그때가 아득한 옛날처럼 느껴지는 나날이 흘러가고 있었다. 이제는 아무 생각도 들지 않았다. 갱에서의 작업을 마치고 숙사로 돌아온 밤이면 지상은 잠을 이루지 못하고 몸을 뒤척였다.

물먹은 걸레처럼 몸은 늘어졌지만 그것과는 또다른 몸인 것처럼 의식은 살아 있었다. 벌거벗고 서 있는 것만 같았다. 한 뼘도 넘는 털로 온몸이 뒤덮인 것도 같았다. 처음에는 그랬다. 그러나 가을을 넘기고 겨울이 다가오며, 지상은 차츰 자신이 벌레가 되어가고 있다는 착각에 빠져들었다. 벌레처럼 기고 있는 자신이 눈에 보이는 것 같았다. 사람답게 살려던 생각들은 어디로 갔는가. 이제 이것마저 한 올 남김없이 사라지고 나면 나는 무엇으로 남는다는 것인가.

그런 나날이 이어지던 때였다. 깊은 밤, 다들 잠들어 있던 시간이었다. 갑자기 누워 있던 징용공 하나가 벌떡 일어나더니 소리치기 시작했다.

"야 나와, 이 자식아. 쥑여버리겠어. 다 나오라구!"

소리치면서 그는 이 방 저 방을 오가며 날뛰기 시작했다. 그가 정신이 어떻게 되었다는 걸 아는 데는 많은 시간이 걸리지 않았다. 눈빛이 이상했고, 침이 튀는가 하면 입가에는 거품을 물고 있었다. 인부들이 그를 잡아 앉히려 했지만, 어디서 그런 힘이 나오는지 그는 펄펄 날았다.

목침을 집어던지며 그가 날뛰기 시작해서야 노무계 직원들이 들이닥쳤다. 그들은 손에 저마다 곤봉을 들고 있었다. 이런 일에는 익숙했는가. 그들은 닥치는 대로 실성한 징용공을 후려갈기기 시작했다. 때린다기보다는 두들긴다는 게 더 정확했다. 허리며 어깻죽지 그리고 등짝부터 엉덩이까지, 사람 죽이는가 싶게 두들겨댔다.

그들이 곤봉으로 때릴 때 결코 얼굴이나 손발을 때리지 않는다는 걸, 오직 몸통을 때린다는 걸 지상은 그때 알았다.

징용공의 비명이 점차 수그러들더니 마침내 몸이 늘어져버렸다. 노무계 직원들은 그의 팔과 다리를 들어 마치 잡은 돼지를 털을 뽑기 위해 끓는 물통에 던져넣듯 그를 도구들이 쌓인 방 안으로 내던지고 문을 잠갔다. 그것으로 끝이었다.

다음 날, 노무계 키무라가 아침 일찍 숙사엘 다녀갔다. 그리고 얼마 후 잔뜩 찌푸린 하늘을 쳐다보며 갱으로 내려가기 위해 모여들던 광부들은 정신이 나갔다가 돌아온 그가 퀭한 눈을 한 채 대열에 섞이는 것을 보았다. 무슨 일이 있었더냐 싶었다. 초점 없는 눈을 한 채 그는 엉거주춤한 걸음걸이로 자신의 조에 섞여서 갱으로 내려갔다.

"아니 저 사람, 한강에 배 지나가기도 아니겠고… 저러다가 사고라도 나면 어쩔려구."

"빗자루 든 놈보고 마당 쓸라고 한다지만, 한다 한다 해도 너무한다! 해도 너무해!"

부아를 참지 못하며 사내가 허공을 향해 침을 뱉었다.

"그래가지고 날아가는 갈매기가 맞겠어? 더 길게 뱉어야지."

10

금화가 방파제 위로 올라섰다. 바람이 불어와 그녀의 옷자락을
날린다. 해가 떨어지고 있었다.

오늘 같은 날은 멀쩡한 년도 바람나고 싶겠다. 저건 아예 누구
가슴을 후벼파자는 노릇 아냐. 술이라도 안 먹었으면 어쩔 뻔했어.
저만큼 앞서 걸어가던 사내가 걸음을 멈추고 바다를 내려다보는
모습을 금화는 지켜보았다.

무슨 공사에 쓰다가 남은 것인지 지난달부터 쌓아놓은 목재더미
에 사내가 걸터앉았다. 그는 어깨를 웅크린 채 미동도 없이 바다를
내다보면서 앉아 있다. 저 인간이 왜 하필 저기 앉는담.

목재더미 옆은 작은 공터였다. 섬 전체를 돌과 시멘트 옹벽으로
쌓아올리다시피 한 방파제 옆으로 그곳만이 커다란 바위가 동산을
만들면서 풀들이 자라고 있었다.

한 떼의 갈매기가 무리 지어 날아가는가 하더니 그들이 싸갈긴 똥이 발 앞에 떨어졌다. 금화가 하늘을 쳐다본다. 얘 이놈들아, 내가 아무리 이렇게 살지만, 나 오늘 똥 맞을 짓 한 것 없다. 못된 놈들. 난 술 먹은 죄밖에 없어. 그리고… 봐라, 이것들아. 바닷빛이 저렇게 애틋한데, 사람의 서러운 데를 후벼파는데, 술이라도 안 마시면 어떻게 산다든.

취기에 싸여서 허청허청 걸어가며 금화가 자신에게 말했다. 넌 누구냐고? 나야 꽃이지. 꽃은 꽃이다만 길가에 핀 꽃이지. 그러니 밟고도 가고 꺾어도 가고.

사내 옆을 지나치려다가 금화가 걸음을 멈추었다. 그녀가 일본말로 조잘거렸다.

"이봐요, 거기 야마노히또(山人)."

산사람이라고, 일본에서는 광부들을 예부터 그렇게 불렀다. 고되고 거친 일을 하며 이곳저곳 탄광을 떠도는 광부들의 행패는 포악하기로 이름이 나 있었다. 술집에서도 옆자리가 시끄러워질 때나 산사람이오, 하면 슬금슬금 자리를 비켜 앉았다. 그게 그 시절의 광부 야마노히또였다.

금화의 일본말에 사내가 고개를 돌렸다. 마른 체구, 사내의 눈길이 차가웠다.

"당신 왜 하필 거기 앉아 있어? 거기 내 자린데."

아무 말 없이 사내가 일어섰다. 몇걸음 걸어나간 그는 바닷속으로 떨어져가는 해를 바라보며 서 있었다.

"이봐요 당신, 사람이 뭐라고 대답이 있어야 하는 거 아냐?"

천천히 몸을 돌린 사내가 불쑥 조선말을 했다.

"나 조선사람입니다."

그 말투며 목소리에 금화는 퍼뜩 술이 깨는 것 같다. 이제까지 일본말로 종알대던 금화가 머쓱해져서 후후하고 웃었다.

"나도 조선사람인데."

여전히 차가운 눈빛으로 사내가 금화를 바라보았다.

"그런데, 거기가 당신 자리라는 건 무슨 소립니까?"

"내가 늘 앉는 데니까. 나와보라 그래. 나보다 여기 더 많이 앉아 있던 사람 있으면 나와보라고 해."

안다. 여기서 바라보면 나까노시마의 화장장이 햇빛을 받아 어떻게 변하는지를 금화는 안다. 여기서 바라보는 동백이 언제 꽃이 피었다가 언제 지는지 그녀는 안다. 어디서부터 황혼이 오고, 그때 갈매기는 어떻게 날아오르는지를 금화는 눈앞에 그릴 수도 있다. 구름에 가려지면서 진홍빛 하늘에서는 조금씩 그 붉은빛이 엷어져 가고 있었다.

금화가 술 취한 목소리로 해롱거렸다.

"조선사람이라면서? 와요. 이리 와 앉아. 그런데 이름이 뭐야?"

"이름은 왜 묻습니까?"

누가 시킨 말이었을까. 그때 금화는 훗날 스스로 생각해도 알 수 없는 말을 했다.

"나 남자 이름 하나 알고 싶어서. 조선남자 이름. 요기 가슴에 꼬옥꼬옥 넣어두게."

사내가 어이없다는 듯이 웃었다. 그리고 던지듯 말했다.

"최씨에 이름은 우석이오. 그렇지만 가슴에 놓아둘 이름은 못 되니까, 그냥 흘려버리쇼."

176

금화가 키들키들 웃었다.

"죽은 최씨 하나가 산 김가 셋을 당한다던데. 최우석이라. 이름 좋다. 양반집 아들인가봐. 그런데 무슨 남정네가 해 떨어지는 걸 다 보고 그래?"

옆으로 다가서는 금화에게서 술냄새가 풍겼다. 우석이 조금 비켜섰다. 우석이 앉았던 그 목재더미에 걸터앉으며 금화가 머리카락을 쓸어넘겼다. 목이 참 긴 여자네. 희고 긴 그녀의 목을 보면서 우석은 그런 생각을 한다.

"앉아."

옆에 서 있는 우석을 보며 금화가 말했다.

"내가 이제까지 주욱 살아서 아는데, 하늘 안 무너지더라. 서 있지 말고 앉아."

우석은 그러나 앉지 않았다. 낡은 바지 주머니에 손을 찔러넣고 그는 바다를 바라보며 서 있었다. 순간순간 떨어져가던 해는 이제 바닷속으로 가라앉고 연한 잿빛 구름이 수평선에 테를 이루며 깔려 있었다. 하늘을 물들인 붉은빛 위로 어둠이 덧씌워지는 걸 말없이 바라보던 금화가 혼잣말을 했다.

"나 오늘 술 먹었다. 대낮부터, 먹었다."

"부럽습니다, 좋은 팔자. 낮술도 마시고."

"말하는 것 좀 봐. 낮에 술 처먹는 년은 오죽해서 먹을까."

술기운에 금화가 말싸움을 걸듯이 내뱉었다. 그 모습을 지켜보다가 우석이 싱긋 웃었다.

"늘 이렇게 마십니까?"

"당신이 나 술 사준 적 있어? 하라고 해서 될 일이 따로 있지, 남

이 누란다고 똥 누어질까. 내 술은 아무도 못 말린다. 팔자에 있어
마시는 술이고, 내 맘이 마시는 거야. 몸이 아니라 마음이 마시는
술, 당신 알아?"

"그 팔자, 매맞아가면서 두더지처럼 탄 캐는 나보다야 좋은 팔자
아닙니까."

"탄은 뭐 너 혼자 캔다던. 캐기 싫으면 말든가. 여기 사람 다들 그
러면서 살아. 잘났네 하고 내세울 것도 없어."

그 말을 들었는지 말았는지, 우석이 옆자리에 와 앉으며 말했다.

"마실 사람이 마시겠다는데 대낮이 아니라 아침부터라고 누가
뭐라겠어요. 그런데, 이렇게 나다니다가 무슨 봉변이라도 당할까
그게 걱정이네요."

"내 술은 아무도 못 말린다니까."

"내세울 게 그렇게 없어요? 술 자랑도 자랑이라고 하는 겁니
까?"

다른 때 같았으면 이런 말을 듣고 가만히 있을 금화가 아니었다.
어쩐 일일까. 갑자기 금화가 고개를 숙였다. 숙인 그녀의 얼굴에서
입술이 비죽거리며 떨리는 것을 우석은 보았다. 두 손으로 머리칼
을 쓸어넘기며 고개를 든 그녀가 말했다.

"나 무슨 부탁 하나만 해도 돼?"

술 취한 얼굴이었지만 눈빛만은 잔잔했다.

"뭡니까? 술 사오라는 건 아니겠지요."

"저 아래 보이지? 동백꽃. 벌써부터 저거 한 송이 가지고 싶었는
데, 나 저거 하나만 꺾어다 줄 수 있어요?"

우석도 그 꽃을 내려다보고 있지 않았던가.

"저게 동백꽃입니까? 그게 바닷가에 피는 꽃인가보던데 본 적이 없어서요.

춘희(椿姬). 동백 아가씨. 그렇게 들었다. 꽃은 본 적이 없이 그런 꽃이 있고, 그런 슬픈 사랑이 담긴 작품이 있다고 들었다.

금화가 말했다.

"저게 동백꽃이야. 내가 동백꽃이라면 동백꽃이지. 내가 그렇다면 그런 거야."

흔한 일이 아니었다. 바닷바람과 방파제를 치고 넘어오는 물보라 때문에 나무가 자라지 못하는 하시마였다. 짠 소금물을 뒤집어쓰며 자란다고 해야 땅바닥을 기듯이 겨우 뿌리를 내리는 관목들이 있을 정도였다. 그런 바위틈에서 키 작은 나무가 꽃을 피우고 있었다.

아무 말도 하지 않았다. 우석은 방파제 옆의 바위를 딛고 내려가 꽃 두 송이를 꺾었다. 동백꽃일 리 없다고 생각하면서도, 그러나 저 여자가 동백꽃이라면 동백꽃이라면서.

그것을 입에 물고 바위를 기어올라온 우석은 또 말없이 꽃을 금화에게 내밀었다. 하얗게 금화의 손이 나와 꽃을 받았다. 검붉은 꽃을 받아드는 그녀의 손가락이 참 길다고 우석은 생각했다.

우석이 낮은 목소리로 말했다.

"이제 들어가시죠. 아직 밖이 훤한데, 낮에 이렇게 여자가 술 마시고 다니는 거… 흉해요."

우석이 그녀의 어깨에 가볍게 손을 얹었다.

"자, 어서요."

마치 무엇인가가 푸석푸석 흘러내리듯 금화는 목재더미에서 내려섰고, 고개를 숙이고 돌아섰다. 몇걸음 걸어가다가 그녀가 고개를 돌려 말했다.

"고마워, 동백꽃."

다시 몇걸음 걸어가던 그녀는 혼자 중얼거렸다.

"그리고 고마워. 이름도 알려줘서. 그런데 너 모르지. 나, 오늘 생일이다. 그래서 슬픈 거, 넌 모르지."

며칠 후였다. 혼다야로 돌아가던 금화가 방파제 위에 쭈그리고 앉아 있는 남자를 흘긋 보았다. 그녀가 반색을 한다.

"이게 누구야? 동백꽃. 맞네, 동백꽃. 나 생각 안 나?"

우석이 숙이고 있던 고개를 들었다. 술기운으로 얼굴이 벌겋게 된 금화를 올려다보며 우석이 몸을 일으켰다.

"잘 지냈습니까."

"사람이 덤덤하기는. 그런데 여긴 어쩐 일?"

"어제까지 밤일이었는데 내일은 아침부터 내려갑니다. 모처럼 쉴 틈이 났네요."

금화가 옆에 와 쭈그리고 앉았다.

"그럼 목침 베고 누울 일이지."

이 남자 이름이 뭐랬더라. 금화는 기억을 더듬는다. 전에 우울하게 앉아 있던 것과 달리 남자의 표정이 밝다. 우석이 말했다.

"나도 한마디만 물을까요?"

"제 입 가지고 제가 말하는데 조선총독부가 뭐라겠어, 광업소장이 뭐라겠어."

어이없어하면서 우석이 물었다.

"어제 마신 술이 아직도 안 깼습니까?"

"그래. 어떻게 된 것이 한번 마신 술이 석달 열흘 간다. 그렇게밖에 말을 못 해?"

우석이 웃었다.

"술이 아직도 안 깼습니까? 그걸 말이라고 해? 왜, 가내 두루 무고하십니까, 하지 그러니. 그나저나 내내 존댓말은 또 뭔 썩을 존댓말이야."

"나, 여자한테 말 잘 못 놓습니다."

"잘 못 놓습니다? 그럼 붙들고 있어라."

주먹을 쥐어 금화가 우석의 허벅지를 때렸다.

"착하긴!"

스스럼없이 중얼거리던 금화가 우석에게 몸을 기울이며 물었다.

"그런데… 징용 나온 거야?"

우석이 고개를 끄덕였다. 금화가 빠르게 말했다.

"죽일 것들."

그녀가 내쳐 말했다.

"조선사람 씨를 말릴 건가. 이러다 우리나라 조선땅 순한 사람들 다 죽이지."

저녁 바람에 머리칼을 날리며 자신을 바라보는 여자의 모습이 어딘가 애처롭다. 우석은 고개를 돌리는 여자의 목을 가만히 보았다. 그때 처음 만날 때도 그랬었다. 유난히 길어서 성큼해 보이던 목.

금화가 지나가는 말처럼 물었다.

"그래, 여긴 왜 나왔어?"

"하도 답답해서."

웃는 듯 마는 듯 금화의 입꼬리가 흔들렸다.

"어쩌자구 우리 조선사람은 이렇게 너나없이 답답하기만 풍년이람."

뭐라고 불러야 할지 몰라 잠시 망설이다가 우석이 물었다.

"당신은, 뭐가 답답해서 여길 나왔는데요?"

"당신? 날 보고 하는 소리야?"

우석이 머리를 긁으며 고개를 외로 꼰다.

"날 보고 당신이라네. 그런데 왜 이 소리가 싫지가 않지."

갈매기가 울며 지나갔다. 하릴없는 놈, 지가 뭔데 날고 지랄이람. 금화가 날아가는 갈매기를 눈으로 좇으며 일어섰다.

"여자하고 접시는 밖으면 깨진다는 말 들어봤어? 내가 그 신세. 내던져도 더 깨질 것도 없는 년. 무슨 소린지 알아?"

우석이 물었다.

"여기서 뭘 하고 사는데요?"

아무리 보아도 여염집 여자는 아니다. 무엇보다 옷차림이 그랬다.

"하기는 뭘 해. 여자 팔자가 아무리 궂어도 사내하고 신발은 있다던데, 나야 사내들 있겠다, 신발도 있겠다, 게다가 마실 술도 있으니 그만하면 됐다 하고 살지."

그 말은 나도 안다. 여자 팔자가 아무리 더러워도 신발하고 사내는 있다지만, 남자라고 뭐 빈집이라던가. 남자가 아무리 가난해도 계집과 탕반(湯飯)은 있다고 했다. 우석은 몸을 돌려 이제 어둠이 내리면서 창문마다 불빛으로 빛나기 시작할 아파트숲을 올려다보았다. 일본사람들의 동네. 결혼해서 자식 기르며 사는 사람들의 동네. 저녁이면 음식냄새가 풍기고 애들 우는 소리도 들리고, 치마 두른 여자들이 오가는 동네. 우석은 고개를 끄덕였다. 어디서 눈먼 왜놈 하나 물어서 사는 여잔가보다. 왜놈이 눈이 멀었는지 조선년이 밸이 빠졌는지 그거야 모르지. 모르면 모르는 대로 그러면 어떻고 이러면 어떠랴. 세상이 이 꼴인데 제 살 궁리 해서 먹고살면 되는 거지. 저기 어딘가에는 꽤 많은 조선사람들도 들어와 산다고 했다.

금화가 불쑥 말했다.

"알고 싶어? 술 있고 여자 있고 화투 있고."

금화의 말이 너무 태연해서 오히려 우석이 놀란다. 들은 적은 있다. 명국도 그 말을 했었다. 여기서 바라보자면 오른쪽에 공회당으로도 쓰는 극장이 있다. 그 뒤쪽에 유곽이 있다고 했다. 그렇다면 거기 있는 여자였단 말인가.

"하루 신수가 편하려면 술을 먹지 말고, 평생 신수가 편하려면 두 계집을 거느리지 말라는 말, 알아 몰라? 내가 맨날 낮술 처먹어서 머리끄덩이 꺼들리는 년이라, 술 좀 깨러 나왔어."

몸을 돌린 금화가 우석을 쏘아보며 말했다.

"이봐요, 팔자 궂어서 산 사람은 아닌 거 같으니, 생각 돌려."

"무슨 소리예요?"

"눈빛 보니까 벌써 알겠던데 뭘. 이런 데서 이러지 말고 마음 바꿔요. 무슨 사연인지는 모르지만, 죽자 생각하면 그 맘으로 이 앙다물고 왜 못 살아."

우석이 소리 내어 웃었다.

"웃을 일이 아니잖아."

"내가 바다에 빠져 죽기라도 할 사람 같았어요?"

"아냐? 이쪽에 자주 나오는 사람들, 물귀신이 부르는지 곧잘 빠

져 죽어. 저 싫어서 세상 떠나겠다는 걸 누가 말리랴만⋯ 일 힘들
다고 죽고, 향수병이라나 뭐라나 섬에 갇혀 있다보니 미쳐서 죽고.
일본사람들 죽는 건 내가 벌써 몇명 봤어. 고생 다 한 놈은 죽고, 아
직 고생 남은 놈은 죽지 못해 살고, 그러는 거지."

"좀 살가운 소리는 할 줄 몰라요?"

"살가운 소리? 뭐 우리가 정분날 일 있어?"

말은 그렇게 하면서도 금화는 웃고 있었다. 방파제를 내려와 절
벽처럼 아파트가 막아서는 오르막길을 그들은 걸었다. 저만큼에서
이제 헤어져야 하리라. 그런 생각을 하면서 우석이 더듬거리며 말
했다.

"그래요. 우리 멀리 보고, 오래 삽시다. 술도 좀 그만 마시고."

"무슨 귀신 염하는 소리."

"이 험한 데까지 와서, 몸이라도 성해야 뒷날을 기약하지요."

"나 뒷날 같은 거 없어."

"우리 모두 그렇지요. 한도 많고 서러운 것도 많잖아요. 저리고
애달픈 걸 산처럼 쌓아두고 어쩔려고 그래요."

"나 그런 거 없어. 저릴 것도 애달플 것도."

우석이 처음으로 말을 놓았다.

"그럼 뭐하러 살아. 고무신 벗어놓고 치마폭만 뒤집어쓰면 되는
일인데. 그냥 죽지."

"군함도 앞바다가 인당수라도 된다더냐."

말하면서 금화가 걸음을 멈추었다. 우석의 선명한 콧날과 생각
깊어 보이는 눈을 마주 보면서 그때 금화는 가슴 한편이 찌르르 아
파오는 것을 느꼈다. 사람 같구나, 이 남자. 이런 눈빛을 본 게 언제

인가 싶다.

두 사람의 눈길이 얽혔다. 유난히 검은자위가 가득한 것 같은 금화의 눈빛이 자신을 지켜보고 있었다. 우석이 서둘러 말했다.

"난 이쪽입니다. 조심해 가십시오."

금화는 대답도 없이 걸었다. 무슨 놈의 인사를 설날 세배하듯 할까. 빌어먹게 깍듯하네. 금화가 돌아서며 우석을 불렀다.

"그런데, 이봐요."

우석이 몸을 돌렸다.

"지금 한 소리, 아무한테나 해요? 서러운 거, 애달픈 거… 그 얘기."

우석이 고개를 저었다.

"당신한테 처음 했습니다."

"고맙네."

숙사로 돌아오는 발길이 휘청거리는 것만 같아서 우석은 걸음을 멈추며 스스로에게 웃었다. 과일 망신은 모과가 시킨다더니, 넌 또 왜 이러냐. 그 여자 말이 맞지. 이 바닥에서 무슨 정분날 일이 있는 것도 아니고 여자한테 흔들릴 마음쪼가리가 있는 것도 아닌데.

우석은 천천히 걸었다. 그건 그렇다만, 내 사는 하루하루가 송장 빼놓고 장사 지내기다. 생각을 해봐라. 언제 고향땅 밟아볼지 그게 막막한데, 언제 그날이 와서 흰 두루마기 차려입고 조상 제사 모셔볼지 막막하기만 한데, 살아 있다고 이게 무슨 산목숨이냐.

손바닥으로 얼굴을 문지르며 우석은 길게 한숨을 쉬었다. 느느니 한숨밖에 없구나. 숙사에 가 누울 생각을 하자니 지상이 떠올랐다. 잠이나 자겠다고 일찍 드러눕던데 그 녀석도 안됐다. 일본사람 세상 좋은 시절 만나 배 두드려가며 살 팔자인 줄 알았을 텐데, 친일파 아버질 두고도 여기 와 엎어졌으니. 그래도 사람이 세상 탓을 하게 되지 제 팔자를 나무라겠는가.

그런데, 왜 저 여자 목이 이렇게 눈에 밟히나. 희고 긴 목과 애처로워 보이기만 하던 그 목덜미. 눈은 왜 그렇게 검고 깊은 거지. 꿈결 같았는데… 아서라, 그래 꿈이다. 네가 무슨 여자를 아니.

죽었다. 또 한 사람의 조선인이 죽었다. 지상은 석탄운반차 옆에 풀썩 주저앉았다.

"아가루조(上がるぞ)!"

일본인 운탄계원 하야시가 소리쳤다. 조선인들이 그 소리를 따라 목을 놓아 부르짖었다.

"아가루조!"

그 목소리에 눈물이 밴다. 아가루조, 아가루조. 그것은 올라가자는 소리였다. 올라가자, 올라가. 목소리는 갱 안을 울리고, 탄차는 시체를 신고 천천히 움직였다.

주저앉아 있는 지상의 목덜미를 잡아끌듯 우석이 그의 몸을 일으켜 세웠다.

"자, 나가자!"

탄차 옆을 따르며 지상도 한목소리를 낸다.

"아가루조! 아가루조!"

그 목소리에 울음이 섞인다. 우석이 소리쳤다.

"조선사람이 간다! 그러니까 이제부터는 조선말로 하자!"

시체가 실린 탄차를 손으로 짚은 채 명국이 말을 받았다.

"그래, 네 말이 옳다. 조선말로 하자. 네가 선창해라!"

우석이 옆을 따르는 지도원 하야시에게 말했다.

"지금부터 우리가 조선말로 할 테니까, 그렇게 아십시오."

살기등등한 얼굴들. 독이 오른 눈빛을 번들거리는 조선 징용공들을 둘러보며 하야시가 겁먹은 얼굴로 고개를 끄덕였다.

우석이 소리쳤다, 조선말로.

"올라가자!"

탄차 옆을 따르는 조원들이 함께 소리를 받았다, 조선말로.

"올라가자!"

우석의 목소리가 울음으로 변한다.

"올라간다! 창수야, 올라가자!"

"올라간다! 창수야, 올라가자!"

일본의 탄광, 그것도 큐우슈우 지방에서 내려오던 관습의 하나였다. 지하갱 안에서 일하던 사람이 죽으면 그 시신을 갱 밖으로 실어내더라도 그의 영혼은 남아서 갱 속을 떠돈다고 했다. 그래서 시신을 밖으로 올릴 때는 함께 일하던 동료들이 다 같이 죽은 사람의 이름을 불러가며, 올라가자 올라가자 소리치면서 나가야 한다는 것이었다. 캄캄한 지하에서 떠돌 죽은 자의 혼을 불러가며 함께 데리고 나간다는 뜻이었다.

우석이 소리친다.

"창수야, 창수, 너 지금 어디 있냐?"

갱도 구석구석을 돌아보며 같은 조 동료들이 목소리를 합해 대답한다.

"바로 여기 있다!"

우석이 소리를 매긴다.

"자, 올라간다! 창수야, 올라간다."

"그래, 올라가자!"

지상의 눈에 눈물이 흐른다. 탄가루로 뒤덮인 얼굴에 검은 눈물이 흐르면서 볼에 줄을 남긴다. 앞이 부옇게 흐려 보여서 그는 탄가루투성이 손으로 눈가를 훔쳤다. 파리 목숨이라도 과분하지. 이건 불면 날아가는, 목숨도 아니다. 창수의 죽음을 그는 어떻게도 견딜 수가 없었다.

전연 예상 못 했던 일이었다. 늘 지나다니던 갱도 갈림목에서 갑자기 벽을 버티고 있던 갱목이 우지끈우지끈 무너지면서 창수를 내리덮친 것은 하루 일이 거의 끝나가던 오후 늦게였다. 하필이면 그때 창수는 쓰고 있던 호사끼가 부러져 교체하러 갔다 오던 길이었다. 넘어지는 버팀목이 바로 그의 머리를 때리면서, 손쓸 사이도 없었다. 달려가서 석탄더미에 깔린 그를 파냈을 때는 이미 숨이 끊어져 있었다. 한순간의 일이었다.

승강케이지 앞에서 철망이 쳐진 문을 열고 그들은 시신을 옮겨 실었다. 캄캄한 어둠 속을 케이지는 비명처럼 찢어지는 쇳소리를 내며 치솟았다. 그 어둠 속에서도 창수의 혼을 부르는 그들의 목소리가 슬프게 이어졌다.

"창수야, 올라가자!"

"창수야, 올라가자!"

철망으로 둘러친 쇠통이 움찔거리며 서자 동료들은 창수의 시신을 내렸다. 이제 갱 밖으로 나가야 할 때였다. 시신을 내려놓는 조선인 광부들을 하야시가 막아섰다.

"다들 일단 여기서 멈춰주십시오."

경험이 많은 명국이 앞으로 나섰다.

"지금부터 아무도 말을 하지 마라. 이제 산신에게 혼백이 하나 나간다고 말씀 올리고 가야 하니까. 그건 하야시상한테 맡깁시다."

다들 입을 다물고 서 있었다. 탄가루를 뒤집어쓴 검은 얼굴들 속에서 젖은 눈알만이 반짝였다. 명국이 조용조용 말했다.

"그리고, 원래는 갱 밖으로 나가는 순간 다 같이 '아갓따조(올라왔다)' 하고 외쳐야 합니다. 아시겠죠? 우린 조선말로 하면서 올라왔으니까, 나가면서도 조선말로 '올라왔다' 하고 다 같이 소리칩시다."

하야시가 산신에게 무어라 중얼거리며 예를 올리는 동안 우석은 지상의 손을 움켜쥐고 있었다. 지상이 느낄 특별한 슬픔을 그는 알았다. 얼마 전 지상이 많이 아팠을 때 들끓는 이마에 물수건을 대며 밤새 그를 돌봐준 창수가 아니던가. 흐르는 눈물을 훔치느라 얼굴을 문질러서 지상의 얼굴은 숯검정을 마구 칠해놓은 꼴로 어지러웠다.

손바닥을 두번 치면서 하야시가 산신령에게 올리는 예를 끝냈다. 명국과 징용공들이 창수의 시신을 들것에 옮겼다. 양쪽에서 세명씩 들것을 들고 그들은 장비계 앞을 지나 밖으로 나왔다.

지옥문 앞으로 나서는 순간 명국이 먼저 소리쳤다.

"창수야, 올라왔다!"

다른 조원들이 입을 모아 외쳐댔다.

"올라왔다! 올라왔다!"

부교가 떠 있고, 멀리 노모반도의 갯마을이 바라보이는 동쪽 바다는 흐려 있었다. 저녁이 내리고 있는 바다 위로 그들의 목소리가 구슬프게 퍼져나갔다. 창수야, 올라왔다.

시신을 담은 들것은 다시 징용공들의 손에 들려 병원으로 향했다. 일단 머리가 깨진 창수의 시신을 닦아내고 나면, 공회당에 빈소가 차려질 것이다. 묵묵히 징용공들은 걸었다. 맨 앞에서 들것을 쥔 손에 힘을 주면서 지상은 땅바닥을 내려다보고 걸었다. 이제 그는 흐르는 눈물을 닦을 생각도 없이 내내 고개를 젓고 있었다.

명국과 우석이 병원에 시신을 넘기고 밖으로 나오니 지상은 계단 앞에서 어두워가는 바다를 내려다보고 서 있었다. 우석이 다가가 그의 어깨를 감싸안았다.

지상이 착 가라앉은 목소리로 말했다.

"모르겠다. 정말 이래도 되는 건가, 모르겠다."

오래 말없이 서 있던 우석이 지상의 어깨를 안은 손에 힘을 주었다.

"조선놈들… 슬프다. 너나 나나 슬퍼. 우린 왜 이렇게 못났냐."

명국이 걸어와 두 사람 옆에 섰다.

"내려가자. 견디기 힘든 거야 우리가 다 마찬가지 아니냐. 어쩌겠니."

지상이 중얼거렸다.

"발이 안 떨어지네요."

천천히 걸어내려가는 그들의 힘없는 발길에 한결 짙어진 어둠이 서성거리고, 갈매기는 구름이 뒤덮은 하늘을 무심히 날고 있었다.

"또 조선사람이 사고 났다면서?"

금화가 물었다. 낙반사고를 어떻게 이 여자는 벌써 아는가. 그것도 조선남자라는 것까지. 우석이 미간을 좁히며 물었다.

"그걸 어떻게 알았어?"

"사고 나면 섬 안에 퍼지는 건 금방인데. 조선사람이 사고 났다 하면 누구보다 내가 먼저 안단다. 나도 조선사람이란다."

파도가 철썩이며 때리고 가는 방파제 밑을 바라보며 우석이 중얼거렸다.

"죽고, 다치고… 떼로 죽어도 눈 깜짝할 사람 하나 없겠지."

"너 모르는구나. 지난번에 조선사람이 젓가락으로 노무계놈의 목을 찔러서 다 죽게 만든 일. 조선사람 무서운 걸 알고 혀를 내둘렀을걸."

"그런 일도 있었나."

"다 죽은 줄 알았더니 조선사람 기가 아직 살아 있었구나, 그런 소리들을 했지."

휘돌아간 방파제를 바라보며 우석은 쭈그리고 앉았던 엉덩이를 털며 일어섰다. 저녁을 먹고 갱으로 내려가야 할 시간이 다가오고 있었다. 이 여자도 이제 일을 하러 들어가야 하리라. 일. 혼자 그 말을 되씹어보면서 우석이 쓰게 웃었다. 사람이 하는 게 다 일이지.

바닷바람이 불어와 두 사람의 머리칼을 날리며 지나갔다. 일어설 생각도 없이 금화가 바다를 내다보며 중얼거렸다.

"이걸 어디 살아 있다고나 할까. 제 목숨 건사도 제가 못 하며 사는 게 조선사람. 하루 살면 하루 고생. 어쩌다가 남정네들은 여기까지 와서 이 고생이람."

납덩이를 얹어놓은 듯 무거운 마음에 여자의 말이 와 얹혔다. 우석이 느릿느릿 말했다.

"세상은, 우리가 다 함께 사는 게 세상이다. 나한테는 남의 일이지만 그 사람한테는 손톱 밑에 가시만 끼어도 아픈 거, 그게 세상이다. 남의 일이냐 내 일이냐, 남의 탓이냐 내 탓이냐, 그렇게들 사니까 우리가 이 모양인 거야. 남의 일이 아니라 그게 결국은 우리 모두의 일이라는 생각을 해야 하는 거다."

우석을 바라보는 금화의 눈이 반짝인다.

"사람이 사람답게 사는 건 혼자서는 안 되는 일이다. 태어나면서부터 사람은 무릎 꿇고 살아서는 안 돼. 그렇게 해서는 살 수도 없고. 그러니 싸워야 해. 싸워도 함께 싸워야 해."

우석의 선명한 콧날을 바라보면서 금화가 혼잣말처럼 중얼거렸다.

"놀래라. 뭐 이런 남자가 다 있어."

고개를 든 금화의 눈길이 우석에게 얽혀들었다. 금화의 입가에 웃음이 감돈다.

"안아주고 싶네."

"뭐?"

그녀가 일어섰다.

"그동안 어디 갔다가 이제야 왔어?"

"무슨 소리야?"

"복도 지지리 없었네. 당신 같은 남자를, 내가 왜 이제야 만나는 거지. 그동안 어디 있었담."

우석의 모습을 바라보며 금화는 자지러들 것만 같다. 금화의 마음 한편이 발바닥을 간질이듯 즐겁다.

"남자들은 이 섬까지 어떻게 왔는지 모르지만, 우리도 제 발로 온 사람 없어. 속아 오지 않으면 수리한테 채인 병아리 꼴로 끌려 온 사람들이야. 분하고 원통하기로야 마찬가지지."

함께 살고 함께 싸워야 하는 게 세상이라는 이런 남자, 이 남자 는 도대체 뭐람. 그러나 웃음이 사라진 우석의 얼굴에는 아무 표정 이 없었다.

"징용을 나와도 그렇지, 그쪽은 어쩌다 여기까지 왔어?"

그쪽이라는 말에 비로소 우석은 이 여자가 아직 내 이름을 모르 는구나 하는 생각이 들었다.

"내 이름, 말 안 해줬던가?"

"했지. 그런데 술 먹고 들은 소리라, 최씨라는 거밖에 생각이 나 야지."

"술을 마셔서가 아니라 마음에 없으니까 새겨듣질 않은 거겠지."

"그때나 이제나 술 먹은 나 야단치는 건 똑같네."

우석이 얼굴을 붉히며 자신의 이름을 말했다.

"우석이라… 내가 나이 맞춰볼까? 내가 말하는 거보다 세살은 젊을걸."

"그게 무슨 말이야?"

"생각보다 늙어 보인다는 말."

넌 왜 그렇게 늙어 보이니. 어려서부터 그런 말을 들었다. 늙어 보 이는 게 아니라 그렇게 생긴 거예요. 굶고 살다보니 그렇게 된 거예 요. 한번도 해보지 못한 그 말이 솥뚜껑이 들리듯 가슴 밑바닥에서 비집고 올라온다. 그러나 우석은 안다. 자신의 얼굴이 붉어지는 것 은 그 말 때문이 아님을 안다. 여자와 이렇게 가까이 서서 이야기 를 나누어본 기억조차 흐릿하도록 험한 나날이 흘러가지 않았나.

"고향에는 누구누구 있어? 아이들은?"

"고생으로 말하자면 늙어도 좋게 많이 했지만, 나 아직 어려. 장가 같은 거 안 갔고."

잠시 고개를 숙여 발끝을 내려다보고 나서 금화가 말했다.

"거짓말하는 얼굴은 아니네. 그렇지만 차라리 거짓말이었으면 좋겠다. 난 많이 늙었어."

금화가 무엇을 집어던지기라도 하듯 어둠 속으로 한곳을 가리켰다.

"나 저쪽에 살아. 저어… 위."

그녀의 손끝이 찍듯이 가리킨 곳은 영화관이 있는 50호동과 공민관 뒤편 언덕이었다. 거기 몸을 숨기듯 엎드린 목조건물이 유곽 혼다야였다.

하시마에는 혼다야 외에 모리모또야와 요시다야까지 술과 몸을 파는 여자들이 있는 유곽이 세곳 있었다. 그 가운데 둘은 일본인들이 이용하는 집이었고, 요시다야만이 섬에 들어와 있는 조선인 광부들이나 섬을 오가며 장사를 하는 중국인들이 드나들었다. 유곽 요시다야는 주인도 일하는 여자들도 다 조선사람이었다.

잠시 고개를 숙였던 금화가 천천히 머리를 들며 말했다.

"저기서는, 내 이름이 하나꼬야."

유곽 혼다야에는 조선여자가 금화 혼자였다.

11

밖은 새벽이었다. 닭 우는 소리가 들렸다. 다른 날과 다를 것 없이 서형은 밖으로 나와 펌프로 물을 올려 세수를 했고, 아직 어둠이 가시지 않은 마당을 지나 물 한 그릇을 올려놓은 소반을 들고 뒤꼍으로 나왔다. 지상이 집을 떠난 후 하루도 거른 적이 없는 그녀만의 새벽이었다.

어느새 춥다. 대추나무 옆 장독대 둘레에서 그녀를 기다리는 듯 피어 있던 꽃들도 이미 시들어 대궁만 남아 초라하다. 손톱에 은은하게 물을 들여주던 봉선화는 자취도 없다.

장독대를 돌아 담장 앞으로 온 서형은 상을 내려놓고 잠시 서 있었다.

저고리 앞섶을 눌러 옷매무시를 고치고 나서 서형은 천천히 몸을 숙여 절을 했다. 상 위의 하얀 사발에 담긴 물을 내려다보는 그녀의 눈빛은 아주 먼 길을 떠나려는 사람처럼 가라앉아 그윽했다.
툭 하고 담장 옆 대추나무에서 무언가가 떨어지는 소리가 들렸다.

저는 잘 있습니다. 뒤꼍의 호두나무는 올 농사가 어찌나 실했던
지 알을 털던 날은 다들 당신 이야기를 했습니다. 호두 터는 날이
면 그렇게 좋아하시더니, 하면서요.

가을걷이도 끝나고, 며칠 전에는 뜬금없이 첫눈이 내렸습니다.
그게 뭐라고, 그깟 첫눈이 뭐라고, 그날따라 당신이 안 계신다는 게
어떻게나 마음을 상하게 하던지. 별게 다 나를 힘들게 하는구나 생
각했었지요.

금년엔 절기에 맞게 비도 내리고 맑은 날이 많아 소출도 좋고,
추수에도 별 염려가 없습니다. 추석엔 햅쌀로 차례를 올렸으니까
요. 정미소는 전시라는 것 때문에 이런저런 일이 많긴 하지만 그거
야 시국 탓이려니, 마음을 접고 지냅니다. 당신이 안 계시니 어떨
까 걱정을 했던 건어물 쪽이 순조로우니 다행이라면 다행이지요.
아버님도 그러시던 걸요. 모든 게 다 순조로운 것도 당신이 멀리서
염려해주신 덕분이 아니겠냐고. 저 또한 속없이 그런 생각을 하며
지내고 있답니다.

물그릇을 내려다보던 서형이 눈을 감으며 고개를 숙였다. 그렇
사옵니다. 저희들 모든 일을 관장하시는 신령이시여, 제가 무엇을
더 바라겠습니까. 남편이 건강하기만을 빌 뿐입니다. 저희들 사는
거야 늘 어제 같기만을, 무탈했던 어제 같기만 바랄 뿐이옵니다.

고개를 들던 서형이 아랫배를 잡으며 깜짝 놀란다. 뱃속의 아기
가 발길질을 했나 보았다. 아랫배를 쓰다듬는 서형의 입가에 잔잔
한 웃음이 번져나갔다.

196

보세요, 아기가 뱃속에서 발길질을 해요. 부끄러움에 고개를 숙이며 남편의 손을 당겨 배를 만져보게 해야 할 일을, 이것조차 나 혼자 겪는구나. 서형의 입에서 가늘게 한숨이 새어나왔다. 별걸 다 서운해하고 힘들어하는구나.

물그릇이 올려진 소반을 들고 돌아서는 서형의 곁으로 누렁이가 와 섰다. 꼬리를 흔드는 강아지를 내려다보며 서형이 혼잣말을 했다.

너도 참 딱하다. 누렁이가 뭐니. 털이 까맸으면 꺼멍이가 될 뻔했잖니.

지상이 떠난 후 서형의 하루는 늘 그렇게 시작되었다. 이런다고 내 뜻이 바다를 건너가랴 산을 넘어가랴. 그런 생각을 안 했던 것도 아니다. 그러나 그때마다 서형은 자신에게 말했었다. 다 나를 위해서지. 이렇게라도 하면 내 마음이 편하니까, 그래서 하는 거지.

오늘은 파도소리도 없다. 밖에 안개가 자욱했다. 눈을 감은 채 누워서 지상은 옆자리에서 두런두런 떠드는 소리들을 듣고 있었다.

"자네는 뭘 먹었다꼬 내내 이빨을 쑤시고 있노? 할 짓이 따로 있제."

"얼씨구. 인자 나온다. 그 입이 어데 가겠노."

"비지 먹고 이빨 쑤시는 인간은 내 머리에 털 나고 첨 보이까 하는 소리다. 염소가 나이 묵는다꼬 수염 나겄나만도, 니도 참 환갑 전에 철들기는 다 글러묵었다."

"니 보모 내사 철들고 싶지 않데이."

어딜 나갔다가 들어오는지 입술이 퍼렇게 언 만중이 들어서며 방 안을 둘러보았다.

"뭣들 허냐? 자빠져 안 자고."

만중을 보며 때 만났다는 듯이 재덕이 한마디 했다.

"상판때기 큰 사람 오싰네! 목침 두개 드리라."

"귀신 씻나락 까묵는 소리 허고 있네. 언능 잠이나 퍼 자제."

목침을 들고 만중이 지상의 옆에 와서 누웠다. 몸을 돌려 자리를 넓혀주는 지상에게 만중이 중얼거렸다.

"아직 안 자고 있었능가? 아까침에 일 끝내고 올라온디 본께 낼부텀 천식이가 우리랑 같은 조던디, 알고 있었능가?"

조는 수시로 바뀌었다. 여기저기 다치거나 몸져눕는 징용공들이 늘어나고 있기 때문이었다.

"천식이가? 아니, 몰랐어."

"고런 싸가지 없는 놈이 우리 조에 걸렸응께, 이번참에 손 좀 봐줘야제잉. 걸리기만 하면 아조 그냥 대갈통을 확 깨불랑께."

만중이 옆을 두리번거리더니 목소리를 낮추며 말했다.

"언 놈 꼴랑지를 쪼까 밟다가 왔다."

"뒤를 밟아? 누굴?"

만중이 또 옆을 두리번거리면서 말했다.

"종길이 자석 안 있나이. 고 자석이 말이여, 누룽지를 어서 얻어갖고 꼭 지 혼자서만 처묵는당께. 뒷간에서도 처묵고. 완전히 쥐새끼여. 그래갖고 내가 한번 혼구녕을 낼라고 꼴랑지를 밟았는디,"

만중이 쩝 하고 입맛을 다셨다.

"놓쳐부렀다."

"실없긴."

"요 잡것이 일본것들하고 내통을 해갖고 고따구 것을 얻어서 혼자 우물거리는 것이 확실하당께. 잡히기만 하믄 내가 아조 가만 안 둘랑께"

"애들처럼 누룽지 싸움이냐."

속삭이느라고 했는데도 만중의 목소리가 워낙 커서였을까, 어느새 재덕이 다가와 그 큰 손으로 먼지가 풀썩풀썩 나게 만중의 모포를 두들겨댔다.

"콩알 한쪽도 노나 묵어야 한다 칸기 누고? 니 아이가. 누룽지를 혼자 묵고 다니는 놈이 있다꼬? 그기 누고?"

"귀도 밝으셔잉."

만중의 머리끝까지 모포를 뒤집어씌우며 재덕이 허허거리고 웃었다.

"죽는 년이 밑구녕 감추까. 그리 타고난 놈은 내내 그리 살다 가는기라."

모포를 뒤집어쓰고 돌아누우며 지상이 말했다.

"나 잔다. 누룽지 그놈 잡거든 내 거까지 네가 먹어라."

다음 날 아침이었다.

"자 동포들, 가세나."

지상이 돌아보니 만중이 걸어들어오고 있었다. 그의 뒤로 같은 조의 일주와 재덕 그리고 임천식의 얼굴이 보였다.

갱으로 들어가기 위해 지상은 제일 먼저 자신의 이름이 적힌 입갱 명찰을 노무계에서 받았다. 나무로 된 손바닥 반만 한 표에는 48번이라고 적혀 있었다. 명찰을 들고 지상은 안전등실로 향하는 줄에 섰다. 옆에 118이라고 번호가 매겨진 캡라이트와 그것을 밝히는 무거운 전지를 받아 옆구리에 찬 지상은 들고 온 명찰을 캡라이트가 걸려 있던 못에 걸어놓았다.

이때부터 48번과 118번은 지상을 확인하는 증명이 된다. 안전등실에서는 이들이 맡긴 나무명찰에 따라 오늘은 누구누구가 몇번 갱에 들어가 일을 하고 있는지를 한눈에 알 수 있다. 일을 마치고 올라올 때는 그 반대로 캡라이트를 반환하면서 다시 그 자리에 걸어놓았던 입갱 명찰을 노무계에 제출한다. 노무계에서는 이 명찰이 회수되는 것을 보면서 현재 시각에 누가 아직 채탄량을 채우지 못하고 갱 안에 남아 있으며, 누가 일을 마치고 밖으로 나왔는지 인부들의 동태를 파악한다.

갱으로 내려가기 위해 마끼자로 향하는 줄에 서며 지상이 만중에게 물었다.

"그래서, 누룽지 얻어먹었냐?"

"옘병, 못 잡았당께 그러네."

"뒤를 밟았다면서?"

"아따 내 말을 얼로 들어부렀냐. 귓구녕은 가죽이 모자라서 뚫었냐. 말했잖애, 놓쳤당께."

말은 안 했지만 지상은 이미 알고 있었다. 종길이 아작아작 혼자 누룽지를 먹고 다니는 것을. 누룽지 한쪽을 건네면서 그는 자랑까지 했었다. 일본인 독신자 광부 식당에서 나오는 누룽지라고, 하늘이 무너져도 다 솟아날 구멍은 있는 거라고.

마끼자로 올라가는 계단을 밟으며 만중이 중얼거렸다.

"여그가 목숨계단이라고? 뒤지러 들어가는 것도 아닌디 이름 참말로 허벌나게 지어부렀다."

마끼자로 들어와 승강케이지를 타기 위해 기다릴 때였다. 만중이 마음속에 품고 있던 말을 했다.

"자네는 뭣 땀시 그라고 앞으로 나서는가."

"왜?"

"보기가 안 존께 그라제. 지 밥 지가 찾어 먹는 것인디."

일본말을 모르는 징용공들이 워낙 많아서 무슨 일이 있다 하면 지상이 나서곤 했던 것이다.

"그럼 못 본 체 가만있으라는 말이니?"

"그라는 거 아니여. 여그는 여그대로 법이 있다 말이시."

"그래서? 조선사람이 개돼지 취급을 받는 게 여기 법이니까, 가만히 있으라는 거니? 너나 그러고 살아라."

"먼 말을 그라고 싸가지 읎이 해부냐."

안다, 날 위해서 하는 말이라는 거. 그런데 오늘은 장비도 무겁기만 한 게 왜 이렇게 우울한지 모르겠다. 지상이 그의 어깨를 손으로 두드렸다.

"미안하다. 오늘 왠지 막 싫다. 이러고 사는 우리가 싫어."

만중도 그의 어깨에 손을 얹어 어깨동무를 했다.

"싫다? 그려, 먼 말인가는 알겄응께, 암튼 조심혀. 요런 날에 꼭 사고가 터져도 터진당께."

장비를 추스르면서 만중이 주위를 둘러보며 말했다.

"다들 알아두라고. 지상이는 오늘 탄차에 탄 싣는 일을 헐 것잉께, 그렇게들 알드라고."

"왜? 무슨 일이 있어?"

"꿈자리가 사나웠던 모양이시."

"뭔 꿈인데? 애가 서서 태몽을 꾸는 것도 아니겠고…"

임천식이 이죽거렸다. 이 자식은 허구한 날 무슨 일에든 끼어든단 말야. 이런 놈을 두고 개씹에 보리알 끼듯 한다고 하던가. 나도 참 할 말 못 할 말 많이도 배웠다. 지상이 천식을 바라보는 눈에 힘을 주는데, 만중도 마뜩잖게 그를 흘끔거렸다.

"너는 너 할 일이나 잘해야."

"어허, 말이 심허네그래."

"우사기 주제에. 참말로 눈꼴 시러 못 보겄다."

우사기란 일본말로 토끼였다. 일하러 갈 때는 늑장을 부리면서도 갱에서 올라올 때는 남보다 앞에 서는 자들, 뒷설거지를 하느라 다른 광부들이 남아 있는데도 어느새 승강기를 타고 올라가버리는 자들을 그렇게 불렀다. 토끼가 앞발이 짧아서 내려갈 때는 설설 기면서도 올라가는 거 하나는 잘한다는 데서 나온 말이었다.

자신을 대놓고 우사기라는 데야 가만히 있을 천식이 아니다. 발끈한다.

"만중이 너 오늘 이상하다. 아침 먹은 밥알이 곤두서냐?"

"곤두설 밥알탱이가 있어야 곤두서든가 말든가 하제? 니는 밥알이라도 묵었냐?"

마음먹고 한 소리였으니 물러설 만중도 아니다. 눈을 부라리는 두 사람 사이를 송씨가 막아섰다.

"왜들 이래, 아침부터. 어쩨 일진이 뒤숭숭하다. 널판 한장이 저 승이여. 하여튼 이런 날일수록 조심들 해."

승강케이지를 타고 갱 바닥으로 내려가는 캄캄한 어둠 속에서 지상은 눈을 질끈 감은 채 이를 악물고 있었다. 그래도 이제는 토하지 않는 거나마 다행이다.

갱 바닥으로 내려온 지상은 운반차를 타러 가기에 앞서 주의사항과 훈시를 들었다.

"최근 23번 갱도 부근에서 가스가 새어나오는 것이 발견되고 있다. 20번 이상의 갱도에서 작업하게 되는 탄부들은 각별히 조심하기 바란다. 다시 한번 강조한다. 메탄가스는 공기보다 가볍다. 그러므로 높은 곳에 모여 있게 마련이다. 거기 비해서 탄산가스는 공기보다 무겁기 때문에 가라앉는다. 낮은 곳에 모인다. 이건 광부의 상식이다."

지도원이 화를 내듯 버럭 소리를 질렀다.

"며칠째 나오고 있는 가스는 메탄가스다. 메탄은 위쪽이다. 그러므로 특별히 서서 다니는 것을 조심하도록 하기 바란다. 가스! 하면 무조건 바닥에 납작 엎드리라는 말이다."

지상이 만중에게 물었다.

"메탄인지 탄산인지, 무슨 가스가 나오는지 그걸 어떻게 아냐?"

"넌 이 행님 꼴랑지만 붙들고 댕겨라. 내가 자빠지면 너도 싸게 싸게 자빠져불고."

"너같이 느려터진 걸 친구라고 따라다니다가 내가 제명에 죽을까 모르겠다."

"니가 나보다 먹물은 더 묵었을지 몰라도, 시상살이는 밥그릇으로 말하는 거여."

지상은 하루하루 이런 나날에 길들여지는 자신이 몸이 떨리게 싫었다. 익숙해져간다는 그 자체가 견디기 힘들었다. 아침까지 바다를 뒤덮은 안개는 걷히지 않고 있었다. 그렇다. 안개 속에 서면

숲은 보이지 않는다. 겨우 앞에 있는 나무만이 보일 뿐이다. 나는 지금 안개 속에 있다. 좀 더 넓게 그리고 깊이있게 생각해야 한다. 여기에 와 있는 나는 무엇인가를 말이다.

벽에는 '석탄 한 덩어리는 피 한 방울' '석탄 없이는 병기 없다' 어디에서나 눈에 띄는 표어가 시커멓게 석탄가루를 뒤집어쓴 채 붙어 있었다. 탄차를 타기 위해 지상은 묵묵히 앞서 걸었다.

오전 작업이 끝났을 때 지상은 초주검이 되어 늘어지는 기분이었다. 땀에 젖은 얼굴이 번들거렸다. 눈알만이 반짝거리고 있었다. 노루마 한 통분의 작업이 끝났을 때, 부풀어올랐던 손바닥의 물집이 터지면서 살갗이 벗겨져나갔다. 빨갛게 드러난 살갗이 쓰라려서 곡괭이를 제대로 잡을 수가 없었다.

"뭘로 좀 감긴 감아야 할 것인디, 어짜냐?"

만중이 걱정스런 얼굴로 지상의 손바닥을 들여다보았다.

"참아야지. 방법이 없다."

눈알만 반들거리는 만중의 얼굴이 캡라이트 밑에서 웃고 있었다. 왜? 지상이 눈으로 물었다.

"인자 시작이여. 한 대여섯번 벗겨져야 한당께."

"아예 고사를 지내라."

마침 곡괭이 끝에 조립하는 호사끼를 바꾸러 갔던 우석이 돌아오는 길에 그들을 보았다. 우석이 다가와 지상의 손을 들여다보더니, 옆구리에 둘둘 말아서 차고 있던 윗옷 안자락을 부욱 뜯어냈다.

"이걸로 좀 감아라."

"옷을 찢으면 어떡해?"

"감아. 덧날까 겁난다."

우석이 건네주는 천으로 손을 감으면서 지상이 말했다.

"고맙다. 너 없으면 어쩔 뻔했냐."

"이 없으면 잇몸으로 산다."

우석이 저벅저벅 쇄암기가 돌아가고 있는 제자리로 돌아갔다.

천을 둘둘 감은 손을 내려다보며 지상이 주먹을 움켜쥐었다. 이제부터 손바닥이 몇번이나 벗겨져야 한다구? 그래, 올 테면 와라. 내 다 견뎌주마.

지난번에 보내온 편지에 아내가 썼던 말이 떠올랐다. 서형은 적고 있었다. 보내주신 당신 편지는 잘 받았습니다. 탄광이라는 말에 가슴이 철렁했지만, 홋까이도오는 아니라니 얼마나 다행인가 생각했습니다. 아주버니 말씀이 큐우슈우는 남쪽이라 날씨가 따뜻하다고 하니 그나마 안심이 됩니다.

편지가 제대로 오가지 않는다는 걸 알 수 있었다. 이곳에 와 떨어진 이야기를 적어 보낸 게 언젠데, 이제 와서 홋까이도오가 아니라서 다행이라니. 가는 것도 그렇지만 오는 편지도 제대로 전해지지 않는 게 분명했다. 어쩌다 오는 편지도 서너통이 빠져버린 채 껑충 건너뛴 소식이 오고 있었다.

어쩌다가 그렇게 건너뛴 편지라도 받는 날은 모두들 싱숭생숭 마음이 부풀어올라서 고향 생각에 잠을 못 이루며 한숨들을 쉬었다.

"거기 떠드는 조선놈들, 조용히 못 해!"

지도원 노구찌가 소리쳤다. 만중이 침을 뱉었다.

"저놈의 새끼는 꼭 말끄터머리마다 조선놈이여. 노구찌 저거 한번 손을 봐불던가 해야제, 아조 못쓰겄어."

지상이 어이없어하며 웃었다. 지상은 노구찌 들으라는 듯 목소리를 더 크게 높이면서 말했다.

"어떻게 손을 보게?"

"매에 장사 있단 말 들어봤능가. 지깟 놈이 때리믄 맞아야제, 벨 수 있어?"

옆에 있던 임천식이 낮게 말했다.

"그래도 떠드는 건 조심하자구. 미신이면 어때. 믿어서 손해 볼 게 없는데. 막장 안에서 떠들면 산신령이 노한다잖어."

다시 일이 시작되었다. 쇄암기가 돌아가며 자욱이 탄가루가 날 아오르고, 지상은 천으로 감은 손으로 잡고 있는 곡괭이가 점점 무 겁게 느껴진다. 숨이 막혀왔다. 후끈후끈한 열기에 땀이 흐르며 탄 가루와 뒤엉켜 방울방울 턱을 타고 떨어져내렸다. 잘못 만났다고 했었지. 지상은 하시마로 들어오던 날을 떠올린다. 그래, 뭔가 잘못 만나도 크게 잘못 만났어. 지상은 더위보다도 자신이 처한 현실에 더 아득해진다. 아, 이렇게 또 하루가 가는가. 이렇게 또.

"황소 불알 떨어질 때 기다리며 장작 지고 다니는 놈이 있다더니 내가 꼭 그 꼴이다. 이기 뭐꼬?"

"돈 아니가."

"이기 돈이가?"

"돈이라 카몬 돈인기라."

"익은 밥 묵고 선소리 하지 마라!"

월급을 받는 날이다. 지난달에도 그랬지만 여전히 속이 부글부 글 끓기는 마찬가지다. 똑같은 소리가 뒤에서도 들려왔다. 오살할 놈들. 그쪽에서는 욕부터 터져나왔다. 말이야 쉽게 하지만, 오살이라면 사람을 다섯 토막으로 찢어 죽인다는 소리다.

언감생심 월급이라니. 회사에서 돈을 주리라고 생각했던 사람은 없었다. 밥 주고 옷 주고 재워주고, 거기다가 석탄 캘 때 신으라고 발가락이 갈라진 쪽발이 신발 지까따비 작업화도 준다. 그러나 어느 것 하나 회사에서 그냥 주는 게 아니다. 다 각자가 사야 한다. 그 돈이 월급이라는 데서 빠져나가니, 목숨 부지하는 것이나 다행으로 알아야 한다고 체념한 지도 오래였다.

그랬지만 월급이라는 걸 받아들고 나니 부아가 치밀어오를 수밖에 없다.

"이게 그러니까, 내 월급이 84엔인데 받을 돈은 개뿔도 없다 그거 아냐!"

"잘 아시네."

"그런데 너는 어째 월급인지 지랄인지가 76엔밖에 안 되냐?"

"허허, 네가 나보다 탄을 더 많이 캤다, 그 소리 아니겠어."

"태질을 칠 놈들. 아니 너랑 나랑 똑같이 기어들어갔다가 똑같이 파김치가 되어 나왔는데, 무슨 소리야."

"네가 이쁜가보다, 나보다 월급도 많고. 넌 좋아 춤추겠다."

조선사람 끌어다가 털도 안 뽑고 날로 먹겠다는 소리지. 칼 든 놈 칼로 망한다더라. 두고 보라지. 그런 소리가 오가는데, 의문이 또 하나둘이 아니다. 돈을 떼어낸 명세가 볼수록 기가 막힌다.

"그나저나 이 종이쪽지는 뭐야? 이게 바로 말로만 듣던 우리깐(賣勘)인지 나야껜(納屋券)인지 그거 아냐?"

"그걸 갖다주면 물건을 살 수 있다더라. 돈이랑 똑같대나 뭐래나."

"장난을 해라. 눈깔에 콩껍질을 뒤집어쓰지 않으면, 네가 보기에는 이게 돈이냐? 설마가 사람 잡는다지만 해도 이렇게까지 할 줄은 몰랐다."

"알도 까기 전에 병아리 숫자나 센 거지. 난 버얼써 이럴 줄 알았다. 사람을 이렇게 불한당 도척같이 끌고 온 놈들이 돈을 줘?"

그달의 월급명세서를 지상은 들여다보았다.

건강보험 1엔 50전. 퇴직적립금 3엔 85전. 거기에 국채회비가 34엔이나 되고 더 어이가 없는 것은 국민저금이라는 것이다. 이게 무려 52엔 30전이다.

거기에 료오히(寮費)라는 이름으로 방값까지 제하고 나니 어쩌면 이럴 수 있나 싶게 받는 돈에는 오직 한 자, 동그라미가 쳐져 있다. 현금 지급 0. 그게 전부다. 월급 전체가 85엔 37전인데 누가 이렇게 숫자를 잘도 꿰어맞췄는가 싶다.

모두를 그렇게 할 수는 없었던지, 월급 액수에서 이것저것 제하고 남은 우수리가 붙어 있는 사람들도 있었다. 그나마 전표로 주었다. 그것으로 배급이 있을 때 매점에서 담배나 청주를 살 수 있다고 했다.

회사 직영 탄광에서는 이미 사라진 제도였는데 징용공들에게만은 여전히 이것을 적용하여, 공제액을 빼고 몇푼 남는 돈도 현금이 아닌 이 전표로 대신하고 있었다. 숙사 밖을 나가 어슬렁거릴 시간도 없는데다 그럴 처지도 아니었기에, 어차피 돈이 있다고 해도 회사 직영 매점밖에는 물건을 살 곳도 돈을 쓸 곳도 없긴 했다.

한때 일본인들에게 있어 조선은 새로운 약속의 땅, 이민의 땅이었다. 동양척식회사를 앞세워 그들이 획책한 것은 일본인을 조선에 심는 일이었다. '조선에 건너가 대지주가 됩시다.' 일본 여기저기에 나붙었던 포스터의 문구였다. 가난한 일본 소작인들에게 조선은 번영이 약속된 땅이었고 신분 상승의 기회였다. 일본인 한 사람이 조선으로 이민할 경우 다섯 사람의 조선인이 땅을 잃고 유민(流民)이 되어 헤맬 수밖에 없다는 것은 그들과는 아무 상관없는 일이었다.

이렇게 되자 이번에는 조선사람들이 일본땅으로 몰려들게 되었다. 두 나라 백성들의 입장이 뒤바뀐 것이다. 땅을 잃어버린 채 노동자가 된 조선인에게 일본은 돈벌이가 가능한 희망의 땅이었다. 도일행렬이 늘어나자 1934년 일본 정부는 조선인 노동자의 입국을 금지했을 정도다. 일본으로 건너가 일자리를 얻는다는 것은 무력감에 빠진 조선인들에게 새로운 삶의 터전을 마련할 수 있는 기회의 하나였다. 조선에서의 광부 모집이 공식화되자 성황을 이룬 것은 당연했다. 조선으로 건너와 여관에 머물고 있는 일본인 모집책에게 신청자들이 몰려들었다.

그들의 호적사본을 훑어보고 청진기를 대보는 정도의 간단한 건강진단을 한 후, 도일이 결정된 전원에게는 종두 예방주사를 맞혔다. 이때 모집책들은 신청자들과 만나면 꼭 악수를 했다. 손아귀에 힘이 없거나 손이 보드랍고 말랑말랑한 사람을 제외하기 위해서였다.

튼튼한 몸과 무엇보다도 일본인에 비해 싼 임금은 일본의 사업주들에게는 더할 수 없는 매력이었다. 당시 조선인 광부의 임금은 일본인 광부의 절반을 조금 넘는 정도였다. 그러나 이 임금은 조선에서 그들이 벌 수 있는 돈과 비교하면 엄청나게 많은 액수였다.

독신자에게 숙식을 제공하거나 가족과 함께 정착하는 사람들을 위해 광산주가 운영하던 공동숙소가 나야(納屋)였다. 조선인 취업자들은 대부분 일본어를 모르는 사람들이었다. 이 때문에 광업소 직원들과 마찰이 잦아지자 조선인만을 따로 모아 조선인이 경영하는 나야가 생겨난다.

문제는 이 나야의 운영권에 있었다. 석탄산업이 이익을 내기 시작하자 탄광을 사서 단순히 투자만 하는 탄광주가 늘어나게 된다. 그렇게 해서 채탄 경험이 많고 광부들을 통솔할 수 있는 능력을 가진 사람에게 일체의 운영을 맡기는 경영의 삼중구조가 생겨난다. 광산주로부터 탄광 운영 일체를 위임받고 광부 모집에서부터 임금 지급, 생활까지를 책임지게 된 나야 주인들을 두령(頭領), 일본말로 토오료오라고 불렀다.

광부들에 대한 착취수단이자 두령들의 중요한 수입원이 된 것은 우리깐바(賣勘場)라는 탄광 직영매점이었다. 두령들은 저마다 돈 대신 사용할 수 있는 사전(私錢) '나야껜'을 만들어서 임금으로 지불했다. 일반 상점에서 통용될 리 없는 이 나야껜을 돈 대신 받은 광부들은 어쩔 수 없이 두령이 경영하는 우리깐바에서 질 낮고 값비싼 생필품을 살 수밖에 없었다.

일본으로 건너온 조선인 광부들은 점차 일본어가 능숙해지자 스스로 나야를 경영할 것을 꿈꾼다. 이들은 조선으로 건너와 농촌을 돌면서 광부들을 모집해 일본으로 데려간다. 우선 고향 사람들을 설득했고 그렇게 해서 일본으로 가게 된 사람들은 또 자신의 친인척을 찾아가 함께 일하러 갈 것을 권해, 마을 단위 혹은 가족 단위로 떠나는 행렬이 늘어난다.

광부 확보에 성공한 이들은 100여명씩 조선인 광부들을 거느리면서 자신이 직접 나야를 운영하는 두령이 된다. 이어서 계약기간이 만료되어도 고향으로 돌려보내지 않는 강제적인 기간 연장이 빈번해졌다. 이들 조선인 두령들의 생활은 부유했다. 그들은 두루마기나 치마저고리 같은 한복을 입지 않고 양복 아니면 일본옷을 입고 생활했다.

그러나 조선인 두령들이 나야를 운영하던 탄광은 산을 헐면서 석탄을 캐는 수평갱도의 노천탄광이 대부분이었다. 지하로 뚫고 내려가는 채탄방식으로 탄광이 근대화되면서 노천탄광은 빠르게 폐광을 맞을 수밖에 없었다. 이미 평생 먹고살 재물을 모은 조선인 두령들은 자신들의 발 빠른 해외진출과 재정적 성공에 스스로 감격했다. 폐광을 맞은 이들은 일본인 탄광주와 기술자들의 이름을 커다란 돌에 새겨 사은비를 세웠고, 내선융화를 빛낸 표본으로 칭송했다. 그 비석의 어디에도 일본 탄광에서 피와 땀을 흘린 조선인 광부들의 희생과 공헌을 기리는 글은 없었다.

전시체제로 들어선 일본의 탄광업계가 국가적인 지원 아래 강제로 끌어오는 징용공들로 노동력을 대신하면서 사태는 급변했다. 한때는 서로 오고 싶어했던 일본 탄광이 목숨을 부지하기조차 힘든 지옥, 가혹한 노동과 착취의 마당이 되어버렸던 것이다.

지상은 월급명세서를 자신의 사물함인 나무통 속에 집어넣었다. 우석이 다가왔다.

"찢어버리지 그건 뭐하러 신주단지 모시듯 거기다 넣니?"

"월급도 받고 저금도 하고… 집에 가면 마누라한테 자랑하려구."

지상의 얼굴에 쓸쓸한 웃음이 감돈다. 우석이 말했다.

"가자. 이러고 있지 말고."

"어딜?"

"월급날이잖아. 성식이 말로 하자면 뭐라더라, 돈 나오는 날은 광부들이 때려먹는 날이라면서? 꼴에 우리도 광부 아니냐."

지상은 어이가 없다. 이 친구의 이 여유는 어디서 나오나. 차라리 그런 그가 부럽다.

"뭘로 때려먹냐?"

"나 돈표 있다."

우석이 전표를 흔들어댔다. 그게 몇푼어치나 된다고, 그걸로 살 게 뭐 있으랴. 지상은 차라리 고향에서 올 때 가지고 온 돈을 조금 헐자는 생각을 한다.

"가자. 매점에 가서 센베이 과자라도 사 씹지 뭐."

우석이 말하며 지상을 일으켜 세웠다. 둘은 숙사를 나와 매점 쪽으로 걸었다. 으스스 춥다. 이곳 겨울은 겨울이랄 것도 없이 지나간다고 했지만 입은 것이 너절하니 한기를 안 느낄 수가 없다.

매점 앞에서 우석이 물었다.

"쯔루메(말린 오징어)나 하나 살까."

"한달 일해서 겨우 쯔루메 하나 사서 씹니? 그건 너무 슬프다."

"그럼 물 한 그릇 떠놓고 제사라도 지내지 뭐, 쯔루메랑."

"오징어 놓고 제사 지내는 집도 있냐. 그나저나 너 술 좋아하지? 날도 날인데 내가 한잔 살까?"

"네가? 전표도 하나 없이 땡인 네가?"

"산다면 사는 거지 왜 이래. 나 돈 있다."

"꿍쳐온 돈이 있으시다, 그 말이구나. 친일파 소리 들을 만도 하시네."

"너도 참 고운 말만 잘도 골라 쓴다. 하여튼, 마셔 안 마셔?"

지상이 주머니에서 만지작거리던 돈을 우석의 손바닥에 올려놓으며 말했다.

"네가 골라라. 난 술을 몰라서."

우석이 중얼거렸다.

"술을 산다고 해도 그걸 어디 가서 마시냐. 사람들 눈이 있는데. 우리 둘이서만 홀짝댈 일도 아니고."

그래도 섬에 들어와 처음으로 술을 사기는 샀다. 둘은 마른오징어와 술을 들고 사람들 눈을 피해가면서 방파제 밑으로 갔고, 명국을 부를 생각을 했지만 생각해보니 그는 오늘 밤일이었다.

먼저 한모금 마시고 난 우석이 부르르 몸을 떨면서 지상에게 병을 돌렸다.

"딱 한모금만 마셔볼게."

"마시면 마시는 거지, 마셔보는 건 뭐냐."

술을 홀짝거리는 우석의 옆에서 지상은 오징어를 씹었다. 우석이 술병을 지상에게 내밀었다.

"됐어. 나 정말 술 못해."

"왜? 너 술 마시면 우니?"

"울긴. 얼굴은 시뻘겋게 달아오르고 가슴은 벌렁벌렁 뛰고, 그러다 괴롭고… 졸리고."

우석이 지상의 무릎을 탁 쳤다.

"바로 그거야. 그러자고 술 마시는 거야. 그게 술맛이야."

"그 맛 모르고 살란다."

한모금씩 술을 마시면서 우석은 말이 없어졌다. 오징어를 씹으며 지상도 말이 없었다. 조금씩 추연해지면서 지상이 말했다.

"요즈음 난 겁이 난다."

"뭐가?"

"이러다가, 그냥 여기서 길들어버리면 어쩌나 싶어. 사는 게 다 이런 건가. 그게 두려워."

"사람이란 게 호랑이를 보면 무서워하지만 호랑이 가죽을 보면 탐을 내는 거다. 무슨 일에나 양면이 있는 거야."

"그럴까. 난 요즈음… 이것저것 다 포기하자는 생각만 든다."

"포기라… 그건 배추 셀 때나 쓰는 말이다. 약해지지 마."

"약해지지 않으면?"

"저질러야지. 무슨 수를 내든 이렇게 끝날 수는 없지."

순간 지상이 우석의 말을 끊으며 옆구리를 당겼다. 몇사람이 큰 소리로 떠들며 지나가고 있었다. 일본말들을 쓰고 있었지만 지상은 그들이 조선사람임을 알아보았다. 일찍이 모집책을 따라 일본으로 건너온 조선 광부들이었다. 우석은 그들이 향하는 비탈길 위의 아파트를 노려보듯 올려다보았다.

"저 인부들을 부러워하는 애들이 많더라. 탄을 캐는 건 같은데, 저쪽은 취직해서 돈 받으며 캐니까. 처지가 달라도 너무 다르잖아."

둘은 다시 말이 없어졌다. 멀리 드높게 치솟은 야구라에서 불빛이 깜박거리고 있었다.

우석이 말했다.

"저 사람들은 돈 때문에 일하지만, 난 달라. 난 분해서 일한다. 분해서 탄 캐고 분해서 잠을 자."

우석의 얼굴이 차갑게 굳어 있었다.

"분노 때문에."

지상은 그가 한 말을 소리 없이 되뇌었다. 분노. 분노 때문에 탄을 캐고 분노로 잠을 잔다. 멀리 방파제 너머 바다로 눈길을 보내며 지상은 처연한 생각을 한다. 분해서 잠을 자고 분해서 밥을 먹는가, 친구여 너는.

지상은 스스로에게 물었다. 나는? 나는 무엇으로 탄을 캐고 무엇으로 밥을 먹는가. 왜 나는 서러움밖에 없는가.

그날 밤의 일이었다. 숙사에는 또 한바탕 소란이 일었다.

무언가가 목덜미를 간질인다는 생각에 지상이 잠결에 턱밑으로 손을 가져갔을 때였다. 뭉클하고 만져지는 것이 있었다.

"뭐야!"

지상이 소리치며 몸을 일으켰다. 희미한 불빛에 뭔가 모포 위로 나뒹구는 것이 있었다. 그가 모포를 털어내자 짚신만 한 쥐 한마리가 튕겨올랐다가 나가떨어졌다.

"이게 뭐야. 쥐! 쥐다 쥐!"

다다미 바닥 위를 비치적거리며 내빼는 쥐를 바라보자니, 쥐가 입술도 밟고 다니고 목덜미를 감듯 지나다니기도 했던 게 느껴진다.

하나둘 잠자던 사람들이 몸을 뒤치거나 일어나 앉았다.

"뭐 이런 사람이 다 있어. 다 큰 사람이 쥐한테 놀라고 그래."

"쥐라구? 그거 아까부터 내 옆에서 기어다니던데."

"야 네 입으로 들어갔던 쥐, 저어기 가신다."

"아 씨발, 잠 좀 자자."

머리를 긁적거리며 투덜대고 나서 다시 자리에 눕는 사람들을 지상은 멍하니 바라보았다. 쥐가 내 얼굴에서 놀았다는 소리다. 쥐가 밟고 다닌 입술을 손등으로 문지르는데, 쥐한테 물렸는지 발톱에 할퀴었는지 따끔따끔 쓰리다.

지상은 방을 나왔다. 밖으로 나서니 캄캄하게 어두운 바다와는 달리 저탄장 부근 불빛이 휘황하다. 보름이 가까웠는가, 지났는가. 달이 밝다.

숙사 천장이 쥐 오줌으로 얼룩져 있긴 해도 쥐가 잠자는 얼굴을 기어다니다니. 갱 안으로 가지고 들어갔던 밥통에 팔뚝만 한 쥐가 들어 있었다는 이야기야 들었지만, 내 목덜미에 쥐가 드러눕다니. 쥐새끼 하나에도 놀라 자빠지게 내가 진이 빠져 있구나 생각을 하니 피잉 눈물이 돈다. 힘든 하루하루, 숨을 쉬고 있으니 사람이지 내 목덜미를 기어다닌 쥐새끼보다도 못한 내가 아닌가. 쥐새끼야 저 가고 싶은 길을 갈 수나 있다. 그도 못 하는 나는 뭐란 말인가.

퉤퉤. 침을 뱉으며 또 입술을 닦아내는데 치솟아오르는 말이 있다. 이건 사는 게 아니다. 사는 게 아냐. 왈칵 눈물이 쏟아질 것만 같다.

당신이 보내주신 편지가 구겨져 있기에 어제는 하릴없이 앉아 그 종이에 다림질을 했답니다. 꺼내 읽고 또 읽느라 닳기는 하더라도 구겨지는 건 싫었습니다.

그때 생각했지요. 당신이 돌아오실 날을 기다리는 건 어려운 일이 아니라고 말입니다. 기다림이 있다는 건, 그렇습니다, 희망이 있다는 걸 의미하기 때문입니다. 당신과의 나날 속에 함께했던 그 소중한 일들을 샘물을 손으로 퍼올리듯이 가슴속에서 떠올려가면서, 저는 저 어느날에 다가올 그 만남을 기다리며 늠름하게 있으렵니다.

아이는 씩씩합니다. 저도 보지 못한 아이지만 하루에도 몇번씩 발길질을 합니다. 그때마다 당신을 떠올립니다. 이렇게 우리들의 아이가 자라고 있다는 것이라도 당신이 힘든 일을 겪어내는 데 도움이 되었으면 합니다. 철없는 아녀자의 생각일까요. 그리고 이 마음을 전해드리고 싶었습니다.

여자가 하는 말이라 생각하지 마시고 이거 하나만은 꼭 기억해주시기 바랍니다. 언제 무슨 일이 있더라도 저를 잊지 말아주세요. 무얼 처음 보거나, 무얼 처음 만날 때면 제 얼굴을 떠올려주시기 바랍니다. 이쪽에 서야 하나 저쪽에 서야 하나, 이게 옳은가 저게 옳은가, 그런 결정을 해야 할 때도, 꼭 제 얼굴을 한번만 떠올려주십시오. 그러고 결심하시길 바랍니다. 저도 당신과 함께 있고 함께 간다고 생각하시면서 말입니다.

읽고 난 편지를, 붓글씨처럼 흐르는 듯한 서형의 글씨를 내려다보며 지상은 미동도 없이 앉아 있었다. 절벽 위였다. 철썩이며 부서지는 파도소리가 물을 퍼붓듯 다가왔다. 지상이 서형의 편지를 접었다. 접은 편지를 접고 또 접었다. 편지가 손바닥에 잡히게 조그맣게 되었을 때 지상은 고개를 들었다. 으아아아 소리치며 하늘을 향해 고개를 들었다. 통곡처럼 울부짖는 소리가 파도소리에 실려 함께 부서지고 있었다.

사람의 결심은 작은 것에서 온다. 결심이 크고 굳다 해서 그 시작도 큰 것에서만 오지 않는다. 작은 씨알이 크게 자라 줄기를 뻗고 가지를 치며 솟아오르는 것처럼, 결심도 그 시작은 작은 씨앗이었다.

쥐가 그랬다. 지상이 몸을 털고 일어서도록 불러일으킨 건 쥐였다. 목덜미를 간질이며 입을 타고 나가던 쥐의 그 발톱을 그는 결코 잊지 못했다. 결심은 거기서 시작되었다. 그 결심을 서형의 편지가 안아올렸다.

밀려왔다가 부서지고 또 부서지는 파도를 내려다보며 지상은 서형에게 말했다. 어떻게든 이 섬을 빠져나간다. 쥐가 밟고 가는 나를 여기 이대로 처박아둘 수는 없다. 목숨을 건다, 서형아. 알겠니.

다음 날도 또 그다음 날도… 엄지발가락이 갈라져 있는 지까따비, 쪽발 작업화를 무슨 부적처럼 꺼안고 지상은 때가 되면 갱으로 내려갔다. 접수부에서 캡라이트를 받아드는 그의 옷은 여기저기 기워서 남루했다. 그러나 서툰 바느질로 기운 옷이나마 지상은 빨래를 미루지 않았다. 기댈 곳 없이 허전한 마음을 그렇게 견디어낼 수밖에 없었다. 빨래를 하는 무심한 마음도 때로는 자신의 허접한 하루하루를 견뎌내는 힘이 될 수 있다는 생각이 들었다.

온돌이 아닌, 난로 하나에 다다미 위에서 지내야 하는 하시마의 밤은 추웠다. 잠들지 못하는 밤이면 그는 하다못해 신발이라도 빨았다. 난롯가에서는 언제나 그의 옷이 마르느라 떠나지 않았다. 그렇게 시간을 보내지 않을 때면 지상은 늘 혼자였다. 말이 없어져갔고, 방파제에 올라 먼바다를 바라보는 일도 없어졌다. 헐벗고 서러운 거야 어디 사라지겠는가. 앙금처럼 가슴 밑바닥에 가라앉았다가 때 없이 팔뚝처럼 솟아오르고 부옇게 들고일어나는 저 억울함을, 지상은 어떻게도 달랠 길이 없었다.

내 꼴이 꼭 저무는 강가에 신발 벗어놓고 앉아 있는 형상이로구나. 갈 길은 멀고 날은 저무는데, 강에는 나룻배도 사공도 없다. 그러나 그때마다 지상은 고개를 저으며 이를 악물었다. 때를 기다리고, 그 때를 만들어야 한다. 밖은 고요해야 한다. 그러나 내 안은 한순간도 끊임없이 출렁여야 한다.

그렇게 겨울이 오고, 그 겨울이 갔다.

계절이 오고 가는 변화를 느낄 수 없는 나날이었다. 몸을 뒤치면서 죽음 같은 잠을 자고 배고픔 속에 탄을 캐러 내려가는 날들 어디에도, 사라져가는 가을의 뒷모습도, 찾아온 겨울의 살을 에는 싸늘함도 없었다.

나가사끼의 날씨가 더욱 그런 것을 느낄 수 없게 했는지도 모른다. 한두번 눈이 내렸을까. 그것도 하시마를 쓸고 가는 바닷바람에 날리다 말았을 뿐이다. 날씨도 강원도의 그 탱탱 얼어붙는 겨울이 아니었다. 나가사끼의 겨울은 따듯했다. 서쪽에서 흘러와 북쪽 해안을 쓸듯이 지나가는 쓰시마 난류의 영향 때문이었다. 그러나 바다만은 겨울로 접어들며 언제나 거칠었다.

지상이 기억하는 겨울은 아침에 세수를 하고 들어오다가 쇠 문고리를 잡으면 손이 쩌억쩌억 들러붙던 강원도의 겨울이었다. 얼음이 얼지 않는 하시마의 따듯함은 그래서 조금은 위안이 되었다. 그러나 그것도 숙사에서 갱으로 내려가기 위해 지옥문까지 걸어갈 때뿐이었다. 갱 안에서는 12월에도 1월에도 여전히 땀이 흘렀고, 숨이 막혔다.

아내에게서 오는 편지로 아 가을이 갔구나, 소양강에 물안개가 가득하겠구나, 생각했다. 겨울이 왔다는 소식에, 봉의산 자락에서는 나무들이 고슴도치 등짝처럼 잎 떨어진 가지들을 하늘을 향해 뻗어올릴 테고, 장끼가 때 없이 날아오를 테고, 오봉산도 삼악산도 허옇게 눈을 뒤집어쓰며 몸을 떨겠구나 생각했다. 그렇게 지상의 겨울이 갔다.

지상은 숙사 앞에 앉아 땅바닥을 내려다보고 있었다. 명국도 옆에 앉아서 말이 없었다. 나무막대기로 땅바닥에 무언가를 긁적거리다가 지상이 말했다.

"여기서 이러다가, 우리 다 죽지 않겠습니까."

그의 목소리는 낮았다. 말을 받는 명국의 목소리는 더 낮았다.

"사람이라는 게, 다 한번은 죽지."

"말장난을 하자는 게 아닙니다."

"내 말이 장난 같은가."

명국이 지상을 가만히 바라보았다. 마치 손에 쥐고 있던 모래알들이 손가락 사이로 빠져나가는 듯한 순간이 지나갔다.

명국이 일어섰다.

"좀 걷겠나? 바람이나 쐬지."

둘은 어슬렁거리며 걸어서 방파제 위로 올라갔다. 파도는 없었다. 멀리 노를 젓는 배 하나가 육지를 향해 나아가고 있었다. 바다를 바라보며 서서 명국이 말했다.

"죽지 않으면 여기서 뭘 어쩌겠나? 자네 눈빛만 봐도 다 알아. 몇 달 됐다고 허튼 생각인가."

"허튼 생각이라니요?"

"다 알아. 도망을 치자는 거겠지."

잠시 후 지상이 말했다.

"이건 사람이 사는 게 아닙니다."

"아닌 걸 누가 모르나. 그렇다고 어쩌겠나."

명국이 천천히 고개를 숙였다. 죽어나간 삼식이 이야기를 해주고 싶었다. 미쳐서 날뛴 태복이 이야기도 해주고 싶었다. 그게 도망이다. 나는 그 끝을 본 사람이다. 그러나 명국은 입을 다물며 돌 위에 올라앉았다.

"하시마에는 길이 하나야. 갱으로 들어가고 나오는 길, 그것밖에 없다네. 여기서 보자면 바다 저쪽이 조선이지."

조선. 우리들의 고향. 언젠가는 돌아가리라 이를 악물지만, 그 언제라는 때가 언제나 올 것인지 누구도 모른다. 어째서 내가 마음에 들어하는 녀석은 모조리 도망칠 생각만 하는지 모르겠다. 명국이 짧게 한숨을 내쉬며 손에 닿을 듯 바라보이는 노모반도 쪽으로 고개를 돌렸다.

"배가 없으니 먼바다로 나갈 수도 없고, 헤엄을 친다면 저쪽 해안인데, 눈앞에 보이니 쉬울 것 같지만 조류가 이상하게 거친데다 먼바다로 흘러서 헤엄쳐도 그쪽 방향으로 나가지지가 않는다는 거야. 물건 싣고 들어오던 중국배가 그래서 수도 없이 가라앉았다는 거 아닌가."

이미 네 마음을 다 알고 있다는 듯, 중간을 훌쩍 뛰어넘어 명국은 도망칠 방향을 이야기하고 있었다.

"힘든 이야기만 골라서 하시는군요."

명국이 희미하게 웃었다.

"이래서 내가 얘기를 안 하려고 했는데… 헤엄쳐 나가다가, 결국 물귀신이나 면하면 잡혀오는 거지. 잡혀올 바에는 죽는 게 낫네. 그렇게 헤엄쳐 나가려다가 맞아 죽고 끌려오는 시체가 한해 대여섯은 된다. 아나, 이 사람아? 얼마나 많은 조선사람이 그렇게 죽어갔는지."

지상이 입술을 깨물면서 물었다.

"결국, 아저씨 생각은 뭡니까? 탈출 같은 건 생각도 말아라, 그건가요?"

지상의 물음에 명국은 다른 소리를 했다.

"도망가다가만 죽나. 참다못해 물에 빠져 죽은 사람도 있지."

명국이 숙이고 있던 고개를 들었다.

"차라리 죽어버릴까 생각한 사람이 여기 하나둘이겠나. 자네는 왜 그렇게 쉽게 생각을 하나."

천천히 몸을 일으킨 명국이 지상을 마주 보며 섰다. 그의 눈이 간절하게 지상을 바라보고 있었다. 천천히 명국의 손이 나와 지상의 팔을 잡았다.

"그래서, 섬을 빠져나가겠다는 각오야?"

지상이 고개를 끄덕였다. 서로의 눈길이 얽히는 사이, 침을 삼키며 지상은 목이 아팠다. 명국이 말했다.

"함께, 가겠나, 나랑?"

지상이 놀라며 눈을 커다랗게 떴다. 바다가 뚫리면서 길이 열리듯 무언가가 두 사람 사이에서 뻗어나와 서로에게 엉키고 있었다.

아니, 벌써 늙을 나이도 아닌데 이게 뭐여. 오줌소태도 아닐 텐데 새벽이면 오줌통이 탱탱해져서 잠을 깨니. 명국은 변소를 나오며 새벽바람에 몸을 떨었다.

고개를 드니 와스스 쏟아져내릴 듯 하늘에는 별이 가득했다. 별은 다를 것 없구나. 고향집 마당에 멍석 깔고 앉아 쑥불 놓고 바라보던 별이나 아무것도 다를 게 없어. 별은 하나같은데 이건 무슨 기구함이란 말인가.

오랜만에 밤하늘을 쳐다보자니 이런저런 생각이 연기처럼 가슴 바닥에 깔린다. 해 지는 저녁이면 하루살이 날아다니는 밭둑을 깔고 앉아 늘 생각하지 않았나. 농투성이 신세를 언제나 면해보나. 그랬는데, 겨우 여기까지 흘러와서 밤하늘을 본다.

그는 스스로에게 중얼거렸다. 그때나 이제나 농사꾼이라는 게 바라볼 건 하늘밖에 없지 않던가.

농사꾼은 속이질 못하지. 오고 가는 절기를 누가 속이며, 어떻게 막는단 말인가. 한식 때면 비단개구리 바각바각 교미해서 알 낳느라 울고, 청명 곡우 되면 무슨 약속이라도 된 듯 들판의 색깔이 바뀌지 않던가. 어디 그뿐인가. 얼추 말복 넘어서는가 하면서 입추 되면, 그것참 조홧속이지. 새벽에 나가봐. 논둑길 걸어가자면 어느새 정강이에 와닿는 이슬이 어제하고 다르거든. 그게 얼마나 황홀한 일이던가.

때 가고 시절 가는 그 절기랑 내가 같이 사는구나, 하는 넉넉함이 있어서 베잠방이 숭덩숭덩 걷어올리고 한여름에 피사리를 해도 마음은 저수지 제방 위에 서 있는 백로 같지 않았던가. 홀연히 찾아오는 그 절기의 기막힘이 그렇게 좋았는데.

그렇게 살지 왜 뛰쳐나와 여기저기 떠돌다가 이 꼴이 되었나, 명국은 곰곰 생각한다. 그랬다. 명색이 농사꾼인데 일년 내내 버르적거려도 공출이다 뭐다 바치고 나면 내년 추수까지 기다릴 양식이 없는데, 그게 어디 사람이 할 노릇이던가. 개미도 비 오려고 하면 이리 기고 저리 기는 거라네. 비 오려고 하면 제비도 낮게 나는 거라네. 다 저 먹을 것 제가 챙겨두려고 하는 노릇들이 아니겠어. 그런데 농사꾼이 가을걷이를 해도 겨울날 먹을거리가 없다니.

부모가 피 섞고 살 섞어서 버젓이 불알 두쪽 채워 사내로 세상에 내놓았으면 그게 다 제 몫을 하라고, 제 구실을 하라고 하신 일이 아니겠나. 그런데 조선땅에서 농사꾼이 불알 두쪽 차봐야 무슨 구실을 하더냐 그 말이지. 처자식 밥 굶기며 사는 걸 팔자로 돌려라, 그 말인가. 아서라 이 사람아.

생각하면 다 헛일. 부역이네 공출이네 이리 치이고 저리 시달리고, 시커멓게 기미 낀 얼굴로 감자 한톨이라도 더 거둬들이겠다고 바가지로 들이붓듯 땀벼락을 맞아가면서 밭고랑을 기고 있는 여편네 꼴이 그게 사람 속을 가지고야 눈뜨고 보아넘길 일이던가. 애새끼들은 또 어땠나. 누렇게 부황이 들어서 황토마당에 쭈그리고 앉아 제가 싸놓은 오줌이 햇볕에 마르는 걸 내려다보고 있는 꼴, 차마 바로 보지 못하고 눈을 돌릴 때 가슴 미어지던 일, 그걸 어느새 다 잊었다 그 말인가.

한이 남는구나. 실한 농사꾼, 된 농사꾼, 배운 건 그거밖에 없네. 모내기철이면 소에 연장 얹어서 써레질할 땐 번쩍번쩍 날지 않았

나. 소나기 내리쳐도 꼴짐 하나는 실하고, 품앗이를 가도 남의 집 일이라고 건성 넘기질 못해 뒷설거지까지 하고 손을 털어야 직성이 풀렸는데.

그러나 다 허튼소리다. 난 속아 산 거다. 세월이 이럴 때는 물에 떠가는 가랑잎처럼 그렇게 살아야 하는 거였어. 아무것도 속이질 못하는 게 농사일인데, 그렇게 뼈가 익은 놈이 이런 드난살이 같은 세상에서 견딜 주제가 아니었던 거지.

두 팔로 가슴을 껴안아 웅크린 채 숙사로 돌아가던 명국은 이런 젠장맞을, 혼잣말을 하며 외등 밑에서 걸음을 멈추었다. 갈매기가 낮게 날며 발 앞에 똥을 갈겼던 것이다. 하마터면 신새벽부터 똥벼락 맞을 뻔했잖아.

"아따, 놀래라."

모퉁이에서 불쑥 조선말이 들려왔다. 놀라기는 명국도 마찬가지였다.

"누구시오?"

"누구면. 소피보러 가는데도 본관 찾고 통성명하자는 거요? 무슨 사람이 인기척이라도 하며 다니든가. 도적질을 하는 것도 아니겠는데 소리도 없이 다니고 그려. 놀랬으니 놀랬다고 하는 거고, 그러면 미안스럽게 됐수다, 한마디 하면 되는 거지."

저벅저벅 사내가 변소로 향했다. 별놈 다 보네. 명국은 숙사로 들어섰다. 일본사람만일까. 곁에서 거치적거리면서 편한 날 없이 만들기는 조선사람이라고 다를 게 없다.

자리에 와 누웠지만 잠이 올 것 같지 않다. 왜 이 모양인가. 구순하게 넘기는 날이 하루도 없다. 그저 저 잘났네, 너 못났네. 쉴 날이 없이 조선사람끼리 아옹다옹이고 여차하면 여기저기서 투덕투덕 손찌검들이 오간다. 그뿐인가. 경상도는 경상도끼리, 평안도는 또 평안도라고 서로 편을 가른다. 웬수 잡것들. 그 꼴들 보기 싫어서 혼자 떨어져 있으면 또 그걸 가지고 시비다. 자넨 뭐가 그렇게 잘나서 혼자 빙빙 도느냐 한다.

잠을 자둬야지. 잠이 약인데. 눈을 감으면서 명국은 몸을 구부리며 모로 누웠다. 그러나 잠을 자려고 하면 할수록 정신은 점점 더 말똥말똥해진다. 순간 지상에게 했던 말이 송곳처럼 솟아오른다. 함께 가겠냐고 물었다. 탈출. 내 맘에서도 그게 자라고 있었단 말인가.

12

어머님,

기체후일향만강하시옵나이까. 소자 지금 나가사끼에 와 있사옵니다.

아버지를 찾아서 여기까지 오는 동안의 겪은 다사다난을 어찌 다 아뢰올 수 있겠사옵니까. 하오나, 소자는 일구월심 아버님을 찾는 일을 계속할 것이옵니다. 여기 와서 육손이라 하는 사람을 만났는데, 이 사람이 아버지를 가장 근일간에 만난 사람이었습니다. 하오나 여전히 행방은 찾을 길이 없어, 우선은 이 사람이 주선해준 일자리에 거처를 정하고 있는 몸입니다.

여기 오니 대일본제국이 과연 대단하구나 하는 것이 일목요연합니다. 산을 뚫어 굴을 파고 거기에 콘크리트를 해 박는데, 단단하기가 요지부동이고 바위 같습니다. 폭탄에도 끄떡없을 거라는 말들을 하는데, 그건 소자의 생각도 동일합니다. 후일 무기공장이 설치된다고 하지만 아직은 다만 굴을 파는 일만 독려할 뿐, 무슨 공장이 들어설지는 파는 저희들도 모르는 일이옵니다.

또한 인근에는 군함 만드는 미쯔비시 군함 제작소가 있사옵니다. 거기에 아버님이 계실지도 모른다는 전언을 듣고 찾아갔었습니다마는, 아버님 함자를 대어도 아무도 아는 사람이 없었습니다. 세월은 유수 같아서, 여기까지 오기는 했습니다마는 아버님 계신 곳은 종잡을 수 없이 하루하루 지낸 것이 여름을 넘기고 어느새 가을도 중추지절이 지나가고 말았습니다.

편지를 쓰던 손을 놓고 길남은 벽에 기대 앉았다. 강수가 어슬렁거리며 길남의 옆에 와 앉았다.

"편지 쓰냐?"

길남이 그를 흘긋 올려다보았다. 사람새끼 눈이 왜 저렇게 찢어졌어. 가로만 알고 세로는 모르는구먼. 길남이 그의 눈매를 보며 이맛살을 찌푸렸다. 강수도 마땅찮은 눈으로 길남을 본다.

"그게 편지라는 거냐? 내 눈에는 꺼먼 건 글씨고 흰 건 종이로밖에 안 보인다만."

"왜 자꾸 이러는 거야?"

그를 쳐다보는 길남의 눈꼬리가 흔들렸다.

"어쭈, 니가 똑바로 쳐다보면 어쩌겠다는 거냐?"

"똑바로 쳐다보고 어쩌고가 아니라, 가만히 있는 사람한테 불문곡직 시비를 걸고 들어오니 말이지. 너 왜 사사건건 내 옆을 돌며 이러는 거냐?"

길남은 천천히 쓰고 있던 편지를 접었다. 길남이 자신의 물건들을 넣어두는 작은 나무상자를 열어 쓰다 만 편지와 연필을 챙겨넣는 사이 강수는 빙글빙글 웃으며 주변을 둘러보고 나서 말했다.

"이 자식 말하는 것 좀 봐. 내가 언제 네 곁을 돌아, 돌긴."

옷을 꿰매고 앉았던 정서방이 뒤쪽에서 저 사람들이 뭐 하는 거야 하는 눈으로 그들을 바라보았다. 일어서서 방을 나가는 길남의 뒷모습을 보며 강수가 주먹을 쥐었다.

조는 듯 뒤쪽에 앉아 있던 김씨가 한마디 했다.

"왜들 그래?"

"자식이 맨날 잘난 체해가지고."

"어디가 잘났다는데?"

"졸다가 봉창 두드리네. 아저씨는 몰라도 돼요."

밖으로 나온 길남은 마당을 걸어나와 어둠 속에 서 있었다. 저 자식이랑 한번 붙어봐? 싸움에 자신이 있어서가 아니었다. 하루 이틀도 아니고, 보기만 하면 말살에 끼어들어 시비를 거는 강수를 대하며 언제까지 이렇게 지내야 할지 막막했다. 내가 저보고 밥을 달라나 옷을 달라나. 사람도 참 가지가지라니까.

어둠 속에 서 있는 길남에게 다가서는 사람이 있었다. 며칠 전 발파작업장에서 일을 하다가 다리를 다친 송씨였다.

"어디 있나 했더니, 여기 있었구먼."

그가 다가서며 길남의 손을 은근히 잡았다.

"고마워. 자네가 써준 편지를 받았는지 소포가 왔더라."

"잘됐네요. 그럼 소액환 20엔도 받았겠는데요."

송씨가 갱지에 싸서 흰 실로 묶은 뭉치 하나를 내밀었다.

"뭐예요, 아저씨?"

"내 맘이여."

뭐가 종이뭉치가 딱딱하다.

"쯔루메여. 어디 잘 됐다가 심심풀이나 해."

"뭐 이런 걸 다 챙기세요."

오징어를 받으면서 길남은 고개를 끄덕였다. 이 사람이 뭘 모르네. 내가 물건으로 받지 않고 편지 한장에 얼마라고 돈으로 받기로 했는데.

다음 날, 서둘러 아침을 먹은 길남은 작업장으로 내려갈 준비를 했다. 숙사 쪽에서 송씨가 목발을 짚고 절뚝거리며 다가왔다. 웃으며 인사를 하는 그에게 송씨가 말했다.

"육손이가 널 찾더라. 거 육손이는 왜 툭하면 자넬 찾아다녀?"

"아저씨 또 육손이, 육손이 하다가 혼나시려고."

"이 사람아, 그럼 손가락이 여섯개인데 육손이라고 하지 뭐라고 하니."

"오야한테 그런 소리 하시다가 요전에도 맞을 뻔하셨잖아요."

"사람이 말이다, 멀쩡한 사람을 보고 병신이라고 해야 그게 욕이 되는 거지. 안 그러냐?"

길남이 주머니에서 모자를 꺼내 쓰며 웃었다.

"아저씨도 참. 앉은뱅이보고 앉은뱅이라고 놀리면 그럼 그게 욕이 아니고 뭐예요. 그런데 왜 날 찾는데요?"

"그거야 낸들 아냐. 똥이라도 한 바가지 퍼먹일라나 보지. 똥바가지가 따로 있냐? 재수 없게 발파작업 하는 데로나 나가라면 그게 바로 똥바가지지."

모르겠다, 똥바가지를 퍼먹이든 뭘 하든. 어쨌든 대장이 자주 찾는 거야 나쁠 게 없다. 길남은 마음을 가볍게 하며 육손이의 숙사로 향했다.

글을 모르는 인부들이 많아서 그것이 길남에게는 큰 도움이 되었다. 고향에서 오는 인부들의 편지를 읽어주기도 하고 그들의 편지를 대신 써주는 것만으로도 길남은 인부들 사이에 벌써 꽤 알려진 사람이 되어 있었다. 편지를 써주거나 돈을 부치는 일을 도와주면서 심심치 않게 인부들로부터 받는 돈도, 가랑비에도 옷은 젖는다던가, 조금씩 목돈이 되게 모였다. 처음에는 먹을 것을 사오던 인부들에게 기왕이면 맞돈으로 합시다, 하고 말한 것이 이제는 무슨 요금처럼 되어 있었다.

육손이는 아침을 먹고 있었다.

"이제 아침 드세요?"

"응, 어서 와라. 아침은 했냐?"

"그럼요. 천천히 드세요."

"이럴 줄 알았으면 아침을 같이할 걸 그랬구나."

방문 앞에 앉아 있던 길남이 말했다.

"저… 지금 작업 나가야 하는데, 무슨 할 말이신지 하시지요."

"작업? 괜찮다. 내가 감독한테 다 이야기해놓았어. 녀석, 서둘기는. 뭐가 그렇게 급해? 그냥 좀 앉아 있어라."

조금 전에 아침을 먹었다지만 길남은 육손이의 밥상을 보며 식욕을 느낀다. 나는 언제나 저런 밥상을 받아보나 싶다. 고춧가루가 벌건 김치까지 올라와 있다.

밥상을 물린 육손이는 담배를 피워 물고 나서, 길남을 지그시 바라보았다.

"네가 벌써 몇달 됐지?"

"아유, 그럼요."

"일이 힘들지?"

"저야 젊은데요. 그 정도 일이 힘들어서야 어디 사람 구실 하겠습니까."

"그 정도 일이라… 그럼 너 내내 그 일을 할래?"

"네?"

육손이의 말뜻을 몰라 길남이 고개를 들며 그를 가만히 바라보았다. 고놈 이마빡 한번 반들반들하네. 애가 약삭빠르게 생겨먹긴 했는데. 육손이가 입맛을 다셨다.

"네가 일을 제대로 하고 있다는 소리는 들었다."

"아, 네에."

"뭐든지 하려면 제대로 해야지. 우리 조선사람은 그게 잘 안돼. 그저 뭐든 얼렁뚱땅, 대충대충, 되는대로란 말이야. 차분하게 독을 쓰고 앉아서 끝을 보는 그런 맛이 없어."

중얼거리듯 말하고 나서 육손이가 물었다.

"너 장가도 안 갔다고 했지? 어째 그랬냐?"

별걸 다 묻는 게 이상하다는 생각을 하면서 길남이 대답했다.

"집안이 좀 어려워서요."

"아 집안 궁색하다고 장가도 못 가?"

사실은 장가를 들기는 했었다. 결혼이랄 것도 없이 그렇게 만나 살던 여자였는데, 해를 넘겨도 아이 소식이 없는데다 재주라고는 미련한 것밖에 없어서 길남이 쪽에서 이내 정이 떨어졌다. 어머니

232

하고도 사이가 좋지 않았는데, 어느날 나가더니 그길로 소식이 없었다. 잘됐다 싶었다. 그러지 않아도 일본여자 얻어서 사는 내선결혼에 늘 마음이 가 있던 길남이었다.

"기반 잡고 장가도 들려고 생각했었습니다."

"그래? 하긴 뭐 급할 것도 없지. 조선서야 며느리 데려다가 일 부려먹으려고 일찍 장가를 들이는 거지. 그거 못된 풍습이다."

사람을 시켜 오라고까지 해놓고 별말이 없는 육손이를 이상스레 생각하며, 길남은 육손이의 마음을 헤집고 들어간다.

"중국 거리에 계시는 부인이 미인이시라면서요?"

"넌 이 녀석아, 그런 건 또 어디서 주워들었어?"

"다 아는 수가 있지요."

"이놈이 아주 엉뚱한 놈이네."

육손이는 중국 절 숭복사 옆 골목에 일본여자 하나를 들어앉혀놓고 두 집 살림을 하고 있었다. 그 여자에게 푹 빠져 있는 육손이로서는 길남의 말이 싫지 않다. 육손이 담배를 끄고 몸을 바로 했다.

"너 조금 전에 기반이라고 그랬겠다. 기반을 잡고 장가를 가겠다, 응?"

"처자식 굶길 거면 장가들 생각은 말아야지요."

"그런데, 네가 그 굴이나 파고 있어서야 어느 세월에 기반을 잡어?"

이럴 때는 그냥 가만히 있는 거야. 길남은 아무 대답도 하지 않았다. 길남은 어느새 육손이가 자신에게 다른 일거리를 주려고 하는구나 생각하고 있었다. 주둥이질 잘못했다간 굴러오던 복도 날아간다.

육손이가 물었다.

"너, 하이까(配下)라는 말 들어봤니?"

그걸 모를 길남이 아니다. 하이까란 부하를 말하는 일본어였다. 부까(部下)라는 말보다도 이 말을 노동판에서는 많이 썼다.

"네, 압니다. 코붕(子分)을 두고 그렇게 부르지 않습니까. 테시따(手下)라고도 하고요."

"됐다 그럼. 굴 파는 데는 오늘부터 그만 들어가고, 내 옆에서 일을 해라."

"오, 오늘부터요?"

"그래. 잠자리도 사무실 쪽으로 옮기고. 감독들 방 옆에 마련을 해줄 테니까."

"고맙습니다. 정말 고맙습니다."

벌떡 일어선 길남이 육손이에게 이마를 박으며 큰절을 했다. 육손이의 눈길이 차갑게 그를 훑어본다.

"누가 아냐? 다 저 할 탓이지. 네가 잘 커서, 어디 공사판 하나 맡아서 하이까를 할 수도 있는 일 아니냐?"

하청의 재하청이라고나 할까. 오야붕(親分) 밑에서 일을 하다가 그 오야붕의 공사를 떠맡아서 독립하는 부하가 하이까였다.

"일본말 조선말 다 잘하는 사람이 하나 필요했는데, 잘됐다. 우선 일을 배워야 하니까 양곡 배당받고 부식 수령하고, 그런 일부터 할 테고. 너 상회에 있었다니까 장부 정리야 안 가르쳐도 할 줄 알 거 아니냐."

"고맙습니다, 오야붕."

어느새 육손이를 보고 오야붕이라는 말이 술렁술렁 나왔다. 육

234

손이가 일어섰다.

"가서 보따리 가지고 올라와."

"알겠습니다, 오야붕."

13

지상이 뒤를 돌아보았다.

"올라오니까 바람이 제법 세군요."

"내려다보게나. 이 높이가 얼만데."

섬의 맨 위, 신사에 올라가는 길이었다. 잠을 잘 거 아니면 우리 바람이나 쐬려. 그런 말로 지상을 부른 건 명국이었다.

둘은 계단 위에서 걸음을 멈추고 섬을 내려다보았다. 아파트 창문들이 벌집 같다. 지붕 너머로 섬을 둘러싼 옹벽 방파제가 휘돌아가고 파도가 하얗게 부서지며 바다가 펼쳐져 있다.

타까시마가 손에 잡힐 듯 다가선다. 오른쪽으로는 이따금 화장장의 연기를 뿜어올리며 잊힌 듯 엎드려 있는 섬 나까노시마가 있다. 멀리 컨베이어벨트에 가득 실린 석탄이 저탄장으로 옮겨지는 것이 아파트 사이로 내려다보였다.

우뚝우뚝 드높이 치솟은 야구라가 이쪽저쪽으로 바라보인다. 밑에서 쳐다볼 때는 그렇게 높고 아득하던 망루 모양의 야구라가 이제는 손에 잡힐 듯 눈앞에 있다. 높이가 섬 꼭대기와 나란히 보인다. 그렇게 싫어하는 야구라, 승강케이지를 오르내리게 하는 굵은 철선이 그 안에 가득하다고 했다. 밑에서 바라볼 때의 그 무시무시한 위압감은 올라와도 여전하다.

하시마 개발은 북쪽에 광부들의 주택과 복지후생시설 지구를 두고 남쪽 매립지에 채탄시설을 집중시키며 이루어졌다. 제2, 제3갱도 출입구를 두어 광부들을 지하로 실어나르는 우람한 야구라를 세운 곳도 그쪽이다. 갱도 굴삭작업에서 나오는 돌과 흙을 해안에 쏟아붓는 매립이 거듭되면서 섬의 면적은 3배 가까이 넓어졌다고 했다.

명국이 건물 하나를 가리켰다.

"바로 저기 보이는 저거 있지. 그 유명한 30호동이야."

"제일 처음에 지었다는 아파트군요."

눈으로 세어보니 7층이다. 일본 최초로 광부들을 위한 철근콘크리트 아파트가 세워진 것이 1916년이었다. 터는 좁은데 광부와 직원들을 포함한 상주인구가 늘어나자 어쩔 수 없이 짜낸 묘책이었다.

"지금은 광부들 사택인데, 내가 왔을 때는 하청회사의 밥집도 저기 들어 있었다네. 가운데가 뚫려 있지. 그거야 햇빛도 들고 공기도 통하니 좋다지만 이것저것 엉터리, 저 높은 걸 처음 짓다보니 그랬겠지만 아주 몹쓸 건물이야. 다다미 여섯장짜리 집에서 한 식구가 살아. 좁기가 밴댕이 콧구멍이지."

남의 집을 밴댕이 콧구멍이란다. 지상이 쿡쿡 웃었다. 우린 어떤데 그러세요. 밴댕이 콧등인가요. 지상은 그렇게 묻고 싶다.

"30호동이라고 부르지만 정식 이름은 일급주택이라네."

지상은 그 말을 제일 좋은 주택이라는 말로 알아들었다. 그러나 명국이 말한 일급(日給)이란 급료를 의미했다. 회사 직원들의 급료를 월급제로 바꾸면서도 광부들의 임금만은 여전히 매일 계산을 해주는 일당제였다. 일급을 받는 광부들, 그 가운데서도 가족이 있는 광부들의 사택인 그곳에는 관리직이나 사무직 직원은 살지 않았다.

이 최초의 아파트는 하시마의 이정표가 되어, 숲처럼 들어선 아파트를 찾아갈 때 30호동 옆건물이라거나 30호동에서 뒤로 몇번째 건물이라고 말하게끔 되었다.

"저쪽으로 보이는 게 66호동인데 저기도 광부들이 살아. 식구가 없는 홀아비 총각들이 합숙하는 데야. 저건 지은 지 몇년 안 돼."

그들이 서 있는 오른쪽으로 공사 중인 건물이 보였다.

"저게 내년에 다 들어서면 제일 큰 건물이 된다더라. 이름도 뭐 보국료(報國寮)라나. 듣자 하니 건물 꼭대기에다 옥상이라는 걸 만들고 거기 쬐꼬만 애들 다니는 학교를 만든대."

유치원인가보구나. 지상은 문득 춘천을, 자라고 있을 뱃속의 아이를 떠올렸다. 먼바다를 내다보았다. 아들이면 좋겠다는 생각이 들었다. 명국이 돌아서며 말했다.

"섬은 좁지 사람은 많지, 워낙 터가 없다보니 별짓 다 하는 거지."

앞서 올라가던 명국이 몸을 돌리며 키 작은 건물 하나를 가리켰다. 3층짜리였다.

"우리 목욕하는 데가 저기 저거라네. 8호동."

"아하, 그렇군요."

"저것도 20년이 넘은 거라지. 우리가 1층에서 목욕을 하니까 모르는 거지, 위에는 직원들 살림집이란다."

섬의 모습이 이처럼 변하면서 나가사끼의 『일일신문』은 이 섬의 모습이 일본이 자랑하던 군함 토사(土佐)와 닮았다는 르뽀 기사를 게재하기에 이르고, 이때부터 하시마는 군함도라는 새로운 이름으로 사람들의 입에 오르내렸다. 해마다 다가오는 태풍으로 섬의 피해도 끊임이 없었지만, 무너진 방파제를 다시 쌓으며 하시마는 그렇게 인공섬으로 모습이 바뀌어왔던 것이다.

둘은 다시 계단을 올라가기 시작했다. 꺾이고 또 꺾이는 계단을 뛰어올라 지상이 먼저 신사 앞에 섰다. 시멘트로 만든 토리이가 하늘을 배경으로 떠오를 듯이 서 있다. 문득 고향을 떠나던 날 춘천의 신사를 다 함께 찾아갔던 일이 떠올랐다. 가랑비 부슬거리던 그날 거기 서 있을 때는 이런 곳으로 끌려올 줄 어찌 알았으랴. 춘천의 신사에서 하시마의 신사까지, 그 사이에서 어둡게 꿈틀거리며 지나간 시간들이 꿈만 같다. 그래, 꿈이라 하자. 이런 악몽이 어디 있겠는가.

토리이 뒤편으로 돌을 쌓아 담을 둘러친 공터가 있고 맨 안쪽으로 누각이 있었다. 줄레줄레 늘어진 줄에는 소원을 비는 작은 종이쪽들이 매달렸고 정월 초하루면 소원을 적어서 꽂는 소나무판도 즐비했다.

지상이 주위를 둘러보다가 명국 옆으로 다가섰다. 그가 장난스럽게 귓속말을 했다.

"이거 하실 겁니까?"

그가 두 손을 부딪쳐 손뼉 치는 흉내를 냈다. 일본사람처럼 그렇게 참배를 할 거냐는 뜻이었다.

신사엘 가면 늘 만나는 일본인들의 모습이었다. 내려뜨려진 긴 줄을 당겨 방울을 달랑달랑 흔들어대고는 두 손을 박수 치듯 짝짝 마주치고 나서 그들은 고개를 숙이고 무엇인가를 빌곤 했다. 언제 보아도 낯설기 짝이 없는 모습이었다.

"물 묻은 치마에 땀 묻는 걸 꺼릴까. 여기까지 올라왔는데 뭐."

퉁명스레 말하고 나서 명국은 신사 앞으로 다가갔다. 그는 일본사람들이 하는 것처럼 방울을 흔들고 나서 손바닥을 부딪쳐 짝짝 소리를 냈다. 그가 두 손을 모으면서 고개를 숙이는 뒷모습을 지상은 눈을 껌벅이며 바라보았다.

"아저씨도 일본사람 다 됐네요. 뭘 비셨어요?"

명국은 대답이 없이 헛기침을 하고 나서 밑을 내려다보며 딴소리를 했다.

"참 좋다. 바다가 투욱 터졌네그래. 문자 한번 쓸까. 망망대해로다."

둘은 낮은 돌축대 위에 걸터앉았다.

"세월 가는 게 무섭군. 봄인지 여름인지도 모르고 사니."

"그렇군요."

그뿐 지상은 말이 없다. 내려가서 탄 캐고 올라오면 자고, 구더기 꿈틀거리듯 살아가고 있는 자신에 대한 혐오감이 소름 끼치듯 다가와서 지상은 어금니를 지그시 물었다. 어느새 여름이다. 뱃속의 아이는 잘 자라서 어느새 자신의 배를 차곤 한다는 아내의 편지를

240

받은 게 벌써 오래전이다.

방파제를 때리는 파도가 허옇게 부서지며 섬을 둘러싸고 있다. 해초가 너울거리는 걸까. 방파제 옆을 거의 초록빛에 가까운 엷은 색깔이 띠를 두르듯 섬을 감돌며 퍼져 있다. 그 물빛은 바다로 나가면서 점점 짙어지다가 수평선 쪽으로 나아가며 검게 변했다. 방파제 밑을 지나가는 사람들의 모습이 아주 조그맣게, 머리만 굴러가는 듯이 바라보였다.

"저쪽 어딘가에 우리가 캐낸 탄을 물로 씻는 데가 있다면서요?"

"그렇다더라. 선탄시설이라구 탄을 씻어서 나쁜 건 버리고 좋은 덩어리만 골라낸다지. 나도 석탄을 물로 씻는다는 얘기는 여기 와서 처음 들었다."

"그러고 보면 참 우리가 별난 세상에 와 있네요."

그래도 좋다, 이렇게 높은 곳에 바람이라도 쐬러 나오니. 살아서 돌아갈 수만 있다면 신사 아니고 어디에라도 못 빌 게 없다. 밭밑으로 갈매기 한마리가 날아올라 신사 주변을 천천히 맴돌더니 공동목욕탕 쪽으로 날아갔다.

멀리 바다를 내다보면서 명국이 말했다.

"3백 1흑 1청이라는 게 있었다네. 자네 그런 말 들어봤나?"

"처음 듣는 얘긴데요. 무슨 말입니까?"

"일본사람들이 조선에 들어오며 가져가려 한 것들이야. 흰 거 세가지는 바로 조선의 쌀과 비단, 목화였지. 그리고 검은 건 김이고, 푸른 건 대나무였어. 일본이 조선에서 가장 탐낸 게 바로 그 셋이었다는 건데, 사람이 말 타면 종 부리고 싶다지 않나. 3백 1흑 1청을 실어나르면서 욕심이 늘어나니까 아예 땅까지 빼앗자고 달려든 거 아니겠어."

어디 그뿐이랴. 오랜 역사가 서려 있지 않은가. 지상은 말없이 생각했다. 그놈들이 임진왜란, 정유재란 거치면서 땅에서만 분탕질을 쳤던가. 그때도 돌아가는 배에는 비단 같은 물자에 도자기 만들 흙까지 실려 있었다. 거기다가 석공과 도공 같은 사람들까지 실어가지 않았나. 선조 임금 때 그렇게 당하고도 300여년이 지난 지금에 와서 조선은 또 똑같은 짓을 당하고 있는 것이 아니겠는가. 우리가 여기 끌려와 있는 것도 그때와 끈이 닿아 있다고 생각하면 그래서 더 원통하다. 우리는 왜 지난날에서 배우려 하질 않는가. 왜 이다지도 과거를 잘 잊어버리는가.

지상에게 몸을 기울이며 명국이 물었다.

"자네, 요전에 했던 말, 깊이 생각하고 있겠지?"

지금까지와는 다른 목소리였다. 지상이 아무도 없는 주변을 둘러보았다.

"방법은 여러가지가 있어. 그렇지만 남들이 했던 실패를 똑같이 저지르지는 말아야지."

"저도 같은 생각입니다. 방법이야 찾으면 없겠습니까."

명국이 여길 올라오자고 한 게 바람이나 쐬자는 생각이 아니었다는 것을 알며 지상은 그의 어깨가 든든하게 다가옴을 느낀다.

죽기를 각오하기는 마찬가지라 해도 헤엄쳐서 나가는 건 실패의 확률이 가장 높다. 두 사람이 찾은 방법은 차라리 안전하게 배를 이용하자는 것이었다. 정기적으로 들어오는 채소장수를 매수해서 그들이 채소를 담는 커다란 대나무통에 숨어 나가는 방법이었다. 또한 이따금 드나드는 거룻배도 있었다. 파도가 잠잠한 날이면 물건을 실어나르고 섬에 용무가 있는 사람들이 타고 오기도 하는 제법 큰 배였다. 감시가 심하기는 하지만 미리 약속을 해놓고 기다렸다가 배 밑창을 잡고 나간다든가 할 수도 있었다.

그리고, 성사 여부야 의심스런 것이었지만 거름으로 쓰기 위해 인분을 수거해가는 대형 똥통을 타고 나가는 것도 방법의 하나였다. 노름빚에 쪼들리다 못한 사내들이 그렇게 종적을 감추었다는 이야기가 흘러다녔다.

명국이 숙사와 멀지 않은 아래쪽 바다를 가리키며 말했다.

"저길 잘 봐둬라."

명국이 가리킨 곳은 자신들이 올라온 길이 내려다보이는 쪽 바다였다. 가까운 육지 노모반도와는 반대편으로 화장터 나까노시마가 있고 뒤로 멀리 나가사끼 항구로 이어지는 바다였다.

거기서부터 위로 올라오자면 아파트들이 우거진 가운데 몇개 상점들이 몰려 있었다. 번화가랍시고 '하시마 긴자'라고 부른다지만 징용공들과는 아무 인연이 없는 곳이었다. 그곳을 지나 아파트 사이를 오르자면 이어지는 계단이 지옥계단이었다. 가팔라서 그렇게 이름을 붙였는지 모르지만, 하시마에서는 이름만 붙였다 하면 뭐든지 지옥이다. 다시 아파트 사이를 뚫고 오십계단이라고 부르는 가파른 계단을 오르고 나면 신사였다.

"어쩔 수 없이 헤엄을 쳐야 한다면 저기가 아닐까 싶거든. 저길 잘 살펴볼 필요가 있어."

"쓰레기 모아두는, 저길 말씀하시는 겁니까?"

경비들이 늘 왔다 갔다 하고 게다가 초소 바로 옆이 아닌가. 지상이 의아해하며 명국을 바라보았다.

"그래. 지금은 쓰레기나 쌓여 있지만 저기가 선착장이었다거든."

"저기다 배를 댔단 말입니까?"

"안 쓴 지 오래됐지만 대정(타이쇼오) 때까지만 해도 저기가 선착장이었다는 건데, 그렇다면 뭔가 감이 오지 않니?"

"선착장이 있었다면 그럴 만한 이유가 있겠군요."

파도가 비켜간다든가 암초 같은 게 없이 해안이 말끔하다든가, 아니면 방파제 앞이 물결이 때리고 가는 바다가 아니라 바위가 드러난 땅일 수도 있다. 지상이 고개를 끄덕였다.

"제가 한번 살펴보겠습니다."

명국이 지상의 어깨에 손을 얹으며 힘주어 잡았다.

"돌다리도 두드려야 하네. 열 명이 나가면 하나둘이나 살아남을까."

한숨을 쉬듯 명국의 목소리가 잦아든다.

"기회를 기다려야겠지. 서둘지 말고, 그렇지만 늦춘다고 좋은 것만도 아냐. 잦힌 밥이고 말 탄 서방이다 생각하세. 그때가 멀면 얼마나 멀겠어."

신사로 올라올 때와는 달리 둘은 천천히 계단을 내려갔다. 일을 끝낸 일본인들이 와자하게 웃으며 올라오고 있었다. 떼 지어 올라오는 그들을 만날 때마다 지상은 길 한쪽으로 비켜서서 지나갈 때까지 기다렸다. 그들의 흘낏거리는 눈이, 징용 온 조선놈들이 왜 여기까지 올라왔냐고 묻는 것 같았다.

밖에 널었던 이불을 털어 들여가는 부인들도 보였고 보퉁이에 채소를 싸들고 올라오는 여자들도 있었다. 거미줄처럼 얽힌 일본인들의 숙사를 바라보며 서 있자니, 저녁 준비를 하는지 어느 집에선가 생선 굽는 냄새가 풍겨왔다. 시장기가 확 돌았다. 워낙 생선을 좋아하던 지상이다. 그래서 속초 쪽에서 건어물을 실어다 팔기로 하고 가게를 연 것도 지상이었다.

"섬이라 생선만은 끼마다 빠지질 않나 보지요?"

"입맛 다시지 말아. 섬이라지만 여기서 무슨 생선이 나니. 저거 전부 배로 실어오는 건데."

좁은 아파트 사이를 헤집듯 가파른 길을 내려왔을 때였다. 길 한쪽에 채소를 쌓아놓고 있는 장사꾼 옆을 지나치다가 지상이 걸음을 멈추었다. 짧게 자른 머리에 수건을 말아서 동여맨 채소장수가 손을 내저으며 부인에게 큰소리를 치고 있었다. 그를 향해 몸뻬 차림의 젊은 여자가 같은 말을 되풀이했다.

"틀립니다. 틀립니다."

"바카야로오! 거스름돈 줬는데 무슨 말이 많아!"

지상이 앞서가던 명국의 팔을 잡으면서 그를 불러세웠다.

"잠깐만요. 저 여자 조선사람인가본데요."

지상이 가리키는 쪽을 본 명국이 지상의 옷소매를 붙잡았다.

"자네가 상관할 일이 아니네. 쓸데없는 짓 하지 말고 그냥 가."

"저 여자가 일본말을 못하는 거 같아요."

"여기 있는 조선사람 중에 일본말 못하는 사람이 한둘이냐. 무슨 오지랖이 그렇게 넓어."

"뭔가 일이 잘못된 거 같습니다. 좀 보고 올게요."

지상이 성큼성큼 장사꾼과 이야기를 하고 있는 여자 뒤로 다가갔다. 장사꾼이 또 여자를 향해 손을 내저었다.

"가. 가라니까."

장사꾼은 반말을 지껄이며 눈을 부라리고 있었다. 지상이 다가
서며 여자에게 물었다.

"아주머니, 조선에서 오셨어요?"

갑작스런 조선말에 놀라며 여자가 고개를 돌렸다. 지상의 아래
위를 훑어본 여자가 이마 위로 내려온 머리칼을 쓸어올리면서 물
었다.

"아이구, 그런데… 초, 총각, 일본말 잘하세요?"

"무슨 일인데 그러세요?"

"이 양반이 돈 계산을 틀리게 해놓고도 날 보고 자꾸 가라고만
하네요."

지상은 여자가 천보퉁이에 싸가지고 있는 배추를 내려다보았다.

"배추 세 포기에 무 두갠데, 셈이 맞지 않는데도 이러네요."

지상이 장사꾼을 흘긋 보았다. 이 녀석이 얼굴 못난 값을 하는군,
속으로 중얼거리고 나서 지상은 빠른 일본말로 무와 배추의 값을
물었다. 지상이 장사꾼과 여자의 말을 번갈아가며 듣고 있는 사이
명국이 어슬렁거리며 뒤에 와 섰다.

"당신 계산이 틀리지 않았습니까. 이 아주머니가 일본말을 못하
니까 속이려 드는 겁니까?"

지상이 얼굴을 굳히면서 장사꾼에게 말했다, 낮고 짧게.

"이 아주머니에게 돈 주시지요."

"뭐, 뭐라구요?"

"당신 계산이 틀렸으니까, 돈을 더 드리라구."

"아, 그렇습니까. 아, 내가 틀렸나. 아, 그렇군요. 내가 틀렸군요."

채소장수가 허리를 굽실거리고 고개를 갸웃거리며 얼굴빛이 변하더니, 머리에 묶었던 수건을 풀었다 다시 매고 나서 거스름돈을 여자에게 건네주었다. 그 모습을 노려보면서 지상이 조선말로 중얼거렸다.

"속 보이는 짓 하고 있네, 정말."

채소장수가 말을 더듬었다.

"아, 뭡니까? 내가 조선말을 몰라서. 무, 무슨 말입니까?"

"장사 똑똑히 하라구요."

"네? 무, 무슨 말인지."

지상이 돈을 받아들고 서 있는 아주머니에게 얼굴을 돌렸다. 여자가 허리를 굽히며 인사를 했다.

"하이구, 고맙네요 총각. 말은 모르고 속은 타고, 큰일 났구나 싶었는데."

"바깥양반이 여기 돈 벌러 오신 모양이지요?"

"네. 다른 염려는 말고 오기만 하라고 해서 애들 다 떼놓고 불원천리 왔더니만, 방이 안 나서 지금 애아버지 친구네랑 다섯 식구가 한방을 쓰는데 원 남세스럽고… 다리 하나 제대로 뻗을 데가 있나, 나서니 갈 데가 있나, 아는 사람이 있나. 손바닥만 한 섬에 바람만 드세고. 그래도 이렇게 조선양반을 만나니까 살 거 같네요."

조선사람을 만나 반가웠던가. 여기 와서 말을 굶고 살아서 그랬던가. 여자가 할 말 안 할 말 너스레를 떨었다.

지상은 걸음을 빨리해 어느새 앞서 내려가고 있는 명국을 따라갔다. 곁에 와 서는 지상에게 명국이 이를 갈듯이 낮은 소리로 말했다.

"못된 음식이 뜨겁기만 하다더니. 생각도 없어? 나 죽었소 하고 납작 엎드려 있어도 뭣한 마당인데, 남의 일에는 왜 나서는 거야."

얼굴이 벌겋게 달아오르며 지상이 명국을 바라보았다.

"저는 그냥, 보기에 딱해서."

"중뿔나게 나서지 마라. 무슨 소린지 알아듣겠어? 있어도 없는 척, 알아도 모르는 척. 우리가 지금 뭘 하려고 하는데, 어디다가 모가지를 들이밀고 그래! 도대체가 사람 눈에 띄지를 말아야 할 때야, 이제부터는."

이제부터는? 그렇다. 이제부터 우리는 도망을 칠 사람들이다. 지상은 휭하니 앞서서 걸음을 옮기는 명국의 뒷모습을 바라보았다. 그때 갱도 입구 쪽에서 사람이 뛰어오면서 무어라 소리치고 있었다.

"가스다! 가스폭발이다!"

달려온 사내가 숨 가쁘게 소리쳤다.

"또 터졌구나."

지상은 덜컥덜컥 발소리를 울리며 지옥문 쪽으로 뛰어내려갔다.

안전계의 키꾸찌는 안경을 쓴 경력사원이었다. 가스폭발이 있다는 연락을 받고 그는 빠르게 갱도로 들어갔다.

갱 안에서의 일을 관할하는 부서는 현장계였지만 사고에 대비해서 안전계 직원이 가스검지기를 가지고 하루 종일 갱 안을 돌아다녔다. 크고 작은 사고가 끊임없이 일어나지만 대부분의 탄광사고는 광업소 측에서 밖으로 알려지지 않도록 극도의 보안을 유지하고 있었다. 전쟁 중에 사기를 떨어뜨린다는 명분에서였다. 거기에다 무엇보다도 절망적으로 치닫고 있는 전황이 국내에서의 동요를

248

일절 허락하지 않았다.

안경을 밀어올리며 뛰어가는 키꾸찌의 눈에 한글로 쓰인 '진샤 바유키'라는 팻말이 들어왔다. 일본어나 한문을 못 읽는 조선인 광부들을 위해서 인차장행(人車場行)이라는 말을 소리 나는 대로 써놓은 것이었다. 좀 더 안으로 들어가자 한글로 '고구치'라고 쓰인 팻말이 지나갔다. 갱구(坑口)의 한글 팻말이었다.

레일을 깔고 광부를 실어나르는 진샤를 내려 수평갱도를 기듯이 허리를 구부리고 나아가자니 키꾸찌의 앞에서 발소리가 들렸다. 이어서 캡라이트 불빛이 흔들리며 여럿이 다가왔다. 얼굴이 탄가루와 땀에 젖어 눈알만이 반짝이는 광부들이었다.

키꾸찌가 광부들에게 소리쳤다.

"어이, 여기서 조금도 움직이지 말고 엎드려 있어!"

걸음을 멈추고 주변을 살피던 키꾸찌가 돌아보니 검은 괴물 같은 광부들은 그 자리에 그냥 서 있었다.

"엎드려! 서 있지 말고 엎드리라구."

키꾸찌가 앞에 서 있는 광부의 어깨를 누르면서 갱도 바닥에 주저앉혔다. 그때야 비로소 키꾸찌는 그가 일본말을 알아듣지 못한다는 것을 알았다.

"조센진?"

"하이!"

조센진이냐는 말은 알아듣고 그가 커다란 목소리로 대답했다. 손짓 발짓으로 키꾸찌가 광부에게 설명했다.

"엎드려! 움직이지 말고 엎드려."

광부가 몸을 구부리며 뒤쪽을 가리켰다.

"저기 한 사람이 쓰러져 있는데요."

이번에는 키꾸찌가 조선말을 알아듣지 못했다.

"나니(뭐라구)?"

여전히 징용공은 뒤쪽을 가리키고 있었다. 키꾸찌가 앉은뱅이걸음을 하고 그쪽으로 다가갔다. 광부 하나가 널브러져 있었다. 유난히 덩치가 큰 사람이었다. 키꾸찌가 소리쳐 징용공들을 불렀다.

"너희들 이 사람 끌고 가."

키꾸찌의 손짓 발짓에 징용공들이 쓰러진 사람의 팔다리를 잡아 끌고 갔다.

가스가 여기저기에서 새고 있다. 키꾸찌는 등에 식은땀이 흐르는 것 같았다. 검지기를 어깨에 걸어 십자로 둘러멘 채 그가 말했다.

"자네들 절대 움직이지 말고 엎드려 있게."

소리치고 나서 키꾸찌는 몸을 구부리고 안쪽으로 향했다. 가스가 나왔다는 현장으로 가기 위해 키꾸찌가 빠르게 걸음을 옮기고 있을 때였다. 몇사람의 징용공이 또 이쪽으로 걸어오고 있었다.

"모두들 엎드려. 엎드려서 움직이지 마라. 가스가 나오고 있다. 가스!"

그들을 엎드려 있게 하고 키꾸찌는 가스 분출지점으로 가기 위해 방향을 바꿨다. 구조대가 들것을 들고 뒤따라왔다. 질식해서 실신한 광부가 두명이었다. 키꾸찌는 가스에 질식한 사람들이 실려 나가는 사이, 탐지기로 갱 안에 남아 있는 가스를 조사했다. 이리 뛰고 저리 뛰느라 그의 목에서는 땀이 흘렀다. 메탄가스의 분출이었지만 잔류량을 조사한 결과 2차폭발은 없을 것으로 조사되었다. 진샤를 타고 다른 갱도로 향했다. 검지기를 들고 15번 갱도를 따라

250

가며 손전등을 휘젓고 있을 때였다.

　무언가 코밑이 서늘해지는 느낌이 들었다. 손등으로 닦아내 불빛에 비춰보니 코피였다. 그는 주머니를 뒤져서 종이를 꺼내 코를 막았다. 벽에 기대 앉으며 그는 고개를 젖히고 코피가 멎기를 기다렸다.

　더 이상의 가스 분출은 없는 것을 확인하고 다행이다, 생각하며 키꾸찌는 갱을 나왔다. 승강케이지를 내려서 갱 밖으로 나서던 그는 의사와 경찰들과 마주쳤다. 그들 뒤에는 탄가루를 뒤집어쓴 채 질식해 들것에 실려 있는 사람들이 있었다. 경찰이 의사에게 말했다.

　"아니, 오전에는 낙반사고가 있지 않았습니까."

　"오늘은 겹치는군요. 가스폭발에 압사에⋯"

　노무계 직원이 짜증스런 목소리로 중얼거렸다.

　"증탄이다 뭐다 하는 판에 이게 왜 이렇게 일이 안 풀리는 거야."

　들것 위의 시체를 내려다보던 키꾸찌가 놀라며 소리쳤다.

　"아니, 이 사람은 그 조선사람⋯"

　그중 하나는 바로 키꾸찌가 끌고 온 조선 징용공이었다. 키꾸찌가 자신의 머리칼을 부여잡고 흔들어댔다. 노무계가 그를 쪄려보았다.

　"안전계는 뭐 하는 거야!"

　"뭘 하다뇨. 현장 순회하고 있었지요."

　"폭발이 아니고 가스 유출에 의한 질식인데, 안 그래? 이건 교육부족으로 나는 사고야."

　키꾸찌도 목소리를 높였다.

　"경위서도 나오기 전에 그렇게 말하지 맙시다."

"경위서는 무슨 얼어죽을 경위서. 아직도 둘이 더 있대. 지금 올라오고 있어."

키꾸찌를 들것 옆에서 물러서게 한 의사가 말했다.

"오전에는 낙반사고에 장 파열까지 있고… 이거참… 우리도 이 정도가 되면 손을 쓸 수가 없어요."

키꾸찌는 들것에 실린 사람을 내려다보다가 안경을 벗어 옷깃에 닦았다. 엎드려서 움직이지 말라고 했었다. 자세한 대피요령을 알려줄 시간이 없었다고는 하지만 그가 일본말을 제대로 알아듣기만 했어도 이렇게 죽어나가는 일은 없었을 것이다.

가스폭발의 경우 갱내에 갇힌 광부들에게 서서 움직이는 것은 금물이었다. 그러나 조선인의 경우 일본말을 모르는 사람이 많아서 가스폭발을 알리며 엎드리라고 아무리 소리쳐도 헛일이었다. 무언가 비상사태임을 눈치챈 그들은 아무리 엎드려 있으라고 해도 거의가 벌떡 일어나 한사코 갱을 나가려 했다. 갱 안에서 가스는 한곳에 머무는 것이 아니라 갱도를 따라 통과하기 때문에 몸을 엎드리고 가스가 지나가기를 기다려야 한다. 가스가 나온다니까 조금이라도 빨리 갱을 빠져나가기 위해 움직이다가 그들은 질식해서 쓰러졌고, 그렇게 죽어갔을 것이다.

키꾸찌가 중얼거렸다.

"움직이지 말라고 그렇게 당부를 했는데…"

다섯명 사망, 그 가운데 조선인이 셋이었다.

사무실로 걸어가면서 키꾸찌는 무슨 방법이 없을까 곰곰이 생각했다. 노무계 자식들은 다른 짓만 하고 있으니. 어디 가스폭발만일까. 낙반도 물이 터져나오는 출수도 탄차의 폭주사고도 마찬가지다. 아무리 조선인 광부들에게 알려주어도 말이 통하지 않으니. 지속적인 교육이 있어야 하는데. 그러지 않고는 이런 어처구니없는 사고는 계속될 게 아닌가.

이게 어디 안전계만으로 될 일이야. 우리야 검사만 하고 돌아다니기에도 인원이 모자라는 판인데.

날씨는 화창했다. 머리에 일 것도 없다 싶어서 서형은 보퉁이를 손에 들고 걸었다. 해산을 하러 친정으로 가는 길이다. 멀리 소를 끌고 가는 잠방이 차림의 농부가 보인다. 어느새 산과 들에 여름이 와 있다.

비탈길을 돌아서자 멀리 오봉산과 가리산 능선 사이로 뻗어나간 소양강 줄기가 아스라하다. 강을 건너고 나면 친정까지의 길은 한달음이다. 아래쪽을 바라보니 갑자기 드넓어진 소양강이 마치 기름이 흘러가듯이 햇빛 속에 번들거린다.

나루터에는 아무도 없었다. 건너편 하얀 백사장 위쪽으로 강가에 매인 배가 한가로웠다. 무거운 몸을 조심스레 숙이고 서형은 강물을 퍼 세수를 했다. 물살에 손을 넣어보면 절기가 바뀌는 게 느껴진다.

서형은 물 묻은 얼굴로 하늘을 쳐다보았다. 구름이 탐스럽다. 나는 말이지, 구름이 좋더라. 누워서 구름만 보고 있으면 저 구름은 어디로 가나 싶고 마음이 차악 가라앉는 게, 그렇게 좋더라. 지상이 하곤 했던 말을 서형은 문득 떠올린다.

구름이 좋다던 그 남자는 지금 어디 가 있고 나 혼자 나루터에서 저 구름을 보나. 당신이 그랬지요. 하늘은 하나니까 서로 별을 보자고. 남편도 저 구름을 보고 있을지 누가 알아. 그래요, 당신이 있어서 내가 산답니다. 당신이 바람이기에 내가 흔들리는 꽃이 되고, 당신이 저 강물이기에 나는 때때로 사공이 된답니다.

나도 참 청승이다. 혼자 실없이 웃고 난 서형은 낮은 바위에 걸터앉았다. 서형의 눈길이 강가 자갈밭에 가 멎었다. 세상에 자갈처럼 널린 것이 사람인데 어쩌다가 둘이 만나 부부 인연이 닿았을까. 검정 돌 흰 돌, 큰 거 작은 거, 저 많은 자갈처럼 많고도 흔한 게 사람인데 그 가운데 둘이 만나다니. 그래서 이제 아이를 낳게 된다니. 인연이네, 팔자네 하는 모양이지만… 누가 알아, 그 사람과 내가 저 세상에서는 오누이였는지도.

"사공 어디 갔나."

뒤쪽에서 두런거리는 사람들 목소리와 함께 남자 둘이 나루터로 내려왔다.

"사공이 배는 안 건네고 뭐 해. 인간이 워낙 게을러야지. 저놈 뱃값 받으러 올 땐 내 그래도 언제나 고봉으로 얹어주는구먼."

"꼴에 요새 새장가들어설라무네 재미가 보통이 아닌 모양이던데."

"주제에 새장가는 무슨. 어디서 지나가던 거렁뱅이 하나 눌러앉혔겠지."

몇번 강 건너의 사공을 부른 후에야 강 한복판으로 나선 배가 물 위에 어린 산그림자를 흔들면서 다가왔다. 배가 가까이 오면서 사공이 보퉁이를 든 사람에게 인사를 했다.

"제수 장만하러 가신다 그랬잖아유. 벌써 오세유?"

"없는 살림, 조기 한손이면 족하지."

두 남자가 먼저 배에 오르기를 기다렸다가 서형은 배에 올랐다. 자신의 부른 배를 흘깃거리는 것만 같아서 서형은 배에 오르자마자 그들과 등을 돌려 뱃머리를 잡고 앉았다. 사공의 노가 물살을 가르고, 배는 강을 건너갔다. 강물이 유리알처럼 맑아서 바닥의 모래들이 내려다보였다. 뱃전 밑으로 고기들이 빠르게 지나갔다.

제수를 사러 갔다 온다던 남자가 곰방대에 담배를 재고 있었다. 어머니가 늘 하던 말이 떠올라서 서형은 자기도 모르게 뱃전의 나뭇결을 손가락으로 긁적거린다. 제사를 잘 모셔야 양반이지. 선영 봉사가 효도의 근본이란다. 강물 위로 아버지의 얼굴이 겹친다. 기침은 좀 멎으셨나. 갑자기 가슴에 돌이 얹히듯 무겁다. 강물이 흘러가는 먼 곳으로 눈길을 옮기는데, 담배를 피우던 남자가 마침 생각났다는 듯 물었다.

"주재소에 끌려갔던 윤팔이가 며칠 전에 나왔다면서?"

"나오긴 했는데 정신도 오락가락하는 게 여엉 사람 다 버려놓았습디다."

"저런, 저런 일 봤나."

"허기사, 어떻게 온전하길 바라겠어. 왜놈 순사를 엄청나게 두들겨팼는데."

배를 내리며 뱃삯을 낼까 하는데, 제수를 장만하러 갔다 온다던 남자가 사공에게 말했다.

"아서라, 뱃삯은 무슨. 친정에 다니러 오시나 본데."

옆에 섰던 남자가 서형을 돌아보았다. 서형이 불러오른 아랫배를 감추며 몸을 돌렸다.

"저어, 윗샘밭 훈장님댁… 아하, 그렇구먼그래. 이렇게 못 알아볼 수가 있나. 내 어디선가 본 새댁이다 싶더라니."

서형이 외면을 한 채 고개를 숙여 인사하며 모래 위로 내려섰다. 남자가 고개를 끄덕이며 물었다.

"그래, 훈장님은 안녕하시지요?"

"어따, 이 사람은. 이제 댕기러 가는 사람한테 안부 물을까. 궁금하기로야 새댁이 한발 먼절 걸세."

"얘기가 그렇게 되나."

제수보따리를 든 남자가 손을 들어 길을 가리키며 말했다.

"휭하니 어여 가십시오. 아 친정 가는 길인데 발에다 돛을 달아도 달아야지."

강가를 벗어나 고향 마을 길로 들어서는 서형의 눈길이 동구 밖 느티나무에 가 엉겨들었다. 새들이 우짖으며 깃을 찾아들고 있었다. 다들 어딜 갔을 리도 없는데, 동네 전체가 텅 비어 보인다. 늘 이랬는데 내가 잘못 생각하고 있었나. 나 혼자서만 고향집에 금실로 수를 놓고 있었던 건가.

그래도 집에 오니 풀썩 주저앉고 싶게 마음이 훈훈해진다. 입가에 웃음을 띠며 서형은 삐걱거리는 대문을 열고 집 안으로 들어섰다.

"엄마, 나 왔어요."

강아지 두살이가 먼저 꼬리를 치며 달려나왔다. 착한 것. 몇달 만에 온다고 짖지도 않고 달려나오네. 어떻게 이렇게 알아보나 모르지. 누런 두살이의 등판을 쓰다듬는데, 뒷방 쪽에서 베 짜는 소리가 들려왔다. 참 엄마도, 쉬시지를 않는구나. 서형은 대청 위에 보퉁이를 올려놓으며 걸터앉았다.

"엄마, 나 왔어요."

베 짜던 소리가 멎으며 목소리가 먼저 새어나왔다.

"서형이 아니냐, 너니?"

머리칼을 쓸어올리며 뒷방에서 홍씨가 뛰듯이 걸어나왔다. 마루에 올라선 서형이 어머니의 두 손을 잡았다. 홍씨의 눈길이 몸을 풀러 온 딸의 몸매를 살폈다.

"그래, 잘 왔다. 몸은 괜찮지?"

14

우석의 앞으로 일본옷 유까따 차림의 금화가 다가왔다. 금화는 긴 머리를 빗어넘겨 뒤로 묶고 있었다. 얼굴도 유난히 깨끗해 보였다.

"오늘은 어째 이리 한가해?"

우석의 말에 금화는 춤을 추듯 몸을 한번 휘돌리며 말했다.

"아 개운하다. 이런 날도 있어야지. 그래, 요새는 탄 캐는 재미가 어때?"

"실없는 소리 집어치우고, 이리 와 앉아라."

저탄장 가는 공터에 새로 들여놓은 원목들이 가지런하게 쌓여 있었다. 지하갱도 공사에 쓸 나무들이었다. 금화가 우석의 옆에 와 걸터앉았다. 화장품냄새보다 먼저 연하게 술냄새가 풍겨왔다.

"너야말로 술 팔자고 여길 왔냐, 아니면 너 좋아서 퍼마시자고 나왔냐. 그렇게 미련하게 마셔대다가 어쩔려고 그러니."

"고양이 쥐 생각하네. 너 모르지? 목욕하고 마시는 한잔."

"한잔이 아니잖아. 너 술 먹고 나다니는 건 섬바닥에 짜하더라."

"무슨 마음에 내 뒷소문을 다 알아보셨네. 술이라도 안 마시면 뭐하게? 새끼가 있나, 무운장구 빌어드릴 서방님이 계신가."

"앞날이 바닷빛이다. 깊고 멀어. 무슨 말을 그렇게 막 하냐."

"오늘 하나꼬 무슨 날인가보다. 듣도 보도 못하던 말을 다 듣고."

금화의 말에 우석이 어이없다는 얼굴을 했다. 금화가 두 손을 들어 묶은 머리를 매만졌다. 젊은 여자 손이라고 하기엔 손마디가 굵었다.

"나오기만 하면 잘도 만나니 어쩐 일이야. 이것도 인연인가보다."

"인연? 말이 씨 될까 겁난다."

"하긴. 인연이 있을 거였으면 요따위 놈의 섬에 와서 요런 꼴로 만났을까요, 서방니임?"

장난스레 말하면서 금화가 가만히 우석의 다리 위에 손을 얹었다. 그러곤 손가락으로 동그라미를 그리면서 중얼거렸다.

"여기서 밟히고 저기서 꺾이고, 나야 화류계도 못 되는 잡풀. 화류계 따로 있고 잡초 따로 있으랴만… 그렇게 사네, 이 사람아."

"듣다가 섭섭한 소리."

혼잣말처럼 중얼거리며 우석이 나뭇더미에서 일어섰다. 금화를 내려다보았다. 바람에 날린 그녀의 머리카락이 이마 위로 흩어져 있었다. 그가 찍어누르듯 말했다.

"잡초야 일어서는 맛이라도 있지. 억세고 질기고."

금화가 엉덩이를 털면서 따라 일어섰다. 두 사람은 천천히 공회당 건물 밑을 걸었다.

"저기서 영사기도 돌린다면서?"

"한번도 안 가봤어? 난 몇번 갔었는데."

"안 하는 거 없이 할 건 다 하는군."

광업소 측을 두고 하는 말인지 영화를 보았다는 자신을 보고 하는 말인지 몰라 금화가 눈을 깜박였다. 몇걸음 더 걸었을까. 아주 낮은 목소리로 금화가 물었다.

"저기서 살지?"

우석이 고개를 돌렸다. 그녀가 손으로 가리키고 있는 곳은 징용 공들의 숙사였다. 그곳은 금화가 있는 유곽과는 반대쪽이었다. 저 비탈에 깎아 세운 유곽 쪽으로 여자는 올라가리라. 아파트 쪽으로 올라가는 길과 앞쪽으로 뚫린 길을 우석은 바라보았다. 그때 금화 가 말했다.

"언제 술 한잔 안 할래?"

우석이 걸음을 멈추며 그녀를 마주 보았다. 그 얼굴이 무섭게 굳 어 있음을 금화는 보았다. 못 할 말이라도 한 듯 금화가 입술을 오 므리며 고개를 숙였다.

"술? 그러다가 정분도 나고, 이 섬바닥에다 말뚝 박고 살까? 그 래서 안 될 것도 없겠지."

우석의 말을 들으며 금화가 고개를 들었다.

"그럼 가. 난 들어가봐야 해."

우석이 말없이 고개를 끄덕였다. 몸을 돌리려던 금화가 그의 눈 을 올려다보며 천천히 말했다.

"거기야, 그렇겠지요."

갑자기 금화가 존댓말을 썼다.

"싫으시겠지요, 저 같은 여자."

태풍이 오려는가. 얼굴을 때리며 불어오는 바람이 거칠다. 어깨를 흔들며 지상은 울었다. 기쁨일 수만은 없어서 울었다. 내가 할 수 있는 게 아무것도 없다는 절망으로 울었고, 우는 것밖에 할 수 있는 게 없는 자신의 처지를 생각하자 울음은 꼬리를 이었다.

아들이 태어났다고 했다. 아들이라니. 편지를 들고 있던 손이 떨려서, 지상은 숙사를 뛰쳐나왔다. 경비초소로 오르는 계단 밑 외등 아래에서 지상은 눈물 때문에 흐려오는 글자들을 내려다보다가 몇 번씩 편지를 접고 눈가를 닦아냈다.

편지를 다 읽고 났을 때, 썰물이 빠져나가듯 그의 가슴은 텅 비어 있었다. 아무 생각도 나지 않았다.

급한 마음으로 이 말씀부터 드려야겠습니다. 기뻐해주십시오. 당신 아들입니다.

친정에 와서 지난달 그믐 몸을 풀었습니다. 어른들 말씀이 당신을 빼닮았다고 하시는데, 제 눈에는 이것이 언제 커서 사람 노릇 할까 싶고, 그저 신기하기만 합니다.

아이 이름은 외할아버지께서 명조(明照)라고 지어주셨습니다. 친정으로 올 때 아버님께서, 아이 이름을 한학에 조예가 있으신 사돈어른께 부탁드린다고 한 말씀이 있으셨기 때문입니다. 항렬인 명 자에 아버지께서 빛나게 비추라고 조 자 하나를 넣어주신 겁니다.

창씨개명 때문에 일본 이름도 지어줄 수밖에 없었는데, 아끼 떼루라고, 그렇게 부르면 된답니다. 무슨무슨 따로오(太郞)니 사부로오(三郞)니 하지 않고 그냥 명조의 이름을 일본식으로 부르기로 했습니다. 시절이 시절인데 어쩌겠습니까.

어머니가 된 마음이 어떤 것인지는 아직 모르겠습니다. 처음에는 그냥 무서웠습니다. 내 몸에서 이런 생명체가 쑥 빠져나왔다는 걸 믿을 수가 없었지요. 다만 조금씩 아이와 내가 무언가 질긴 것으로 한데 묶여 있는 것 같은 그런 마음이 들기 시작합니다. 그 무엇으로도 끊어지지 않을 질기고 질긴 밧줄 같은 것으로 말입니다. 그럴 때 당신을 생각합니다. 당신이 계셨으면 얼마나 기뻐했을까. 당신이 계셨다면 무슨 말을 하셨을까. 당신이 떠난 후 제게는 버릇이 되어버린 생각이지요. 무엇을 보아도, 무엇을 먹어도, 무엇을 생각해도 그때마다 중얼거린답니다. 당신이 계셨으면 무어라고 하셨을까.

잘 키워야지, 당신 안 계시는 동안 부끄럽지 않게 길러야지, 하면서 또 스스로 웃는답니다. 어떻게 기르는 게 잘 기르는 건지, 그걸 모르니까요.

정직한 아이로 기르고도 싶고, 훤칠하게 잘생긴 아이로도 기르고 싶고, 그러다보면 정직한 아이는 훤칠하지 말라는 법이라도 있던가 생각하며, 스스로를 어리석어합니다. 당신이 늘 의롭게 살면 된다고 하셨듯이 그렇게 의로운 아이로 자라주기를 바랄 뿐입니다.

그러나 한편 생각합니다. 세상이 험한 때라 의롭게 산다는 게 더욱 어려운 일인지를 모르지 않으니, 이게 자식 기르는 마음인가 싶습니다. 마음고생 없이 저 하고 싶은 일 하면서, 그렇게 한 평생 살기를 바라는 것 이외에 더 무엇이 있겠습니까. 하루에도 몇번씩 이런 생각을 하노라면 또 하루가 갔구나, 아이와 함께 잠이 듭니다.

당신이 떠나실 때는 가을이었는데 지금은 여름이 와 있습니다. 당신이 안 계신 겨울 그리고 봄, 강가 갯대배기 당신과 함께 거닐던 당간지주 옆에 서서 얼마나 많이 봉의산을 바라보았던지, 이제는 눈을 감고도 그릴 수가 있게 되었답니다.

궁금해하실 동네분들 이야기를 조금 해드리겠습니다. 저잣거리의 동구네는 할아버지 할머니가 앞서거니 뒤서거니 돌아가셨습니다. 줄장사를 치르면서도 내내 사람들은, 이승의 인연이 질겨서 저승길도 동무해서 가나 보다 그런 말을 했습니다.

경비원들을 만나면 또 뭔가 시비를 걸며 소리 지를 것이 싫어서 지상은 마른 풀들이 무릎이 넘게 널려 있는 공터로 가 머리를 움켜쥔 채 앉아 있었다.

보고 싶었다, 아내도 아이도. 따듯한 물이 흘러들듯이 가슴속으로 그리움이 고여 찰랑거렸다. 어디인가. 저 머나먼 허공 어느 아득한 곳인가, 아니면 깊이를 알 수 없는 푸르디푸른 연못인가. 어디에서 날아와 너는 내 아들이 되었을까. 그렇게 해서 내 아버지에게서 나에게로, 그리고 너에게로 흐르고 흘러서 피가 전해지는구나.

명조라는 낯선 이름을 불러보는 그의 눈가에 또 이슬이 맺힌다. 이제 나에게도 자식이 자라는구나 하는 뿌듯함은 그러나 이내 허무하게 삭아내렸다. 마음 한쪽에서 무게를 가늠하기 힘들게 뒤섞이는 울분과 허망함, 오늘 하루 내가 내 목숨을 믿지 못하는데 유복자가 될지도 모르는 자식이 태어났다니.

그래도 기뻐하자. 그냥 기뻐하자. 고생했다, 서형아. 고맙구나. 고마울 뿐이구나. 그렇게 다독이면서도 마냥 기뻐할 수도 없는, 오랜 가뭄 끝에 바닥을 드러낸 저수지 같은 심정으로 지상은 숙사로 돌아왔다. 그리고 가슴에 껴안은 무언가를 빼앗기지 않으려는 사람처럼 할 수 있는 한 몸을 구부리고, 가슴을 부여안고 잠이 들었다.

다음 날 작업이 끝나고, 거무죽죽한 욕탕에서 그나마 몸을 씻고 숙사로 걸어오며 지상은 아내의 편지를 받았다는 이야기를 우석에게 했다.

"뭐라구? 아들이라구? 이거다. 바로 이거야. 듣던 중 반가운 소리다. 이런 일도 있어야 사람이 살지."

말이 끝나는가 싶은데 우석이 주먹을 불끈 쥐어 허공에 치켜올렸다.

"조선의 아들이 하나 태어났다 이거야! 조선의 아들이."

"이게 무슨 난리야."

지상의 얼굴이 벌겋게 달아올랐다. 우석이 말했다.

"봐라, 면면히 흘러가는 거. 세상이 어떻게 요동쳐도 아이들은 태어난다. 아이들은 태어나고 우리네 사는 일도 면면히 흘러간다."

우석이 지나가는 사람들을 보며 그답지 않게 수선을 떨었다.

"보쇼, 이 친구가 아들을 낳았다는 기별을 받았답니다. 아들입니다, 아들. 아들을 낳았대요."

지나가던 징용공들도 벌쭉벌쭉 웃는 얼굴이 되었다. 달려와서 악수를 청해 지상의 손을 흔들어대는 사람도 있었다.

"아이구, 경사로구먼. 한턱 단단히 내야겠소."

"재주도 좋소. 아니 어느 밤중에 조선까지 가서 애를 맨들고 오셨어."

모여선 사람들의 즐거운 농담이 엇갈린다.

"허허, 징용을 나와도 요것조것 할 거 다 해놓고 오셨군그래."

"아무럼 자네처럼 까내린 마누라 속곳도 못 올려주고 끌려올까."

숙사로 걸어들어오며 우석은 지상의 어깨에 팔을 올려놓으며 말했다.

"이게 희망이 아니겠니. 그애들이 크면 우리는 또 한 자락씩 희망을 얹어 그애들에게 자리를 넘기면서 내일을 꿈꾸는 거 아니겠니. 축하한다, 지상아."

다음 날, 명국은 언제 무슨 일을 당할지 몰라서 사물함 밑바닥에 깊이깊이 넣어두었던 돈을 꺼냈다. 급료라고 받아보았자 손에 쥘 것도 없었지만 복술은 우표라도 살 때 쓰려고, 성식은 정 참을 수 없이 배가 고프면 딱딱한 쌀가루 과자라도 사서 썹어보려고 꼬깃꼬깃 접어서 넣어두었던 돈을 꺼내놓았다. 이런 경사를 그냥 넘길 수 없다면서 명국의 조원들은 그렇게 돈을 모았다. 모은 푼돈으로 광업소 매점으로 간 그들은 마른오징어를 사고 구운 밀가루빵도 사람 숫자만큼 샀다. 다만 술을 살 수가 없었다. 술이 있기는 했지만 징용공들은 노무계의 허락을 받도록 규정이 바뀌었다는 게 아닌가.

"돈 주고 사겠다는데, 징용 나온 놈은 사람도 아니라는 거여 뭐여?"

벌컥 화를 내는 조원들을 달래놓고 명국은 노무계로 이시까와를 찾아갔다. 술을 좀 사게 해달라는 명국의 말에 이시까와는 웃기부터 했다.

"자네가, 술을?"

"실은 같은 조에 있는 사람 하나가 아들을 낳았다는 편지를 받았답니다. 좋은 일에 모여 앉아서 손뼉이라도 쳐줄까 해서 그럽니다."

술을 살 수 있게 전표를 끊어주고 나서 이시까와는 가만히 명국을 바라보았다. 고맙다고 허리를 굽히고 돌아서는 명국을 이시까와가 불러세웠다. 그는 책상 서랍에서 종이로 싼 물건 하나를 꺼내 들었다.

"축하한다고 전해주게."

그가 내미는 손에는 고량주 한 병이 들려 있었다.

"누구한테 얻은 거네. 노무계 회식 때나 쓸까 했는데… 병이 작아서 한 잔씩이나 돌아갈까 모르겠군."

이런 게 사람 사는 정리가 아니겠소. 그런데 왜 우리는 이렇게 만나지 못하는 겁니까. 명국의 눈이 그렇게 말하고 있었다. 허리를 굽히며 명국은 이시까와가 건네주는 고량주를 받았다.

돌아서려는 명국에게 다가서며 이시까와가 물었다.

"자네, 전에 언젠가 친구 소식을 물으러 키무라한테 온 적이 있었지? 사이또오상한테 사고 친 그 친구는 어떻게 됐냐고."

"아, 예."

태복이 나가사끼로 묶여 나간 후 어떻게 됐는지를 물으러 왔다가, 하마터면 키무라한테 얻어터질 뻔한 일이 있었다.

이시까와가 옆에 와 서며 말했다.

"사이또오상은 죽지 않았다. 사이또오야 병원에서 살아났지만, 네 친구라는 사람은 지금 형무소에 있을 거다."

명국이 멍한 얼굴로 이시까와를 바라보았다.

"징역이 몇년이 될지. 전에도 그 비슷한 일이 있었다. 그때는 조선으로 보내서, 거기서 재판 받고 감옥을 살게 했지."

"아, 그렇군요."

돌아서던 명국이 내친걸음이다 싶어 고개를 돌렸다.

"저, 이시까와상, 말이 나온 김에… 하나만 더 알고 싶은 게 있는데요."

"뭔데?"

"그때, 도망가다가 죽어서 돌아온 사람이 있었는데요, 삼식이라고."

"있었지. 그런데?"

"그 사람 시체는 어떻게 됐나요?"

이시까와가 말없이 명국을 바라보았다. 이건 호기심인가 의리인가. 우리는 징용공들이 자네를 많이 따른다고 알고 있다. 그런 사람은 위험하지. 언젠가는 터질 화약 같은 거랄까. 노무계에서 자네를 잘못 관리하고 있는지도 모르겠군.

잠시 사이를 두었다가, 이시까와가 말했다.

"그 사람 유골은 천복사, 절에 있을 거다."

그날 밤, 지상의 득남을 축하한다면서 징용공들이 모여 앉았다. 명국이 먼저 인사치레를 했다.

"우리 모두가 내남이 없이 어려운 때에 여기까지 끌려와서, 말하자면 한솥밥을 먹는 사이들이 아니겠소. 좋은 일이 있는데 그냥 넘어가기는 너무 섭섭해서 이렇게 모였으니까, 김지상 씨 득남을 축하하며 고향 얘기들이나 하십시다."

명국이 우석을 가리키며 말을 이었다.

"저기 앉은 최우석이가 하는 말이, 참 그 말이 좋습디다. 이게 다 희망을 가지라는 징조라는 거예요. 맞다고, 바로 그거라고 나도 생각했습니다. 너무 낙담들 하지 마시고, 이것도 다 우리한테 희망을 가지라고 온 소식이다 생각하면 얼마나 기쁜 일입니까. 긴 소리는 이만 접고, 술이 영 모자라겠지만 편하게들 한잔하십시다."

명국이 먼저 지상에게 술을 따랐다.

"득남 축하합니다."

"고맙습니다. 이렇게까지 해주시니."

모여 앉은 사람들에게 술을 돌리기 전에 명국이 말했다.

"여기 고량주가 한 병 더 있는데, 이건 축하한다면서 노무계의 이시까와상이 준 겁니다. 고맙게들 생각하면 좋겠소."

"노무계가 술을 줘요? 오래 살고 볼 일이다. 노무계한테 술도 얻어먹는 날이 올 줄이야."

시끄럽게 굴지 말고 일찍 불 끄고 자라면서 돌아다니는 거나 아닌가 했는데, 노무계가 축하한다면서 술을 다 주었다는 게 믿어지지 않는 얼굴들이었다.

"그래도 믿을 건 이시까와밖에 없군그래."

"그놈이 그놈이야. 자루 벌린 놈이나 퍼넣는 놈이나 도둑놈이기는 매한가지지."

중얼거린 건 일주였다. 옆에서 우석이 웃는 얼굴로 말했다.

"어쨌든 고마운 건 고마운 거 아닌가."

식기 바닥에 깔릴까 말까 하게 술을 따라 돌려가면서 그들은 오징어를 질겅거렸다.

"너는 지금 술을 마시냐 간장 맛을 보냐. 혀를 낼름거려가면서 입술까지 빨고 있으니."

"하따, 간만에 보는 맛이라 내 정신이 아니네."

벽에 기대 앉아 있던 우석이 지상에게 말했다.

"너도 한마디 해라. 고맙다는 인사는 해야지."

"그럽시다. 만리타향에서 첫아들 낳은 소식 들은 기분이 어떤지 한번 들어나 봅시다."

사람들에게 떠밀리듯 지상이 일어섰다. 지상이 깊이 고개를 숙여 인사를 하고 나서 말했다.

"이런 말이 있지요. 열냥 주고 집 사고 백냥 주고 이웃 산다는 말, 아마 여러분도 아실 겁니다. 물설고 낯설다고 해도 어디 여기에 비하겠습니까. 여기까지 이렇게 와서, 그래도 서로 이웃이 되어 지내니 얼마나 다행인지 모르겠고, 다들 어려운 때에 그래도 여러분들이 옆에 계시니 한결 위안이 된다고 늘 생각했습니다. 그저 고맙다는 말밖에… 자식이 태어났다는 소식을 듣고도 좋다거나 어떻다거나 아무 생각이 나질 않았는데, 여러분들이 이렇게 좋은 이웃이 되어주시니 그저 고마울 뿐입니다. 고맙습니다."

방이 떠나가라 박수들을 쳐댔다. 자리에 앉는 지상에게 우석이 말했다.

"쑥스럽다더니, 말은 길게 잘도 한다."

지상이 머리를 긁었다. 천식이 촐싹거리며 끼어들었다.

"그런데 지상이 너, 자식이 늦어 걱정했겠다. 첫애라면서?"

"하다보니, 어떻게 그렇게 됐어."

"하다보니? 그건 한 게 아니라 안 한 거지. 안 하니까 애가 안 서지."

뒤쪽에서 구운 밀가루빵을 먹고 있던 성식이 말했다.

"저도 한잔 주세요."

"이마빡에 피도 안 마른 놈이 술은 무슨 술."

지상이 술을 마시고 나서 식기를 성식에게 건넸다.

"자, 받아라. 우리 성식이한테는 내가 한잔 따르마."

뒤쪽에 자루처럼 앉아만 있던 필수가 말했다.

"나도 한잔 줘봐. 빼갈 맛이 어떤가."

"자넨 빨래나 하지 뭘 끼어들려고 그래. 잠귀신이 잠이나 자든가."

그저 빨래를 하지 않으면 모포 뒤집어쓰고 잠만 자던 필수도 손을 내밀어 한 잔을 받아 마셨다. 징용을 나오던 첫날 기차에서 하룻밤을 자게 되었을 때부터 낯이 익은 엄씨가 자리에서 일어났다.

"보자 허니 요번에 득남하신 양반이 강원도 사램이라. 우리 강원도 장타령 한번 들어보실라우. 강원도가 산이 깊고 우악스러우니 옥시기 감자 빼고 나면 먹을 게 없어유. 옛날부터 암하노불이라 사람들이 말두 없구유. 그러니깐 이게 조선 팔도 안에서도 없이 사는 데라 장타령을 해두유, 장 본 장타령이 아니라 장 못 본 장타령이잖우. 자아, 그럼 들어가보시는데, 서서 본다 서울장 다리가 아파서 못 보고, 아가리 크다 대구장 너무 넓어서 못 보고, 그렇게 해서 마악 강원도로 들어가시는데에!"

"원 사람도. 좋은 날에 왜 하필 거지 장타령이야."

엄씨가 목청을 돋웠다.

"횡설수설 횡성장 미끄러워서 못 보고, 춘천이라 샘밭장 짚신 젖어 못 보고, 홍천이라 구만리장 길이 멀어서 못 보고, 영 넘어라 영월장 담배 많아 못 보고, 정들었다 정선장 울다보니 못 보고, 어제와도 인제장 다리 아퍼 못 보고, 안창 곱창 평창장 술국 좋아 못 보고, 울퉁불퉁 울진장 울화 터져서 못 봤네. 어절씨구씨구 잘이헌다, 푸짐허게도 잘이헌다."

왁자지껄 자리가 흐드러지는데, 옆방에 있던 오씨가 고개를 들이밀며 한마디 했다.

"뚝배기보다 장맛이더라고, 거 목청 한번 좋소. 강원도 양반이라구요?"

엄씨가 허리를 굽실굽실했다.

"그럴 거면 거 정선아라리나 한 곡조 뽑지그래요. 못 할 것도 없겠구면."

"그럼 맛배기루 한번 불러볼까유?"

엄씨가 제법 소리를 한번 해볼 작정으로 목청을 가눈다.

"앞산의 딱따구리는 생나무 등걸도 잘 뚫는데, 우리 집 저 멍텅구리는 뚫어진 구멍도 왜 못 뚫나."

박수를 치는 사람, 그만 집어치우라고 손을 내젓는 사람으로 소란스러운데, 히죽거리면서 박서방 소리쳤다.

"제대로 불러. 기왕이면 다홍치마 아닌가."

지상은 사람들 사이를 비집고 방을 나왔다. 희미한 복도를 걸어서 계단을 내려오는 지상의 등 뒤로 엄씨가 불러대는 정선아리랑 가락이 흘러나왔다.

숙사 밖, 방파제로 오르는 길목의 바위 위에 지상은 걸터앉았다. 밤하늘이 맑게 개어서 별이 빛나고 있었다. 아들을 낳았다고 이렇게 소란을 떨어댈 줄은 생각도 못 했던 지상이다. 가슴 밑바닥에 가라앉아 있던 울분들을 이렇게라도 풀어내는가보다. 지상은 그런 생각을 하며 아내의 얼굴을 떠올렸다. 아이는, 어떻게 생겼을까. 사내아이라니 나를 더 닮았겠지.

숙사를 나온 명국이 저벅저벅 걸어왔다. 옆으로 다가온 명국이 팔을 벌려 가슴을 주욱 펴더니 혼잣말처럼 중얼거렸다.

"마음이 편하지만은 않지? 좋은 소식이라도 때가 때인지라 좋을 수만은 없겠지."

"그렇긴 하네요."

"인지상정이지. 자네나 나나 여기 와서 이러고 있는데, 좋아하기만 할 일이 아니지."

잠시 후 지상이 말했다.

"이 어려운 시절에 자식은 또 어떻게 클지."

"낳아놓으면 다 크게 돼 있네. 게다가 제 엄마가 있지 않아. 당하며 겪으며… 이치란 게 다 그런 거네. 예부터 자식과 불알은 짐스러운 줄 모른다고 했어. 불알 달고 다닌다고 뭐 힘들던가."

그때 숙사 입구가 소란스러워졌다. 세 사람이 엉켜서 밖으로 나왔다. 떠드는 소리에 바라보니 가운데 한 사람을 놓고 등을 두드리고 있었다. 성식을 데리고 나온 우석과 일주였다.

지상이 목소리를 높여 물었다.

"우석아, 왜 그러니?"

"성식이 녀석이 꼴에 주사를 부린다. 한잔 먹더니 쿨쩍쿨쩍 울고 야단이다.”

“애들 보는 데서는 냉수도 먹지 말라잖아. 애한테 술을 먹였으니.”

지상이 다가갔다.

“귀한 술 먹고 울기는 이 녀석아. 아니, 참새 눈물만큼 먹은 술에 취해?”

훌쩍훌쩍 또 울기 시작하던 성식이 지상을 올려다보더니 말했다.

“형님, 지상이 형님, 나 고향에 가고 싶다구유! 나 좀 고향에 데려다줘유. 갔다가 다시 올 테니깐 한번만 데려다줘유.”

고향, 성식이 말한 그 고향이라는 말이, 둘러서 있던 그들의 가슴을 한순간에 얼어붙게 했다. 고향. 그래 너만이 아니다. 고향엘 가고 싶은 게 어찌 너뿐이겠느냐. 지상이 성식의 머리를 쓸어안았다.

“그래, 가자. 고향에 가자. 언젠가는 가자.”

“형님, 나 지금 가고 싶어유.”

지상은 무어라 해줄 말을 잇지 못해 말없이 서 있었다. 우석이 말했다.

“그래 성식아, 고향 가자. 들어가서 자면서 꿈속에서 만나면 된다. 고향이란 게 그런 거다.”

15

뒷방에서 아이에게 젖을 물리고 있던 서형이 고개를 들었다. 방으로 들어서는 홍씨의 손에 대접이 들려 있었다. 애기 얼굴은 왜 이렇게 빨개요? 그런 말을 해가면서 처음에는 만지기도 조심스러워하던 딸이 어느새 아이 안는 품새가 자리가 잡혀간다는 생각을 하면서 홍씨가 말했다.

"밤 삶았다. 먹어봐라. 너 주라면서 한동이가 묻었던 밤구덩이를 헐었다."

서형 앞으로 다가앉으며 홍씨가 아이를 들여다보았다. 그 눈에 웃음이 돈다.

"얘가 이젠 제법 큰 거 같다."

"그래요? 난 맨날 봐도 똑같은 거만 같은데."

어제는 삼칠일이라 숯과 고추를 짚으로 엮어 대문에 내걸었던

274

금줄을 떼었다.

결혼하고 한두해는 태기가 있기를 이제나저제나 기다렸었다. 늦을 수도 있고 때 되면 어련히 임신이 되려니 했었다. 그러나 아이가 안 서면 지상이 첩을 봐야 하는 거 아니냐는 이야기가 들리기 시작했을 때는 얼굴에 끼는 기미도 그 마음고생 때문이다 싶었다.

종손이 있는데 내가 무슨 걱정. 정 뭣하면 형님 아들 하나 내 호적에 올리면 되는 거지. 또 그런 말이 내 귀에 들어왔다가는 가만 있지 않겠다면서 지상은 단호했다. 우리 색시랑 이렇게 살면 되지. 애 있으면 고게 여기 끼어 잘 거 아냐. 이불 속 두 사람의 사이를 가리키며 지상이 그런 말을 했을 때였다. 그때 서형은 이 사람이 아이를 몹시 기다리는구나, 비로소 알 수 있었다.

잠든 아이를 눕히고 나서 모녀는 삶은 밤을 까며 앉아 있었다. 저녁 햇살이 들면서 한지 문을 환하게 했다. 난 이맘때 이 방이 늘 좋더라. 환하게 저녁 햇살이 드는 이 방이. 서형의 눈빛이 반짝인다. 처녀 시절을 보낸 이 방에서 몸을 풀었다. 그리고 이제 아이와 함께 달포를 지내고 돌아가야 한다. 불쑥 시집 일이 떠올랐다.

광산 일이 잘 풀리지 않던 아주버니 하상은 돈 때문에 시아버지와 얼굴을 붉히고 집을 나갔다. 서형이 출산을 앞두고 친정으로 오기 바로 전의 일이었다. 그러다보니 동서는 암상을 해가지고 집 안을 오갔다. 애꿎게 옆구리가 차이곤 하는 건 누렁이였다. 개만이 아니었다. 그 서슬에 씨암탉도 펌프 옆에서 뒤뚱거리다가 동서에게 물벼락을 뒤집어쓰기 일쑤였다.

홍씨가 나직나직 말했다.

"베는 석자라도 베틀은 제대로 걸라고 했어. 가거든 이제 애도 있는데 집 안에서 행동거지 조신하게 해."

"동네 사람들이 뭐래는데요. 시어머니랑 날 보고들, 천둥 번개 칠 때 천하 사람 마음 같대요."

홍씨는 어이없다는 듯 피식 입술을 비틀며 웃었다. 천둥 번개 칠 땐 사람 마음이 다 하나라는 뜻이니, 어떤 어려운 일에도 서로 마음이 맞는다는 소리였다.

"어느 속 빈 사람이 할 말도 참 없었나 부다. 고부간에는 그냥 소금 먹은 송아지 우물 들여다보듯 속 드러내지 않고 지내면 그게 좋은 거야."

홍씨가 불쑥 말했다.

"세상 무심하기도 하지. 이 귀한 걸 제 애비가 못 보니, 기가 막힐 노릇이구나."

기가 막힐 노릇이 어찌 이것뿐이랴. 홍씨의 말을 귓등으로 넘겨버리며 서형이 말했다.

"오빠는 어떻게 지내나."

이야기가 정처 없이 오간다. 놀란 듯 홍씨가 고개를 돌렸다.

"오빠 얘기는 갑자기 왜? 너 무슨 안 좋은 소식이라도 들었니?"

"듣기는요. 엄마랑 이러고 있으니까 갑자기 오빠 생각이 나기에 해본 소리지."

그때, 오빠가 만주로 떠난다고 했을 때 아버지가 한 말이 떠올랐다. 갈 수만 있다면 네 등에 업혀서라도 가고 싶은 게 애비 마음이다. 그러나 이 강산에 선영을 두고 어찌 내가 떠날 수가 있겠느냐. 사람이란 늙으면 죽는 법. 나야 선산발치에 묻히면 되는 거고. 나는 그런 생각이니까 내 염려 말고 네 뜻대로 하거라. 나라를 잃었다고 해도 언젠가 되찾을 날이 있을 걸 믿어야지. 사내가 일을 하겠거든 시작을 해도 크게 하거라. 범을 잡으러 간다고 나서도 겨우 토끼 한마리 옭아오는 그런 게 이 세상 이치라는 걸 잊지 말고.

나이 차이야 있었다지만 그런 걸 별로 느끼지 못하며 함께 자란 오누이였다. 어린 서형이 찔레덩굴 밑을 기웃거리노라면 오빠는 말하곤 했다. 뱀 나왔다, 뱀. 엉덩방아를 찧을 듯이 놀라서 달아나는 서형을 보며 무엇이 그리 좋은지 헤헤거리던 오빠였다.

문득 오빠와 함께 입술이 퍼렇게 되도록 오디를 따먹으러 다니던 시절을 서형은 떠올린다. 그때마다 어머니가 하던 말도 떠오른다. 무슨 계집아이가 치마를 펄럭대며 나무엘 올라가니. 그건 사내 녀석들이나 하는 짓인 줄을 왜 몰라.

오빠는 올라가도 되고 왜 나만 안 돼?

네 아버지도 다 글렀다. 딸년 글 가르쳐놓아야 뭐에 쓴다니. 암만 남녀유별을 가르치면 뭘 해. 나무에나 기어올라가는데.

산 너머에서 해가 뜨고 산 너머로 해가 지는 산골이었지만 그나마 훈장 집에서 태어난 복으로 어려서부터 귀동냥 눈동냥으로 『동몽선습』을 마쳤고, 그걸 기특하게 안 아버지 무릎 앞에서 틈나는 대로 사서(四書)를 읽게 되었다. 그렇지만 어머니는 달랐다.

"계집이 글 알아서 뭐에 쓴답디까. 제 신세만 고단하지."

어머니는 여자 팔자란 뒤웅박 팔자라는 말을 늘 잊지 않았다. 굴러가다가 어디 펑퍼짐한 데 멎으면 저 편한 거고, 그도 못 되어 개골창에라도 빠지면 한평생이 궂은날이고.

세상살이란 그렇게 단순한 것이 아니라는 의심을 가지게 한 사람이 있다면 그건 오빠였다. 목숨이란 이렇게 값없이 살아도 좋은 하찮은 게 아니라는 말도 오빠에게서 들었다. 나라 없는 백성이 땅이나 파며 흘러가는 구름이나 보고 있어서야 말이 되느냐고도 했다. 그런 오빠를 하루라도 빨리 장가를 들여 마음을 잡게 하려던 어머니의 분주함도 아랑곳없이 오빠는 만주로 떠났다.

나 만주로 간다.

마치 화를 내듯이 그렇게 말하고 오빠는 떠났다.

오빠, 거긴 멀어요?

멀다고 가야 할 길을 안 갈까.

혼사도 치르지 못하고 오빠는 그렇게 갔고, 약혼 이야기가 오가던 정임이 언니는 대처 어딘가로 갔다는 소문만 있다.

"정임이 언니도 그렇지. 그렇게 오빠를 좋아했으면 따라나서든가 했어야지. 그 혼사 깨졌다고 집 나가버리면, 우리만 못된 집안 만들어놓고."

만주로 떠날 준비를 하는 오빠 옆에서 자신은 자신대로 결혼을 준비해야 하는 어수선함이 서형을 마음 붙일 곳 없이 몰아가던 때였다. 태형이 한 말이 있었다. 그 집 귀신 되는 거다. 훈장 집 딸이 세상이 다 아는 친일파네 집에 가서 그 집 귀신이 되어야 하는 거야. 그러나 난 믿는 데가 있다. 지상이 그 사람, 그만하면 쓸 만한 사람이다. 생각이 깊으니 네 속 썩이는 일은 없을 거다.

서형이 눈길을 돌려 명조를 내려다보았다. 언제 깨었는지 아이가 눈을 뜨고 천장을 쳐다보고 있다. 명조, 이 도련님아, 자네는 언제 커서 사람 노릇을 하려나.

"서형아."

아버지 치규가 부르는 소리에 서형이 돌아섰다. 마당을 가로질러가는 서형을 두살이가 어슬렁거리며 따라간다.

서형은 댓돌에 신발을 벗고 안으로 들어섰다. 어두컴컴한 방에서 서안을 마주하고 앉아 있는 아버지를 보며 서형이 말했다.

"불을 켜시지 않고."

기름을 아끼느라 아버지는 불을 켜지 않는 때가 많았다. 물자난 때문에 돈을 가지고도 사기 어려운 석유였다. 서형이 등잔에 불을 켰다. 석유냄새를 풍기며 방 안이 조금씩 환해졌다. 치규가 서안 위에 있던 종이봉투 하나를 딸에게 밀어놓으며 말했다.

"이거 받아라. 명조한테 주는 선물이다."

치규가 소리 없이 웃고 있었다. 아버지의 저런 수줍어하는 듯한 웃음은 얼마 만인가. 서형이 놀라며 한지로 정성 들여 접은 봉투를 열어보았다.

"아이에게 주는 시를 한수 적어보았다. 마음을 담느라고는 했다만 훗날 그애가 웃지나 않을까 모르겠다."

서형이 아버지가 쓴 시를 읽어내려갔다. 「운산음(雲山吟)」,● 구름과 산을 노래한 시였다.

일어났던 흰 구름 사라짐이 있지만　　　白雲有起滅
푸른 산은 그 모습 변함이 없구나.　　　青山無改時
무릇 변함은 귀한 것이 아니니　　　變遷非所貴
가히 아름답구나, 우뚝 선 그 모습.　　　特立斯爲奇

●순암(順菴) 안정복(安鼎福, 1712~91)의 시를 빌림.

"어머, 아버지."

서형이 더 말을 잇지 못했다. 치규가 딸의 고개 숙인 이마를 내려다보았다.

"늠름하고 의연하거라 하는 마음을 담느라고 했다만."

"정말 고맙습니다."

짧게 깎은 머리와는 달리 흰 한복 옷고름까지 내려오는 긴 수염을 쓰다듬으며 치규가 책 한권을 서형에게 내밀었다. 곱게 묶은 새 책이었다.

"그리고, 이것도 넣어 가거라. 내가 외손자한테 주는 거니, 잘 간수했다가 글 배우기 시작하면 건네거라."

"무슨 책인데요?"

"『맹자』다. 진심장구(盡心章句)."

책을 받아 들춰보다가 서형이 놀란다. 글씨가 눈에 익은 아버지의 필체였기 때문이다.

"아버지가 필사를 하셨네요?"

"그래. 할 일도 없고 해서."

"아이한테 너무 좋은 선물이네요. 아버지, 고맙습니다."

어린 외손을 생각하는 아버지의 마음이 서형의 가슴에 와닿는다.

"글씨 쓰는 것도 옛날이야기가 되나 보다. 이젠 나도 팔에 힘이 떨어져서."

서당 훈장을 하며 소일해온 치규였다. 농사일은 머슴 한동이가 다 거두고 있었다. 치규가 수염을 쓰다듬으며 말했다.

"사서 가운데서도 『맹자』는 꼭 읽었으면 해서 주는 거니까, 크거든 그 말도 꼭 전하거라."

"크면 데리고 와서, 아버지한테 직접 배우도록 할 거예요."

"어느 세월에. 내 나이가 이제는 내일을 못 믿어요."

치규가 천천히 담뱃대에 잎담배를 눌러 넣었다.

"유교의 조종(祖宗)이 공자라면 증자는 그 학설을 전한 사람이고, 공자의 손자가 되는 자사가 그것을 이었는데, 맹자가 바로 그 자사의 문인에게서 가르침을 받은 사람이지."

늘 듣곤 하던 아버지의 말을 서형은 고개를 숙인 채 듣는다.

"생도 내가 구하는 바요 의도 내가 구하는 바이지만, 두가지를 다 겸할 수 없을 바에는 차라리 생을 버리고 의를 찾겠다고 한 게 맹자였어. 그 혼탁하던 시대에 천하를 주유하며 정의와 도덕을 위해 자신의 기개를 굽히지 않은 분이 맹자였거든. 오늘처럼 어려운 세상에서는 그래서 더욱 맹자의 가르침이 귀감이 되지 않겠느냐."

딸아이가 크는 것을 보며 여자도 이제는 배워야 한다는 생각을 했던 치규였다. 딸아이의 이름에 형(螢)이라는 글자를 넣은 데는 여자도 부지런하고 꾸준하게 학문을 닦으라는 마음이 담겨 있었다. 중국 진나라 차윤이 여름밤이면 반딧불로 글을 읽고, 손강이 한겨울 눈빛으로 책을 읽었다는 옛일 형설(螢雪)에서 따온 이름이었다.

아버지에게서 책을 받아가지고 방을 나온 서형은 뒷방으로 가다가 마당을 내다보았다. 방에서 흘러나온 불빛이 어른거리고 있는 마당 한편이 텅 비었다. 오빠 태형이 쓰던 방이 거기 있었다. 이엉해 얹기도 번거롭다면서 아버지가 그쪽을 헐어버린 건 오빠가 만주로 떠난 다음 해였다. 말이야 그렇게 했지만, 언제 돌아올지 모를 아들, 소식조차 없는 아들이 쓰던 빈방이 마음 편하지 않았기 때문이었으리라.

옳게 살기가 어려운 거지 누가 옳고 그른 것을 모르나요. 아버지의 말을 들으며 안타까움으로 눈길을 돌리던 여름날에 뒤꼍 복사나무 옆에는 빈 벌통이 또 하나 늘어 있었다. 집안이 기울면 기르던 벌이 먼저 알고 나간다던가. 까닭을 모르게 집에 있던 벌이 날아가곤 했다. 빈 벌통이 늘어나면서 집안도 어딘가 모르게 냉기가 흐르며 비어갔다.

소양강 건너 샘밭은 예로부터 보부상이 모이던 장터였다. 우두평야 쪽으로 흘러내리는 소양강이 춘천의 젖줄이 되어 문물을 실어나르고, 인근의 세곡을 모아 송악으로 한양으로 옮겨가던 소양강창이 강 언덕에 자리 잡으면서 샘밭장은 번성을 더했다. 이웃한 도지거리 또한 한몫을 했다. 논밭이나 집터의 땅값을 곡식으로 갚던 도지(賭地)를 이곳에서 다루게 되면서 샘밭은 더욱 은성해갈 수밖에 없었다. 사람이 모이면 길이 뚫리고, 길이 뚫리면 더욱 사람이 모이면서 마을은 커지게 마련이다. 우두대촌(牛頭大村)이라는 말도 그렇게 생겨났다. 샘밭에 장이 서고 그다음 날 춘천 읍내에 장이 서던 시절이었다.

일본의 식민통치가 이어지면서 상권이 서서히 읍내로 옮겨가자 샘밭 장은 남았지만 읍내 장이 없어지는 변화가 찾아왔다. 일본인들이 들어와 자리 잡으면서 읍내에는 번화가가 생겨나고 앞두루 뒷두루로 마을이 번져갔다. 치규가 샘밭 안쪽으로 더 깊이 자리를 옮기며 농사일을 놓고 서당을 열어 아이들을 가르치는 일로 소일하기 시작한 집안에서 서형은 자랐다.

그와는 달리, 소양강변의 앞두루 수원지 옆에 정미소를 차리면서 재산을 일으킨 김두영은 젊어서 안 한 일이 없다는 소문이었다. 부인도 재산 늘리는 데 한몫을 했다고 했다.

　"하이칼라 머리에 기름 바르고 세비로(신사복) 입은 집안에서 두루마기에 마고자 입고 수염 긴 서당어른과 사돈을 맺는다니, 고것 참 알다가도 모를 일이네."

　사람들은 그렇게 말들을 했다. 그러나 두 집안의 젊은 자식들 사이에 서린 사연을 그들은 모르고 있었다. 윗샘밭으로 이사를 한 서형의 집을 지상이 스스럼없이 드나들게 된 사연을.

　다음 날 아침 서형은 집을 나섰다. 아이를 업은 서형을 한동이 짐을 지고 따라나섰다.

　한동은 동네에서 오래 머슴을 살던 덕삼이 늦장가를 들어 낳은 아이였다. 그 어미가 옹기장수와 바람이 나서 사내 따라 가버리는 바람에 동네 지청구꾸러기로 자랐다. 덕삼이마저 몹쓸 병에 갑자기 세상을 떠나면서, 어린아이를 치구가 데려다 서당 심부름도 시키고 크면서 농사일도 가르친 것이 벌써 십년이 가까웠다.

　홍씨가 내온 보퉁이를 번쩍 들어 지게에 얹던 한동이 말했다.

　"저는 또 뭐 꽤나 무거운가 했지유. 이건 뭐 지게에 얹고 자시고 할 것도 없네유."

　"녀석, 흰소리는."

　"친정에 왔다 가는데 뭐 좀 바리바리 싸보내시지 않구. 이거야 괴나리봇짐 아네유."

　"대가리 커졌다고 말은 아주 넙죽넙죽 잘도 하네. 너는 농사 자알 지어서 추수 끝내거든 장가들 생각이나 해."

"공출이다 뭐다, 털어봐야 쭉정이뿐인 농사, 추수까지 기다릴 거나 뭐 있나유. 색시만 있으면 지금이라도 못 갈 게 없걸랑유."

"장가는 꽤나 가고 싶은 모양이네."

"미투리 짚신짝도 짝이 있다잖아유."

"그래, 어떤 각시를 얻고 싶은데?"

"코랑 입은 하나면 돼유. 눈이랑 귀만 두개 있으면 족하지유. 그리구 오줌은 앉아서 눠야지유."

"저놈이, 저놈이."

짐 진 사람이 앞서 걸어야 한다면서 한동은 먼저 마을을 빠져나갔다. 동구 밖으로 나온 서형은 느티나무 아래서 발길을 멈추었다. 멀리 소를 끌고 가는 마을 사람의 모습이 보인다. 등에 진 빈 지게가 한가롭지만은 않고 오히려 썰렁해 보인다.

아래샘밭 쪽 들판을 바라보며 어머니가 한숨을 내쉬었다.

"큰일이구나. 살아내기가 점점 힘들어지니. 다들 속에 주름 안 잡히고 사는 사람이 있어야지."

"저 잘하고 있을게요. 엄마, 그럼…"

고개를 숙이고 나서 서형은 돌아섰다. 마을을 뒤로하고 서형은 걷기 시작했다. 멀어져가는 딸의 모습을 바라보고 서 있는 어머니를 몇번이나 뒤돌아보면서 서형은 마을길을 빠져나갔다.

잘 왔다 간다. 혼자 와서 둘이 되어 간다. 한 여자가 와서 어머니가 되어서 간다. 마냥 기뻐할 수만은 없이 거기 성에처럼 지상이 없다는 서러움이 끼지만, 이제부터는 더 의연해야 하리라. 서형은 설렁설렁 바람이 들어오는 가슴을 다독거린다.

강가로 나오니 한동은 지게를 받쳐놓고 서형이 오기를 기다리고 있었다. 피폐할 대로 피폐한 농촌, 철이 바뀌어도 윤기가 돌 것 같지 않던 들판과 산허리에 그래도 푸르름이 가득하다.

아이를 추스르는 서형을 보며 한동이 웃는다. 서당 앞에서 훈장님 따라서 학동들 벌세울 땐 선머슴 같더니, 어느새 애어머니가 되시고. 애써 먼 산 쪽으로 고개를 돌리는 한동의 얼굴이 어두워진다.

"혼자 하는 농사일 힘들지는 않니?"

"농사랄 게 뭐 있나유. 저어기 누워 있는 소보고 제가 그러잖아유. 이눔아 내가 왜 너로 못 태어났나 모르겠다."

"그건 또 무슨 소리니?"

"농사도 무슨 재미가 있어야 짓지유. 게다가 나도 언제 끌려갈지 모르는 몸인데."

"얘는 별소리를 다 한다."

저벅저벅 나루터로 걸어가면서 한동이 말했다.

"형님 오셔서 매달릴 때… 재미있더니만."

한동은 지금 지상이 장가들 때 이야기를 하고 있었다. 아이를 업은 서형을 보자니 그 생각이 났던 것이다.

"형님이? 어딜 매달려?"

"아유, 왜 그때 있잖아유. 누님 연지 곤지 찍고 그때 말예유. 색시 도둑 왔다고 형님을 마을 청년들이 매달아놓고 그냥 발바닥을 다듬잇방맹이로 후려치는데."

"난 또 무슨 소리라구. 별생각을 다 한다."

무심히 그런 말을 중얼거리는데 한동의 모습이 예사롭지 않다. 서형에게 고개를 돌리는 얼굴이 울먹거리고 눈에 핏발이 서 있다.

서형이 다가서며 소리 없이 웃는데, 다 웃지 못하고 서형도 얼굴이 일그러진다.

"무슨 일인데 그래?"

"있잖아유, 마을에서 다들 뭐라는지 아세유?"

"동네에서 뭐래?"

"누님 이제 혼자되신대유."

"흉한 소리를 다 한다. 못 하는 소리가 없어!"

"다들 그래유. 요새 징용 나간 사람치고 성해서 돌아오는 사람이 없대잖아유."

"네 마음이야 알지만, 그런 생각일랑은 하지 마라. 사람마다 다 같을까."

봄 와서 꽃 피고 나물 캐다보면 여름도 있고, 빨래 버석버석 마르는 가을볕도 있는 법. 아직 나이 창창하고 이젠 이 어린것까지 있는데, 지내노라면 좋은 날 오는 거 보고 살겠지. 어디 세월이 이렇기만 하겠니. 먼 산을 봐라. 저렇게 아우성치듯 검푸르지 않니. 산을 보고 살고 강을 보며 살지. 그렇게 살면 되는 거란다.

한동의 마음을 다독거리듯 서형이 물었다.

"참, 너 지난봄에 전라도 색시랑 있다던 혼담, 그건 어떻게 됐니?"

"혼담은 무슨 얼어죽을 혼담이유."

한동의 말이 거칠다.

"저 장가 같은 거 안 가유. 제 주제에 무슨."

"입은 하나고 눈이랑 귀는 두 개 있는 색시면 된다면서."

웃으라고 한 이야기인데 한동이 말이 없다.

"그 색시를 네가 마음에 없어 했다면서?"

"그딴 얘기를 왜 누님이 해유?"

"하면 어때서. 너도 벌써 나이가 있는데."

"저는유… 저는 더 암것두 필요 없는 사램이에유."

한동이 이를 악물었다. 저는유, 누님 한 사람만 있으면 돼유. 그 말을 이를 악물며 참는 한동의 얼굴을 강바람이 때리고 간다.

16

"아들 보고 싶지 않아?"

"다 알면서 생살에 소금 뿌리지 마라."

보고 싶지. 생각만 해도 가슴이 뛰지. 풀밭에 바람이 쓸리고 있다. 거기 어른거리는 불빛을 바라보는 지상의 눈길이 가늘어진다.

월급날 저녁이었다. 이달에는 지상의 월급에 전표 몇장이 들어 있었다. 우석이 키들키들 웃었다.

"김지상 군, 이달에는 증탄실적이 있으시군그래. 우수한 광원은 이럴 때 알아본다니까. 하라면 한다! 역시 훌륭해."

"최우석 군은 어째서 이달에 월급이 빵엔인가. 실적이 영 빈대 콧구멍이군그래. 증탄이다, 증탄!"

장난을 쳐도 참 쪼잔하기가 왜놈답다. 지난달에는 저놈한테 전표 몇장, 이달에는 요놈한테 전표 몇장이다. 생각해낸다는 게 그

꼴, 밴댕이 소갈머리다. 둘은 서로 어이없어하며 전표 몇장으로 센베이 과자를 사들고 바다가 내려다보이는 풀밭에 앉아 있었다.

지상이 말했다.

"사람이란 게 말이다, 내가 생각해도 참 야속하다. 보고 싶다고 아들을 볼 수 있는 것도 아니잖니. 그러니 쓸데없이 괴로워하지 말고 다 잊자, 생각하지 말자, 말자 하면서 지냈거든. 그러다보니⋯ 이럴 수도 있나 싶게, 아들이 보고 싶다는 생각조차 나지 않는다."

"너무 자학하지 마."

풀밭 위의 불빛을, 그 너머 방파제를, 그리고 깊이를 알 수 없이 어둡게 섬을 둘러싸고 있는 바다를 둘은 말없이 내려다보았다. 무슨 생각을 하고 있었던 것일까, 우석이 불쑥 말했다.

"넌 집이 어디니?"

"밤새워 곡하다가 누구 장사냐고 묻는구나. 전평리 아니냐."

가슴을 편 지상의 목소리가 밝아지며 두 손을 하늘로 치켜올렸다.

"너 우리 학교 교가 생각나?"

지상이 낮은 목소리로 그때의 교가를 더듬었다. 일본어로 부르던 춘천고보 교가였다.

전평 너른 들에 찾아온 봄날
동쪽 하늘에 계시를 받아

"바로 그 전평 너른 들이다. 수원지 있는 소양강변 앞두루."

둘은 잠시 말이 없었다. 춘천고보. 그들은 저마다 헝클어져 엉망이 되어버린 학창 시절을 떠올리고 있었다.

"너 나를 상록회 모임에서 보았다고 했지?"

"갑자기 왜 그 얘기는 꺼내?"

"늘 생각했어. 그렇게 중요한 일인데 난 왜 너를 기억하지 못할까."

"그럴 수밖에. 난 정식 회원이 아니라 독서회 쪽이었거든. 또 백홍기 선배가 상록회 강령에 회의를 품은 발언을 하며 참여를 하지 않게 되었을 때부터 나도 모임에는 나가질 않았으니까. 널 본 게 그 마지막 무렵이었을 거야."

쓸쓸하게 지상은 그때를 떠올렸다. 나야 선배들한테 책이나 빌려오는 정도였지. 내 성격에 앞장설 사람이 못 되는데다 이게 과연 독립운동으로까지 발전하겠느냐는 백홍기 선배의 회의에 나도 같은 생각이었고. 그러니 수사가 광범위하게 시작됐다는 걸 알면서도 난 별걱정을 안 했다. 한두번 불려갔다 오긴 하겠구나, 그런 정도였다. 그렇게 그냥 내버려둬도 되는 일이었는데, 아버지 때문에 수사대상에서 완전히 빠져버렸던 거지. 내가 경찰에 불려가는 일조차 없으니까 학생들 사이에 저 자식이 밀고자라는 소문이 퍼지더라. 학교에서는 따돌림을 당하고.

결국 학교를 그만둘 수밖에 없었지. 아버지는 나를 학교라도 마치게 한 다음 유학이라도 보내려고 손을 쓴 거겠지만 그게 오히려 학교를 다닐 수 없게 만든 거야. 애들 눈이 무서워서 학교를 그만둬? 사내자식이 대가 그렇게 약해서 뭘 하겠느냐! 아버지는 불같이 화를 냈지만 난 왠지 학교를 다닌다는 게 비겁하다는 생각이었어.

지상이 물었다.

"그때 넌 어떻게 됐니? 그래도 재판은 피했으니 말이다."

"지상아, 사실 난 회원으론 열심이었지만 사건의 전말에 대해서는 잘 모른다. 막상 수사가 시작되고 순사들이 눈 뒤집혀져서 까뒤집고 다닐 땐 난 춘천에 없었거든."

그 사건에서 마음을 돌리고 가게일에 처박혔던 지상이었기에 그는 누구누구가 기소되었는지 잘 몰랐다. 서형의 오빠 태형에게서 전해들은 것이 전부였다.

"없었다니? 어딜 갔었는데?"

"절에 들어가 있었어."

"절?"

"내가 번뇌가 많다."

잠시 후 우석이 말했다.

"집에 돌아가야겠다 생각하고 연락을 했을 땐 이미 재판도 다 끝난 뒤더라. 난 그게 그렇게 큰 사건이 되었다는 것조차 모르고 지냈던 거야."

그랬던가. 문득 먼 기억이, 해맑게 웃으면서 야마무라는 촌놈인데 양조장 주인이면 아예 사까꾸라고 창씨개명을 하지그랬어, 하던 우석의 얼굴이 떠올랐다. 우석이 말했다.

"우리가 그때 읽었던 이광수의 소설만 해도 그렇다. 난 그를 변절이라고 부르고 싶지도 않다. 우리들의 불행이지. 주요한이랑 이광수가 이런 얘기를 했다는 거 들었어? 우리가 더 일본과 동화되어서 이러다간 일본이 조선사람 차지가 되겠구나, 생각하도록 만들어야 한다는 거야. 이게 말이나 되는 소리냐?"

1944년 중국 난징에서 열린 대동아문학자대회에 참석한 이광수가 소설가 김팔봉에게 했다는 말이었다. '우리에게 선거권과 피선

거권이 생겨 조선사람 문부대신도 육군대신도 나오게 되는 날이면 그때 가서야 일본인이 깨닫고서 이러다가는 일본이 조선인의 나라 되겠으니 안 되겠다 하고서 살림을 갈라가게 된단 말이오. 그제야 우리는 삼천리 강토를 찾아가지고 독립한단 말이오'. 우석은 그것을 말하고 있었다.

"어떻게 지도자라는 사람이 한 민족의 독립을 포기할 수가 있니. 말이 말 같아야지. 사람 인 자가 넷이다."

"사람 인이 넷이라니, 그건 또 무슨 소리야?"

"사람이면 다 사람인가 사람다워야 사람이지."

"난 또 뭔 소리라구."

우석이 지상에게 고개를 돌리며 물었다.

"너 이찬우 선배 아니? 연설을 참 잘하던 선배 말이야."

"얘기만 들었지."

"그 선배가 자전거 여행을 했잖아. 여름방학 때 춘천을 출발해서 서울로 갔다가 개성을 거쳐서 평양까지 올라갔다 왔어. 자기 눈으로 직접 역사가 서린 고도(古都)와 농촌의 실상을 더 넓게 체험하려는 거였대. 그 얘기를 듣는 순간 눈앞이 확 열리더라. 이거다 싶었어. 그래서 나도 내 몸으로 민족을 읽자고 생각했던 거야. 많이 돌아다녔다. 조국, 내 슬픈 조국의 산하를."

몸으로 읽는 조국. 슬픈 조국의 산하. 우석의 말 하나하나가 지상의 가슴속으로 뚜벅뚜벅 걸어들어오는 것 같았다. 그의 말처럼 서글프게.

우석이 말하고 있었다. 이 세상이 어떻게 꾸려져 돌아가는지 그것부터 알고 싶었다. 계층이라는 게 있는 거 아니냐. 지주가 있으면 마름쇠가 있고 소작이 있고 또 머슴이 있고. 그걸 내 몸으로 알고 싶었어. 사회와 내가 사는 시대를 철저하게 가식 없이 내 몸으로 인식한다고 할까. 조선이라는 나라가 무슨 꼴이 났는가, 어디까지 와 있는가를 내 몸으로 배우고 싶었다고 할까.

강원도에서는 안 되겠다 싶더라. 강원도야 지주 아니면 소작, 화전민 그게 전부인데, 강원도의 지주라는 게 고작 땅 몇마지기냐. 그래서 처음 내려간 곳이 전라도 만경뜰이었는데, 이곳저곳 많이 헤매고 다녔다. 곳곳의 들판이 일본 귀족이라는 자들의 땅이야. 염전까지도 그들 거야. 호소까와라는 쿠마모또 귀족의 땅에도 얼마를 처박혀 있었지.

그러다 장삿속은 어떤가를 알아보려고 보부상 따라서 등짐도 지고 노새도 몰아봤다. 집 나가면 개고생이라는 걸 나는 공부라고 생각했어. 개고생으로 내 나라를 읽어보자. 그러다가 또 회의가 들더라. 내가 누군가. 나 자신을 알아야 하지 않겠는가.

그런 생각으로 찾아간 게 절이었단다. 행전을 차고 돌아다니며 밥 짓기, 불 때기 같은 일을 하며 행자 시절을 보냈는데… 불법승으로 삼보에 귀의하겠다는 약속을 올리며 사홍서원(四弘誓願)이라는 걸 주는데 그게 참 기가 막히더라. 내 얕은 생각이지만 아, 이것이로구나 싶었지. 이게 사람의 길이고, 딱히 승려가 되지 않더라도 세상을 살아가려면 이런 마음가짐으로 가야 하는구나 했다. 사홍서원이라는 게 이런 거야. 중생이 가없지만 기어코 건지리다. 번뇌는 끝없지만 기어코 끊으리다. 법문은 한이 없지만 기어코 배우리다. 불도에 닿음이 없지만 기어코 이루리다.

이게 길이다 싶었지. 날 그 길로 이끄시려는 스님도 만났으니 행운이라면 행운이었는데, 겨우 안 건 내가 참 번뇌가 많구나 하는 거였어. 결국 산을 내려와야 했는데, 이미 재판도 끝났고 많은 선배들이 잡혀갔다는 것도 나는 그제야 알게 되었어. 그때의 참담함이라니. 그러니 그 세월을 보내며 나이만 먹었지 무엇 하나 제대로 해낸 게 없는 거야. 그렇게 헛된 몇년을 보냈는데, 한편 생각하면 그때가 없었다면 난 어떻게 살았을까, 그나마 지금을 사는 데 기댈 기둥이 되는구나 싶기도 해.

상록회, 그 독서모임이 우리에게 남긴 건 뭘까. 확인이자 가능성이었다고 나는 생각해. 저 땅속에 민족의 뿌리가 남아 있다는 거, 다 고사한 나무가 아니라는 거, 5천년 역사가 어찌 몇십년에 거덜이 나겠는가 하는 믿음을 일깨운 거 아닐까.

"너나 나나 졸업은 못 했지만 엄연히 따지자면 내가 춘고보 선배님이시다. 알겠냐?"

"네, 하늘 같은 선배님. 제 센베이까지 마저 드시지요."

지상이 들고 있던 센베이 반쪽을 우석의 손바닥에 놓았다. 지상이 말했다.

"그런데 너 이건 알아라. 타관살이에서 십년은 말 놓는 친구라는 거."

둘은 소리 죽여 웃었다. 지상이 꿈꾸듯 말했다.

"이따금 생각하지. 그때 선배들과 이야기 나눴던 그 정신으로 살아가야 한다. 그때의 그 결심으로."

"그때 그 시절을 우리가 어떻게 잊을 수가 있겠냐."

꿈꾸듯 우석이 말했다.

"상록회 모임이 제대로만 됐다면 어떻게 됐을까. 너무 일찍 드러난 거, 그게 안타깝지. 목표는 우리가 졸업을 하고 사회에 나가서 각자가 어느 분야에서든 독립을 위해 일한다는 데 있었으니까. 그래서 생각하면 회한이야 남지만… 그래도 그때가 그리울 때가 있어. 그때 우린 참 젊었지."

"그런 엄청난 일을 하기에는 너무 어렸던 건 아닐까?"

"아냐, 젊었어. 파밭처럼 다들 싱싱했어."

젊었나. 그랬다. 젊었다. 지금 여기 와 이렇게 엎어져 있을 줄을 생각이나 했던가. 쓰라린 기억을 떠올리며 어둠을 바라보던 지상은 그때가 지나간 먼 어느날처럼 생각되어 고개를 숙였다.

"선배들을 보며 참 다들 치열하구나, 생각했지. 난 그게 너무 좋았어. 독서모임은 사람을 모으는 준비단계였고 역사의식을 갖게 하는 방법론이었을 뿐이야. 원대하게, 독립을 위해 몸을 던질 투사를 만든다는 계획을 듣고 얼마나 가슴이 떨렸는지. 난 지금도 그 생각만 하면 가슴이 뛴다. 그 정신을 잊지 말고 이어가야 하는데."

지상이 그때의 선배들을 생각하며 그리움에 젖은 목소리로 나지막하게 말했다.

"내가 좋아했던 선배는 태형이 선배였어. 샘밭 사는."

"태형이 선배야 나도 알지! 잘 알아. 나도 좋아했어."

"그 선배가 지금 내 손위 처남이시다."

"뭐야?"

우석이 목소리를 높이며 지상을 마주 보았다.

"그럼 태형이 선배 여동생이 네 마누라란 말이냐?"

"마누라가 뭐냐. 부인이시지."

다들 파밭처럼 싱싱했다고 우석이 말한 그 시절, 지상은 기억하고 있었다. 그때 샘밭 집으로 놀러간 지상에게 태형이 보여준 노트에는 꿈 같은 글들이 적혀 있었다. '상록회, 우리들은 순결하고 풋풋하다. 물안개 피어나는 소양강의 새벽처럼 우리의 뜻은 아름답다.' '오늘 우리가 생각하는 꿈과 의지는 원대하다. 푸들푸들 살아 움직이는 정신으로 우리의 젊음을 바쳐 그것을 사회에 접목시켜 나아가야 한다. 우리가 끝내 이루고자 하는 조선독립과 그 독립운동의 핵심이 될 인재를 기르기로 한다는 지평은 얼마나 창대한가.'

"형님. 저 이거 베껴가면 안 될까요?"

"남의 일기를 베껴가겠다는 사람도 다 있냐."

"너무 좋아서 그래요."

씨앗은 작았다. 수업시간에 주고받은 작은 종이쪽지와 물리 공책에 적은 한편의 글이 그 시작이었다. 창립회원 백홍기는 검거된 후인 1938년 12월 20일 사법경찰관 도경부보 하마노 마스따로오의 신문에서 이렇게 밝히고 있다.

"쇼오와12년(1937) 2월 학교 교실에서 문세현이 나에게 물리 공책에 '장래 조선인은 어디로 갈 것인가'라는 제목으로 조선인은 이런 추이로 가면 자멸할 수밖에 없으니 우리들 청년의 자각이 절실하지 않은가라는 글을 보여주며 나의 뜻을 물었다."

또한 춘천경찰서에서 1939년 5월 12일자로 작성되어 경성지방법원 춘천지청 검사분국 검사 스기끼 카꾸이찌 앞으로 보낸「범죄사실」에는 다음과 같이 적시되어 있다. "4학년이었던 쇼오와12년 2월 어느날 수학시간 중에 피의자 문세현은 피의자 이찬우에게 종이쪽지에 '학교에서는 요즈음 조선어 사용을 금지하고 일본어 사용을 장려하는데, 조선인은 어디로 가는가'라고 적어 조선어 사용의 금지에 대한 울분을 드러내자, 이찬우는 '사람 없는 광야에서 까마귀밥이 되더라도 조선민족을 위하여 희생이 되겠다'라는 격렬한 민족의식을 교환했고, 남궁태와도 민족의 해방은 일본의 굴레에서 벗어나는 조선독립운동에 있다는 강고한 신념을 가지고 흔연히 비밀결사를 조직하기로 의향이 일치했다."

비밀결사의 뜻을 모은 첫 만남은 3월 14일 이루어졌다. 상록회의 탄생이었다. 창립회원들은 자기완성, 지도자로서의 책임 완수, 단결력 배양, 그리고 자신들이 민족의 악습으로 인식했던 파벌투쟁의 배척에 마음을 모으고 조선민족을 위해 한 몸을 바칠 것을 결의하기에 이른다.

산하에 독서회를 두었는데, 책을 서로 돌려 읽는 만남은 회원을 확보하기 위해서도 필요했고 상록회가 그 활동을 표면화할 수 있는 방편으로서 절묘한 것이었다. 책을 윤독하면서 회원들은 월례회를 가지고 독후감 발표, 토론, 민족의 장래에 대한 자신의 뜻을 밝히는 연설 등을 전개했다.

이 정신은 창립회원 남궁태, 이찬우, 문세현, 용환각, 백홍기, 조규석과, 이들이 졸업한 후 검거되기까지 상록회의 맥을 이어간 이연호로 흘러간다. 탈퇴와 신입회원의 영입을 거듭하면서 상록회의 정신은 이어졌고, 졸업생 가운데 이찬우와 백홍기는 만주로 가 교사로 일하면서 상록회의 정신을 펼쳐나갔다.

졸업생들의 뒤를 이어 이연호가 회장을 맡고 있던 1938년 12월에 상록회는 동맹휴학이 단서가 되어 경찰에 발각되기에 이른다. 경찰은 송치서에서 학생들의 동향을 예의 탐정(探偵)하던 중이었다고 쓰고 있다.

1938년 가을 수사에 착수한 상록회 사건에 대해 경찰은 「사건기록」에서 "상록회는 일본의 국체를 변혁할 목적으로 조직되었다"고 지적하고 있다. 상록회 사건, 이름하여 '춘천공립중학교 학생의 민족혁명운동사건 검거에 관한 건'은 1939년 3월 25일 경성지방법원 춘천지청으로 송치될 때까지 졸업생과 재학생 137명을 조사, 검거, 구속하였다. 결국 증거로 제시된 총 147점의 압수품과 함께 법원으로 송치된 상록회원 38명의 피의자 가운데 12명이 치안유지법 위반으로 징역형을 선고받았다. 이 가운데 백홍기는 수감 중 고문 후유증으로 옥사한다.

치안유지법 위반으로 잡아들인 졸업생들은 이미 사회에서 다양한 활동을 하고 있었다. 그 가운데는 신학교 학생에 금융조합 서기, 안동검사분국 고용원, 세브란스의전 학생, 약국 사무원, 그리고 서당 교사까지 있었다. 이 가운데 만주로 가 교원으로 아이들을 가르치고 있던 이찬우와 백홍기는 만주까지 뒤쫓아온 춘천경찰서 도순사 요네다 사다요시와 오카다 이소이찌에 의해 체포되어 평안북도 신의주경찰서로 압송 구류된 후 춘천으로 끌려온다.

춘천경찰서가 치안유지법 제1조 제1항의 결사조직과 결사가입 죄로 작성한 「범죄사실」은 이들이 "일본제국이 중국사변 발발 이래 신동아질서 건설에 매진하는 비상국난을 맞아 거국적으로 결속해야 할 때에 편협하고 치열한 민족운동으로 총후를 교란하는 불온행위를 자행한 범정(犯情)이 매우 가증스럽다"고 적시하면서 "추호도 개전의 정을 인정할 수 없을 뿐만 아니라 그 포회한 민족의식이 참으로 확고하므로 기소함이 옳을 것으로 생각한다"고 밝히고 있다.

독서회를 중심으로 비밀결사를 하고 이를 통해 조직적인 항일운동의 초석을 놓으며 무지개처럼 떠올랐던 춘천고보의 상록회는 훗날 항일정신의 한 이정표로 춘천 지역에 긴 그림자를 남기며 표면적으로는 그렇게 막을 내렸다.

상록회의 비밀결사와 활동, 그리고 회원들의 민족적 자각에는 여러가지가 영향을 미쳤다. 가정환경과 종교도 그중의 하나였다.

남궁태는 강원도 홍천군 서면 모곡리에서 자랐다. 이곳은 한말의 독립운동가 한서 남궁억 선생의 향리이기도 하다. 남궁억은 그에게 할아버지뻘 항렬의 친척이었다. 그랬기에 고향으로 돌아온 남궁억으로부터 일찍이 "삼천리 강산의 주인이 되어 이민족의 압정 착취로부터 도탄에 빠진 백의동포를 구제하는 것은 장래 조선을 건설할 너희들의 책무이다"라는 감화를 받고 "민족의식이 싹텄다"고 신문조서에서 밝히고 있다.

남궁태는 우울한 소년기를 보낸다. 어머니가 고향에서 일흔이 넘은 조부모를 모시고 사는 동안 마흔여덟살의 아버지는 춘천에서 사법서사로 일하며 서른세살의 최씨와 비교적 부유한 생활을 하고 있었다.

아버지의 젊은 첩 최씨와 춘천에서 생활해야 했던 남궁태는 "최씨에 대한 반감에서 아버지의 훈계도 귀에 들어오지 않았으며 반항심만 키웠고, 잡지 등을 읽는 중에 민족주의 사상을 조장하게 되었다"고 했다. 심지어 그는 "첩 최씨에 관한 가정상의 관계로 해서 민족주의와 신앙의 길로 나아갔는가?"라는 질문에 "전적으로 그렇다"고 대답한다.

"후계자로서 4학년 중심인물인 이연호를 얻고 커다란 안심을 느꼈다. 학교 성적이 우수하고 민족의식이 있던 두뇌 명민한 이연호는 특별히 의식교양을 할 필요도 없었다." 남궁태의 신문조서에서 드러나는 이연호의 면모다.

황해도 안악에서 5남 2녀 중 둘째아들로 태어난 이연호의 집안이 빚에 몰려 춘천으로 이사할 때는 "가세는 해마다 기울어, 곁방살이로 전락하여 그날의 호구에 급급하게" 되었을 때였다. 경춘철도 춘천여객부의 자동차 운전사로 취직한 형이 얼마 안 되는 월급을 받게 되자 그는 춘천공립보통학교로 진학, 수석으로 입학한다.

"모친은 매일 추위에 떨면서 가두에서 구운 떡 장사를 하였는데," 그 비참한 상황에서 "일본인이 조선인을 견마처럼 취급하는 것을 보고는 마침내 배일적 민족주의를 갖게 되었다"는 그의 진술은 한 소년의 가슴에 어떻게 반일감정이 싹트기 시작했는가를 적나라하게 보여준다.

주축이 되었던 학생들에게 기독교는 특히 힘이 되었고, 긴 반향을 남겼다. 상록회를 주도한 남궁태와 문세현은 민족의식이 강했던 춘천 감리교회 김광석 목사의 세례를 받고 신앙생활을 하던 청년이었다. 남궁태는 신문조서에서 "조선독립 후에는 물러나서 동포에게 그리스도의 사랑을 전하는 데 전념"할 뜻을 밝히고 있다.

이연호는 회원들과의 토론에서 "진정으로 인류를 구제하기 위해 필요한 것은 정치 자유 평등권의 획득도, 맑스 신봉자가 말하는 빵 문제도 아니라, 영혼의 개혁이다. 영이 없이는 인류를 구제할 수 없다. 책상 위의 공론을 부르짖지 말라. 영에 의하여 살아야 한다"

고 논박하기도 했다.

토요일 저녁이면 감리교 여교사의 집에서 영어성경을 배우고 빈민가의 성자로 알려진 카가와 토요히꼬의 『사선을 넘어서』를 애독했던 이연호는 이 시절부터 "헐벗은 자의 친구, 빈민의 목회자"로서의 삶을 꿈꾸며 가슴에 품었다.●

●이 책의 상록회 사건 관련 기록과 인용은 『한민족독립운동사자료집』 58, 59, 60(국사편찬위원회 2004)의 상록회사건 신문조서, 공판조서, 상록회사건 재판기록 2, 3 등을 참조했다.

17

바람에 불려 흩날리는 머리카락을 쓸어넘기며 지상은 명국의 마음을 헤아려본다. 눈감고 있으라는 거겠지. 내 코가 석자인데 지금 누구 등 너머로 훈수 두고 있을 때가 아니니 잠자코 있으라는 거겠지. 그 말은 맞다. 어둠 속으로 갈매기가 날아갔다. 저놈은 잠도 없나. 전에 명국이 하곤 하던 말을 흉내 내면서 지상은 저만큼 서 있는 명국의 등을 바라보았다. 천천히 그에게 다가서면서 지상이 말했다.

"차라리 요즘처럼 정신없이 어수선할 때가 좋지 않을까요?"

"나도 그 생각을 안 하는 건 아니다만…"

어차피 일 그르쳤다 하면 죽는 거밖에 없고, 언제든 방파제 지키는 경비가 있기는 마찬가지다. 대책 없이 미루기만 하다가는 때를 놓칠 수도 있다.

"제 생각에는 서둘렀으면 싶습니다."

"꽃도 펴야 열매 맺는 거고, 하늘을 봐야 별을 따는 거 아니더냐. 네 맘은 안다. 그렇다고 기둥도 안 세우고 서까래 얹을까."

채소장수한테 돈을 주고 구워삶아 빈 채소통에 숨어서 나갈 생각이었는데 그놈한테서도 연락이 없다. 죽기 살기로 헤엄을 칠 건지 뗏목을 만들 건지, 그걸 놓고도 아직 이야기가 엇갈리지 않느냐.

그날 저녁, 명국은 한밤에 잠이 깨었다. 갈매기소리에 뒤섞이며 들려오는 파도소리가 어두운 방 안으로 스며들고 있었다. 어쩌자구 꿈자리가 이렇게 뒤숭숭하담. 어려서 죽은 동생이 보이다니.

가로세로 누워서 자고 있는 사람들을 굽어보다가 명국은 희미하게 달빛이 비치는 다른 벽 쪽으로 고개를 돌렸다. 조선에 무슨 일이라도 있나. 아니면 집에 누가 아프기라도 한가. 이런저런 불길한 생각들이 가슴을 짓눌러와서 명국은 길게 한숨을 내쉬었다.

큰일을 앞에 두고 있어서겠지. 엄청난 일을 저질러야 하니까 죽은 동생까지도 걱정이 돼 꿈에라도 보였나 보지. 애써 좋은 쪽으로 생각을 돌리려 해도 가슴이 무겁기는 마찬가지였다. 그 녀석이 하나도 안 변한 얼굴을 했데. 꿈속에서 만났던 동생을 떠올리며 명국은 눈을 껌벅였다. 장가도 못 들고 먼저 간 동생이었다.

밖에 나가 바람이라도 쐬고 들어올까. 부스럭거리며 몸을 일으키려다가 명국은 다시 자리에 앉았다. 때가 때인데, 밖에 나가 어정거리다가 누구 눈에 띄기라도 하면 좋을 게 없지.

명국은 방 안을 메우고 있는 어둠보다도 더 무거운 마음으로 멍하니 창문을 바라보았다. 오늘이 며칠인가. 달빛이 흐릿하게 걸려 있다. 찼던 달도 때 되면 기울고, 그믐달도 때 되면 초승달 된다. 회자정리요 생자필멸이라던가. 만나면 헤어지고, 태어난 건 다 때가 되면 죽게 되어 있다는 뜻이지. 어디 사람만 그렇던가. 풀도 나무도 짐승도 그건 마찬가지다.

명국은 길게 한숨을 내쉬었다. 어린 녀석이 나하고는 달랐어. 그래서 부모님들도 동생을 아까워했지. 글을 읽으라고 보내면 서당 훈장이 밑에 두고 싶어했고, 거간들 따라 장사 시중을 나가면 서로 자기가 데리고 있겠다고 하던 아이가 아니었던가. 재주 많다고 하늘이 시샘을 했을 리도 없는데 집안에서 그중 낫던 아이가 일찍 갔다. 나야 그 아이에다 대면 껍데기지 껍데기야. 그나저나 그애가 왜 갑자기 꿈에 보였던 걸까. 명국은 고개를 숙이고 방바닥을 내려다보았다.

꿈속에서 동생은 이따금 강가를 걷곤 했다. 걷는 모습도, 뒤를 돌아보는 것도 마찬가지였다. 길 갈라주는 굿이라도 해야 했던 건데. 물에 빠져 죽은 아이라 제 형의 꿈에서도 강가를 떠나지 못하는 게 아닌가.

명국은 천천히 자리에서 일어났다. 이리저리 몸을 뒤치며 자고 있는 사람들 사이를 걸어서 창가로 다가갔다. 밖에 바람이 부는가. 바람에 쓸리는 풀소리가 어둠 저편에서 들려왔다. 그나저나 마음이 이렇게 뒤숭숭해서야 어떻게 지상이와 일을 도모하나. 명국은 지그시 어금니를 물었다. 이제 더 늦출 일이 아니라는 데는 지상과 생각이 같았다. 며칠만 더 기다려서 캄캄한 그믐밤에 바다를 건너기로 하자고, 명국은 처음으로 날짜를 잡는다.

'석탄 없이 국방 없다!' '내일의 10톤보다 오늘 1톤을 더!' 석탄 증산을 독려하는 현수막이 조선인 징용공들의 숙사에까지 내걸렸다.

증탄을 독려하는 군부의 입장이 광업소 측에 공식적으로 전달되고, 사소한 것에까지 군부의 입김이 스며들기 시작했다. 그들은 광부의 걸음걸이부터 달라지기를 원했다. 그 첫 조치가 입갱할 때였다. 숙사를 나와 제각각 걸어들어가는 것을 금지하고 숙사 앞에서부터 열을 맞춰 일사불란하게 입갱한다. 마주치는 사람과는 군대식 거수경례를 한다. 군대처럼 팔을 흔들고 걷는다. 채탄현장이 군대처럼 변해가면서 광업소 종합사무실 앞에는 커다란 아치가 새로 세워졌다. 거기에는 커다랗게 '증탄'이라는 두 글자와 함께 '영미격멸'이라는 전쟁구호가 나붙었다.

석탄 증산을 위한 작업의 하나로 뭔가 눈에 띄는 쇄신책이 없을까 하는 광업소의 고심에 점점 더 괴로워지는 것은 조선인 징용공들이었다. 광업소 측은 조선인 광부들로 '한또오키리하(半島切羽)'라는 조직을 편성했다. 조선인 광부와 일인 광부의 충돌을 피하기 위해 일찍이 조선인끼리만 조를 짜서 탄을 캐도록 해왔는데, 여기에 반도인 선발대 같은 조직을 새로 만든 것이다. 갱도의 맨 앞에서 탄을 캐는 키라하를 힘 좋고 우수한 징용공들만으로 편성한다. 이 조로 하여금 놀라운 채탄실적을 올리도록 하여 다른 사람들을 분발시킨다는 것이었다. 그러나 이것조차 일본인과 조선인 광부들에게 채탄량 경쟁을 붙이자는 야비한 발상이었다.

그와 함께 숙사의 복도에 나붙기 시작한 것이 '반도 표창'이라는 종이였다. 한달에 한번 채탄성적이 좋은 조선인에게 보너스를 지급하고 그 이름을 복도에 써붙이는 것이다.

낮에는 잠을 자고 밤일을 나가야 하는 징용공들을 불러내 갱 안에 들어갈 때의 복장 그대로 머리에는 캡라이트를 달고 곡괭이를 메고 작업화에 각반을 차게 하고 다 함께 '증탄! 증탄!'을 외치며 섬 안을 도는 증탄독려 행진을 한 며칠 후였다. 일본인 광부 부인들의 선전반까지 만들어졌다.

북과 종이나팔을 갖추고 줄을 서서 섬 안 이곳저곳을 돌면서 고래고래 소리치며 증탄을 호소하는 일본 부인들이 아파트 사이의 좁은 골목을 오르내리던 날이었다. 징용공 숙사 앞까지 온 몸뻬 차림의 부인 선전반원들은 4층에서 잠을 자려던 누군가가 내던진 목침이 눈앞에 떨어지자 마구 북을 쳐대면서 소리쳤다.

"아라, 코찌와 키껜(아, 여긴 위험해)!"

"다메 다메. 코찌와 다메데스요(안 돼 안 돼. 여긴 안 되겠어요)!"

그들은 혼비백산해 돌아가며 조잘거렸다.

"히도이 야쯔다나아, 조센진, 키따나꾸떼(지독한 놈들이네, 조선인. 더러운 것들이)."

여기에 흑십자훈장이 등장했다. 독일 나치스의 십자장과 비슷한 모양으로 둥근 원 밖으로 십자상이 나오게 되어 있는 이 훈장은 석탄 증산에 모범을 보인 광부에게 주어졌다. 이것을 두번 받을 경우 토오꾜오까지 가서 상무대신의 표창을 받고 포상으로 일본인들의 성소인 궁성참배가 주어졌다. 이 와중에서 훈장을 받아 2급광사(鑛士)라는 칭호를 듣는 조선인 광부도 나왔다.

그러나 갱 안에서의 노동이 가혹해질수록 거기 비례해서 징용 광부들의 자해행위가 늘어갔다. 갱에서 스스로에게 부상을 입히고 병원으로 실려가는 광부들이 생겨났다. 참담한 하루하루를 견디다 못한 징용공이 자신의 몸을 묶고 불을 지른 사건이 아파트 지하 숙사에서 일어났고, 바다에 투신하는 사람들도 세명이나 나왔다. 징용공 숙사는 증탄운동과 함께 점점 더 흉흉해져가고 있었다.

"안 헐 말로 까마구가 보믄 아이고메, 조상어런 어디 갔다 인자 오요 하고 달라들겠구먼요."

"남의 말 하고 있네. 만중아, 네 꼴은 어쩌구."

땀과 탄가루가 범벅이 된 얼굴들, 알아볼 수 있게 반짝이는 것은 눈알뿐이다. 벗어든 캡라이트를 흔들면서 강만중이 명국을 향해 이를 드러내고 웃는다. 좀 쉬었다가 하자는 신호다. 인부들은 하나 둘 시커먼 바닥에 쭈그리고 앉았다. 불빛에 비친 얼굴들이 땀으로 번들거렸다.

목에 감았던 수건을 벗어 땀을 닦으며 명국이 다리를 뻗고 앉았다. 그때였다. 만중이 고개를 돌리면서 소리쳤다.

"뭔 소리여 이거시!"

"무슨 소리였지?"

앉아 있던 명국과 우석이 튀듯이 일어서면서 벽에 몸을 붙였다.

"이쪽이었나?"

만중이 명국의 옆으로 붙으며 말했다.

"내 등 쪽에서 흙이 떨어졌단 말이시."

"그럼 이쪽이잖아."

명국은 천천히 어두침침한 벽을 눈길로 더듬어 나아갔다. 막장 안이 갑자기 죽은 듯이 고요해졌다. 더듬더듬 앞으로 나아가면서 무슨 소리가 또 들리는가 싶어 귀를 기울이고 있던 명국이 뒤를 돌아보며 말했다.

"벽이 이상한데…"

명국이 중얼거리며 램프를 들고 있는 일주에게 손을 뻗었다.

"무슨 소리였지? 불 가져와봐, 불."

일주가 넘어질 듯 몸을 구부리며 명국에게 램프를 건넸다. 또다른 램프를 들고 만중이 우석의 옆으로 다가섰다. 뿌드드득 하는 소리가 기분 나쁘게, 마치 막장 바닥을 긁듯이 벽과 천장 사이에서 새어나왔다. 서로 아귀를 끼워맞춘 갱목이 뒤틀리는 소리였다.

"어디서 나는 거야?"

"이번엔 천장이다!"

램프를 든 손이 움직이고, 불빛이 막장 안을 휘돌며 비췄다. 검은 탄가루로 뒤덮인 얼굴이 질리면서 만중이 한 걸음 뒤로 물러섰다.

"피, 피허자!"

"무너지는 거 아닙니까? 나, 낙반…"

"어느 놈이야, 함부로 주둥일 놀리는 놈이!"

램프를 들고 있던 우석이 소리쳤다. 그 목소리가 작두날로 내려치듯 갱 안을 울렸다. 뒤로 물러서던 만중이 그 소리에 놀라 털썩 엉덩방아를 찧으며 주저앉았다. 우석의 목소리에 대답이라도 하듯 이번에는 그들의 머리 쪽 구석에서 다시 뿌드드득 하며 갱목이 뒤틀리는 소리가 울려나왔다. 만중이 소리쳤다.

"피헙시다. 싸게 피혀!"

어느새 출구 쪽으로 내달리고 있던 일주가 바닥에 나뒹굴며 램프를 떨어뜨렸다. 바닥에 누운 램프가 갱목들이 줄지어 서 있는 벽을 비췄다. 그 불빛 속으로 명국은 탄가루가 푸슬거리며 떨어져내리는 것을 보았다. 일주의 뒤를 따라 엉덩방아를 찧으며 주저앉아 있던 만중이 더듬거리며 출구 쪽을 향해 기기 시작했다. 그때였다. 이제까지와는 달리 좀 더 크게 갱목이 뒤틀리는 소리를 명국은 들었다. 우지끈거리면서 천장을 버티고 있던 갱목이 부러져나가는 소리였다.

"우석아!"

명국이 외마디소리를 질렀다.

"피해라!"

순간 명국은 옆에 서 있는 우석의 어깻죽지를 움켜잡아 출구 쪽을 향해 집어던지듯 밀어붙였다.

"나가라니까."

소리를 지르면서 우석을 밀어붙인 쪽과는 반대쪽으로 명국이 몸을 날렸다. 탄더미 위에 쓰러진 몸을 일으킬 겨를도 없었다. 명국은 기기 시작했다. 퍽퍽 천장에서 탄덩어리가 목덜미며 허리 위에 떨어졌다. 버팀목들이 부러져나가는 소리가 우지끈우지끈 머리 위에서 들리는가 하자, 쿠쾅광 하는 굉음이 세번 온몸을 휩쌌다. 그와 함께 무언가 엄청난 힘이 그의 몸을 덮쳤다. 휜 생나무가 튀어오르듯 그의 몸이 튕겨나가더니 털썩 떨어졌다. 그 위로 천장이 무너져 내렸다. 한순간이었다. 매캐한 가스냄새와 함께 탄가루가 뒤덮이면서 갱 안은 캄캄한 늪으로 빠져들었다. 그뿐, 명국은 아무것도 기억하지 못했다.

얼마나 시간이 흘렀을까. 이 세상의 모든 소리가 사라진 것처럼 고요했다. 천근 같은 무게로 내리누르는 정적 속에서 명국은 가만히 눈을 떴다. 내가 어디에 와 있는 거지. 얼굴을 탄가루에 처박고 있다는 것을 알기까지 또 얼마의 시간이 흘러갔다. 얼굴을 들어보려고 했지만 고개조차 움직일 수 없었다. 의식이 사라졌다가 돌아오기를 몇번, 비로소 명국은 자신이 탄더미에 덮인 채 엎어져 있다는 것을 알았다. 아랫도리를 전연 움직일 수가 없었다. 명국은 할 수 있는 한 모든 힘을 아랫도리로 모아보았다. 그러나 무엇 하나 움직일 수가 없었다. 그렇다면 이건 뭐지. 아랫도리를 짓누르고 있는 이건 뭐지. 그리고 명국은 다시 의식을 잃었다.

다시 눈을 떴을 때 허벅지 밑은 아무 감각이 없었다. 그렇구나. 내가 갱목에 깔렸구나. 엉덩이 아래를 자르듯 내리누르고 있는 건 갱목이 분명해. 그리고 그 위를 탄더미가 덮친 거야. 이렇게 해서 내가 죽는가보다. 그는 마치 남의 일처럼 생각했다.

움직일 수 있는 것은 오른쪽 팔뿐이었다. 그러나 그것마저도 엎드린 자세였기 때문에 마음처럼 움직여지지가 않았다. 조금씩 손을 움직여서 그는 얼굴 밑의 탄가루를 파 옆으로 밀어냈다. 겨우 얼굴을 움직일 수 있게 되었을 때 그는 눈을 감으며 신음소리처럼 불러보았다.

"누구 없소. 누구 없냐구…"

아무 소리도 들려오지 않았다. 입 속에 지걱지걱 탄가루가 씹히면서 목구멍이 타는 듯 아파왔다. 모든 것이 자꾸만 멀어지는 것 같았다. 아물아물해지는 의식 속에서 그는 뽕나무가 푸르게 너울거리는 길을 걸어가고 있었다.

명국은 눈을 떴다가 감고, 또 떴다가 감았다. 뽕나무잎이 느릿느릿 바람에 흔들리고 있는 길이 멀어졌다간 가까워온다. 걸어가고 있는 게 자기인데도 그는 또 그 사내에게 말하고 있었다. 자네 아닌가. 자넨 어떻게 해서 거기까지 갔나. 그 뒤꼍 뽕나무길, 내가 얼마나 거길 걸어다니고 싶었는지 아나. 그런데 이 사람아, 날 두고 가면 어쩌나. 뽕나무잎이 너울거리는 길을 걷고 있던 그가 천천히 걸음을 멈추고 그를 돌아보았다.

눈앞이 흐려지면서 푸르던 뽕나무길이 잿빛으로 멀어져갔다. 그 사이로 떠오르는 얼굴이 있다. 명국은 팔을 벌리며 소리쳤다. 아니, 너 영실이 아니냐. 딸아이의 얼굴이다. 목이 메어 명국이 소리친다. 네가 왔구나. 어떻게 나왔어. 영실이 말한다. 검정 몽당치마를 바람에 나부끼며 딸아이가 말한다. 아버지가 오시는데 마중 나왔지요. 딸아이는 달려오는데, 그러나 그 모습은 가까워지지지 않는다. 그만큼의 거리에서 그만큼의 모습으로 딸아이는 내내 서 있다. 온 힘을 다해 명국은 딸아이에게 손을 뻗는다. 안 되겠구나, 애비 발이 안 떨어져.

아주 먼 곳에서처럼 딸애의 목소리가 들려왔다. 아버지, 왜 그래요. 여기까지는 오셔야 해요. 아버지잖아요. 아버지는 올 수 있어요. 그래 딸아, 애비가 거길 갈 수 있어야 하는데… 이젠 틀렸나 보다. 아버지, 그런 소리 하시면 아버지도 아니에요. 두 팔을 내려뜨린 채 통치마를 바람에 날리며 서서, 영실이가 무어라 소리치고 있었다.

그러나 명국에게는 딸아이의 그 목소리가 들리지 않았다. 부연 안개 속인 듯이 바라보이는 딸아이의 모습만이 눈물겹고 황홀해서 너로구나, 너였구나, 명국은 눈을 감은 채 중얼거렸다.

아니다. 내가 이래선 안 돼. 정신을 놓아선 안 되지. 명국은 오른 팔을 당겨 손등 위에 얼굴을 올려놓았다. 숨쉬기가 조금 편해지는 것 같았다. 명국은 온 힘을 모아 이제부터 자신이 여기에서 할 수 있는 일이 무엇일까를 생각하려고 애썼다. 자력으로는 어떻게 해서도 이 탄더미에서 빠져나갈 수가 없다는 사실이, 그렇구나… 목구멍 저 밑에서부터 치밀고 올라왔다. 차마 이렇게 죽을 줄이야. 눈을 감으면서 명국은 볼에 대고 있던 손등을 이로 깨물었다. 이럴 줄이야. 이런 어이없는 일이 터질 줄이야.

손등을 깨문 채 명국은 번쩍 눈을 떴다. 그랬지. 도망칠 준비를 하고 있었어. 오늘내일하면서 날을 잡던 길이었어. 가물가물 눈앞이 흐려오는데, 아주 먼 곳에서 또 딸아이의 목소리가 들렸다. 아버지, 왜 이래요. 아버지가 이러심 어떡해요.

돌을 매단 듯 무겁게 내려오기만 하는 눈꺼풀을 들어올리며 명국은 딸아이에게 말했다. 애비는 말이다, 한번 살아보고 싶었다. 이렇게 말고 제대로 좀 한번 살고 싶었다. 나한테 시집이랍시구 올 때 네 엄마가 열여섯살이었다. 그런 네 엄마를 어떻게 보냈는데… 이제 또 너를 두고 나까지 이런 꼴로 마지막을 봐야 하다니 그게 원통하구나. 억울하구나.

있는 힘을 다해 명국은 이를 악물었다. 명국아 명국아, 피를 토하고 죽어도 뭣한데 명국아, 네가 어떻게 눈이 감기느냐 이놈아. 물기가 차올라 눈가를 적시며 명국의 탄가루투성이 얼굴을 타고 천천히 흘러내렸다. 그 눈물이 볼을 대고 있는 손등으로 떨어졌다. 영실아. 설움과 분노로 삐뚤어지는 입술을 떨면서 명국은 소리 없이 딸의 이름을 불러보았다. 영실아, 내가 이 꼴로 죽다니… 먼저 간 네 에미를 무슨 낯으로 볼 것이냐.

달려온 지상이 9호 갱의 사고현장에 도착했을 때 그곳은 램프 불빛과 사람들로 뒤엉켜 있었다.

"어떻게 돼가는 겁니까?"

헐떡거리며 지상은 램프를 들고 서 있는 남자에게 물었다.

"보면 모르쇼?"

그는 얼굴은 말할 것도 없이 온통 시커멓게 탄가루를 뒤집어쓰고 있었다.

"파들어가면서 나오는 얘긴데, 무너진 길이가 긴 것 같지는 않답니다. 옴팡 묻히지만 않았으면 살아 있을 거라네요."

옆에 서 있던 사람이 말했다.

"묻힌 사람이 현재 확인된 거로 세명입니다. 두 조가 일을 당했는데, 한 조에서는 둘이 묻히고 다른 조에서는 한 사람이 못 빠져나왔다네요."

막장이 무너질 때 여섯명이 일을 하고 있던 다른 조에서는 사고 직후 네 사람이 가까스로 탈출한 것이 확인되었다는 이야기였다. 그리고 갇혀버린 다른 조의 한 사람이 명국이었다.

"빠져나온 사람들은 어디 있습니까?"

"일단 나갔으니까 어딘가에 있겠지. 놀래가지고 두 사람은 아예 정신이 나갔더라구. 턱만 덜덜거리고 떨었지 말도 제대로 못 해."

수건으로 땀을 닦으며 돌아나오는 인부의 연장을 지상이 빼앗듯 옮겨잡았다. 입은 옷을 홀러덩 벗어 뒤쪽으로 던져놓고 나서 지상이 손바닥에 침을 뱉었다. 앞쪽에서 무너진 갱목을 파헤쳐 일으켜 세우던 사람들 속에서 우석이 들고 있던 삽을 탄더미에 내리꽂았다.

"너 왔구나! 빨리빨리 뒤쪽에서 터를 내줘. 그래야 앞에서 속도가 붙는다."

"꺼낸 사람은? 아직 없어?"

"없어. 거리로 봐서 상당히 가까이 들어온 거 같다. 얼마 안 남았어."

구조반의 일본인들에게 램프를 비춰주고 있던 이께다가 말했다.

"셋이 갇혔다고는 하는데, 그 사람들이 무너지는 데 깔린 건지 아니면 중간이 막혀서 못 나오고 있는 건지 그걸 알 길이 없다."

뚫렸다! 하는 비명에 가까운 소리가 들린 것은 네시간 가까이 지난 뒤였다. 맨 앞쪽에서 몸 하나 넓이로 탄더미를 헤쳐나가던 구조반에서 소리치고 있었다.

"뚫렸다! 됐다!"

뒤쪽에서 박수소리와 함께 와아하는 환성이 터져나왔다.

"조심해라. 옆에서 쏟아지면 그냥 깔린다."

"탄을 이쪽으로 파내지 말고, 저쪽으로 밀어 넘길 수 있나 한번 보라구!"

"우선 그 불 좀 줘."

위쪽에 올라가 있던 사내가 손을 내밀었다. 그의 손에 램프를 들려주면서 지상이 물었다.

"뭐가 좀 보입니까?"

천천히 불을 들어 뚫린 구멍 저쪽으로 몸을 기울여가며 앞을 살피던 사내가 위에서 말했다.

"저쪽이 가파르구먼. 흙을 밀어내는 게 수월할 것 같다."

사람들의 움직임이 갑자기 빨라졌다. 맞뚫린 구멍을 몸을 움직일 수 있게 넓혀가면서 한 사람이 건너편으로 넘어갔고, 다른 사람이 뒤따랐다.

"있다. 사람이 있어."

겨우 뚫린 탄더미 저편에서 두 사람이 소리쳤다. 뒤쪽에서 들것을 준비하던 남자들이 앞으로 튀어나갔다.

"몇이냐? 몇명이냐구?"

"하나. 깔려 있는 사람이 하나다!"

"숨이 붙어 있다, 코밑이 따듯해."

갑자기 아랫도리가 후들후들 떨려와서 지상은 잡고 있던 삽자루를 놓으며 바닥에 털썩 주저앉았다. 사람들이 질러대는 소리가 아주 먼 곳에서처럼 아련하게 들려왔다. 앞으로 나아가던 남자가 주저앉은 지상의 발을 걷어차면서 말했다.

"이 사람은 왜 여기 널브러져서 이래!"

어지럽게 램프 불빛이 움직이고, 하낫둘 하낫둘 하는 구령에 엇샤엇샤 소리를 맞춰가면서 들것에 실린 사람이 탄더미를 빠져 이쪽으로 넘어왔다. 아저씨, 아저씨여야 합니다. 엉금엉금 기듯이 지상이 들것으로 다가갔다. 지상은 흔들리는 램프 불빛 아래 숯덩이처럼 누워 있는 사내가 명국이라는 걸 알았지만, 그가 살아 있다고 믿을 수가 없었다. 들것을 부여잡으며 지상이 소리쳤다.

"아저씨. 명국이 아저씨이이."

탄가루로 시커먼 명국의 얼굴을 손바닥으로 쓸어내리고 있는 지상을 밀치며 들것을 들고 가던 사내가 소리쳤다.

"비켜! 넌 뭔데 이 판에 걸리적거려."

들것이 멈춰서고 옆에 있던 남자들이 지상의 어깨를 움켜잡았다.

"사내놈이! 정신 채리라. 느그 아부지라도 되나?"

들것이 빠져나가고, 잠시 조용하던 사람들이 웅성거리기 시작했다.

"저래서 살긴 살겠나? 숨이 붙어 있긴 있는 거야?"

명국이 실린 들것이 사라져간 어둠 속을 바라보고 선 지상은 얼이 빠져 있었다. 누군가가 다가서며 물었다.

"잘 아는 사람이쇼?"

초점 없는 눈으로 고개를 끄덕거리며 지상은 허청허청 갱도를 걸었다. 등 뒤에서 다시 구조작업을 벌이는 사람들의 고함소리가 갱 안을 떠돌았다. 결국 이렇게, 길이 또 막히는구나. 쓰러질 듯 비틀거리면서 지상은 걸었다. 목숨을 건진다 해도 함께 도망갈 약속은 물 건너간다. 조심성 많고, 서두르지 않고, 그래서 좋은 짝이라 생각했는데. 사람의 노릇이라는 거, 우습지도 않구나. 도대체 누구 손바닥에 운명을 맡겨놓은 거냐 우리는.

해가 지고 있었다. 서편 하늘을 붉게 물들였던 해가 떨어져가고 있었다. 오늘따라 찢어서 흩뿌린 듯이 하늘에는 여기저기 구름조각들이 널려 있었다. 저탄장으로 향하는 길가에 쭈그리고 앉아서 지상은 먼바다를 내다보았다. 저쪽 어딘가에 조선이 있다. 어떻게든 여기를 빠져나가 돌아가려 했던 고향이 있다. 얼굴도 모르는 아들을 키우며 아내가 기다리는 집이 저쪽 어딘가에 있다.

탄가루투성이의 얼굴을 타고 흐르는 눈물을 손등으로 비비며 지상이 무릎 사이에 얼굴을 박았다. 다 꿈이었다고 하자. 다 없던 일이다. 여기 그냥 엎드려 있으라고 하늘이 막는다 생각하자.

저벅저벅 옆을 지나가며 징용공들이 떠들고 있었다.

"그래서 막장사고 한번 만나면 두번 다시 탄 캐러 못 들어간다잖어. 놀래가지고 들어갈 엄두를 못 내는 거여."

명국이 다리를 잘라야 한다더라. 지상이 그 소리를 들은 것은 다음 날, 갱을 나와 욕탕으로 향하고 있을 때였다. 그러나 그가 욕탕을 나왔을 때는 이미 명국이 다리를 자르고 병신이 되었다더라 하는 것으로 소문은 변해 있었다.

이젠 절름발이, 목발 짚고 쩔뚝거리며, 명국이 그렇게 되었다는 건가. 저녁을 뜨는 둥 마는 둥 손에 안 잡혀하는 지상을 보며 참다 못한 신철이 한마디 했다.

"친정 오래비가 죽었나? 찔찔 짜고 청승 떨지 마. 죽는 놈도 있는데."

지상을 지켜보던 우석이 말했다.

"여기 이러고 있을 게 아니다. 병원에라도 가보는 게 낫지 않겠니. 가보자."

지상은 말이 없고 만중이 일어서며 밖을 내다보았다.

"거그 가믄 뭣을 할라고?"

"저녁때면 정신이 들 거라고 했다더라. 그 양반, 깨어나서 혼자 있어봐라. 얼마나 정신이 아득하겠냐."

우석이 지상의 어깨를 끌어안듯 뒤에서 부추기면서 말했다.

"그러자. 병원에나 가보자."

만중과 함께 셋은 방파제 밑을 지나 일본인들의 아파트에서 새어나오는 불빛으로 환한 골목을 걸었다. 저탄장으로 이어진 케이블카 기둥이 어둠 속으로 우뚝우뚝 바라보인다. 하시마탄광 종합사무소. 한자로 쓴 간판 밑에 화살표가 방향을 알리며 서 있다. 병원으로 오르는 길에 외등이 환하다. 그 불빛 속에 안개가 자욱했다.

말없이 걷던 우석이 지상을 위로하려고 나지막하게 한마디 했다.

"내 생각엔 그래도 그만하기가 다행이다."

"다행은 먼 얼어죽을 놈의 다행. 죽는 거보다 나슬 것도 없제."

만중의 말에 우석이 목소리를 낮췄다.

"모르는 소리. 이제 돌아갈 거 아냐. 다리 잘린 사람을 여기 더 붙잡아둘 리도 없고. 안 그러냐?"

"빙신 돼갖고 고향만 가믄 된다고야?"

"생각하기 나름이다. 여기서 몸 온전하게 집에 돌아간다는 보장도 없고, 언제 무슨 꼴 날지 모르는 거고."

세월이 어떻게 가는 건지도 모르고 살아 있구나 하는 탄식이 세 사람의 가슴에 깔린다. 병원 앞 현관에는 불빛이 없었다. 목조 단층 건물 앞으로는 누가 손질을 하는지 몇그루의 나무가 전정을 해 제법 모양새를 갖추며 자라고 있었다. 병원 안에서만 희미하게 불빛이 새어올 뿐, 현관문은 잠겨 있었다. 몇번 손잡이를 당겨보고 두드려도 보았지만 안에서는 아무 기척이 없다.

"아무도 없나 보네."

"설마 그러겄어. 간호부가 있어도 있을 거 아녀."

셋은 병원 앞을 서성거렸다.

"안에 분명히 환자들이 있을 텐데, 사람의 그림자는 얼씬도 안 하네."

"쪼깨 기다려보잔께."

만중이 느릿느릿 말하면서 계단에 걸터앉았다. 어두컴컴한 그늘

속에 서 있는 나무를 바라보면서 그가 말했다.

"속 터지네, 속 터져. 여그까지 와서 쎄 빠지게 고생하는 것도 억울한디 뭣한다고 다치기까지 한다냐. 요새는 하루 사는 것이 열흘 사는 것보담 더하당께."

지상은 차라리 병원에 아무도 없었으면 싶다. 누군가 있어서 문을 열어준다고 해도 차마 다리를 자르고 누워 있을 명국을 볼 자신이 없다. 세 사람은 우두커니 앉아서 병원 울타리 너머로 불빛들을 내려다보았다. 지상이 땅바닥을 내려다보며 웅얼웅얼 말했다.

"우석이 네가 한 말, 나도 그 생각을 안 한 건 아니다. 어떻든 집으로 돌아갈 수야 있겠지. 다리 못 쓰는 사람에게 탄 캐라고 할 리야 없으니. 그런데 말이다, 불쑥 무슨 생각이 드는지 아니? 고향이 대체 뭐냐 말이다. 살아서 고향이고, 살자고 고향이다."

주먹을 쥐는 지상의 손이 떨린다. 절뚝거리는 다리병신, 그렇게 돌아가도 고향은 고향이란 말인가. 세상인지 뭔지, 다 죽이고 불 싸지르고 그렇게 뒤집어엎어버렸으면 딱 좋겠다.

계단을 밟고 올라오는 발소리가 들리는가 하더니, 여자 하나가 그들을 보고 소스라치게 놀라며 걸음을 멈추었다.

"아라, 놀래라. 거기 누구예요?"

간호부 이시다였다. 달포 전에 손을 다쳐서 병원에 드나들었던 만중이 그녀를 알아보고 앞으로 나서며 서툰 일본말로 알은체를 하려다가, 네가 하라면서 지상의 옆구리를 찔렀다.

"우린 징용 나온 조선인 광원들입니다."

이시다가 앞가슴을 손으로 감싸며 아직도 놀란 목소리로 물었다.

"밤인데요, 왜 여기들 있는 겁니까?"

"다리 잘랐다는 그 환자를 좀 볼까 하고 왔습니다."

말을 해도 그렇지 다리 자른 환자가 뭐냐. 우석이 앞으로 나서면서 명국의 상태가 어떤지, 그리고 할 수 있으면 얼굴이라도 보고 돌아갔으면 한다고 느릿느릿 말했다. 이시다의 얼굴이 굳어졌다.

"의사 선생님도 안 계신데, 그건 무리입니다."

"상태가 어떤지 그거라도 좀 알고 싶습니다."

우석의 얼굴을 빤히 바라보던 이시다가 차가운 목소리로 말했다.

"선생님 말씀이 당분간 면회는 안 된다고 했습니다. 돌아가세요. 면회는 절대금지입니다. 다음부터는 주의해주세요."

이시다가 열쇠로 병원 문을 열고 안으로 들어가는 모습을 지켜보다가, 우석이 성큼 병원 마당으로 내려섰다.

"더러워서 정말. 부뚜막 땜질도 못 하는 며느리가 이마빡에 털만 뽑고 앉았다더니, 이거야 원. 간호부가 무슨 큰 벼슬이라도 되는 거 같네."

몸을 굽실거려 이시다에게 인사를 하랴 두 사람의 등 뒤를 살피랴 꾸물거리던 만중이 어색한 웃음을 흘리며 병원 마당을 빠져나왔다. 언덕을 다 내려온 우석이 만중에게 말했다.

"너 먼저 가라. 난 지상이랑 할 얘기가 좀 있어서 그래."

영문을 모르는 지상은 두 사람의 얼굴을 두리번거렸다. 만중이 뜨악한 표정으로 물었다.

"뭔 비밀인디 그라냐?"

"그런 게 아니고, 얘랑 셈 볼 게 좀 있어서."

"느그 둘이 돈거래 허냐? 하덜 말어, 하덜. 그러다 느그 돈 잃고 친구 잃어뿐다. 가찹게 지내믄서 그냥 줘불제, 뭣한다고 그런 짓거

320

리덜 허냐."

훈계하듯 중얼거리고 나서 저벅저벅 만중은 어둠 속으로 사라져 갔다.

둘은 천천히 걸었다. 저기쯤이 저탄장일 테지. 어둠 속이어서 석탄더미도 그 무엇도 보이지 않았다. 우석이 걸음을 멈춘 곳은 잡초가 무릎이 넘게 자라고 있는 공터 옆이었다. 공동목욕탕이 가깝게 바라보였다. 아직도 몸을 닦는 사람들이 있는지 창문에 불빛이 환했다.

몸을 돌리며 우석이 말했다.

"난 말이다, 외갓집 콩죽에 잔뼈가 굵은 놈이 아냐. 무슨 소린고 하니, 내 줏심 가지고 살아온 놈이다 그런 말이다."

지상이 미간을 좁혔다. 무슨 소리를 하려고 이렇게 말에 날을 세우나 싶다. 눈을 가느다랗게 뜨면서 그는 우석을 바라보았다.

"이런 말 아니? 본 뱀은 못 그려도 안 본 용은 잘 그린다는 말."

뭔가 이 친구가 지금 나를 떠보고 있는 게 아닌가 하는 생각이 퍼뜩 들어서 지상이 빠르게 말했다.

"말에 속이 있구나. 하고 싶은 말을 해라. 말 돌리지 말고."

"우리가 여기까지 오며 삼거리 네거리에 무슨 금 그어서 표시한 거 아니지만, 어떻게 가면 돌아갈 수 있는지 안다. 언젠가는 이 길을 거꾸로 돌아가리라 다짐하며 나는 여기까지 왔다."

우석이 앞으로 다가섰다.

"까놓고 얘기하자. 너 이제 혼자라도 갈 거니?"

"무슨 소릴 하는 거냐."

"그만한 눈치도 없는 줄 알아? 너 명국이 아저씨랑 함께 준비해

오지 않았어? 몇번이나 나도 함께 가자고 말할까 했었다."

"그런데?"

"두 사람만이 가겠다면 그건 그들대로 무슨 계획이 있는 거 아닌가 싶어서 차마 말을 못 꺼냈다. 그러면서도 난 네가 먼저, 네가 나보고 함께 가자고 하길 기다렸다."

잠시 땅바닥을 내려다보던 지상이 방파제 쪽으로 고개를 돌렸다. 야 이놈아, 물에는 길이 없다고 누가 그러더라. 너 그거나 알고 하는 소리냐. 왼쪽에서 방파제를 때리고 가는 파도소리가 들린다. 지상이 목소리를 낮추며 차갑게 말했다.

"여기 있는 사람치고 누가 도망갈 생각을 안 해본 사람이 있겠냐? 그거야 다 마찬가지다. 그래서 하는 말인데, 이건 패거리 지어서는 될 일이 아니다."

"백지장도 맞들면 낫다."

"이게 네 눈에는 백지장이냐? 사람이 죽고 사는 거야."

"하나만 묻자. 너 갈 거니 안 갈 거니?"

명국이 아저씨와 함께 다 만들어놓았던 탈주다. 때만 남은 거였다. 지상이 속마음을 말했다.

"사실은, 내가 그만한 돈은 가지고 있으니까 채소장수를 매수해서 빈 채소통에 숨어 나가자는 게 계획의 하나였는데, 그게 물 건너가버렸어. 결국 남은 게 헤엄을 쳐서 건너자는 거였는데, 그믐밤에 하기로 날을 잡으려고 했다. 우선 나까노시마로 가서 은신을 하며 물살의 흐름을 봐서 육지로 가자고 했지. 그런데 이 사달이 벌어졌다."

고개를 끄덕이면서, 말 한마디 한마디를 찍어누르듯 우석이 말했다.

"낙반사고 터지고 나서 너 하는 짓이 이상하다 했더니, 그거였구나."

"나이도 있는데다 명국이 아저씨는 워낙 조심성이 있는 분이니까, 아저씨를 믿고 따를 생각이었다."

우석에게 숨겨왔던 것을 미안해하며 지상이 변명처럼 늘어놓았다. 우석이 말을 잘랐다.

"그건 됐다. 지나간 일."

주변을 두리번거리고 나서 더욱 가까이 다가서는 우석의 입에서 단내가 났다.

"하나만 묻자. 너 갈 거냐, 안 갈 거냐?"

"산다는 보장, 그런 거 없다. 알고는 있니?"

"여기 있어도 그런 보장은 없어."

말을 하며 우석이 다가섰다.

"함께 가자."

지상은 말없이 우석을 바라보았다. 두 사람 사이를 어둠에 젖은 바람소리가 지나갔다. 지상이 물었다.

"깊이 생각하고 하는 소리냐."

"지금 나한테 무슨 언약이라고 받겠다는 거야?"

"너, 너무 말을 쉽게 하고 있어."

"앞뒤 자르고 말하자. 우리 함께 가자. 주욱 생각했다. 너하고 나라면, 우리 둘이라면 못 할 것도 없다고 생각해왔다."

"무슨 생각에서?"

"농사일은 머슴에게 물어서 하랬다. 네 덕 좀 보자는 거다. 나한테는 없는 게 너한테는 있어. 이런 일에는 네가 나보다 낫다."

멀리 저탄장 쪽에서 불을 들고 걸어오는 사람이 있었다. 경비원인가. 그 불빛을 바라보고 서 있는 우석을 달래듯 지상이 조용조용 목소리를 낮추었다.

"한번 한 말 주워담지 못하고, 한번 난 땀 도로 들어가지 않아. 조심해라. 이 판에 누굴 믿니. 그런데… 다행히 육지까지 무사히 닿는다고 하자. 우리가 어디로 갈 건데? 육지도 마찬가지야. 누가 숨겨주지 않으면 거기서도 죽은 목숨이야."

"너야말로 어디로 갈 거였는데?"

"바로 그거야. 명국이 아저씨는 나가사끼에서 일을 한 적이 있어서 함께 가면 몸을 기탁할 데가 있었거든."

"그랬구나. 잘될 수 있었는데 일이 이 꼴이 났구나."

"알겠니? 그래서 나 혼자라도 간다는 말이 안 나오는 거다."

감정을 억누르느라 지상의 목소리가 떨리듯 새어나왔다.

"우석이 너 협회증이라는 거 알아? 지금이 어떤 때냐. 그것 없이는 어딜 가도 산송장이다. 일본땅에선 이제 협회증 없이는 조선사람이 발붙일 곳이 없다더라."

"여기서나 일단 나간 다음, 그건 그때 가서 구해봐야지. 그걸 어떻게 지금 장담을 하니."

조선인 통제조직인 협화회의 회원증을 두고 하는 말이었다. 황민화정책의 말단 수족으로서 경찰조직과 연관, 그 끄나풀을 자처하면서 조선인이면서도 일본인보다 더 조선사람을 감시하며 압제에 앞장서던 조직이 협화회였다. 특히 일본에 거처하기 위해서는 없어서는 안 되는 것이 협화회 회원증이었다. 회원장(會員章)이라

324

고 된 이 증명서에는 키미가요가 황궁의 다리 사진과 함께 새겨져
있었다.

"먼 친척이 있긴 한데… 나가사끼에서 함바를 하는 사람이 있어.
설마 찾아온 놈을 내치기야 하겠냐 싶지만, 내치면 그건 또 그때
가서 생각하면 되고."

얘의 이 낙관은 어디서 오는 거야. 대범함인가. 지상이 깊이 숨을
들이쉬었다.

"우리 어머니라는 사람이 늘 하던 말이 있어. 우물에 침 뱉고 돌
아선 놈 또 와서 그 우물 먹는 날이 온다구."

"느닷없이 무슨 소리야?"

"함바를 한다는 그 인간, 우리 집에서 영 하대를 했거든."

무슨 말인지 알아들으며 지상이 고개를 끄덕였다. 좀 잘해둘걸.
이제 와서 신세를 지게 될지 누가 알았겠냐, 그 소리겠지.

더 무슨 이야기가 필요하랴. 우석이 말했다.

"우선 오늘은 들어가자. 바람이 차다."

아침 햇살이 병실 안으로 비쳐들었다. 해맑게 갠 하늘 저편은 푸
른 기가 도는 잿빛이다. 병상에 누워 있으며 마음이 여려진 탓일까.
명국은 그 하늘이 참 곱다는 생각을 한다. 병상에서는 바다가 보이
지 않았다. 하늘이 바라보이는 창이 전부였다. 전에는 저런 빛깔의
바다를 보더니 이젠 또 여기서 저런 빛깔의 하늘을 보는구나. 명국
은 언뜻 그런 생각을 하며, 지상의 손을 잡아 자신의 가슴에 놓는
다. 말없이 고개를 끄덕이는 그를 지상이 벌겋게 핏발이 선 눈으로
내려다보았다.

"그래, 요새는 밤일이지? 그럼 잠을 자둬야지. 여기 와 있으면 어떻하니."

다리 잘려서 누워 있는 사람이 누구 걱정을 하나 싶어서, 지상이 고개를 끄덕이며 씁쓸하게 웃었다. 잠시 둘 사이에 말이 끊긴다. 명국이 잡고 있는 지상의 손에 힘을 준다.

"내가 여기서 얼마나 편한 줄 아냐? 탄 캐러 그 지긋지긋한 데 안 내려가니 살 거 같다. 저기 간호부 아줌마도 분냄새 풍기며 하루 종일 왔다 갔다 하겠다, 좀 일찍 그놈의 막장이 무너졌으면 좋았을 노릇을 가지고."

슬픔으로 가슴이 저려와서 지상은 병실 벽에 비스듬히 들어와 있는 햇살에 눈길을 보냈다.

간호부 이시다가 다가왔다. 그녀는 지상이 일본어를 아주 잘하는 데다 그것도 정중한 말을 쓴다는 것 때문에 호감을 가지고 있었다.

"앉아서 이야기하세요. 저기 의자가 있으니까 갖다놓으시고."

고맙다면서 고개를 숙이는 지상에게 이시다가 웃음 띤 얼굴로 말했다.

"꼭 형제 같으십니다."

지상이 나무의자를 들고 와 명국의 옆에 앉았다. 명국의 침대도 철제가 아닌, 난간까지 나무로 된 것이었다.

"우스운 이야기 하나 해줄까. 내가 말이다, 다 죽어가면서 무슨 생각을 했는지 아니? 농사나 한번 편안하게 지어보고 죽었으면 좋겠다, 그런 생각을 하고 있었다."

지상이 눈을 껌벅였다.

"괜찮다. 몸 나으면 또 뭐, 할 일이야 얼마든지 있지 않겠냐?"

어느새 마음을 이만큼이나 정리했나 싶어서 지상은 명국의 말에 놀란다.

"여기 누워 있으면서도 네 걱정을 했다. 우물가에서 숭늉 찾지 말아. 우수 경칩이면 대동강물 풀린다지 않던. 다 때가 와야 되는 거야. 아, 열 사람 백 사람이 바위 지고 가서 얼음을 깬다고 대동강물이 풀릴까. 봄이 와야 풀리지. 다 때가 있다는 걸 명심해."

애써 얼굴을 찡그리며 지상이 웃었다. 명국이 조용조용 말했다.

"형틀 지고 와서 볼기 맞는다는 옛말이 있어. 가만히 있으면 될 일을 가지고 공연히 일을 내는 놈을 두고 하는 말이여. 그저 조심 해라."

둘의 눈길이 얽혔다. 그것이 무엇을 두고 하는 말인지를 서로는 안다. 바다를 건너면 자유, 그렇게 믿었고, 지금의 이 목숨을 걸고 다른 목숨을 살자고 했었다. 그러나 이제 그거야말로 물 건너간 이 야기가 아닌가. 지상의 눈에 번득이며 눈물이 고이는 것을 명국은 보았다.

돌아가는 지상을 바라보다가 명국은 고개를 벽 쪽으로 향하며 눈을 감았다. 혼자라도 떠나라고 해야겠지. 여기 남아선 안 된다. 내 꼴을 보아라. 바로 내 꼴이 여기 남아 있다가 우리가 만나게 될 그 끝이다. 눈물로 흐려오는 눈으로 그는 벽 위로 나 있는 창을 올려다보았다. 언제, 저 밖으로 나갈 것인가. 나가면… 다리병신. 절 뚝거리며 하늘을 보면 무엇하며, 땅을 밟으면 무엇이란 말인가.

아무것도 모르는 이시다가 다가와서 말했다.

"참 좋은 청년입니다."

지상은 터덜터덜 언덕길을 내려왔다. 진찰실 쪽으로 지상을 불러놓고 이시다가 했던 말이 마음에 남았다.

　선생님 말씀이, 수술은 잘 끝났답니다. 그런데 이런 게 있어요. 다리를 다친 환자의 경우에 이따금 보게 되는 건데요, 다리가 없어진 걸 한동안 실감을 못 해요. 자기 자신이 어떤 처지에 빠졌는지 실감을 못 한다는 얘기예요. 문제는, 그러다가 퇴원을 할 때예요. 비로소 실감을 한다고 할까요. 환자도 그때 제일 많이 괴로워해요. 주위 사람들이 많이 도와줘야 한답니다. 또 있어요. 환자는 한동안 다리가 있다는 착각에 빠져요. 심하면 없는 다리가 자꾸 가렵다든가, 발이 시리다든가.

　멀리 바다가 무심하게 펼쳐져서 저녁을 맞고 있었다. 뒤를 돌아보니 병원 앞에 서서 이시다가 자신을 내려다보고 있었다.

　빨아 말린 옷을 들고 앉아 지상은 바느질을 하고 있었다. 다 해진 무르팍에 다른 천을 대고 꿰매는 일이었다. 방 한쪽에서는 징용올 때 겪었던 이야기들을, 하고 한 이야기를 또 하고 있었다.

　"내는 이 사람아, 친구가 장에 간다 캐서 닭 두 마리 옭아서 지게에 매달고 따라갔더이, 길에서 순사가 오더마는 다짜고짜 가자는 기라. 그라더이 도라꾸에 태워갖고 이리 돌리고 저리 돌리다가 동서남북이 어덴지도 모른 채 끌려와 보이까 여게라. 이런 날벼락이 어데 있겠노. 고향에 아가 둘이나 있는데."

　"독한 사람들도 많던디. 기차를 타고 오는디, 비탈진 길을 올라가느라고 기차가 느려진께 길가세 나뭇가지를 잡고 뛰어내리는 사람이 있더랑께. 나는 간뗑이가 작아갖고 그라고는 못 했는디, 그때 그라고 도망 못 간 것이 한이네, 한."

할 일이 저렇게도 없나. 하고 또 한 이야기, 겨우 끌려올 때 이야기를 하고 있는 사람들을 흘겨보면서 지상은 이로 실을 끊어냈다. 옆에 앉아서 지상의 바느질 솜씨를 들여다보던 성식이 활짝 웃었다.

"솜씨가 참 좋으시네유. 무슨 남정네가 그렇게 바느질을 잘하세유."

"이 녀석이 이게 칭찬이야 욕이야. 너도 인마 뭐 꿰맬 거 있으면 가져와."

"없어유. 저번에 다 꿰매주셨잖아유."

누더기 옷을 개어놓으면서 지상이 말했다.

"여름이다. 먹는 걸 골라 먹을 수 있는 형편도 못 된다만 너, 어쨌든 설사를 조심해라. 잘못 걸리면 몇날 며칠 물똥이 좌악좌악이다. 그리고 늘 하는 얘기다만, 몸살 정도 가지고 일 쉴 생각은 아예 하질 말아. 매를 벌려면 무슨 짓을 못 하냐. 하이하이. 일 나가게쓰무니다! 그거밖에 없다."

"어유, 이젠 아저씨가 날 가르치시네유."

"이놈아, 네가 탄광은 선배다 그 말인데, 세상이 밥그릇 수로만 가는 줄 아니."

"이젠 말두 엄청 느셨네유. 전엔 그런 말 모르시더니만."

성식이 옆으로 다가오며 종길이 끼어들었다.

"너 모르지? 저쪽 타까시마에 카끼세라고 하는 절벽이 있어. 절벽 밑은 그냥 칼 같은 바위야. 그 너머야 파도치는 천길 물속이지. 일 안 하는 조선사람은 그 절벽에서 밑으로 던져버리게 돼 있다더라. 카끼세 절벽 앞에 가면 조선놈은 사람도 아냐."

뭐 이런 놈이 다 있어. 지상이 종길을 보며 얼굴을 찌푸렸다.

"그것도 말이라고 하고 있냐!"

"여기선 우리 조선놈은 사람도 아니다, 그 얘기를 해주는 거지. 저번에 도망치는 사건 있고 나선데, 타까하마 해안에 사는 어부들한테 통지문이 돌려졌는데 뭐라고 돼 있었는 줄 알아? 바다에서 도망치는 조선 광부는 죽여도 좋다, 그렇게 돼 있었다더라."

지상의 눈길이 어지럽게 흔들렸다. 옥종길이 이놈이 무슨 낌새를 채고 지금 나 들으라고 하는 소린가. 지상이 눈을 가늘게 뜨면서 종길을 노려보았다.

"말 많은 게 과부집 종년이라더니 너 지금 말이면 단 줄 알아. 너 무슨 총독부 끄나풀이라도 되냐?"

간다 간다 하면서 아이 셋 낳고 간다던가. 어쨌든 서둘러야 한다. 바느질한 옷을 통에 넣기 위해 돌아앉으며 지상은 이를 악물었다.

그리고 며칠 후 태풍이 왔다. 그것은 물보라의 공포였다. 바람을 타고 사선으로 쏟아져내리는 빗발 속으로 바람은 섬의 모든 것을 날려버릴 것처럼 미쳐 날뛰었다.

방파제를 부술 듯 때리며 솟아오르는 물보라는 바닷가 쪽 아파트를 뒤덮었다. 파도가 가장 높이 치솟아오르는 곳은 징용공들의 숙사와 멀지 않은 51호동 아파트 앞이었다. 4층 높이까지 치솟는 물보라가 아파트 벽을 때리고 퍼져나가면 그쪽 방파제는 보이지도 않았다. 광부 가족들이 제일 높은 아파트 7층 옥상으로 피난을 하는 사이, 해안에 쌓아올렸던 방호벽이 무너지면서 바닷물이 섬 안으로 휩쓸려들어와 목조건물을 부수는 일까지 벌어졌다.

쏟아지는 빗물과 솟아오른 물보라는 징용공들의 숙사 지붕과 벽에 들이붓듯 쏟아져내렸다. 창에는 나무로 된 덧문이 달려 있었지만 주룩주룩 숙사 벽을 타고 내리는 물소리를 듣고 있자면 어느 순간 물벼락이 창문을 부수며 쏟아져들어올 것만 같았다. 건물이 찌그러지거나 무너질 것만 같은 공포 속에서 다들 어디론가 피해야 한다는 생각들을 했지만, 갈 곳이 없었다. 물은 살아 있는 것처럼 요동쳤고 으르렁거렸다. 잠시잠시 빗발이 멎을 때면 섬은 캄캄하게 어두웠고, 음험하게 검은 구름으로 뒤덮인 하늘은 쳐다보기도 두려웠다.

거미줄처럼 엉켜 있는 일본인들의 아파트 골목길은 쏟아져내리는 빗물로 냇물처럼 변했다. 급한 경사를 타고 흘러내리는 물살에 오르막길은 오도 가도 못하는 통행금지 구역이 되었다. 이따금 요란한 소리를 내면서 위에서 쓸려내려온 가재도구가 부서지고 덜거덩거리며 물살에 휩쓸려갔다. 몸을 날려버릴 듯이 불어대는 비바람이 얼굴을 때리고, 징용공들은 땅바닥을 기듯이 몸을 숙이고 갱도 입구까지 걸었다. 앞사람을 잡고 걸으라고 소리치던 노무계 직원들이 바람에 날려 나가떨어지기 일쑤였다.

그리고 어느날, 바가지로 들어붓듯 물보라가 쏟아져내리는 숙사에 이상한 물것들이 돌아다니기 시작했다. 벼룩도 아니고 빈대도 아니었다. 그들을 괴롭힌 것은 다니(蜱)라는 처음 보는 벌레였다. 아니, 보이지도 않는 벌레였다.

징용공들이 하나둘 긁적거리기 시작하면서 이 가려움은 일시에 방 전체로 퍼져나갔다. 광업소에서도 사태의 심각성을 느꼈는지 노무계 직원들을 동원해 다다미를 걷어내고 소독을 실시했지만 아무 소용이 없었다.

차라리 설명이 없었다면 좋았을지 모른다. 노무계 담당 직원의 말에 의하면, 크기가 눈에 잘 띄지도 않는 이 벌레는 사람의 피를 빨아먹는 기생충으로 죽은 쥐나 새에 기생하는데, 특히 습도가 높은 곳에 창궐한다는 것이었다. 그렇다면 징용공 숙사는 보이지도 않는 그 작은 놈들이 살아가기에 더없이 좋은 낙원이었다. 숙사 주변에는 죽은 갈매기의 사체가 여기저기 널려 있고 쥐들은 잠든 우리들의 목을 타고 돌아다니지 않던가. 손가락 사이에서 시작된 가려움은 겨드랑이나 사타구니에서 더욱 기승을 부렸다.

자신이 쿠마모또일고 출신이라면서 우쭐대던 직원이 유식한 척 떠들어댄 말이 더 큰 화근을 불렀다. 다니란 놈이 사람의 피부를 옆으로 뚫고 들어가서 알을 낳는다는 말에 징용공 모두는 기가 막혔다. 이 보이지도 않는 작은 놈이 내 살에 알을 까놓았고 그래서 가려운 것이라는 말이 가려움에 가려움을 더했던 것이다.

"뭐 걱정할 것 없다. 첫째, 며칠 있으면 몸에 달라붙었던 게 다 죽는다. 둘째, 매일 목욕을 하면서 청결을 유지하는 것이 방법이다. 셋째, 추우면 자연히 없어지니까 염려할 거 없다. 이상이다."

유유히 사라져가는 그 쿠마모또일고를 향해 징용공들의 분노가 험악해졌다.

"저 자슥이 지금 저걸 말이라고 하는 거여. 겨울이 올 때까지 계속 긁어대라는 거여 뭐여."

"긁고 있기도 힘든데 무슨 놈의 탄이여. 가려워 죽어나가는데 석탄이 무슨 지랄. 낼부터 나가지들 말자구!"

다니 때문에 입갱 거부를 하자는 술렁거림까지 터져나왔다.

축축한 다다미에서 나는 썩은 듯한 풀냄새는 긁어서 짓무른 피부의 쓰라림에 고통을 더했다. 그것만이 아니었다. 비는 퍼붓고 몸은 가렵기만 한데, 배까지 고프다. 젊은 그들이 참고 견디기에는 너무 힘든 하루하루가 지나고 있었다.

"왜놈들도 참 모질긴 모질다. 어찌 이런 데다가 사람을 처박아놓고 탄을 캐라는 거여."

밤이 늦어서였다. 쫄딱 비를 맞고 생쥐 꼴이 되어 방으로 뛰어드는 징용공을 향해 겨드랑을 긁적거리고 있던 옥종길이 내뱉었다.

"어딜 싸다녀! 물이 뚝뚝 떨어지잖어. 똥 마려운 년 국거리 썰듯 한다더니, 물이나 좀 닦고 들어오든가."

"종길이 자네 말 한번 잘했네. 똥간에 갔다 오는 길이여. 아무리 태풍이라도 그렇지. 똥 마려운 데 장사 있어?"

"저런 개소리에는 똥 한 바가지가 약인데."

유난히 다리가 가려워서 핏자국이 얼룩덜룩하게 긁어대고 있던 만중이 참다못해 소리쳤다.

"워매, 요런 깝깝한 새끼덜 좀 보소. 뭔 할 말이 읎어 똥타령이여."

여기서 긁적 저기서 긁적 하던 징용공들이 왁자하게 웃어댔다. 사타구니를 벅벅 긁어대면서 박서방이 중얼거렸다.

"참말로 이상하당께. 어째 조선사람덜은 애나 어른이나 똥 얘기만 나오믄 저라고 좋아할까이."

구석에서 누군가가 공자 말씀을 한마디 했다.

"이럴 때는 그냥 군불 뜨끈뜨끈하게 넣고 아랫목에 드러누워야 쓰는데. 온돌방 생각이 굴뚝 같네."

18

금화가 물었다.

"도망?"

늘 하는 말, 한두 사람도 아니었고 한두번도 아니었다. 우석의 얼굴을 바라보며 깊은 생각 없이 금화가 말했다.

"그래, 도망가고 싶은 맘이야 누군들 없겠어. 그런데 어떻게, 어디로 가?"

"하여튼 나는 간다."

"갈 데가 있다면, 가서 살 데가 있다면, 나도 데리고 가달라고 발목이라도 잡고 늘어지겠네."

도망을 치겠다는 우석의 말을 다만 해보는 소리로 금화는 생각하고 있었다.

그들은 아파트 사이를 지나 발소리를 죽이며 방파제 밑을 걸었다. 학생들이 다 돌아간 소학교 뒤편으로 돌아간 그들은 담장 뒤 공터에 앉았고, 서로를 부여안으며 쓰러졌다. 바람이 풀을 흔들며 지나가는 소리뿐, 금화의 손이 우석의 목덜미를 쓸어안았다.

그의 입술에 자신의 입술을 대면서 금화는 마음속으로 부르짖고 있었다. 내 팔자는 이렇다. 누군가 한 사람이 내 곁에 있어주는가 하면, 마음을 여는가 하면, 떠난다는 말부터 한다. 길고 긴 입맞춤이 이어졌다. 자신의 입술과 혀가 그의 몸속으로 녹아들어간 것 같다고 느끼며 우석의 가슴에 얼굴을 묻은 채 금화는 눈을 감고 있었다.

이 남자의 아낙네가 되어 행주치마 두르고 살 것도 아니었다. 다만 그리워하며, 믿으며 살고 싶었다. 세상을 건너가는 시름이나마 함께 잊으려고 했건만, 이 남자는 지금 도망칠 이야기를 한다. 하여튼, 간다고 한다. 잡히고 죽는 건 십중팔구인데. 이 정 잊으려고 나 금화는 또 술이나 퍼먹다가, 죽어서나 둥둥 고향 찾아가겠지. 육신도 없는 것이 삽짝문 들어서며 엄마 나 왔소, 할 건가.

왜 사람들이 결혼을 하고 벽이 둘러쳐진 방을 가져야 하는지 이제야 알겠구나. 그게 다 둘만이 함께 밤을 보내기 위해서였다는 걸 이제야 알다니, 나라는 여자는 이제까지 뭘 하고 산 건가.

그믐인가. 이런 밤, 덜 익은 과일같이 이지러진 달이라도 떠 있으면 좋으련만. 금화는 우석의 어깨 너머로 별들이 가득한 밤하늘을 바라보고 있었다.

"이만 돌아가, 우리."

우석의 허리에 둘렀던 손을 풀며 금화가 말했다.

"지금쯤 날 찾고 있을 거야."

돌아오는 길을 우석은 그녀의 허리를 안고 걸었다. 이렇게 둘이서 걷는 길이 밤새워 가야 할 먼 달밤이었으면 좋겠다고 금화는 생각했다.

만월의 밤, 터질 듯 부풀어오른 달빛 가득한 방에서 이 남자를 안을 수 있는 날은 언제이려나. 덧없이 금화는 그런 생각을 했던 때를 떠올린다. 그런 밤에, 해변 마을에서 개들은 더욱 길게 짖고 바다 물결은 달빛을 받아 요염하게 번들거려야 한다. 오래 꽃잎을 열지 못하던 동백도 꽃망울을 터뜨리고 서걱거리며 갈대는 하늘을 향해 머리를 쳐들겠지. 바람은 그 위를 혀로 핥듯이 지나가고.

그러나 오늘, 하늘에는 달도 없다. 파도소리뿐, 바람소리뿐. 두 사람의 발소리마저 거기 묻혀갔다.

걸음을 멈춘 금화가 마주 보며 선 우석의 한 손을 잡으며 말했다.

"가면… 나도, 나도 데리고 가."

그러고 돌아섰다. 빠르게 계단을 뛰어올라가며 그녀는 우석이 무슨 말이라도 할까 두려워 두 손으로 귀를 감쌌다.

탄광에 출장을 왔다는 사람들이 그날 혼다야의 손님이었다. 많이 마신 건 아니었는데도 그날따라 어수선하고 난잡한 술자리가 이어지면서 손님들이 주는 대로 받아 마신 술에 금화는 몹시 취했다. 널브러지듯 제 방에 돌아와 쓰러졌던 금화가 잠을 깬 건 깊은 밤이었다. 어둠 속을 더듬어 머리맡의 물을 들이켜고 났을 때, 금화는 한밤의 어둠 속을 날아가는 갈매기 울음소리를 들었다. 이따금 어쩌다가 저 소리를 듣지. 한밤을 울며 날아가는 갈매기소리. 혼자 밤하늘을 날고 있을 저 갈매기도 외로움이라는 걸 알까. 그렇지만 갈매기보다 더 외로운 건 나겠지. 어쩌면 나보다도 더 외로운 건 그 남자, 우석이 아닐까.

어질어질 현기증을 느끼며 몸을 일으킨 금화는 몸을 구부린 채 무릎에 이마를 대고 앉아 있었다. 천장도 벽도 자신의 몸도 기울어지면서 땅 밑으로 쏟아지는 것 같았다. 머리카락을 움켜쥐고 금화는 문을 밀치고 밖으로 나왔다.

겉옷 하나만 걸친 그녀는 비틀거리며 담장 옆에 쭈그리고 앉았다. 몸이 흔들리며 울컥울컥 치밀어오르는 것이 있었지만 정작 입으로 토해지는 것은 아무것도 없었다. 손가락을 목구멍에 쑤셔넣어 무언가 토해내려고 애쓰면서 금화는 앉아 있었다. 긴 못을 박아대듯 뒷머리가 아파왔다. 눈이 빠져서 앞으로 튀어나올 것 같았다.

나무담장을 손바닥으로 짚고 앉아서 금화는 자신의 발밑을, 그렇게 많이 토해낸 것 같은데 아무것도 없는 발밑을 내려다보았다. 더 살아야 할 게 네게는 없지 않니. 이제 이만하면 되지 않았니. 중얼거리면서 금화는 고개를 들었다. 대문 저편으로 내려다보이는 하늘이 불그스름하게 개어오고 있었다.

딸깍거리며 게따 끄는 소리가 등 뒤에서 들려왔다. 금화가 고개를 돌렸다. 야스꼬였다. 금화의 등 뒤로 다가와 서며 야스꼬가 물었다.

"많이 아파? 토하는 거 같던데."

금화가 새벽빛 속으로 희미하게 윤곽이 드러나는 섬을 내려다보며 말했다.

"미안해. 나 때문에 잠이 깼나 보구나."

야스꼬가 옆에 쪼그리고 앉으며 금화의 등에 손을 얹었다.

"어쩌자고 그렇게 마셔대니."

"괜찮아. 이제 다 나았어."

야스꼬가 안으로 들어가 물을 떠가지고 나왔다. 그녀가 내미는
물그릇을 받아 금화는 입을 가셨다. 옷자락으로 입가를 닦아내며
일어서던 금화가 몸을 제대로 가누지 못하고 비틀거렸다. 야스꼬
가 그녀를 부축했다. 금화가 물었다.

"있어?"

그녀의 얼굴이 야스꼬의 방을 가리켰다. 밤손님이 있느냐고 그
녀의 눈이 묻고 있었다. 야스꼬가 고개를 저었다.

"나도 혼자야. 내 방에 가서 좀 누워."

야스꼬가 금화를 부축해 자신의 방으로 데리고 들어갔다. 자다
가 나온 채 이부자리가 깔린 방은 조그마했다. 수건에 물을 적셔서
가지고 온 야스꼬가 금화의 얼굴과 손을 닦아주고 나서 물었다.

"차 마실래?"

금화가 고개를 저었다.

"좀 누워서 쉬도록 해."

야스꼬가 눕혀주는 대로 금화는 그녀의 베개를 베고 누웠다. 말
없이 천장을 쳐다보며 누워 있는 금화를 바라보다가 야스꼬도 그
녀 옆에 누우면서 혼잣말처럼 중얼거렸다.

"몸이 많이 안 좋나 봐. 좀 쉬어야 할 텐데. 병원엘 가도 뭐 먹을
약이 있어야지."

고맙구나. 서로가 서로를 아는 처지여서 이런 말도 다 힘이 되는
건가. 금화가 낮게 말했다.

"그래야겠지. 술도 그만 마시고 어떻게든 여길 나가서… 그래서
고향에도 가보고 그래야 할 텐데."

338

"고향? 하나꼬는 고향이 어딘데?"

"바다 건너, 조선."

야스꼬가 콧소리를 내며 웃었다.

"조선 어디? 북쪽이야, 남쪽이야?"

"가운데."

그뿐, 무슨 생각을 하는지 야스꼬는 더 묻지 않았다. 팔을 턱밑에 괴고 몸을 엎드린 그녀는 손가락으로 다다미 위에 무언가 글자를 끄적거리고 있었다. 그녀의 숨소리를 들으며 금화는 문득 자신이 한 말을 자신에게 되물었다. 고향에 돌아가야 한다고. 네 고향이 어딘데? 거기 누가 있는데?

참으로 오랜만이라는 생각을 하면서 금화는 고향집과 술주정으로 날을 보내던 아버지와 그리고 매 맞는 것이 일이던 어머니를 떠올렸다. 동생들도 이제는 다 큰 어른이 되었으리라는 생각도 했다. 만주든 남방이든 어디로 끌려갔겠지. 그도 아니면 저 사할린 어딘가에서 여기 징용공들처럼 탄가루를 뒤집어쓴 채 반쯤 얼어 죽으며 꿈틀거리고 있을지도 모르지.

그때 불쑥 야스꼬가 물었다.

"조선남자는 여자를 때린다면서?"

"그런 남자도 있겠지. 조선남자라고 다 그럴까."

"나 알던 조선남자가 하나 있었어. 조선에서 인부들 모아다가 탄광에 넘기는 일을 하던 남잔데 요즘은 통 보이지를 않네."

야스꼬가 소리 없이 웃었다.

"그 조선남자는 뭐든지 자기 좋은 대로야. 돈 쓰는 것도, 있으면 있는 대로 쓰고 돈 떨어져도 언제나 있는 척만 하고. 이런 전시에 그렇게 살아도 되나 몰라."

참을까 하다가 금화가 아픈 머리를 들며 말했다.

"야스꼬, 전쟁은 일본이 하는 거지 조선이 하는 게 아냐."

"넌 요즘 안 하던 말을 종종 하더구나. 조선이 어떻고 일본이 어떻고. 너답지 않아."

"이런 전시에 그렇게 살아서 되냐고 네가 말했잖아. 결국은 너도 일본사람이고 나는 조선여자일 수밖에 없어. 그게 우리야."

"모르겠어. 하여튼 전에는 네가 이러지 않았어. 일은 열심히 안 하고 술만 마신다고 주인에게 야단을 맞을 때도 나는 그런 네가 좋았는데. 난 너 그렇게 복잡한 거 싫어."

만중이도 그랬고 신철이도 그랬다. 못된 놈들 몇 다리라도 분질러놓든가 그러다가 안 되면 광업소를 향해 한번 들고일어나볼 수도 있는 거 아니냐고. 우리는 이도 없고 잇몸도 없다더냐고. 그러나. 그러나. 우석은 고개를 젓는다. 그놈들이 아무리 첩자요 이간질이나 하고 다닌다 한들 이제 와서 같은 조선사람들을 조져서 무엇을 어쩌자는 것인가.

그런다고 해서 무엇이 이루어질 건가. 어디에도 우리가 사람답게 살 울타리가 없는데, 썩어가는 기둥뿌리는 두고 문지방 고치기가 무슨 소용이란 말인가.

하염없이 바다를 바라보고 있는 우석의 어깨에 금화가 살며시 고개를 기댔다.

"좋네. 그냥 이렇게 앉아 있는 거."

우석이 가만히 한숨을 내쉬었다.

"무슨 생각을 해?"

"아무것도."

우석의 마음을 읽고 있기라도 하듯 금화가 나직나직 말했다.

"왜? 마음처럼 되는 일이 없어서 그래? 내버려둬. 마음 끓인다고 될 일이 따로 있지."

우석은 먼바다로 눈길을 돌렸다. 나는 도망을 가기로 결심을 세운 사람이다. 그런데 무언가가 자꾸 발목을 잡는다. 이곳을 이대로 내버려두고 갈 수는 없다는 생각이 나를 눌러앉힌다.

그랬다. 나는 늘 그렇게 생각하며 살았다. 인간이 인간답기 위해서는 저 스스로가 깨어 있어야 하고, 싸워야 하고, 찾아야 한다고 믿었다. 무릎 꿇고는 살 수 없는 인간이기에 싸워야 하고, 갇혀서는 살 수 없는 인간이기에 스스로 자유를 찾아야 한다고, 그렇게 믿었다. 그렇다면 이곳을 이렇게 내버려두고 나 혼자만 떠난다는 것이 합당한 일인가. 그건 너다운 일이 아니라고, 갈대밭처럼 가슴속에서 수그러들지 않고 서걱거리는 말이 있었다.

금화가 천천히 옷소매 안에서 담배를 꺼냈다.

"담배는 안 피우더니, 어쩐 일?"

"그냥…"

오늘따라 금화의 목소리에 힘이 없다. 몸을 수그리며 몇번 성냥을 그었지만 불어오는 바닷바람에 성냥불은 이내 꺼지고 말았다. 우석이 바람을 막아서며 그녀에게 몸을 구부렸다. 바다를 등지고 담배에 불을 붙인 그녀가 몸을 세웠을 때 우석은 이제까지 그 어디에서도 맡아보지 못했던 향기를 그녀에게서 맡았다. 여자의 냄새, 그 향기에 취하듯, 그녀의 목덜미가 우석의 가슴에 와 희디희게 박힌다.

그러면서도 어쩐지 우석은 가슴이 답답해져왔다.

담배 연기 때문인가. 그때 금화가 몹시 기침을 했다. 가슴을 움켜쥐며 몸을 구부리고 기침을 해대던 금화가 담배를 발 아래로 떨어뜨리고 계단 끝에 가 쭈그리고 앉았다.

"괜찮아?"

그녀에게 고개를 숙이며 우석이 물었다. 아무 대답 없이 금화는 그냥 몸을 웅크리고 있었다. 우석의 손이 나아가 가만히 그녀의 어깨에 얹혔다. 얼마를 그렇게 앉아 있던 금화가 혼잣말처럼 중얼거렸다.

"속이 안 좋아. 요즘 들어 늘 이래. 헛구역질만 나고. 몸뚱이가 다 썩나 봐."

무릎을 짚으며 몸을 일으키던 금화가 우석에게 손을 내밀었다. 우석이 두 손으로 그녀의 내민 손을 잡았다. 쓰러질 듯 겨우 몸을 일으킨 금화가 들릴 듯 말 듯 작은 목소리로 말했다.

"손이 아주 따뜻하네."

입꼬리를 올리면서 웃는 금화의 창백한 웃음을 우석은 바라보았다. 그녀의 눈길을 마주 보면서 우석은 그녀가 먼 어느 곳, 자기 뒤편의 어딘가를 보고 있는 것 같다고 생각했다.

"나 좀 잡아줄래?"

그녀의 어깻죽지 밑으로 팔을 넣어 부축하고 우석은 천천히 방파제 밑을 걸었다. 황혼을 앞둔 바다는 파도소리뿐, 노모반도 쪽으로 고깃배 하나가 가고 있었다. 걸음을 옮길 때마다 그녀의 젖가슴이 우석의 가슴에 와닿았다. 부드럽게 와닿는 그녀의 젖가슴이 어쩐지 서글프게 느껴져서 우석은 애써 고개를 들어 아파트 쪽을 올려다보았다.

"저쪽까지만 같이 가줄래? 거기까지 나 데려다주고, 그다음에 돌아가."

바다를 등지고 두 사람은 금화가 있는 유곽을 향해 걸었다.

"나 하나만 물어도 돼?"

"뭐든."

"지난번에 얘기했던 그 도망친다는 거, 그냥 해본 얘기 아니지?"

"날짜를 잡은 건 아니고. 같이 나갈 사람들이랑 방법을 찾는 중이야."

"혼자가 아니고 몇이서 같이 간다는 거야?"

금화가 그의 턱밑에서 고개를 꺾으면서 속삭였다.

"알았어. 그 얘긴 나중에 해."

금화가 쓰러지듯 우석에게 몸을 기대면서 그의 가슴에 얼굴을 묻었다. 좀 전에 느꼈던 그 향기, 여자냄새에 휩싸이는 우석의 귓가를 먼 어느 곳에서 들려오는 바람소리처럼 금화의 목소리가 스치고 지나갔다.

"나 좀 안아줘."

우석의 손이 그녀의 등을 감싸며 몸을 지탱해주듯 가볍게 그녀를 안았다. 우석의 가슴에 얼굴을 묻은 채 그렇게 안겨서 금화는 오래 저탄장 옆 후미진 길가에 서 있었다.

무언가 자신에게 있는 것을 다해서 그녀를 감싸주고 싶었다. 그러나 우석은 자신이 아무것도 가진 것이 없다는 생각을 한다. 가슴에 와닿아 있는 부드러운 젖가슴도, 무어라 형용할 수 없는 그녀의 향기로움도, 그것을 지켜내거나 감싸줄 힘이 없다. 금화도 같은 생각을 했던 걸까. 사랑하는 사람들에게 왜 두 사람만의 방이 필요한지 이제야 알겠다고 그녀도 말하지 않았던가.

우석이 겨우 말했다.

"들어가서 좀 쉬는 게 좋을 거 같다."

"쉬라구? 어디 가서, 뭘 하며 쉰담."

금화의 목소리가 더 가늘어진다.

"당신이나 나나… 여기까지 끌려온 몸. 쉴 사람은 있는데 쉴 곳이 없네."

거칠게 없는 것 같던 여자였다. 저 사는 모습대로 살다가 그저 그뿐. 그렇게 사는 여자 같았었다. 그랬는데, 귓가에서 그녀의 목소리가 하느작거리는 나비처럼 오가고 있었다. 이 여자도 저 살고 싶던 모습은 다 잃어버린 채 그렇게 하염없이 살고 있었던가.

볼에 와닿는 그녀의 머리카락에 얼굴을 묻으면서 우석은 눈을 감았다. 그때, 자신의 허리를 감은 금화의 손에 힘이 느껴지면서 그녀가 몸을 붙여왔다. 우석은 아랫도리가 뜨거워지면서 자신의 남성이 힘차게 일어서는 것을 느꼈다. 깃털처럼 가볍게 한아름에 안기는 여자의 몸을 우석은 으스러뜨려서 가슴팍에 비벼넣듯이 감싸안았다.

얼마나 시간이 지났을까. 그의 허리를 안은 채 금화가 말했다.

"눈먼 나그네."

우석은 아무 말도 하지 않았다.

"어디로 가야 할지를 몰라. 가도 거기가 어딘지를 몰라. 하루하루가 밤길이야."

내게 하는 말이 아니다. 이 여자가 자신에게 하는 말이다. 그런 생각을 하며 그는 금화의 향기에 몸을 맡기고 있었다. 그때 그의 마음속을 칼로 긋듯 지나가는 말이 있었다. 먼 훗날 언젠가, 어쩌면 나는 너를 생각할 때마다 지금 이 골목길에서 맡았던 네 향기를 떠올릴 것만 같아. 그 순간 우석은 어금니를 힘주어 물면서 스스로에게 물었다. 너는, 너는 벌써 이 여자와의 이별을 예감하고 있단 말이냐. 길이 없다고, 길이 보이지 않는다고 해도 너는 어느새 그런 생각을 했다는 거냐.

금화가 몸을 풀면서 말했다. 그녀에게서 한번도 들어본 적이 없는 낯선 목소리였다.

"스님도 급하면 부처 뒤에 숨는다던데…"

둘은 서로의 몸을 감싸고 천천히 걷기 시작했다.

"나 사는 건 뭐람. 어디 의지할 데가 있나, 마음 쏟을 데가 있나."

금화의 머리카락에 얼굴을 대는 우석의 가슴속에 흩뿌려지듯 지나가는 말이 있었다. 여기 이 바닥에서 조선사람 누구도 기댈 데가 있어 사는 사람 없다.

"난 언제부턴가 사람에게 정 주지 말자 하고 살았어. 도둑놈 재워주면 새벽에 쌀섬 지고 간다잖아."

걸음을 멈추며 금화가 우석을 올려다보았다. 금화의 목소리가 얼음장이 갈라지듯 새어나왔다.

"믿을 것도 못 믿을 것도 사람이라는데, 당신을 본 다음부터 그게 안 돼."

한숨처럼 중얼거리다가 갑자기 금화가 소리를 죽이며 웃었다. 마당에 쏟아놓은 꽃게처럼 그녀의 가슴속으로 수없이 많은 말들이 기어나갔다. 좋은 세월 만나면 우리 같이 살아. 한번 같이 살아봐. 그런 말을 하고 싶은 남자를 만났는데. 그렇지만 그게 다 뭐겠어. 풀 같지. 한해 지나면 시들고 죽는 풀이지.

금화가 웃고 있었다.

"나 이만 혼자 올라갈게."

숨을 깊이 들이마시고 나서 우석은 아주 큰 결심이라도 한 듯 웅얼웅얼 말했다.

"그럼, 또 만나."

말해놓고 나서, 까닭 모를 부끄러움 때문에 우석이 고개를 숙였다. 금화의 목소리가 가느다랗게 들려왔다.

"또 만나줄 거야? 고마워. 그렇지만 나, 기다리진 않을 거야. 기다리는 사람은 오지 않으니까."

금화가 고개를 숙이며 그의 가슴에 이마를 기댔다.

"그래도 난 또 기다리겠지. 나라는 앤 늘 그래."

손을 뻗어 우석의 가슴을 한번 쓸어내리고 나서 금화가 말했다.

"약속해줄래? 저기… 나 있는 데는 오지 마. 약속해."

우석은 아무 말도 하지 않았다. 안다. 그곳은 내가 가고 싶어도 가서는 안 되는 곳임을 안다. 그러나 이제부터 나는 이 여자 얼굴을 눈앞에서 지울 수 없으리라는 걸, 또한 안다.

목욕을 끝낸 젖은 머리로 금화는 햇살 가득한 방문을 바라보며 앉아 있었다. 질펀한 저녁이 언제 있었냐는 듯 이 시간의 유곽은 바다 밑에 가라앉은 듯 조용하다. 어쩌다 이런 고요 속에 자신을 내놓고 있자면 떠오르는 얼굴이 있다.

크레졸을 마시고 죽은 여자애. 이름이 길자라고 했다. 같은 유곽에 있던 아이였다. 조선서 무엇을 했는지 통 말이 없었지만, 그애는 금화랑은 달랐다. 술을 많이 하지도 않았고 주인 말에도 늘 고분고분했다. 나이가 어려서 금화를 언니 언니 하며 따랐었다. 길자라는 이름을 그대로 일본말로 옮겨서 혼다야에서는 요시꼬라고 불렀다.

눈을 멀뚱거리면서 길자는 묻곤 했다.

"언니는 무슨 재미로 사는 거유?"

"나? 술 먹는 재미로 산다."

아주 술이 엉망으로 취했던 날, 길자는 똑같은 말을 물었다.

"언니는 무슨 재미로 살아?"

"명이 기니까 살지. 재미는 무슨 개가 물어갈 재미야."

"그래도 사람이 무슨 낙이 있어야지요."

"낙 같은 소리 하고 자빠졌다. 그래 이년아, 나는 왜놈 밑 받쳐주는 낙으로 산다."

"언니, 그런데 말예요… 빚 갚는 낙도 낙이라면 낙이겠지?"

"너 빚 있어? 어린게 웬 빚이니."

"나 여기가 공장인 줄 속아서 왔어. 공장 처녀 모집한다고 해서 따라나섰는데, 그때 인솔자라는 남자가 공장 월급 미리 준다면서 150엔을 집에 내놓더라구요."

"이런 눈깔 먼 년. 빚을 뒤집어썼구나. 그래도 뭐 효도했다. 너 참 착하다."

"효도? 나 이런 몸 되는지도 모르고 집에서 그 돈을 받아 썼을 텐데, 그것도 효도라면 효도야?"

쯧쯧. 금화가 혀를 찼다.

"그래도 네가 장한 일 했다. 그게 효도지 효도가 뭐 별거겠니."

"나, 내일 죽을까 모레 죽을까… 그렇게 살았어요. 물에 빠져 죽을까 아니면 목매달아 죽을까, 그러면서…"

"끔찍한 소리 하지 마라. 죽을 때 되면 그렇게 공들이지 않아도 죽어. 그러고 보니 이년이 아주 순 미친년일세."

다음 날 술이 깨어 그 생각이 났을 때 금화는 길자를 불러놓고 물었다.

"너 어제 한 말, 그거 진심이니?"

"무슨 말?"

"죽겠다는 거."

"그럼 언니는 여기서 살겠다고 생각하며 사는 거유? 언니는 그런 생각도 안 하고 살아요?"

대답할 말이 없어서 금화는 그때 다다미 바닥을 내려다보고 앉아 있었다. 주인에게 늘 고분고분하던 길자는 나이도 어렸기에 좋아하는 일본사람들이 많은 편이었다. 주인으로서는 단단히 잡은 돈줄이었던 그 길자가, 하루하루 죽을 생각이나 하고 있었다는 게 금화는 믿어지지가 않았다. 아무리 힘들고 사람 할 짓이 아닌 걸 겪으면서 산다고는 해도, 그렇다고는 해도 넌 아직 죽겠다는 생각을 하기에는 너무 어리지 않니. 앞길이 구만리다. 아마 그런 말을 그때 금화는 중얼거렸으리라. 길자가 한 대답 때문에 그날의 일을 금화는 잊지 않고 있었다.

"언니, 매는 굶겨야 사냥을 한다지 않아요. 내 사는 꼴이 그거지요."

"죽으면 뭐가 있는데?"

"사는 거보다야 그래도 편하지 않겠수."

"꼭 죽어봤던 년 같은 소리를 하고 있네. 그런 소리 마라. 아무 데라도 정붙여가면서 살아. 네 나이가 아까워서 하는 말이다. 왜놈이면 어떻겠니. 세상이 다 그런데. 좋은 일본남자 만나거든 정붙이며 살아."

"난 이따금 언니가 부럽습디다. 어떻게 저렇게 태평하게 사나. 술 마시고 싶으면 술 먹고, 주인하고 싸울 일 있으면 싸우고, 툭하면 일 팽개치고 방파제 나가서 소리 내어 울기도 하고."

"그야 난 내 발로 왔으니… 너하고는 다르지."

내가 부럽다니. 너야말로, 내가 할 소리를 네가 한다 싶었다. 불평 한마디 없이 술 주면 받아 마시고, 손님이 하라는 짓치고 안 하는 게 없는 길자가 아니었던가. 술버릇 나쁜 놈은 어디에나 있게 마련이어서 윗옷 벗겨놓고 젖가슴 사이로 술을 부으면서 그걸 받아먹는 놈들도 있었다. 어디 그뿐인가. 아랫도리에 술을 붓고 그걸 핥아먹는 놈까지 있었다. 그런 일들을 싫은 내색도 없이 길자는 했다. 하라고 하면 그보다 더한 일도 하던 아이였다. 그러던 그 길자가 어느날 후미진 방파제 밑에서 경비원들에게 발견되었다. 크레졸을 마셨다고 했다.

위세척을 한 길자가 죽어가던 며칠을 금화는 병원에서 보냈다. 눈을 시퍼렇게 뜨고 뒤룩거리는 금화가 무서웠던지, 주인은 아무 말도 하지 않고 눈치만 살폈다. 길자가 죽고 사흘을 금화는 술에 취해서 울며 보냈다. 조선년 송장 나가는데 내가 왜년 옷 키모노 입고 따라나서야 하냐, 소리치며 울었다. 조선년이 죽어 나가는데 흰 치마저고리라도 입혀 보내야 혼백이라도 위안이 될 거 아니냐, 술 마시며 울었다. 더 살아야 할 년이 죽었다며 소리 내어 울었다. 더러운 것들만 오래 살고 비단결 같던 애는 먼저 가는구나, 하며 울었다.

건너편 섬 화장장에서 그녀를 태우는 연기가 솟아오를 때는 방파제 위에 퍼질러 앉아서 됫병 술을 옆에 놓고 길자야 길자야 부르면서 울었다. 차라리 물에 빠져서 고기밥이나 되어 죽지. 고기밥이라도 되면 누가 아니. 바닷속 그 고기에게 무슨 내 땅 남의 땅이 있겠냐. 그 고기가 네 고향, 그 다도해 푸른 물 건너 부둣가에라도 가서 너울너울할지 누가 아니. 그러면 네 혼백이라도 고향에 가는 게 아니겠니. 그렇게 소리치면서도 울었다. 왜놈 손에 불살라지는 길자야, 한 줌 뼈로 항아리에 들어가는 길자야, 하면서 또 금화는 울었다.

저년은 내놓은 년이니까. 유곽에서도 그렇게 생각했던지 며칠을 아무 말 없이 내버려두었다. 그렇게 사흘이 지난 날이었다. 오까다라는 유곽의 관리를 맡고 있는 사내가 그녀의 머리채를 휘어잡아 방 안으로 끌고 들어갔다. 그는 방 안에 들어서며 문부터 걸어 잠갔다.

"너 이년, 누구 장사를 망해먹자는 수작이야."

그 말과 함께 후득후득 윗옷 단추가 뜯겨나갔다. 며칠 식음을 끊고 지냈던 금화가 허옇게 흰자위가 드러나는 눈으로 그를 멀거니 쳐다보았다. 윗옷을 벗기고 난 오까다는 금화의 머리채를 잡아 뒤로 젖히면서 말했다.

"눈에 보이는 게 없니? 이게 얼마나 혼이 나야 정신을 차리겠다는 거야."

머리채를 잡아 흔드는 대로 금화의 젖가슴이 출렁거렸다. 잡고 있던 머리채를 놓으며 오까다가 금화의 젖가슴을 움켜쥐었다.

"야 이년아, 밥을 먹으려면 일을 해야 할 거 아냐, 일을!"

금화가 그를 마주 보았다. 서글픔도 분노도, 그 무엇도 없는 눈길이었다. 눈이 마주친 오까다가 다시 한번 그녀의 얼굴을 후려쳤다.

아드득 소리가 나게 금화가 이를 갈았다. 그녀의 입가에 비웃음 같은 것이 언뜻 스치고 지나갔다. 코피가 아주 천천히 금화의 입술 위로 흘러내렸다. 젖가슴을 놓지 않은 채 그녀의 입가로 흘러내리는 코피를 보면서 오까다가 물었다.

"일은 안 하고 너 계속 이렇게 술만 처먹을 거냐?"

취기가 가시지 않은 목소리로 금화가 말했다.

"죽으라면 죽고, 일하라면 해야겠지."

"그럼 약속하는 거다!"

"약속? 그걸 누가 알아. 내일 봐야 알지."

순간 오까다가 자신의 허리띠를 쑥 뽑아들었다. 가죽허리띠였다.

"이년이 그래도 정신을 못 차려! 넌 뜨거운 맛을 봐야지 안 되겠다."

한 손에 허리띠를 말아쥔 오까다가 금화를 내리쳤다. 오까다의 허리띠를 피해 금화가 벌거벗은 등을 구부렸다. 비명을 지르며 금화가 방구석으로 엉금엉금 기어가자 벌떡 일어선 채 오까다가 말했다.

"이리 못 나와?"

금화의 머리채를 잡아 방 가운데로 끌어내면서 오까다가 다시 그녀의 등허리를 내리쳤다. 금화가 방바닥에 나뒹굴었다. 오까다가 그녀의 아랫도리를 헤집으며 사타구니로 손을 들이민 건 잠시 후였다. 한 손으로 허벅지 안쪽을 더듬거리면서 오까다가 그녀의 아랫도리를 벗기기 시작했다.

다음 날 저녁 무렵까지 금화는 내팽개친 옷가지처럼 구겨져서 잤다. 일찍 화장을 끝낸 야스꼬가 그래도 뭘 좀 먹어야 하지 않겠냐면서 방문을 열었다가 머리를 절레절레 흔들며 돌아섰을 정도였다. 가죽허리띠로 맞은 등짝 때문에 엎드려서 잠이 든 금화는 마치 죽은 사람 같았다.

어두워져서야 자리에서 일어난 금화는 쓰려오는 빈속으로 얼굴을 찌푸리며 욕실로 향했고, 나무욕조에 오래오래 몸을 담그고 앉아 있었다. 손님들의 노랫소리와 손뼉을 치며 어지럽게 돌아가는 발소리를 들으며 금화는 흔들림 없는 눈길로 욕조바닥을 내려다보고 앉아 있었다.

늦은 밤 왁자하게 목소리들이 높아진 술판에서 쏟아져나오는 소리를 뒤로하고 금화는 집을 나섰다. 여기저기 욱신거리는 몸으로 금화는 천천히 골목길을 내려갔다. 어둠 가득한 방파제 밑을 걸었다.

오늘 밤은 파도가 높은가. 물보라 같은 것이 흩뿌리고 지나갔다. 방파제로 오르는 길목에 서서 금화는 캄캄하게 어둠뿐인 바다를 내다보았다. 산다는 게, 그게 다 뭐람. 지금 내가 저 물에 빠져 죽는다 해도 누구 하나 내 불어터진 몸뚱어리 안고 울어줄 사람도 없다. 있다고 한들 그렇다고 죽을까마는. 길자야. 그래, 너같이 그렇게 죽는 년도 있는데, 난 뭐니. 금화는 캄캄한 바다를 내다보며 아랫입술을 깨물었다. 그렇지만 난 그렇게는 안 죽는다. 나 혼자는 안 죽는다. 어떻게 혼자 눈이 감기랴. 왜놈 몇 끌어안고 절벽에서 뛰어내리면 내 가슴에 멍이 너무 시퍼래서도 바닷물이 더 시퍼렇게 될텐데. 나 혼자는 못 죽는다. 나는 그렇게는 안 죽어.

혼다야로 돌아왔을 때 손님들이 돌아가고 난 집 안은 죽은 듯 고요했다. 밤손님을 맞아 함께 잠이 든 야스꼬의 방에도 불이 꺼져 있었다. 금화는 안채로 들어가 오까다를 불러냈다.

벌겋게 술이 취한 오까다가 배퉁을 긁적거리며 마당으로 걸어나왔다.

"엎어져 있는 줄 알았더니 이게 그래도 살아났네. 그래, 할 말이 뭐야?"

골목 밖에서 비추는 불빛을 등지고 서서 말없이 땅바닥을 내려다보던 금화가 몸을 돌렸다. 자신을 노려보는 금화와 눈이 마주친 오까다가 주춤 뒤로 물러섰다. 금화의 손이 칼처럼 뻗어나와 오까다를 가리켰다. 그녀가 살기 어린 목소리로 소리쳤다.

"너 잘 들어."

금화가 잠시 말을 끊었다.

"너 다시 내 몸에 손댔다간, 너 죽고 나 죽는다. 네놈 모가지가 부러질 줄 알아."

소학교 뒤편의, 금화와 함께 걸었던 마른 풀이 무성한 공터를 우석은 저벅저벅 걸었다. 멀리 저녁빛을 뒤쪽으로 받고 있는 학교 담장을 끼고 우석은 걸음을 멈추었다.

마른 풀밭에 서서 우석은 방파제 너머를 바라보았다. 멀리 저녁빛 속으로 아슴푸레하게 노모자끼 포구가 바라보였다. 맑은 날이면 좀 더 어둡게 계곡의 선이 다가서고 나무 빛깔까지 바라보이는 땅이었지만, 지금 어둠이 내리고 있는 건너편은 멀리멀리 사라져 가듯이 나지막한 산과 구릉이 잿빛으로 젖어 있었다. 땅. 그렇다. 여기가 아니다. 저곳이 땅이다. 그는 마음속으로 울부짖었다. 그렇다. 건너가야 한다. 저곳은 다만 땅이 아니다. 생명이다. 저곳엘 가야 목숨이 목숨다워지는, 내가 살아가야 할 땅이다. 가자. 가기로 한다. 우석은 으드득 이를 갈듯 어금니를 물면서 스스로에게 다짐한다. 이것이 마지막이다. 나는 간다. 이제 뒤돌아볼 것도 두리번거릴 것도 없다. 이 결심이 흔들리거나 깨질 것이라면, 차라리 죽자. 광업소를 뒤집어엎어놓고라도 죽자.

떠나지 못할 바에는 한판 크게 벌이고 죽는 거다. 갱도도 몇개 주저앉히고 쟁의를 벌여도 크게 벌이는 거다. 해서도 안 되면, 왜놈들 손에 주검까지 더럽혀질 것 없이 돌덩이 하나 발목에 매달고 방파제에서 뛰어내리면 되는 거 아닌가. 사람답게 살라고 이 한 목숨도 있는 것 아닌가.

조금씩 마음이 고요해지는 것 같았다. 비바람 치던 어제가 가고, 그런 긴 밤이 지나가고 안개 속에 개어오는 아침처럼 그렇게 마음이 가라앉아왔다. 아버지. 아주 오랜만에 우석은 마음속으로 아버지를 불러보았다. 아버지, 접니다. 못난 아들입니다. 이렇게 되거라 하는 말씀도 없었고, 저렇게 살아라 하는 소리도 들어보지 못한 아들입니다. 그렇기에 아버지 원망해본 적 없습니다. 그러나 아버지, 저 바다를 건너가겠다는 아들만은 아버지도 탓하시지 않으리라 믿습니다.

깊이 숨을 들이마시면서 우석은 조금씩 더 어두워져가는 먼 육지를 바라보았다. 그 어둠 속으로 금화의 얼굴이 떠올랐다. 함께 갈 수도 그렇다고 두고 갈 수도 없는, 무슨 놈의 청춘이 이렇더란 말인가. 한솥밥 먹어가며 풀 먹여 사락사락 소리 나는 모시 홑이불도 덮어가며, 그렇게 몸 섞으며 둘이서 살고픈 게 청춘이 아니던가 말이다.

혼자 나간다는 결심을 안 해본 것도 아니다. 그러나 때로는 부드럽기도 때로는 따끔거리기도 하는 저 풀밭 같은 여자를 여기다 두고 간다는 건 이 섬바닥에 버리는 거나 같다. 가면 데리고 가야 한다.

한숨을 쉬며 우석이 발끝을 내려다보았다. 나는 못 한다. 세상이 나를 못났다 해도 두고 가는 그짓만은 못 한다. 그러나 금화를 데리고 도망을 간다는 건 살자고 둘이 되는 것이 아니라 함께 죽자면서 둘이 되는 일이 아닌가. 살자고 칼자루를 뽑아봐도 죽자고 칼날을 잡아봐도, 다가서는 건 죽음뿐이다. 이것도 사랑이란 말인가.

사랑. 우석은 자신에게 물었다. 스스로도 어쩔 수 없다는 것, 이게 사랑인가. 이런 것이 사랑이었나.

19

"나야 비산비야(非山非野)다."

"고건 또 무슨 소리?"

"이것도 저것도 다 좋다 그 말이지."

"고것도 문자라고 내뱉냐? 요쪽도 조쪽도 아니면 아무 쪽도 아니라는 소리다. 내가 뭣을 믿고 이런 놈허고 동무를 했대."

서 있는 신철의 어깨를 잡아당기며 우석이 만중과 함께 쭈그리고 앉았다. 방파제 위에서 또 경비원의 기침소리가 들려왔다.

"전부 다 하면 세놈이 될 거 같은데, 문제는 세놈을 한꺼번에 할 거냐 아니면 하나씩 손을 볼 거냐, 그거다."

신철은 말이 없고, 만중이 머리를 벅벅 긁으며 남의 소리 하듯 중얼거렸다.

"그보담도 더 중헌 거슨 소문을 막는 거여. 말이 먼저 새나가불른 약 한첩 못 써보고 황천 간당께."

"하는 소리라고는."

방파제를 넘어오는 파도소리에 마른 풀들을 흔들며 지나가는 바람소리가 섞인다.

며칠째 이어가는 이야기였다. 징용공들의 모든 것을 노무계가 손바닥 들여다보듯 알고 있다는 건 그냥 넘길 일이 아니었다. 탄광에 대한 징용공들의 불만에서부터 생각 없이 주고받은 허튼소리 하나까지, 고향 생각을 하며 둘러앉아 떠들어댔던 신세타령까지 노무계가 알고 있다는 데는 놀랄 수밖에 없었다. 심지어 여름에는 그냥 황구 한놈 끌고 강가로 나가서 개추렴을 하는 게 제일인데, 하던 말까지 저쪽 귀에 들어가 다음 날 노무계 키무라에게 불려간 징용공 구씨가 코피가 터져서 돌아왔다는 데는 모두 할 말을 잃었다. 조선놈은 개도 잡아 처먹냐! 사람도 아니다, 너희들 조선놈은. 그렇게 맞았다고 했다.

잠시 주위를 둘러보고 나서 신철이 말했다.

"내 생각에는!"

목소리는 낮았지만 악문 잇새를 비집고 나오듯 신철의 말에는 힘이 있었다.

"우선 옥씨 성 가진 놈, 첩자는 타마무라 그놈이다."

옥종길이, 하긴 그놈은 이미 통이 나 있는 놈이지. 왜놈 뭐라도 빨 놈. 우석이 고개를 끄덕였다.

"그다음에 의심 가는 놈이 땅딸이 박주필이다."

"낯바닥에 칼자국 있는 새끼? 맞아, 그 새끼도."

만중이 한껏 목소리를 낮추면서 말했다.

"근디 나는 말이여, 임천식이가 항시 의심스럽당께."

신철이 이마를 찌푸렸다.

"그놈은 그냥 미련한 놈 아냐? 여기 붙고 저기 붙고, 간도 쓸개도 없는 놈이다."

"자네는 나이를 도대체 얼로 묵었능가?"

"어디로 먹다니. 말에 뼈 섞지 말어!"

"나이를 그렇게나 처묵어갖고 고런 이치도 몰릉가 혀서, 깝깝혀서 하는 소리여."

간에도 붙고 쓸개에도 붙는 놈, 고런 놈이 시상에서 젤로 무선 놈이라는 만중의 말에 신철이 물었다.

"천식이가 그렇다는 말이야?"

"나가 보기에는 말이여, 미련시런 놈이 간능 맞다고 천식이 그놈같이 어디 뭔 이문 있는 자리만 있어붙은 젤 먼저 자리 깔고 앉아분 놈, 고런 놈이 시상에서 젤 무서운 놈이제."

뭐 먹을 일 생겼다 해서 가보면 어느새 앞자리에 앉아 있는 천식이었다. 채탄실적이 나쁘다고 어제 노무계가 악을 쓰며 돌아다녔다더라 하면 아침을 먹었는지 말았는지 갱으로 가기에는 아직 이른 시간인데도 어느새 펄럭이는 일장기 밑에 가 제일 먼저 줄을 서 있는 것도 천식이 그였다.

"그렇다면!"

우석이 못을 박듯이 말했다.

"한놈씩 붙잡아 앉히느냐 여러 놈을 한꺼번에 껍데기를 벗기느냐 그거다."

만중이 느릿느릿 말했다.

"한놈씩 허는 거여."

그들은 만중의 숙인 머리를 내려다보았다.

"생각을 해보랑께. 그놈덜이 어떤 놈덜이여. 쪽발이 밑에서 불알 긁어줌스로 누룽지라도 한 볼때기 더 얻어묵자고 하던 놈덜인디. 조선사람들이 작당을 해갖고 즈그들을 때려잡으러 올라는 거슬 알아봐. 십중팔구 나는 아니랑께 하고 내뺌스로 가랑지 밑으로 개꼴랑지 사리듯 허는 놈이 있을 테고, 때는 이때다 함스로 쪽발이 새끼들 등에 업고 우리럴 잡으러 달려들 것이 뻔할 뻔자 아닌가 말이시."

만중이 침을 삼켰다.

"섣불리 건들다가는 우리가 당해불 수가 있당께. 논두렁 끄슬리려다가 산불 내갖고 조상님 묘를 홀라당 태워묵는 것이 바로 고런 것이랑께."

"아이구, 지루해서. 만중아, 너 구시렁구시렁 그 쓰잘데없는 소리는 좀 빼고 했으면 좋겠다. 그렇다면 누구를 첫놈으로 잡느냐다."

신철의 말을 우석이 받았다.

"처음에 잡는 놈은 종길이로 하자. 마침 그놈이랑은 내가 요즘 한 조니까 잡아 꿇리기도 쉽고, 만약 일이 잘못된다 해도 우리끼리 멱살잡이 한번 했던 걸로 넘기면 돼."

밤이 이슥해서인가. 한기가 스멀스멀 몸속으로 스며들었다. 파도소리에 섞이면서 마른 풀을 스치고 가는 바람이 한결 차갑게 목덜미를 어루만지며 지나갔다.

"서로 눈약속을 했다가 한순간에 두들겨패고 나서 묶는 거야. 묶어서 꿇린 다음에 이실직고를 받으면 되는 거다."

"그때 옆에서 누가 구덩이를 하나 파야 한다구. 말 안 들으면 그냥 파묻어버린다고 해야 초장에 겁을 먹지. 누가 알아? 고분고분하게 나오리란 보장도 없어. 그때 가서 지랄이라도 뻗으면 정말 파묻어버리는 거지."

만중이 남의 소리 하듯 말했다.

"그라고 험한 소리 하덜 마소. 혼구녕이나 내주믄 되제, 산 사람을 어쯔께 파묻는당가. 그럴라믄 차라리 그만둬분 거시 낫제. 그라고 해불믄 나같이 간뎅이가 작은 놈은 평생 꿈자리가 뒤숭숭혀서 먼저 죽어분당께."

무슨 신호처럼 드문드문 불이 켜져 있을 뿐, 언덕 위 일본인들의 아파트는 캄캄한 어둠 속에 솟아 있었다.

바람이 없는지 사무소 앞에 매달린 일장기가 축 늘어져 있다. 막장으로 들어가기 위해 조를 맞추어 서면서 만중이 속삭였다.

"만사에 조심혀. 잘못하믄 어물전 털어묵고 꼴뚜기 장사 나선당께."

"재수 옴 붙는 소리 좀 안 할 수 없니."

뒤쪽에서 같은 조의 종길이가 틈새를 비집으며 앞으로 나오고 있었다. 그는 우석의 뒤에 와 서며 중얼거렸다.

"날씨 한번 좋다."

만중이 웃음을 참는다. 저 입에서 은제까지 날씨 조오타 소리가 나오나 어데 보자. 징용공들이 줄을 지어 서자 일장기에 대한 경례에 이어 어제도 한 소리, 그제도 한 소리가 이어지고, 천황폐하의 성은에 감사하는 마음으로 어쩌고 늘어놓고 나서야 훈시가 끝났다. 일행은 아침 햇살을 등 뒤에 받으며 지옥문으로 들어섰다. 제각각 번호표를 내고 채탄도구들을 지급받고 났을 때였다. 신철이 우석에게 다가오더니 목소리를 낮추며 속삭였다.

"점심 먹고 어쩌고 할 거 없이 바로 해치우자구. 내가 뒤에서 덮칠 테니까."

신철의 말에 우석은 주위를 한번 둘러보고 나서 말했다.

"그러자 그럼. 고치 짓는 게 누에다. 다른 사람 믿을 거 없어. 내가 우선 자식을 냅다 꼬라박을 테니까, 그때 만중이가 올라타면 된다. 기와 한장 아끼려다가 대들보 썩히는 일만 없도록 하자구."

두 사람의 눈길이 살기를 띠면서 부딪쳤다.

이미 이대로는 안 된다고 생각을 모아오던 두 사람이었다. 지렁이도 밟으면 꿈틀한다고 했다. 조선 징용공에 대한 이런 대우를 언제까지 참고 있을 게 아니라 한번은 들고일어나야 한다고 우석은 생각해왔다. 그러나 신철의 생각은 달랐다. 제 집안 단속부터 하지 않고는 죽 쒀서 개 주는 꼴 되니까, 미주알고주알 징용공들의 일을 일러바치는 놈들부터 찾아내서 족쳐야 한다는 것이었다.

여느 날과 다름없이 하루가 시작되었다. 그날따라 갱 안은 습기가 차 더욱 후텁지근한데다 헉헉거리게 더웠다. 그들은 말없이 곡괭이질을 했고, 파낸 탄들을 뒤쪽으로 밀어내는 일을 이어갔다. 곡괭이질을 해나가면서 우석은 이따금 만중과 신철에게 눈길을 돌리는 걸 잊지 않았다.

우석이 땀과 탄가루로 번들거리는 얼굴을 돌리며 목에 둘렀던 수건을 풀었다. 그것이 바로 이제부터 내가 움직인다는 신호였다.

곡괭이를 벽에 기대어놓고 엉거주춤 서 있는 종길이 옆으로 우석이 다가섰다. 그리고 한순간 그의 곡괭이에 걸려서 넘어지기라도 한 듯 우석이 실어내기 위해 모아놓은 석탄더미 위에 나뒹굴었다. 만중이 목소리를 높였다.

"워매, 뭔 일이여, 뭔 일?"

우석이 손을 다친 듯이 왼팔을 잡으며 일어섰다. 신철이 곡괭이를 든 채 다가섰다.

"어디 다친 거 아냐?"

그 말에는 대꾸도 않고 한 손으로 어깨를 잡은 채 우석이 소리쳤다.

"이거 어느 놈 거야?"

종길이 대수롭지 않게 대답했다.

"내 거잖어. 눈은 뭐에 쓰자고 뚫어가지고 다녀? 왜 그 곡괭이가 뭐래?"

피할 사이도 막을 겨를도 없었다. 약속과는 달리 신철이 들고 있던 곡괭이를 낚아챈 우석이 종길의 어깻죽지를 내리쳤다. 억 하는 소리와 함께 종길의 몸이 앞으로 팍 꺾였다. 그 등판과 어깨를 향해 우석의 손길이 장작 패듯 날아들었다. 종길이 몸을 꿈틀거리며 소리쳤다.

"이놈이 사람 팬다아."

종길이 엎어졌던 몸을 바로 하는 순간 신철이 그의 오른팔을 밟아 눌렀다. 그 순간 만중이 종길의 배를 타고 앉았다. 이럴 때는 만중이 이 친구도 여간 빠른 게 아니네. 여차하면 자기가 종길의 가슴을 밟고 올라서려던 우석이 그 와중에 혀를 내둘렀다.

"니 이 새끼!"

들고 있던 곡괭이로 종길의 목울대 부근을 누르며 만중이 말했다.

"니 얼굴에 있는 사마구점 잘됐구마. 오늘 이 곡괭이로 확 파줄랑께."

신음소리와 함께 종길이 내뱉었다.

"너 너희들, 한패거리가 돼서…"

순간 그의 얼굴을 걷어차면서 우석이 신철을 돌아보았다.

"이 새낄 묶자. 그냥 넘어갈 일이 아니다."

뒤따르던 조의 허순도와 방상철이 달려왔다. 곡괭이를 든 채 올라탄 사람, 그 옆을 둘러싼 살기등등한 서슬에 그들은 주춤거리며 뒤로 물러섰다. 맨 뒤에서 탄을 캐던 권상조가 큰 키를 구부정하게 꺾으며 구경났다는 듯이 다가섰다. 준비했던 밧줄로 만중과 신철이 나자빠진 종길의 두 손을 뒤로 묶었다. 종길을 일으켜 탄더미 앞에 꿇어앉히는 데까지는 긴 시간이 필요하지도 않았다.

"너 지금부터는 묻는 말에 그렇소, 아니오 하고 대답만 해. 달리 주둥이를 놀렸다 하면 그만큼 저승길이 빨라진다고 생각하면 돼."

신철이 우석을 뒤로 물러서게 하며 말했다.

"왜놈 밑에서 이렇게 사는 것만도 억울한데, 조선사람끼리 힘을 합쳐도 뭐한데, 네가 우리를 팔고 다녀?"

"무, 무슨 말씀이세요?"

종길은 이가 맞부딪치도록 떨고 있었다. 만중이 그의 옆구리를 발길로 내질렀다.

"이 싸가지 읎는 노무 새끼가! 시방 우리덜을 바지저고리로 아는 것 아녀."

우석이 다가섰다.

"또 누구냐. 조선사람 일이라면 미주알고주알 업으로 삼고 일러바치는 게 누구누구야?"

"저는 정말 모르는 일입니다. 아저씨, 아니 형님들, 정말 왜 이러세요."

"오래 앉아 있는 새가 화살을 맞는 법이야. 꼬리가 길면 밟힌다는 바로 그 말이다."

"제가 그런 말을 어떻게 압니까?"

"아픈 사람 있으면 꾀병한다고 고자질하고, 비지밥 먹고 배고프다는 사람을 회사 욕질하고 다닌다고 일러바치고, 콩윷 논 거까지 도박했다고 까발리는 놈. 입에 담기도 싫다만 그게 너하고 또 누구 짓이냐 말이다."

신철이 고함치며 뒤를 돌아보았다.

"더 볼 것도 없다. 거기 구덩이 하나 파라. 이 새끼를 그냥 묻어버리자."

우석이 구덩이를 파기 위해 삽자루를 잡았고, 만중이 종길의 옆구리를 또 한번 내지르며 말했다.

"존 말 헐 때 언능 대. 이 금수만도 못헌 새끼야. 너 같은 놈 하나 파묻어부러도 세상은 암시랑토 안 할 것잉게!"

그때 종길의 입에서 생각지도 못했던 말이 흘러나왔다.

"김지상이, 카네다 그 자식입니다."

우석이 삽질을 멈추었고, 셋의 눈길이 한순간 어두컴컴한 막장 안에서 부딪쳤다.

"뭐 지상이?"

지상의 이름이 종길이 입에서 나오다니. 니가 지금 우리랑 가깝다고 지상이를 끌고 들어가? 이게 누굴 가지고 노나. 우석은 잠시 멍해지는 느낌이었다. 그러나 신철은 달랐다. 처음부터 그는 종길이가 제대로 된 이름을 댈 리 없다고 생각했었다. 다만 지상의 이름을 들으며 그는 맥이 빠지는 기분이었다. 매사에 적극적인 곳이 없이 언제나 한발 비켜서 있는 지상을 그는 별로 좋게 생각하지 않았다. 종길을 내려다보며 신철이 웃었다. 지상이는 그럴 위인도 못된다. 그애는 그저 절에 가서 공양주나 하고 있으면 딱이지.

"봐라, 모래알 모여서 강변 되는 거다. 우리가 한번에 들고일어나면 그때 무슨 일이 날지 아무도 장담 못 한다. 여기 있는 조선사람치고 죽는 거 무서운 사람 없다. 너 같은 놈 빼고 말이다."

"살려만 주세요. 다음부터는 절대, 절대로…"

"살래줘? 아따 요놈 보소. 우리가 뭣 땀시 너 같은 놈을 살래둔다냐?"

구덩이를 파던 삽을 들어올리며 우석이 소리쳤다.

"도대체, 무지렁이처럼 일 나가라면 나가고, 잠자라면 자는 거밖에 없는 우리를 네가 감시해가면서 뭔 밀정질을 했다는 거냐? 이 어이없는 자식아!"

"그냥 있는 대로, 누가 무슨 말 하더라, 그런 거요. 이따금 술도 사주고 유곽에도 데리고 가주고, 그러니까 시키는 대로 할 수밖에요. 박주필이 그 양반도 아마 나랑 마찬가질 겁니다. 그렇지만 노무계가 우리를 함께 모아놓는 법이 없으니까, 짐작만 하는 겁니다."

우석이 종길이 앞에 쭈그리고 앉았다. 그가 느릿느릿 물었다.

"그런데 말이다, 지상이랑 한패라고 했는데 대관절 그 지상이란 놈과 무슨 일을 어떻게 했다는 거냐?"

"있는 대로 다 말씀드리는 겁니다. 뭘 숨길 게 있겠습니까. 노무
계의 스즈끼상이 지상이도 너랑 함께니까 그런 줄 알라면서 그러
더라구요. 지상이가 혹시 양다리 걸치지나 않나, 그걸 저보고 살펴
라고."

"이 자슥이 인자 본께 똥이네 똥. 건드릴수록 구리구마. 야 이놈
아, 소매 길믄 다들 춤 잘 추는지 아냐? 너 같은 놈을 두고 반푼이
라고 하는 거여."

우석이 앞으로 나서며 결심하듯 말했다.

"이 새끼를 일단 저쪽으로 옮기지."

그들은 이미 캐놓은 탄더미 뒤쪽으로 그를 끌고 가 버팀목에 등
을 대게 하고 종길을 묶었다. 구경을 하던 허순도와 방상철은 벌어
진 입을 다물지 못했다. 얼굴을 디밀고 구경하던 권상조도 놀라기
는 마찬가지였다.

"이래서야 어디 무서워서 살겠나. 미주알고주알 감시하는 놈이
없나…"

옆자리에 누운 징용공들이 소리를 죽여가며 소곤거리고 있었다.

"사고가 난 게 아니고 그놈을 잡아놓고 팼다던데?"

"너 좋을 대로 생각해라. 종길이가 누군데! 매 맞고 견딜 위인이
아니잖아."

그 소리를 들으며 지상은 조용히 몸을 일으켰다. 순간 목소리가
잦아들었다. 깨어 있는 사람이 있었다는 데 놀라는 눈치다. 종길이
를 잡아 몰매를 때렸다는 얘기는 지상도 이미 알고 있었다.

이리저리 구겨지듯 잠들어 있는 사람들을 밟을까 조심하며 지상

은 방을 나섰다. 숙사 담에 몸을 붙이고 얼마 동안 주위를 살핀 그는 빠르게 방파제 옆으로 몸을 숨겼다. 잠시 후 언뜻언뜻 경비등에 몸을 드러내면서 고양이처럼 방파제 밑을 따라 나아간 지상은 초소가 바라보이는 돌더미 옆에 몸을 웅크렸다. 옛날에는 선착장이 있었다는 곳, 신사에 올라갔을 때 명국이 눈여겨 살펴보라던 그 자리였다.

오랜 시간 그는 어둠 속에서 시간을 재고, 거리를 가늠했다. 저쪽이다. 저쪽이 그래도 경비원들을 피하기가 제일 쉬운데다가 육지까지도 가깝다. 물이 빠지면 바위가 드러나는 곳이었다. 바다로 뛰어내리려면 차라리 물이 차 있을 때가 다칠 염려가 없다고 지상은 생각했다.

몸을 구부리고 그는 다시 쓰레기 하치장 뒤로 방파제 밑을 더듬어나갔다. 마른 풀을 헤쳐가면서 지상은 언제 뛰어내려야 할지를 가늠해본다. 경비원이 이쪽까지 왔다가 돌아서는 시간과 다시 나타나는 그사이여야 할 거다. 그렇다면 경비원이 두번 왔다 가야 한다. 왔다가 돌아가는 그사이에 방파제를 넘어가 숨어야 하고, 다시 그가 왔다가 돌아갈 때 물로 들어서며 헤엄을 시작해야 한다. 옷은, 명국이 말했었다. 옷은 혁대로 감아서 머리에 이고 가야 한다고.

마른 풀숲에 몸을 숨기고 지상은 경비원이 왔다가 돌아가는 시간을 가늠해본다. 저 정도라면 충분하지 않을까. 아니 충분하고도 남는 시간이 아닐까.

지상은 가는 것인지 오는 것인지 방파제 위를 어슬렁거리고 있는 경비원을 노려보았다. 저 자식이 걸리적거렸다 하면? 그땐 찌르고 가는 수밖에 없다. 칼을 구하기가 쉬운 게 아니니 아무튼 뭔가를 만들어서 몸에 지니고 있어야 할 거다. 그런데 그믐까지 그게 가능하냐도 문제다. 일단 오늘은 이 정도까지만 하자. 시간을 정확하게 알아놓는 게 중요하니까. 마른 풀 속으로 몸을 숨기면서 지상은 방파제 쪽을 돌아보지 않았다. 네가 죽든지 내가 죽든지, 그것은 그날의 운이라고 하자.

지상은 스스로에게 묻고 또 물었다. 우린 왜 이렇게 되었나. 왜 여기까지 끌려왔으며, 이제 목숨을 걸고 여길 나가야 하는가. 살기 위해서다. 산다는 건 뭔가. 그건 자유다. 나는 지금 자유를 찾아서 나가려는 거다. 자유란 게 뭐냐. 그건 간단하다. 내 나라가 없어지면서 우리는 자유를 잃었다. 할 말을 하며, 하고 싶은 걸 하며 사는 곳, 그걸 할 수 있는 게 조국이라면 우린 거기서부터 잘못됐던 거야. 나라를 잃었다는 바로 그거. 내 나라 말도, 내 나라 글도, 제 이름조차 잃어버린 우리들. 이게 그 시작이다. 이름을 찾고 말을 찾고 혼을 찾아야 한다. 그리고 아내와 아이를 찾아가는 시작인 거다.

풀 속을 기다시피 하며 지상은 숙사로 돌아왔다. 더듬더듬 자리를 찾아 누워서 지상은 눈을 감은 채 아무 생각도 않으려고 애썼다. 무엇이 어떻게 되든 이제 일은 시작되었다고 그는 생각했다. 옆자리에서 부스럭거리는 소리가 들렸다. 지상은 미동도 없이 그 소리를 듣고 있었다. 세 사람 건너에서 우석이 윗몸을 일으켰다. 그가 기어서 다가왔다.

"지상아, 잠깐 나가자."

속삭이듯 말하고 나서 우석이 먼저 기듯이 방을 빠져나갔다. 그의 뒷모습을 어둠 속에서 지켜보다가 지상은 천천히 일어섰다. 밖으로 나왔을 때 우석은 숙사 계단 밑에서 그를 기다리고 있었다.

대뜸 지상이 말했다.

"잘됐다. 나도 널 좀 보려고 했다."

"무슨 일인데?"

지상이 빠르게 말했다.

"낮에 너희 조에서 했다는 일, 그거 잘한 거 아니다. 종길이를 반쯤 죽여놓았다던데, 다음은 박주필이라고 벌써 소문이 돌더라. 그래서? 조선사람끼리 일러바치는 건 잘못이고, 조선놈이 작당해서 조선놈 잡아 족치는 건 옳은 일이냐? 일을 어떻게 그렇게 하니!"

우석은 묵묵히 들었다.

"그리고 지금이 어느 땐데 너까지 끼어서 그런 엄청난 일을 벌이니? 너부터 좀 분명히 해라. 도망을 가겠다는 거냐 말겠다는 거냐. 그냥 여기 말뚝 박고 살 생각이냐?"

우석이 느릿느릿 말했다.

"그날 종길이 입에서 너도 한패라는 말이 나왔어. 어떻게 된 거야? 내가 널 의심하는 게 아니라, 왜 네 이름이 종길한테서 나와야 하는지, 그걸 알고 싶었다."

지상이 발끝으로 땅바닥을 긁적거렸다.

"벌써 그런 말이 돌았나. 그랬어. 스즈끼가 무슨 말을 하기는 했어."

무어 숨길 것도 없다. 종길이와 노무계에 불려갔던 일을, 거기서 스즈끼로부터 징용공들의 동태를 살펴서 알려달라는 제안을 받았던 일을 말하면서 그는 덧붙였다. 너한테 이 이야기를 안 한 건, 굳이 할 필요도 없다고 생각해서였어. 숙였던 고개를 들며 지상이 말했다.

"분명히 말하는데, 난 너한테 짐이 될 짓은 안 해. 그리고 하나만 더 얘기할까. 노무계에서 나를 회유했다는 건 날 그만큼 믿는 거고, 그렇다면 이거야말로 도망을 치는 데 도움이 된다고 생각했어. 하늘이 날 돕는구나 하고."

어둠 속이라 목소리만으로 표정을 읽어야 한다. 성필수 이 친구는 웃는 법이 없다. 그래서 마음을 읽기가 더 힘들다. 빨래나 하고, 틈만 나면 뒤집어쓰고 잠이나 자는 걸로 징용공들 사이에 모르는 사람이 없는 필수를 꼭 함께 가야 할 사람이 있다면서 우석이 데려왔을 때, 지상은 도망이고 뭐고 다 때려치우고 싶었다. 그러나 우석은 완강했다. 우리한테 없는 걸 그 친구가 가지고 있어. 나만 믿어.

날이면 날마다 빨래나 하면서 그 빨래가 마르면 바늘과 실을 들고 한나절씩 앉아 정성스레 기워서 개어놓고, 남들 얘기에 끼는 법이 없이 잠이나 자던 사람. 멍청한 놈이라고 따돌림이나 받던 사람. 그건 성필수 아니었다. 우석의 말이 옳았다. 그건 철저하게 자신을 숨긴 성필수가 쓴 가면일 뿐이었다.

필수가 두 사람을 보며 천천히 말했다.

"우선 나까노시마로 가자는 게 내 생각이다."

지상이 눈을 크게 떴다.

"화장터에는 왜?"

"헤엄을 쳐서 바로 건너갈 생각을 했다가는 무슨 일을 당할지 모른다. 물길을 거슬러 가다가는 배도 깨지는 데라고 얼마나 많이 들었냐. 아무리 헤엄에 자신이 있다고 해도 저 물살에는 장담 못 해. 그러니까, 우선 나까노시마로 가야 해."

필수의 말은 단호했다. 지상이 답답해하며 물었다.

"지금 무슨 얘기를 하는 거야. 나까노시마를 거쳐서 가자니… 화장터에 미리 가서 나 죽여줍쇼, 하고 기다리자는 건 아닐 테고."

"바로 그거야, 화장터. 거기에 헛간 같은 대합실이 있어. 시체 태우는 동안 기다리는 곳인데, 거기서 나무를 엮자는 거야. 여기서는 뗏목이든 뭐든 만든다 해도 방파제를 넘겨 바다에 띄울 수가 없어."

그러니까 거기서 나무를 엮어서, 거기 의지해 바다를 건너자는 거였다. 지상이나 우석으로서는 생각지도 못했던 계획이었다. 그럴 수만 있다면 맨몸으로 헤엄을 치는 것보다는 훨씬 안전할 것이다. 문제는 나무였다.

"내가 일본 광부 죽어서 화장할 때 인부로 간 적이 있어서 알아. 거기 가면 나무는 얼마든지 있어. 하다못해 기둥을 뽑아도 될 테고, 문짝을 떼어내서 밀고 나갈 수만 있다면 그보다 더 좋은 것도 없지."

필수는 이미 그것까지 살펴뒀다는 얘기다. 지상의 눈길이 우석과 필수의 얼굴을 바쁘게 오갔다. 그럴 수만 있다면, 필수의 생각은 이제까지 찾아온 그 어떤 방법보다도 안전한 계획이었다.

"좋다. 나는 필수 말에 찬성이다. 우석이 네 생각에는 어때?"

"나까노시마라면 가까우니까 거기까지 헤엄을 치는 건 어려울 게 없고, 혹시 무슨 일이 생긴다 해도 방향이 다르니까 수색대가 그쪽부터 뒤질 리야 없지. 그런데, 화장터에 가서 뭘 만들려면 여기서 물건을 준비해 가야 하지 않겠어?"

필수가 기다리고 있었던 듯 말했다.

"나무를 묶을 줄은 가지고 가야 해. 거기 그런 건 없어."

"좋아. 줄이야 어디서든 훔쳐야겠지."

"그러니까, 우리가 여기서 떠날 때 아예 줄은 몸에 묶고 바다로 들어서자는 거야."

화장터가 있는 나까노시마로 간다. 거기서 뭔가 만들어 몸을 의지하고 바다를 건너기로 하자. 그렇게 이야기가 끝났을 때 그들은 처음으로 이 탈출이 희망으로, 몸에 와 들러붙는 느낌이 들었다. 물살을 저어 나아갈 노 같은 것이 필요하지 않을까 하는 이야기도 나왔지만, 그것은 너무 번거로운데다 화장터 어딘가에서 나무판자를 구해서도 대신할 수 있으리라는 생각이 들어 다른 준비물은 더 마련하지 않기로 그들은 결정했다.

"또 하나. 우리한테 나쁜 건 경비 서는 애들한테도 나빠."

필수가 무엇을 찍어내듯이 말했다.

"파도가 거칠면 건너는 우리도 힘들지만 경비도 그만큼 허술해질 수밖에 없어. 그런 날 튈 놈이 없다는 걸 경비들도 아니까. 바람이 심해도 마찬가지다. 그러니까,"

"안다."

지상이 필수의 말을 잘랐다.

"날씨 따위 상관없이 어떤 경우에라도 계획한 대로만 가자, 그거지?"

필수가 고개를 끄덕였다. 우석이 말에 끈을 달았다.

"좋다. 그런데 난 말이다, 만약의 경우도 생각은 해둬야 한다고 보는데."

"다른 건 없어. 경비원이지."

무슨 뜻인지 알아챈 필수가 말을 잘랐다. 그가 주먹을 움켜쥐었다. 셋은 잠시 아무 말이 없었다. 그렇다. 죽여야 할지도 모른다. 지상이 두 손으로 얼굴을 감쌌다. 그것만은 피하고 싶지만, 어쩔 수 없는 경우가 왜 없겠는가.

"사느냐 죽느냔데. 그땐 가릴 게 없다."

다시 말이 끊겼다. 잠시 후 우석이 말했다.

"그래서 각자가 몸에 뭔가를 준비하자는 거야."

필수가 두 사람에게 손짓을 하며 말했다.

"경비원 문제에 대해서는 확실하게 해놓자. 지상이 자네가 맨 앞에 서. 중간은 우석이가 맡고, 내가 맨 뒤에 설 거다. 지상이가 무슨일이 생기면 우석이가 덮쳐. 다음은 내가 맡을 테니까."

필수가 입 안에서 말 한마디 한마디를 짓씹듯이 말했다.

"쑤시는데야 칼 안 들어갈 배때기 없다."

살아서 이 세상에 내가 무슨 상투가 있나, 죽어 저세상이라 한들 내가 무슨 무덤이 있나. 금화가 어둠 속에서 중얼거렸다.

파도가 철썩인다. 오늘따라 밤바람도 거세다. 파도소리에 묻혀 갈매기의 울음소리는 들리지도 않는다. 먼바다 쪽은 캄캄하게 어두웠고 불빛이 바라보이던 타까시마탄광 쪽도 어둠뿐이다. 허청허청 방파제 위를 걸어나가는 금화의 손에 됫병 술이 들려 있었다. 걸음을 멈춘 금화가 어둠 속을 바라보며 서 있었다. 조그맣게 빛나고 있는 초소의 경비등마저 파도소리에 묻혀버릴 것만 같다.

그녀는 바다를 향해 자리를 잡고 앉아 술병을 들어 한모금 마셨다. 입가를 흘러내린 술이 목을 타고 옷 속으로 스며들었다. 운수사나우려면 개도 안 짖는다더니 흐흐, 달도 없네. 왜놈들이 달도 공출 내보냈나? 달도 부숴서 대포 만드는 데 써버렸나 부다. 야, 달아.

넌 어디로 간 거야. 중얼거리다가 금화는 또 한모금 술을 마신다. 달아 달아 밝은 달아, 계수나무 밝은 달아, 너는 어디로 징용 갔니. 홋까이도오 탄광에라도 처박혔니. 달아 달아 밝은 달아. 금도끼로 다듬어서 초가삼간 집을 짓고, 천년만년 살고 지고. 엄마, 엄마는 왜 그 노래밖에 아는 게 없었어? 천년만년 살자고 그렇게 아버지한테 맞으며 살았어? 집엘 가려고 해도 내가 집이 어딘지 알아야 가지. 실개천 있고 방죽 있고 기찻길이 있는 곳. 봄 되면 버드나무 자라는 데가 조선 천지에 어디 한둘이라야 말이지.

"거기 누구야!"

갑작스런 목소리와 함께 불빛이 그녀의 몸을 훑으며 오르내렸다. 눈살을 찌푸린 금화가 손바닥을 들어 불빛을 가리면서 소리쳤다.

"나다, 왜!"

"아, 아니, 여자 아냐?"

"그래, 나 여자다. 치마 들춰봐야 알겠냐?"

저벅거리는 발소리와 함께 경비가 다가왔다.

"여기서 뭐 하는 거야!"

"술 마신다, 왜?"

"지금 여기 나와 있으면 안 된다. 여기는 출입금지다!"

"썩은 소리 하지 말고 이리 와 앉아. 앉아서 한잔해."

주춤거리며 경비가 다가왔다. 금화가 다가오는 그의 손을 잡아채 옆에 앉혔다.

"그나저나 그 불 좀 끌 수 없어? 네가 여기 앉아 있는 줄 사람들이 다 알잖니."

"아, 그거야 그렇군."

불을 끄고 난 경비는 금화가 내미는 술병을 받으며 반색을 했다.

"어디서 이런 걸 다 구했냐. 전시고 어쩌구 다 헛소리구나."

"마셔. 너 주려고 가지고 온 거야."

경비는 술병을 들어 꿀꺽꿀꺽 삼키고 나서 부르르 몸을 떨었다. 그거 봐라. 출입금지 좋아하고 있다. 나 아니면 누가 이 밤중에 너한테 술 주겠니. 술병을 내려놓고 난 경비가 갑자기 생각난 듯이 물었다.

"그런데 넌 누구냐? 귀신은 아니겠고, 어디서 나타난 거야?"

금화가 느닷없이 조선말을 했다.

"맞다. 귀신이다아아. 물에 빠져 죽은 네 엄마 물귀신이다아아."

"아니 너, 조선여자?"

금화가 손을 들어 어둠 속으로 유곽 건물 쪽을 가리켰다.

"그래. 나 조선여자다. 넌 이름이 뭐니?"

"야마구찌, 야마구찌 사부로오다."

그것도 이름이라구. 느이 조상도 참 한심하기는. 무슨 놈의 이름이 산에 뚫린 구멍 같냐. 술병을 껴안듯 앞에 놓고 앉아서 야마구찌는 밤바람에 날리는 금화의 머리칼을 바라보았다.

"내가 조금만 더 마셔도 되겠냐?"

물으면서, 야마구찌가 술병을 들어 꿀꺽거리며 마셔댔다. 이놈이 무슨 술을 물 마시듯 처먹어. 야마노구찌니 사께가 하이루, 그야말로 산구멍으로 술이 들어가신다로군. 금화가 몸을 건들거리며 그 모습을 보고 있었다. 얼씨구, 누구냐고 소리소리 지르던 게 술은 엄청 좋아하는 모양이네. 마셔라. 그런데 너 이제 혼난다. 보초는 안 서고 금화랑 술 마셨다구.

야마구찌가 술병을 내려놓으며 말했다.

"술이란 게 여자하고 똑같다구. 생각이 없다가도 보면 또 안 마시고는 못 배기는 거 아니겠어."

야마구찌가 꿀꺽거리며 몇모금을 더 마시고 나서 입술을 닦았다.

"안 그러냐? 여자도 마찬가지다. 옆에 없으면 모르다가도 그게 살이 닿았다 하면 생각이 달라지거든. 으흐흐, 안 그러냐?"

장마 개구리 호박잎에 뛰어오르듯 주둥아리나 너불거리지 않으면 반값은 가는데, 사내놈 모자라는 건 언제나 입이 먼저라니까. 이번에는 금화가 술병을 들어 한모금 마셨다. 파도가 크게 방파제 밑을 때리고 가는지 물보라가 선뜩하게 이마에 와 뿌려졌다.

야마구찌가 일어서더니 방파제 위를 저적저적 걸어가 바다 쪽에다 대고 오줌을 갈겼다.

"섬 다 떠내려가겠다. 저 미친놈."

돌아온 야마구찌가 말했다.

"난 너를 안다. 조선여자."

"이런 썩을 놈. 그래서, 날 아니까 뭘 어쩌겠다구? 쥐 잡는 데 식칼 들고 나설래? 술 얻어먹으니 고마운 줄이나 알고 있어."

나도 안다. 이름이야 잊었지만 너 야마구찌를 모를 리 없다. 그는 헌팅캡을 깊이 눌러쓰고 술을 마시러 왔었다. 그때 그를 보고 조선 독립군 잡으러 다니는 밀정 같다는 말을 내가 했었고, 얼굴이 벌겋게 변하는 그를 보며 나는 요 주둥아리가 탈이야 하면서 내 입술을 때렸었다. 그날 밤 술자리가 끝나고 함께 누웠을 때, 여자 하나 올라탄다고 조선 전체를 올라타는 것도 아닐 테고… 그런 말을 중얼거리던 야마구찌를 금화는 떠올렸다.

376

야마구찌가 술병을 껴안고 앉아 불쑥 말했다.

"너도 일본이 망하기 바라겠지? 당연하지, 조선인이니까. 그렇지만, 일본이 망할까? 이건 알아둬라. 조선은 이미 일본땅이다. 일본과 조선은 하나라는 말이다. 일본이 망하는 건 바로 조선도 망하는 거다, 이 말이야."

하나라구. 일본과 조선이 하나라구. 이걸 그냥 발길로 내질러버릴까. 금화는 술기운을 느끼며 캄캄하게 어두운 바다를 내다보았다. 멀리 배 한척이 불빛을 밝히고 어둠 속에 떠 있었다. 도망친 사람들이 있어서 감시선이라도 떴나.

금화가 깊이 숨을 들이마셨다가 내뱉으며 일어섰다. 혼자 있어도 편한 데가 없고 같이 있어도 마찬가지다. 어디 가도 편한 데가 없다. 야마구찌가 술병을 들어 보이며 물었다.

"그만 마시고 가는 거야? 이건 날 주고 가는 거야?"

"먹구… 극락 가렴."

금화의 조선말이 무슨 뜻인지도 모르면서 야마구찌가 허리를 굽실거렸다. 야마구찌를 돌아보며 금화가 침을 뱉었다. 저놈이나 바다에 처넣을까. 논개는 뭐 진주 남강에만 있다던가. 끌어안고 바다로 떨어지면 그게 논개지. 캄캄한 어둠 속을 걸어나가며 금화는 고개를 저었다. 아니다. 세월이 다르다. 논개 언니가 지금 태어났어봐라. 진주 남강이 아니다. 남방 어딘가로 끌려가 언니도 일본군 위안소에서 걸레가 되어 손님 받고 있을라. 아니지. 그렇지 않아서 논개 언니지. 논개 언니야 노는 물이 달랐으니까 이번에는 총독 어르신네 끌어안고 폭격기 타고 떨어질까. 세월아, 네가 무심하구나.

그래, 나 많이 살았다. 집 나와서 떠돈 세월 뒤집어서 헤아려볼 것도 없다. 금화야 이년아, 너 참 많이도 살았다. 전생에 무슨 죄가 많아서 어찌 그걸 다 겪어냈더란 말이냐. 조선놈에 왜놈에 그 등쌀도 겹으로 견디며 살았다. 차면 차이는 대로 밀면 밀리는 대로 그렇게 살아왔다지만, 무슨 여한이 있는 것도 아니다. 그래도 요 왜놈들 망하는 걸 보는 날까지는 살아야 하는데, 내 주제가 그걸 기다릴 푼수나 되나 모르겠다. 알이 그냥 알이던가. 뒷날에 새가 되는 게 알이다. 그런데 왜놈 물러가는 거 보는 날을 기다리기가… 이게 또 청산에 매 띄워놓기다 그 말이야.

20

우석이 무겁게 입을 열었다.

"사실은 말이다. 사실은…"

우석이 말을 더듬었다. 방파제를 따라 삼각뿔 모양으로 점점이 이어진 경비등을 바라보던 지상이 고개를 돌렸다.

"뭔데 그래? 못 할 이야기가 없잖아."

지상이 바다를 내다본 채 말했다.

"너, 그 이야기를 하려는 거지? 유곽의 그 여자."

우석이 놀라 주춤거리며 일어섰다. 지상이 따라 일어서며 말했다.

"남자와 여자다. 내가 뭐라고 말할 일이 아니다. 그 여자는 너 혼자 결심해라."

지상의 목소리는 단호했다. 돌아보니, 밤이 늦어서인지 치솟아 있는 아파트에 불들이 드문드문했다.

"가자."

지상이 말하며 발걸음을 옮겼다. 걸어가면서, 둘은 서로 다른 생각을 한다. 우석이 천천히 고개를 저었다. 이런저런 일을 너는 다 알고 있었으면서도, 그런데도 나한테는 말을 안 했다? 지상은 땅바닥을 내려다본다. 혹시 이 친구가 그 여자를 데리고 가겠다는 건 아니겠지.

다들 잠이 든 숙사 앞은 캄캄했다. 숙사 앞 불빛 속으로 들어서며 힘들게 우석이 말문을 열었다.

"그 여자 얘긴데, 나도 어떻게 해야 할지 마음을 못 잡겠다."

"무슨 마음?"

미친놈. 너 이런 구석도 있었니. 속으로 놀라면서도 지상은 말을 아꼈다. 어차피 너랑 둘이서 무서운 결심을 한 건데, 내가 내 사정이 있다면 너도 네 사정이 있겠지, 하지만. 지상이 굳은 목소리로 못을 박듯이 말했다.

"안 되는 일이다, 그건."

둘은 어둠 속에서 서로를 바라보았다. 천천히 지상이 말했다.

"내 생각은 그래. 우석아, 이 일에서 여자는 빼자. 확실한 건, 그 여자를 넣으면 그만큼 일이 더 복잡해진다는 거야. 이 일에 여자까지 끌어들였다가 잘못되는 날에는 우리 다 끝이다."

여자를 끼우면 안 된다는 게 내 생각이다. 그렇지만 네가 그 여자한테 숨기진 않았으면 좋겠다. 함께는 못 간다고, 그러나 나는 간다고, 여자한테 그 말은 해야 하는 거 아니냐. 치밀어오르는 그 말을 지상은 차마 하지 못했다. 이게 남의 일이라면, 사리분별 정확한 이 친구가 얼마나 잘해낼 것인가. 자기 일이니 판단이 흐려지고 눈이 머는데 거기 또 정이 끼어든다. 정이라는 게 뭔지 발목을 잡아 마음을 약하게 만든다.

"한마디만 더 할까? 사람이 정으로만 사는 게 아니잖니."

우석이 고개를 돌려 먼 곳을 바라보며 중얼거렸다.

"칼 들면 다 나쁜 놈이고, 꽃 들고 서 있으면 좋은 사람이냐? 칼 든 좋은 사람도 있어. 꽃 들고 있는 나쁜 놈은 더 많지."

"오해하지 마. 내 말은 그 여자가 나쁘다는 게 아냐."

이 말이 우석에게는 몸 어딘가를 도려내듯 아프리라는 걸 알면서도, 지상은 내처 말했다.

"차마 이런 말까지는 내가 안 하려고 했다. 그렇지만 분명히 하자. 우석아, 정 그렇다면 그 여자랑 너랑 둘이서 따로 해. 나는 다른 길을 찾아볼게. 데리고 가고 싶다면, 아니 데리고 가야겠다면 그렇게 해. 내 생각 같은 건 마음에 두지 말고 결심은 네가 해."

길게 한숨을 내쉬고 나서 지상이 말했다.

"미안하다. 어떻게 하는 게 옳은 건지 더 좀 생각해보자. 나 먼저 들어간다."

지상의 발소리가 멀어지고, 숙사 문이 여닫히는 소리가 들린 후에도 우석은 우두커니 서 있었다. 그는 지상이 했던 말을 되씹고 있었다. 그런가. 그런 건가. 내가 그토록 못난 놈이었나. 늘 듣던 파도소리가 여전했다. 밤이어선가. 갈매기들의 울음소리는 들리지 않았다. 몇번이나 생각했던가. 그러나 그는 금화에게 너를 두고 간다는 그 말을 하지 못했다. 이 바닥에 여자를 팽개쳐두고 나 혼자 간다는 말을 어떻게 하는가. 왼쪽 하늘에서 빛나고 있는 별을 그는 쏘아보았다. 마음 가다듬자. 지상이가 말했듯이 이건 내가 결정할 일이야.

스스로 묻고, 스스로 대답하다가 우석은 가슴을 폈다. 함께 가고 싶다면 금화도 데리고 가자. 빌며 사정을 하든 설득을 하든 지상이랑도 함께 가자. 그 여자 잡히면 우리 모두 잡히는 거고, 우리가 살면 그 여자도 산다. 우석이 돌아섰다. 그래, 들어가 자자. 자고 난다고 변할 결심도 아니다. 내일 일은 내일에 맡기자.

고개를 저으면서, 내내 고개를 저으면서 금화는 우석의 말을 들었다. 그의 말이 끝나기를 기다렸다가 금화는 손을 뻗어 우석의 얼굴을 감쌌다.

"내가 데리고 가달라고 했다고 그 말을 믿었어? 무슨 소리니. 날 그렇게 봤어? 나 널 따라나서지 않아. 내가 그렇게 미련해 보였어? 나를 네 앞길이나 막을 여자로 봤다는 거야?"

금화가 고개를 저었다.

"말도 안 돼, 날 데리고 나갈 생각을 했다니. 그게 될성부른 일이야?"

순간 금화가 와락 우석을 껴안았다.

"좋은 사람. 좋은 내 사람."

바람이 차다. 바닷바람이어서 더욱 그렇다고, 금화는 가슴에 품은 남자의 머리를 감싸며 생각했다. 정이란 건 잠시, 목숨은 길다. 이 남자는 다르다. 내가 잡아서는 안 되는 남자다. 살아서 해야 하는 일이 있지 않은가.

그러나, 생각은 했었지. 함께 도망을 치기로 한다면야 이만한 남자를 어디서 구하겠는가. 내 복이 겨우 여기서 다하는구나, 그렇게 마음을 다잡았지. 험한 세월 살아남았기에 맑고 깨끗한 남자 만날 수 있었다는 거, 그거 하나만으로도 난 널 따라나서고 싶었지만. 그건 다만 내 마음이었어.

금화의 목소리가 우석의 귓가에 솨악솨악 소리를 내듯 파고들었다.

"내가 그토록 짐이 되었어?"

"짐이 아니다. 어느 쪽이 너를 위하는 길인지, 그걸 생각했었다."

"하나 물어볼까. 만약에 내가 이 섬을 떠난다고 하면 너는 무슨 말을 할래?"

우석이 고개를 들었다. 서로의 얼굴을 마주 보면서 금화가 말했다.

"네가 여기 오래 있게 되면, 언젠가는 나 혼자 어디론가 내뺄지도 몰라. 그때 내가 널 버리고 간다고 생각할까?"

잠들지 못한 갈매기 하나가 울고 갈 뿐, 우석은 말이 없다.

"넌 나한테 다 하고 있잖아. 누구랑 어떻게 도망친다는 엄청난 얘기도 다 말해주고, 찾아와 만나주고. 나 그러지 않아도 되는 여자야. 그런데 너는 그걸 하고 있잖아. 난 그게 고맙고 기쁘고 눈물겹고 그래. 이 남자한테 마음 주길 잘했구나. 금화야 잘했구나. 그게 내 마음이야. 전부야."

"무슨 소리를 하는 거야?"

"너 만나서, 나 처음으로 사람 대접을 받았다는, 그 고마움은 잊지 못할 거라는 얘길 하는 거야."

우석의 입술이 일그러진다. 밤바람에 날리는 머리카락이 얼굴을 뒤덮고, 떨리는 손을 어쩌지 못해 두 손에 힘을 주어 깍지를 끼면서, 가슴에 말뚝을 박듯 생각했던 말을 금화는 한다.

"괜찮아. 버리고 가는 거 아닌 줄 알아. 나는 당신을 알아."

"그런데?"

"넌 지금 나를 데리고 나가지 못하는 걸 미안해하면서, 네 발로 찾아올 수 있을 때 날 데리러 온다는 거 아니니. 그러나 네가 돌아올 때를, 네 말처럼 날 찾아올 때를 어떻게 기다리겠어. 무슨 힘으로 그 세월을 참아내. 너는 오겠지. 네 마음에 있는 그 말을 나도 믿어. 너무 고맙고. 그렇지만 네가 왔을 때, 그때가 언제든, 아마 난 여기 없을 거야."

우석의 손이 나가 금화의 어깨를 잡았다.

"믿자. 세월도 믿고 사람도 믿고, 무슨 끝이 있든 그 끝도 믿어보자는 거다, 내 말은."

"내가 나를 못 믿는 거지. 언제까지 내가 여기서 살아낼 수 있을지, 그걸 못 믿겠다는 말이지."

우석의 손이 나가 금화의 목덜미를 어루만졌다. 어둠 속에서 그녀의 얼굴을 뒤덮었던 머리카락이 등 뒤로 날린다.

"나 너한테 조금도, 요만큼도 짐 되는 건 싫어. 무사히 섬을 빠져나가서 어떻게 살아남을까, 그것만 생각해."

팔이 나아가고 가슴과 가슴이 부딪치며 둘이 서로를 엉켜 안았다. 밤바람에 언 그녀의 볼이 차갑게 우석의 목에 와닿았다. 치밀어 오르는 눈물을 참으려고 우석은 더욱더 그녀를 힘주어 안았다. 어쩌다가 우리가 이렇게 되었나. 함께 떠나지도, 함께 남지도 못하게 되었나. 부여안은 손으로 금화의 등을 쓸어내리며 우석이 말했다.

"차라리 그냥 여기 남아서 이렇게라도 살아야 하는 건 아닌가 모르겠다. 그 생각도 했었다."

"내 남자는…"

흐느끼듯 금화가 말했다.

"한번 결심했으면, 그거 움켜쥐고 지키면서 살아. 그게 내 남자 야."

바닷바람이 캄캄한 어둠을 두 사람의 목덜미에 끼얹듯 더욱 시 리게 스치고 지나갔다. 금화가 말했다.

"사랑해. 사랑했어요."

그리고 이내 그 목소리는 밤바람에 뒤섞이며 소리를 죽인 통곡 이 된다. 캄캄한 섬 주위를 둘러싼 경비등만이 밤을 지키고 있었다. 초소의 경비원이 이따금 기침을 하면서 초소와 초소 사이를 천천 히 오가고 있었다.

왁자지껄한 식당 안, 주르르 늘어앉아 밥을 먹는다. 비지인지 밥 인지 모르게 밥알을 찾기 힘든데 거기에 콩이 섞여 있다. 젓가락질 을 하려면 한숨부터 나오지만, 그래도 시장이 반찬이다. 무엇이든 입에 긁어넣자면 이때만은 마음에 조금은 여유가 생긴다.

저쪽에 앉았던 필수가 눈이 마주치자 먼저 손짓을 했다. 그의 손 가락이 밖을 가리켰다. 우석의 눈이 물었다. 밖에서 만나자? 필수 가 고개를 끄덕였다. 알았다. 우석이 눈짓으로 말했다.

먼저 먹은 사람들이 일어서서 나가는 그 어수선한 틈을 헤치고 밖으로 나가면서, 필수가 우석의 옆을 스쳐가다가 말했다.

"수염 좀 깎아라. 꼬라지하곤."

"수염 깎고 치장해도 봐줄 님이 있어야지."

암호라면 암호, 둘이 정해둔 약속이었다. 수염은 도망치는 일을

상의하자는 말이었다. 우석의 옆에서 밥을 우물거리고 있던 김씨가 젓가락을 든 채 멍한 얼굴을 했다.

"가만있어봐. 그러고 보니 엊그제가 내 귀빠진 날이었네."

"그건 또 무슨 소리?"

"무슨 소리는! 생일도 잊어먹고 지나갔다 그 소리지."

듣고 있던 윤씨가 어이없다는 얼굴을 했다.

"자네 같은 사람을 두고 상여 메고 나가다가 귀청 후빈다고 하는 거여."

서운한 마음에 울상이 되는 김씨를 향해 윤씨가 중얼거렸다.

"차라리 잘됐지. 오늘이 내 귀빠진 날이다, 생각해봐. 얼마나 심란하겠어."

자리에서 일어서며 우석은 마음속으로 고개를 끄덕였다. 그건 그렇다. 여기에 있으면 뭐 하나라도 더 잊고 사는 게 제일이다. 앞서가는 필수를 따라가며 우석은 그의 어깨가 우람하고 튼튼해 보인다는 생각을 했다. 난 쟤가 저렇게 단단한 몸을 가졌는지 처음 알았네.

앞서가는 필수를 우석이 불렀다. 그가 돌아보았다.

"너 이제 보니 몸이 제법 실하구나. 길동무하기는 딱이다."

숙사 앞마당으로 나온 둘은 어정거리면서 잠시 방파제 쪽을 바라보았다. 요즘은 매일 뭔 놈의 날씨가 이렇게 좋나 모르겠다. 씻어놓은 듯한 하늘을 바라보던 눈길을 돌리며 필수가 말했다.

"그래, 어젯밤에는 뭐 좋은 꿈 꿨냐?"

꿈이란, 무슨 새로운 계획이라도 생각한 게 없느냐는 그들만의 암호였다.

"꿈에 고향 보아봤자 싱숭생숭, 어머니 만나봤자 눈물바다. 꿈 같은 거 안 꾸고 산다."

다른 방법이 없을 것 같다는 말이었다. 지나가는 남이 들어도 무슨 소린지 모르게 그들은 편안하게 서서 중얼거렸다. 필수가 속삭였다.

"지상이랑 나는 밤에 막장으로 내려가니까 둘이서 더 살펴볼 거다. 오늘은 서로 시간이 안 맞으니 넌 서둘러 일 내려가라. 얘기는 내일에나 하자."

다른 조의 젊은이들이 밥을 먹고 나오며 시끄러웠다. 우석이 엉뚱한 말을 했다.

"너 변소 갈 때 나도 따라간다."

얘기하고 말고도 없는 거다. 그냥 정한 대로 밀고 나가는 거밖에. 변소 간다는 말은 계획대로 간다는 소리였다.

병원 앞에서 바라보는 바다는 잔잔했다. 물결도 없는 수면이 이어지면서 멀리 금을 긋듯이 하늘과 바다를 가르며 수평선을 만들어놓고 있었다. 의자에 앉은 명국의 옆에 서서 지상은 하염없이 그 바다를 내려다보고 있었다. 무슨 말을 어디서부터 꺼내야 할지 그것조차 떠오르지 않았다.

"넌 왜 그렇게 벌레 씹은 얼굴을 하고 있냐. 무슨 일이 있어?"

지상이 바다를 바라보던 눈길을 거두면서 명국에게 몸을 숙였다. 그가 속삭였다.

"오는 그믐날을 전후한 사흘로 일단은 날을 잡았습니다."

지상은 다시 앞을 내다보며 덧붙였다.

"그런데 아저씨, 둘이 아닙니다. 셋입니다."

명국이 조금 놀라며 고개를 돌려 지상을 바라보았다.

"셋이라니, 또 한 사람이 누구냐?"

"성필수라고, 아시잖아요, 잠만 자는 녀석."

"어떻게 그애랑 함께하게 됐니?"

"우석이가 끌어들였는데, 알고 보니 보통이 아니네요. 그게 다 속임수였어요. 바보인 척, 잠밖에 모르는 척. 나까노시마까지 가서 거기서 통나무를 엮어서 타고 가기로 한 것도 그애가 꾸미고 있던 일입니다."

셋이라는 말이 명국은 마음에 걸린다. 그때를 생각했기 때문이다. 태복이 삼식이 경학이. 그때도 셋이었다. 제각각 갈린 세 사람의 운명을 그는 떠올렸다.

"지상아, 나도 곧 여기 없을 거다. 퇴원을 하면 떠나겠지."

명국은 말없이 푸르기만 한 바다를 내려다보았다.

"우석이도 함께 가니까 믿어도 좋지 않겠니? 그 녀석이야 강단이 있는 아이니까."

"우석이가… 힘들어합니다. 사정을 이해 못 하는 건 아닌데… 쉽지가 않은가봅니다."

"무슨 소린지 알겠다. 여자 얘긴가보구나."

명국이 어렵게 입을 열었다.

"우석이한테 전해라. 내가 하는 말이라고. 여자란 만나고 싶다고 만나지는 것도 아니고, 그렇다고 이런 여자 없나 하고 기다린다고 해서 나타나는 것도 아니지. 그래서 인연이야 소중한 거다. 그렇다고 거기 매이면 쓰나. 인연을 아쉬워하다간 일을 그르치기 십상이

388

니까. 끊어야 할 때다 생각되면, 미련도 그렇고 정도 그렇고 뒤돌아보지 말라고 해."

말없이 바다를 내려다보다가 대답이 없는 지상의 등을 쓰다듬으면서 명국이 말했다.

"그르쳤다간 큰일 날 일을 한다는 거, 그것만은 마음에 새겨야 한다. 밤 잔 원수 없고 날 샌 은혜 없다고, 사람과 사람의 인연이라는 게 겨우 그렇단다."

명국이 지상을 올려다보았다. 젊은 몸, 한참 일할 게 남아 있는 젊은 몸이다. 그렇다면 가야 한다. 그 몸으로 가야 한다. 먼 바람소리처럼 명국이 같은 말을 했다.

"나도 곧 여기 없을 거다. 퇴원을 하면 떠나겠지."

우석이 여자를 데리고 나갈 생각을 하는 것 같다는 말을 지상에게서 들었을 때, 명국은 이제 떼죽음이 나는구나 싶었다. 저런 미친 놈이 있나. 죽으려고 용을 써도 분수가 있지. 달라붙는 여자도 떼고 갈 판에 뭐가 어째!

어렵게 병원으로 금화를 불러올린 그는, 길이 아니면 가지를 말라고 얼러도 보고 작두로 내려치듯 모진 소리도 서슴지 않았다. 너희들이 만났으면 만났지 그게 겨우 얼마냐. 해를 넘겼더냐, 같이 살기라도 했더냐.

그랬는데, 그게 아니었다. 금화와 이야기를 나누면서 들기 시작한 후회가 차츰 부끄러움으로 변하고 있었다. 나 같은 게 나서는 게 아니었어. 이런 마음일 줄을 누가 알았겠나.

"사람 대접 받는다는 게 어떤 건지 아시기나 하세요? 목숨이 질겨서 살았지, 사람 대접 받아서 산 줄 아세요?"

얼굴을 가렸던 손을 힘없이 무릎 위에 떨어뜨리면서 금화가 중얼거렸다.

"술 처먹고, 울고, 그러다 매 맞아 멍이나 들면서, 그러겠지요. 나 같은 년이 그렇게나 살아야지요. 그게 아저씨가 나한테 하고 싶은 말 아니던가요. 그러나 내 생각은 달랐답니다. 그 남자를 보내놓고 나서 술 처먹고 울면서 마음 못 잡을 거면 차라리 따라나서자. 왜? 나도 사람이니까. 나도 사람이라는 걸 그 남자가 가르쳤으니까, 그랬던 겁니다. 이게 내 생각만 한 건가요? 이것도 욕심인가요? 그랬기 때문에, 똑같은 마음으로 그 사람을 보낸답니다. 그게 어떤 길인데 따라나서나요. 저 그렇게 미련하지 못해요."

어금니를 물며 명국이 눈을 감았다. 정이었구나. 첫정이었구나. 험하게 산 세월이 산 넘어 산이려니 짐작했지만 우석이 만난 게 네 첫정일 줄은 몰랐다. 낡고 해져서 여기까지 밀려와 헐벗고 살기에… 밟혀도 다시 돋는 풀인 줄 알았다.

흘러내리는 눈물을 두 손으로 닦아내며 금화는 붉게 물들기 시작하는 바다를 내려다보았다.

"다시는 나한테, 이 복 없는 년한테, 이런 남자는 없다. 뭘 달라면 못 주랴. 이 몸을 달라면 잘라서는 못 주랴. 팔아서는 못 주랴. 그런 내 마음을 세상 누가 알겠어요. 내가 무슨 짓을 하더라도 너만은 배추 속살처럼 살게 할 테다. 내 몸은 세상 때 덕지덕지 묻히며 살았어도 너한테만은 해낼 거다. 칠팔월 삼밭 같은 남자로 그렇게 살게 해주마. 그런 마음이었지요."

어깨를 떨면서 금화가 덧붙였다.

"그런데 아저씨까지 나서서, 네가 누군데 어딜 더럽히냐 하신다면, 말이 안 나오네요. 난 날 버려서라도 그 남자 한 몸 세워보리라 했던 건데요."

"네 마음을 내가 몰랐구나."

두 다리 사이에 지팡이처럼 목발을 짚고 앉은 명국의 목소리가 입 안이 마르는 듯 갈라져 나왔다.

"네 마음을 몰라, 가슴에 못을 박았구나."

"이 못난 년 가슴패기에 못 박혀서 아파할 그런 거 없답니다."

눈물에 젖은 얼굴을 손바닥으로 훔치며 금화가 일어섰다.

"됐어요. 나 갈게요. 이젠 그 사람 일로 아저씨를 만나는 일은 없을 거예요."

목이 아프게 침을 삼키며 금화가 말했다.

"날 찾는다는 말에 무슨 얘기를 하고 싶어하실지는 짐작이 갔지요. 그 사람한테 아저씨 얘기를 많이 들었던지라 낯설지 않게 뵈러 왔구요. 나도 마음속에 치울 건 다 치우고 뒤엎을 건 뒤엎고, 그렇게 그 사람 생각 다 버리고 아저씰 만나러 왔답니다."

병원 정원의 다듬어진 나무들 사이를 걸어나와 금화는 천천히 계단을 내려갔다. 이런 마음에 혼다야로 돌아갈 수는 없었다. 그녀는 방파제가 내려다보이는, 잡초들이 무성한 공터에 가 우두커니 서 있었다. 명국이 했던 많은 말들이 서걱거리며 소리를 내듯 가슴을 오갔다. 화류계 길꽃이야 밟으라고 피는 거, 네가 어떻게 앞길이 바다 같은 젊은 아이와 목숨을 걸겠다는 거냐, 그런 말이겠지. 그걸 나도 모르지 않지.

어느새 해는 떨어지고, 어둠에 물들어가는 바다를 내려다보는 금화의 눈길이 슬픔으로 흐려진다. 먹물이 풀리듯 어둠에 잠겨가는 바다가 더욱 흐리게 바라보인다. 울지 않으려고 애써 먼바다로 눈길을 돌리지만, 어느새 금화의 눈가에 눈물이 고인다.

그래요, 명국이 아저씨. 밟으라고 있는 풀이었지요. 꺾으라고 있는 꽃이었지요. 못난 년. 나 그렇게 살았어요. 가슴에 못 박힐 자리라도 있으면 우석아, 차라리 박아놓고 가라 하겠네요.

금화가 갑자기 몸을 꺾으며 고개를 숙였다. 발끝의 어둠을 내려다보던 금화가 얼굴을 두 손으로 감싸며 흐느끼기 시작했다.

집을 나오던 어린 날이 떠오른다. 문전옥답이라고 알고 살았던 논밭 일본사람 세상 되면서 다 날려버리고 아버지는 술로 살았다. 다 망가진 아버지는 예전의 아버지가 아니었다. 집에 들어서면 엄마를 때렸다. 마당가로 쫓겨나와 어둠 속에서 떨며 들어야 했던 엄마의 비명소리. 아버지는 그렇게 폐인이 되어갔고, 살림을 도맡은 엄마는 겨울이면 방물장수 행상을 나섰다. 그러나 어린 마음에도 가난을 서러워해본 기억은 없었다. 모든 어린 날의 기억들이 어슴푸레 멀어져가고 희미하게 닳아지는데도, 불에 덴 자국처럼 남아 있는 것이 매를 맞던 어머니였다. 그것만이 살아 숨 쉬는 어린 시절의 나날이었다.

둘이 함께 섬을 떠나면, 니가 몸 팔아서 먹여 살릴래? 어디서 뭘해서 먹고살겠다는 거야. 끝이 뻔히 보이는데, 뭘 어쩌겠다는 거야. 명국은 그런 말까지 했다. 그런데요? 하고 금화는 마음속으로 물었다. 우석이는 사람으로 알고 나는 사람이 아니라는 건가. 나는 세상에 좋은 것을 보고 좋다고 해서도 안 된다는 말인가. 명국이 했던 말이 또 귓가를 바람처럼 스치고 간다.

"내 말이 야속하겠지만, 우석이를 위한다면 보내줘야 한다. 그 녀석보다는 네가 세상을 겪어도 더 많이 겪지 않았니. 마음 편하게 갈 수 있도록 정을 떼어줄 수 있는 쪽도, 우석이가 아니라 너다. 그게 그 사람을 위하는 길 아니겠니. 아무리 절절하다 해도, 세상에는 해야 될 일이 있고 해서는 안 되는 게 있어."

넌 사람도 아니다, 그 말이었지요. 이놈 입술도 핥고 저놈 입술도 빨고, 술잔처럼 살았다 그 말인가요. 혼잣말을 하는 금화의 입가에 언뜻 차갑게 웃음 같은 것이 스치고 지나갔다.

제가 무슨 여염집 여자. 그럼요, 아니지요. 어떻게 살아서 여기까지 왔는데요. 바람이 금화의 머리카락을 얼굴로 쏟아부었다. 아랫입술을 깨물면서 금화는 머리를 흔들었다. 기차가 있었지. 역에 나가 그 기차를 바라보곤 했어.

연기를 내뿜으며 기차는 갔다. 기적소리에 귀를 틀어막으며 시냇가 방죽 위에 서서 달려가는 기차를 보았다. 아이들은 이상스레 기차를 향해 저마다 감자를 먹였다. 손을 치켜들고 기차를 향해 욕을 해대는 사내애들 뒤에 서서 그때 금화는 생각했었다. 아냐, 난 언젠가 저 기차를 탈 거야.

그리고 그녀는 때때로 역 앞에 가서, 들어와 섰다가 이내 떠나버리는 기차를 입 안이 마르는 간절함으로 바라보곤 했다. 역사 옆 목책 앞에 서서 바라보는 기차는 어린 그녀에게 하나의 산처럼 강처럼 느껴졌었다. 드높이 앞을 가로막고 서 있는 저 산 너머에는 무엇이 있을까. 넘어야 할 곳. 그 너머에 무엇이 있는가는 알지 못했지만, 산 너머에는 자신이 기다려도 좋을 그 무엇인가가 있을 것 같았다. 그랬다. 기차는 높디높은 산이었다. 그리고 길처럼도 여겨졌다. 산을 넘으려면 가야 할 산속 길처럼도.

"집은 안 보고 어딜 그렇게 나다니나 모르겠네. 또 역에 갔다 오니?"

"기차 보러…"

고개를 끄덕이는 금화에게 엄마는 말하곤 했다.

"기차귀신이라도 씌었니?"

기차가 없을 때면 역 사무실에서는 제복을 입고 콧수염을 기른 아저씨가 책상에 발을 얹어놓고 졸고 있곤 했다. 유리창 너머로 그걸 들여다보면서 어쩌면 저 아저씨가 졸고 있을 때 역 안으로 들어갈 수도 있으리라는 생각을 했던 날, 그날부터 금화의 마음은 이미 기차를 타고 있었다.

그리고 그날이 왔다. 집을 떠나던 밤에는 추적거리며 가을비가 내렸다. 흩뿌렸다가 그쳤다가 종일 그렇게 오락가락하는 빗속에서 아버지는 아침부터 술에 취했다. 저녁이 되자 엄마를 때리기 시작했다. 어떻게 집을 나왔는지 기억에 없다. 비명도 아닌, 퍼억퍼억하는 매질소리와 짐승이 무언가를 토하는 듯한 엄마의 신음소리… 그것만이 악몽처럼 귓가에 남아 있었다. 그곳에서 도망쳐야 한다는 것, 그것만을 기억했다. 집을 나와 기차를 타던 그 밤을 금화는 떠올린다. 열차 통로 구석에 쪼그리고 앉아서 처음으로 바라보던 한강, 그것이 여기까지 온 삶의 시작이었다.

열차에서 내려 두리번거리는 그녀를 한 남자가 다가와 마치 자신의 보따리를 가지고 가듯 데리고 나섰다. 그 한 걸음이 고향과의 마지막 발길은 아니었을까. 남자가 금화를 데리고 간 곳은 시장 안 좁은 골목의 순대국밥집이었다. 방 안으로 들어선 그는 돼지고기

기름이 번들거리는 두리반 건너편에 금화를 앉게 하고 궐련을 뽑아 물었다. 담배 한대를 다 태울 때까지 말이 없던 남자는 책상다리를 고쳐 앉으면서 금화를 보고 턱을 몇번 치켜들었다. 자꾸만 턱을 치켜들던 남자가 눈을 부라리며 버럭 소리를 질렀다.

"이게 청맹과닌가, 눈치도 없기는. 일어나보란 말이다."

금화가 일어섰다. 남자가 손가락을 비잉 돌리며 동그라미를 그려 보였다. 돌아서보라는 소리였다. 금화가 쭈뼛거리며 몸을 뒤로 돌렸다.

"너 손 이리 내봐."

무슨 소린지 몰라 코밑이 새카만 금화가 그를 멍하니 바라보았다.

"아 손 이리 내보라니까."

생쥐가 구멍 밖을 내다보듯 금화가 손톱 밑에 때가 까아만 손을 움칠거리며 내밀었다.

"밭일 들일도 안 하고 컸냐? 손이 왜 그 모양이냐. 엄장은 두둑해서 데리고 왔더니."

생각보다 손이 고운 걸 보니 이게 어디서 험한 일은 아직 안 한 아이로구나. 남자가 그런 생각을 하는 것을 그때 금화가 알 리 없었다.

"앉아, 이것아."

금화를 앉게 하고, 남자가 고개를 뒤로 돌리며 소리쳤다.

"이봐, 칠성댁."

안에다 대고 몇번 소리를 쳤지만 안에서는 아무 기척이 없었다.

"가는귀는 처먹어가지고."

혀를 차며 중얼거리다가 남자는 몸을 일으켜 주방 쪽에다 대고 목을 빼면서 목소리를 낮췄다.

"이리 좀 나와보라니까."

큰 소리에는 대답도 없더니, 비녀를 찌른 아낙네 하나가 물 묻은 손을 앞치마에 닦으며 안에서 나왔다.

"애 하나 데리고 왔으니까, 물심부름도 시키고 그래. 콩나물 다 듬고 불 넣는 거야 못 하겠어?"

여자가 시큰둥한 목소리로 말했다.

"며칠이나 붙어 있겠다구."

"입빠른 소리는. 거 자네는 다 느린데 말대답 하나는 어떻게 날랜가 몰라."

이마 위로 흘러내린 머리카락을 손등으로 밀어올리며 아낙이 금화를 내려다보았다. 얼굴을 마주치지 않으려고 고개를 숙이면서 금화가 그녀를 흘끔거렸다. 여자는 키가 작고 얼굴판이 넓적하게 컸다. 몸매도 뚱뚱했다.

"애가 어째 이리 가물었냐? 쑥대처럼 키만 큰 게."

혼잣말처럼 여자가 중얼거렸다.

"모르겠다. 내 하는 일 아니니께."

"뒷방에다 재우든가 할 것이니까, 자넨 들어가봐."

여자가 말없이 몸을 돌렸다. 밤기차에서 시커멓게 때에 전 금화의 얼굴을 다시 건너다보던 남자가 안으로 들어가는 여자에게 말했다.

"칠성댁, 요게 배때기 쪼록 소리 나게 굶은 거 같으니까, 거 되는 대로 뭐 하나 말아다주구려. 사람 하는 일이 다 먹자고 하는 것인데. 안 그러냐?"

밥을 준다는 소리에 금화가 저도 모르게 남자와 눈이 마주쳤다. 남자가 기름기 번들거리는 두리반 위로 몸을 기울이며 천천히 물었다.

"배, 고프지?"

입술을 말듯이 입 안으로 오므린 금화가 어깨를 움츠리며 피식 웃었다.

"이 녀석 봐라. 웃어?"

남자는 눈을 지그시 감으면서 물었다.

"너 화물차 옆에 숨어 있다가, 몰래 기차를 탔겠다?"

금화가 고개를 저었다.

"아니면?"

화물차 같은 건 있지도 않았다고 말하려다가 금화는 다시 입술을 입 안으로 말아넣었다.

"맹랑한 것. 내가 이거 또 요강 뚜껑으로 물 떠먹는 거나 아닌가 모르겠다."

칠성댁이 국밥을 말아가지고 와 두리반 위에 놓았다.

"밥 먹여주지, 재워주지, 얼어 죽지 않게 옷도 해 입힐 것 아니냐. 넌 어디 밖에 나갈 생각 말고 저 여편네 옆에나 붙어 있어."

어서 먹으라는 눈짓에 허겁지겁 숟가락을 집어드는 금화를 바라보면서 남자는 중얼거렸다.

"고운 일 하면 고운 밥 먹는 거고, 과물전 망신은 모과가 시키는 거다, 그렇게만 생각하면 돼. 같은 뺨을 맞아도 은가락지 낀 손에 맞으랬다구, 너는 나 만나 호강인 줄이나 알어."

칠성댁 옆에서 보낸 세해는 그 충청도집 아저씨 말과 다르지 않았다. 그랬다. 뺨을 맞아도 은가락지 낀 손에 맞으라고, 첫날에 들은 말처럼 그 집에서의 나날은 몸이 좀 고단했을 뿐 어린 나이에도 견딜 만한 것이었다. 음식을 나르고 상을 치우고 설거지를 하는 그런 허드렛일이 금화가 했던 일의 전부였지만, 해가 바뀌면서 차츰 그녀는 자기가 없으면 안 되게 제 몫을 해나갔다. 콩나물을 다듬으며 앉아 꾸벅꾸벅 졸기도 했고, 겨울 이른 아침 불을 넣으러 나올 때면 언 손이 터져 피가 나기도 했다.

집 생각을 하려고 해도 할 겨를이 없는 나날이 그렇게 흘러갔다. 아궁이 앞에 쭈그리고 앉아 타들어가는 불빛을 바라보며 그해 겨울 떠나온 집을 떠올리기는 했지만, 금화는 그러나 집 생각에 울어본 일이 없었다. 아버지를 생각할 때면 언제나 앞니를 악물었다. 눈물을 흘려야 하는 때는 엄마 때문이었다. 그녀에게 있어 엄마와 집은 철저하게 분리되어 있었다. 집을 떠올릴 때 거기에는 아버지가 있었다. 때리고 부수고 그러다가 너부러져 술냄새 속에 코를 골며 네 활개를 펴고 잠이 들던 아버지. 눈을 뜨면 일어나 더듬듯 술병부터 찾던 아버지. 그러나 엄마는 집에 있지 않았다. 그녀의 의식 속에서 엄마는 담장 밖에 있었다. 아버지의 매에 견디다 못해 도망을 나와 집에도 못 들어가고 담장 밑에서 보내던 밤, 추위에 오들오들 떨면서 파고들던 그 품이 겨우 엄마였다. 엄마 아버지 다 있는데도 집을 나온 아이인 것을 아는 칠성댁은 그녀가 훌쩍거릴 때면 머리통을 쥐어박으며 말하곤 했다.

"이게 어디서 울어, 울기는. 너 이제 커봐라. 네가 네 어미 가슴에 대못질을 해도 얼마나 크게 했는지 알 거다. 울려면 그때 가서나 울어 이것아."

해가 바뀌면서 조금씩 가게일도 몸에 배어갔고, 이렇게 살면 되나 보다 하는 생각이 어린 마음에 고여오기 시작했다.

"저게 몸은 때까치 같아도 다부진 데가 있다우."

옆 가게의 아낙네에게 칠성댁은 그런 말도 했다. 몸도 자랐고, 드나드는 손님들 사이에서 부대끼면서 나이보다 일찍 세상살이에도 눈뜰 수 있었다. 마음고생이라는 것을 알기에는 아직 이른 나이였다.

신발 속에 똥 담고 다니는 듯이 키도 부쩍부쩍 크고 그래라. 밥값은 해야 할 거 아니냐. 충청도집 아저씨가 금화를 데리고 와서 했던 말처럼 그녀는 나이에 비해 키가 일찍 자랐다. 다만 몸에 살이 붙지 않아서 칠성댁은 혀를 차곤 했다.

"넌 어쩌다가 하늘 높은 줄만 아냐. 땅 넓은 줄도 좀 알아서 옆으로도 퍼져야 할 거 아니더냐."

"아줌마처럼요?"

"이년아, 나야 쉰내가 풀풀 나는 사람이니까 아무려면 어떠냐만, 무슨 애가 그렇게 배배 꼬여서 위로만 크니까 하는 얘기지."

"드문드문 걸어도 황소걸음이래요."

"뭐 어째. 이게 말하는 것 좀 봐."

"듣기 좋은 육자배기도 한두번이지, 아줌마는 할 말 없으면 나보고 살쪄라 살쪄라 하니까 그러지요. 건데기 먹은 사람이나 국물 먹은 사람이나 때 되면 배고프기는 마찬가지래요."

"그건 또 무슨 소리?"

"소장사 다닌다던 아저씨, 그 텁석부리 아저씨가 그러던데요."

"그 흉하게 생긴 놈은 애 데리고 별소릴 다 하네. 그건 그렇다 치고, 그 소리가 너 비쩍 마른 거하고 무슨 상관이라던?"

"제 복 제가 타고나는 거고요, 사람은 다 제 갈 길이 있대요."

"그 흉헌 놈이 하이구, 말은 좋아. 그런 놈이 왜 변호사 안 하고 소장수를 한다던."

김을 뿜어올리며 국이 끓고 있는 무쇠가마를 들여다보던 칠성댁이 갑자기 정색을 하며 금화에게 몸을 돌렸다. 요년이 어린 나이에 벌써 달마다 이슬을 안 하나… 눈꼬리 돌리는 게 만만치가 않네. 혼자 생각을 곱씹으며 칠성댁이 말했다.

"너 이년 팔뚝만 한 게 벌써부터 손님들하고 말대거리하고 그러지 말어. 너 요즘 하는 짓이, 풀 베기 싫은 놈 단 수만 센다더니 네 꼴이 바로 그 꼴이야. 그리고, 계집이라는 게 투덕투덕 살도 붙고 그래야 복도 붙는 거지, 그렇게 배배 꼬여가지고 그 몸에 뭐가 거느릴 게 있겠니."

히히거리며 금화가 웃었다.

"크면 태가 좋을 거라던데요."

"뭐야? 태? 아이구, 이 일을 어째. 서방 만나면 이게 그건가부다 하며 살면 되는 게 계집 팔자지, 쥐방울만 한 게 태는 무슨 얼어죽을 태야!"

그러나 그 따습던 시절은 개나리 가지에 물이 오르던 이른 봄 가게 골목에 불이 나면서 끝이 났다. 잿더미로 변한 가게 터에 좌판을 놓는 사람들을 바라보며 금화는 칠성댁과 헤어져야 했다.

"피 다 잡은 논 없고 도둑 다 잡은 나라 없다더라. 이런 거 저런 거 다 있는 세상이니 어린게 이제 어디 가서 어떻게 사누… 가게 올리면 다시 만나자고는 한다지만 세상일이 어디 그렇게 손바닥

뒤집기로 쉬운 것도 아니겠고."

이 애는 잠시 맡기는 거여. 충청도집 아저씨가 몇번씩이나 같은 말을 하며 옮겨놓아준 가게는 석달을 채우지 못하고 그만두어야 했다. 함께 있는 아줌마와 마음이 안 맞아서였다. 그렇게 몇곳을 전전하다가 찾아가본 충청도집 자리에는 전에 즐비하던 먹는장사들은 간 곳이 없고 포목장수들이 자리를 잡기 시작하고 있었다. 이제 그녀도 입술을 자근자근 깨물면서 역사 옆 목책 너머로 기차를 바라보던 아이는 아니었다. 손바닥을 오므려놓은 듯 젖가슴이 서고 있었다.

충청도집에서 칠성댁하고 지낸 그 시간이 내게는 아랫목 같았다고 떠올렸을 때, 그녀는 술집에서 부엌일을 하고 있었다. 술집이라야 버젓한 옥호가 있는 것도 아닌, 안주인이 색시 둘을 데리고 손님을 받고, 바깥남자라는 사람은 대머리가 벗겨진 멀쩡한 얼굴을 하고 집구석에 들어앉아 놀고먹는 그런 집이었다. 하는 일 없이 집 안에 들어앉아 주인여자의 흰머리를 뽑아주거나 다리 주무르는 것이 일의 전부인 주인남자는 아침마다 무엇을 하자는 것인지 머리에 기름을 발라 번드르르하게 빗어댔다. 그런 모습을 문틈으로 내다보면서 주방여자는 종알거리곤 했다.

"뭐나 떼놓고 살든가. 사내는 바가지로 물만 마셔도 수염이 안 난다는데, 워째 저러고 사나, 저러고 살기는. 내가 다 복장이 터지네."

집 안에 아무도 없던 한낮, 홍시 두어알 가지고 들어오라는 말에 안방으로 들어갔다가 주인남자에게 치마를 들리며 금화는 처음으로 몸을 버렸다. 길 갈라주는 무당 허리에서 생지가 찢기듯이, 그녀의 나날도 찢겨나갔다. 남자의 역한 머릿기름 냄새만이 오래 남았다.

늘 잊지 못하는 건 남자가 시키는 대로 가지고 들어가곤 했던 몇 알의 홍시였다. 그짓을 하는 날이면 남자는 꼭 홍시를 찾았다. 홍시 하나를 먹고 나면 남자는 그녀의 치마를 벗겼고, 그짓을 마치고 나면 벌거벗은 몸으로 천천히 껍질을 벗겨가며 또 홍시를 먹었다. 그날 이후 금화는 홍시를 먹지 않았다. 그리고 그 험한 세월 속에서도 남자들의 머릿기름 냄새를 맡으면 잊지 않고 구역질을 해댔다. 아, 그 머릿기름 냄새.

처음으로 몸 버리던 그때는 아직 어린 나이였다. 무서운 것은 눈 감고 이 악물며 조금만 참아내면 되는 것으로 알았다. 그러나 그건 한강에 배 지나가기가 아니었다. 주인여자만 없으면 자신을 안방으로 불러들이던 어느날, 옷을 벗긴 채 주인남자에게 깔려 있는 가게 뒷방으로 주인여자가 들이닥쳤다.

남자는 바지춤을 올리는지 마는지 방을 뛰쳐나갔고, 금화는 주인여자에게 머리채를 휘어잡혀 마루로 마당으로 끌려다녔다.

"네 이년, 밤톨만 한 것이!"

주인여자는 입가에 게거품을 물며 악을 썼다.

"네 이년아, 대가리에 피도 안 마른 게 주제에 기집이라고. 하이고, 이거야. 어디다 대고 이년이 가랭이를 벌려."

그냥 주인어른이 하라는 대로, 전 아무것도 몰라요. 입 안에 지걱거리는 흙을 뱉어내며 겨우 그런 말을 마당에 처박힌 채 중얼거렸을 때, 금화도 제정신이 아니었다. 내가 뭘 잘못했다고 이러시나요.

그렇게 내뱉었을 때였다.

"오호, 이년 봐라. 남의 서방 새치기해 처먹으면서 내가 뭘 잘못했냐니."

길길이 날뛰면서 주인여자는 한움큼씩 뽑힌 금화의 머리카락을 쥔 손으로 그녀의 뺨을 때렸다. 그날 밤, 골방에 빨래처럼 널브러져서 열에 들뜬 몸으로 금화는 오랜만에 집을 떠올렸다. 엄마를, 아버지를, 그리고 저녁 안개 속으로 굴뚝마다 연기가 피어오르던 고향마을을. 어린 마음에 집을 나가기로 했던 일들과, 기차를 타고 경성까지 올라올 때 그 길고 길었던 밤기차도.

며칠째 우석을 만나지 못하고 있었다.

결국은, 그냥 떠나는가보다. 가는 날짜랑 시간이라도 알려주러 오지 않을까 했는데. 이게 마지막이다, 그 말을 하러 찾아오지 못하는 우석의 마음을 내가 모르지 않으니까. 금화는 널 잊었다더라. 다시는 찾지 말라더라. 누가 그렇게라도 전해주면 좋으련만. 눈물이 마른 볼을 손바닥으로 비비며, 어둠 속에서 금화는 뜻없이 고개를 끄덕이고 있었다.

"멀리 안 갈게. 한 바퀴 걷다 올 거야."

야스꼬에게 그렇게 말해놓고 금화는 혼다야를 나섰다. 밖으로 나서며 금화는 불빛 가득한 일본인들의 숙소를 돌아본다. 이렇게 맑은 정신에 혼자 있는 것도 얼마 만인가 싶다. 광업소에 무슨 일이 있는지 오늘따라 손님이 없었다.

이래서 사람은 한가하면 안 되는가보다. 잊자고 해도 잊히지 않는 것들, 이제는 잊었지 싶었는데 어제같이 생생한 것들… 그런 나

날이 뒤섞이며 떠올랐다. 느닷없이 왜 그날이 떠오르는지 알 수 없어하며 금화는 가만히 한숨을 내쉬었다.

가슴을 감싸안고 금화는 천천히 걸었다. 멀리 왼쪽으로 망루처럼 서 있는 야구라 위에서 불빛이 깜박거리는 것이 바라보였다. 저기서 승강용 쇠통을 타고 갱을 오르내린다고 했었다. 우석인 오늘 낮일까 밤일까. 금화의 입가에 웃음이 감돈다. 쓸쓸하게, 추수 끝난 들판같이 그 얼굴에 담고 있는 게 없다. 어려서 이 집에서 잠깐 저 집에서 잠깐 부엌데기 노릇 할 때 같이 일하는 아줌마들이 늘 그랬다. 저년은 칠월 더부살이가 주인마누라 속곳 걱정을 한다니까. 이 일 저 일에 참견을 잘했던 걸까. 아니면 오지랖이 넓었나. 그러면서 덧붙던 말이 있었다. 태산을 넘어야 평지를 본다. 니 걱정이나 해라.

금화는 가슴을 싸안은 채 어둠뿐인 바다를 내다보았다. 태산을 넘어야 평지를 본다고? 그녀는 고개를 저었다. 요즘 같아서는 태산을 넘어간다 해도 만나볼 평지가 없구나. 그래도 금화야, 네 마음에서도 새살은 돋겠지. 그리운 거, 기다리는 거, 그래도 그런 거 있으면 가시밭길도 견뎌지는 거란다. 아무리 아프더라도 이렇게 아팠던 것만큼 오래 견디겠지. 어디 시들지 않는 풀이 있고 떨어지지 않는 잎이 있던가. 나도 못 믿는 내 마음인데, 이런 아픔도 다 마르고 시들 날이 있겠지.

발길 놓이는 대로 걷던 금화가 방파제 위로 올라섰다. 바람이 불어와 그녀의 옷자락을 찢어갈 듯 휘감았다. 멀리 초소 앞에 불빛이 환하다. 그 불빛 속을 어슬렁거리는 경비원의 옷자락이 바람에 날리는 것이 보였다. 밤바다를 건너 도망을 쳐야 하는 내 남자에게는 저 초소도 저 불빛도 천길 낭떠러지일 수 있겠구나.

바람을 피해 몸을 돌린 금화는 천천히 오르막길을 걸었다. 골목 길로 들어서니 일본인들의 아파트에서는 늘 그랬듯이 생선 굽는 냄새가 풍겨왔다. 아이들의 웃음소리도 마찬가지였다. 난 왜 이럴 까. 왜 저녁 짓는 냄새가 풍겨오고 아이들 웃음소리만 들으면 콧날 이 시큰거리나. 저렇게 살고 싶어 가슴 저린 날들이 있었던 것도 아닌데. 사람 사는 건 어디나 다 비슷하니까, 저기서도 가슴에 피고 름이 흐르고 사람이 그리워 눈물짓는 사연이 있을지도 모르지.

바람이 불어와 그녀의 머리칼을 이마 위로 쏟아붓듯이 흩날리며 지나갔다. 어두운 골목길을 걸어올라가면서 금화는 자신에게 자꾸 만 고개를 젓고 있었다. 사원주택에서 무슨 모임이 있는가. 앗샤앗 샤 손뼉소리에 맞춰 부르는 노랫소리가 골목 안까지 흘러나왔다.

꽃도 어리구나, 벚꽃 봉오리.
다섯자 생명을 들어올려서
나라의 큰일에 목숨을 바치는
그건 바로 우리들 학도의 명예.
아아 주홍빛 피가 끓는다.

그래 끓어라. 끓어서 넘치든 졸아붙든 어서 결판이나 나면 좋겠 다. 주홍빛 피가 끓는단다. 애끓는 곡조의 노래였지만 금화는 알고 있었다. 그 가사는 학교로 가는 대신 공장으로 향해야 하는 어린 학생들을 부추기는 노래라는 걸. 봄부터, 일본은 드디어 군수공장 의 공원 부족을 메우기 위해 중학교 3학년 이상의 학생들까지 근

로동원이라는 이름 아래 군수공장에 투입하고 있었다. 저 노래는
학도 동원을 위한 선동가요였다.

　나는 밭이고 너는 괭이다.
　싸우는 일에 길은 하나다.
　나라의 사명을 뒷받침하는
　그건 바로 우리들 학도의 본분.
　아아 주홍빛 피가 끓는다. 피가 끓는다.

　길이 꺾이며 노랫소리는 등 뒤로 멀어져갔다.
　붉은 종이등이 걸린 유곽 골목이 저만큼 다가왔을 때, 금화는 그
곳을 아주 낯설고 먼 어느 곳인 듯 바라보며 서 있었다.

21

어떻게 여길 다 와? 눈이 둥그레지면서 금화는 그날 유곽으로 찾아온 우석을 보았다. 영영 못 볼지도 모른다고 생각했던 얼굴, 이미 떠났을지도 모른다고 생각했던 사람이 거기, 유곽 문 앞에 서 있었다.

올 것이 왔구나. 밖에 서 있는 우석을 보는 금화의 얼굴이 일그러졌다. 덜컥덜컥 가슴에 돌이 내려앉는 것 같았다. 이제 떠나는구나.

지금은 저녁이라 금화가 있을 것을 알면서도 우석은 안으로 들어갈 생각을 하지 못하고 밖에서 서성거렸었다. 몇번이나 발길을 돌리려던 그는 마침 옷집에서 찾은 키모노를 안고 들어오던 야스꼬를 만나, 누가 찾아왔다는 말을 전해달라는 부탁을 했다.

유곽을 나와 금화는 늘 가던 길을 버리고 선착장의 부교가 바라보이는 언덕으로 올라갔다. 우석은 말없이 그녀의 뒤를 따라 걸었다. 섬 전체를 싸바르다시피 세워 올린 아파트 맨 끝, 언덕 밑으로 저탄장이 내려다보이는 곳에서 둘은 걸음을 멈추었다.

탄광을 개발하던 초기에 사무실로 썼다는 빈 건물이 지붕은 무너진 채 벽만 몇개 남아서 잡초 사이에 서 있었다. 우석이 말했다.

"낮에 두번 왔었어. 처음엔 집에 없다고 하더니 두번째는 아직 안 돌아왔다고 하더라."

"그럼… 그게 너였구나."

거기서 둘은 말이 끊겼다. 금화는 손끝에 와닿는 마른 풀 하나를 꺾어 토막토막 잘라낸다. 그 손이 떨고 있다.

얼굴은 보고 가야겠기에. 간다는 말은 하고 가야겠어서. 그렇게 말하는 우석의 얼굴을 차마 마주 보지도 못하고, 입 속을 맴도는 말, 고마워 와줘서, 하는 그 말도 하지 못하고 금화는 서 있었다. 저 탄장의 불빛이 환하게 가까웠다. 내일이냐고, 모레냐고 묻지는 말자. 그건 파도나 날씨의 몫이다. 내일 아니면 모레, 이제까지 살아온 모든 간절함으로 이 남자를 보내야 한다.

우석이 옆에 와 서며 말했다.

"당신을 사랑한다는 말, 그 말은 안 하기로 했어."

금화가 우석을 돌아보았다.

"무슨 말이야?"

"당신을 사랑한다면 가서는 안 되니까."

"그렇게 어려운 말, 우리 하지 말자."

"그러나 이것만은 알아줘. 나 당신과 같이 간다 생각하며 떠나. 내가 죽으면 당신도 죽는 거다, 그렇게 생각하면서…"

"그건, 나도 알아."

그 말과 함께 금화가 돌아섰다. 이 세상에서 처음인, 그리고 모든 것인 마음으로 금화가 우석을 껴안았다. 깊이깊이.

목구멍을 헤집고 나오려는 말을, 헤어짐에는 만날 날을 기다리는 약속이라도 있어야 하거늘 나는 그런 그리움도 없지 않니, 그 말을 밀어내며 금화가 다른 말을 속삭였다.

"너 혼자는 못 보낸다고 생각했었어. 그건 내가 못 한다고 마음먹었었어."

붙안고 있던 금화의 어깨를 놓으며 우석이 한 걸음 뒤로 물러섰다. 금화가 고개를 들며 또박또박 말했다.

"그러나 나 이제는 달라. 버리든가 데리고 가든가, 너 하는 대로 따를 거라는 생각도 했지만, 아니야. 너는 가야 해. 가야 하는 남자야."

못 할 짓이로구나. 살아서 할 짓이 아니로구나. 금화의 등에 팔을 둘러 안으면서 우석은 눈을 감았다. 갈매기가 울며 어딘가 어둠 속을 날고 있었다.

"나 알아. 날 버리고 가는 게 아니라는 걸, 내가 알아."

중얼거린 금화가 오열하듯 몸을 떨며 그의 바지를 풀어내렸다. 갈라터진 계단 위에서 둘의 몸이 하나가 되었다.

모든 아침이 새롭듯이, 그 아침을 모아 그들은 사랑했다. 여자는 절망의 덩어리가 되어 몸을 떨었고, 남자는 분노처럼 솟아올랐다. 다시는 돌아오지 않을 막막한 저녁이 되어, 그들은 서로의 하나하나를 아끼며 마음속에 간직하려고 애썼다. 그 여자의 깊은 곳에서 여자는 지친 나그네가 아니었다. 아침이었다. 여자의 젖가슴은 따스하게 출렁였고, 허벅지는 5월의 풀밭이 되어 한없이 부드럽게 그를 안아들였다. 남자의 몸은 여자의 위에서 늦가을 억새꽃이 되어 희디희게 흩날렸다.

사랑이 끝났지만 둘은 몸을 풀지 않았다. 안타까움도 헤아릴 길 없는 그리움도 결코 사라지지 않을 미련도, 쓸려가버리고 없었다. 모래펄에 밀려왔다가 또 밀려가는 파도처럼, 둘 사이를 어떤 손짓 같은 것이 오가고 있었다. 아무것도 걸치지 않은 벗은 몸으로 두 사람은 서로를 껴안고 있었다. 남자의 허벅지 위로 엉겨붙듯 몸을 감고 있는 여자의 가녀린 허리를 남자의 팔이 사슬처럼 두르고 있었다.

그의 어깨에 얼굴을 묻고 있는 금화는 마치 목이 부러진 여자 같았다. 서로의 입술이 입술을 찾고 혀가 혀를 찾아 으스러지는 사이 가까운 바람소리와 먼 파도소리가, 어둠 속을 이따금 날아가는 갈매기와 풀벌레의 울음소리가 그들의 옆에서 흐르지 않고 멈춰선 시간을 들어 옮기고 있었다.

천리 강산에 짝사랑 외기러기. 나 이제, 청산에 매 띄워놓고 당신 그리워하는 거밖에 남은 게 없네요. 금화는 눈을 감고, 손으로 모래를 뿌리듯 그런 말들을 가슴속에 뿌리고 있었다.

우석의 목소리가 귓가를 따스하게 파고들었다.

"다시 만난다. 우린 다시 만나는 거다."

"됐어. 아무 말도 하지 마."

"다시 만날 때까지… 그날을 기다리며…"

"싫어, 말하는 거. 그냥 이렇게 있어."

갑자기 금화는 울고 싶다는 생각을 한다. 슬픔도 없이, 기뻐서도 아닌, 그렇게 울고 싶다는 생각을 한다. 나 당신이랑 한번만이어도 좋으니 사랑하고 싶었는데, 부끄러워서 그걸 못 해서, 그거 하나가 한으로 남는 줄 알았어요. 나 이제, 땅 깔고 하늘 덮고 누워서 이렇게 사랑했다고, 가슴에 꼬옥 묻어둘 거야. 그 옆에 당신이 꺾어준 꽃 그 마른 잎 하나 얹어서.

옛 사무실 공터를 내려오며 둘은 서로의 허리에 팔을 감고 걸었다, 천천히.

금화가 낮게 물었다.

"나 당신한테 무슨 말 좀 해도 돼?"

스스럼없이 당신이란 말이 나왔다.

"해. 무슨 말?"

"나 관우 장비한테 칼 버리고 붓 잡으라고는 안 해. 꽃을 그리고 나비 그릴 손이 따로 있지. 나 그런 여자 아냐. 그러니 부탁이야. 아무리 어렵더라도 자기답게 살아. 우석이답게 살아."

우석은 말없이 들었다.

"당신이 나 사랑해준 거, 곱게곱게 잊지 않고 살 거야."

금화의 허리를 감은 팔에 우석은 힘을 준다.

"또 해도 돼?"

"해. 하고 싶은 말 있음 다 해."

"큰 북에서 큰 소리 나고, 큰 나무가 큰 집을 지어. 나야 이렇게 살다 이렇게 가겠지만, 당신만은 다르게 살아야 해. 그래야 나도 눈물 마르면서 살지. 날 위해서라도 그래줘야 해. 내 마음 알아?"

"그래, 고맙다."

"춥다고 거문고 부숴서 불 때겠어? 당신만은 그렇게 살면 안 돼. 세상이 다 엎어져도 당신은 그러면 안 돼. 약속해."

"그래, 잊지 않으마."

"제비는 작아도 강남 가고… 작은 실뱀이 온 바다를 흐린다는 말이 있잖아. 당신은 당신을 믿어야 해. 자기가 자기를 안 믿는다면 누가 당신을 믿겠어. 난 늘 당신이 제 살 아프면 남의 살도 아픈 거 알며 살아가는 그런 남자였다는 거, 그거 하나 잊지 않고 살 거야. 그런 남자 만난 게 나한테는 그렇게 소중할 수가 없어."

"금화야."

걸음을 멈추고 금화가 우석을 올려다보았다.

"내가, 풀 끝에 앉은 새 같지? 괜찮아. 겪은 게 있는데, 내가 이제 와서 베적삼 벗고 은가락지 낄까."

어둠 속에서 금화가 소리 없이 웃었다.

"절로 죽은 고목에 꽃이라도 피면 오실까. 나 그렇게 생각하며 살게. 다 잘해야 해. 몸조심하고."

으드득 소리가 나게 어금니를 물면서 우석이 저만큼 가까이 있는 유곽의 등불을 바라보았다. 당신은 내게 은린옥척이었소. 그 무엇과도 비길 수 없는, 은빛 비늘이요 옥으로 깎은 자였소. 우석의 두 팔이 뻗어나와 금화의 어깨를 틀어쥐었다.

"잊지 마라. 사람이기에, 사람이기 위해서 난 싸우며 살 거다. 넌 어떻게 살아야 하는지 알아? 많은 걸 미워해라. 분노가 있어야 산다. 차마 눈을 못 감게 미워해야 할 게 많아야 한다. 그런 마음으로 견디노라면, 그러면 우린 다시 만난다."

금화가 꿈꾸듯 물었다.

"당신이 살아서 돌아올 때까지?"

"그래. 그러자면 독하게 마음먹고 많은 걸 미워해야 한다. 그것도 목숨 부지하는 길이라는 걸 난 이 섬에 와서야 알았다."

"미워하며, 세상을 미워하며 살아질까? 이제까지도 그렇게 못 살았는데."

우석이 왈칵 금화를 끌어안았다.

그날 뜬눈으로 새벽을 맞으면서 생각해도 이상스러울 정도로, 금화는 아주 편안한 마음이 되어 그때 우석의 어깨에 머리를 기대고 서 있었다. 많은 걸 미워하라는 이 남자. 그래야 살아남는다는 이 남자. 그날이 언제일지 모르는데, 서로 만나는 그때까지 세상을 할퀴며 살라는 이 남자. 괜찮아. 나 많은 거 겪은 여자야. 새로 더 겪을 것도, 새로 더 미워할 것도 없는 여자야. 마음속으로 그렇게 속삭이고 있을 때였다. 밀치듯 금화의 어깨를 떼어내며 우석이 말했다.

"나 간다."

그리고, 남았다. 덜컥덜컥 뛰어가던 우석의 발소리만이. 방파제를 때리고 가는 파도소리마저 멀고 멀게… 사위는 적막해졌다.

마지막 남긴 우석의 말을 생각하면서 금화는 땅바닥을 내려다보았다. 죽은 길자가 늘 하던 말이 있었지. 언니는 왜 그렇게 화를 잘 내? 길자가 하는 짓이 마음에 들지 않을 때마다 소리를 질러대는 금화를 두고 한 말이었다. 그 소리를 들을 때마다 금화는 웃으면서 말했었다.

"그럼 너처럼 쇠귀신같이 살아야 하니?"

그렇겠지. 나도 죽은 길자처럼 이제부터는 쇠귀신같이 살아야겠지. 코를 훌쩍여가면서, 손바닥으로 눈물을 닦아가면서 금화는 아파트가 치솟은 골목길로 들어섰다.

행복이라는 말이 다 내 가슴에 남아 있었다니. 행복. 인연 없는 말로 알았던 행복이라는 거. 금화는 스스로에게 놀라면서 뜻없이 고개를 끄덕였다. 그래, 맞아. 여자의 행복에는 이런 것도 있는 거야. 좋은 신랑 만나 깨소금 콩콩 빻아가며 명절이면 새끼들에게 새옷 입혀가며 사는 거, 그것만이 여자가 가는 길은 아니라는 걸 우석아, 난 너 때문에 이제 알게 된 거야. 그래서 행복해. 이런 행복도 있다는 걸 알아서 말이다. 팔자 좋은 여자들, 여자는 이렇게 살아야 하는 거다 하는 그 길을 타박타박 걸어가며 사는 여자들, 그런 여자만 세상 사는 기쁨을 알고 가는 건 아니란다. 그렇지. 그런 여자는 내가 지금 껴안고 있는 이토록 가슴 미어지는 행복을 알 리가 없다. 가슴이 찢어지고 저미는 것 같은, 이 서러운 행복을 그 여자들이 어찌 알겠어.

오늘이다. 물이 빠질 때 뛴다고 했다. 명국은 뭉싯거리며 목발을 찾아 들었다. 옆 침대가 비어 있다. 막장에서 얼굴이 다 뭉개진 채 갈비가 부러졌던 환자는 오늘 죽어서 나갔다. 섬으로 끌려온 지 얼마 되지 않는 젊은 징용공이었다.

병실 안은 괴괴할 정도로 조용했다. 조용조용 명국은 침대를 내려섰다. 목발을 짚고 병실을 빠져나온 그는 밖으로 나와 캄캄한 어둠뿐인 바다를 내려다보았다. 그의 앞에 펼쳐진 것은 먼바다 태평양. 지상이 헤엄쳐 건너야 할 바다는 반대쪽이었다. 어제 아침 둘이 서서 바라보던 그 바다를 명국은 떠올린다. 지상이 그의 팔을 잡으며 말했었다.

"내일 밤입니다."

"사람들이 튀면 다들 달 없는 날로 잡기 때문에 경비가 심할 거다. 쟤들이라고 그걸 모를 리가 없잖니."

긴 침묵 끝에 지상이 혼잣말처럼 물었다.

"오래 힘드시겠지요."

"내 걱정은 말아. 의사가 그러더라. 혼자 거동하기가 웬만해지면 병원에서 내보내줄 거고, 그러면 조선으로 돌아가지 않겠냐고."

아침 햇살이 병원 뜰에 가득했다. 지상이 가죽만 남은 듯이 마른 명국을 말없이 내려다보았다.

"죄송합니다. 저 혼자 간다는 게…"

말을 잇지 못하는 지상을 보며 명국은 이를 악물었다. 아니다. 나도 너와 함께 간다. 바닷물을 차고 나갈 네 팔에, 네 다리에 내가 함께 간다.

명국은 자신이 앉아 있는 의자 등받이를 움켜쥔 채 자꾸만 목이 메어서 눈을 감았다. 누가 아는가. 거적때기에 둘둘 말려서 죽은 시체로 돌아올지도 모르는 길을 한 청년이 지금 가는 게 아닌가. 처음으로, 지상과 함께 탈출을 궁리하던 그때부터 한번도 생각해보지 않았던 두려움이 등줄기를 타고 차갑게 흘러내렸다.

이게 어른의 할 짓인가. 젊은 녀석을 죽음으로 내모는 이게 말이다. 할 수 있으면 막아야 하는 게 나이 든 사람의 도리요 사람 노릇이 아니었을까. 바다에서 끝나면 고기밥, 산길을 헤매다가 얼어 죽어 까마귀밥이 될지도 모르는 길을, 지상아 네가 지금 그 길을 가는 거다.

"잡혀서 돌아오면, 그래서 내 눈에 띄면… 그땐 내가 널 죽여버릴 거다. 알겠니?"

지상에게 했던 마지막 말을 생각하며 명국이 고개를 들었다. 하늘에는 별이 가득했다. 주먹을 움켜쥐고 서서 명국은 어둠 속을 바라보았다. 이제 우리가 만나는 일도 없겠구나. 살아서 네가 육지에 있어도 그렇고, 죽어 돌아와도 그렇다. 다시 만나는 일은 없을 거다. 명국의 눈에 기어이 이슬이 맺힌다. 지상아, 명 길게 버텨야 한다. 알겠니? 어떻게든 살아남아야 한다.

저쪽 방파제를 타 넘을까. 아니면 이쪽일까. 흔들리는 눈길로 경비등이 희미하게 서 있는 방파제 위를 더듬어 나아가며 명국은 어둠 속에서 옷소매로 눈물을 훔쳤다. 갈매기가 어둠 속을 울며 날아갔다. 새들아, 밤에는 너희들도 잠을 자는 거다. 쉬라고 만든 게 이 캄캄한 밤이 아니더냐. 사람만이 못나서 한밤에도 버르적거리며 사는 거란 말이다.

병원으로 오르는 계단을 그는 기우뚱거리며 걸었다. 옆구리에 낀 목발은 여전히 서툴기 짝이 없어서 스스로 생각해도 넘어질까 두렵다. 계단을 다 올라서자 창문에서 흘러나온 불빛이 명국의 얼굴을 비췄다. 광대뼈가 튀어나오게 마른 얼굴이 불빛에 그림자가 지면서 더욱 야위어 보였다. 가슴 밑바닥에 성에가 끼듯 싸하니 마음이 추워와서 그는 어깨를 움츠렸다.

불빛 가득한 병원 창문을 바라보면서 명국이 혼잣말처럼 중얼거렸다. 이젠 내 순서, 세상으로 나갈 일이 까마득하구나. 팔 없고 다리 없는 게 뭐라는 걸 세상에 나갈 그때가 되어야 안다고 하더니. 남들은 다들 사지 멀쩡한데 저 혼자 쩔룩거리며 다녀보니, 풍년거지가 더 서럽다는 말이 이래서 나오는 거구나.

현관으로 들어섰을 때였다. 병원 뒤쪽에서 빠른 걸음으로 걸어오던 간호부 이시다가 우뚝 서며 소리쳤다.

"이러면 안 돼요!"

이시다의 목소리는 쇠를 긁듯이 차가웠다.

"산보 좀 했습니다."

"지금까지 찾아다녔습니다. 규칙이라는 거 모르세요? 여긴 병원이고, 그러니까 환자는 환자로서 해야 할 일이 있습니다. 더군다나 지금 전쟁 중이라 사람 손도 모자란다는 걸 모르세요?"

무엇엔가 많이 지친 듯 이시다의 얼굴이 핼쑥했다.

"조선사람들, 아무리 잘해주려고 해도 끝이 없어요. 서로가 뭘 좀 지키는 게 있어야지요."

명국이 조금씩 숙이고 있던 고개를 들었다. 그가 일본말을 더듬거리기 시작했다.

"제가 나빴습니다. 나빴습니다."

"당신은 좀 다른가 했는데 겨우 걸어다니기 시작하니까 마찬가지잖아요. 조선사람들, 참 자기들 멋대로예요. 걷는 연습을 하라고 했지, 밤에 나다녀도 된다고 했습니까?"

혼자 종알거리듯 이시다가 내뱉었다.

"조선것들."

그 소리를 들으며 목발을 짚은 명국의 손이 떨렸다.

"어떻게 생각해요? 조선사람으로서 조선사람에 대해 어떻게 생각하는지 말 좀 해보세요."

한 걸음 비틀거리듯 앞으로 나선 명국이 이시다의 얼굴을 노려보며 천천히 조선말로 내뱉었다.

"왜놈보다 못할 거 없다고 생각한다, 왜?"

"일본말로 하세요! 일본말!"

명국이 한 걸음 더 이시다에게 다가섰다. 왼손에 들고 있던 목발을 들어 이시다를 가리켰다.

"야, 너! 패 죽여버리기 전에, 너 잘 알아둬."

그가 병원 유리창이 떨리게 큰 목소리로 소리쳤다.

"뭘 어떻게 생각해? 너희놈의 새끼들이 끌어다놓고 개돼지 부리듯 하면서. 조선놈이 너보고 밥을 달래 죽을 달래! 저 아래 젊은 애들, 걔들이 제 발로 왔냐! 너희들이 아쉬워서 여기까지 끌고 왔어! 이것들이 정말 조선놈은 뺄도 없어서 이러고 사는 줄 아는 거야 뭐야! 쪽발이놈 새끼들, 훈도시 한장 차고 불알 덜렁거리며 게따짝이나 찍찍 끌고 다니면 단 줄 알아? 야 이놈들아, 내 다리 내놔라, 내 다리!"

얼굴을 감싸며 이시다가 아아아 하고 길게 비명을 내질렀다. 놀란 환자 하나가 문을 열고 밖을 내다보았다. 심씨였다. 불빛이 쏟아져나오는 문 앞에 선 그는 팔이 없었다. 빈 소매를 허리춤에 찔러넣은 그가 몇걸음 걸어나왔다.

"왜 이런다요? 뭔 일이 터져부렀소?"

그를 향해 명국이 소리쳤다.

"넌 들어가, 이 새끼야!"

"아따, 그러셔. 똥은 성님이 싸시고 어째 나한테 화를 내신다냐."

이시다가 두 손으로 얼굴을 가리며 병원 안으로 달려들어갔다. 명국이 소리쳤다.

"이 새끼들아, 멀쩡한 놈 다리 뭉텅 잘라놓고 뭐가 어째? 조센진이 뭐 어떻다구!"

418

뛰어나온 일본인 조수 마끼노가 더 다가서지 못하고 계단 위쪽에 멈춰선 채 말했다.

"왜 이렇게 소란을 피우십니까?"

"시끄러워 이 새끼야. 썩 없어지지 않으면 상판대기를 그냥 짓이겨놓을 거다."

목발을 짚고 서서 명국이 말했다.

"썩어 문드러질 놈의 세상. 생각만 해도 피가 거꾸로 솟는데, 뭐가 어째? 조선놈은 다 왜 이 모양이냐구?"

명국이 들고 있던 목발 하나를 출입문을 향해 내던졌다. 유리창이 와장창 부서져내리면서 목발이 바닥에 나뒹굴었다. 그와 함께 명국이 현관 앞으로 꼬꾸라졌다. 나가자빠진 채 명국이 악을 써댔다.

"사람 목숨 한번 죽지 두번 죽지 않는다아. 이 쌍놈의 병원인지 뭔지, 불을 확 싸질러도 속이 시원치 않은 마당인데 이것들이 정말 사람을 뭘로 아는 거야."

가자. 가서 경비놈이라도 하나 붙잡고 있어야 한다. 우석아, 알겠니. 그때 움직여야 해. 됫병 술 하나를 품에 안고 금화는 앞니를 악물며 혼다야를 나섰다.

골목길을 벗어나자 기다렸다는 듯이 바람이 불어와 금화의 옷자락을 날리며 지나갔다. 멀리 휘돌아간 방파제 저 끝에 외등이 켜있고, 경비원이 오락가락하는 모습이 바라보였다. 네놈도 춥겠다. 금화는 아무런 마음의 흔들림도 없이 그런 말을 입 속으로 뇌까렸다. 그래야겠지. 우석이 어느 쪽에서 바다에 뛰어들지 모르지만, 술냄새 풍겨가면서 저 경비원놈은 내가 잡고 있을 거니까. 제놈도 사낸데 사타구니 잡고 늘어지는 년을 마다할 리가 없지.

화류계 길꽃이야 꺾고 밟으라고 피는 거. 그걸 알면서도 언감생심, 앞길이 바다 같은 젊은 남자와 목숨을 걸고 싶었다오. 나도 안되는 걸 모르지 않지만, 내 마음을 나도 뜻대로 못 하니, 그래서 운답니다.

"누구야?"

경비초소 앞에 서 있던 야마구찌가 소리쳤다. 금화가 다가서며 웃었다.

"또 만나네, 야마구찌상. 모르는 사이도 아닌데 보면 모를까."

커다란 술병을 안고 다가서는 금화를 보면서 야마구찌는 눈이 둥그레졌다.

"어쩌자고 여길? 여기는 네가 올 데가 아니다."

"내가 바로 오라는 데는 없어도 갈 데는 많은 사람인 거 몰랐나보네. 객은 떨어졌는데 달도 없고 술은 남았으니, 누구랑 대작을 해야 할 거 아녜요."

금화의 말씨는 고분고분했다.

"여기선 술 마시면 안 된다. 모리따가 교대하러 올 텐데, 그 사람이 봤다 하면 큰일 난다."

술병을 들어 보이면서 앞으로 다가선 금화가 콧소리를 냈다.

"더 달라는 소리나 말고, 한잔만 해."

"내가 술 보고 마다할 사람은 아니다만, 이거야 좀 안 되는 일인데."

"어째 오늘 야마구찌상이 있을 것 같더라니까. 혼자 마시는 술이 어디 술이던가요. 권하며 따라주며 그렇게 마시라고 있는 게 술인데."

야마구찌 옆으로 다가선 금화가 마음을 다잡으며 웃었다. 지금
쯤 물로 들어섰을까. 찢어져 너덜거리듯 마음은 갈피를 잡기 힘들
었지만, 금화는 술병을 들어 야마구찌에게 건넸다.

"순찰 돌아야 하는데. 너하고 나는 사정이 다른데 이거 정말…"

사정이 다르지. 아암, 다르고말고. 너는 여기 서서 이짓도 일이라
고 밥 벌어먹는다만, 나는 지금 피가 끓는다. 야마구찌가 웃으며 말
했다.

"여기서 내가 술을 마시면 안 된다. 나 지금 경비 중이다."

"두 눈 부릅뜨고 있으면 되는 일인데, 섬이 어디로 떠내려가기라
도 한다던."

야마구찌가 술병을 받아들며 허허거리고 웃었다. 금화가 품에
넣어가지고 온 육포를 꺼냈다.

"히야, 이거야 한잔 안 할 수도 없고. 이거 누가 알면 난 모가지다."

야마구찌가 손을 들어 제 목을 치는 시늉을 했다. 내친김이다 싶
어 금화는 야마구찌의 허벅지를 손바닥으로 쓸며 말했다.

"힘 좀 쓰겠네. 이런 몸 가지고 여기서 경비나 서고, 아깝다."

금화가 건네준 술병을 들어 야마구찌가 벌컥벌컥 들이켰다. 술
병을 입에서 떼며 야마구찌가 몸을 부르르 떨었다.

"나 야마구찌상 미워했다. 놀러 왔을 때는 마사꼬만 찾고."

"그거야 그런 사정이 있지. 그애가 나랑 쿠니(國)가 같다."

쿠니. 이 사람들이 그렇게도 즐겨 쓰는 말. 고향을 두고 쿠니라고
했다.

"니이가따. 눈이 참 지겹게 많이 오지. 눈에 자빠졌다 하면 뭐 되

는지 아니? 그냥 유끼다루마다."

배불뚝이 눈사람이 된다는 소리였다. 가보지는 못했어도 말은 많이 들은 곳. 한겨울이면 집이 무너질까봐 지붕 위에 올라가 눈을 쓸어내려야 한다는 곳, 유끼꾸니(雪國). 눈이 많이 오기 때문에 한번 굴렀다 하면 큰일이라는 얘기를 하며 야마구찌는 어린애처럼 웃었다.

야마구찌가 그녀에게 몸을 기울이며 말했다.

"여기서 이럴 게 아니고 기왕에 마시는 거, 안으로 들어가자. 누가 보기라도 할까 맘이 안 놓여."

몸을 돌리며 야마구찌가 주변을 두리번거렸다.

"달빛 없는 날이면 도망치려는 놈들이 많아서."

금화의 가슴이 철렁한다. 이것들이 다 알고 있는데 그 남자는 왜 하필 오늘을 택했는가. 금화도 몸을 일으키며 야마구찌에게 다가섰다.

"그래도 오늘같이 달도 없는 날, 나처럼 생각해주는 여자가 따로 있잖아."

"그것도 그렇네. 듣고 보니 그렇다."

경비초소 안으로 들어선 야마구찌는 들고 오락가락하던 대막대기를 입구에 세워놓고 좁은 다다미 위에 퍼질러 앉았다. 지금쯤 물에 들어섰을까. 금화는 가슴이 옥죄어오는 초조함 속에서도 마음속으로 고개를 저었다. 아니다. 아직은 일러. 이 사내를 더 오래 여기 붙잡아둬야 해.

담배를 피워가면서 술병을 들어 몇번을 더 마시고 난 야마구찌의 손이 금화의 무릎에 와 더듬거렸다. 오냐, 이놈아. 거기까지가 아니지. 더 안으로 들추고 들어와도 된다. 그들이 바다를 건너갈 때까지다. 그때 나는 일어설 거고, 너는 술에 취해 흥얼거릴 테고, 세 남자는 바다를 건너가고 있을 거다.

금화가 짐짓 못 이기는 척 야마구찌의 손을 밀어냈다. 그 마음을 알고 있기라도 한 듯 야마구찌의 손이 이번에는 허벅지 안쪽을 더 듬어 들어왔다.

아직 물에는 들어가지 않았을 게다. 경비원들의 밤교대가 시작될 때쯤 바다로 뛰어든다고 했었다. 술도 어느새 반 넘게 비어 있었다. 야마구찌가 횡설수설 주절대다가 모르는 척 금화의 가슴에 손을 들이밀었다.

"밤바람에 얼어서 그러나. 취하네. 경비는 안 서고 조선삐랑 놀다가 누구한테 들키기라도 하는 날이면, 으흐흐."

"야마구찌상하고 나하고 둘만 있는데 무슨 걱정."

이자가 취하기는 취하나 보다. 이게 벌써 세번째 하는 소리다. 마음을 다잡고 있는데도 금화는 등줄기에 찬물이 흐르는 것 같다.

술병을 한쪽으로 밀어놓으며 야마구찌가 술에 취한 목소리로 말했다.

"너 이 젖가슴은 최고다, 최고."

"추운데 고생한다고 술 한잔 줬더니 이젠 남의 몸까지 가지고 못 하는 소리가 없네."

"꽃보고 꽃이라 하는 건 죄가 아니다."

그래라. 읊고 싶으면 시조도 좋고 가락도 좋다. 다 읊어라. 야마구찌의 손이 슬금슬금 다시 금화의 허벅지 안쪽으로 기어들어왔다. 지금쯤 바다를 건너고 있을까. 가슴에는 무서리가 내리는 것 같았다. 가야 한다. 나가서 살아야 한다. 네가 그럴 수만 있다면 난 이제부터 죽은 목숨이어도 좋다.

요시꼬, 아니 길자가 죽고 난 그때, 발가벗겨진 채 방바닥에 널브러져서 무슨 생각을 했던가. 관리인 그놈을 내가 죽일지도 모른다는 생각을 했었다. 왜 그날이 갑자기 떠오르는 걸까. 길자 때문이 아니다. 그놈을 죽이고야 내가 이 섬을 떠나지 그러지 않고는 못 간다, 그 맹세가 생각났기 때문이다. 이제는 나까노시마로 건너갔을까. 바다 쪽에서 아무 소리가 없는 걸 보면 일단 방파제는 무사히 넘었다. 더듬어대는 야마구찌의 손을 밀치면서 그녀가 말했다.

"그만, 나 들어가야 해. 너무 늦었어."

"무슨 소리를 하는 거야, 여기까지 왔는데. 그러지 말고 우리 한 번 하자."

야마구찌가 주춤거리며 다가앉았다.

"이 추운 데, 이 딱딱한 데서?"

야마구찌가 술냄새를 풍기면서 얼굴을 가까이 했다. 일어서는 금화의 허벅지를 잡으며 야마구찌가 비틀거렸다.

"내가 거저 달라는 거 아니다. 나 돈 있어."

금화가 됫병 술을 집어들었다. 밑에 조금 술이 남아 있었다. 금화는 병을 들어 술을 목구멍에 쏟아부었다. 정신을 놓아서는 안 된다고 수없이 자신에게 소리치면서. 금화의 젖가슴을 야마구찌의 손이 더듬고 있었다. 파도소리가 귓가에 와 부서진다. 내 남자. 그는 이제 저 파도 너머 어딘가에 있으리라. 그 남자는 살려주셔야 합니다. 그 남자만은 지켜주셔야 합니다.

야마구찌의 손놀림이 거칠어질수록 금화는 우석에게 생각을 모왔다. 빠르면 저쪽 땅을 밟았을지도 모른다는 생각이 갑자기 금화의 가슴에 싸하게 와닿았다. 그것은 슬픔도 기쁨도 아니었다. 이제, 정말 이제는 섬 한가운데서 나 혼자가 되었구나 하는 허망함에 휩싸이면서, 금화는 드문드문 별이 빛나고 있을 하늘을 생각했다.

길자의 화장이 있던 날 금화는 조금이라도 화장장이 가까운 방파제에 나가 그쪽을 바라보고 있었다. 술 없이, 내가 술 없이 어떻게 너를 떠나보내겠니. 그런 말을 혼자 중얼거리면서 방파제 저편을 바라보던 그때, 금화는 여기 와서 아주 오랜만에 고향을 떠올렸다. 엄마, 엄마는 어쩌자구 날 낳으셨수. 그렇게 중얼거렸던가. 술버릇 하나는 아버지를 닮았는가보다. 웃으며 울며, 그렇게 뼛가루가 된 길자를 보냈었다. 왜 길자가 지금 내 눈에 밟히나.

금화의 눈가에 흘러내리는 눈물이 밖의 외등 불빛을 받아 희미하게 어른거렸다. 저는 여기서 이렇게 살다가, 썩다가, 그렇게 사그라질 겁니다.

맨 앞에서 방파제 밑을 기어나가던 우석이 팔을 들어올렸다. 지상이 멈췄다. 우석이 손으로 한쪽을 가리켰다. 이쪽으로 넘자. 전에 보지 못했던 목재가 거기 쌓여 있는 것이 어둠 속으로 어렴풋이 눈에 들어왔다. 잠시 기다리라는 뜻으로 손을 들어올리면서 지상은 필수를 돌아보았다. 그가 기어오기를 기다렸다가 지상이 속삭였다.

"저쪽은 높다. 바다로 내려가기도 험한 곳이야. 내가 알아."

귓속말에 필수가 고개를 끄덕였다. 그도 소리를 죽이며 말했다.

"올라가기는 저기로 올라가서, 내려가는 건 보아두었던 데로 하자."

셋의 생각이 잠시 엇갈린다. 그토록 돌아보며 눈에 새겨두었지만 막상 움직이고 보니 한밤에 보는 것은 낮과는 또 달랐다.

지상이 우석을 향해 올라가자는 손짓을 보냈다. 필수가 어느새 날랜 몸짓으로 나뭇더미를 기어오르고 있었다. 우석이 그뒤를 따랐다. 맨 마지막으로 방파제를 기어오르며 지상은 생각했다. 우리가 자꾸 이렇게 계획을 바꾸면 이건 최악이다.

방파제 위로 올라앉는 지상을 기다렸던 우석과 필수가 자갈이 뒤섞여 울퉁불퉁한 시멘트 바닥을 기어나가기 시작했다. 첫번째 경비등이 뒤쪽으로 조금씩 멀어져갔다.

우석이 손짓으로 지상을 앞으로 나서게 했다.

"앞에 가는 게 힘이 덜 든다. 네가 앞장을 서라."

세개의 경비등 밑을 지났을 때, 이마의 땀을 닦아내면서 지상은 손톱 밑에서 피가 흐르는 것을 알았다. 필수가 속삭였다.

"오늘 좀 이상하지 않아?"

헉헉거리는 숨소리가 말과 함께 묻어나왔다.

"이쪽으로 도는 경비원놈이 오늘따라 보이질 않아."

셋의 눈길이 부딪쳤다. 지상이 말했다.

"봐둔 대로만 밀고 나가자. 계획했던 대로만 간다."

지상이 앞에서 기기 시작했다. 약속한 대로 우석이 그뒤를 잇고 필수가 맨 끝이었다. 경비원은 내가 맡는다. 쑤시는데야 칼 안 들어갈 배때기 없다. 그렇게 말하며 필수는 눈을 가느다랗게 떴다. 만약을 위해서 칼을 준비한 건 두 사람이었다. 필수는 장딴지에 칼을 동여맸고, 우석은 허리춤에 끈으로 묶어놓고 있었다. 기어나가는 틈틈이 지상은 허리 뒤에 묶은 밧줄을 손으로 더듬었다.

달걀 모양의 섬 한쪽 끝, 휘돌아간 방파제까지 왔을 때 그들은 생각지도 않게 경비등이 나가 있는 것을 보았다. 전연 예상하지 않았던 일에 그들은 잠시 말을 잃었다. 신사가 서 있는 섬의 정상에서부터 흘러내린 비탈을 잘라내고 방파제를 쌓아올린 후미진 곳이었다. 전에는 선착장이 있었다던 곳, 쓰레기 하치장 옆으로 방파제가 완만하게 꺾이는 쪽 경비초소를 촉수 낮은 외등 하나가 비추고 있을 뿐이었다.

더 기어나갈 것도 없이 여기서 뛰어내리면 되지 않겠는가. 계획했던 장소는 여기보다 초소에 더 가까웠다. 바닥에 배를 댄 채 셋이 얼굴을 모았다. 서로의 얼굴을 보며 그들은 고개를 끄덕였다.

움켜쥔 주먹을 입술에 대었다 떼면서 우석이 속삭였다.

"여기다."

지상이 손짓으로 자기 몸을 가리켰다. 좋아, 내가 앞장선다. 지상이 개구리헤엄을 치듯 방파제 바닥을 손으로 쓸면서 배를 대고 기어나갔다.

자리를 잡은 지상이 필수를 향해 돌아앉았다. 그의 손가락이 필수를 가리켰다가 바다 쪽을 향해 찍듯이 두번 움직였다. 네가 먼저 내려가라는 뜻이었다. 지상이 필수가 잡고 내려갈 수 있도록 밧줄 끝을 건네주고 나서 다른 끝을 손아귀에 감았다. 그는 몸을 뒤로 젖히며 발뒤꿈치를 돌부리에 붙였다. 필수가 밧줄 끝을 잡고 방파제 너머로 몸을 넘겼다. 지상은 이를 악물고 손아귀에 감은 밧줄로 필수의 몸무게를 받아냈다.

방파제 밑으로 내려선 필수는 벽에 몸을 붙이고 기다렸다. 우석이 잡고 있는 밧줄에 매달려 지상이 방파제 너머로 발을 버둥거리면서 내려왔다. 필수가 발판이 될 수 있도록 방파제를 짚고 몸을 굽혔다. 밧줄에 매달린 채 지상이 발을 뻗어 그의 어깨에 올라섰다.

방파제 아래 겨우 몸을 붙일 만한 바위 위에 지상이 내려섰을 때, 두 사람은 방파제 위를 올려다보며 우석을 찾았다. 지상이 필수의 어깨에 목말을 타듯 올라서면 우석은 지상의 어깨를 딛고 내려선다. 수없이 했던 약속이었다. 만약 휘청거리며 셋이 무너진다면 그때는 다 같이 방파제를 밀며 바다로 떨어지면 된다. 그것이 약속이었다.

필수의 어깨에 올라서려고 몸을 웅크린 채 지상은 우석을 찾으며 위쪽을 올려다보았다. 캄캄한 어둠과 파도소리뿐 우석의 모습은 보이지 않았다.

"우석, 이쪽이다. 뭐 해?"

낮게, 필수의 목소리가 어둠 속으로 날아갔다.

잠시 후, 불쑥 솟구치듯 몸을 일으키는 우석이 보였다. 그쪽은 칼바위다. 뛰어내리면 안 돼. 그렇게 말하려고 했지만 지상은 소리가 나오지 않았다. 자루가 떨어지듯 이미 우석이 뛰어내리고 있었다.

악 하는 비명소리가 짧게 파도에 묻혀갔다. 엉금엉금 지상이 우석에게 기어갔다. 몸을 일으키던 우석이 풀썩 그 자리에 주저앉았다. 다시 지상의 내민 손을 잡고 일어서던 우석이 왼쪽 다리가 꺾이며 주저앉았다.

"왜 그래?"

"다리. 다리가."

왼쪽 발을 전연 디딜 수 없었다.

우석이 손바닥으로 자갈을 내리쳤다. 두번 더, 일어서려던 우석이 자지러지며 주저앉았다. 우석이 옹벽을 짚으며 엉거주춤 한쪽 발로 일어섰다. 물보라가 그들을 적시고, 파도소리뿐인 시간이 느리게 흘러갔다. 지상의 어깨를 짚으며 한쪽 발로 서서 우석이 말했다.

"도저히 안 되겠다. 발목이, 전연 디딜 수가 없어."

"침착하자고. 천천히 해. 서둘 거 없어."

발을 만져보려는 필수를 밀어내며 우석이 말했다.

"너희들을 내려다보니까 그냥 뛰면 될 거 같았어. 어깨에 올라서고 그럴 게 아니라고 판단했거든."

방파제를 기대고 섰던 우석이 다시 펄썩 주저앉았다. 지상이 바다 쪽으로 고개를 돌렸다. 바다는 파도도 없이 칠흑처럼 어두웠다.

"필수랑 내가 양쪽에서 붙들고 가면 된다. 어서 움직이자."

우석이 고개를 숙였다가 들었다. 그가 혼잣말처럼 중얼거렸다.

"미안하다. 날 다시 올려보내줘."

"뭐라고! 말 같은 소릴 해라."

"이럴 때가 아냐! 너희들은 가야 해. 어서, 서둘러!"

끝났다. 실패다. 셋이 다 돌아가자. 지상이 그 말을 하려는 순간이었다. 우석이 그의 허리춤을 잡고 몸을 일으키는가 하자, 지상의 가슴에 칼을 들이댔다.

"뭐 하는 짓이야?"

"너희 둘은 가! 나만 올려줘."

"그건 아니다. 아닌 건 아닌 거다!"

우석의 목소리가 자갈이 구르는 소리를 냈다.

"내가 배에다 칼을 꽂고 엎어져야 알겠니! 너희들은 가야 해."

짧지만 긴 시간이 흘러갔다. 우석이 필수를 돌아보았다.

"날 올려! 이 자식들아, 말 좀 들어!"

지상이 우석을 껴안으며 외마디소리로 불렀다.

"우석아."

지상의 손을 잡아당긴 우석이 손바닥에 칼을 쥐여주며 말했다.

"이건 네가 가지고 가라."

둘의 손이 떨리며 엉켜들었다.

필수가 넓은 어깨로 방파제 벽을 짚고 몸을 숙였다. 우석을 어깨 위에 올려 목말을 태운 지상이 방파제를 잡고 필수의 어깨 위에 올라섰다. 필수가 몸을 세우자 지상은 자신의 어깨에 올라선 우석의 엉덩이를, 오른쪽 다리를, 그리고 발바닥을 밀어올렸다. 방파제 턱을 잡고 버둥거리던 우석이 방파제 위로 몸을 솟구쳤다.

둘은 아무 소리도 들리지 않는 방파제 위를 쳐다보았다. 그때 필수의 머리 위에서 무언가 날아와 바위에 부딪쳐 튕겨나갔다. 둘이 납작 몸을 엎드렸다. 우석이 던진 돌이었다. 그의 목소리가 생나무 갈라지는 소리가 되어 들려왔다.

"가. 빨리 가. 너희들 죽지만 마. 살아서 만나자."

지상은 우석이 준 칼을 허리에 찔러넣었다. 철썩이는 바닷물 앞에서 둘은 옷을 벗기 시작했다. 그들은 벗은 옷을 할 수 있는 한 접고 구겨서 작게 만들었다. 그리고 허리띠를 풀어 똬리처럼 그것을 머리 위에 묶었다. 바다로 나아가기 전 뒤를 돌아보았을 때, 어디에도 우석은 보이지 않았다. 그를 올려보낸 방파제 위는 다만 어둠뿐이었다.

천천히 걸어서 금화는 방파제를 내려왔다. 술 취한 야마구찌는 교대를 하고 나면 경비원 막사에 가서 잠이 들겠지. 혼다야로 오르는 길목에서 금화는 몸을 돌려 다시 한번 바다 저편의 어둠을 바라보았다. 이제는 저쪽 섬 화장장에서 길자처럼 불에 타 죽어도 좋다. 그들이 넘겠다던 동북쪽 방파제, 그쪽을 지키는 경비원놈은 내 몸을 더듬고 있었다. 야마구찌의 손이 쓸어내리고 움켜쥐었던 아랫배와 엉덩이에 채찍자국처럼 그의 손길이 남아 있는 것만 같았다. 우석아, 마음 놓고 헤엄쳐 건너갔어야 한다. 그런데, 그런데 지금 내가 왜 울고 있는가.

볼을 타고 흘러내린 눈물이 찝찔하게 입술을 타고 입 안으로 흘러들었다. 눈물을 닦을 생각도 없이 금화는 걸었다. 이럴 때 잠 못 이루는 갈매기라도 하나 있어서 끼룩끼룩 날아다녔으면 동무라도 되련만. 눈물이 덜렁덜렁 그녀의 옷깃에 떨어졌다. 어두컴컴한 밤길이어서 금화는 내팽개쳐진 목재더미에 걸려 넘어질 뻔하다 홀쩍홀쩍 코를 들이마셨다.

나 내일부터 술 마실 거다. 네가 잡혀오지 않는 그날까지, 언제일지 모르지만 그게 확실해질 때까지는 나 술이랑 세월을 벗 삼아 살 거다. 그래서 어느날, 이제 네가 멀리 가고 없다는 걸 알게 될 때, 그때부터는 널 잊을 거야. 잊을 수 있을 거야. 그래야만 내가 사니까. 널 잊지 못하고 난 이제 살아갈 수 없는 여자가 되었으니까. 이건 행복이란다. 입 안으로 들어오는 찝찔한 눈물을 삼키면서 금화는 가만히 웃었다. 행복이라구? 그럼 행복이고말고. 좋아했던 남자가 목숨 걸고 가는 길목에서 그래도 돌덩이 하나는 치운 셈이니까.

그렇다. 잊어야 할 남자를 가슴에 품은 여자가 되었다는 거, 잊지 못해 견뎌내기 힘든 남자를 가졌다는 거, 그게 여자의 행복이 아니면 무엇이랴.

잠시 발걸음을 멈추고 금화는 치솟은 아파트를 올려다보았다. 몇집 아픈 사람이라도 있는 듯이 불이 켜져 있을 뿐 숲처럼 우거진 일본인들의 아파트는 캄캄했다. 그림자처럼 금화는 걸었다. 저벅저벅 그녀의 발소리가 그녀에게 무언가 긴 이야기를 하듯이 울렸다. 계단을 올라 혼다야 안으로 들어섰을 때였다.

무슨 일인지 야스꼬가 깨어 있다가 그녀를 보았다. 잠옷 차림의 야스꼬가 어이없다는 얼굴을 했다.

"이게 누구야."

금화는 힘없는 눈길로 그녀를 멀거니 바라보았다.

"난 또 어디서 물귀신이 하나 들어오나 했다."

"맞아. 물귀신 하나 왔어."

야스꼬가 금화에게 다가섰다.

"어쩐 일이야, 취하지도 않았네. 뭔가 맘 못 잡을 일이 있나 보구나. 그래도 그렇지. 네 몸 생각은 네가 해야지, 누가 돌봐주니. 너도 참 딱하다."

여기가 이제부터 내가 세월을 딛고 설 집인가. 금화는 야스꼬를 바라보며 물귀신처럼 서 있었다.

22

남편은 바다 위를 걷고 있었다. 푸르디푸른 물 위를 걷고 있었다. 저예요. 여기예요. 아무리 불러대도 지상은 뒤를 돌아보지 않았다. 다만 옥색 두루마기 자락을 펄럭이면서 바다 위를 걸어가고만 있었다. 그 뒷모습을 향해 서형은 소리쳤다. 여기 명조도 있어요. 당신 아들, 명조가 여기 있다니까요.

가슴을 쥐어뜯으며 소리치다가 서형은 눈을 떴다. 몸에 식은땀이 배어나 있었다. 화들짝 놀라 서형은 캄캄한 방 안을 두리번거렸다. 어쩌자고 이런 꿈을 꾸었담. 옆자리를 더듬어보았다. 있구나. 명조는 숨소리도 고르게 잠이 들어 있었다.

길게 숨을 내쉬면서 서형은 몸을 일으켰다. 왜 하필이면 뒷모습이었을까. 그리고 그 옥색 두루마기는 또 뭐람.

얼마를 그렇게 앉아 있던 서형은 아이의 잠자리를 살펴주고 나서 조심스레 문을 열고 밖으로 나왔다. 훅 하고 한기가 느껴져서 서형은 몸을 떨었다. 하늘에는 별이 총총했다. 다 내 탓이지. 내가 뭔가 마음이 약해져서 이렇지.

그녀는 부엌으로 가 늘 그랬듯이 사발을 들고 밖으로 나왔다. 그 것은 지상의 밥을 뜨던 그릇이었다. 소리를 죽여가며 펌프 물을 퍼 올린 서형은 작은 개다리소반 위에 물그릇을 올려놓고 뒤꼍으로 향했다. 달빛도 없는 캄캄한 어둠 속을 그녀는 물이 넘칠세라 조심 스레 걸었다. 늘 그랬듯이 뒤꼍 장독대 옆에 상을 내려놓은 서형은 두 손을 모으며 눈을 감았다. 남편만은 무사하게 돌보아주시옵소 서. 그이가 아니옵니다. 아픈 일이 있어도 절 아프게 하시고, 겪어 야 할 온갖 궂은일도 다 제 몫으로 돌려주시기만을 비옵니다, 비옵 나이다.

눈을 감고 두 손을 모은 채 서형은 오래오래 서 있었다. 밤바람 이 옷 속으로 파고들며 그녀의 어깨를 떨리게 했다. 다 저에게 주 시기만을 비옵니다. 병도 아픔도 고생도 그 무엇도 다 제가 겪게 해주시면, 그것이 무엇이라도 감사히 받겠사옵니다. 눈을 뜨며 올 려다본 하늘에서 길게 별똥 하나가 줄을 그으며 사라져갔다.

명국은 아침 늦게야 잠이 깼다. 지상의 일로 잠을 못 이루다가 새벽에야 겨우 눈을 붙였었다.

몸을 구부리고 누워서 그는 가만히 귀를 기울였다. 밖은 조용했 다. 그렇다면, 밖이 조용하다면 그들이 무사히 바다를 건너갔다는 얘기가 아닐까. 벌써 입갱 점호도 끝났을 시간이다. 셋이나 보이지 않는다면 노무계가 섬 안을 벌집처럼 들쑤시고 다닐 텐데.

아니다, 무슨 소리. 멍하니 명국은 병실 벽을 바라보았다. 요즘은 오히려 광부들 일이라면 쉬쉬하고 다니던데. 사기 진작에 문제가 있다나 뭐라나. 어떤 소란도 막는다나 어쩐다나.

제발, 그래 제발 무사해다오. 솥 떼어놓고 삼년이라는 말이 있지. 내가 그렇게 됐다. 도망칠 날을 기다리기만 하다가 이 꼴이 났어. 처음 말을 꺼낸 건 언제나 나였다. 태복이 때도 그랬고 지상이 너한테도 그랬다. 가자고 부추기며 말을 꺼내던 나는 이렇게 남고, 너희들은 갔구나.

명국은 몸을 일으켜 앉았다. 때린 놈은 다리 못 펴고 자도 맞은 놈은 다리 펴고 잔다는 게 바로 이 꼴이군 그래. 떠난 그 아이들이야 지금쯤 어느 산이나 바닷가를 내달리고 있을 텐데, 여기 누워 있는 내가 마음을 못 가누고 조급하니.

눈을 감고 그는 마음을 가라앉히려고 애썼다.

죽은 자는 말이 없다. 그러나 이번 일은 좀 다르다. 산 자들도 말이 없어야 한다. 너희들이 섬을 빠져나가는 데 성공을 하면 또 얼마나 많은 조선사람이 혹독하게 시달려야 할지. 금화에게도 말을 해두었다. 떠난 자도 말이 없지만, 남은 우리도 말이 없어야 한다고. 너희들을 지켜줘야 한다고.

이제 또 몇사람이 불려가고, 나도 거기 낄지 모른다. 지상이 우석이랑 가깝던 거야 병원 사람이 아니더라도 다들 아니까. 그렇다고 겁날 게 무언가. 다리 하나 남은 놈이 남은 다리도 내놓으면 되지. 쇠똥에 미끄러져 개똥에 코를 박아도 좋다. 너희들만 성하면 된다.

침대를 내려선 명국은 목발을 찾아 들었다. 목발을 짚고 그는 느릿느릿 방을 나왔다. 어젯밤 그가 깬 현관문에는 그새 나무를 덧대고 창호지가 발려 있었다.

밖에는 오늘따라 안개가 자욱했다. 섬을 둘러싼 안개 때문에 바다는 보이지도 않았다. 목발을 짚고 서서 명국은 마음속으로 가만히 웃는다. 잘됐구나. 이런 날이면 산에서 몸을 숨기기도 좋고, 수색조를 태운 배들도 바다에 나가봤자다. 성질 급한 놈이 술값 먼저 내는 법. 지상아, 그것만 조심하거라. 서두르지만 말아라.

눈을 부릅뜨고 안개에 가린 먼바다를 노려보며 명국은 그들의 이름을 불러본다. 지상이, 우석이, 그리고 필수라고 했던가. 살아만 있거라. 너희들 마음이야 이미 고향에 가 있겠지만 어느 세월이라구 조선까지 갈 엄두야 내겠니. 어디든 일본땅에서 몸을 숨겨야 할 테니, 조선사람 깃을 찾아들어가거라. 그래도 한 핏줄, 믿어야 할 건 동포밖에 더 있겠니.

떼를 지어 날아올랐던 갈매기가 또 떼를 지어 그녀의 옆에 내려앉았다. 무릎을 감싸고 앉아서 금화는 수선스레 움직여대는 갈매기들을 멍하니 내려다본다. 이것들도 내가 사람 같지도 않나. 내가 사람처럼 보이지도 않아서 여기 와 이렇게 태평한 건가.

갈매기 한마리가 뒤뚱거리며 그녀 가까이 다가오더니 앞으로 넘어질 듯 꼬리를 들썩이며 똥을 내갈겼다. 금화의 입가에 희미하게 웃음이 감돈다. 요놈이 날 무시해도 보통이 아니네. 내 꼴이 사람은커녕 제 동무도 못 된다 이거지. 금화가 발길질을 했다. 순간 갈매기들이 화들짝 놀라며 날아오르고, 깃털 몇개가 하늘거리며 떨어져내렸다. 갈매기를 따라가던 그녀의 눈길이 하늘에 가 멎는다. 맑기도 하다. 오늘은 햇살도 곱다. 자신이 마치 함께 날아가지 못하고 뒤뚱거리며 남아 있는 갈매기처럼 느껴져서 금화는 길게 한숨을 내쉬었다.

목발을 짚고 절름거리며 다가온 명국이 금화의 등 뒤에다 대고 말했다.

"내 그럴 줄 알았다. 어쩐지 너 아닌가 싶더라."

금화가 그를 돌아보았다.

"모처럼 동무가 생겼는데 누가 쫓아버렸나 했더니, 아저씨였네요."

"동무? 무슨 동무."

"갈매기랑 동무하고 있었는데."

고개를 숙이며 바다를 내다보는 금화의 입술이 가짓빛으로 푸르스름하다. 낮이면 깜박깜박 졸리다가도 자리를 펴고 누우면 눈만 말똥거릴 뿐, 그러면서도 머릿속은 멍하고 손가락 하나 까닥할 수 없는 며칠이 지나가고 있었다.

명국은 금화의 눈길이 가 있는 바다 저편을 바라보았다. 소나무가 소복하게 자란 섬, 화장터 나까노시마 너머로 멀리 안개가 긴 듯이 뿌옇게 바라보이는 곳이 항구도시 나가사끼였다.

"네가 아주 명당에 자리를 잡았구나."

병원 앞 내리막길 계단이 두번 꺾이는 곳에 만들어놓은 공터였다. 가슴을 펴 바닷바람을 들이마시며 명국은 금화의 옆에 퍼질러 앉았다. 바닥에 포개놓은 목발에는 어느새 손때가 묻어 있었다. 명국을 흘깃거리던 금화가 히죽이 웃었다.

"두 병신이 만났네요."

"뭐 어째?"

"성한 사람은 다 일 나가고, 우리 같은 병신만 둘이 남았잖아요."

"저놈의 입."

그뿐, 둘은 말없이 앉아 있었다. 명국이 이따금 목발을 들어 옆에 와 퍼덕거리는 갈매기를 쫓아냈다. 금화가 명국을 돌아보지도 않은 채 바다를 바라보면서 물었다.

"이젠 갔겠지요."

명국이 아무도 없는 주변을 둘러본다.

"나는 병원에 있는 몸, 네가 모르는데 내가 알 리가 없지 않니."

갑자기 금화가 무릎 사이로 고개를 꺾었다.

"아, 잘 갔어야 하는데…"

"며칠 지났다고 아직 마음 놓을 일이 아니다. 사흘 만에 닷새 만에, 그렇게 잡혀온 사람도 있었어."

"아, 제발."

금화가 번쩍 고개를 들었다.

차마 내놓고 말을 꺼낼 수도 없다. 물으러 다닐 수는 더더욱 없다. 벌써 며칠인가. 그들에게 가 있는 마음을 옥죄며 행여나 무슨 소문이 들릴까 귀를 나발처럼 열어놓고 있었지만 탈주자에 대한 소식은 감감했다. 철썩이며 파도가 때리고 가는 방파제 밑에 낀 물이끼 때문일까. 오늘따라 섬을 둘러싼 앞바다가 더 푸르러 보인다.

"믿어야겠지요. 그 사람은 살았다, 그렇게 믿어야지, 안 믿으면 또 어쩌겠어요."

서로의 마음을 서로가 알지만 그 타들어가는 가슴을 적셔줄 말이 그들에게는 없다. 비로소 금화의 얼굴을 눈여겨보면서 명국은 가슴이 덜컥 내려앉는다. 맑은 햇빛 때문이었을까. 밖에서 본 금화의 얼굴은 말할 수 없이 상해 있었다. 이게 아주 병색이 완연하네. 명국이 마음속으로 혀를 찬다.

"너도 이젠 네 몸 생각도 좀 하거라. 그 녀석 걱정일랑은 잊고."

그 말에는 대답도 없이 금화가 물었다.

"아저씨야말로 다 나았어요?"

"놀고먹으니 병신도 할 만하구나. 언제까지 이렇게 두겠다는 건지. 처음엔 바로 집으로 보내줄 것 같더니 그 얘기도 함흥차사고. 말로는, 의족을 구할 수가 없대요. 그것도 전시라서 그렇다니."

명국을 나무라듯 금화가 말했다.

"아저씨, 그렇게 찔뚝거리면서 가긴 어딜 가요. 제대로 걷기나 해야 나가지요."

"허어, 얘 말하는 것 좀 봐. 그래서 이놈아, 내가 밥 먹고 하루 종일 하는 일이라는 게 이 계단 오르내리는 거다."

잠시 후 명국에게 고개를 돌리며 금화가 말했다.

"내가 아저씨한테 그런 적이 있지요. 왜 도망도 못 치느냐고. 저기 저 화장터에서 타 죽은 사람, 왜놈 찌르고 가막소로 묶여나간 사람, 그 사람들이 오히려 사내답지 않으냐고. 용서하세요. 제정신으로 할 소리가 아니지요. 그게 다 술이 한 소리거니 해버리세요."

"그게 언제 적 얘긴데, 잊지 않고 있었다는 거냐?"

"잊을 말이 따로 있지요."

목발을 짚고 일어서는 명국을 금화가 얼른 일어나 부축했다. 둘은 병원으로 올라와 정원이랍시고 만들어놓은 앞뜰을 거닐었다. 목발이 시멘트 바닥에 닿는 소리와 금화의 게따 끌리는 소리가 뒤섞인다.

"수색조를 풀었다는 소리도 없었지?"

소식을 들을 길이 없는 명국이 답답함을 이기지 못해 물었다. 금화는 말없이 고개를 저었다. 눈길을 먼 데로 돌리며 어정어정 걷던 금화가 한마디 했다.

"사람이 셋이나 도망을 쳤는데… 너무 조용하긴 해요. 그러니 더 속이 타네요."

검은 연기를 내뿜으며 정기여객선 유우가오마루가 타까시마를 떠나는 것이 멀리 바라보였다. 오죽 답답하면 나를 찾아왔을까. 명국의 마음을 알면서도 금화는 말이 없다. 따그닥따그닥. 그녀가 끄는 게따 소리가 더 커진다. 오죽하면 방파제에 나와 앉아 넋을 놓고 있었겠냐. 금화의 마음을 알면서도 명국은 해야 할 말을 찾지 못한다. 땅바닥에 찍어넣듯 목발을 쥔 팔에 힘을 주며 명국이 애써 말했다.

"너도 어서 몸 추슬러야지. 기력을 회복해야 안 되겠니."

나 같은 거, 밟고 버리고 떠나고. 마음속에서 갈대가 쏠리듯 오가는 말을 참으며 금화는 딴소리를 한다.

"저기 동백 좀 보세요. 철도 없이 혼자 푸르네요."

명국이 피식 웃었다.

"동백 같은 소리도 하고 있다. 누가 그러던? 저게 동백나무라고."

"내가 정했지요, 동백이라고. 내가 동백이라면 동백이랍니다요."

"아주 넋두리를 하는구나, 네가."

동백꽃을 꺾어주던 남자. 금화의 가슴속에서 가늘게 향기 같은 것이 피어오른다. 우석아, 이게 추억이라는 거겠지. 이 추억을 안고 나는 이제 살아가야 한단다. 다리 없는 왼쪽 겨드랑이로 오른쪽 목발을 포개면서 명국이 금화의 어깨에 손을 얹었다.

"너 모르지, 내가 널 눈여겨봐둔 거."

"눈여겨봐요? 허구한 날 술이나 처먹고 다니는 년, 그랬을 만도 하지요 뭐."

"말을 그렇게 받지 마라. 속마음을 이야기하는 거다."

"그래서요? 뭐에 쓰시려고 눈여겨봤어요?"

"각시 삼을까 했지."

금화가 얼굴을 찡그리며 소리 내어 웃었다.

"아저씨야말로 넋두리하세요? 그렇게 놀리는 거 아니랍니다."

"놀리는 게 아니다. 생각했단다. 여기나 타까시마야 사람들 눈이 있어 불편할 테니, 널 데리고 사세보나 치꾸호오 같은 탄광엘 나가 둘이 살아서 안 될 것도 없지 않나. 배운 건 도둑질밖에 없다구, 이 젠 탄 캐는 데야 선수 아니냐."

"그런데 왜 그런 말을 나한테는 안 했어요?"

"부끄러워서."

그렇게 말하며 명국이 웃었다. 명국이 말하는 그 계획이라는 게 마냥 허튼소리는 아니어서 금화도 따라 웃었다. 그 가슴속을 무언 가가 싸아하고 아프게 지나갔다.

"한데, 그 녀석이 내 각시 하려고 한 여잘 새치기를 했어. 그것도 나 다리 부러진 새에."

우석이를, 그의 이름을 입에 올리고 싶지 않아서 금화는 아무 말 도 하지 않았다.

"네가 남자 보는 눈이 여간이 아니구나 생각했다. 잘했다. 그 녀 석을 보다니."

한숨을 쉬면서 금화는 말꼬리를 돌렸다.

"각시 되기는 애당초 틀린 몸이니, 오빠 동생 하며 서로 의지나 하고 살지요."

"오빠 동생 다르고, 서방 각시 또 다르지. 각시라면 모를까, 난 너같은 동생은 두고 싶은 맘 없다."

"남자들이란… 그저 하여튼."

먼바다를 내다보며 금화가 웃는 것인지 우는 것인지 말했다.

"난 이제 틀린 거 같아요. 기대고 살 게 없네요."

벌써 사흘이다. 아직 별일이 없으니 그렇다면 간 거다. 살아 나간 거다. 아, 나는 여기 남아 있지만 내 마음은 그에게 안겨서 저 원한의 바다를 건넜다. 그래요. 나는 저 벌판, 흙이라고 합시다. 당신은 그 위에 뜬 무지개입니다. 이제 나는 그렇게 살렵니다. 발끝을 내려다보던 금화가 천천히 고개를 저었다. 두 손 모아 무엇에 빌 수라도 있으면 좋으련만. 살면서 내가 어떤 남자를 위해 빌 일이 있을 줄 꿈이나 꾸었던가.

무슨 소식이라도 있으면 한달음에 올라올게요. 그런 말을 인사처럼 건네고 금화는 유곽으로 향하는 계단을 걸어내려갔다. 아직 점심때가 되기엔 이른 시간이었다. 상점들이 올망졸망 들어선 하시마 긴자를 지나며 골목길이 좁아졌다. 가시 많은 덩굴나무 옆에서 새들이 폴짝거리고 있었다. 새야, 겨우 짹짹거리기나 하면서 너희들은 그것도 낙이라고 사니. 파도소리뿐인 방파제 너머를 차마 바라보지 못하고 금화는 고개를 숙이고 자신의 게따 끝을 보며 걸었다.

골목으로 들어서는 금화를 유곽 혼다야 앞에서 야스꼬가 부르고 있었다.

"하나꼬상. 하나꼬상."

어느 빌어먹을 놈이 벌건 대낮에 낮거리라도 하러 왔나. 금화가 손을 흔들었다.

"무슨 일이야?"

"아냐, 그냥. 날씨가 하도 좋아서 같이 산보나 할까 했더니, 벌써 나갔다 오나 봐."

감독관 이노우에가 소리쳤다.

"두 명이나 도망을 쳤단 말이다!"

"네."

도열해 있던 스즈끼, 키무라 그리고 태복의 사건 이후 사이또오의 후임으로 온 타니무라가 한목소리로 대답했다. 뚜벅뚜벅 책상 앞으로 걸어온 이노우에가 느릿느릿 말했다.

"너희들은 네 하고 대답할 줄밖에 모르나? 네 하고 대답만 하면 다 됐다 그거냐?"

"네. 책임지고 잡아오겠습니다."

이노우에는 들고 있던 작은 막대기로 타니무라의 배를 쿡 찔렀다.

"잡아와? 어디 가서? 이미 사람을 보내 노모반도를 다 뒤졌지만 그놈들은 그림자도 없다는 보고야. 그런데 네가 어떻게 책임을 지겠다는 거야."

"다른 조선인들을 족쳐서 그자들이 어디로 갔는지 알아내면 되지 않겠습니까. 그러면 거기 미리 가서 대기했다가…"

말이 이어지는 사이 이번에는 이노우에가 타니무라의 어깨를 막대기로 쿡 찔렀다. 타니무라의 몸이 비틀거렸다.

"그건 네가 안 해도 돼! 문제의 열쇠는 우리 쪽에 있다. 당장 그 날의 경비원을 전부 불러라."

이노우에는 창밖에 떠올라 있는 방파제를 바라보고 있었다. 처음에는 그랬다. 두놈이다. 겨우 두놈쯤 도망간 일을 가지고 난리를 칠 게 아니다. 시국이 어느 때인가. 나날이 패퇴를 거듭하는 전황이 내리누르고 있다. 그랬기에 육지로 사람을 풀면서도 극비에 부쳤었다. 그런데 아니다. 갈수록 무슨 냄새가 난다. 도망친 두놈은 작업성적도 아주 우수했다. 술도 도박도 싸움질도 없던 놈들이야. 통상 이런 자들이 도망치는 경우는 없었어.

몇사람의 경비원이 조사를 받고 나갔을 때, 잔뜩 웅크린 자세로 사무실로 들어선 야마구찌는 이미 무슨 소리를 들은 것 같았다. 이노우에를 흘끔거리며 야마구찌는 일장기가 걸린 벽에 아침 햇살이 비쳐드는 것을 쳐다보았다. 죽일 년. 그년이 왜 하필 그날 밤 술을 샀담. 아니지. 그년이 문제가 아니다. 왜 하필이면 그날 조선놈들이 도망을 쳐서 날 이 꼴로 만드느냐 이거야. 조선놈들, 그저 죽일 놈은 조선놈들이라니까.

야마구찌를 흘긋 보고 나서, 이노우에는 발뒤축으로 바닥을 찍듯이 소리를 내며 걸어가 자신의 의자에 앉았다. 그는 책상 위의 서류들을 옆으로 밀어놓고 나서 서랍을 열어 새로 종이 하나를 꺼냈다. 종이를 손바닥으로 쓸면서 그는 야마구찌에게 말했다.

"너는 말이다, 지금부터 그날 밤에 있었던 일만 말하면 돼. 알겠지? 아침까지 너는 술에 취해 있었어. 경비원이 근무 중에 술을 마셨다면 무슨 죄가 되는 줄 아나? 내일부터 저 조선 새끼들이랑 갱

속에 들어가서 탄이라도 캘래?"

"아, 아닙니다."

"저쪽에 있는 의자를 가지고 와서 내 앞에 앉아라."

야마구찌가 책상을 사이하고 이노우에와 마주 앉았다.

"지금부터 내가 묻겠다. 그날 밤 근무에 대해 숨김없이 대답해야한다. 몇시에 어디를 돌았고, 몇시에 경비원 대기소에서 쉬었으며, 무슨 일이 있었는지 아주 소상하게 말이다. 먼저, 술은 어디서 마셨나?"

"사실은, 네, 그렇습니다. 사실은, 유곽에 있는 여자가 술을 가지고 와서 함께 마셨습니다."

"뭐야, 이 자식이? 유곽?"

이노우에로서는 처음 듣는 소리였다. 노무계 조사원들은 야마구찌가 술을 마신 사실만을 보고서에 올렸었다. 서로 잘 아는 사이인데 야마구찌에게 불리한 걸 적어 올릴 필요가 뭔가. 게다가 경비를 서다가 밤늦게 한잔 걸치는 건 드문 일도 아니다. 도망친 놈들이 나쁘지 야마구찌에게 무슨 죄가 있는가.

"근무 중에 계집과 술판을 벌였다!"

"네? 아, 아닙니다. 술판은 아니고, 유곽에 있는 여자가 술을 가지고 초소로 왔습니다."

야마구찌를 노려보면서 이노우에가 소리쳤다.

"이놈 봐라. 유곽에 있는 여자라니, 어떤 년이야?"

"혼다야에 있는 조, 조선여잡니다."

책상을 손바닥으로 내려치면서 이노우에가 벌떡 일어섰다. 미인계로군. 이건 조직적이다. 조선여자가 경비원에게 술을 먹이고, 그 사이에 두놈은 유유히 방파제를 넘어갔다는 것 아닌가.

"그년 이름이 뭐야?"

"하, 하나꼬라고 합니다."

"어떤 년이야? 너하고 무슨 사이야?"

"아, 아무 사이도 아닙니다."

"아무 사이도 아닌데 밤중에 술을 가지고 너한테 왔다?"

"네, 그렇습니다."

"하나꼬라고 했나. 어떤 년이냐?"

"키도 크고, 미인 비슷합니다. 이렇게 키도 크고 몸매도 좋다는 소리를 듣는 여잡니다."

"몸매? 이 자식아, 내가 지금 그년 옷 벗기라고 그랬냐?"

이노우에가 벌떡 일어섰다.

"어떻게 굴러먹는 년인데 감히 근무 중인 경비한테 와서 술을 먹였냐. 성향이 어떤 년이냐 묻는 거다."

"아 예, 술을 잘 마신다는 거밖에 모르겠습니다."

"술집 년이 술 처먹는 것도 성향이냐. 그래서, 넌 밤새 근무는 안하고 그년과 술을 마셨다?"

이노우에가 문가에 서 있던 이시까와를 돌아보며 소리쳤다.

"키무라를 시켜서 당장 그년을 잡아오도록 하십시오!"

도망친 자들과 친했다는 징용공들이 하나씩 불려왔고, 관련자를 좁혀나가던 이노우에는 덩치 큰 강이라는 자를 지목했다. 얼마 전 쟁 안에서 징용공들이 동료를 두들겨팬 일이 있었고 그때 강이라는 덩치가 주모자였다는 보고가 있었기 때문이다. 그는 일본말을 잘 모른다고 했다.

통역을 하기 위해 불려온 장씨는 얼굴이 약간 얽은 사람이었다. 어쩌다 이런 일에 불려왔나 싶어서 우둘투둘한 얼굴이 더욱 험상궂어졌다. 강만중의 앞에 가 선 이노우에가 낮은 목소리로 물었다.

"너는 왜 함께 도망을 안 갔나?"

장씨가 서둘러 통역을 했다.

"자네는 왜 도망가지 않았냐구?."

만중이 장씨와 이노우에를 번갈아 보며 애원하듯 말했다.

"아따 참말로. 나는 그 사람덜이 하늘로 솟아부렀는지 땅으로 꺼져부렀는지 아무것도 몰랐단 말이시."

장씨가 말을 끊으며 빠르게 일본말로 전했다.

"그 사람들이 도망가는지도 몰랐다고 합니다."

"몰랐다? 같이 붙어 자고, 같이 일 나가고, 같이 놀았으면서 몰랐다?"

장씨가 화를 내듯 만중에게 말했다.

"자네 지상이란 사람이랑 함께 붙어 다녔어? 같이 붙어 다녔으면서 몰랐을 리가 없다고 하시잖아."

"같은 존께 어쩔 수 없제. 나가 언제 그 사람덜하고 붙어 댕깁디여? 미치고 환장허겄네, 참말로."

장씨가 일본말로 말했다.

"미치겠답니다. 자기는 모르는 일이랍니다."

"미치겠다구? 요놈들이 약속이나 한 듯이 똑같은 말들을 하지 않나. 어제도 몇놈이 그랬어, 미치겠다구. 조선놈들은 할 말 없으면 미치나?"

이노우에가 손짓으로 만중을 책상 앞으로 끌고 오게 했다. 의자를 들고 책상 앞으로 오는 만중의 뒤에서 장씨가 말했다.

"고생하지 말고 있는 대로 다 불어. 뭘 숨기려고 했다간 죽고 사는 건 나도 책임 못 져."

"오메, 불라고 혀도 뭣을 알아야 불든가 말든가 허제. 읎는 것을 맹글어서 불란 말이여 뭐여? 소도 언덕이 있어야 비빌 거 아니여. 맹글드라도 뭔 그루터기가 있어야 맹글제. 도망가는 애들이 인자나 도망가요, 떠들고 댕긴단 말이여 뭣이여."

"아 왜 날 보고 그래, 이 사람아."

장씨가 투덜거리는데 이노우에가 눈을 부라리며 버럭 소리를 질렀다.

"내가 묻는 말 이외에는 조선말 하지 마라!"

"네네, 알았습니다. 잘못했습니다."

옆으로 다가선 이노우에가 만중을 내려다보며 막대기로 책상 위를 찍듯이 두드려댔다.

"여기다 손 올려놔."

만중이 두 손을 책상 위에 올려놓았다. 이노우에는 들고 있던 막대기를 만중의 손가락 사이사이에 흠질하듯 끼워넣었다.

"다시 묻는다. 왜 함께 안 갔나?"

"나가 뭣 땀시 가겠소? 나는 그 사람덜한테 암것도 들은 소리가 없더랑께라."

"다시 묻는다. 어디로 가자고 했나?"

"오메 나 죽겠네. 나가 그걸 어떻게 안다요."

아무것도 모른답니다, 하는 장씨의 통역이 끝나는 것과 동시였다. 막대기를 끼운 채 책상 위에 올려져 있던 만중의 손을 이노우에가 손바닥으로 내리쳤다. 비명과 함께 손가락이 부러져나가는 듯한 고통 속에서 만중이 책상 위에 이마를 박았다. 우악스레 만중의 손을 누른 채 이노우에가 조금도 변하지 않은 목소리로 다시 물었다.

"그놈들, 어디로 간다고 했나?"

만중의 대답을 기다리며 이노우에는 누르는 손에 힘을 주었다.

"어디로 갔느냐고 묻는다!"

이노우에가 누르고 있던 오른손을 빼면서 이번에는 왼손으로 막대기가 끼워진 손을 내리쳤다. 비명과 함께 고통에 못 이긴 만중이 손을 빼려고 책상을 발로 내질렀다. 몸이 뒤로 젖혀지며 만중이 의자와 함께 나뒹굴었다. 겨우 몸을 일으킨 만중이 한쪽 손을 턱밑으로 가져간 채 바닥을 무릎으로 기어나갔다. 떨어진 막대기를 집어들고 저벅저벅 다가선 이노우에가 만중의 옆구리를 걷어찼다. 자라가 뒤집어지듯이 만중의 큰 몸이 천장을 향해 뒤집혔다.

만중이 소리쳤다.

"아이고메, 살려주씨요. 그 새끼덜이 도망가자고 그랬어라."

장씨가 외면을 하며 통역을 했다.

"도망친다는 소릴 들었답니다."

"어디로?"

어디로 간다고 했느냐는 장씨의 말에 번쩍 눈을 뜨며 만중이 소리쳤다.

"씨발, 이 옘병에 땀도 못 낼 새끼야. 나가 그걸 뭔 재주로 알겄냐!"

이노우에를 향해 장씨가 설레설레 고개를 저었다. 몸을 구부린 이노우에가 이번에는 만중의 손가락에 막대기를 끼워 한 바퀴 비틀어댔다. 만중의 비명이 사무실 벽을 흔들듯 터져나왔다. 자신의 자리로 돌아가 책상에 팔꿈치를 괴고 의자에 앉은 이노우에가 차갑게 그를 내려다보았다. 만중은 바닥에 이마를 처박고 있었다.

"다시 물어라, 어디로 간다고 했는지. 분명히 이놈은 뭔가 알고 있어."

만중에게 몸을 구부리며 장씨가 사정하듯이 말했다.

"이건 아무것도 아냐. 지하실로 내려가면, 그땐 잘해야 병신 되는 거야. 불면 되는 일을 가지고 사서 고생할 생각 말어. 그놈들 어디 가서 붙잡혀도 붙잡히니까. 만들어서라도 불어."

그때였다. 만중이 벌레처럼 꼬부렸던 몸을 천천히 폈다. 오른쪽 팔목을 왼손으로 움켜쥐고 그는 이노우에를 올려다보았다. 입술이 떨리고, 부릅뜬 눈에서 눈알이 튀어나올 것만 같았다.

"뭍으로 갔겄제!"

만중이 이를 부드득 갈았다.

"어떤 멍청한 새끼가 디질라고 망망 바다로 기어가겄냐!"

"무슨 소리야?"

이노우에의 말에 장씨가 대답했다.

"모른답니다."

여전히 이노우에를 노려본 채 만중이 말했다.

"시모노세긴가 뭔 새긴가, 거그 가서 조선 배를 탄다 허더라고 전허랑께. 고 정도는 조선놈이면 누구나 허는 생각 아니드라고."

소리치고 나서 만중은 목뼈가 부러지듯 고개를 꺾었다. 이노우에가 말없이 만중을 내려다보다가 말했다.

"끌어가라. 이놈은 독방이다."

타니무라가 만중의 팔 밑에 손을 넣으며 이노우에의 눈치를 살폈다.

"지하실에 있는 방은 다 찼는데요."

성필수나 지상과 한 조가 되어 탄을 캐던 사람들까지 모조리 끌어온 탓에 빈방이 없었다.

"그럼 그년 방에 처넣어. 오후에 그 계집을 한번 더 족칠 거니까."

장씨와 타니무라에게 두 팔을 잡힌 채 끌려나가며 만중의 악쓰는 소리가 웅웅거리며 들려왔다.

"그래, 이 새끼덜아. 알았으믄 나도 폴쎄 가부렀제. 몰라서 못 간 게 한이여, 한."

이노우에는 천천히 손가락으로 책상 위를 두드렸다. 결국 안에는 끈이 닿는 놈이 없다는 건가. 그는 성필수의 인적사항이 적힌 서류를 내려다보았다. 결근이 하루도 없는 이놈은 뭔가. 도대체 이놈은 친구도 없었다니 따돌림이라도 당하고 있었다는 건가.

그는 벌떡 자리에서 일어나 천천히 사무실 안을 거닐었다. 카네다 지로오. 조선이름 김지상. 일본말도 잘하고 노무계에도 협조적이었다는 이놈은 또 뭔가. 도망치는 놈들은 일본 어딘가에 연고가 있게 마련이다. 일본말을 잘했다니 이놈은 특히 그럴 가능성이 높다. 그런데 이놈에 대해 아무 정보가 없다니 이상하지 않은가.

혹시 두놈이 바다낚시라도 하다가 파도에 쓸려가버린 건 아닐까. 걸음을 멈추면서 이노우에는 벽을 바라보았다. 그 다리병신이 됐다는 놈, 그놈이 가까운 사이라고 했으니 그놈을 불러와볼까.

천장과 맞붙다시피 높게 뚫린 작은 창으로 햇살이 들어와 지하실 바닥에 떨어지고 있었다. 누가 그랬었지, 감방에 있을 때는 쥐라도 한마리 있으면 그게 위안이 되고 친구가 된다고. 벽에 등을 기대고 너부러진 채 금화는 그 햇빛을 멀거니 바라본다.

　그래도 저건 햇빛인데, 어디 저걸 쥐에다 비할까. 마치 무슨 손님 같구나. 왜 왔니, 넌. 무슨 소식이라도 있는 거니. 힘없는 눈으로 금화는 바닥에 떨어져 있는 한 줌의 햇빛에게 물었다. 얻어맞으면서 입 안이 해지고 턱이 부어올라 그녀는 혀를 움직일 수도 없었다. 가늘게 뜬 그녀의 눈가에 언뜻 웃음 같은 것이 스미듯 떠올랐다가 사라진다.

　그렇구나. 여기 끌려온 지 이틀, 사흘, 벌써 닷새가 되는구나. 하룻밤 하루 낮이 이렇게 긴 줄은 몰랐어. 어서 가거라. 가서, 저 창으로 달이 뜨게만 해다오. 달이 뜨면 그 남자가 떠난 지 열흘. 그렇게 되면 산 거야. 그래, 달이 뜨면 그 남자는 해낸 거야. 내 남자. 내 귀한 남자. 이제 뭐가 무섭겠냐. 검은 머리 자라서 처음으로 사람 대접 받았고 나도 사람 노릇 한 건데, 이제 더 뭘 바라겠어.

　두 다리를 뻗고 금화는 등을 벽에 기댔다. 윗옷은 가슴골이 드러나게 찢겨 있었고 코피 흘린 자국으로 얼룩진 치마는 흙투성이였다. 헝클어진 머리카락이 피딱지와 함께 이마에 들러붙어 있었다. 한쪽 볼이 부어올라 일그러진 얼굴은 피멍으로 가득했다. 아무렇게나 치올라간 치마 속으로 얼룩무늬가 진 듯이 회초리 자국이 넓적다리를 휘감고 있었다. 꿈지럭거리며 몸을 움직인 금화가 문가로 기듯이 다가가 두 손으로 쇠문을 두드렸다. 밖에서는 아무 대답이 없었다. 꿈틀거리듯 몸을 돌린 금화가 이번에는 다리를 들어 발뒤꿈치로 문을 걷어찼다. 비로소 밖에서 목소리가 들렸다.

"또 왜 시끄러워?"

"오줌은 눠야 할 거 아냐."

"또 싸? 넌 오줌통을 고뿌로 만들었냐. 먹은 것도 없는 게 자주도 싸겠다네."

대답도 없이 금화는 또 발뒤꿈치로 문을 내질렀다. 아귀가 잘 맞지 않는 쇠문이 덜컹거리고, 키무라가 문을 벌컥 열었다.

"나와!"

"잡아줘야 나가지."

키무라가 금화를 부축해 일으켰다.

"너 이러다 잘못되면 계집 구실 하긴 다 틀렸다."

그녀가 마악 문을 나서는데, 만중이 타니무라와 장씨에게 끌려 계단을 내려왔다. 키무라가 물었다.

"뭡니까?"

"같이 처넣으랜다."

키무라가 턱을 매만지면서 웃었다.

"연놈들 살림 차려준답니까?"

어두컴컴한 지하실에도 밤이 왔다. 작은 창으로 스며들던 빛마저 사라지고 나자 지하는 칠흑 같은 어둠으로 빠져들었다. 맞은편 구석에서 만중이 쿨쩍쿨쩍 우는 소리가 들려왔다. 금화가 그쪽으로 고개를 돌렸다.

"이봐요."

사내가 코를 들이마시는 소리가 들렸다.

"그만 좀 했음 좋겠네. 무슨 남자가 이만한 일에 눈물을 찔끔거리고 그래."

쿨쩍이는 소리가 줄어들기는 했지만 흐느끼는 소리는 여전했다.

금화가 어둠을 보며 중얼거렸다.

"조선남자들 못나기는. 밸이 있나 속이 있나. 한번 치받지도 못할 바엔 죽는 시늉을 하며 기든가, 아니면 혀를 깨물고 죽기라도 하든가. 중도 아니고 속도 아니고."

쿨쩍거리며 우는 게 싫어서 만중의 화를 돋우려고 한 소리였다. 만중이 울먹이며 버럭 소리를 질렀다.

"이런 씨부랄 년 보소. 어서 굴러온 년이여?"

"남이사. 내가 뭐 틀린 말 했나?"

"그래. 밸도 읎고 속도 읎다. 쎗바닥 물고 죽지도 못허고 산다. 그래서, 우리 땀시 니 아가리에 밥이 안 넘어가부냐?"

"못났으니 못났다는 거 아니오. 내 말이 뭐 틀린 거 있답디까. 여기 조선남자가 얼마요? 그 떼거리가 얼만데 애매한 동포 붙들어다 반송장을 만들고 있는데 뭣들 하고 있답디까."

"참말로 니는 터진 아가리라고 말은 잘헌다."

금화가 어둠 속에서 슬며시 웃는다. 울던 때와는 달리 만중의 목소리에 힘이 들어가 있다. 우석이 말이 맞지. 미워해야 한다고 했어. 분노가 없어서는 못 산다고 했어. 돌아누우면서 금화가 중얼거렸다.

"나도 한숨 붙여야겠으니, 제발 그 훌쩍대는 거는 좀 그만해요."

느리고 느리게, 아침은 끝내 오지 않을 듯이 밤이 지나갔다. 지하여서인가. 밤새 파도소리조차 들리지 않았다. 금화가 눈을 떴을 때는 새벽빛이 훤하게 밥상보만 한 창으로 스며들고 있었다. 오늘은 또 무슨 고초를 겪으려나. 피딱지가 말라붙은 입술을 오므리면서 금화는 눈을 감는다. 매달려 있는 동안 묶였던 손목이 어제는 뼈가 빠진 듯이 아팠는데 그곳마저 아무런 느낌이 없다.

방이 좀 더 훤해졌을 때, 잠에서 깬 만중이 투덜거리는 소리가 들려왔다.

"빙신이 다 됐부렀네, 빙신이. 이 새끼덜이 내 손을 어쯔께 해분 거여. 손꾸락이 팔뚝 모냥 부서부렀구먼."

누운 채 중얼거리던 만중이 벽을 기대고 앉아 있는 금화를 보고 화들짝 놀란다.

"오메, 뭔 귀신인가 했네."

"왜? 가르마 하얗게 가르고 동백기름 바른 각시라도 앉아 있을 줄 알았나."

"싸가지 하고는. 그라고 머리를 풀어헤치고 앉았응게 귀신이 따로 읎네. 어째, 그짝은 좀 괜안하요?"

대답 없이 앉아 있던 금화가 한쪽 팔을 잡은 채 방 안을 오락가락하는 만중에게 말했다.

"아저씨는 어쩐 일로 이 고생이오?"

"한 조에 있던 눔이 도망을 쳤다고 이 난리 아니여. 쌍눔의 새끼가 가믄 간다고 귀띔이라도 허던가. 말꼬랑지에 붙은 파리가 천리를 간다고, 뭐 들은 소리가 있어야제 그거라도 불 거 아니여."

만중이 벽으로 다가가 고개를 발딱 젖히고 드높이 뚫린 창을 올려다보았다.

"그나저나, 이놈들이 도망을 간 거여 뭐여. 색시는 뭣을 좀 아요?"

만중의 두런거리는 소리를 들으며 순간 금화의 눈이 빛난다. 그럴지도 모르겠다. 저자를 첩자로 만들어서 같은 방에 몰아넣고 나한테서 뭘 캐보려고 하는 건지도 몰라. 금화가 능청을 떤다.

"제놈들이 가면 어딜 가겠어요. 사방이 바다, 놀아봐야 부처님 손바닥이지."

웬 사내녀석을 같은 방에 집어넣을 때부터 금화는 그런 의심을 하고 있었다. 그럴 수밖에 없는 것이 만중은 얼굴에는 거의 맞은 자국이 없었다.

"그려도 아직 잽혀오지 않은 걸 본께, 성공한 것이 아닌가 싶기도 헌디."

"누가 알까. 어느 바닷가에서 썩고 있는지."

"썩어? 썩는다고야? 참말로 그 주둥아리 하나는 죄가 많다. 니가 뭔 일로 여그 와 있는지는 모르겄다마는, 그놈들이랑 철천지웬수를 진 것도 아님스로 그라고 막말허는 거 아녀."

"그 오라질 놈들 때문에 나도 죄 없이 이 고생인데 악이 안 받쳐요?"

콩에 무와 함께 정어리를 삶아낸 것을 얹은 아침밥이 들어왔다. 만중은 허겁지겁 먹어대면서 금화를 보고 말했다.

"그래도 묵어야제 매를 맞아도 견딜 거 아녀."

그릇을 입에 대고 젓가락으로 긁어넣으면서 만중이 너부러져 있는 금화를 흘끗 바라보았다.

"소도 아니겠고. 모자라면 내 것도 드시구려. 먹고 오래 몸 보전하슈."

"악담을 혀라, 악담을."

금화는 대답이 없다. 자신의 밥을 다 먹고 난 만중이 금화의 밥그릇을 끌어가면서 중얼거렸다.

"나사 고맙제. 소가 아니라 도야지새끼라도 나는 묵어야 쓰겄네."

금화는 새벽에 정신이 들면서 생각했던 의문 속으로 또 빠져들어갔다. 왜 계속 필수나 지상이라는 이름은 나오는데 우석의 이름은 나오지 않는 건가.

금화가 고문실로 끌려왔을 때, 이노우에는 책상 앞으로 몸을 숙인 채 그녀를 노려보면서 또박또박 말했다.

"이제까지 우리가 알아본 것으로는, 결국 두 사람이다. 너와 그 다리병신."

명국이 아저씨까지 불똥이 튀는구나. 아저씨까지 끌어다 고문을 하겠다는 건가. 금화가 고개를 저었다. 그 양반은 안 된다. 다리까지 잘린 사람을 데려다가 이 짐승 같은 놈들이 무슨 꼴을 내겠다는 건가.

"하나만 묻는다. 이걸로 너는 끝낼 테니까 쉽게 해결하자. 약속한다. 이것만 대면 너는 바로 풀어준다. 알겠지?"

금화는 대답이 없다.

"어디로 간다고 했나? 어디로 누굴 찾아간다고 했나? 그것만 말해라."

"아는 게 있어야 말을 하지요. 내가 방파제 쏘다니며 술 먹는 건 세상이 다 아는 일이잖아요."

"그게 다냐, 네가 할 수 있는 말이?"

"언제까지 똑같은 말을 하라는 건지. 나는 당신이 말하는 그 사람을 만난 적이 없어요."

벌겋게 얼굴이 달아오르면서 이노우에가 의자를 뒤로 밀치며 일어섰다. 높낮이가 없는 목소리로 그가 말했다.

"키노지까에 묶어라."

스즈끼가 물었다.

"벗깁니까?"

"물론이다."

구석으로 끌려간 금화의 옷이 벗겨졌다, 남김없이.

키노지까(木字架)란 십자가 형태의 형틀이었다. 그러나 십자가가 팔만을 벌려서 묶는 것과 달리 두 다리도 막대를 대서 팔처럼 가로로 벌려 묶는 것이었다. 그 형틀의 모양이 일본어의 키(キ)자와 닮았기 때문에 키노지까라고 불렀다. 여자들이 광부로 일하던 시절부터 탄광지대에 늦게까지 남아 있던 가장 비열한 고문의 하나였다.

또한 이 형구는 간통을 한 여자들에게 주로 쓰던 것이기도 했다. 발가벗겨서 그 틀에 묶은 여자를 거리에 세워놓고 지나가는 행인들로 하여금 여자를 쑤시거나 때리게 했고, 만약 여자를 불쌍히 여겨 약하게 때리기라도 하면 그 사람마저 두들겨패기도 하던 오래된 악형이었다.

두 팔을 벌려 묶이고 이어서 두 다리가 벌려진 채 금화는 형틀에 묶였다. 금화의 알몸을 훑끗거리면서 스즈끼의 눈길이 바쁘게 움직였다. 막대기를 든 타니무라가 발가벗긴 채 매달린 그녀를 툭툭

건드렸다.

"너는 그날 경비원에게 술을 먹였다. 그리고 그를 유혹했어. 도망친 자들과 짜고 했다는 증거가 이렇게 분명한데, 뭘 숨기겠다는 거냐?"

고개를 숙인 금화는 눈을 감고 있었다. 그동안 맞은 매의 자국이 등허리며 넓적다리에 검은 보랏빛으로 얼룩져 있었다. 풀처럼 밟혀가며 살아온 오랜 세월을 말하듯 나이보다 늘어진 그녀의 젖가슴에는 검은 젖꼭지가 튀어나와 있었다.

한쪽 끝에 노끈을 돌려 감은 가느다란 막대기를 들고 스즈끼는 뒤쪽에 서 있었다.

"너 이래도 말 안 할래?"

가까이 다가온 이노우에가 물었다.

"마지막으로 묻는다. 어디로 간다고 했는지만 말해라. 누굴 찾아 간다고 했나?"

금화가 대답이 없자, 한 걸음 옆으로 비켜서면서 이노우에가 키무라에게 눈짓을 했다. 키무라가 들고 있던 채찍으로 그녀의 엉덩이를 후려쳤다. 아픔으로 금화의 몸이 꿈틀했다.

"어디로 갔나? 그놈들과 어디서 만나기로 했을 거 아닌가!"

금화가 번쩍 눈을 떴다.

"죽여라, 죽여 이 새끼야."

이노우에가 뒤편 구석에 서 있던 스즈끼를 손짓해 불렀다. 고문실 책상 위에 걸터앉으며 이노우에가 말했다.

"너, 담배 가졌나?"

막대기로 금화의 국부를 찌르려던 스즈끼가 깜짝 놀라며 대답했다.

"네."

"한대 다오."

서둘러 스즈끼가 주머니에서 담배를 꺼내들고 이노우에에게 다가섰다. 그가 켠 성냥불에 불을 붙인 이노우에가 길게 연기를 뱉어냈다. 담배를 거푸 빨아대던 이노우에가 소리치듯 말하며 고문실을 나갔다.

"말하겠다고 하면 나에게 연락해라. 타니무라는 날 따라오고."

매달려 있는 금화를 바라보던 스즈끼가 이노우에의 뒤에다 대고 소리쳤다.

"감독관님, 이노우에 감독관님."

"뭐냐?"

계단에서 몸을 돌리며 이노우에가 물었다.

"저 혼자서 하라는 말씀입니까?"

"불거든 연락해라."

스즈끼의 얼굴이 벌겋게 달아올랐다.

사타구니에서 넓적다리로 흘러내린 피가 그녀의 무릎에 와서 멈췄다. 막대기를 뽑아낸 스즈끼의 눈에 살기가 어려 있었다. 발소리도 요란하게 계단을 내려온 이시까와가 등 뒤로 문을 닫으며 말했다.

"그만하지그래."

이시까와가 스즈끼 앞으로 다가섰다.

"저 앨 죽이겠다는 건가?"

"감독관 명령입니다."

"그 사람은 우리 광업소 직원이 아냐. 군부에서 나온 사람이다. 알잖아."

"거짓말로는 호락호락 넘어가지 않는다는 걸 보여줘야 합니다."

"너 그러다가 사람 죽인다."

낮은 목소리로 중얼거리고 나서 이시까와는 스즈끼가 들고 있는 가느다란 막대기를 눈을 찌푸리며 바라보았다.

"내 보기에, 저 애는 더 말할 게 없다."

"불 게 있는지 없는지는 제가 알아서 하겠습니다. 도대체 여기 노무계에선 사람 다룰 줄을 모르는 것 같습니다. 제가 전에 있던 데서는…"

이시까와가 안경을 밀어올리며 버럭 소리를 질렀다.

"그만두라지 않나. 하나만 말해두겠는데, 저 애를 가지고 이상한 짓만 했다간 내가 널 가만두지 않을 거니까."

"무슨 말씀이십니까?"

"도망친 놈들은 법으로 하면 되고, 잡으면 끝이야."

이시까와가 스즈끼가 들고 있던 막대를 빼앗아 벽으로 내던졌다.

"오늘 조사는 이걸로 끝이다. 나가봐라."

갯벌에 빠져들어가는 것이 이럴까. 아무리 붙잡아도 의식을 찾을 수 없게 무언가가 몸을 둘러싸고 있었다. 금화가 가물가물 멀어져가는 정신을 움켜쥐듯 눈을 뜨며 이시까와를 바라보았다. 입가에 피딱지가 엉겨붙은 금화에게 다가서면서 그가 말했다.

"정말 독하구나. 너 죽을 작정이냐?"

묶인 손목을 풀고 나서, 금화를 업듯이 등에 올려놓고 이시까와는 그녀의 다리를 풀었다. 몸을 돌려 자신을 안아 내리는 이시까와에게 금화가 기어들어가는 목소리로 말했다.

"고마워요."

금화가 바닥에 너부러졌다. 윗옷을 걸쳐주고 차가운 지하실 바닥을 생각해서 깔 것을 주면서 이시까와는 금화의 벌거벗은 몸에서 고개를 비키고 서 있었다.

"너 여기서 꼭 죽어 나가야겠니?"

금화는 먼 파도소리처럼 일렁거리며 다가오는 이시까와의 목소리를 들었다.

"보고서는 내가 쓴다. 결국에는 네가 아무것도 모른다고 쓰겠지. 그러나 여기서 나가느냐 더 남아 있느냐는 내 손에 달려 있지 않아."

이 사람이 지금 무슨 말을 하나. 입을 벌린 채 금화는 희미하게 이시까와의 얼굴을 바라보았다.

"회사에서 어떻게 결정을 하든 그것과 상관없이 이노우에는 네가 뭔가 속이고 있다고 믿고 있어. 이건 쉽게 넘어갈 일이 아냐."

걸레처럼 너부러진 금화의 옷자락을 들어 이시까와가 허벅지를 감싸주었다.

"상식적으로 생각하자. 넌 그날 경비원에게 술을 먹였어. 한쪽에서는 도망을 치는 놈들이 있는데. 그러고도 별일이 없을 줄 알았다는 거냐?"

"나랑은 관계없는 일이오. 어쩌다 그렇게 됐을 뿐이지."

위층에서 누군가가 걸어다니는 소리가 끊임없이 들려왔다. 금화가 힘들게 고개를 들었다.

"고맙고, 그래서 하는 말이오. 알면 뭐라도 얘길 하고 싶지만…

나는 그 두 남자가 누군지 몰라요. 만난 적이 없어요. 그게 다요."

가물가물 흐려오는 의식 속에서도 금화는 기이하게도 우석의 이름이 아직 한번도 나오지 않았다는 것을 기억했다. 오직 두 사람, 금화는 그 두 사람이라는 기둥을 붙들고 있었다. 김지상과 성필수라는 두 조선남자. 나는 그 두 사람을 본 적도 없다.

이시까와가 담배를 피워 물었다. 그가 내뱉는 담배 연기가 천장으로 올라가는 것을 금화는 희미한 눈길로 바라보았다.

"몸이나 크게 안 다쳤나 모르겠다."

옷을 다시 여며주고 나서 물을 가져온 이시까와가 자신을 부축해 일으켰을 때, 금화가 물었다.

"왜 이러세요. 이런 거 하면 안 되잖아요?"

"나도 모르겠다."

찻잔을 내밀며 그가 말했다.

"그래도 우리가 아는 사이가 아니냐. 네 노래도 들었고."

그가 내미는 도기 찻잔에 담긴 물을 금화는 멍하니 내려다보았다. 찻잔에는 푸릇한 바탕에 흐드러지게 핀 모란이 그려져 있었다. 무늬가 아름답다고 그녀는 생각했다. 아 그랬었나. 사람들은 찻잔에 모란 무늬도 그리며 살았었나.

갑자기 눈물이 솟구쳐올랐다.

금화를 불러들여 취조를 시작했을 때, 그녀가 최우석이라는 징용공과 관계가 있다는 사실에 처음 주목한 사람은 이시까와였다. 드문 일이다. 유곽의 여자가, 그것도 일본사람들만 이용하는 유곽의 여자가 징용공과 관계가 있다니. 더욱이 최우석이라는 자는 탈출자 두명과도 가까운 사이라고 했다.

의문점은 곳곳에서 고개를 갸웃거리게 했다. 도망친 자를 중심에 놓고 보면 유곽의 여자와 최우석과 낙반사고로 다리를 절단한 명국, 이 셋은 하나의 고리로 이어져 있었다.

그러나 조사 결과 최우석이 최근 다리를 다쳐 움직일 수도 없다는 것을 알았을 때 이시까와는 고개를 저었다. 게다가 다리를 다친 최우석이라는 자를 업고 병원을 드나드는 사람이 그 누구도 아닌 옥종길이라고 했다. 옥종길, 타마무라라고 부르던 그는 바로 노무계가 징용공들 사이에 심어놓은 정보원이었다. 정보원이 업고 다니는 자를 불러들여 뭘 하겠는가. 그는 최우석을 불러들이기보다 그쯤에서 금화의 일을 덮기로 결심을 했다.

두 징용공의 탈출을 배후가 있는 것으로 엮어 문제 삼기에 그는 너무 지쳐 있었고, 사건을 확대시키는 것을 처음부터 원하지 않았다. 이미 전쟁은 내지까지 불바다로 만들고 있다. 토오꾜오는 공습으로 차마 눈을 뜨고 볼 수 없는 지경이 되었다고 들었다. 징용공 두명이 도망쳤다고 해도 제놈들이 어디에 가서 무엇을 하겠는가. 이런 따위를 문제 삼을 때가 아니다. 오히려 예의 주시해야 할 것은 징용공들 전체가 들고일어나는 폭동이다. 그들이 패퇴를 거듭하는 일본의 전황을 알게 된다면 충분히 예상할 수 있는 사태가 아닌가.

퇴근길에 병원에 들른 이시까와는 우석을 치료한 의사 이또오를 만나 진료기록을 살펴보았다. 발꿈치뼈에 금이 간 종골 골절이었다. 거기에 아킬레스건이 늘어난 근육충격이 겹쳐 있었다.

"외상은 전연 없는데, 결정적으로 딛는 게 불가능합니다. 부기가 빠지는 데도 시간이 필요한 상태입니다."

발령을 받았을 때부터 하시마탄광의 근무에 불만이 많았던 큐우슈우의대 출신의 이또오는 요즈음 술이 조금씩 느는 중이었다.

"당분간 걸을 수가 없습니다. 수술을 할 건 없고, 자원절약 차원에서도 내버려두는 게 좋습니다."

이또오의 표정은 이따위 부상은 치료조차 필요 없다는 어투였다. 내버려두면 다 낫게 되어 있다는 말을 하면서 이또오는 오히려 노무계에서 이 환자에게 특별한 관심을 가지는 이유를 더 알고 싶어했다.

　목발을 짚고 명국은 돌아섰다. 금화가 끌려간 지 벌써 며칠인가. 이미 반은 죽어 있을 거다. 이놈들이 하는 짓이라는 게, 한번 마음먹었다 하면 잡아간 사람을 온전하게 돌려보낸 적이 없다.

　여느 날이나 다를 것 없이 어둠 속에서 갈매기가 난다. 세상을 욕할 것도 없고 시절을 탓할 것도 없다. 어차피 더 무엇을 바랄 것도 없다. 그래도 도망을 가는 사람들은 용기가 있는 거고, 제 명줄 하나는 제가 보전하겠다는 힘이라도 있는 거니까. 두 병신이 만났다는 금화 말이 맞는지도 모른다. 나 같은 다리병신, 금화같이 오갈 데 없는 것들이나 여기서 이렇게 지지고 볶다가 세월 다 보내고 끝나는 거지.

　덧없이 고개를 끄덕이면서 명국은 병원을 향해 걸었다. 그들이 건너갔을 바다 저편을 바라보는 것조차 괴로워서, 명국은 고개를 숙이고 걸었다. 떨꺽떨꺽 목발소리도 요란하게 걸어오는 명국을 병원 앞에 서 있던 김씨가 불렀다.

　"얼마 만입니까, 이게?"

　"난 또 누구라고. 서울 김씨 아냐."

　김가 성을 가진 사람이 많다보니 서울서 왔다고 해서 서울 김씨라고 부르던 남자였다. 처음 여기 들어와서 알게 된, 가족과 함께 하청업체 숙소에서 생활하는 광부였다.

　"이제 좀 거동을 할 만합니까?"

　"웬걸요. 보시는 대로지요."

　두 사람은 어두컴컴한 섬을 내려다보며 서 있었다. 벌써 가을인

가. 몸에 와닿는 바람이 전과는 다르다는 생각을 명국도 한다.

김씨가 소리를 낮추며 말했다.

"용케, 도망간 사람들은 무사한 거 같지요?"

"무슨 소립니까?"

"징용 온 애들 둘이 도망을 쳤다던데, 몰랐어요?"

"나야 병원에나 처박혀 있으니."

"이태백이도 술병 날 때가 있다더니, 광업소에서 튀는 녀석들을 못 잡을 때도 있긴 있군요."

이미 소문은 그렇게 나 있나 보구나. 명국이 길게 한숨을 내쉬었다. 그러나 참 모를 일이다. 간 녀석들은 분명히 셋인데 왜 두명이라고 소문이 난 건가. 답답한 마음으로 멀리 눈길을 주는데 북쪽 하늘에서 유난히 반짝이는 별빛이 눈에 들어왔다. 별빛을 바라보다가 명국이 물었다.

"그쪽으로는 고향 소식이 더러 옵니까?"

"웬걸요. 편지도 보내고 뭐 좀 사서 보내기도 하는데 통 기별이 없어요. 많이들 답답해하지요."

징용공 쪽에만 그런 줄 알았더니 회사 광부들에게도 사정은 마찬가진가보았다. 일본땅 전체가 본토결전이다 일억옥쇄(一億玉碎)다 흉흉해지면서 편지 같은 게 잘 오고 가지 않은 지가 벌써 언제인지 모른다.

"자 그럼 몸조리 잘 하시오. 또 봅시다."

김씨와 헤어져 병동으로 들어온 명국이 복도를 지날 때였다. 앞에서 걸어오는 사람을 보고 명국은 기절을 하게 놀랐다. 자신과 똑같이 목발을 짚고 있는 사내. 저게, 저게 누군가. 우석이 아닌가. 몸이 흔들리던 명국이 바닥에 그냥 풀썩 주저앉았다.

간호부 이시다가 달려오고, 사람들이 둘러서서 부축을 해 명국을 병실로 옮겼다. 명국이 둘러선 사람들을 후려치듯 팔을 내저어 돌려보내고 났을 때였다. 혼자 남아 말없이 벽에 등을 기대고 서 있던 우석이 의자를 당겨 침대 옆에 앉았다.

우석의 얼굴에서 고개를 돌리며 명국이 중얼거렸다.

"몽달귀신도 아니겠고…"

명국이 소리를 낮추어 물었다.

"넌 왜 여기 있는 거냐? 네가 어떻게 여기 와 있어?"

"아무 말씀도 하지 마세요."

우석이 주위를 살폈다. 명국이 신음처럼 물었다.

"너, 왜, 여기, 있냐니까?"

"누가 듣습니다."

명국이 똑같은 말을 되풀이했다.

"왜, 여기 있냐니까."

우석이 명국의 침대 위로 몸을 숙였다. 그가 입에 손을 대며 헛기침을 했다.

"난 못 갔습니다. 뛰어내리다가 방파제에서 다리가 결딴났어요."

괴로움에 몸을 비틀며 천장을 올려다보던 명국의 입에서 통곡처럼 똑같은 말이 새어나왔다.

"네가, 지금 여기, 왜 있냐니까."

"겨우 목발을 짚고 걷는데, 이게 맞지 않아 바꾸러 왔던 길입니다. 늦게 오라구 해서."

순간 명국의 눈에서 불이 흘렀다. 이를 갈듯이 그가 물었다.

"넌 그럼 여지껏 어디서 뭘 했니, 이 자식아!"

"난 못 갔습니다. 다리를 다쳐서 갈 수가 없었다고 했잖아요."

"그동안 뭘 했냐니까!"

"말씀을 왜 그렇게 하세요. 죽은 체 엎드려 있었습니다."

명국의 손이 부들부들 떨린다.

"금화가 다 죽어가."

"네?"

명국의 손이 날아가 냅다 우석의 뺨을 갈겼다.

"에라이 죽일 놈아, 이놈아."

시간의 흐름에는 그때 어긋났던 것이 후에 제대로 맞아들어가는 우연이 있다. 다리가 퉁퉁 부어오르기는 했지만 외상이 없이 겉으로는 멀쩡하다는 게 무엇보다도 사람들의 의심으로부터 우석을 막아주었다. 아픔을 참노라면 이가 부서질 것만 같아서 입에 수건을 물어야 할 정도의 통증이 며칠 동안 우석을 덮쳤다. 종길이 사람들을 데리고 찾아와 그를 병원으로 업고 갔다. 전연 생각지도 못했던 일이었다.

두번째 날이었다, 우석을 업고 병원을 나오던 종길이 전에 갱에서는 고마웠어 하고 말했을 때, 우석은 세상일이란 게 이렇게 돌아가기도 하는구나 생각했다. 종길이를 파묻자거니 패 죽이자거니 으르렁거리던 사람들을 뒤로 물리며 일을 그쯤에서 매듭지어버린 게 우석이었다. 지상이 그놈도 한패라고 소리치는 종길이를 보고 우석은 이 자식은 별게 아니로구나 생각했던 것이다. 이런 정도 아이들을 데리고 조선 징용공 뒤를 감시하고 있었다는 노무계가 오히려 불쌍하다 싶었다. 그러나 종길은 그때의 고마움을 십년감수 면했다고 잊지 못했던 것이다.

왼발을 딛지 못하는 우석으로서는 누구의 부축을 받지 않고는 밖을 나다닐 수도 없었다. 도망자들에 대한 이야기로 징용공들은 여기저기서 수군거렸지만, 그들이 어떻게 되었는지를 묻고 다닐 수도 없었다. 그들과 공모했던 자신이 여기 남아 있다는 사실이 공포가 되어 덮쳐올 때, 그는 역류하는 물살 한가운데 서 있다고 생각했다. 올 것이면 오너라.

누구를 만나는 것도 이야기를 나누는 것도 피했다. 그런 하루하루가 뱀이 지나가듯 흘러갔고, 우석은 순간순간 금화를 떠올리면서 그녀가 나를 불렀나 보다, 차마 떠나보낼 수 없어 나를 끌어당겼나 보다 생각했었다. 우석을 방파제 위에 두고 떠나며, 결국 저 애는 여자 때문에 여기 남는 거라고 지상이 생각했던 것처럼.

문이 열리며 들어서는 이시까와의 손에 보퉁이 하나가 들려 있었다. 모포를 깔고 엎드려 있던 금화가 그쪽으로 얼굴을 돌렸다. 아침에 끌려나간 만중의 비명소리는 이제 끝났는가 싶으면 또 이어지면서 들려왔다. 지하실에는 금화 혼자였다.

"좀 어떠냐?"

몸을 일으키려던 금화가 고통으로 일그러지는 얼굴로 이를 악물었다. 이시까와가 다가앉으며 금화를 껴안듯 일으켜 앉혔다. 벽에 몸을 기댄 금화가 피멍이 든 눈으로 멍하니 이시까와를 바라보았다. 이시까와가 보퉁이를 풀었다. 여자 옷이었다.

"갈아입어라. 네 옷이다."

금화의 눈이 물끄러미 옷을 내려다본다. 그리고 그것이 붓꽃 무늬의 자기 옷임을 안다.

"유곽에 가서 가지고 왔다."

옷과 이시까와를 번갈아 바라보다가 기어들어가는 듯한 목소리로 금화가 말했다.

"나한테 이래서 이시까와상에게 이로울 게 없을 텐데요. 과부가 홀아비 사정 봐주다가 애 밴다는 소리가 있소."

"너도 참. 나가 있을 테니 그 피 묻은 옷이나 갈아입어라. 내가 보기 싫어서 그런다."

"나갈 거 없어요. 거기 있어도 돼요. 팔을 못 쓰겠으니, 기왕이면 좀 입혀주면 좋겠네요."

이시까와가 어떻게 해야 할지 몰라 주춤거리는 사이 몸을 움직러거리며 금화가 겉옷을 벗었다. 이시까와가 속옷을 꺼내주며 고개를 돌렸다. 겨우 아랫도리의 속옷을 바꿔 입은 금화가 발끝으로 옷보퉁이를 끌어당겼다. 이시까와가 옷을 꺼내며 말했다.

"큰일이구나. 어디 심하게 다치지나 않았어야 하는데."

조심스레 다리를 들어올리기도 하고, 껴안듯 팔을 들어 옷에 끼워넣기도 하면서 이시까와는 그녀에게 옷을 입혀주었다. 그러고 나서 이마로 흘러내린 머리를 뒤로 돌려 묶어주는 사이, 금화는 몇 번 소리를 지르게 아픈 것을 이를 악물며 참았다. 옷을 다 갈아입히고 머리를 묶어놓고 나서 이시까와가 애써 금화를 보며 웃었다.

"이제 좀 사람 같네."

실없는 사람. 금화가 퀭한 눈으로 이시까와에게 고맙다는 마음을 담는다.

"제법 옛날 티도 나네."

"내가 옛날에 어땠는데요?"

"노래 잘하고 춤 잘 추고, 거칠 거 없고."

"병 주고 약 준다더니, 이 마당에 못 하는 소리가 없네요."

고개를 젖혀 뒷머리를 벽에 기대는 금화를 이시까와가 말없이 지켜보았다.

"이 일은 이쯤에서 덮기로 했으니까, 곧 나갈 거다."

"살아서 나가도 또 그 자리. 나간다 한들 무슨 달라질 게 있겠소. 그래도 이시까와상한테는 신세가 많았으니, 나 몸 좀 추스르거든 한번 들렀으면 좋겠네요. 고마우니, 술 한잔 올려야지요."

이시까와가 고개를 저었다, 천천히 두어번. 어려서 팔려간 누나가 있었다. 그 돈 가지고 아버지는 술 먹고 노름하고, 그러더니 군대 따라 만주로 갔다.

이시까와의 눈에 갑자기 물기가 어리는 것을 금화는 보았다. 이 남자는 누군가. 그때 묶여 있던 날 이 남자가 풀어 내릴 때는, 아무래도 내가 죽지 싶었다. 정신이 가물가물했었으니까. 금화가 퍼렇게 멍이 든 손을 뻗어 가만히 그의 볼에 대면서 말했다.

"나 한번만 안아주겠소?"

이시까와가 미동도 없이 금화를 바라보았다. 어서요 하듯이 금화가 천천히 고개를 끄덕였다. 이시까와가 마치 허리 꼬부라진 할머니를 들어올리듯 금화의 몸을 안았다. 팔을 두른 그의 어깨에 기대면서 금화가 눈을 감았다. 지금, 이 순간만은 이시까와상을 내 편이라고 믿고 싶은 이 심정을 당신은 모르겠지요. 이제부터 왜놈이라면 등허리로 칼끝이 비어져나오게 찔러버리고 싶었다. 혼자 죽는 건 서러워서, 내가 살아나가기만 해봐라, 어느 놈 하나 끌어안고 바다에 빠진다는 생각을 안 했던 것도 아니다. 그러나 난 지금 그냥 약해지고 싶어. 이 순간만은 이시까와상을 내 편이라고 믿고 싶어.

피 묻은 옷을 들고 이시까와는 돌아갔다. 창으로 들어온 햇빛이 흐릿하게 방 안을 비추고 있었다. 지하실 벽에 기대 앉아 금화는 멍하니 그 작은 창을 쳐다보았다. 점심밥이 들어왔다 나갔으니 오후겠지. 혼잣말을 하다 금화는 구슬프게 웃는다. 소리 없이.

나야 이제 무슨 한이 있나. 지금 같겠지. 지금까지 살아왔듯이 그렇게 살아가면 되는 거겠지. 그렇다, 한이 없다고 그녀는 스스로를 달랜다. 그게 어디서였지. 신당시장 건너편 선술집에 있을 때였나. 나이 든 작부 하나가 늘 하던 말이 있었다. 뭐 사는 게 별건 줄 아니? 마파람에 황소 불알 놀듯이 건들건들 그러다보면 세월 가는 거지. 그때 금화는 깔깔거리며 물었다.

"왜 하필 황소 불알이에요?"

"그게 그렇게 축 늘어져 있어도 절대 떨어지는 법은 없단다. 사는 게 그렇다는 소리다, 이것아."

그런 걸지도 모른다. 내 돈 서푼이 남의 돈 삼백냥보다 나은 게 세상이 아니던가. 늘어져 있어도 절대 떨어지지 않는 게 황소 불알만은 아니다. 문득 우석이 떠나며 했던 말이 떠오른다. 분노가 있어야 한다고 했다. 많은 걸 미워해라. 그래야 이 모든 걸 견딘다, 그래야 한다. 좁은 창 저편의 햇살을 향해 말하듯이 금화는 스스로에게 중얼거렸다. 어떻게든 목숨 부지해서 살아남아야 하는 게 아닐까. 우석의 말처럼 뭔가 미워하면서라도, 그 한을 곱씹으면서라도 끝내는 살아남아야만, 그래야만 하는 게 아닐까. 그게 이기는 게 아닐까.

금화가 피딱지가 앉은 입술을 가만히 손으로 매만졌다. 딱지도 아물고 나면 떨어지는 걸 테고, 나도 여기서 나가면 몸 추슬러가며 또 꼬물꼬물 살아나지 않겠어. 그래도 이시까와가 있어서 조금은 도움이 되었다 생각하며 그녀는 퍼질러 앉아 있던 몸을 일으켰다.

그래. 가을이 오고 있다. 일본땅이 전부 불바다가 되는 거 아니냐고 야단들이지만, 그래도 절기는 어김이 없어 이 땅에도 가을이 오고 있다.

화장터가 있는 나까노시마, 소나무가 마치 모자를 쓴 듯이 자라고 있는 섬을 금화는 떠올렸다. 햇빛에 익은 파도가 밀려가 섬 주변에서 하얗게 칠을 하듯이 부서지고 있었다. 아무것도 없다고 했다. 사람이 죽으면 실어다 태우는 화장터 하나뿐 거기에는 아무도 살지 않는다고 했다. 연고 없는 사람의 뼈를 모아두는 납골당이 하나 있고, 거기 그 혼을 위로하는 돌부처가 몇개 있다고 했다.

나 같은 년 죽으면 뎅그럭거리는 뼈다귀 몇개 거기에 뿌려지겠지. 힘든 몸을 다시 쭈그려 앉으며 금화는 희미하게 웃었다. 꿈도 야물구나. 너 같은 걸 누가 거둬서 태워나 주겠다구.

그녀의 마음이, 잔디가 자라고 있는 둔덕에 가 앉았다. 등 뒤쪽으로는 가시 많은 덩굴 옆으로 이름을 알 수 없는 풀꽃이 자라 보랏빛으로 꽃망울을 열고 있었다. 아픈 것들만 가득한 그 자리를 금화는 바라본다. 그때는 즐거움이었고 기쁨이었다. 저 자리, 우석과 한 몸이 되어 껴안았던 자리다. 누구에게 그렇게 안겨본 적이 있었던가. 어느 누구의 살과 만나 그렇게 몸을 떨며 기뻐할 수 있었던가. 짓밟히고 찢겨 너덜거리는 몸 어디에 그런 환희들이 남아 있었을까. 사람에 대한 정은 거북이 등처럼 말라붙었다고 믿었던 가슴바닥에 그리움은 어쩌면 이다지도 눅눅하게, 때로는 철썩이며 남아 있었던가. 누구도 그 무엇도 손댈 수 없었던 마음 한곳에, 밤새 내려 장독대 위에 쌓인 눈처럼 그리움이 남아 있었다니. 그걸 가르쳐준 남자, 알게 해준 남자. 이제는 내게 그런 건 없다

가물가물 흐려오는 의식 속에서 금화는 천근같이 무거운 눈꺼풀을 들어올리려고 애썼다. 싸워야 하고, 찾아야 한단다. 인간이기에 싸우고, 찾아나서야 해. 무릎 꿇고는 살 수 없는 인간이기에 싸워야 하고, 갇혀서는 살 수 없는 인간이기에 자유를 찾는 거라고, 우석은 말했었다. 그러나, 우리들 사이에는 잠자리 날개처럼 말라버린 짧고 꿈 같던 지난날이 있을 뿐이다. 봄이 와도 새잎이 돋지 못하는 고목, 마른 나무. 내 가슴의 마른 나무 한그루.

풀려난 금화가 지하실을 나와 유곽으로 돌아오던 날, 계단 많은 오르막길을 부축하며 함께 걸은 건 야스꼬였다. 노무계에 불려간 유곽 주인 혼다는 금화를 엄중 문책하고 근신시키겠다면서 수없이 고개를 숙여야 했다. 그리고 다시는 이런 사건의 재발이 없도록 함은 물론 이후의 모든 책임을 자신이 지겠다는 서약서를 썼다. 그사이 야스꼬는 물수건으로 금화의 얼굴을 닦아주면서 눈물을 감추느라 고개를 옆으로 돌리곤 했다.

그날 밤, 방에 누운 금화의 벽을 두드리듯 손님들은 시끄러웠다. 앗앗 해가면서 수건을 머리에 동이고 손뼉을 맞춰가며 노래를 부르거나, 술에 취해 곱사등을 해가지고 병신춤을 추며 돌아가는 손님들의 소리를 들으며 금화는 등에 식은땀이 배어나는 것을 느꼈

다. 고개를 숙이면 방바닥이 흔들리는 것같이 어지러웠다.

여전히 들려오는 손님들의 난장판 같은 소리를 들으며, 금화는 불을 끈 방에서 문을 열고 마당을 내다보았다. 내 남자 우석이… 여기서는 서로 사랑했다. 여기이기 때문에, 이 섬이기 때문에. 그러나 넌 그 남자의 평생에 안길 여자는 아니다. 그를 떠나보냈다는 게, 그런 네가, 대견하구나.

손님 하나가 마당을 지나 변소로 갔다. 방으로 돌아가던 그는 불빛에 비친 금화를 보았다. 술 취한 몸을 건들거리며 서서 금화를 들여다본 그가 불쑥 말했다.

"하나꼬, 너 오늘은 뭐 이래!"

아무 대답이 없자, 그는 몸을 흔들며 방으로 들어갔다. 이어서 사내의 커다란 목소리가 들려왔다.

"어이, 저기 하나꼬가 있더라. 너희들 조심해. 하나꼬 유명한 여자야."

"유명하다, 뭐가?"

"스즈끼한테 가서 물어라. 노무계에서 하나꼬 거기에 말뚝을 박았다더라."

"히야, 말뚝을 박았다?"

"거기다가?"

"술맛 떨어지는 소리 좀 그만해라."

밖으로 나온 금화는 허청허청 마당을 걸어나갔다. 문가에 켜진 붉은 종이등 옆을 지나 금화는 걸음을 멈추었다.

어떻게 저 세월을 살아낼 수 있었을까. 밟으면 발이 빠질 듯이 푸석푸석 무엇인가가 가슴속에서 무너져내린다. 이제 나는 그를 기다릴 여자가 못 된다. 그것 또한 잃어버린 나, 지난날의 내 한 조각이다. 그 남자 때문이겠지. 금화는 우석을 그렇게 불러본다. 그 남자. 그는 누구였나. 나도 사람이 그리울 수 있다는 걸 가르친 남자였다. 사람이 보고 싶어서 서러울 수도 있다는 걸 처음으로 내게 심어준 남자였다. 이제 겨우 그걸 아는데, 그 남자는 없다.

뒤를 돌아보았다. 유곽에서는 여전히 웃음소리에 뒤섞여서 노래가 흘러나오고 있었다. 밤바람이 옷섶을 파고들어 금화는 부르르 몸을 떨었다. 갈 데가 없구나. 술이라도 마실 때는 술을 동무 삼아 미친년처럼 나다니기도 했는데. 입꼬리를 올리며 금화는 자신을 향해 웃었다. 살다보면 끝이 있을 거라고들 했다. 그 끝이 이제 와 있는 거 같다. 서러운 게 없다.

검은 어둠뿐, 수평선도 보이지 않았다. 바다도 하늘도 한데 어우러져 아무것도 보이지 않는 어둠을 향해 금화는 소리쳤다. 어디 있니. 넌 어디 있니. 그러나 그것은 소리가 되어 금화의 목을 타고 올라오지 못했다. 그래, 세상은 꿈이 아니겠지. 꿈꾸다 가는 게 아닌 거겠지. 그녀가 또 소리쳤다.

우석아. 넌 어디 있니.

술병을 든 금화가 바람에 옷자락을 날리며 방파제로 걸어나갔을 때는 밤이 늦어서였다.

"거 누구야?"

경비원이 다가왔다.

"나다, 이놈아."

금화의 발걸음이 비틀거린다. 그녀는 술에 취한 눈으로 경비원을 올려다보았다.

"너! 네가 바로 그 여자 아니냐."

"이놈이. 인사도 없는 놈이, 보자마자 말투가 왜 이래."

금화의 기세에 움찔하면서 경비원 사내가 말했다.

"여긴 이 시간에 왜 돌아다녀?"

"술 마신다."

"여기가 술 먹는 데냐? 들어가라, 들어가."

쭈그리고 앉아 흔들리는 손길로 담배에 불을 붙인 금화가 그를 올려다보았다.

"네가 술 샀냐? 시답지 않은 소리 하고 자빠졌네. 넌 저기 가서 이 자식아, 불알이나 달달 떨면서 보초나 서."

"어어? 이게 취했네. 아니, 이 큰 걸 너 혼자 다 마셨어?"

금화가 들고 있는 술병을 본 경비가 눈을 둥그렇게 뜨며 호들갑을 떨었다. 금화가 길게 담배 연기를 뱉어냈다.

"반은 갈매기가 먹고, 반은 바다가 마셨다, 왜?"

경비가 실실 웃었다.

"오늘은 또 누구 신세를 망치려고? 난 안 넘어간다. 네가 이러면서 조선놈들 도망치게 망을 본다며?"

"잘도 아네. 오늘은 한 스무 명 꾸러미로 도망을 칠 거니까, 넌 이제 죽었다."

히엑, 입에서 바람 새는 소리를 내면서 경비가 놀라는 표정을 지었다. 말없이 굳은 얼굴을 하고 금화는 경비를 노려보았다. 어둠 때문에 경비는 그녀의 불이 흐르는 듯한 눈을 보지 못했다. 금화가 몸을 일으켰다.

"잘 계시오."

금화가 바다를 내려다보면서 말했다.

"자식 잘 거두고, 마누라랑 백년해로하시오."

금화가 돌아섰다.

"난 갑니다."

뒤도 돌아보지 않고 금화는 방파제를 걸어나갔다.

칠흑 같은 어둠이 장막이 되어 섬을 에워싸고 있었다. 잘 계시오. 그렇게 중얼거리며 금화는 걸었다. 바람이 얼굴을 때릴 때마다 그녀는 같은 말을 중얼거렸다. 잘들 계시오. 사람에게는 팔자가 있고, 그럼, 운명이 있지. 그렇다면 나라에도 그런 게 있겠지. 오리나무는 십리 밖에 서 있어도 오리나무고, 고향목은 타관 땅에 서 있어도 고향 나무다. 우석이 언젠가 했던 말을 그녀는 떠올린다. 사람이 갈 길이 멀다고 다 바늘허리에 실 매며 사는 건 아니다. 그런 말도 떠올린다. 그랬었지, 너는. 그러나 넌 바로 그 바늘허리에 실 맨 사람이 나라는 여자란 건 생각지 못했던 거야. 되지도 않을 일을, 끝이 없는 일을 내가 왜 저질렀는지 모르지. 그러나 나도 알아. 너를 만나 같이한 시간은 짧고 짧았지만, 그게 내게는 때때옷이고 꼬까옷 같은 세월, 기다리고 기다렸던 날이라는 걸 말이다. 고마워. 고마웠어.

아, 바람 속으로 안개가 짙구나. 밤안개가.

금화의 죽음이 알려진 건 이틀 후였다. 바다에서 그녀의 몸이 떠올랐다. 투신자살이었다. 물에 부어오른 그녀의 몸은 그렇게 가고 싶던 조선으로 떠가지도 못하고 섬 쪽으로 밀려와, 파도에 밀리면서 너울거리고 있었다.

아침 교대를 하고 점호를 마치고 돌아가던 경비원이 바다에 떠 있는 그녀를, 방파제 밑에 밀려와 있는 그녀를 보았다. 두 팔을 벌리고 몸을 엎드린 자세였다.

섬으로 끌어올려진 그녀의 시신은 물에 팅팅 붓고 파도에 밀리며 섬을 둘러싼 바위에 수없이 부딪쳐 너덜너덜 찢겨 있었다. 그러나 얼굴만은 깨진 데 없이 깨끗했다.

명국이 아저씨,

먼저 가는 년이 무슨 남겨두고 갈 말이 있느냐고 하시겠지요. 그래도 왜 이렇게 허전한지, 아저씨에게라도 몇마디 하고 싶은 걸 어쩌지요.

이제 이 세상에서의 고생도 이만하면 됐다고 생각했습니다. 죽어서 몸이라도 조선땅 어느 바닷가에 닿기를 바라면서, 아저씨 저 먼저 갑니다. 아저씨한테 몹쓸 짓도 많이 했지요. 말은 또 얼마나 막 했는지. 못된 게 어디서 나쁜 것만 배웠다고, 그렇게 웃으면서 잊어주십시오. 저에게 참 좋은 분이셨습니다. 고향에 따님이 계시다고 했지요. 언젠가는 돌아가셔서 행복하시길 빌겠습니다.

우석 씨는 약속을 했습니다. 꼭 돌아온다고 말입니다. 저는 그 말을 믿었습니다. 한번도 의심해본 적이 없습니다. 그리고 그 남자는 꼭 돌아올 수 있으리라는 생각이 저도 듭니다. 돌아올 걸 알면서 왜 죽자는 생각을 하냐고 하시겠지요.

저는 그 남자가 돌아올 것을 믿기에 죽기로 한 겁니다. 못난 생각이지만, 이것만은 아저씨가 알고 계셨으면 합니다. 이렇게 살아서, 그 남자가 돌아왔을 때 제가 어떻게 그 남자 앞에 설 수 있겠어요. 그러나 이렇게 살지 않고는 달리 살아낼 방법이 없습니다. 이 금화가 가장 깨끗이 사는 길은, 그렇답니다, 이제 그만 죽는 일이랍니다. 독한 마음으로 죽을 생각을 하는 게 아니랍니다. 그 사람 품에 안기듯이, 그냥 저는 죽기로 합니다.

더 살아야 할 게 제게는 없습니다. 하루 사는 게 결국은 하루 더 그 남자를 욕되게 할 뿐이라는 걸 알기에, 아저씨, 저 먼저 갑니다.

저는 이제 더 살, 더 버틸, 더 무엇을 기다릴 기력이 없습니다. 그래도 이 세상은 아름다웠다고 그렇게 믿으며, 먼저 갑니다. 다음 세상에서 만나요.

금화의 편지를 찾아낸 건 그녀를 화장터로 보내며 마지막 입고 갈 옷을 챙기던 야스꼬였다. 한글을 모르는 그녀가 편지를 들고 조선사람이 하는 유곽 요시다야로 갔고, 거기서 그 글이 명국에게 보내는 유서라는 걸 알려주었다.

유서를 가지고 병원으로 찾아온 야스꼬를 통해 명국은 금화의 죽음을 알았다. 시체가 떠오르고도 하루가 지난 다음 날 저녁이었다. 병원까지는 아직 소문이 돌지 않아서 명국은 그녀의 죽음을 그때까지 모르고 있었다.

"하나꼬가 남긴 유서입니다. 당신에게 보내는 것이라기에 가져왔습니다."

"하나꼬가 아니오."

명국의 큰 목소리에 놀란 야스꼬는 큰 눈을 더욱 크게 뜨며 명국을 바라보았다.

"하나꼬가 아니라, 금화요. 금화는 한번도 하나꼬인 적이 없던 여자요."

절룩거리면서 밖으로 나온 명국은 병원으로 오르는 비탈길이 내려다보이는 벤치에 앉아 흐린 외등에 비춰가며 금화가 남긴 마지막 말을 읽었다. 키모노 자락을 바람에 날리면서 야스꼬가 지켜보는 옆에서.

편지를 다 읽고 난 명국은 오래 바다를 내려다보며 앉아 아무 말이 없었고, 눈물을 보이지도 않았다. 마치 그녀가 그렇게 될 것을 미리 알고나 있었다는 듯한 얼굴이었다.

"고맙소."

그렇게 중얼거리고 나서 야스꼬를 올려다보며 명국이 물었다.

"이 여자를 잘 아시오?"

야스꼬는 금화가 명국의 병문안을 갈 때면 그런 데 나다니는 게 아니라고 말렸다는 말을 하면서 미안하다는 말을 덧붙였다. 그리고 그때마다 금화가 명국을 친척 같고 고향 사람 같아서 기대게 된다는 말을 했다고 전했다.

"날 친척 같다고 했단 말이오?"

"네. 오빠 같다고도 했습니다."

주검이 떠오른 다음 날부터 금화의 죽음은 유곽에 있던 조선여자의 만취에 의한 실족사로 섬 안에 떠돌았다. 그날 짙은 안개와 함께 몹시 바람이 불었다는 것도 원인의 하나로 등장했다. 유곽에서도 그녀가 술에 취한 채 술병을 들고 나갔다는 말을 했고, 경비원들도 커다란 술병을 안고 방파제 위를 오가던 금화를 보았다는 말을 조사과정에서 했다.

소학교에서는 바람 부는 날 조심하지 않고 방파제 위를 걷다가 또 사람이 떨어져 죽었다면서 조회시간에 교장이 학생들에게 안전을 당부하는 일이 벌어졌다. 거기에는 금화의 죽음을 자살이 아닌 실족사로 몰아가려는 탄광사무소와 유곽의 의도가 깔려 있었다. 아이들의 입을 통해 나쁜 소문이 돌지도 모른다고 생각한 사무소에서 학교에 특별히 부탁을 했던 것이다.

그러나 금화가 갑작스런 죽음을 택한 것이 아니라 차분하게 자신이 떠난 후를 준비한 흔적들이 여기저기 남아 있었다. 유서도 그 가운데 하나였다.

금화의 몸이 나까노시마 화장터로 떠나던 날 아침이었다. 무엇을 입혀 보낼까 생각하며 그녀의 방을 뒤지던 야스꼬는 오동나무 상자 속의 키모노를 안고 울음을 터뜨렸다. 비단보자기에 싸인 키모노는 금화가 이 섬으로 올 때 가지고 왔던 것으로, 야스꼬가 어디서 이렇게 좋은 걸 구했냐고 부러워했던 것이다.

"먼저 있던 집의 주인여자가 좀 오래 앓았는데, 늘 내가 몸을 닦아주곤 했어. 장례 치르고 돌아오더니 어쩐 일인지 주인남자가 이걸 나한테 주는 게 아니겠어. 어쩌다 입기도 하지만 이따금 풀어서 보고 있을 때가 더 많아. 내가 이걸 누굴 위해서 입겠어. 안 그래?"

오동나무 상자를 열자 키모노를 싼 보자기 위에는 야스꼬에게 보내는 금화의 편지가 접히지도 않은 채 놓여 있었다. 야스꼬가 이렇게 해줄 걸 다 알고 있었다는 듯이.

'야스꼬상, 여러가지로 폐가 많았습니다. 여러가지로 도와주시

고, 내 귀찮은 일도 다 떠맡아주곤 했지요. 정말로 고맙습니다. 이
웃은 나보다도 야스꼬상에게 더 어울리지 않을까 싶습니다. 받아
주시면 그것만으로도 고맙고 기쁘겠습니다. 그리고 하나 마지막으
로 부탁이 있습니다. 함께 들어 있는 반지 몇개는 야스꼬상이 처분
해서 저의 장례에 써주시기 바랍니다.'

그리고 그녀는 자신의 이름을 적어놓고 있었다. 한자로 금화
(錦禾)라고.